ELEFANTENSCHACH

ANDREW WATTS

Übersetzt von
INGRID KÖNEMANN-YARNELL

ELEFANTENSCHACH

Die Originalausgabe erschien unter dem Titel *The Elephant Game* bei Point Whiskey Publishing.

EBENFALLS VON ANDREW WATTS

Die Architekten des Krieges Reihe

1. Die Architekten des Kriegs
2. Strategie der Täuschung
3. Bauernopfer im Pazifik
4. Elefantenschach
5. Überwältigende Streitmacht
6. Globaler Angriff

Max Fend Reihe

1. Glidepath
2. The Oshkosh Connection

Firewall

Die Bücher sind für Kindle, als Printausgabe oder Hörbuch erhältlich. Um mehr über die Bücher und Andrew Watts zu erfahren, besuchen Sie bitte: AndrewWattsAuthor.com

„China ist ein schlafender Riese. Lasst ihn schlafen, denn wenn er erwacht, wird die Welt erzittern."

Napoleon Bonaparte

1

„Sie sind auf dem Weg hierher, um Sie festzunehmen", informierte sie der Basiskommandant, während er den Hörer zurück auf die Gabel legte.

Natesh beobachtete Lenas Reaktion. Ein stoischer Blick, das war alles. Aber er wusste, dass hinter dieser scheinbar emotionslosen Fassade vieles verborgen blieb. Nach den jüngsten Fehlschlägen vertraute Lena ihrem Umfeld weniger denn je.

Wahrscheinlich war es vorbei. Natesh war sich eigentlich relativ sicher. Der entscheidende Abschnitt seines Lebens – und zugleich sein größter Fehler – neigte sich dem Ende zu. Cheng Jinshan war verhaftet worden. Und jetzt war ein mit chinesischen Militärpolizisten besetztes Flugzeug im Anflug auf Manta, Ecuador, mit dem Befehl, die Verbrecherin Lena Chou dingfest zu machen.

Eine Kriminelle.

Erstaunlich, wie schnell sich die Dinge ändern konnten. Lena war Chinas beste Spionin. Natesh konnte das bezeugen. Manchmal fiel es ihm allerdings schwer, ihr bei der Arbeit zuzusehen.

Lena stand neben ihm. Ihr langes schwarzes Haar fiel auf ihren geraden, athletischen Rücken hinunter. In letzter Zeit trug sie die Haare des Öfteren offen. Natesh vermutete, dass sie damit die vor Kurzem erlittenen Wundmale verdecken wollte, die sich von ihrem rechten Ohr bis hinunter zu ihrem Bein erstreckten. Er hatte gesehen, wie sie die Narben im Spiegel musterte, wenn sie sich unbeobachtet fühlte. Das war ein wahrhaft bemerkenswerter Anblick. Denn er bewies, dass auch die roboterhafte Killerqueen menschlicher Regungen fähig war.

Was ging hinter diesen Augen vor? Analysierte sie in Gedanken den Verlauf der jüngsten Ereignisse und überlegte, was das Ganze für sie persönlich bedeutete? Würde sie sich als Überlebenskünstlerin versuchen und gegen Jinshan wenden, wie es andere in China getan haben mussten?

„Wann wurde Jinshan verhaftet?“, fragte Lena den Kommandanten.

„Vor mehreren Stunden.“

Sie wandte sich Natesh zu. „Gibt es Neuigkeiten von der Insel?“

„Nichts, seit die Amerikaner unsere Schiffe angegriffen haben. Keine Informationen über Admiral Songs Einsatz.“

Dieses Versagen schmerzte noch immer. Eines der chinesischen Schiffe und ein chinesisches U-Boot lagen auf dem Grund des östlichen Pazifik. Die drei verbliebenen chinesischen Schiffe steuerten schwer beschädigt einen Hafen in Panama an.

Nachdem die *USS Farragut*, ein Zerstörer der US-Marine, von einem chinesischen Unterseeboot angegriffen worden war, hatte die amerikanische Navy ohne Zögern reagiert. Drei Schiffe von Alliierten der USA waren zuvor versenkt worden. Die *Farragut* hatte sich retten können und im Anschluss daran ein amerikanisches Sondereinsatzkommando geborgen, das die chinesische Militärbasis in Ecuador überfallen hatte. Durch diesen Einsatz war die NSA in den Besitz eines überaus wichtigen chinesischen Kryptologiegeräts gekommen.

Natesh war klar, dass dieser Vorfall zur Verhaftung von Cheng Jinshan geführt hatte. Der Kryptoschlüssel hatte Jinshan und Admiral Songs geheime militärische Schachzüge offengelegt. Die Beweise dafür, dass Jinshan einen Krieg anzetteln wollte, hatte die amerikanische Regierung dem Präsidenten und einigen Politikern Chinas vorgelegt. Die chinesische Führung war aller Wahrscheinlichkeit nach entsetzt gewesen, dass es einem ihrer mächtigsten Bürger gelungen war, ohne ihr Wissen einen chinesischen Militärangriff in Gang zu setzen. Aber das war aus ihrer Sicht noch nicht einmal das Schlimmste. Die Politiker fürchteten sich mehr davor, was *ihr Ausschluss* aus Jinshans innerem Zirkel bedeutete. Er musste einen Umsturz geplant haben. Und nichts motivierte mehr zum Handeln als die Furcht, vom Thron gestürzt zu werden. Cheng Jinshan und Admiral Song waren innerhalb weniger Stunden verhaftet worden.

Lena atmete frustriert durch die Nase aus und sah zu Boden. Dann neigte sie nachdenklich den Kopf. „Wissen Sie, wann das Flugzeug mit der Militärpolizei eintreffen wird, Colonel?"

„Meine Quelle sprach von heute, im Laufe des Tages. Diese Information kam nicht über die offiziellen Kanäle rein. Es ist wahrscheinlich nur eine Frage von Stunden."

Sie nickte. Während sie nachdachte, waren ihre Augen ständig in Bewegung. „In Ordnung. Danke für die Warnung. Wir werden uns vorläufig verabschieden. Und wenn sie eintreffen – unsere Unterhaltung hat niemals stattgefunden."

„Selbstverständlich."

Natesh folgte Lena aus dem Büro. Er wusste, es war besser, ihr momentan keine Fragen zu stellen. Natesh hatte diesen

Blick an ihr schon einmal gesehen. Sie war auf dem Kriegspfad.

Ihren ersten Stopp machten sie an einem der Kasernengebäude. Die Unterkünfte waren nicht mehr als eine Reihe erst kürzlich aufgestellter Wohnwagen, die den Zuwachs an chinesischem Militärpersonal auffangen sollten, das aus Guangzhou eingeflogen wurde.

Dieser Wagen beherbergte einen einzigen Bewohner. An seiner Uniform erkannte Natesh, dass es sich um einen Offizier handelte. Bei Lenas und Nateshs Eintritt richtete er sich überrascht und verängstigt auf seinem Bett auf. Lena und der Offizier begannen, sich fließend auf Mandarin zu unterhalten. Natesh verstand kein Wort, aber der chinesische Offizier sprang auf die Beine und protestierte gegen das, was Lena ihm mit zusammengekniffenen Augen sagte. Ein kaum wahrnehmbares Lächeln huschte über ihr Gesicht. Natesh trat einige Schritte zurück.

Es wurde ein kurzer Kampf. Als dem chinesischen Offizier klar wurde, weshalb sie gekommen war, versuchte er an ihr vorbeizukommen. Aber sie blockierte den schmalen Gang des Wohnwagens, baute sich anmutig vor ihm auf und legte den Kopf auf die Seite.

Er würde durch sie hindurchmüssen.

Das Gesicht des Offiziers lief rot an. Er starrte sie an, dann schlug er zu. Sein rechter Haken hätte Lena am Kopf getroffen, wenn sie ihm nicht ausgewichen wäre. Dieser Fehlschlag machte ihn wütend. Laut schreiend stürzte er sich in einer neuen Offensive auf sie. Lenas Bewegungen waren schnell und kontrolliert. Ihre Fäuste trommelten gezielt auf seinen Oberkörper und Halsbereich ein. Der Chinese fiel vornüber auf die Knie und wand sich vor Schmerzen. Mit einer Hand griff er sich an die Kehle, aus der ein gurgelndes Geräusch zu hören war, die andere Hand lag auf seinem Magen.

Lena zog ein Messer aus ihrem Gürtel.

„Lena", sagte Natesh, „was hast du ..."

Sie stieß dem Offizier das Messer in die Brust. Die Augen des Mannes weiteten sich, als die glänzende Klinge in sein Herz eindrang. Er brach zusammen, während das Blut aus seiner Wunde herausströmte. Mit angespannten Muskeln packte Lena ihn an Hemd und Hose, schleifte ihn zurück zum Bett und warf ihn auf die Matratze. Dann ging sie hinüber zum Waschbecken und drehte den Wasserhahn auf. Das Messer steckte weiterhin in der Brust des Mannes.

Mit weit aufgerissenen Augen starrte Natesh schweigend vor sich hin. Einen Augenblick lang war nur das Geräusch des laufenden Wassers zu hören.

Mit Wasser und Seife schrubbte Lena sich das Blut von den Händen. Sie sprach, ohne aufzusehen: „Du fragst dich, warum ich das getan habe? Gut, hier ist die Antwort. Ich kenne diesen Mann. Ich hatte mit ihm noch eine Rechnung zu begleichen. Außerdem vermute ich, dass er es war, der den Behörden meinen Aufenthaltsort verraten hat. Falls er uns beobachtet hat, will ich nicht, dass er sieht, wie wir das Lager verlassen."

Natesh blieb ihr eine Antwort schuldig. Er sah nur zwischen ihr und dem leblosen Körper hin und her, dem immer noch das Messer aus dem Brustkorb ragte.

Eine Menge Fragen schossen Natesh durch den Kopf. War das hier etwas, an dem er teilhaben wollte? Worauf hatte er sich eingelassen? Diesen Methoden hatte er in seiner Vereinbarung mit Jinshan nicht zugestimmt. Ein moderner Krieg sollte schnell und entschlossen ablaufen. Jinshan hatte Natesh mit der Aussicht gelockt, eine neue und bessere Gesellschaftsordnung zu entwickeln. Aber zuvor musste er helfen, einen Krieg herbeizuführen. Der Reiz der Macht und die einmalige Herausforderung, Geschichte schreiben zu können – selbst wenn diese Geschichte mit einem Krieg beginnen sollte – hatten ihn auf diesen Weg gebracht. Aber die Gewalt aus nächster Nähe mitzuerleben ... So hatte er sich das Ganze nicht vorgestellt. Lena sah zu ihm hinüber. „Alles okay? Tut mir leid, dass du das mit ansehen musstest, Natesh."

Er nickte. „Es wird schon wieder."

Sie trocknete ihre Hände und Arme mit einem Handtuch ab. „Komm jetzt. Hier entlang."

Sie verließen den Trailer des toten Offiziers. Lena konnte Nateshs offensichtliche Bestürzung nachvollziehen. Er hatte allen Grund dazu. Noch vor wenigen Wochen war er ein aufstrebender Jungunternehmer im amerikanischen Silicon Valley gewesen. Als Geschäftsführer seiner eigenen hoch spezialisierten Unternehmensberatung löste er die Probleme von Weltkonzernen und kreierte zusammen mit ihnen neue Produkte.

Inzwischen war er Zeuge mehrerer Morde geworden, einer blutiger als der andere. Es wäre nicht erstaunlich, wenn er seine Entscheidungen hinterfragte. Natesh Chaudry war einer der wichtigsten Architekten der chinesischen Invasion der Vereinigten Staaten. Ein brillanter Kopf und ein wertvoller Aktivposten. Einer, von dem Jinshan sehr viel hielt. Sie durfte nicht zulassen, dass er kalte Füße bekam.

„Bitte warte hier." Sie verschwand in ihrem eigenen Wohnbereich und ließ ihn draußen stehen. Sie wühlte in der Truhe unter ihrem Bett herum, die einen Zwischenboden mitsamt Geheimfach hatte. Diesem entnahm sie ein Mobiltelefon, das über ein gesichertes Netzwerk chinesischer Militärsatelliten verschlüsselte Verbindungen herstellte. Lena schaltete das Telefon ein und wählte aus dem Gedächtnis eine Nummer.

Der Vermittler auf der Insel antwortete innerhalb weniger Sekunden. Nachdem sie ihre Passphrase durchgegeben hatte, wurde sie mit dem diensthabenden Offizier verbunden. Diese Unterhaltung dauerte fünf Minuten, in denen Lena ihre Anweisungen entgegennahm und ihn nur zweimal unterbrach, um Einzelheiten abzuklären. Nach dem Ende des Gesprächs starrte sie auf das Telefon, bevor sie ihre Überraschung abschüttelte und es in ihre Tasche gleiten ließ. Sie zog weitere Gegenstände aus der Truhe hervor – Kleidungsstücke, eine Pistole mit Schalldämpfer, Bargeld und falsche Reisepapiere für Natesh und sich selbst.

Vor der Tür reichte sie ihm seinen Ausweis. „Ist deine Reisetasche gepackt?"

„Ja."

„Dann gehen wir jetzt zu deinem Quartier und holen sie. Schnell. Ich will in wenigen Minuten von hier verschwunden sein."

Natesh nickte. Zusammen gingen sie zu seinem Trailer, aus dem er Sekunden später wieder herauskam. Lena führte ihn zu einem eingezäunten Bereich, in dem alle Militärfahrzeuge geparkt wurden. Die Wache sah Lena kommen und nickte ihr zu. Alle kannten und fürchteten sie. Niemand würde Fragen stellen. Nicht, bevor das Team aus Peking eintraf.

Lena hatte mit dem Gedanken gespielt, den Leishen-Sonderkommandos dieses Stützpunkts zu befehlen, die Militärpolizisten bei ihrer Ankunft in Gewahrsam zu nehmen; aber es war wohl besser, die Loyalität der Soldaten nicht auf die Probe zu stellen. Außerdem hatte sie neue Befehle erhalten.

Sie warf ihre Tasche auf den Rücksitz des Jeeps. „Wirf dein Zeug auch rein."

Natesh tat, wie ihm geheißen. „Wohin fahren wir?"

„Wir fahren nach Portoviejo. Das ist eine Stadt ungefähr eine Stunde von hier. Steig ein."

Sie ließ den Jeep an und fuhr vom Stützpunktgelände. Die Wachen nickten ihr beim Rausfahren zu. Der Privatjet hätte sie beide in Manta abholen können, aber das Risiko war zu groß, dass er von den Amerikanern oder von chinesischen Gruppierungen verfolgt würde, die Jinshan nicht treu ergeben waren.

Grünes Dschungelgewächs schützte die unbefestigte Straße vor der heißen Sonne.

Lena sah kurz zu Natesh hinüber. „Du machst dir Sorgen."

„Stimmt."

„Das ist unnötig. Darauf waren wir vorbereitet."

„Auf was?"

„Darauf, dass Jinshan verhaftet werden könnte. Auf die Möglichkeit, dass ... dass sich die Dinge nicht zu unseren Gunsten entwickeln."

„Lena, die Amerikaner haben vier chinesische Marineschiffe besiegt. Ein chinesisches U-Boot wurde versenkt. Und die chinesische Regierung ist auf dem Weg nach Manta, um dich zu verhaften." Er sah entnervt aus. „Jinshans Verhaftung bedeutet, dass die amerikanische Regierung ihn entlarvt hat. Die chinesische Regierung weiß inzwischen garantiert über die Red Cell Bescheid ..."

„Ach ja?" Sie sah ihn während des Fahrens erneut an. „Na und?"

Er seufzte und starrte in den dunklen Regenwald hinaus, der an ihnen vorbeiflog.

„Hab Vertrauen, Natesh."

„Lena, du musst an dein eigenes Wohlergehen denken. *Wir* müssen darüber nachdenken –"

„Schluss damit. Hast du gehört, was ich gesagt habe? Wir haben das *eingeplant*."

Natesh schüttelte den Kopf. „Wir brauchen einen Plan. Wo verstecken wir uns? Vielleicht sollten wir plastische Chirurgie in Betracht ziehen. Ich habe Bargeld. In einer Bank in Barbados. Ein Konto, das nicht nachverfolgt werden kann. Ich habe regelmäßig etwas zur Seite gelegt, seit Jinshan mir eröffnet hat, dass –“

„Natesh, bitte. Nichts hat sich geändert.“

Mit einer Hand griff sie beschwichtigend nach seiner Schulter und hielt für genau die richtige Zeitspanne Augenkontakt mit ihm. Dann legte sie ihre Hand wieder auf das Steuer.

„Wie kannst du das sagen? Es ist so viel schiefgelaufen.“

Lena beschloss, die Taktik zu wechseln. „Geht es *wirklich* darum, dass Jinshan verhaftet wurde?“

Brüskiert erwiderte er: „Worum soll es denn sonst gehen?“

„Ich weiß, dass dir einige Dinge nicht zugesagt haben.“

Er schmollte und blieb eine Weile still. „Es sollte ein Krieg sein, der auf *Feindestäuschung* beruht.“

„Das ist er. Das wird er sein.“

Natesh schnaufte verächtlich. „Jinshan hatte mir versprochen, dass es nur ein Minimum an Opfern geben würde. Im Verlauf der letzten Tage habe ich dir zugeschaut, wie du einen ecuadorianischen Militärkommandeur vor Tausenden von Soldaten hingerichtet hast, und gerade eben hast du einen chinesischen Offizier mit einem Messer getötet.“

Sie griff das Lenkrad fester. „Ich verstehe deine Frustration.“

Er starrte sie weiterhin an. „Die Dinge sind aus dem Ruder gelaufen.“

„Tut mir leid, dass du das so siehst. Aber du wusstest, dass es nicht einfach werden würde. Große Erfolge verlangen große Opfer.“

Den Rest der Fahrt schwiegen sie.

Eine Stunde später kamen sie durch ein kleines Dorf, das überwiegend aus schäbigen Hütten bestand. Lena parkte den Jeep vor dem Flughafengebäude und sie stiegen aus.

„Dieser Flughafen sieht geschlossen aus", bemerkte Natesh. Teile der Landebahn waren mit Gras überwachsen. Die Flugzeughallen und Parkplätze standen leer. Das Hauptterminal sah verlassen aus.

„Das ist er."

„Wie bitte?"

„Er ist geschlossen."

Sie ging zu Natesh hinüber, stellte sich vor ihn hin und ergriff seine Hand.

Er runzelte die Stirn, immer noch aufgebracht.

„Es tut mir leid, Natesh. Du hast recht. Die Dinge sind außer Kontrolle geraten. Weder Jinshan noch ich hatten je die Absicht, es so weit kommen zu lassen. Aber du musst ihm weiter vertrauen. Er ist ein Visionär. Und ich vermute, dass du dich ihm aus ganz ähnlichen Gründen angeschlossen hast wie ich. Seine grandiose Vorstellung davon, was aus der Welt werden könnte, falls uns der Sieg gelingt ..."

„Es tut gut, dass du das zugibst."

Lena nickte und gab ihr Bestes, einfühlsam zu erscheinen. „Für Menschen wie dich und mich, Natesh, besteht die Verlockung unserer bedeutenden Aufgabe zum Teil darin, aus der Welt etwas ganz Großartiges zu formen. Das ist unsere Herausforderung."

Natesh verschränkte die Arme vor der Brust.

Lena fuhr fort. „Ich weiß, dass du mir bei einigen schrecklichen Dingen zusehen musstest. Um ehrlich zu sein – ich bin nicht stolz auf alles, was ich getan habe. Aber ich werde dich nicht belügen und sagen, dass es damit nun ein Ende hat. *Viele* Weitere werden sterben. Es geht nicht anders. In der heutigen Welt liegt die Macht bei politischen Systemen und Gruppierungen, die nicht kampflos aufgeben werden. Das muss dir bewusst gewesen sein, als du Jinshans Angebot angenommen hast, unsere Sache zu unterstützen."

Natesh holte tief Luft und nickte. „Ich war optimistisch. Vielleicht auch naiv."

„Natesh, wenn ich jemandem das Leben nehme, habe ich einen Grund dafür. Dieser ecuadorianische General – er hat unseren Fortschritt behindert. Und sein Tod, so brutal er auch gewesen sein mag, diente als warnendes Beispiel für die anderen. Sie werden bessere Soldaten sein, jetzt, da sie den Ernst ihrer Aufgabe erkannt haben. Jetzt, da sie begreifen, dass dieser Krieg real ist."

„Und der chinesische Offizier?" Natesh sah skeptisch aus. „Warum musste er sterben?"

„Ich sagte doch, ich war besorgt, dass er uns ausliefern würde. Wir hatten eine gemeinsame Vergangenheit und ..."

„Lena, du hättest ihn nicht töten müssen."

Ihre Miene verdunkelte sich. „Hör zu. Dieser chinesische Captain, den ich gerade ..." Einen Augenblick wandte sie sich ab. „Wenn du wüsstest, was er mir als junges Mädchen angetan hat ... Natesh, ich war noch ein Teenager. Glaub mir, wenn du wüsstest, was er mir angetan hat, hättest du mit seinem Tod kein Problem."

Nateshs Gesichtsausdruck änderte sich. „Das wusste ich nicht. Es tut mir leid."

Sie nickte. „Es gibt vieles, was du nicht weißt, Natesh. Cheng Jinshan ist ein guter Mann. Er will eine bessere Weltordnung erschaffen. Wir sind seine Werkzeuge. Du musst darauf vertrauen, dass sich unser Einsatz am Ende lohnen wird."

Ihre Augen trafen sich und Natesh nickte.

Ein Propellerflugzeug kreiste in geringer Höhe über der Landebahn. „Da sind sie. Auf die Minute pünktlich."

Natesh hatte Bedenken. „Das Schild sagt, der Flughafen sei außer Betrieb. Und auf der hinteren Hälfte der Landebahn kann ich einige Zelte und Container erkennen. Wo soll das Flugzeug landen?“

„Ich habe mit ihnen gesprochen, bevor wir losfuhren. Sie versicherten mir, dass sie alles unter Kontrolle hätten.“

„Sie?“

„Kolumbianer. Auftragnehmer. Sie werden uns an die kolumbianische Küste fliegen. Von dort aus nehmen wir ein Boot.“

„Wohin?“

Diese Antwort blieb sie ihm schuldig.

Das kleine Propellerflugzeug landete ganz in ihrer Nähe auf dem freien Teil der Landebahn und rollte auf den Jeep zu. Lena und Natesh verstauten ihre Sachen im Flugzeug und gingen an Bord.

Kurz danach hoben sie schon wieder mit Kurs Richtung Norden ab.

Natesh sprach Lena ins Ohr, um sich trotz des Motorenlärms verständlich zu machen. „Verrätst du mir bitte, wohin wir fliegen?“

Lena beugte sich vor. Ihr langes schwarzes Haar fiel über Nateshs Arm und Schulter. „Zurück in die Vereinigten Staaten“, erwiderte sie.

2

Ein Unterseeboot der Han-Klasse
90 Meilen westlich von Panama

Kopfschüttelnd las Captain Ning die E-Mail nun schon zum dritten Mal durch. Admiral Songs Anweisungen entsprechend hatte Ning sein U-Boot so schnell wie möglich durch den Pazifik gesteuert. Laut ihrem ursprünglichen Befehl hätten sie andere chinesische Seestreitkräfte in diesem Gebiet unterstützen sollen.

Aber im Verlauf einer Pazifikdurchquerung konnte so einiges passieren ...

Vor einer Woche hatten die Amerikaner im östlichen Pazifik ein chinesisches U-Boot und einen Zerstörer versenkt sowie drei weitere Kriegsschiffe schwer beschädigt – eben jenen Marineverband, den Captain Ning hätte verstärken sollen. Ning *kannte* die Männer, die im U-Boot ihren Tod gefunden hatten. Die Frau des Captains war eine Freundin seiner Ehefrau. Bei dem Gedanken an diesen Verlust ballte er die Faust.

Die E-Mail stammte vom Oberbefehlshaber der Marine

der chinesischen Volksbefreiungsarmee (VBA). Sie war als Hintergrundinformation gedacht – ein Nachtrag zu den offiziellen Befehlen des U-Boots. Offiziell sollten sie die Gefechtsbereitschaft aufheben und sämtliche weitere feindliche Aktivitäten gegen Kriegsschiffe der US-Marine einstellen. Weitere Erklärungen, was sie im Anschluss daran tun sollten, fehlten.

Die E-Mail des Admirals hingegen enthielt zusätzliche Details. Ning sollte weiter in den östlichen Pazifik vordringen und dort auf Anweisungen warten. Über den Sinn dieser Maßnahme war er sich zunächst nicht schlüssig geworden, hatte aber vermutet, dass er die beschädigten chinesischen Marineschiffe auf ihrem Weg nach Panama eskortieren sollte. Nachdem er die Lage mit seinem Ersten Offizier, dem XO, besprochen hatte, dämmerte ihm mittlerweile jedoch ein anderer Grund. Ning hatte wertvolle Fracht an Bord – hoch qualifizierte Kommandotruppen der Marine.

Captain Ning erhob sich von seinem Schreibtisch und ging zur Brücke. „Statusbericht."

„Sir, die amerikanische Trägerkampfgruppe befindet sich nördlich von uns. Seit gestern haben wir keinen Einsatz des aktiven Sonars mehr festgestellt. In der Nähe des amerikanischen Trägerverbands gibt es hin und wieder Kontakt mit einem unbekannten Unterwasserfahrzeug. Wir halten es für ein Jagd-U-Boot entweder der Los Angeles- oder der Virginia-Klasse."

Der Captain nickte. „Versuchen Sie weiter, es zu identifizieren. Wir müssen hier sehr vorsichtig sein. Wir können es uns nicht leisten, entdeckt zu werden."

„Jawohl, Kapitän."

Der Kommunikationsoffizier betrat die Brücke. „Eine Nachricht von der Insel, Sir."

Die Insel. Diese beiden Worte wurden dieser Tage mit

verhaltener Ehrfurcht ausgesprochen. Oder war das etwa Besorgnis in der Stimme des jungen Offiziers?

Der Captain nickte und folgte ihm in den Kommunikationsraum, wo er sich über den Computer beugte und seine Lesebrille zurechtrückte. Er las sich die Nachricht durch, seufzte, und forderte den anderen Mann auf: „Bitte holen Sie den Ersten Offizier."

„Sofort, Sir." Der junge Offizier sputete sich.

Der Captain konnte sich nicht sicher sein, was gegenwärtig in Peking vor sich ging, aber diese Nachricht beantwortete zumindest eine seiner Fragen. Der Erste Offizier hatte in Bezug auf ihre spezielle Fracht recht behalten.

Admiral Song hatte ihn gewarnt, dass so etwas geschehen könnte – der Nebel des Krieges breitete sich in den Gängen der Regierungseinrichtungen aus. Verwirrung und Fehlinformationen waren die Nebenprodukte einer solch radikalen Vorgehensweise. Die chinesische Führung musste Jinshans Operation abgelehnt haben.

War ein Staatsstreich im Gange? Falls Admiral Song hinter Gittern sitzen sollte – würde Ning beim Einlaufen in ihren Heimathafen verhaftet werden? Vielleicht gab es ja noch einen Ausweg aus dieser Verschwörung ... Er schüttelte diesen Gedanken schnell wieder ab. Ning hatte bereits Stellung bezogen.

Admiral Song hatte ein Dutzend seiner zuverlässigsten und fähigsten Kommandanten für diese Operation ausgewählt. Ning gehörte zu dieser Gruppe. Song hatte sie in Jinshans engeren Zirkel eingeführt und dargelegt, was China bevorstand, wenn es keinen Krieg gegen die Vereinigten Staaten geben würde.

Die Einsätze, an denen sie teilhaben sollten, unterlägen der höchsten Geheimhaltungsstufe. Selbst Mitglieder des Politbüros würden nicht eingeweiht. Die loyalen und patriotischen Offiziere der Südseeflotte hatten sich verpflichtet, alles zu tun, was getan werden musste. Danach hatte Admiral Song in Vorbereitung auf Jinshans Krieg begonnen, sie im Rahmen von Geheimoperationen auf der ganzen Welt zu stationieren. Captain Nings Boot hatte in der Nähe der Insel mit Elitetruppen der chinesischen Marine Übungen durchgeführt, bevor sie zur Durchquerung des Pazifik ausgelaufen waren. Und auch wenn Captain Ning Cheng Jinshan nicht persönlich kannte, vertraute er Admiral Song bedingungslos. Der Admiral war ein brillanter Stratege und ein herausragender Offizier.

Dennoch fragte er sich, wie sie diese Scharade in Peking aufrechthalten konnten. Waren die politischen und militärischen Anführer dort so verwirrt, dass sie nicht wussten, wo sich ihre Militäreinheiten befanden oder welche Aufgaben ihnen übertragen wurden? Falls Song und Jinshan verhaftet worden waren, wieso gab die Insel weiter Befehle an sie aus? Befehle, die den Eindruck erweckten, als habe sich nichts geändert.

War es vielleicht ein Test? Um herauszufinden, ob Ning Peking oder der Insel gegenüber loyal war?

Oder waren Jinshan und Admiral Song vielleicht *gar nicht* verhaftet worden? Vielleicht war auch das nur eine Finte. Aber warum hatte Peking nach der Seeschlacht letzte Woche diese Nachricht verbreitet – die, die alle chinesischen Truppen aufforderte, die Waffen niederzulegen und weitere Feindseligkeiten einzustellen?

Er überflog die Mitteilung auf dem Monitor ein weiteres Mal und schüttelte den Kopf. Die Insel hatte ihm gerade eine Order erteilt, die in direktem Widerspruch zu der Aufforderung zur Gefechtseinstellung stand. Jetzt musste er entscheiden, welche Anweisungen er befolgen würde.

„Captain, Sie wollten mich sehen?“

Der Captain nickte in Richtung Bildschirm. „Lesen Sie."

Sein Erster Offizier war der zweithöchste Offizier an Bord des U-Boots und ihm untergeordnet, aber gleichzeitig sein engster und einziger Vertrauter. Captain Ning hielt große Stücke auf den Mann.

„Was halten Sie davon?"

Der XO sah ihm in die Augen. „Sehr merkwürdig, nach der Mitteilung des Oberkommandos der VBA-Marine von letzter Woche."

„Ganz meiner Meinung."

Der Captain blickte in Richtung Bugschott und überlegte.

„Sagen Sie dem Offizier im Steuerstand, er soll diese Koordinaten anpeilen. Halten Sie das Sonar im Auge, ob es etwas entdeckt, auf das diese Beschreibung passt. Falls wir es finden, folgen wir diesen Befehlen."

„Jawohl, Captain."

Der Erste Offizier verließ den Kommunikationsraum und erteilte verschiedenen Besatzungsmitgliedern ihre Befehle.

Der Kapitän nahm den Hörer ab und wählte eine dreistellige Nummer. Der Kommandant eines Sondereinsatzkommandos der Südseeflotte antwortete in seiner Kabine nur wenige Meter entfernt.

„Lieutenant Ping hier."

„Lieutenant, bitte bereiten Sie Ihre Männer auf einen sofortigen Einsatz vor."

Ein Moment des Zögerns. Nach zwei Monaten auf See und in Anbetracht der Nachrichten der letzten Woche reagierte der junge Offizier zunächst überrascht. „Jawohl, Sir, selbstverständlich."

„Melden Sie sich bei mir, sobald Sie soweit sind. Ich werde Ihnen Anweisungen erteilen. Wir haben eine dringende Mitteilung von der Insel erhalten."

Die chinesischen Sondereinsatzkräfte (SOF) unterscheiden sich sehr von den entsprechenden Einheiten der Vereinigten Staaten. Die VBA besteht aus knapp zweieinhalb Millionen Soldaten im aktiven Dienst, von denen ungefähr dreißigtausend Sondereinsatzkräfte sind. Das US-Militär im aktiven Dienst ist nur etwa halb so groß, die Mannstärke der Spezialeinheiten jedoch vergleichbar.

Doch obwohl die chinesischen Spezialeinsatzkräfte zahlenmäßig gut vertreten sind, mangelt es ihnen an Erfahrung. Die Sondereinsatzkommandos der Vereinigten Staaten sind durch jahrzehntelange militärische Auseinandersetzungen weltweit bestens trainiert. Ihre Einheiten bestehen aus erfahrenen Veteranen, die oft an spezialisierte Luftwaffenverbände angeschlossen sind. Im Gegensatz dazu setzen sich chinesische Sonderkommandos in der Regel aus auf zwei Jahre verpflichteten Rekruten und frisch ernannten Lieutenants zusammen. Chinesische Sonderkommandos sind dafür bekannt, dass sie extrem zäh und leistungsfähig, aber jung und unerfahren sind.

Lieutenant Ping war einer dieser relativen Neulinge. Es war sein viertes Jahr als Marineoffizier. Als Absolvent der neugegründeten Special Operations Academy in Guangzhou war er einer von nur fünfzig Offizieren im Spezialeinheitenregiment der Südseeflotte, eine der wenigen Sondereinheiten der chinesischen Marine.

Normalerweise verbrachte seine Einheit ihre Zeit überwiegend mit Training – aber in letzter Zeit wurden SOF-Einsätze von der chinesischen Militärführung verstärkt angefordert. Lieutenant Pings Regiment hatte Teams in diverse Regionen der Welt entsandt, um den chinesischen Machtanspruch zu untermauern und chinesische Interessen zu schützen. Ping und seine gleichrangigen Kollegen hatten harte Konkurrenzkämpfe ausgefochten, um für einen dieser begehrten Einsätze ausgesucht zu werden. Nachdem die Wahl unter anderem auf ihn gefallen war, begrüßte Ping die Gelegenheit, sich endlich in der Praxis bewähren zu können.

Er war an Bord eines Zerstörers der VBA-Navy zum Einsatz gegen Piraten im Golf von Aden in den Nahen Osten geschickt worden. Ihre Mission bestand darin, Frachtschiffe durch den international empfohlenen Korridor zwischen Somalia und dem Jemen zu eskortieren. Die Handelsschifffahrtsunternehmen hatten aus der hohen Zahl der Piratenüberfälle der letzten zehn Jahre gelernt und beschäftigten oft private Sicherheitsfirmen, um ihre wertvollen Schiffe zu begleiten. Dennoch kam es weiterhin zu Übergriffen durch Piraten.

Unter seiner Führung hatten mehrere Marinekommandos ein unter chinesischer Flagge fahrendes Handelsschiff von einer Bande krimineller Somalier befreit. Dafür hatte Ping von seinen Vorgesetzten viel Anerkennung erfahren und den Respekt seiner Untergebenen gewonnen. Pings Männer schätzten seine Gelassenheit und Entscheidungsfreudigkeit. Aber der junge Offizier war auch um seine Mannschaft besorgt und verlangte sich selbst mehr ab als seinen Leuten. Er war immer derjenige, der am härtesten arbeitete, der Erste in einer Besprechung und der Letzte, der das Übungsgelände verließ.

Aber seine heutigen Befehle warfen viele Fragen auf. Einige davon würde er dem Captain stellen. Andere würde er für sich behalten. In der Marine der VBA wurden ein paar gezielte Fragen als Zeichen von Intelligenz und Vorbereitung gewertet. Zu viele Fragen könnten mangelndes Verständnis andeuten oder, was weit schlimmer wäre, dass er die Weisheit seiner Befehle anzweifelte.

„Beseitigung der Besatzung ohne Ausnahme, heißt es hier.“

„Sie haben den Befehl richtig gelesen“, bestätigte der U-Boot-Kapitän.

„Wer sind diese Männer?“

„Verbrecher. Drogenschmuggler, so werden sie hier beschrieben.“

Ping sah auf seine Uhr, dann wieder auf den Bildschirm und seine Order. „Wir haben zwei Stunden Vorbereitungszeit.“

„Korrekt.“

Ping las sich die Instruktionen ein weiteres Mal durch. „Darf ich die Offiziersmesse nutzen, um die Einsatzbesprechung mit meinen Männern durchzuführen?“

„Selbstverständlich. Lassen Sie mich wissen, falls Sie etwas brauchen.“

„Gut. Wir werden alles besprechen und die nächste Stunde mit der Planung verbringen. Eine ungewöhnlich kurze Frist, aber wir werden bereit sein, Captain.“

„Ausgezeichnet, Lieutenant Ping. Ich wünsche Ihnen alles Gute.“ Der Captain streckte die Hand aus, die der junge Kommandant der Sondereinsatztruppe mit entschlossenem Blick ergriff und schüttelte.

Ping eilte durch die verschiedenen Abteilungen des U-Boots, in denen sich seine Männer aufhielten. Einige trainierten, andere schliefen. Fünf Minuten nach ihrer Benachrichtigung standen alle uniformiert in der Offiziersmesse und konzentrierten sich auf eine Karte. Die Planung nahm wie geschätzt eine Stunde in Anspruch. Sie studierten den Aufbau des Schiffs, das sie angreifen sollten, die Anzahl der Personen an Bord, deren vermutete Bewaffnung sowie ihre potenzielle Gefährlichkeit und den optimalen Einstiegspunkt.

Die Vorbereitungen für ihren Unterwasseraustritt nahmen weitere vierzig Minuten in Anspruch.

Für den Ausstieg durch die beiden Schleusenkammern direkt unterhalb der Rettungsluken des U-Boots bildeten sie vier Zweiergruppen.

Die Außentüren verliefen bündig mit dem Rumpf des U-Boots. Der Raum unmittelbar unter der äußeren Rettungsluke war die Schleusenkammer. Zwei Personen fanden gleichzeitig darin Platz. Ein Mitglied der U-Bootbesatzung stand neben der inneren Luke. Seine Aufgabe war es sicherzustellen, dass sowohl die äußere als auch die innere Tür geschlossen war, dass der Druck dem des Ozeans angeglichen, die Kammer mit Wasser geflutet und zur rechten Zeit wieder mit Luft gefüllt wurde.

Kurze Zeit später hatte die achtköpfige Sondereinheit das U-Boot verlassen und atmete mithilfe ihrer Sauerstoffgeräte. Ping und seine Crew schwammen die mehr als zweihundert Yard zum Schiff hinüber.

In etwa fünfzig Yard Entfernung durchbrachen sie kurz die Wasseroberfläche, um sich zu orientieren. Die Reflexion des Mond- und Sternenlichts schimmerte weiß auf der Oberfläche des Ozeans. Das Boot der Schmuggler war nur ein schwarzer Schatten, der sich im Meer träge auf und ab bewegte. Das Schiff lag antriebslos da – der Motor war abgestellt. Trotz des Wellengeplätschers vernahm Ping Stimmen. Sein Team bewegte sich auch mit der schweren Taucherausrüstung lautlos und schnell voran; an jedem Taucheranzug war ein mit einem Schalldämpfer versehenes Maschinengewehr befestigt. Sobald sie sich unter dem Boot befanden, würde Ping eine Entscheidung treffen müssen. Mithilfe von Enterhaken und Tauen konnten sie die fünf Fuß oberhalb der Wasserlinie überwinden. Aber das könnte zu laut sein, zudem kostete es mehr Zeit als die Alternative. Die zweite Einstiegsmöglichkeit war eine kleine Leiter am Heck. Hier stellte sich das Problem, dass sich die Besatzung aller Wahrscheinlichkeit nach in der Nähe aufhielt. Sie würden einer nach dem anderen hochklettern müssen. Falls die Schmuggler bewaffnet und ihnen zahlenmäßig überlegen waren, könnte dies für Pings Männer schlecht enden. Noch dazu befand sich direkt neben der Leiter die Schiffsschraube. Momentan war der Motor außer Betrieb, aber Ping wusste nicht, wie viel Zeit sie hatten, bevor das erwartete Schnellboot auftauchen würde. Der U-Boot-Kapitän war von einer Stunde ausgegangen. Würden sich die Schmuggler in Bewegung setzen, sobald sie Funkkontakt aufgenommen hatten? Oder würden sie sich ruhig verhalten, aus Angst, die Küstenwache oder Marinepatrouillen in der Gegend zu alarmieren?

Pings Männer würden ihm blind folgen. Manchmal war es nicht so wichtig, die richtige Wahl zu treffen, sondern sich zügig festzulegen. Er entschied sich für die hintere Leiter und signalisierte seinen Männern, ihren unnötigen Ballast und die Sauerstoffgeräte an dieser festzubinden.

Ping zog sich hoch, trat auf die erste Metallstufe und kletterte schnell nach oben. Er war schwer, denn außerhalb des Wassers behinderte ihn seine taktische Ausrüstung. Er warf sich auf das Schiffsdeck und griff nach seiner Waffe. Dann zog er seine Taucherbrille herunter, bis sie ihm um den Hals hing, lauschte und sah sich nach Anzeichen etwaigen Widerstands um.

Sein Team war dicht hinter ihm und folgte seinem Vorbild. Sie machten sich einsatzbereit und richteten ihre Waffen nach vorn, bemüht, in ihren sperrigen schwarzen Taucheranzügen möglichst keinen unnötigen Lärm zu verursachen.

Alle Lichter auf dem Schiff waren gelöscht. Von der Brücke her kamen Stimmen. Ping und seine Männer zogen aufsteckbare Nachtsichtbrillen aus ihren wasserdichten Brusttaschen und befestigten sie an ihrer Kopfbedeckung. Ein Schalter umgelegt, und die Geräte waren an. Die Nacht wurde zum Tag. Lautlos bewegten sich seine Männer in den vorab festgelegten Gruppierungen auf dem Wasserfahrzeug voran.

Ping schlich sich backbord am Außendeck entlang. Vor ihm lag eine überdachte Brücke. Ein anderes Team war an der Steuerbordseite unterwegs, während ein Drittes durch den Niedergang in die Kajüte abstieg. Das Schiff war nicht groß. Es würde nur Sekunden dauern.

Er hörte einen lauten Ruf, gefolgt von schnell gesprochenem Spanisch, dann das bekannte Knattern der schallgedämpften Maschinenpistole einer seiner Männer. Danach Geschrei unter Deck.

Eine Bewegung voraus. *Dort.*

Einer der Schmuggler stand plötzlich vor ihm. Der Mann kam mit den Händen an der Hüfte von der Brücke. Ping drückte auf den Abzug und feuerte eine Salve aus seinem Maschinengewehr ab. Der Körper seines Zielobjekts verkrampfte sich und brach auf dem Deck zusammen.

„Sauber!", rief ihm einer seiner Männer von der Brücke her zu.

Noch mehr Schüsse. Dieses Mal aus der Kajüte. Vor ihm auf dem Deck breitete sich ein Meer von Einschusslöchern aus und Ping rannte mit klopfendem Herzen rückwärts, um aus der Schusslinie zu kommen. Erneutes Gewehrfeuer. Ping beobachtete, wie sich zwei weitere seiner Leute mit an der Schulter fixierten Waffen die Treppe hinunterbewegten und kurze, kontrollierte Salven abgaben. Dann nichts als Stille.

„Alles sauber unter Deck."

Ping ging zur Brücke und testete das Funkgerät. Auf der Brücke-zu-Brücke-Frequenz drückte er dreimal die Mikrofontaste. Das U-Boot, auf Sehrohrtiefe, würde das Signal empfangen und wissen, dass der erste Teil seiner Mission erfolgreich verlaufen war.

Er richtete das Wort an seine Männer. „Verstauen Sie Ihre Taucherausrüstung und bereiten Sie sich vor. Das Schnellboot sollte jeden Moment hier auftauchen. Nach dessen Ankunft müssen wir es auftanken. Dann wechseln wir das Boot und steuern landeinwärts. Wir müssen vor Sonnenaufgang Festland erreichen. Haben Sie verstanden?"

„Jawohl, Sir." Seine Männer nickten.

So weit, so gut. Ping fragte sich, was die Insel wohl mit ihm und seinen Leuten vorhatte, wenn sie in Amerika eintrafen.

Sie würde es wissen.

Lena Chou. Ping hatte von ihr gehört – das hatten die meisten. Ping hatte sie sogar schon einmal gesehen, als er vor einem Monat zum Training auf der Insel war. Unterhalten hatte er sich noch nicht mit ihr.

Sie war wie ein Schatten. Eine elitäre Mischung aus Geheimdienstmitarbeiterin und Spezialeinheitenkämpferin. Eine von Jinshans Spezialagentinnen. Den Gerüchten zufolge war sie bis vor Kurzem noch bei einer amerikanischen Geheimdienstorganisation eingeschleust gewesen, bevor ihre Tarnung aufgeflogen war. Jetzt war sie Jinshans persönliches Aufräumkommando. Teil ihres Jobs war es, die Speerspitze der Spionage- und Sondereinsatzkräfte Chinas auf Spur zu bringen und zu optimieren.

„Da ist es, Lieutenant. Der Entfernungsmesser sagt zweitausend Meter." Einer seiner Männer spähte durch ein Nachtsichtfernrohr.

Ping sah auf die Uhr. „Ausgezeichnet."

Als das lange Schnellboot endlich längsseits im Wasser lag, warfen Pings Männer Fender aus und vertäuten es. Danach betankten sie das Schnellboot mit den Vorräten des Mutterschiffs.

Lena Chou kam an Bord des gekaperten Schiffs. „Wer hat hier das Sagen?“

„Ich bin Lieutenant Ping, Miss Chou. Meine Männer und ich stehen zu Ihrer Verfügung bereit.“

„Vielen Dank, Lieutenant. Wir müssen vor Tagesanbruch Land erreichen. Dort werden Ihre Männer Zivilkleidung anlegen, bevor wir unsere Reise nach Norden fortsetzen. Wie weit sind Sie über diese Mission unterrichtet?“

„Ich weiß, dass wir von Mexiko aus in die Vereinigten Staaten einreisen werde. Meine Männer sind auf alles vorbereitet.“

„Da bin ich mir sicher, Lieutenant Ping. Es wird nicht schwierig werden. Aber wir müssen uns bedeckt halten. Wie viele Ihrer Männer sprechen Spanisch oder Englisch?“

„Alle sprechen Englisch, Ma'am. Einige besser als andere. Zwei sprechen fließend Spanisch.“

Sie nickte. „Das genügt.“

Ping bemerkte eine dunkle Figur im Schnellboot, die zusammengerollt da lag. Er schien zu stöhnen.

„Wer ist das?“

„Er gehört zu mir.“

„Was fehlt ihm?“

„Seekrank.“

Ping lächelte.

Einer von Pings Männern kam auf sie zu, wobei er sich an der Reling festhielt, während der Seegang das Schiff hin- und herwarf. „Wir haben aufgetankt, Sir.“

Lena ging hinüber zu den Funkgeräten auf der Brücke, stellte eine Frequenz ein und setzte mehrere Funksprüche ab. Aber nichts von dem, was sie sagte, ergab für Ping einen Sinn. Es war Kauderwelsch. Oder Code.

„Miss Chou?“ Ping wusste, dass es keine gute Idee war, die Funkgeräte zu benutzen. Das US-Militär war in der Lage,

Übertragungen zu triangulieren. Die amerikanischen Nachrichtendienste könnten ihre Stimme mit gespeicherten Dateien abgleichen. Sie suchten sicher nach ihrer Stimme ... Lena sprach für eine volle Minute. Dann stellte sie das Gerät ab und drehte sich zu ihm um. „Sobald sich die Ermittler dieses Boot näher ansehen, werden sie anhand meiner Fingerabdrücke erkennen, dass ich hier war. Die Geheimdienste werden meine Stimme mit dem Funkspruch, den ich gerade abgesetzt habe, vergleichen und den Ursprungsort erkennen. Es gibt Personen, die uns Scheitern sehen wollen. Sie suchen nach mir. Das hier wird sie von meiner Spur ablenken."

„Ich verstehe." Er sah zum Schnellboot hinüber. „Dann sollten wir keine Zeit verlieren."

Lena nickte zustimmend. Er befahl: „Alle in das Schnellboot." Danach fragte er Lena, „Sollen wir uns vorher um die Leichen kümmern?"

Sie erwiderte: „Werfen Sie sie über Bord. Das sollte reichen."

Ping bellte einen Befehl, woraufhin die Toten kurzerhand in das dunkle Meer geworfen wurden. Im Sekundenabstand klatschte etwas auf das Wasser auf. Dann kündigte das dumpfe Dröhnen des Schnellbootmotors ihre bevorstehende Abfahrt an. Alle sprangen an Bord.

Lena schob den Gashebel nach vorn und sie rasten Richtung Nordosten davon.

3

Destin, Florida

David Manning saß unter einem überdimensionalen Sonnenschirm am Strand. Das saubere grün-blaue Wasser überspülte sanft den strahlend weißen Sandstrand der Golfküste. Seine dreijährige Tochter baute zusammen mit seiner Frau Lindsay nahe der Brandung eine Sandburg. Ihr Baby schlief im Schatten neben ihm.

Henry Glickstein kam auf ihn zu und schmierte dabei sein Gesicht großzügig mit Sonnencreme ein. Er trug einen Strohhut, eine übergroße Sonnenbrille und ein Tommy Bahama-T-Shirt.

„Schade, dass ihr nur jetzt Zeit habt, wo das Wasser hier noch etwas kühl ist. Ihr müsst wiederkommen, wenn es wärmer wird. Aber nicht im April – dann fallen hier Horden von Studenten ein, die alles ruinieren."

David beruhigte ihn. „Oh nein, es ist trotzdem wunderbar, Henry. Ich kann dir nicht genug danken, dass wir einige Tage hier verbringen können. Es ist warm genug für Maddie, um im Sand zu spielen. Das ist alles, was wir brauchen."

„Das Drama von gestern Abend tut mir leid. Ich hätte verhindern sollen, dass das Gesindel vorbeikommt, während ihr hier seid."

Am Abend vorher hatte Henry unerwartet Damenbesuch erhalten. Sie arbeitete wohl als Kellnerin in einem der weniger seriösen Etablissements im nahen Pensacola.

Davids Frau Lindsay hatte ihr die Stripperin in dem Moment angesehen, als sie durch die Tür kam. Gebleichtes blondes Haar und künstliche ... na ja, eben alles. Während David es amüsant fand, waren Henry ihre oft unangemessenen und nicht unbedingt intelligenten Beiträge zur Unterhaltung peinlich gewesen. David vermutete, dass Henry sich weniger für ihren Intellekt interessierte. Lindsays Augenbrauen blieben den Abend über hochgezogen, während ihr Glas Chardonnay stets gut gefüllt war.

Die junge Frau war zwar zum Grillen geblieben, hatte sich nach dem Essen aber unvermittelt verabschiedet, nachdem Henry ihr offenbart hatte, dass er an diesem Abend nicht mit ihr ausgehen konnte.

„Sie war ... ähm ... nett?" Etwas Besseres fiel David nicht ein. Sie konnte nicht älter als dreißig Jahre gewesen sein.

Henry lächelte, als wäre dies ein Kompliment gewesen. „Ja, ihr gefällt, dass ich in den Nachrichten war." Glickstein zuckte mit den Achseln und setzte sich auf den leeren Liegestuhl neben David. „Also, hast du von jemandem aus der Gruppe gehört? Von den Leuten der Red Cell, meine ich?"

Die Amerikaner der Red Cell-Einheit waren nach ihrer Befreiung aus der chinesischen Gefangenschaft auf eine US-Militärbasis gebracht worden.

„Sie wurden medizinisch versorgt und von Regierungsbeamten befragt. Ich habe einige schriftliche Aufzeichnungen der Nachbesprechungen gesehen."

„Dieses Mal Interviews mit Beamten unserer Regierung?" Henry lächelte.

„Das wollen wir hoffen", schnaubte David. „Wir haben ihre Familien eingeflogen, damit sie zusammen sein können. Ich denke, dass alle in Kürze wieder zu Hause sein werden."

„*Wir* – aha, so ist das also jetzt?"

„Jawohl, Sir. So ist das jetzt." David arbeitete inzwischen Vollzeit als Analyst für die CIA. Er war noch in der Eingewöhnungsphase, da er diesen Job erst seit einigen Wochen machte. Er war dem ressortübergreifenden SILVERSMITH-Team zugeordnet – einem Programm, das als Antwort auf Chinas zunehmend feindselige Haltung den USA gegenüber ins Leben gerufen worden war.

David war mitverantwortlich dafür, dass SILVERSMITH gegründet worden war. Er war unwissentlich an einer chinesischen Spionageaktion beteiligt gewesen. Zwanzig Amerikaner – unter anderem auch Henry Glickstein – waren getäuscht worden und hatten sich einer angeblich von der CIA gesponserten ‚Roten Zelle' angeschlossen. Diese Red Cell setzte sich aus US-Verteidigungs-, Geheimdienst- und Technologieexperten zusammen, deren Aufgabe es war, einen Plan für eine chinesische Invasion der USA zu erstellen.

David hatte jedoch schnell entdeckt, dass diese Red Cell tatsächlich Teil einer aufwendigen chinesischen Spionageoperation war. Diese zielte darauf ab, streng geheime amerikanische Informationen abzugreifen, um Chinas eigenen und kurz bevorstehenden Angriffsplan zu unterstützen. Die Aktivierung dieser Red Cell war die Idee von Cheng Jinshan gewesen.

Cheng Jinshan tanzte auf vielen Hochzeiten. Er war ein chinesischer Staatsbürger, der mehrere chinesische Internet- und Medienunternehmen leitete. Seine Firmen waren für einen Großteil der Cybersecurity und der auf Zensur spezialisierten Bereiche der chinesischen Technologieindustrie verantwortlich. Während seiner gesamten Karriere im Wirtschaftssektor war er gleichzeitig auch als Mitarbeiter des Ministeriums für Staatssicherheit tätig – dem chinesischen Äquivalent der CIA. Sein wirtschaftlicher Aufstieg hatte zunächst nur der Tarnung gedient. Aber Jinshans Macht war über die Jahre ins Unermessliche gestiegen.

Der Einfluss, den er in jeder seiner Positionen ausübte – im privaten Bereich als auch in der chinesischen Geheimdienstwelt – hatte ihn in die Stratosphäre der chinesischen Elite und Machthaber katapultiert. Selbst der chinesische Präsident hatte sich mit ihm angefreundet und ihn zum Vorsitzenden der Zentralen Disziplinarkommission der Kommunistischen Partei (Central Commission for Discipline Inspection, kurz CCDI) gemacht – normalerweise ein Kabinettsposten, der nur einem Politiker offenstand.

Diese CCDI war die chinesische Agentur, die Korruption in der Regierung ausrotten sollte. Jinshan hatte seine Autorität wie eine Waffe eingesetzt. Er hatte das CCDI dazu missbraucht, seine Macht zu festigen und seine Anhänger in Schlüsselpositionen der chinesischen Regierung zu manövrieren. Seine politischen Ansichten waren einzigartig. Jinshan war von der chinesischen Dominanz über den Westen besessen. Er träumte von der Erschaffung einer idealistischen Regierungsform, die von einem Kader von Technokraten angeführt wurde.

Jinshan hatte versucht, seine Vision durch eine weltweite Verschwörung zu realisieren. Admiral Song – ein Jinshan-Anhänger und Kommandeur der Südseeflotte der VBA-Marine – war insgeheim für die Organisation des militärischen Flügels von Jinshans Kampagne verantwortlich. Mithilfe eines komplizierten Netzwerks von Spionen und geheimer Kommunikationskanäle hatten Jinshan und Admiral Song in mehreren Teilen der Welt Täuschungsmanöver und verdeckte Operationen gegen die Vereinigten Staaten durchgeführt.

Diese Verschwörung gipfelte in einer Reihe von Seeschlachten im östlichen Pazifik vor der Küste Mittelamerikas. Davids Schwester, Victoria Manning, hatte während der Feindseligkeiten die USS Farragut kommandiert und letztendlich die US-Marine zum Sieg geführt.

Nach der Sicherung unwiderlegbarer Beweise für Jinshan und Admiral Songs Verrat hatten der Direktor der CIA und der amerikanische Präsident Kontakt mit dem chinesischen Präsidenten aufgenommen. Sie informierten diesen darüber, dass ihm in nur wenigen Tagen ein Putschversuch drohe, dessen Hauptanstifter Jinshan und Admiral Song seien.

Betroffen und überrascht von Cheng Jinshans skrupellosen Machenschaften hatte der chinesische Präsident schnell reagiert. Er hatte das chinesische Militär zum Rückzug aufgefordert und der US-Marine zugesagt, von Vergeltungsmaßnahmen abzusehen. Im Rahmen der stattgefundenen Auseinandersetzung hatten die Chinesen zuerst geschossen, während sich die USA auf notwendige Verteidigungsschläge beschränkt hatten. Die beteiligten chinesischen Marineeinheiten waren davon ausgegangen, legitime Befehle auszuführen und wurden für unschuldig befunden. Jinshan und Admiral Song waren die Verbrecher. Ebenso wie Lena Chou, wo auch immer sie sich aufhielt ...

Gegenwärtig herrschte Frieden zwischen den beiden Nationen. Dennoch waren die Angehörigen beider Staaten über den Verlust der Menschenleben mehr als aufgebracht. Beide Seiten sahen sich als Opfer eines massiven Unrechts. Der Frieden war zerbrechlich.

Henry entnahm der Kühltasche ein Mineralwasser. „Möchtest du auch eins?“

„Nein, danke.“

Er öffnete die Flasche und nahm einen Schluck. „Mir scheint, dass sich die Lage auffällig schnell beruhigt hat. Findest du nicht?“

David sah ihn an. „Was willst du damit sagen?“

„Unser Land wurde angegriffen. Ich weiß, die Chinesen haben sich öffentlich entschuldigt, aber trotzdem …“

„Du bist doch nicht einer dieser Irren, die verlangen, wir sollten jetzt ganz China den Krieg erklären, oder? Ich dachte, das wäre nur etwas für die politischen Webseiten. Was soll uns das denn bringen?“ Ein Großteil des Landes war immer noch in Aufruhr wegen der chinesisch-amerikanischen Seeschlacht. David wusste, dass es unfair war, Henry als verrückt zu bezeichnen und bedauerte es augenblicklich.

Henry erwiderte: „Du musst zugeben, sie haben nicht ganz unrecht, David. Hunderte kamen ums Leben. Wie viele waren es insgesamt?“

„Einschließlich des chinesischen Schiffs achthundertsiebzehn Menschen, glaube ich. Die meisten starben beim ersten chinesischen U-Boot-Angriff.“

Henry hob die Hände gen Himmel und schüttelte den Kopf. „Genau das meine ich. Sollen die Chinesen ungestraft davonkommen? Sie entschuldigen sich und das war‘s? Unser Präsident tut jetzt so, als sei das keine große Sache gewesen. Lasst uns das Kriegsbeil begraben und alles einem einzigen Mann in die Schuhe schieben.“

„Ich glaube nicht, dass das die Absicht des Präsidenten ist. Aber er hat wenig gute Alternativen. Angeblich arbeiten sie an einem neuen bilateralen Abkommen, das China zur Wiedergutmachung für seine Taten verpflichten soll.“

„Richtig. Das neue bilaterale Abkommen. Was wird der Präsident tun? Die Einfuhrzölle erhöhen? Dann machen sie dasselbe mit uns. Glaub mir, ich will sicher nicht, dass es noch mehr Opfer gibt. Trotzdem, es war eine *Kriegshandlung*.

Jinshan war das nicht allein. Chinas Militär war beteiligt. Es trägt ebenfalls Verantwortung. "

„Es war kein sanktionierter Militärschlag."

Henry verschränkte die Arme und sah ihn mehr als skeptisch an. „*Im Ernst?*"

Die gleiche Diskussion fand in Radiosendungen, Podcasts und Nachrichtenstudios auf der ganzen Welt statt. Alles lief darauf hinaus, dass China zu weit gegangen war. Die amerikanische Bevölkerung verlangte, dass das Land dafür zahlte.

„Hast du die Reportagen über die Beerdigungen verfolgt? Es gab eine große Beisetzung in Bogotá. Das versenkte Schiff der kolumbianischen Marine. Und die armen Kinder der US-Navy-Soldaten. Die vom Schiff deiner *Schwester*, Himmel noch mal."

David betrachtet seine Tochter, die neben ihm schlief. Sie war ein halbes Jahr alt und gerade dabei, aufzuwachen. David hielt sich den Finger an die Lippen.

Henry verstand und begann zu flüstern. „Ich sage ja nur, dass die Menschen wütend sind. Ihnen ist Unrecht widerfahren. Sogar der Aktienmarkt ist abgestürzt, seit all das an die Öffentlichkeit gekommen ist. Das GPS funktioniert nicht, das Internet ist nur noch halb so schnell wie vorher ..."

„Die Reparaturen laufen. Und es sind auch chinesische Seeleute umgekommen."

„Jetzt verteidigst du sie auch noch? Das war alles nur ein großes Missverständnis, oder was?"

„Henry, was willst du, den Dritten Weltkrieg?"

Henry runzelte die Stirn. „Das habe ich bereits verneint. Aber sie verdienen es, zur Rechenschaft gezogen zu werden. Eine Entschuldigung ist nicht genug."

„Jinshan und sein Komplize, der Admiral, stehen vor Gericht. Sie werden dafür bezahlen."

„Sagt wer? Der chinesische Präsident? Du vertraust denen, nach allem, was sie getan haben?"

„Du klingst *tatsächlich* wie einer dieser Fernsehexperten."

„Und du wie einer dieser Hippies, der ringsum nur Frieden verbreiten will. Sei nicht naiv, David. Du hast gesehen, wie sie sind. *Du* warst auf der Insel. Gerade du solltest es besser wissen."

„Was willst du damit sagen?"

Henry nahm einen weiteren Schluck aus der Flasche. „Ich kann einfach nicht akzeptieren, dass alles nur von einer einzigen Person ausgegangen sein soll, und sonst niemand Schuld trägt. Was ist mit Lena? Was ist mit ihr passiert?"

„Sie suchen nach ihr. Früher oder später wird man sie fassen. Es ist nur eine Frage der Zeit."

„Denkst du wirklich, China *weiß nicht*, wo sie sich aufhält? Sie wissen es, das gebe ich dir schriftlich."

David hielt es zumindest nicht für unmöglich, dass Henry in diesem Fall richtig lag. Bei der CIA wurden bezüglich Lena die gleichen Diskussionen geführt. Falls die chinesische Regierung sie vor ihnen aufspürte, würden sie die Amerikaner darüber informieren? Über ein Jahrzehnt lang war sie als Doppelagentin in die CIA eingeschleust gewesen. Die Chinesen würden sie für sich selbst beanspruchen – auch wenn sie an Jinshans nicht sanktionierten Operationen beteiligt gewesen war.

Lindsay und Maddie spazierten vom Strand her auf die beiden Männer zu.

„Daddy, Mommy sagt, ich darf einen Snack haben."

„Klar, mein Schatz. Mit Erdnussbutter und Marmelade?"

„Ja, bitte." Sie streckte ihm ihre sandigen Hände entgegen. David rieb sie ab, nahm ein Viertel eines Sandwiches aus der Kühltasche und reichte es ihr.

Lindsay zeigte auf Henrys Flasche. „Kann ich auch eins haben?“

„Aber sicher, gnädige Frau.“ Er reichte ihr ein Mineralwasser und Lindsay ließ sich auf ein Handtuch sinken.

„Schläft sie noch?“

„Gerade so. Sie fängt an, sich zu rühren.“

Lindsay saß neben David, ihre Knie berührten sich.

Sie fragte: „Henry, wie lange gehört dir dieses Haus schon?“

Das dreistöckige Strandhaus war beeindruckend. Großzügige Raumaufteilung, gut geschnittene Zimmer und eine tolle Aussicht. Lindsay sprach seit Jahren vom Kauf eines Strandhauses.

„Seit einigen Jahren. Ich habe es erstanden, nachdem ich mich selbstständig gemacht habe. Es ist schön, herkommen zu können, wann immer ich will.“

„Es ist ein Traum.“

„Oh ja. Der Ruhestand ist angenehm.“

„Laden dich die Agenturen mit den drei Buchstaben immer noch zu Gesprächen ein, oder sind sie fertig mit dir?“

Henry sah zu David hinüber. „Ich weiß nicht, ob ich darauf antworten darf, aber ja, gelegentlich bekomme ich noch Anrufe. Mittlerweile dürften sie aber davon überzeugt sein, meinem Gehirn alles entlockt zu haben, was ihnen momentan weiterhelfen könnte. Einen Job haben sie *mir* jedenfalls nicht angeboten.“ Er lächelte David an.

„Na ja, nicht jeder besitzt ein Strandhaus. Manche müssen dafür noch eine Weile arbeiten gehen“, hielt ihm David ebenfalls lächelnd entgegen. Henry lachte.

„Ich meine das ehrlich, Leute – ihr seid hier jederzeit willkommen. Auch wenn ich nicht da bin.“

Sie verbrachten noch zwanzig Minuten mit leichtem Geplänkel, bis das Baby aufwachte. Dann sammelten sie ihre Strandsachen ein und kehrten zum Haus zurück. Maddie durfte Zeichentrickfilme auf dem iPad anschauen. „Wir haben Urlaub", rechtfertigte Lindsay die zusätzliche Zeit vor dem Bildschirm.

Henry schaltete in der Küche Fox News ein, und die Erwachsenen bereiteten aus den Resten des gestrigen Abendessens eine Mahlzeit zu. Der Nachrichtenkanal lief leise im Hintergrund und David warf einen Blick auf die Schlagzeilen des Tages. Es war nach wie vor das bestimmende Thema.

BEZIEHUNG ZU CHINA NACH SEEGEFECHT WEITER ANGESPANNT

Einer der an der Diskussion Beteiligten war der erst kürzlich abgesetzte Nationale Sicherheitsberater. Er brachte Argumente für etwas vor, das er „strategische Geduld" nannte.

Der andere Teilnehmer war der China-Experte einer Ideenschmiede in D.C. Er behauptete, dass die politische Szene Chinas dem Roman und der Fernsehserie *Game of Thrones* ähnelte, mit all ihren Machtkämpfen und Verschleierungstaktiken. Seiner Ansicht nach würde sich erst mit der Zeit zeigen, wer die Lage beherrschte und was China vorhatte. David war seiner Meinung.

Henry reichte David ein Bier. Der öffnete es und trank einen Schluck. „David, ich hätte gerne deine Meinung zu etwas, das mich beschäftigt."

„Und das wäre?"

„Jinshan ist ein Meisterstratege, richtig? Ein Milliardär, ein Genie. Das denken alle."

„Stimmt."

„Warum also war er dann beim Angriff auf unsere Navy an der Küste Ecuadors so schlecht organisiert?“

David runzelte die Stirn. „Ich denke, sie handelten in Panik. Die Chinesen wurden von dem Team, das wir dort hingeschickt hatten, überrascht. Mehr kann ich dazu wirklich nicht sagen.“

„Ich weiß. Ich las online davon. Eine Black Ops-Einheit infiltrierte ihre Militärbasis in Manta. Blinzle zweimal, wenn ich richtig liege.“

David lächelte. „Kein Kommentar.“

Henry fuhr fort: „Was ich sagen will – Jinshan plante einen Putsch, oder? Der chinesische Präsident war nicht eingeweiht. Andernfalls hätte er Jinshan nicht verhaftet, nachdem die USA ihm die entsprechenden Beweise vorgelegt hatten. Stimmt's?“

David nickte. „Ich denke, die vorherrschende Meinung ist, dass Jinshan vorhatte, die Regierung zu stürzen.“

„*Und*?“

„Und was?“

„Die zeitliche Abfolge kommt dir nicht seltsam vor? Jinshan, der Meisterplaner, das Genie, war dabei einen Putsch zu inszenieren, schlägt aber nicht zu, solange das Eisen heiß ist? Worauf hat er gewartet? Er muss breite Unterstützung haben. Sonst würde das Ganze nicht funktionieren. Jinshan macht nichts ohne sorgfältige Vorbereitung. Sieh dir nur die Insel an.“

David spürte ein Kribbeln am Hinterkopf. Henry war etwas auf der Spur. „Sprich weiter.“

Henry betrachtete die hölzernen Bauklötze, mit denen Davids dreijährige Tochter nun spielte. Sie hatte einen Turm gebaut. „Jinshan baut also an dieser Festung, richtig? Seit Jahren arbeitet er daran. Sie wächst Stück für Stück. Militäreinheiten werden nach Übersee verschickt. Im Nahen Osten verfolgt er ausgeklügelte Pläne, um unsere dort stationierten Truppen zu beschäftigen und unserer Wirtschaft zu schaden. Und seine Cyberkrieger legen die amerikanischen Kommunikationssysteme lahm – wie z. B. unsere GPS-Satelliten. Mir kommt es so vor, als sei Jinshan nahe daran, seine Festung zu vollenden. Aber ein wichtiges Puzzleteil scheint noch zu fehlen. Er ist nicht Chinas Anführer."

David nippte an seinem Bier. „Da alle anderen Pläne so weit fortgeschritten waren, muss er zur Durchführung seines Putsches bereit gewesen sein. Ist es das, was du damit sagen willst?"

„Genau. Damit drängt sich mir die Frage auf – wieso hat er es *nicht* getan? Warum hat er den Staatsstreich zu diesem Zeitpunkt *nicht* durchgeführt?"

„Ich verstehe, was du meinst." David blickte auf das Meer hinaus. „Falls Jinshan also einen Umsturz plante und alles vorbereitet war, hätte er ihn relativ einfach ausführen können. Aber das hat er nicht getan. Warum nicht?"

Henry prostete David zu. „Eben. Das lässt mir keine Ruhe. Nach allem, was ich in der Red Cell erlebt habe, standen alle in den Startlöchern. Wenn sie den Zeitplan eingehalten haben, hätten sie mit ihren militärischen Übungen einen Angriff vorbereitet, der genau jetzt stattfinden sollte. Ihre Industriekapazitäten sollten auf die Produktion kriegswichtiger Güter umgestellt sein. Schiffscontainer sollten für den militärischen Gebrauch umgerüstet werden. Unterseekabel sollten durchtrennt werden. EMP-Angriffe. All das, was wir dort diskutiert haben. Womit wir uns in der Red Cell allerdings kaum beschäftigt haben, war, wie wir die chinesische *Führungsriege* überzeugen könnten."

„Nein", gab David zu. „Davon sind wir einfach ausgegangen."

„Richtig. Stattdessen sprachen wir davon, das chinesische

Volk für uns zu gewinnen. Herz und Verstand. Dessen allgemeine Unterstützung für den Krieg. Davon hat dieser Psychologe immer geschwafelt. Und Natesh, dieser Schweinehund."

David warf einen Blick auf seine Frau, die neben den Kindern stand und den Männern einen vielsagenden Blick zuwarf.

Henry fragte: „Was ist?"

Lindsay kam lächelnd aus der Küche auf ihn zu und flüsterte: „Du hast *Schweinehund* gesagt."

„Tut mir leid. Ich bin nicht daran gewöhnt, Kinder um mich zu haben." Henry lief rot an.

Sie winkte ab. „Wir nehmen dich nur auf den Arm. Habt ihr Lust auf ein Sandwich?"

„Gerne. Danke, Schatz", antwortete David.

Lindsay nickte und kehrte in die Küche zurück.

David wandte sich wieder an Henry. „Was, wenn diese beiden Dinge irgendwie zusammenhängen? Was, wenn Jinshan die Kontrolle über die chinesische Führung so lange nicht übernehmen kann, bis er die chinesischen Staatsbürger erfolgreich dazu motiviert hat, einen Krieg gegen die Vereinigten Staaten zu unterstützen?"

„Das könnte des Rätsels Lösung sein." Henry rieb sich das Kinn. „Was fehlt also noch – ein großes Ereignis, der ganz China veranlasst, die USA zu hassen? Wir haben ihre Schiffe *versenkt*. War das der Auslöser?"

David schüttelte den Kopf. „Nein, das bezweifle ich. Wir überwachen ihre Nachrichten und das Internet. Die chinesische Version des Geschehens schiebt nicht allein den Vereinigten Staaten die Schuld in die Schuhe. Sie sagen, es sei ein Unfall bei einer Übung gewesen, mit der Jinshan und Admiral Song irgendwie zu tun hatten. Laut der chinesischen Medien wurden sie wegen Verbrechen gegen den Staat verhaftet. Welche Verbrechen es waren, wird allerdings nicht erklärt."

„Du machst Witze.“

David schüttelte den Kopf. „Nein.“

„Wissen es die Leute denn nicht besser? Lesen Sie denn keine Nachrichten?“

„Momentan werden nur die vom Staat kontrollierten Nachrichten gesendet. Der Zugriff auf andere Nachrichtenquellen im Fernsehen oder über das Internet ist begrenzter denn je. Selbst an einem Ort wie Hongkong, das in dieser Beziehung traditionell großzügiger ist. Die große Firewall Chinas blüht und gedeiht.“

Henry warf ein: „Aber Chinas Führungsriege arbeitet doch mit uns zusammen, oder?“

„Bis zu einem gewissen Grad. Aber sie stehen sich selbst natürlich am nächsten. Die staatliche Nachrichtenagentur hat angekündigt, dass der Prozess gegen Jinshan und Admiral Song live im Fernsehen übertragen wird. Kannst du dir das vorstellen?“

„Ohne Scheiß? Wozu soll das gut sein?“

„Jemand in der chinesischen Regierung will wohl sicherstellen, dass ein Staatsstreich aussichtslos ist.“

„Das sind doch gute Nachrichten. Dann sind wir die Irren los.“

David bückte sich nach einem Bauklotz seiner Tochter und platzierte ihn vorsichtig auf ihrem Turm. Nachdenklich betrachtete er ihn. „Weißt du, dass mein Großvater in Pearl Harbor war?“

„Echt?“

„Ich weiß. Ziemlich beeindruckend, was? Er hatte Dienst auf einem der Schiffe, als die Bomben fielen. Ich hielt es immer für erstaunlich, dass eine Großmacht eine andere aus dem Nichts heraus angreifen konnte. Ich erinnere mich, ihn als Kind danach gefragt zu haben. Ich fragte: ‚Opa, *wusstest* du nicht, dass Japan angreifen würde?‘ Ich war noch klein und wusste nicht, dass man so etwas nicht fragen durfte.“

„Was hat er geantwortet?“

„Er sagte, dass es viele Anzeichen für einen Krieg mit Japan gab, aber – wie hat er es ausgedrückt? – er sagte, dass die Leute, die am Strand sitzen, normalerweise die beste Aussicht auf einen herannahenden Tsunami haben.“

Beide schwiegen einen kurzen Moment. Dann sprach David es aus: „Henry, was mich bei der Sache am meisten beunruhigt ... Wenn Jinshan auf ein großes geplantes Ereignis gewartet hat, auf etwas, das die gesamte chinesische Nation dazu bringen soll, gegen die Vereinigten Staaten in einen Krieg ziehen zu wollen – wer garantiert uns, dass uns dieses Ereignis nicht noch bevorsteht?“

Beim Lesen der Nachricht überkam Susan Collinsworth ein ungutes Gefühl. Susan war die CIA-Einsatzleiterin des SILVERSMITH-Programms, der ressortübergreifenden Task Force, die dem in letzter Zeit zunehmend aggressiven Verhalten Chinas entgegentreten sollte. Susan hatte Zugriff auf eine Reihe streng geheimer Informationen, die im westpazifischen Einsatzgebiet gesammelt wurden.

Ausgelöst wurde ihre Besorgnis durch die jüngste Nachricht eines Aktivpostens, der in der chinesischen Regierung einen ranghohen Posten bekleidete und den Codenamen GIANT trug. GIANT war seit Langem der Assistent von Sekretär Zhang, einem der mächtigen Mitglieder des chinesischen Zentralkomitees. GIANTs bürgerlicher Name war Dr. Jin Wang. Er war ein chinesischer Staatsbürger, der in den späten 80er Jahren in San Diego die Universität von Kalifornien besucht hatte. Man hatte ihm erlaubt, seine Ausbildung in den USA zu beenden, und er bekam kurz vor seiner Rückkehr nach China einen Doktortitel in Wirtschaftswissenschaften verliehen.

Während seiner Doktorandenzeit freundete sich GIANT mit einem Amerikaner an – einem Studenten der Berkeley-Universität, der auch an seiner Promotion arbeitete. GIANT wusste nicht, dass dieser amerikanische Student außerdem ein CIA-Agent war. CIA-Anwerber hielten Ausschau nach chinesischen Studenten, die sich eines Tages zu hochwertigen Quellen entwickeln könnten. Im Jahr 1989, kurz bevor GIANT sein PhD-Programm beendete, töteten chinesische Truppen mit Panzern und Sturmgewehren mehrere Hundert Demonstranten bei dem Tian'anmen-Massaker in Peking. GIANT verfolgte damals die amerikanische Presseberichterstattung. Die Situation machte ihm schwer zu schaffen.

Nach seiner Rückkehr nach Hause war GIANT nicht überrascht, dass sich die chinesische Berichterstattung über den Vorfall auf dem Platz des Himmlischen Friedens so krass von der amerikanischen unterschied. Aber es hatte ihn motiviert.

Ein paar Monate später traf er auf seinen Freund aus Berkeley. Das Treffen, das ein reiner Zufall zu sein schien, war bis ins kleinste Detail von der CIA geplant worden. GIANT erfuhr, dass sein Freund inzwischen beim US-Außenministerium arbeitete und einige Jahre in Peking stationiert sein würde. Die Männer setzten ihre Freundschaft fort. Sie gingen öfter miteinander essen und es gelang dem CIA-Agenten, GIANTs starke Abneigung gegen das chinesische Regime aus ihm herauszukitzeln. Schließlich schlug der CIA-Mann GIANT eine Zusammenarbeit vor. Männer wie GIANT würden gebraucht, wurde ihm gesagt. Amerika brauchte inoffizielle und informelle Kommunikationskanäle. Einblick in das Denken der chinesischen Führungsriege. GIANT könne dazu beitragen, dass China sich in eine freie und gerechte

Nation verwandelte, indem er ein vertraulicher Berater der amerikanischen Diplomaten- und Geheimdienstkreise wurde. Er könne helfen, ein China zu schaffen, in dem es nie wieder ein Tian'anmen-Massaker geben würde, wurde ihm gesagt.

Kurz darauf fing GIANT an, für die amerikanische Regierung zu spionieren und setzte diese Tätigkeit auch fort, als sein Ruf und seine Positionen an Bedeutung gewannen.

Inzwischen hatte er eine sehr hohe Ebene innerhalb der chinesischen Regierung erreicht: Stabschef eines mächtigen politischen Entscheidungsträgers. Deshalb und aufgrund der extremen Spionageabwehrmaßnahmen Chinas waren seine Berichte nur einer Handvoll Mitarbeiter der US-Regierung zugänglich.

Diese Geheimhaltungsstufe sollte ihn schützen und den ununterbrochenen Informationsfluss vonseiten einer verlässlichen und gut platzierten Quelle garantieren.

„Verdammter Mist", fluchte Susan beim Lesen der jüngsten Nachricht leise vor sich hin.

Sekretär Zhang und Präsident Wu fürchten, Jinshans Staatsstreich und seine feindlichen Operationen könnten noch nicht abgeschlossen sein. Viele Jinshan-Anhänger bekleiden nach wie vor wichtige Positionen, was zu ständigen Machtkämpfen führt. Habe Gerüchte von inoffiziellem Truppentraining in den Provinzen Guangdong und Liaoning gehört. Besonders interessant ist die Ausbildung in Liaoning. Habe kürzlich erfahren, dass dieses geheime Camp Spezialeinheiten beherbergt, die ein einzigartiges Training absolvieren. Abgefangene Nachrichten verrieten, dass diesem Lager im Rahmen von Jinshans Originalplänen eine immense Bedeutung zukam.

Susan trommelte mit den Fingerspitzen auf ihrem Schreibtisch und dachte nach. GIANTs Informationen gaben stets Aufschluss darüber, was im inneren Zirkel des Zentralkomitees vor sich ging. Aber so etwas wollte sie wirklich nicht hören. Jinshan saß im Gefängnis. Er sollte nicht länger in der Lage sein, Einfluss auszuüben. Standen die Dinge wirklich so schlecht um Präsident Wu, dass er seine politische Schlagkraft verlor? Das hatten ihre Analysten so nicht vorausgesagt. Genauso wenig wie eine unter falscher Flagge stattfindende chinesische Operation, die zwanzig ahnungslose amerikanische Verteidigungsexperten dazu brachte, nationale Geheimnisse auszuplaudern. Aber auch das war passiert ...

Sie sah auf ihren Terminplan für den Tag. Sie musste sich während einer Sitzung des Geheimdienstausschusses des Senats zur Verfügung halten, anlässlich derer der stellvertretende Direktor für geheime Operationen ein Update über SILVERSMITH ablieferte. Ihre Aufgabe war es, ihn mit Informationen zu den Fragen zu versorgen, die er selbst nicht beantworten konnte.

Die Geheimdienste drehten wegen der verminderten Satellitenkapazitäten fast durch. So schnell es ging wurden Ersatzsatelliten in Umlauf gebracht und Patches für verschlüsselte Datenlink-Netzwerke installiert. Aber der Genesungsprozess verlief langsam – Amerika konnte nur eine begrenzte Anzahl von Satelliten nacheinander ins All befördern. Und viele der Datenlink-Netzwerke galten noch immer als Sicherheitsrisiko. Die Chinesen hatten die weltraumgestützte Aufklärung und Kommunikation der USA auf Monate, wenn nicht auf Jahre lahmgelegt. Natürlich wussten es hinterher alle besser und wiesen sich abteilungsübergreifend die Schuld zu. Und da SILVERSMITH das „CIA-Sonderprogramm für China“ war, wie ein Senator es getauft hatte, stand *Susan* unter massivem Druck, die Lücken in der Nachrichtengewinnung zu stopfen.

Ihr Schreibtischtelefon blinkte. Das spezielle Licht. Der Direktor.

Doppelter Mist.

Seit ihr die Leitung von SILVERSMITH übertragen worden war, hatte der Direktor angefangen, sie nach Belieben um Updates zu bitten. Das war verständlich, angesichts der Schwere der Lage. Aber nachdem sie jahrzehntelang im Außendienst tätig gewesen war, fühlte sich Susan hier im Hauptquartier wie ein Fisch auf dem Trockenen. Sie hasste die häufigen persönlichen Unterrichtungen der Führungsebene, die unablässige Sorge über mögliche politische Auswirkungen, und vor allem die Winkelzüge der egozentrischen Karrierebürokraten.

„Direktor Buckingham, was kann ich für Sie tun, Sir?", antwortete sie.

„Susan, haben Sie einen Augenblick Zeit? Kommen Sie bitte in mein Büro."

„Selbstverständlich."

Susan brauchte fünf Minuten, um das siebte Stockwerk zu erreichen.

Der Direktor stand in seiner Anzugjacke hinter dem Schreibtisch. „Haben Sie die Neuigkeiten von GIANT gelesen?"

„Jawohl, Sir. Ich war gerade dabei."

„Heute Nachmittag treffe ich den Geheimdienstkoordinator und den Präsidenten. Einige dieser neuen Informationen werde ich meinem Bericht hinzufügen. Wie kann ich Ihnen helfen?"

Susan mochte den CIA-Direktor. Er war der Typ Vorgesetzter, der seine Leute in jeder Hinsicht unterstützte und Hindernisse aus dem Weg räumte.

Sie zögerte nicht. „NG & A für Liaoning, Sir." Nachrichtengewinnung und Aufklärung. Sie wollte Bildmaterial von dem chinesischen Militärlager, das GIANT erwähnt hatte.

„Ist der Antrag schon gestellt?"

„Jawohl, Sir. Ich bitte schon seit Wochen um NG & A für

mehrere chinesische Standorte, komme aber nicht weiter. Das Lager in Liaoning ist eine meiner neuen Prioritäten. Bislang habe ich seine Überwachung noch nicht beantragt, aber die Antwort kenne ich bereits. Die Satelliten sind dezimiert, Drohnen anfällig für chinesische Abwehrmaßnahmen und Cyberangriffe. Ich habe General Schwartz gegenüber sogar die SR-72 erwähnt, die er daraufhin im Pentagon vorschlug. Die lehnten ab, sie wäre nicht das geeignete Hilfsmittel für uns. Sie ist noch nicht voll einsatzbereit."

Stirnrunzelnd knöpfte sich der Direktor sein Jackett zu. „Ich stimme Ihnen zu, dass wir Informationen über diese Ausbildungslager brauchen. Und es ist richtig, uns stehen nur wenig NG & A-Optionen zur Verfügung. Ich werde es ansprechen. Aber wenn der Nationale Aufklärungsdienst und das Pentagon Einwände erheben, müssen wir uns etwas anderes einfallen lassen. Arbeiten Sie bitte mit General Schwartz an möglichen Alternativen. Seien Sie kreativ."

„Jawohl, Sir", erwiderte sie, als sie ihm aus dem Büro folgte, wo ihn zwei Sicherheitsbeamte erwarteten. Susan blieb zurück.

Fantastisch. Wie zum Teufel sollte sie ohne NG & A-Unterstützung verdeckte Informationen über ein geheimes chinesisches Camp einhundert Meilen landeinwärts sammeln?

4

USS Farragut
Östlicher Pazifik

Normalerweise wurden Reparaturen im Hafen durchgeführt. Die US Navy hatte allerdings entschieden, dass gegenwärtig außergewöhnliche Umstände vorlagen. Nach nur zweiundsiebzig Stunden in Panama City lief die *Farragut* wieder zur Patrouille auf dem östlichen Pazifik aus. Mechaniker und vertraglich verpflichtete Wartungsmannschaften blieben an Bord, um die vom Schrapnell eines chinesischen U-Boot-Geschosses zerstörten Schiffskomponenten wie etwa Teile der Brücke und Abteilungen im Bug instand zu setzen.

Lieutenant Commander Victoria Manning stand auf dem Flugdeck und sah zu, wie die Skyline von Panama City am Horizont versank. Ihr einziger Hubschrauber befand sich im Backbordhangar für seine tägliche Wartungsinspektion.

Lieutenant Bruce „Plug" McGuire kam auf sie zu. „Sie wissen, weshalb wir auslaufen mussten, oder?"

„Weshalb?"

„Die chinesischen Schiffe – die drei verbliebenen – werden morgen in Panama erwartet.“

Victoria sah ihn skeptisch an. „Wo haben Sie das gehört?“

„Gerüchteküche.“

„Die ist nicht unbedingt zuverlässig. Ist das die gleiche Gerüchteküche, die behauptet hat, wir würden heute durch den Kanal nach Hause segeln, anstatt aufs Meer hinauszufahren?“

„Vielleicht.“

„Hah“, triumphierte sie.

„Es wird in den Nachrichten kommen“, versprach Plug in seinem überzeugendsten *Sie werden schon sehen*-Tonfall. „Das werden sie nicht verheimlichen können. Ich habe gehört, dass sie es nicht nach China zurückschaffen, deshalb hat sich die US-Regierung damit einverstanden erklärt. Und wir sollen nicht im Hafen sein, um möglichen Ärger zu vermeiden.“

„Glauben Sie wirklich, dass unsere Seeleute den Chinesen auf deren Schiffen etwas antun würden?“

Plug zuckte mit den Achseln. „Wir haben vierzehn unserer Schiffskameraden verloren, Boss, einschließlich dem Captain und dem First Officer. So etwas vergibt man nicht so leicht.“

Victoria nickte. „Erstaunlich, wenn es stimmen sollte. Die ganze Situation ist wie ein absurder Traum. Nichts macht wirklich Sinn. Ich kann nicht glauben, dass China so zerrüttet ist, dass ein abtrünniger Milliardär und ein Admiral solch einen Schaden anrichten können.“

Lieutenant J. G. Juan „Spike“ Volonte kam in Sportkleidung und schweißtriefend aus dem offenen Hangar an Steuerbord. Er entdeckte Victoria und Plug und schlenderte zu ihnen hinüber. „Hallo, Leute.“

„Spike.“ Plug salutierte zum Scherz.

„Gute Nachrichten?“

Victoria erwiderte: „Ich habe mit dem Captain gesprochen."

„Dem Neuen?"

„Dem *Captain* dieses Schiffs, *Lieutenant*", betonte Victoria.

Plug deutete mit dem Daumen auf sie und sagte zu Juan: „In letzter Zeit betont sie meinen Dienstgrad auffällig oft. Seit ich einen ihrer Hubschrauber ins Meer gesetzt habe. Manchmal habe ich fast den Eindruck, sie weiß nicht, was sie an mir hat."

Victoria starrte ihn an. „Morgen Abend können wir wieder fliegen. Ich will die Decklandequalifikation üben. Das ist eine Weile her."

„Wie viele Stunden?", erkundigte sich Plug.

„Wieso?"

„Mit einem Fünf-Punkt-Null könnten wir unser nächstes Wartungsfenster erreichen."

„Ich bin mir nicht sicher, ob der Captain über einen so langen Zeitraum DLQs durchführen lassen will, aber ich kann fragen."

„Falls nicht, könnten wir dann vielleicht einen anderen Flug hinten dranhängen, um das Fenster zu erreichen?"

„Sicher, warum nicht", sagte Victoria lächelnd.

Am nächsten Abend hatte Juan das Gefühl, als ob er diese Hubschrauber-Sache endlich in den Griff bekäme. Der zwanzigtausend Pfund schwere Seahawk-Helikopter schwebte über dem rollenden Flugdeck der USS *Farragut*. Er bewegte den Steuerknüppel viel behutsamer als früher. Aus diesem Grund brauchte der Hubschrauber weitaus weniger Korrekturen, wenn er unweigerlich über seine vorgesehene Schwebeposition hinausschoss.

„Gut. Gut. Schöne, vorsichtige Bewegungen. Viel besser als bisher, Spike." Victoria klang wie eine stolze Mutter.

„Danke, Boss." Juan hatte Schwierigkeiten, unter diesem Stress normal zu klingen. Seine Muskeln waren angespannt und er schwitzte stark.

Der Aircrewman, das Besatzungsmitglied im Heck, verkündete: „Vorsichtig nach rechts, zwei ... eins ... über dem Landegrid."

Mit der linken Hand drückte Juan den Collective nach unten, während seine rechte Hand schnelle, winzige Anpassungen am Steuerknüppel durchführte, um den Hubschrauber über dem hinteren Deck des rollenden Zerstörers zu halten. Das Fluggerät senkte sich gleichmäßig aus seiner Höhe von fünf Fuß ab und landete mit einem leichten Hüpfer auf dem Stahldeck. Juan wusste, dass die strapazierfähigen Radaufhängungen für holprige Landungen gemacht waren. Er hatte gelernt, dass er schneller runtergehen musste, als ihm lieb war, damit er über dem rollenden Schiff die richtige Position nicht wieder verlor.

„In der Falle. Gute Arbeit, Sir."

Eine Welle der Erleichterung überkam Juan.

Über das Funkgerät hörte er: „In der Falle, Harpune eingerastet. Gesichert."

Caveman, der zweite Juniorpilot, der heute als Landing Signal Officer Dienst schob, war für die Kontrolle der hydraulisch betriebenen Metallvorrichtung direkt unterhalb des Helikopters verantwortlich. Eine ein-Fuß lange Metallstange ragte aus dem Unterbauch des Hubschraubers hervor. Juan war so präzise gelandet, dass diese Stange genau in ein drei auf drei Fuß großes Metallrechteck auf dem Flugdeck ragte. Caveman hatte den Schalter umgelegt, der die Verriegelungsbalken aktivierte, woraufhin die gezackten Zähne der Metallstange eingerastet waren.

„Keile und Ketten“, rief Victoria und gab die entsprechenden Handsignale an die Seeleute weiter, die auf das Deck hinausliefen, um den Helikopter anderweitig zu sichern. Da das Schiff konstant rollte, konnte eine massive Welle eine Bewegung verursachen, die einen Hubschrauber zum Umkippen brachte– mit katastrophalen Folgen; daher bestand die Notwendigkeit, ihn extrem zu sichern, wenn sie nicht gerade im Begriff waren zu starten oder zu landen.

Jetzt gerade stand ein Besatzungstausch an.

„Guter Flug, Juan. Viel besser als im letzten Monat. Sie werden den HAC, den Helikopterkommandanten, ohne Probleme schaffen.“

„Beschreien Sie es nicht, Boss.“

Victoria lächelte. Sie entledigte sich der Sicherheitsgurte und entstöpselte das schwarze Kommunikationskabel, das von der Decke zu ihrem Helm verlief. „Ich bin draußen.“

Plug war als Nächstes dran. Juan würde mit ihm fliegen. Eine willkommene Abwechslung. Obwohl Juan gern mit seiner Vorgesetzten flog – er bewunderte sie als Pilotin und Offizierin – war sie dennoch eine anspruchsvolle Ausbilderin.

Seine Flüge mit ihr bestanden aus immerwährenden Frage- und Antwort-Lektionen. Sie versuchte unablässig, ihn zu einem besseren Piloten und Entscheidungsträger zu machen, indem sie ihn einer vertrackten Situation nach der anderen aussetzte, um seine Reaktionen zu testen.

Das Fliegen mit Plug war ganz anders.

„Hey, Kumpel.“ Plug hatte gerade seine Kopfhörer angeschlossen. „Heute Abend Lust auf ein Filmzitate-Quiz?“

„Klar, warum nicht ...“ Juan lächelte. „Kann ich noch schnell pinkeln gehen?“

Plug ließ sich vorsichtig in den rechten Sitz des Cockpits fallen. „Sicher, ich will mich nur erst anschnallen.“ Er zog die Gurte fest und stellte den Sitz neu ein. „Mann, der Boss ist so winzig. Wieso darf die überhaupt fliegen? Die können ihr bei der fliegerärztlichen Untersuchung unmöglich die Flugtauglichkeit attestiert haben. Hatte an dem Tag sicher Einlagen in den Schuhen. Okay, ich habe die Steuerung. Geh pinkeln."

Juan schnallte sich ab und lief unter den Rotorblättern hindurch zum Hangar. Er nahm seinen verschwitzten Helm ab und ging mit seiner schweren Ausrüstung durchs Schiff. In der Offiziersmesse saßen einige, die gerade ihren sogenannten Mittelwächter, einen Mitternachtsimbiss, einnahmen.

„Hey, Sir, haben Sie schon was gegessen?", rief ihm der Petty Officer First Class aus der Kombüse der Offiziersmesse hinterher.

„Noch nicht."

„Soll ich euch was einpacken?"

„Gern, danke. Das wäre nett."

Als Juan von der Toilette zurückkam, hatte der Petty Officer zwei weiße Pappkartons für ihn vorbereitet. „Da sind Gabeln und Messer drin. Nicht wegwerfen!"

„Hey, danke, CS2."

„Für den Kerl, der das U-Boot versenkt hat, mache ich alles."

Juan sah ihn an und nickte nur. Er wusste nicht, was er sagen sollte. Er machte sich mit den verpackten Mahlzeiten in der Hand durch die Offiziersmesse und den Hauptkorridor des Schiffs auf den Weg zurück zum Hangar. Nachdem er seinen Helm wieder aufgesetzt und auf dem dunklen Flugdeck sein Ziel erreicht hatte, übergab er dem dritten Besatzungsmitglied im hinteren Teil des Helikopters ein Essen. Dieser bedankte sich, indem er einen Daumen hochhielt.

Juan öffnete die linke Cockpit-Tür, stöpselte das Kommunikationskabel in den Helm und schnallte sich wieder an.

„Hat der CS2 Ihnen das gegeben, Sir?" fragte Naval Aircrewman Fetternut.

„Ja, warum?“, erkundigte sich Juan, während er seine Nachtsichtbrille herunterklappte und seine Ausrüstung justierte.

„Ich hab ihn heute in der Messe getroffen. Sie haben einen Fanklub, wissen Sie das?“

Plug ermahnte: „Okay, wir reden, wenn wir in der Luft sind. Ich will *die Schuhe* nicht verärgern, indem wir sie zu lange an Deck halten. Checkliste!“ „Die Schuhe“ war der leicht abfällige Ausdruck, mit dem Piloten manchmal die Angehörigen des nicht fliegenden Personals bezeichneten. Das hatte damit zu tun, dass Piloten traditionell braune Schuhe trugen, während die Uniform anderer Marineoffiziere schwarze Schuhe vorsah. Schwarze Schuhe, kurz „die Schuhe“.

Die Crew absolvierte ihre Checks und bat das Schiff um die Startfreigabe. Kurz danach hoben sie vom Deck ab, hielten nach achtern und sahen, wie sich das Schiff langsam unter ihnen weg entfernte.

„Nase nach links.“

„Roger“, bestätigte Juan. Seine Augen konzentrierten sich auf die Instrumente. Alles andere um ihn herum war schwarz. Selbst das grüne Bild durch die Nachtsichtbrille war verschwommen und nutzlos, da es nichts gab, auf das er sich hätte fokussieren können.

„Schuberhöhung. Eine … zwei … drei positive Steigraten.“

Juan spürte, wie sich die Nase des Hubschraubers leicht senkte und überwachte sorgfältig den Radarhöhenmesser, den barometrischen Höhenmesser und das Variometer. Alle drei Geräte zeigten an, dass der Hubschrauber an Höhe gewann. Beim Nachtflug über Wasser, so wie heute, verließen sie sich fast ausschließlich auf die Instrumente. Es gab einfach zu wenig visuelle Reize.

„Radarhöhenmesser an.“ Juan legte den Hebel um.

„Roger“, bestätigte Plug. „Halte auf eintausend.“

„Roger“, bestätigte Juan.

„Also, hat dich der Boss zu den Grenzwerten und Notfallverfahren befragt?“

„Oh ja“, erklärte Juan.

„Sie war gnadenlos wie immer, Sir“, fügte AWR1 Fetternut hinzu.

Plug sagte an: „Rechts auf null-vier-fünf.“

„Roger, null-vier-fünf.“

„Okay, wenn der Boss sich bereits um dein Training gekümmert hat, dann können wir ja einfach quatschen.“

„Klingt gut.“

Juan wusste, dass dies Plugs Rechtfertigung dafür war, dass er ihn nicht abfragte; er wollte sich nämlich viel lieber entspannen und amüsieren, während sie einige Stunden Löcher in den Himmel brannten. Jeder Pilot war anders. Ihre Flugweise entsprach gewöhnlich ihrer Persönlichkeit. Plug war meist unbeschwert, aber extrem detailversessen und kompetent, wenn er musste. Wie auch ihr weiblicher Airboss war er ein überaus talentierter Pilot. Manchmal fragte sich Juan, ob er jemals ihr fliegerisches Können erlangen würde. Einigen lag es im Blut. Andere mussten hart dafür arbeiten. Juan zählte sich selbst zur zweiten Gruppe.

Plug kündigte an: „Also, das Spiel heißt ‚Würdest du lieber …?‘. Würdest du lieber für den Rest deines Lebens zwanzig Minuten zu früh kommen oder zehn Minuten zu spät?“

Fetternut warf ein: „Sir, Sie kommen immer zehn Minuten zu spät.“

„Okay, Fetternut, Sie sind raus. Spike?“

„Keine Frage. Ich komme lieber zu früh. Beim Militär musst du einfach bei jeder Gelegenheit zu früh erscheinen. Wie heißt es so schön? Fünfzehn Minuten früher ist pünktlich, zur angegebenen Uhrzeit ist zu spät, und wer spät dran ist, bleibt besser gleich weg."

„Okay, das war einfach", räumte Plug ein. „Würdest du lieber den Rest deines Lebens allein verbringen oder von anstrengenden Leuten umgeben sein?"

Fetternut fragte: „Wie anstrengend?"

„Wie das nervigste Mädchen, mit dem Sie je ausgegangen sind."

„Okay. Hm. Damit kann ich umgehen. Lieber von nervigen Leuten umgeben. Allein hätte man ja nie Sex. Das wäre wirklich doppeltes Pech ..."

„Spike?"

„Allein."

„Hey, Sir, ich habe einen Radarkontakt auf eins-fünf-fünf in sechzig Meilen Entfernung. Das einzige Objekt weit und breit."

Juan drückte einige Tasten auf seiner Konsole. „Ich habe den Anflug einprogrammiert. Folge einfach der Nadel."

„Verstanden. Drehe nach rechts." Der Hubschrauber kippte nach rechts und richtete sich anschließend auf seinem neuen Kurs wieder auf. „Okay, würdest du lieber zehn Jahre in einem schrecklichen Job arbeiten und dann in Rente gehen, oder deinen Traumjob haben, aber dafür ewig arbeiten müssen?"

„Ist das nicht im Grunde das, was uns das Militär bietet?"

„Komm schon, sag so was nicht! Liebst du das hier etwa nicht?"

„Das Fliegen schon. Aber mit euch Jungs auf einem Schiff festzusitzen ..."

Gelächter.

Juan wechselte das Thema. „Also, Fetternut, was sagten Sie über die Jungs auf dem Mannschaftsdeck?"

„Ach ja, Sir, Sie haben einen Fanklub an Bord. Jeder kennt

jetzt Ihren Namen. Sie sprechen von Ihnen nur noch als demjenigen, der das U-Boot versenkt hat. Sie sind berühmt. So wie der Typ, der Bin Laden erschossen hat.“

Juan bemerkte, dass Plug ihm durch seine Nachtsichtbrille mit grün erleuchteten Augen einen besorgten Blick zuwarf, sich aber nicht weiter äußerte.

Juan fühlte sich seit dem Ereignis nicht mehr besonders wohl in seiner Haut. Sich Filme über den Krieg anzuschauen und Bücher darüber zu lesen war eine Sache, aber tatsächlich auf den Knopf zu drücken, eine ganz andere. Einen Torpedo abzuwerfen und das Wildwasser eines explodierenden Unterseeboots hoch in die Luft schießen zu sehen – im Bewusstsein, dass alle Seelen an Bord verloren waren, war ein einschneidendes Erlebnis. Dieser Tag hatte ihn schon viel Schlaf gekostet. Falls nötig, würde er es wieder tun. Aber er hoffte, nie wieder einer solchen Situation ausgesetzt zu werden.

Plug drehte den Kopf zur Seite und suchte mit seiner Nachtsichtbrille durch die Fenster den Himmel ab. „Fetternut, wie weit ist der Radarkontakt von uns entfernt?“

„Noch ein gutes Stück, Sir. Über vierzig Meilen.“

„Okay. Ich überlege mir die nächste Frage …“

Juan schlug vor: „Ich kenne einen Witz. Wie wäre es damit?“

„Spike? Ein Witz? Unmöglich. Geht es dir gut?“

Juan ignorierte ihn und setzte an. „Also, eine Gruppe IS-Kämpfer im Irak versteckt sich in einer Lehmhütte. Der Anführer erklärt: ‚Okay, Männer, die Amerikaner kommen immer näher und es gibt Berichte, dass die CIA sogar unsere Reihen infiltriert hat. Also sage ich euch jetzt, was wir tun werden. Wir werden die Wachposten verdoppeln.‘“

Plug unterbrach ihn. „Klingt, als sei der Kerl ein Operationsoffizier der Marine …“

„Zwei Männer pro Wache statt einem. Omar und Muhammad, ihr seid zuerst dran. Zweite Schicht, Rahim und Ahmed. Dritte Schicht, Hamid und Bobby."

AWR1 Fetternut lachte.

Juan sah, dass auch Plug lächelte. „Ja, schon kapiert. Weil Bobby von der CIA ist. Lustig." Er gab ein Jaulen von sich. „Also, 2P, finde das Boot für mich. Es ist das Einzige, das heute Nacht unterwegs ist."

Juan legte seine Hände auf die Steuereinheit der nach vorne gerichteten Infrarotkamera – der FLIR, wie sie auch genannt wurde. Er drückte einige Knöpfe und auf seinem Bildschirm wurde das Kamerabild angezeigt.

Der Monitor zeigte ein grünes Meer mit einem flachen Horizont und ein paar Wolken. Juan bewegte die Kamera mit dem Daumen. „Peilung?"

„Ungefähr zehn Grad rechts von Ihrer jetzigen Peilung, Sir."

„Okay, ich glaube, ich habe sie."

Ein kleiner weißer Punkt am Horizont des Bildschirms war die einzige Abweichung auf einem ansonsten symmetrischen Bild.

Plug fragte: „Wie weit sind wir von Mom entfernt?"

„Beinahe siebzig Meilen bis zur *Farragut*."

„Okay, nimm Kontakt auf und gib durch, dass wir für einen Augenblick die Verbindung verlieren könnten."

Juan vergewisserte sich, dass er die richtige Frequenz ausgewählt hatte. Dann trat er auf den Fußhebel, um über das UHF-Funkgerät zu senden. „*Farragut*-Kontrolle, Cutlass 471."

„471, Kontrolle."

„471 überprüft einen Oberflächenkontakt siebzig Meilen nördlich von Ihnen. Möglich, dass wir einen Moment Kontakt verlieren, aber in fünf Minuten sollten wir wieder da sein."

„Verstanden, 471."

Plug kündigte an: „Sinkflug auf zweihundert Fuß."

„Roger, von eintausend runter auf zweihundert."

„Eintausend auf zweihundert."

Juans Augen waren unablässig in Bewegung, als er seine diversen Informationsquellen absuchte. Er blickte durch sein Nachtsichtgerät nach draußen, um zu sehen, ob es andere Luft- oder Oberflächenkontakte in der Nähe gab. Nichts. Dann konzentrierte er sich auf seine Instrumente, um Plugs Sinkflug auf zweihundert Fuß über dem Wasser zu überwachen. Dies war eine entscheidende Aufgabe jedes Besatzungsmitglieds. Obwohl es ein einfaches Manöver war, konnte es tödlich ausgehen, wenn der Pilot abgelenkt wurde und zu viel an Höhe verlor. Juan kontrollierte abwechselnd den Radarhöhenmesser, den barometrischen Höhenmesser und das Variometer.

Kurz bevor sie ihre geplante Flughöhe erreichten, sagte er an: „Noch fünfzig Fuß."

„Roger." Der Höhenmesser stoppte bei 200. „Zweihundert Fuß, Radarhöhenmesser an."

„Roger, zweihundert Fuß." Juan warf einen Blick auf den Radar-Altimeter, das zuverlässigste Instrument des Autopiloten bei der Höhenbestimmung.

„Sieht wie ein Fischkutter aus."

„Ja", stimmte Plug zu. „Ich mache eine Runde über rechts."

„Roger."

Juan spürte, wie sie zunächst nach links und dann wieder nach rechts kippten, und so einen großen Kreis um das Boot zogen. Er bediente die FLIR, um das Schiff die ganze Zeit im Fokus zu behalten.

„Was meinst du? Fischer oder Drogenschmuggler?"

„Gibt es Informationen über Drogenschiffe in diesem Gebiet?"

„Nein."

„Ich sehe keine Bewegung auf dem Deck."

„Ich auch nicht. Kannst du den Namen erkennen?“

„Unmöglich auszumachen. Zu dunkel.“

„Sieht nicht aus, als ob sie schnell vorankämen.“

Fetternut bestätigte das. „Ja, der Radar zeigt eine Geschwindigkeit von einem Knoten, Sir. Möglich, dass sie manövrierunfähig sind.“

Juan zoomte mit der Kamera näher heran und stellte sie scharf. „Liegt da jemand im hinteren Teil des Schiffs?“

Plug warf unter seiner Nachtsichtbrille hindurch einen Blick auf den Bildschirm. „Sieht so aus. Bewegt er sich?“

„Nein.“

„Lebt er noch?“

„Keine Ahnung. Irgendwie unheimlich.“

„Steigen wir auf und informieren Mom.“

„Roger.“

„Anstieg auf zweitausend.“

„Roger, zweitausend Fuß.“

Juan fühlte ein Flattern in der Magengegend. Die Zahlen auf seiner Instrumentenkonsole stiegen rapide an, als Plug Schub gab und rasant an Höhe gewann. Hier oben würde es einfacher sein, mit dem weit entfernten Zerstörer Verbindung aufzunehmen.

„*Farragut*-Kontrolle, 471. Wir haben Video vom Oberflächenkontakt hier draußen. Sieht wie ein Fischkutter aus, ein Trawler. Aber er liegt still im Wasser und wir haben eine … ähm, eine Person … auf dem Achterdeck. Sie bewegt sich nicht.“

Der Air Controller der *Farragut* bestätigte: „Roger, 471, das Video kommt gerade rein.“

„Okay, was sollen wir tun?“

„Bleiben Sie dran.“

Juan dachte laut: „Wir sind ein gutes Stück vom Festland entfernt. Schon merkwürdig, dass ein Boot hier einfach so vor sich hindümpelt, oder? Die Schleppnetze waren nicht im Wasser."

Fetternut meinte: „Sah nicht so aus, als würden sie fischen."

Die Farragut meldete sich wieder. „Wir schicken einige Screenshots des Videos die Befehlskette hoch, mit der Frage, ob wir uns das näher ansehen sollen."

„Roger, Kontrolle. Wir müssen bald umkehren, wenn wir unsere Landezeit einhalten wollen. Lassen Sie uns wissen, ob wir hier noch länger rumlungern sollen."

„Bleiben Sie dran." Eine Minute später war er zurück. „Negativ. Der Tactical Action Officer will, dass Sie zurückkommen und pünktlich landen."

„Roger."

Juan wunderte sich. „Ist denen das egal? Was, wenn das da unten eine Leiche ist?"

Wenn dem so ist", erwiderte Plug, „dann geht sie nirgendwohin."

Sie kehrten ohne weitere Zwischenfälle zum Schiff zurück. Während der Nachbesprechung ihres Flugs sprach Juan die Wachhabenden im Kampfinformationszentrum, das alle Operationszentrale nannten, darauf an. Sie hatten die Anweisung erhalten, sich den Trawler am Morgen näher anzusehen.

Victoria war seit Sonnenaufgang auf den Beinen. Sie hatte ihr Sporttraining absolviert, während ihre Leute den Hubschrauber auf dem Flugdeck putzten. Dicke Schwämme und ein leichtes Reinigungsmittel, um das Salz abzuwaschen – das half, Korrosion zu verhindern. Auf dem nassen Deck waren alle paar Meter kleine Schaumberge zu sehen.

Sie trank einen Schluck Kaffee aus ihrem Isolierbecher.

„Morgen, Chief."

„Morgen, Ma'am."

„Nehmen Sie den Vogel heute auseinander?"

„Richtig. Wir fangen heute mit den planmäßigen Wartungsarbeiten an. Und da ich weiß, dass Sie danach fragen werden ... Wir hoffen, in ungefähr sieben Tagen damit fertig zu sein."

Victoria lächelte den erfahrenen Marinesoldaten an. „Keine Sorge, Ihr geschätzter Wartungsoffizier hat meine Erwartungen hinsichtlich des Zeitplans schon gedämpft."

Der Senior Chief lachte. „Er lernt dazu." Er stemmte seine Hände in die Hüfte und rief einem der Männer, die den Hubschrauber reinigten, etwas zu. Dann fragte er: „Haben Sie die Gerüchte gehört, dass wir einen Vogel von der *Ford* bekommen sollen?"

„Ich habe mich erkundigt. Aber das wird wohl nichts. Die *Ford* hat so schon zu wenig Hubschrauber. Sie hatten es offenbar eilig, herzukommen."

Er nickte. „Ja. Gibt es Neuigkeiten, wann mit unserer Heimkehr zu rechnen ist? Morgen sind es sechs Monate."

„Ich weiß", seufzte Victoria. „Im Moment sind alle schreckhaft. Niemand will die Präsenz der Navy in dieser Region schmälern. Hätten Sie es für möglich gehalten, dass wir hierbleiben, nachdem wir diese Treffer einstecken mussten?"

„Ma'am, ich weiß nicht mehr, was ich glauben soll. Das Ganze ist verrückt. Ich habe gehört, dass die chinesischen Schiffe in Panama City einlaufen werden."

„Aha, dann hat Plug das also von *Ihnen*."

„In der Messe der Chiefs erfährt man alles, Boss." Der erfahrene Navy-Veteran nickte mit einem breiten Grinsen.

Ein Pfeifen ertönte über die 1MC, die Lautsprecheranlage

des Schiffs. Es bedeutete, dass es 7 Uhr morgens war. Die Morgenmahlzeit stand bereit.

„Okay, das ist mein Stichwort.“

„Einen schönen Tag, Boss.“

„Ihnen auch, Chief. Und hören Sie auf, dem Maintenance Officer ihre geheimen Gerüchte zuzuflüstern.“

Der Senior Chief lachte, während Victoria den Steuerbordhangar durchquerte. Sie bahnte sich einen Weg durch den belebten Gang, während sie den Geruch des Frühstücks für die Massen von unter Deck einatmete. Offiziere und Besatzungsmitglieder kamen ihr entgegengeeilt. Manche mit nassen Haaren direkt aus der Dusche, andere mit roten Augen am Ende der Mitternachtswache. Alles, was sie an Bord taten, wurde von der Uhr bestimmt. Sie eilten zum Essen, beeilten sich, ihre morgendlichen Besprechungen vorzubereiten, und sie beeilten sich, rechtzeitig zur Wachablösung zu erscheinen. Der enge Terminplan ließ die Zeit schneller vergehen. Die sich wiederholenden Abläufe schärften ihre Fähigkeiten.

Victoria liebte die Navy. Sie wusste, sie war für dieses Leben geboren. Ihr Vater und ihr Großvater hatten beide in der Navy der Vereinigten Staaten gedient.

Sie hatte nie damit gerechnet, das zu werden, was sie jetzt war – ein kampferprobter Offizier auf einem Schiff auf See. Aber als sie den Stolz in den Augen der Männer und Frauen sah, die an ihr vorbeiliefen, war sie unendlich froh, diesen Pfad eingeschlagen zu haben.

Sie öffnete eine Tür mit einem blauen Schild, das besagte: „Offiziersland: Betreten nur in dienstlichen Angelegenheiten“. Sie erinnerte sich daran, wie ihr dieses Schild vor vielen Jahren zum ersten Mal begegnet war. Sie hatte als Offiziersanwärterin der US-Marineakademie ihr Sommertraining auf einem Zerstörer absolviert und fünf Minuten vor der Tür gestanden, aus Furcht, sie unerlaubt zu öffnen. Das sogenannte „O-Land“ war der Teil des Schiffs, in dem sich die Offiziersunterkünfte und die Offiziersmesse befanden. Als ein Ensign, ein Leutnant zur See, sie endlich gelähmt vor Angst entdeckt hatte, erklärte er ihr lachend, dass sie nun diesem Klub angehörte. Das Schild war eher ein Ausdruck der Tradition als eine tatsächliche Warnung. Außerdem ignorierten es sowieso alle, außer frischgebackene Matrosen und Offiziersanwärter.

Victoria betrat die Offiziersmesse, um zu frühstücken. Sie sah sich in dem vollen Raum um. Ihre Augen blieben am neuen Commanding Officer (CO), dem Kapitän des Schiffs hängen. Bisher mochte sie Commander James Boyle. Und obwohl sie mit Respekt an seinen kürzlich verstorbenen Vorgänger dachte, konnte es dessen Nachfolger eigentlich nur besser machen. Bei der Arbeit mit jemand Neuem gab es immer eine gewisse Annäherungsphase. Mit der Zeit würde sich herausstellen, wie gut sie wirklich mit Commander Boyle zusammenarbeiten konnte.

„Erlaubnis, die Messe zu betreten, Captain?“

„Setzen Sie sich, Airboss. Guten Morgen.“ Die Gespräche an den Tischen wurden immer ein paar Dezibel leiser, wenn der Captain sprach.

„Guten Morgen, Sir“, erwiderte sie.

„Alles für die planmäßige Wartung des Vogels bereit?“

„Jawohl, Sir. Ich war gerade im Hangar. Sie werden ihn heute Morgen auseinandernehmen.“

In der Offiziersmesse des Zerstörers gab es einen langen Tisch. Ein kleiner Tisch mit wenigen Sitzplätzen stand seitlich daneben. In diesem Raum nahmen die Offiziere ihre Mahlzeiten ein, zudem fanden dort viele Besprechungen statt.

„Kaffee, Ma'am?“, fragte der Petty Officer, während er ihr sauberes Besteck und eine Serviette vorlegte.

„Nein, danke. Nur ein Wasser, bitte.“

Er brachte ihr das Gewünschte. „Was darf es sein, Ma'am?" Der Matrose hatte Papier und Bleistift in der Hand.

„Rühreier und Toast, bitte?"

„Gern. Mit Würstchen? Heute gibt es Würstchen."

„Nein, danke. Haben Sie Obst?"

„Die Äpfel sind noch gut."

„Orangen?"

„Nein, Ma'am. Die sind uns gestern ausgegangen. Mit der nächsten Lieferung sollten wir frische bekommen."

„Kein Problem. Danke, CS2."

Der Petty Officer nickte und trat vor das Fenster am entfernten Schott, wo ein anderer Matrose die Bestellung entgegennahm. Es ging zu wie in einem Schnellrestaurant. Prompter, höflicher Service. Alle sollten schnell versorgt werden, damit sie wieder an die Arbeit gehen konnten. In den modernen Offiziersmessen fanden sich immer noch Relikte lang gehegter Marinetraditionen. Das Besteck war etwas nobler als unten in der Mannschaftsmesse, und die Tischtücher waren von besserer Qualität. Von den Offizieren wurde erwartet, dass sie das Gros ihrer Mahlzeiten hier zu sich nahmen. Allgemeine Anstandsregeln wurden befolgt. Man bat den Captain oder die ranghöchste Person in der Messe um Erlaubnis, eintreten oder sie verlassen zu dürfen. In der Mannschaftsmesse ein Deck tiefer gab es ein Büffet mit Selbstbedienung. Bei jeder Mahlzeit wurden Hunderte von Seeleuten abgefertigt. Es wurde nonstop gekocht und geputzt. Ständig lag ein penetranter Fettgeruch in der Luft. Aber egal ob Offizier oder einfacher Matrose – alle an Bord aßen das Gleiche.

Victoria unterhielt sich mit dem Kapitän und den anderen Offizieren. Noch war keiner ihrer Piloten hier. Normalerweise schleppten sie sich fünf Minuten vor Ende der Essenszeit herein, mit ungekämmten Haaren und verquollenen Gesichtern, weil sie gerade erst aus ihren Kojen gekrochen waren.

Auch heute Morgen enttäuschten sie nicht.

Plug kam als Erster, dann Juan und zuletzt Caveman. Alle in zerknitterter Fliegerkombi. Plugs Haare standen kreuz und quer und er war unrasiert. Victoria musste ihn später darauf ansprechen. Sie wollte den neuen Captain nicht verärgern. Der erste Eindruck war wichtig, und den hatte er sich bereits vermasselt. Ihre Piloten schnappten sich Müslipackungen und alles, was die Küche ihnen an Resten geben konnte. Sie bekamen Teller mit Würstchen, Toast und hartgekochten Eier. Wenn es an Bord eine Gruppe gab, zu der die Piloten eine gute Beziehung unterhielten, dann waren es die Köche.

Die Beziehung zwischen Victoria und Captain Boyle war ein wenig seltsam. Vor seiner Ankunft war sie für knapp eine Woche der amtierende Befehlshaber der USS *Farragut* gewesen. Ihr war das Kommando zugefallen, nachdem sowohl der bisherige Captain als auch sein XO im Kampf getötet worden waren. Obwohl sie alles dafür gegeben hätte, das Ganze ungeschehen zu machen, musste sie zugeben, dass der Nervenkitzel des Kommandos dem entsprach, was ihr Vater darüber gesagt hatte. Admiral Manning hatte im Laufe seiner Karriere viele Kommandos geführt. Und obwohl er ein Marinefliegeroffizier war, kommandierte er am liebsten Schiffe; darunter waren auch zwei Schiffe mit großem Tiefgang gewesen, eines davon ein Flugzeugträger.

Victoria verstand jetzt, warum er ihr davon erzählt hatte. Diese unglaubliche Macht und Verantwortung ließen sich mit nichts auf der Welt vergleichen. Der Kommandant eines Schiffs auf See war gleichzeitig Bürgermeister, Polizeichef, Gaststättenbesitzer und Militärführer. Ein Kommando zu führen war das höchste Ziel und der ultimative Kick für viele Militäroffiziere.

Die Offiziersmesse begann sich zu leeren. Der Captain entschuldigte sich. Die Tische wurden geräumt und Victorias Piloten beeilten sich, die letzten Reste in sich hineinzuschaufeln und ihre Saftgläser zu leeren.

„Haben die Herren vor, dem nachrichtendienstlichen Operationsbericht beizuwohnen?“

„Jawohl, Boss.“

„Gut. Das nächste Mal rasieren Sie sich bitte, bevor Sie vor dem Captain erscheinen, in Ordnung?“

Plug grinste sie betreten an. „Sorry, Boss.“

Der Petty Officer, der für die Offiziersmesse zuständig war, bat: „Ma'am, meine Herren, würden Sie bitte gehen, damit wir alles für den OPS Intel vorbereiten können?“

„Natürlich. Tut mir leid, CS2.“

„Oh, kein Problem, Ma'am. Es ist nur – der Ensign dort drüben wartet darauf, seine PowerPoint-Präsentation aufzubauen.“

Der Communications Officer winkte. Er hielt einen Laptop und ein Bündel Kabel in der Hand, alle mit einem leuchtendroten Aufkleber versehen, auf dem „Geheimhaltungsstufe: GEHEIM“ stand. Die Piloten zogen sich in ihre Kabinen zurück, während die Messe sauber gemacht wurde. Victoria spülte ihren Isolierbecher aus und ließ ihn neben ihrem Waschbecken stehen. Sie schnappte sich ihr Notizbuch und war schon wieder auf dem Weg in die Offiziersmesse. Die Stühle waren nun in Reihen angeordnet. Dutzende von Personen waren anwesend. Viele standen und schwankten im Einklang mit dem Rollen des Schiffs hin und her; sie wollten nicht versehentlich den Stuhl eines ranghöheren Offiziers einnehmen.

Um exakt 08:15 Uhr erschienen der Captain und der XO.

„Achtung an Deck!“, rief einer der Senior Chiefs.

Die meisten standen bereits stramm, als der CO den Raum

betrat. Einige drückten jetzt die Schultern nach hinten. Für Victorias Geschmack stand Plug, der auf einem Stuhl in der hinteren Ecke saß, ein wenig zu langsam auf.

„Rühren“, erwiderte der Captain. Die, die Stühle hatten, setzten sich. Alle dienstfreien Dienststellenleiter und viele der Unteroffiziere waren anwesend.

„Was haben Sie für uns, COMMO?“

„Sir, das ist der morgendliche OPS Intel-Bericht. Zuerst der Wetterbericht von Operation Specialist 2.“

„Captain, guten Morgen. Das Wetter liegt in der kommenden Woche meist bei etwas über 20 Grad Celsius, mit teilweiser Bewölkung. Seegangskala 2 bis Freitag, wonach eine Tiefdruckzone hereinkommt. Die Skala steigt auf 3 und es könnte regnen.“

„Danke, OS2.“

Danach kam die Vorstellung der Zeitpläne für die nächste Woche. Victoria notierte sich das Datum der nächsten Seeversorgung. Der Nachschub würde ihnen die dringend benötigten Ersatzteile und Vorräte liefern. Im Rahmen der bevorstehenden Wartung ihres einzigen Hubschraubers bestand immer die Möglichkeit, dass ein bislang unbekanntes Problem auftauchte. Zu lösen wäre das nur mit einem Ersatzteil, das das Versorgungsschiff mitführte.

Dann war der Operations Officer an der Reihe. Seine Folie zeigte eine Karte ihres Einsatzgebiets im östlichen Pazifik. Dutzende von blauen Schiffen mitsamt ihren Kennungen aus je drei Buchstaben waren über das gesamte Gebiet verstreut.

Ein Pfeil neben drei roten Schiffssymbolen nahe Panama City deutete auf den Hafenstandort hin.

„Sir, die Dritte Flotte informierte uns, dass die chinesischen Schiffe morgen in den panamaischen Hafen einlaufen werden.“

Gemurmel vonseiten der Mannschaft. Der Captain

schwieg. Unter anderen Umständen hätte er die Besatzung angewiesen, sich zu beruhigen. Aber er war nicht an Bord gewesen, als die Chinesen sie angegriffen und ihre Schiffskameraden getötet hatten, weshalb er der Mannschaft hier wohl etwas mehr Freiheiten zugestand.

„Die *Bush*-Trägerkampfgruppe führt gerade eine Übung vor San Diego durch."

„Schon jetzt?"

„Jawohl, Sir. Ihr Einsatzplan wurde um sechs Monate vorverlegt. Zudem wurden die Wartungspläne einiger Geleitzerstörer und Kreuzer verschoben, um die Trägerkampfgruppe zu vergrößern. Außerdem schickt das VP-Geschwader mehrere P-8 nach El Salvador, um von dort aus mit uns vor Ort zu arbeiten, Sir."

Victoria gingen die Worte *zu wenig, zu spät* durch den Kopf. Die Schlacht war vorbei. Oder etwa nicht?

Fuhr die Pazifikflotte ihre Einsatzbereitschaft als Antwort auf die jüngste chinesische Aggression hoch? Oder als Vorbereitung auf weitere Angriffe? Diesen Gedanken schüttelte sie ab. Drei angeschlagene chinesische Kriegsschiffe waren auf dem Weg nach Panama City. Das würden sie nicht tun, wenn weitere Feindseligkeiten geplant wären.

Der Captain fragte: „Okay. Irgendein Wort darüber, wo sie uns ab nächster Woche haben wollen?"

„Nein, Sir, aber die Leute vom DESRON, dem Zerstörergeschwader, sitzen mir im Nacken. Sie wollen uns für die anstehende Wartungsinspektion zuhause haben."

„Welches DESRON?"

„Nicht das auf dem Flugzeugträger, Sir. Das in Mayport."

„Die nennen sich mittlerweile SUFRON", berichtigte ihn jemand.

„Was zum Teufel ist ein SURFRON?", rief jemand. Einige lachten.

„Der SUFRON-Mitarbeiter, der Druck auf Sie ausübt, soll zum Teufel gehen“, entschied der Captain. „Wir haben hier draußen Wichtigeres zu tun. Die Wartungsinspektion dieses gefechtsbereiten Kriegsschiffs wird warten müssen.“

Zufriedenes Nicken im Raum. Mit dieser Einstellung würde der Captain alle für sich gewinnen. Es hatte den Anschein, als ob er sich gegen die Bürokratie behaupten und für die Besatzung eintreten wollte.

Der Captain sah sich um und hob bittend die Hände. „Nicht, dass jemand dem SUFRON erzählt, ich hätte gesagt, es solle zum Teufel gehen. Schließlich ist er immer noch mein Boss, wenn wir wieder in Mayport sind.“

Unterdrücktes Gelächter.

Der Captain zeigte auf die Karte auf dem Bildschirm. „Die Navy will uns hier haben, zur Patrouille des östlichen Pazifik. Eine feindliche Nation hat uns gerade angegriffen. Deshalb ist unser Platz genau hier. Wir sind nicht da, um Wartungsinspektionen zu bestehen. Wartungs- und Ausbildungsmaßnahmen dienen einzig dem Zweck, unser Land effektiv verteidigen zu können.“

„Jawohl, Sir“, erklärte der OPS.

„Falls sie uns jedoch länger hierbehalten sollten, müssen wir uns die Auswirkungen dessen auf Personal, Training und Wartung ansehen. Chief Engineer, OPS, bitte identifizieren sie alle Risiken und legen Sie die Ergebnisse dem XO vor.“

„Jawohl, Sir“, bestätigten die beiden Offiziere. Der XO akzeptierte den Auftrag mit einem Nicken. Genau wie der Captain war auch er neu an Bord.

Sein Vorgesetzter wechselte nun das Thema. „Okay, was wissen wir über das geheimnisvolle Boot, das die Hubschrauberbesatzung letzte Nacht entdeckt hat?“

„Sir, es ist jetzt noch fünfzehn Meilen entfernt. Unser

VBSS-Team steht bereit, um das Boot zu durchsuchen und nötigenfalls zu beschlagnahmen.“

Zufrieden nickte der Captain. „Gut. Irgendetwas von der Dritten Flotte?“

„Bislang keine Erlaubnis, eine Sicherheitsinspektion durchzuführen, Sir. Ich denke, sie sind mit dem chinesischen Kram beschäftigt und reagieren deshalb nur langsam auf unsere Anfragen. Aber wir haben eine Nachricht gesehen, die von Signalaufklärung in dieser Gegend sprach. Der Marinenachrichtendienst hat sich eingeschaltet. Sie wollen, dass wir alle ungewöhnlichen Vorkommnisse berichten.“

„Unser geheimnisvolles Boot fällt sicher in diese Kategorie.“

„Jawohl, Sir.“

„Bitte fragen Sie erneut an. Ich will die Erlaubnis, den Kahn zu entern, sobald wir ihn erreichen.“

Sie gingen noch einige weitere Folien durch. Besprechungstermine, das Training für die kommende Woche und der Witz des Tages; Letzteres fiel in die Zuständigkeit des Kommunikationsoffiziers, der als sogenannter „Bull Ensign“ der dienstälteste Ensign war. Da diese die rangniedrigsten Offiziere an Bord stellten, bedeutete dieser Titel keine besondere Auszeichnung. Dennoch war es eine traditionsreiche und humorvolle Aufgabe, die in Offiziersmessen rund um die Welt beliebt war. Seine goldenen Kragenabzeichen waren überdimensioniert und es wurde von ihm erwartet, dass er seine jüngeren Ensign-Kollegen betreute.

„Okay, Bull Ensign, was haben Sie für uns?“

„Sir, ich möchte betonen, dass dieser Witz den Airboss ausnimmt.“

Die Piloten setzen sich auf und waren ganz Ohr. Plug lächelte. „Lassen Sie hören, COMMO.“

Der Bull Ensign lief rot an.

Der Captain forderte ihn auf: „Na los doch, COMMO."

„Sir, was ist der Unterschied zwischen einem Piloten und seinem Hubschrauber, Sir?"

„Was?"

„Der Hubschrauber hört auf zu heulen, wenn man die Triebwerke ausschaltet."

Gelächter und Oh-Laute wurden laut.

Victoria verzog keine Miene. „COMMO, ich erwarte Sie später zur Therapiestunde, auch wenn Sie mich von der Pointe ausgenommen haben."

Der Captain unterdrückte ein Lachen und erhob sich.

„Achtung an Deck!", rief jemand hinten im Raum.

Nachdem der Captain gegangen war, begann für die Offiziere und die Besatzung der USS *Farragut* der Arbeitstag. Während alle aufstanden, klopfte Victoria Plug auf die Schulter. „Haben Sie einen Moment Zeit?"

„Sicher. Was gibt's, Boss?"

„Trinken wir einen Kaffee."

Die Juniorpiloten, die wie immer lauschten, gaben besorgt klingende Laute von sich. Victoria holte sich am anderen Ende der nun leeren Messe einen Becher, den sie mit der starken schwarzen Flüssigkeit füllte, die man hier Kaffee nannte. Sie war sich ziemlich sicher, dass diese Brühe nur an Bord von Navy-Schiffen serviert und im Rahmen von Tierversuchen – natürlich nur außerhalb den USA – verabreicht werden durfte.

Plug nahm sich pflichtgemäß ebenfalls eine Tasse und setzte sich an den Tisch, auf dem nun eine blaue, wasserfeste Decke lag, in deren Mitte sich das Abzeichen des Schiffs befand.

„Was ist los?" Plug legte seinen Kopf leicht zur Seite. Es klang wie: „Was habe ich jetzt schon wieder falsch gemacht?"

„Nichts. Na ja – das wird kein leichtes Gespräch."

„Für wen?“

„Überwiegend für Sie.“ Mit ernstem Gesicht teilte sie ihm mit: „Ihre Bewerbung als RAG-Ausbilder wurde abgelehnt.“ Der Begriff „Replacement Air Group“ war technisch gesehen nicht länger richtig. Das Kurzwort „Rag“ war unter anderem auch ein abwertender Begriff für Frauen und schien politisch gesehen nicht mehr korrekt, da es mehr und mehr weibliche Marineflieger gab. Die Einheit, für die Plug sich beworben hatte, war nun als „FRS“ bekannt – als „Fleet Replacement Squadron“, das Flottenersatzgeschwader. Alle nannten es jedoch weiterhin RAG. Es war schwer, mit alten Gewohnheiten zu brechen.

Die RAG war eine Einheit der Navy und des Marine Corps, die frischgebackene Absolventen der Flugschule auf den ihnen zugewiesenen Fluggeräten ausbildete – in diesem Fall dem MH-60R Seahawk-Hubschrauber. Nur die besten Piloten eines Flottengeschwaders kamen für die Aufgabe als Ausbilder infrage. Sie galt als der erste Schritt auf dem „goldenen Weg“ zur schlussendlichen Übernahme eines eigenen Kommandos.

Victoria beobachtete ihren Piloten eingehend. Er hatte diesen Job wirklich gewollt und würde sehr enttäuscht sein. Das Gute an Plug war, dass er die fünf Phasen der Trauer stets im Schnelldurchlauf bewältigte. Sie nannte das „zweckdienliche Emotionalität“.

Er stieß einen tiefen Seufzer aus. „Scheiße.“

„Tut mir wirklich leid“, versicherte sie ihm.

Er sah seine Vorgesetzte an. „Sie waren nicht bei der RAG, oder?“

„Stimmt. Ich war HT-Ausbilderin.“ Die HTs waren die Staffeln der Flugschulen, in denen Fluganwärter lernten, Hubschrauber zu fliegen und sich ihre goldenen Flügel verdienten. HT war die Bezeichnung der Navy für die Hubschrauber-Ausbildungsstaffel.

Plug nahm einen Schluck Kaffee und versuchte zu scherzen. „Und Sie hatten schon ein Kommando."

Victoria lächelte. „Technisch gesehen ja, obwohl ich nach einer Woche abgelöst wurde. Von daher …" Sie bezogen sich auf ihre kurze Zeit als Kommandant des Zerstörers, nachdem der ehemalige Captain und sein XO bei einem Raketenangriff getötet worden waren. Sie wurde wieder ernst. „Hören Sie zu. Ich habe mich informiert. Die Liste der neuen HT-Ausbilder steht bereits fest."

Sein Gesicht spiegelte die zweite Niederlage in ebenso vielen Minuten wider. „Okay, Boss. Was jetzt?"

„Wir halten die Augen offen. Ich habe eine E-Mail aufgesetzt, die ich dem Skipper schicken werde. Es gibt noch ein paar andere Möglichkeiten. Wenn Sie wirklich eine dieser Ausbilderstellen haben wollen, schlage ich vor, sie verlängern bei dieser Staffel oder stimmen für eine Weile einer anderweitigen Verwendung zu."

Plug schüttelte den Kopf. „Verdammt. Okay. Danke, dass Sie mich informiert haben. Sagen Sie mir einfach, was ich tun soll."

„Konzentrieren Sie sich im Moment einfach auf Ihre Aufgabe hier. Und bleiben Sie weiterhin positiv eingestellt. Wir werden etwas Geeignetes finden."

Wenige Minuten später stand Victoria neben dem Kapitän und dem diensthabenden Deckoffizier auf der Brückennock. Der Captain und der OOD betrachteten den Trawler durch ihre Ferngläser.

„Ti-bu-ron Panama." Der OOD wandte sich dem Captain zu.

„Was bedeutet *Tiburon*? Ist das griechische Mythologie?"

Der Petty Officer neben ihm meldete sich zu Wort. „Ähm, Sir, das ist Spanisch für Hai."

„Ach so. Danke."

Der Captain sagte: „Die Hubschrauberbesatzung letzte Nacht sagte, dass jemand auf dem Deck liegt. Ich sehe niemanden. Gar nichts."

Victoria meldete sich zu Wort: „Der Überflug fand vor etwa acht Stunden statt. Vielleicht ist die Person jetzt unter Deck?"

Der Captain reichte ihr sein Fernglas. Plugs Instinkt war richtig gewesen. Mit diesem Boot stimmte etwas nicht. Ungefähr hundert Meilen vor der Küste. Keine Besatzung an Deck. Kein Anzeichen von Leben. Ungefähr sechzig Fuß lang.

Die Stimme des Tactical Action Officers (TAO) kam über das Funkgerät, das an der Uniform des Captains befestigt war. „Sie ist in Panama City registriert, Sir. Wir haben es gerade überprüft."

Der Captain griff nach dem Handapparat. „Verstanden. Danke. Sagen Sie dem VBSS-Team, es soll eine Sicherheitsinspektion durchführen."

„Roger, Sir."

Der Captain sah Victoria fragend an. „Ist Ihr Hubschrauber schon in seine Einzelteile zerlegt?"

„Ich schätze, sie haben bereits damit begonnen, Sir. Tut mir leid. Wenn ich gewusst hätte, dass heute so etwas ansteht, hätte ich versucht, die Wartung um einen Tag zu verschieben."

„Kein Problem, Airboss." Er trat auf die Brücke. „Halten wir uns bereit und machen der Dritten Flotte ein wenig Dampf, damit sie uns unseren Job machen lassen."

Ensign Adam Kidd hatte wie jeder an Bord eines Navy-Schiffs mehrere Aufgabenbereiche. In seinem Hauptjob war er der Communications Officer der USS *Farragut*, weshalb ihn fast jeder nur „COMMO" nannte. Darüber hinaus war er der Leiter des „Visit, Board, Search, und Seizure"-Teams. Ein VBSS-Team an Bord eines US-Navy-Schiffs erfüllte in etwa die Funktion eines SWAT-Teams an Land. Diese Rolle gefiel ihm bei der Marine am besten.

Im Augenblick kontrollierte Ensign Kidd sein Team, das über seiner eigentlichen Uniform eine eng anliegende taktische Ausrüstung trug. Schwarze Kevlar-Brustpanzer und Helme. Leichte wasserdichte Kopfhörer und Schutzbrillen. Bewaffnet waren sie mit diversen M-4 Karabinern und M-9 Handwaffen.

Alle sieben kletterten nacheinander die Sturmleiter hinunter, die vom Deck der USS *Farragut* bis zu dem an ihrer Seite vertäuten Festrumpfschlauchboot, dem RHIB, reichte. Dessen Motor brummte. Zwei Männer der RHIB-Besatzung waren bereits an Bord.

„Vorsicht, aufgepasst!", warnte der Steuermann des RHIB, während sein kleines Wasserfahrzeug im Meer schaukelte und die Sturmleiter über ihm hin- und herschwang.

Innerhalb von zwei Minuten setzte sich das VBSS-Team auf dem tiefblauen Ozean in Richtung Fischkutter in Bewegung. Weiße Salzwassergischt peitschte ihnen ins Gesicht, während das Boot rollte und stampfte. Eine kleine amerikanische Flagge wehte am Heck des Schlauchboots.

„Haben wir die Erlaubnis zum Entern?"

„Jawohl, Sir. Der Stab der Trägerkampfgruppe hat es gerade bestätigt." Der OS1 war das erfahrenste Mitglied seines Teams.

„Gibt es eine Reaktion vom Kutter?“

„Nein, Sir. Dort drüben antwortet niemand.“

Die Augen der Seeleute waren nach vorne gerichtet, während sie ihre Waffen fest umklammerten und sich am RHIB festhielten. Sie saßen auf dem aufblasbaren äußeren Ring des Wasserfahrzeugs und die schwarzen Helme hüpften beim Queren der Wellen auf und ab. Die sechs Männer und eine Frau aus Ensign Kidds VBSS-Team waren gut ausgebildet. Sie waren im Verlauf dieses Einsatzes auf See bereits zweimal tätig geworden und hatten mutmaßliche Drogenschmuggler unter die Lupe genommen. Und auch wenn dieser Trawler sehr wohl das Mutterschiff einer Schmuggeloperation sein konnte, war es sehr merkwürdig, dass niemand an Bord zu sehen war und ihre Funksprüche ins Leere gingen. Trotzdem, Kidd war zuversichtlich, dass seine Leute die Lage unter Kontrolle bringen würden. Viele der Teammitglieder hatten mehrere Dienstjahre hinter sich und bereits rund um die Welt Schiffe geentert und Sicherheitsinspektionen durchgeführt, auch zur Bekämpfung von Piraterie. Ihre Ausbildung und ihre Fähigkeiten waren zwar nicht mit denen der Navy SEALs oder anderer Sondereinsatzkommandos zu vergleichen, aber die VBSS-Teams setzten sich in der Regel aus den besten Seeleuten an Bord eines Schiffs zusammen. Und sie nahmen ihren Job ernst.

Kaum dass das RHIB an der *Tiburon Panama* angelangt war, enterte das Team mit gezückten Waffen das Deck. Das Schiff war nicht sehr groß.

Daher dauerte es nicht lange, bis sie die Blutflecken … und die Leiche gefunden hatten.

„Sir, sehen Sie sich das an!“

Kidd ging auf die kleine Brücke zu.

„Der Mann hat keinen Puls. Er ist bereits kalt. Aber der

Blutspur nach zu urteilen ist er über das ganze Schiff gekrochen. Er muss etwas gesucht haben."

Der COMMO nickte und griff nach seinem Funkgerät.

„Captain, Ensign Kidd hier, Sir."

Das Funkgerät knisterte. „Okay, Kidd. Berichten Sie."

„Sir ... es gibt eine Leiche an Bord. Aber wir fanden außerdem Blutspuren auf dem Hauptdeck und in der Kajüte. Es sieht übel aus."

Die *James*, ein Patrouillenschiff der Küstenwache, traf später am Tag ein. Als das VBSS-Team der USS *Farragut* den Trawler enterte, befand sie sich nur fünfzig Meilen weiter nördlich im Einsatz. Die Hauptaufgabe der *James* war die Drogenbekämpfung und sie war eines der neueren Schiffe der Legend-Klasse. Diese sogenannten National Security Cutter waren größer und leistungsfähiger als ihre Vorgänger und ermöglichten es der Küstenwache, eine Vielzahl an nationalen und verteidigungsrelevanten Missionen durchzuführen.

Ein Ermittlungsteam der Küstenwache war an Bord des Schmugglerboots zu den VBSS-Leuten der Navy gestoßen. Der erfahrene Lieutenant der Küstenwache war seit Jahrzehnten an derartigen Einsätzen beteiligt. Über sein Funkgerät sprach er gleichzeitig mit seinem Vorgesetzten und dem Captain der USS *Farragut*.

„Sieht tatsächlich wie ein Mutterschiff aus. Leere Treibstoffbehälter und Waffen unter Deck. Wir haben einige Tests gemacht, es gibt Spuren verschiedener Chemikalien, die auf Drogenhandel hindeuten. Aber hier ist zweifellos etwas vorgefallen. Alles ziemlich merkwürdig. So etwas sehen wir normalerweise nicht so weit draußen auf dem Meer. Rivalisierende Drogenbanden tragen diese Kämpfe für gewöhnlich an

Land aus. Wir gehen davon aus, dass hier fünf oder sechs Menschen ermordet wurden. Wir haben schon vierundsiebzig Munitionshülsen eingesammelt und sind erst am Anfang. Sobald wir wieder an Land sind, schicken wir sie ins Labor. "

Der CO des Boots der Küstenwache fragte nach: „Was ist mit der Leiche?"

„Sir, sieht so aus, als habe er zur Besatzung dieses Mutterschiffs gehört. Wir glauben, er hat versucht, sich in einem kleinen Vorratsschrank zu verstecken. Die Tür weist Einschusslöcher auf. Er wurde wohl angeschossen, während er sich dort verborgen hielt, und kam erst wieder raus, nachdem die Angreifer weg waren. Danach ist er wahrscheinlich verblutet. Ich vermute, dass die anderen Leichen über Bord geworfen wurden. Wenn die Haie sie nicht erwischt haben, treiben sie hier sicher noch irgendwo im Wasser."

Commander Boyle beendete das Gespräch. „In Ordnung. Vielen Dank, dass Sie sich um diese Angelegenheit kümmern, meine Herren. Ich nehme an, Sie kommen allein zurecht? Wir wurden gerade informiert, dass wir ein Rendezvous mit dem Flugzeugträger *Ford* haben, das wir einhalten müssen."

„Wir übernehmen, Captain", versicherte ihm der Kommandant der Küstenwache.

Commander Boyle rief sein VBSS-Team zurück auf die *Farragut*. Innerhalb einer Stunde war der Zerstörer im Rahmen seiner neuen Anordnung unterwegs. Die *James* schleppte das Drogenmutterschiff letztendlich nach Panama City. Dort sollten sich Sonderermittler mit der Untersuchung befassen und ihre Erkenntnisse an unterschiedliche internationale Agenturen weiterleiten.

Es würden mehrere Tage vergehen, bis Forensikexperten einen Teil der verwendeten Munition mit chinesischen Militärwaffen in Verbindung brachten.

5

General Chen pfefferte seine Militärmütze mit einer solchen Wucht durch den Raum, dass sie gegen ein wackliges Bücherregal prallte, aus dem infolgedessen mehrere Bücher zu Boden fielen. Der Lärm veranlasste seine erschrockene Sekretärin, die Tür einen schmalen Spalt breit zu öffnen, um nach ihm zu sehen. Nachdem sie festgestellt hatte, dass der General ziemlich aufgebracht, aber körperlich unverletzt war, schloss sie die Tür leise wieder.

Chen wusste, dass sich drei Mitglieder seines Stabs im Wartebereich aufhielten. Die Stimmung des Generals war der ausschlaggebende Gradmesser für die Lebensqualität seiner Mitarbeiter. General Chen hatte insgesamt sechsundfünfzig Untergebene, sprach allerdings grundsätzlich nur mit den ranghöchsten Offizieren. Die anderen waren unter seiner Würde. Die Mitarbeiter, die täglich mit ihm zu tun hatten, würden den Tod als Erlösung betrachten, da er den täglichen Verbalattacken des Generals ein Ende bereiten würde.

Dem General war klar, dass er unter seinen Stabsoffizieren einen gewissen Ruf hatte, aber das kümmerte ihn wenig. Für ihn waren sie nur Werkzeuge. Ein guter Tag für seine Mitarbeiter war einer, an dem der General sie auf einen längeren Botengang schickte, normalerweise, um über den Status einer seiner Einheiten Erkundungen einzuholen.

Heute war kein guter Tag.

Cheng Jinshan und Admiral Song waren vor über einer Woche verhaftet worden. Soweit der General wusste, war niemand im Kreis des Präsidenten darüber informiert, dass auch er Jinshan unterstützt hatte. Aber jetzt war ihm zu Ohren gekommen, dass sich zwei Mitglieder des Zentralkomitees über ihn erkundigt hatten. Deren Leute hatten sein Personal kontaktiert und Informationen bezüglich seines Terminkalenders verlangt.

Was, wenn sie ein Untersuchungsverfahren einleiteten? Angesichts seines hohen Rangs würden sie sichergehen wollen, dass er an der Sache tatsächlich beteiligt war, bevor sie Anschuldigungen erhoben.

General Chen hatte Jinshan *gesagt*, dass sie die Dinge zu schnell vorantrieben. China war ein riesiges Land, und eine riesige Organisation bewegte sich eben nicht mit Lichtgeschwindigkeit. Aber Jinshan war wie immer unbeugsam geblieben. Er hatte verlangt, dass das chinesische Militär im Frühjahr auf den Krieg vorbereitet sein müsse. Wie sollte das mit dem gegenwärtigen Präsidenten gehen? Wann wollte Jinshan seine Marionette an der Spitze installieren? Falls der Staatsstreich missglücken sollte, konnte jeder Einzelne von ihnen verhaftet und wegen Hochverrats erschossen werden. Und jetzt befanden sie sich in einer brenzligen Situation …

Über die letzten fünfzehn bis zwanzig Jahre hatte der General eine so hohe Position bekleidet, dass er sich an die vorbehaltlose Unterstützung all seiner Ideen gewöhnt hatte. In der Überzeugung, überragend intelligent und allmächtig zu sein, wurde er von seinen Untergebenen noch bestärkt. Denn schon bei dem bloßen Gedanken daran, eine abweichende Meinung zu äußern, wurde diesen angst und bange. Er regierte mit eiserner Faust. Jeder, der eine andere Ansicht vertrat, wurde von ihm derart rundgemacht, dass er wusste, wie er sich künftig zu verhalten hatte. Die vielen Jahre, in denen der General wie ein König hofiert worden war, hatten sein unerschütterliches Selbstbewusstsein zementiert.

Eine Enttäuschung hatte stets verheerende Folgen für seine Psyche. Er reagierte darauf mit Ungläubigkeit und einem – für ihn – therapeutischen Angriff auf seine bevorzugte Zielscheibe: seinen Stab.

Wo steckten seine Leute? Erwarteten sie vielleicht, dass *er* zu ihnen kam? *Na gut*. Er stapfte zur Tür und riss sie mit so viel Schwung auf, dass sie gegen die Wand schlug. Der Knall veranlasste seine Sekretärin zum zweiten Mal innerhalb kürzester Zeit, von ihrem Stuhl aufzuspringen.

Der General starrte seine Männer an.

„Also?" Seine Stimme dröhnte. „Rein mit Ihnen!"

Sie hasteten an ihm vorbei wie ein Rudel geschlagener Hunde. Der General warf die Tür hinter ihnen zu und marschierte um seinen großen Schreibtisch herum, wo er sich auf seinen Stuhl fallen ließ. Sein Stab blieb stehen. Es waren allesamt hochrangige Offiziere, aber die Behandlung, die der General ihnen angedeihen ließ, räumte jeden Zweifel daran aus, wie unbedeutend sie in seinen Augen waren. Sie waren die Dümmsten der Dummen. Sie hatten zu stehen, da sie ihm untertan waren. Er saß, weil er ihr Herrscher war.

„Nun? Was haben Sie zu Ihrer Verteidigung zu sagen, Herr Li?"

Colonel Li, seit zwei Jahren der Stabschef des Generals, wusste nicht, was er sagen sollte. Der General fürchtete, zusammen mit Jinshan und Admiral Song unterzugehen. Die höheren Stabsoffiziere waren in Jinshans Plan eingeweiht. Sie mussten ihn kennen. Denn sie waren es, die die ganze Arbeit leisteten. Für sie stellte Loyalität gegenüber General Chen ein riskantes Unterfangen dar, denn diese Loyalität war eine Einbahnstraße. Andererseits war Chens Rachsucht, wenn ihm jemand in den Rücken fiel, berüchtigt. Außerdem war die chinesische Regierung nicht unbedingt für ihre vielen Whistleblower bekannt. Der letzte Stabsoffizier, der versucht hatte, eine Beschwerde gegen General Chen einzureichen, wurde sofort degradiert und an die russische Grenze verfrachtet. Seitdem hatte nie wieder jemand etwas von ihm gehört.

Li konnte entweder erklären, dass er mit der Ursache für den heutigen Ärger nichts zu tun hatte, oder die Verantwortung gleich auf sich nehmen. So oder so, der Stab würde tyrannisiert werden. Der General hatte eine seiner Launen.

Li begann: „Sir, ich entschuldige mich zutiefst, dass wir Sie nicht hinreichend unterstützt haben. Ich werde alles mir Mögliche tun, um diese Situation zu bereinigen ..."

Der General hob die Hand. Auf seinem Gesicht lag Abscheu. „Li, wissen Sie, wie man das nennt? Versagen. Sie alle haben mich im Stich gelassen. Einmal, *nur ein einziges Mal*, brauche ich die Unterstützung meines Stabs. Und dann so etwas. Versagen. Wenn man mir etwas ..." – das Wort „Kriminelles" konnte er nicht einmal aussprechen – „... vorwerfen wird, dann verdanke ich das allein Ihnen."

Die drei Männer standen schwitzend, bebend und stumm in Habachtstellung da und versuchten, den Augenkontakt mit ihrem Chef zu vermeiden. Es gab keine verlässlichen Anzeichen dafür, wann der General in eine seiner üblen Launen verfallen würde. Jedes Mal, wenn sich seine Mitarbeiter ihm näherten, war es, als ob sie ihren Kopf in das Maul eines Löwen steckten, um herauszufinden, ob er hungrig war oder nicht.

„Versagen", murmelte der General. Jetzt schüttelte er den

Kopf. „Wie oft habe ich gesagt, dass wir uns von Admiral Songs Operationen fernhalten müssen?“

Der Stab nickte zustimmend.

„Verschwinden Sie einfach.“

Die drei Offiziere ließen sich das nicht zweimal sagen. Hintereinander eilten sie durch die Tür und schlossen sie hinter sich.

General Chen legte das Gesicht in seine Hände. Über ihm zogen dunkle Wolken auf. Er war zweiundsechzig Jahre alt. Er hatte über vierzig Jahre im chinesischen Militär gedient, davon zwanzig als Flaggoffizier. Nichts davon war seine Schuld. Sein Talent und seine Führungsqualitäten wurden einfach sträflich unterschätzt. Diese verdammten Politiker verstanden nicht, was es bedeutete, ein echter Kämpfer zu sein.

Zum ersten Mal in seinem Leben musste er sich mit seiner Sterblichkeit auseinandersetzen. Im Laufe der Jahre hatte ihn jede Beförderung dem höchsten Titel im chinesischen Militär einen Schritt nähergebracht. Jetzt war er fast greifbar. Jinshan hatte Versprechungen gemacht.

Aber diese würden nun nicht in Erfüllung gehen.

General Chen überlegte, was als Nächstes passieren könnte. Falls die Politiker, die gegen ihn ermittelten, ihn der Verschwörung für schuldig befanden, drohte ihm eine Haftstrafe oder sogar der Tod. Selbst wenn sie ihm nichts nachweisen konnten, würde sein Status nach seiner Pensionierung Schaden nehmen.

Der General betrachtete ein Foto an der Wand, das ihn während einer Militärparade in Peking zeigte, während Zehntausende von Truppen und Panzern an ihm vorbeizogen. Der chinesische Präsident stand neben ihm.

Er schüttelte den Kopf. So durfte es nicht enden …

Jinshan hatte ihm den Titel und Macht versprochen –

Oberbefehlshaber des Asiatischen Raums. Während des Krieges sollte General Chen die fünf Teilstreitkräfte der Volksbefreiungsarmee kommandieren. Sein Name würde in die Geschichte als der größte Schlachtfeldkommandant Chinas eingehen. Vielleicht sogar der ganzen Welt.

Die Gegensprechanlage auf seinem Schreibtisch riss ihn aus seinen Gedanken. „Sir, entschuldigen Sie bitte, aber Sie haben einen Anruf aus Qincheng."

„Qincheng?"

„Jawohl, General. Aus dem Gefängnis, Sir." *Was hatte das zu bedeuten?*

„Gut", schnauzte er, drückte auf die blinkende Taste auf seinem Telefon und nahm den Hörer ab.

„General Chen hier, wer spricht?"

„Hallo, General. Hier spricht Cheng Jinshan. Ich hoffe, es geht Ihnen gut."

Einige Stunden später saß General Jin Chen immer noch an seinem Schreibtisch und blätterte in einem kurzen Bericht über den Einsatzplan des US-Militärs im Pazifikraum. Beim Lesen rückte er seine Brille zurecht. Erleichtert über diese unverhoffte Wendung standen die drei Stabsoffiziere erneut in seinem Büro.

„Wann fahren wir?", fragte er seinen Stabschef. Chen sprach, ohne aufzusehen.

„Ihr Wagen wartet, Sir. Die Fahrt dauert nur zehn Minuten, aber die Politiker werden demnächst dort eintreffen. Wir sollten uns zügig auf den Weg machen", erwiderte der Stabschef Colonel Li.

Der General nickte und schaute zum Oberst auf. „Was hören Sie von Ihren Freunden aus dem Westen?" Er bezog sich auf die anderen Stabschefs, mit denen Colonel Li im Auftrag seines Vorgesetzten gesprochen hatte.

„Herr Jinshan lag richtig, General. Die Lage hat sich nicht geändert. Und die Mitarbeiter der Politiker, die sich nach Ihrem Terminkalender erkundigten, wollten nur sichergehen, dass Sie an diesem Treffen teilnehmen."

General Chen schüttelte den Kopf und lächelte. Eine seltene Gefühlsäußerung. „Cheng Jinshan ist ein erstaunlicher Mann. Selbst vom Gefängnis aus steuert er alles."

„Wo wird das Treffen stattfinden?"

„Herr Jinshan wird Sie und die Politiker im Büro des Gefängnisvorstehers treffen."

„Und Song?"

„Admiral Song wird ebenfalls anwesend sein."

Chen nickte. „Ausgezeichnet. Ich muss zugeben, dass ich erleichtert bin. Ich bin froh, eine solch positive Entwicklung der Ereignisse zu sehen."

Colonel Li forderte ihn mit einer Handbewegung auf. „Sir, wenn Sie soweit sind, sollten wir jetzt aufbrechen."

Auf dem Weg zu einer schwarzen Limousine reichte Chen einem seiner Adjutanten die Akte. Als sie losfuhren, folgten ihnen drei Begleitfahrzeuge, wovon zwei zu einem chinesischen Sondereinsatzkommando gehörten, das für die Sicherheit des Generals verantwortlich war. Die Sicherheitsbeamten trugen leichte Maschinengewehre über den Schultern. Ihren Augen entging nichts. Die anderen Begleiter trugen kleine Aktenkoffer mit gesicherten Laptops. Sie hatten Zugriff zu allen Informationen, die der General während der Besprechung brauchen könnte.

Der Konvoi des Generals hielt vor den Toren des Qincheng-Gefängnisses an. Eine Wache begann mit der Ausweiskontrolle, bevor er den General erkannte. Mit einem strammen Salut winkte er die Wagenkolonne sofort vorbei, die daraufhin unter dem traditionellen chinesischen Gedenkbogen, dem *Paifang*, hindurchfuhr und im Innenhof parkte, wo bereits mehrere Militärwachen standen.

Das Gefängnis Qincheng war um das Jahr 1950 mit sowjetischer Hilfe gebaut worden. Es lag in Pekings Changping-Distrikt, eine Stunde vom Stadtzentrum entfernt. Das Gebäude unterlag strengen Geheimhaltungsvorschriften und gehörte als einziges Gefängnis zum Ministerium für Öffentliche Sicherheit. Politische Gefangene, einschließlich derer, die an den Protesten für mehr Demokratie auf dem Tian'anmen-Platz teilgenommen hatten, wurden dort untergebracht. Cheng Jinshan und das CCDI hatten es in letzter Zeit als Auffangstation für Chinas „aussortierte" Elite genutzt. Es war in ganz China zynisch als eine Art Luxusgefängnis bekannt. Ironischerweise hatte auch Cheng Jinshan selbst Politiker, die er für illoyal hielt, dorthin verfrachtet. Offiziell teilte er nun deren Schicksal. Aber der Gefängnisdirektor stand seit Jahren auf seiner Gehaltsliste und war einer von Jinshans treuesten Anhängern.

Die VBA-Militärpolizei hatte Cheng Jinshan und Admiral Song vor mehreren Wochen verhaftet und in das Qincheng-Gefängnis gebracht, wo sie auf ihre Verurteilung warteten.

Dennoch war ihr Aufenthalt alles andere als unangenehm. Wie allen anderen Insassen wurde auch ihnen eine Identifikationsnummer zugeteilt. Sie wurden bewacht. Und es war ihnen nicht erlaubt, das Gelände zu verlassen. Anrufe durften sie jedoch *jederzeit* tätigen. Und ihre Zellen waren komfortabel eingerichtet. Jinshan verfügte über ein Schlafzimmer, ein Büro und eine Couch. Sogar seine Sekretärin hatte in einem Raum in der Nähe des Büros des Gefängnisdirektors einen Arbeitsplatz gefunden.

Das Personal von Admiral Song war am ersten Tag nach seiner Verhaftung in Aufruhr gewesen. Aber sie hatten bald erfahren, dass von ihnen die Fortsetzung ihrer Operationen auf der Insel erwartet wurde, und dass sie den Admiral mehrmals täglich telefonisch zu unterrichten hatten.

Tatsächlich lief alles weiter wie geplant.

„Hier entlang, General." Der Kommandant, der auf sie wartete, trug die Uniform der Südseeflotte. Einer von Songs Männern. Der General erkannte ihn sofort.

Minuten später saß der General aufrecht in einem eleganten Ledersessel und trank Tee. Die beiden Politiker – jene, die ihn mit ihren Erkundigungen halb zu Tode erschreckt hatten – saßen ihm gegenüber. Sie führten ein belangloses Gespräch über Familienangelegenheiten.

Cheng Jinshan kam in der trostlosen Gefängniskleidung durch die Tür. Er hatte Tränensäcke unter den Augen und seine Haut war gelb verfärbt. General Chen erinnerte sich an die Gerüchte, dass er gesundheitlich angeschlagen sei.

Jinshan sah den Wachmann an, der ihn begleitet hatte, und entließ ihn mit einer Handbewegung. Die Wache folgte dem Befehl und verließ den Raum. Es war sicherlich das hochkarätigste Treffen, das hier jemals stattgefunden hatte. General Chen lächelte in sich hinein.

„Tut mir leid, dass ich mich verspätet habe, meine Herren. Ich hoffe, ich habe Sie nicht zu lange warten lassen."

Die Anwesenden akzeptierten die Entschuldigung mit einem Nicken.

„Es freut uns zu sehen, dass es Ihnen gut geht", erwiderte General Chen mit ernstem Gesicht.

Er hatte Jinshan vor Jahren kennengelernt, als Chen noch ein einfacher Oberst war. Diese unglückliche Situation mit seiner Tochter damals ... Manchmal dachte Chen noch an sie. Aber er erkundigte sich nie nach ihr. Das war Teil seines Paktes mit dem Teufel.

Chens Frau war seitdem nicht mehr dieselbe. Ihre Tochter

Li hatte sich damals lediglich telefonisch verabschiedet. Dank Jinshan war Li für ein prestigeträchtiges, aber geheimes Programm ausgewählt worden. Der General und seine Frau erfuhren nur, dass sie ihre Tochter lange nicht wiedersehen würden. Vielleicht nie wieder. Dennoch war diese Variante um Welten besser als das, was sonst hätte geschehen können.

Lis Verhalten während des Junxun war unverzeihlich gewesen. Sogar kriminell. Als Reaktion auf eine Auseinandersetzung mit einem anderen Studenten hatte sie diesen verstümmelt. Chens Unterhaltung mit seiner Tochter hatte ergeben, dass es um mehr als eine Meinungsverschiedenheit ging, aber die Einzelheiten spielten keine Rolle. Es war ihr Wort gegen das der anderen, und niemand würde dem Mädchen glauben. Außerdem hatte sich eine Gelegenheit ergeben ...

Cheng Jinshan hatte sich als eine Art *Anwerber* für das Ministerium für Staatssicherheit (MSS) vorgestellt. Er hatte erklärt, dass er auf Abwege geratenen Kandidaten unter Umständen helfen könne, ihre missliche Lage zu überwinden – natürlich nur, wenn es im besten Interesse Chinas lag.

Li sei eine außergewöhnliche Kandidatin, hatte Jinshan Chen ihm eröffnet. Dinge könnten ungeschehen gemacht werden. Man würde sie in ein Spezialprogramm aufnehmen. In ein Programm, in dessen Rahmen eine Person mit Lis Talenten einer ehrenvollen und bedeutenden Beschäftigung nachgehen könnte. Jemand mit ihrer Begabung könnte es ganz weit bringen. Sie würde ihrem Land große Dienste erweisen. Und darüber hinaus würde sich Jinshan *in jedem Fall* daran erinnern, welches Opfer der *Colonel* selbst gebracht hatte. Schließlich stand seine Beförderung an. Und Jinshan hatte gute Verbindungen zum VBA-Korps der Flaggoffiziere.

Ein Anwerber, was ein Witz. Heute lachte General Chen über diese vorgeschobene Berufsbezeichnung. Chen wusste, dass ein unbedeutender Anwerber des Ministeriums für Staatssicherheit niemals zu dem fähig gewesen wäre, was Jinshan erreicht hatte.

In gewisser Weise bedauerte General Chen, dass Li sie verlassen hatte. Aber ehrlich gesagt war er nicht gerade der väterliche Typ. Dieses Arrangement war für alle das Beste gewesen. Das wusste er. Jinshan hatte in einem Aufwasch ihrer Tochter ermöglicht, ihr Gesicht zu wahren und dafür gesorgt, dass aus Colonel Chen General Chen wurde.

Danach hatte sich Chens Karriere schnell entwickelt. Vor seinem Zusammentreffen mit Jinshan hatte er es nur mit Mühe und Not zum Colonel gebracht. Mehr war für ihn nicht drin, wurde er von Mitarbeitern der VBA-Personalabteilung informiert – unfähige Idioten.

Sie hatten seine Fähigkeiten unterschätzt. Das war nun vier Beförderungen und drei Jahrzehnte her. Heute gehörte General Chen zu den fünf ranghöchsten Militärs in ganz China. Es hatte eines Mannes mit Cheng Jinshans Weitsichtigkeit bedurft, seine Talente zu erkennen und ihn beim Erklimmen einer sehr an die Politik gebundene Karriereleiter zu unterstützen.

Politik war Jinshans Stärke, nicht die von General Chen. Über die Jahre bekam er immer wieder Besuch von Jinshan. Sie hatten schnell herausgefunden, dass sie zwei Dinge gemeinsam hatten: Hartnäckigkeit und einen unbändigen Ehrgeiz. Eigenschaften, mit denen Königreiche gegründet wurden.

General Chen blickte zu den beiden Politikern hinüber. Die Tatsache, dass sie hier waren, bewies ihre Loyalität Jinshan gegenüber. Sonst hätte er sie nicht hergebeten.

Aber diese Politiker wussten noch nicht, *aus welchem Grund* sie hier waren. Hatten sie Ambitionen, ein neues Reich aufzubauen? Oder würden sie angesichts eines solch radikalen Vorschlags umkippen?

Welchen Grund sie wohl hinter Jinshans Einladung vermuteten? Vielleicht erwarteten sie, dass Jinshan sie bitten würde, auf seine Entlassung oder die Reduzierung seines Strafmaßes hinzuwirken? Beide Männer waren einflußreiche Mitglieder des Führungszirkels des Politbüros – sie gehörten dem Ständigen Ausschuss an. Sie hatten wahrscheinlich viele Vorkehrungen treffen müssen, um ungesehen herzukommen. General Chen wusste, dass sie – wie er selbst auch – davon ausgingen, dass der zu erwartende Gewinn das bereits eingegangene Risiko übersteigen würde.

Der Ständige Ausschuss des Politbüros der Kommunistischen Partei Chinas setzte sich aus der wohl mächtigsten Gruppe Männer des Landes, wenn nicht der Welt zusammen. Ihre *offizielle* Rolle bestand darin, außerhalb der Sitzungsperioden des größeren Politbüros Entscheidungen im Namen der chinesischen Regierung zu treffen.

Aber ihre tatsächliche Funktion ging weit darüber hinaus. Die Mitglieder des Ständigen Ausschusses waren die *eigentlichen* Entscheidungsträger. Diese sieben Männer, mit dem chinesischen Präsidenten als führendes Mitglied, waren die zentralen Impulsgeber der Regierung.

Cheng Jinshans Rolle als Leiter der Zentralen Disziplinarkommission hatte es ihm ermöglicht, diesen politischen Figuren sehr nahezukommen. Obwohl sie sich ihm gegenüber in diesem Pseudo-Gefängnis vielleicht nicht länger verpflichtet fühlten, wussten sie dennoch, wie nützlich er sein konnte, wenn man ihm die geeigneten Werkzeuge an die Hand gab. Jinshan hatte ihre Feinde eliminiert und ihnen geholfen, ihre Macht zu konsolidieren. Was wäre noch möglich, wenn man ihn machen ließe?

Dem General kam ein weiterer Gedanke in den Sinn.

Jeder wusste, wie viele Nachforschungen Cheng Jinshan mithilfe seiner privaten Unternehmen anstellte. Er musste über *Druckmittel* gegen all diese Politiker verfügen, für den Fall, dass sich ihre Beziehungen je verschlechterten.

All dies ging dem General durch den Kopf, während er die Gesichter der anderen Männer studierte. Wie würden sie reagieren? Was *erwarteten* sie zu hören? Er bezweifelte stark, dass sie wussten, was Jinshan vorhatte.

Krieg.

6

Lenas Transporter fuhr am frühen Nachmittag knirschend die lange Kieseinfahrt eines ländlichen Grundstücks entlang. Sie hatte zwei Mitglieder des chinesischen Sondereinsatzkommandos dabei. Diejenigen, die am besten Englisch sprachen. Sie hatten für diesen Einsatz trainiert, aber sie würde sie nur im Notfall als körperliche Verstärkung einsetzen.

Vor einer leeren Scheune stand ein alter Pick-up. Zwei Reifen fehlten, man hatte sie durch Zementblöcke ersetzt. Über den ganzen Hof verstreut lag schmutziges Kinderspielzeug. Ein riesiger schwarzer Stern schmückte die hölzerne Hausverkleidung. Schaukelstühle standen auf der Veranda.

Auf dem Rasen neben der Einfahrt lagen Stapel von Flugblättern. Lena las eines:

TUT BUSSE, SÜNDER. DAS FEGEFEUER ERWARTET JEDEN, DER SEINE AUGEN ABWENDET.

Lena klopfte an die Haustür. Drinnen rührte sich etwas. Es war Sonntag, und der Mann hatte sie gebeten, erst nach dem Ende ihres Gottesdienstes zu erscheinen. Seine Frau sah fern. Fürs Erste.

Er machte auf und beäugte die vor seiner Tür stehende

Gruppe Asiaten misstrauisch. Dann erkannte er, um wen es sich handelte, und sein Gesicht nahm einen freundlichen Ausdruck an.

„Ach, hallo. Freut mich, dass Sie es geschafft haben."

„Danke für die Einladung", erwiderte Lena.

Natesh spielte den Kameramann. Auf ihn musste sie ein Auge haben. Seine Nervosität in letzter Zeit machte ihr Sorgen. Sie musste mit Jinshan über ihn reden, wenn sie zurück in China waren.

Der Amerikaner fragte: „Für wen arbeiten Sie noch mal? Ich hab's auf dem iPad gesucht, aber ..."

„Wir kommen von der Chinesischen Christlichen Allianz. Wir haben keine eigene Sendung oder einen bestimmten Kanal. Aber unsere Organisation erstellt Dokumentarfilme, die wir den Fernsehsendern anbieten. Wir möchten unseren Zuschauern zeigen, welcher Verfolgung chinesische Christen ausgesetzt sind. Und wir wollen gleichgesinnten Christen zeigen, dass sie etwas dagegen tun können. Wir versuchen, Geschichten wie die Ihre möglichst vielen Menschen zugänglich zu machen, in der Hoffnung, chinesischen Christen damit zu helfen." Sie lächelte den Mann an.

Charles Beulah stieß ein Grunzen aus. „Gut so. Die verdammten Chinesen ham Leute auf diesem Tiannemannan-Platz gekillt und Christen wie uns schon viel zu lange auf dem Kieker. Ham Sie in den Nachrichten geseh'n, was die mit den Navy-Schiffen gemacht haben? Die dreh'n doch alle hohl. Ich mein, ist doch unglaublich, dass noch kein Krieg ist. Und jetzt sagt der Präsident auch noch, ‚wir wissen, dass es China gar nicht war'. Na, das ist doch ..." Er sah über seine Schulter nach hinten. „Das ist doch *gequirlte Scheiße*, wenn Sie mich fragen. 'Tschuldigung, ich sag's halt wie's ist."

Lena nickte zustimmend. „Es ist wirklich unglaublich, wie die chinesische Regierung unseren armen christlichen

Brüdern und Schwestern zusetzt. Aber, Mr. Beulah, wir freuen uns auf die Gelegenheit, das mit Ihnen zu besprechen. Wir möchten möglichst wenig Zeit vergeuden. Ich will Ihre Geschichte hören und das Ganze filmen. Wo können wir aufbauen?"

„Wie, Sie meinen, für Dreharbeiten und so?"

Sie nickte freundlich und bezwang ihren Wunsch, ihn als Reaktion auf seinen langsamen Verstand zu verprügeln. „Genau."

„Wir könnten in die Scheune gehen, oder so."

„In die Scheune?"

„Keine Sorge, da ist leer. Wir ham grade unsere drei Kühe verkauft. Da ist genug Platz. Betsy will nicht, dass wir's im Haus machen. Fühlt sich in letzter Zeit nicht wohl, die Arme. Versucht, mit dem Rauchen aufzuhören und so. Das Nikotinpflaster macht sie aggressiv, wenn Sie mich fragen."

„Sicher – kein Problem, Mr. Beulah. Wir gehen in die Scheune." Lena sah Natesh an. „Wird das mit der Beleuchtung klappen?"

„Ja, sicher", erwiderte Natesh, der unbehaglich aussah.

„Nennt mich Chuck. Das tun alle. Chuck Beulah, Fernsehstar." Der Mann lachte. Als er sich daran erinnerte, weshalb das Filmteam da war, wurde sein Gesichtsausdruck wieder düster. „Wirklich 'ne Schande, was die Chinesen da machen."

Dann musterte er Lena mit zusammengekniffenen Augen. „'Tschuldigung, wenn ich so frage, aber Sie sind doch auch aus China, oder so ähnlich? Also ..."

„Ja, aber ich bin eine von den Guten. Wir sind Christen, so wie Sie." Sie hoffte, er würde ihre Bibelkenntnisse nicht auf die Probe stellen wollen.

Sein Gesicht verriet, dass sie mit dieser Antwort alle Unklarheiten beseitigt hatte. „Alles klar. Macht Sinn."

Lenas „Kameramann" brauchte etwa fünfzehn Minuten,

die Beleuchtung, den Hintergrund und die Klappstühle für das Interview aufzubauen. Sie wusste, dass die beiden Soldaten der chinesischen Spezialeinheit sie vom Rücksitz des Transporters aus im Auge hatten. Sobald sie ihnen ein Signal gab, wären sie innerhalb von Sekunden da, um eine Säuberungsaktion durchzuführen.

Natesh sagte: „Okay, wir sind soweit." Er deutete auf die Klappstühle. Nachdem sie Platz genommen hatten, fragte Lena: „Alles in Ordnung? Denken Sie daran, kein Grund zur Nervosität. Sprechen Sie einfach langsam und frei von der Seele weg."

„Alles klar."

Sie sah in die Kamera. „Okay, mein heutiger Gesprächspartner ist Mr. Chuck Beulah. Ein überzeugter Christ und patriotischer Amerikaner. Und er glaubt, dass es Menschen in aller Welt möglich sein sollte, ihre Religion frei und ohne staatliche Einmischung auszuüben. Stimmt das, Mr. Beulah?"

Lena hatte eine Liste mit mehreren Namen zusammengestellt. Chuck Beulah war der Erste, den sie angerufen hatten. Er fing ein wenig holprig an, aber nachdem er erst einmal losgelegt hatte, war Lena sicher, dass sie ihn aufnehmen sollten. Was gut war. Es würde ihr zusätzliche Arbeit ersparen.

„Jawohl, Ma'am. Stimmt. Meine Kirche – und mein Land – sind die wichtigsten Dinge in meinem Leben. Ich glaub an Jesus Christus und den heiligen Gott da oben. Und jetzt gucken Sie mal, was die Chinesen da drüben veranstalten. Grauenhaft. Das sind doch kommunistische Babymörder. Ich find das einfach nur abscheulich."

Lena hakte nach. „Und was fühlen Sie, wenn Sie Geschichten von Christen hören, die nicht die Kirche Ihrer Wahl aufsuchen dürfen? Die ihren christlichen Glauben nicht frei praktizieren können?"

„Die chinesische Regierung soll gefälligst allen Chinesen

erlauben, dem christlichen Glauben zu folgen. Nur dann, mithilfe unseres Herrn Jesus Christus, kann China gerettet werden."

„Aber was ist mit dem chinesischen Präsidenten? Er hat gesagt, dass Religion schädlich sein kann. Das nur vom Staat zugelassene Kirchen geduldet werden sollen."

„Der chinesische Präsident liegt total falsch. Ich mein, der ist gegen Gott und das Volk."

„Würden Sie die Absetzung des chinesischen Präsidenten unterstützen?"

„Klaro, auf jeden Fall. Wenn der chinesische Präsident gegen Gott ist, sollte er da drüben nicht über all die Leute bestimmen."

„Haben Sie von dem chinesischen Gesetz gehört, das Abtreibungen staatlich anordnet?"

Das Gesicht des Mannes sah angestrengt aus, als ob er nach den geeigneten Worten suchen musste. Dann fand er seine Sprache wieder

„Ich hab' alles über die Abtreibungen in China gehört. Deshalb will ich ja, dass mehr Leute davon wissen. Es ist das totale Grauen. Die töten kleine Mädchen, nur weil sie Jungs wollen."

„Was sollte dagegen unternommen werden?"

„Jemand sollte diese Kerle stoppen! Ich mein, die bringen Babys um!"

„Was würden Sie tun, wenn Sie mitbekämen, wie jemand eine dieser armen Frauen gegen ihren Willen zum Schwangerschaftsabbruch zwingt?"

„Umbringen würd' ich den. Diese chinesischen kommunistischen Schweinehunde, die so was machen, verdienen den Tod."

„Danke, dass Sie Ihre Überzeugungen mit uns teilen, Mr. Beulah. Jemand sollte diesem Irrsinn wirklich ein Ende bereiten. Erzählen Sie uns, was Sie tun, um chinesischen Christen zu helfen und sie vor Verfolgung zu schützen."

Chuck kratzte sich am Bart. „Ich hab' 'ne Webseite, auf der ich über so Sachen blogge. Und jeden zweiten Dienstag im Monat steh' ich mit anderen Männern meiner Kirche in der Stadt an der Ecke Hauptstraße und Fünfte Straße. Und wir ham ein Megafon und Schilder dabei und erzählen der ganzen Welt, was wir drüber wissen. Und ich glaub', es macht 'nen Unterschied. Vielleicht nicht bei allen, klar, aber wenn wir nur ein paar Leuten was beibringen, hilft's – das mein ich jedenfalls."

Lena fragte: „Und welcher Religion gehören Sie an?"

„Ich bin ein Baptist, Ma'am."

„Sie sind ein Christ."

Chuck warf ihr einen verwunderten Blick zu. „Jawohl, Ma'am, ich bin Christ."

„Und was halten Sie von den Atheisten in China, die Christen verfolgen wollen?"

„Ich denke, dass alle Atheisten in der ewigen Hölle schmoren werden. Besonders die in China, weil sie da alle christlichen Babys umbringen. Vom Atheismus ist es nicht weit bis zur Teufelsanbetung."

Lena musste nun vorsichtig vorgehen. Sie war sich nicht sicher, ob er es genauso so sagen würde, wie sie es sich erhoffte. Aber die Redaktion würde den Rest übernehmen. „Man sagt, der chinesische Präsident sei ein Atheist. Was sollte Ihrer Meinung nach mit ihm geschehen?"

Chuck enttäuschte sie nicht.

„Wenn der chinesische Präsident Atheist ist, dann ist er der Feind aller gottesfürchtigen Christen. Er verdient den Tod, genau wie der Rest dieser Teufelsanbeter. Er ist Teil des Problems. Atheismus verbreiten und Babys umbringen. Und jetzt versuchen die auch noch, unsere Navy-Schiffe zu versenken und unsere tapferen Soldaten umzubringen. Diese Schweinehunde sollen alle zum Teufel gehen. 'Tschuldigung."

Lena blickte zu ihrem Kameramann hinüber, der nickte.

„Alles im Kasten."

Lena schlug sich mit den Händen auf die Knie. „Okay, ich denke, dann sind wir hier fertig. Vielen Dank, Chuck. Sie waren *hervorragend*."

Sie drehte sich zum Transporter um und gab ihr Signal. Daraufhin öffneten sich dessen Türen und die zwei Soldaten der chinesischen Sondereinheit kamen auf die Scheune zu.

„Wer sind denn die?", fragte Chuck verwirrt.

Das Charterflugzeug flog von den USA nach Mexiko und von dort aus weiter nach China. Die Spezialeinheiten der chinesischen Armee waren zurückgeblieben, um sich mit anderen Agenten aus Jinshans Netzwerk zu treffen. Sie würden in den kommenden Monaten sehr beschäftigt sein.

Dutzende solcher Sondereinsatzkommandos wurden gerade überall in den Vereinigten Staaten stationiert. Das Training fand nur nachts statt, in abgelegenen ländlichen Gegenden. Sie sollten Standorte und potenzielle Ziele auskundschaften. Eine Erdgasleitung. Ein Autobahnkreuz. Eine Radaranlage. So viele ungeschützte Ziele. Es ging nur um die Frage der Prioritätensetzung.

Jinshan hatte diese Entscheidungen bereits gefällt. Die Soldaten des Camps in Liaoning bereiteten sich in diesem Moment auf ihre speziellen Ziele vor.

Aber das machte Lena kein Kopfzerbrechen. Sie hatte andere Probleme. Seufzend sah sie Natesh an, der auf dem Sitz neben ihr saß. Mehrere Reihen vor dem unter Drogen stehenden und betäubten Amerikaner. Chuck Beulah war ein absoluter Spinner. Aber er würde seinen Zweck erfüllen.

Lena hatte bemerkt, wie bestürzt Natesh war, als die Männer Beulahs Frau töteten. Aber was hätte sie tun sollen? Nachdem Chuck beim Anblick der Maschinengewehre zu schreien begonnen hatte, war sie nach draußen gekommen und hatte *sie gesehen*. Die Frau musste eliminiert werden.

Natesh war ein brillanter Kopf. Leider hatte Intelligenz wenig mit mentaler Stärke zu tun. Jeder hatte seine Grenzen, und Natesh kam gerade an seine. Es war an der Zeit herauszufinden, wie schlimm es um ihn stand. Danach würde sie entscheiden, welche Optionen ihr künftig offenstanden.

Lena ging das Ganze sehr feinfühlig an. Aber es brauchte nicht viel. Es war, als hätte sie mit einer Nadel in einen Wasserballon gestochen. Alles brach aus ihm heraus. Nach nur fünf Minuten schluchzte Natesh bereits. Lena bemühte sich, das Richtige zu sagen, nahm ihn sogar kurz in die Arme. Eine roboterhafte, emotionslose Umarmung. Dennoch, sie konnte einen Haken dahinter machen: Sie hatte ihn wissen lassen, dass sie sich um ihn sorgte.

„Du musst mich woanders einsetzen. Ich kann so nicht weitermachen. Ich kann diese ganze Gewalt nicht länger ertragen. Das ist nicht das, was ich wollte. So bin ich einfach nicht."

Lena sah, wie sich seine Brust hob und senkte. Er wischte sich die roten Augen und versuchte, sich zusammenzureißen. Zweifellos wurde ihm gerade klar, dass er sich wie ein Kleinkind aufführte.

„Natesh, darf ich dich etwas fragen? Glaubst du immer noch, dass wir das Richtige tun?"

Als er sie ansah, flackerte in seinen Augen kurz Angst auf. Dann ein hastiges Nicken. Beruhigende Worte. „Natürlich, Lena. Ich weiß, dass Jinshan für das Richtige kämpft. Es ist nur – für diese Art Arbeit bin ich nicht gemacht. Bring mich irgendwo unter, wo ich die Logistik planen und Leute managen kann. Gib mir ein Team und ich optimiere die Leistung der Arbeitskräfte. Aber was wir der Frau dieses Mannes angetan haben …“

Sie musste sich zwingen, nicht die Augen zu verdrehen. Du meine Güte, sie hatten Chuck Beulahs Frau zwei Kugeln in die Stirn verpasst. *Stell dich nicht so an.* Lena hatte erleichtert festgestellt, dass Lieutenant Lins Männer Befehle ohne Wenn und Aber befolgten. Auf Lenas Signal hin hatten sie die Frau ohne Zögern getötet. Danach hatten sie den Schauplatz des Geschehens umgehend verlassen.

Lins Team musste auf den amerikanischen Straßen vorsichtig sein, um nicht aufzufallen. Lena war sich nicht sicher, wann Jinshan zur ersten Angriffswelle auf Amerika aufrufen würde. Aber bis dahin musste sie davon ausgehen, dass die amerikanischen Strafverfolgungsbehörden weiterhin ganz normal ihrer Arbeit nachgingen. Und sie wollte nicht, dass das FBI nach einer Gruppe chinesischer Sondereinsatzkräfte suchte, die Frauen überspannter Evangelikaler umbrachte.

Lena strich sich ihre Bluse glatt. „Natesh, wir alle müssen manchmal Dinge tun, die uns nicht behagen.“

„Das ist mir klar.“

„Natesh, hör zu. Ich werde mit einigen Leuten sprechen. Vielleicht sogar mit Herrn Jinshan persönlich. Solange du überzeugt auf unserer Seite stehst, gibt es einen Platz für dich. Aber vielleicht sollte dieser Platz etwas abseits von den unerfreulicheren Aspekten unserer Arbeit liegen. Was meinst du?“

Er nickte. „Danke, Lena. Es tut mir leid, dass ich gefragt habe, aber trotzdem danke.“

7

Cheng Jinshan begann mit leiser Stimme zu reden. „Meine Herren, ein herzliches Willkommen Ihnen allen. Wir stehen am Anfang einer großen Reise. Ich hoffe, Sie sind dieser gegenüber aufgeschlossen und sich Ihrer besonderen Verantwortung bewusst." Auf dem Flachbildschirm hinter ihm wurde eine Reihe von Diagrammen angezeigt.

„Dies sind geheime Daten. Sie sehen hier ökonomische Kennzahlen, welche die wahrscheinlichste Entwicklung unseres Landes zuverlässig vorhersagen. Diese Zahlen werden Sie *weder* in unseren Zeitungen lesen *noch* in Ihren politischen Sitzungen zu hören bekommen. Diese Berichte wurden anonym von einer meiner privaten Firmen in Auftrag gegeben, die Berechnungen frei von Vorurteilen oder der Angst vor etwaigen Konsequenzen erstellt. Diese Zahlen, meine Herren, sind so wahrheitsgetreu wie irgend möglich. Und unser verehrter Generalsekretär der Kommunistischen Partei Chinas möchte nicht, dass Sie diese Berichte sehen."

Jinshan hielt inne und registrierte das Stirnrunzeln der beiden Politiker, während sie diese Informationen verarbeiteten. Die Zahlen wiesen sehr große Rückgänge bezüglich der chinesischen Produktivität und des Bruttoinlandprodukts aus. Zudem offenbarten die Diagramme einen sehr starken Anstieg der Inflation und der Staatsverschuldung.

China veränderte sich. Durch den Zufluss von ausländischen Investitionen entwickelte sich eine riesige Mittelschicht, die in finanziellem Wohlstand lebte. Dieses Phänomen schmälerte den einst größten Vorteil Chinas – einen nie versiegenden Strom billiger Arbeitskräfte. Parallel zum neuen wirtschaftlichen Wohlstand stieg auch die Lebenserwartung. Folglich wurden staatlich subventionierte Sozialleistungen immer teurer.

Das Volk brauchte und wollte mehr.

Aber nachdem die Bedürftigen von einer preiswerten, auf Reis basierenden Kost auf teureres Geflügel umgestiegen waren, konnte man nicht von ihnen verlangen, sich jetzt wieder umzustellen.

China bekam, was es ersehnt hatte – Reichtum. Aber damit hielten auch die Probleme reicherer Nationen Einzug. Cheng Jinshan hatte dies vorausgesagt. Ein wirtschaftlicher Einbruch und eine Bevölkerung, die nach einem besseren Leben verlangte, waren eine Gefahr für das kommunistische System. Und unzufriedene Bürger bedeuteten nichts Gutes für die politische Lebenserwartung der heute hier anwesenden Mitglieder des Zentralkomitees.

Eine neue Folie erschien auf dem Bildschirm. Sie stellte die amerikanische Staatsverschuldung sowie die Gläubigernationen und deren prozentuale Anteile dar. China führte die Liste mit großem Abstand an.

Das überraschte niemanden. China hatte eine stark positive Handelsbilanz gegenüber den USA. Dementsprechend war China reich an Bargeld und hatte fieberhaft US-Staatsanleihen aufgekauft. Das war die sicherste Art, um in einem nervösen Markt Geld anzulegen. Zudem verschaffte es dem

Land im wirtschaftlichen Kalten Krieg mit der einzigen anderen Supermacht der Welt einen strategischen Vorteil.

„Unser Land hat im Laufe des letzten Jahrzehnts einen außergewöhnlich großen Anteil an US-Staatsanleihen erworben. Wir haben für schlechte Zeiten gespart. Und jetzt sehen Sie sich das an ...“ Die nächste Folie zeigte die amerikanischen und europäischen Wirtschaftsindikatoren und deren voraussichtliche Auswirkungen auf den Wert amerikanischer Anleihen im nächsten Jahrzehnt. „Wie Sie sehen können, stehen uns diese schlechten Zeiten bald ins Haus. Im System der freien Marktwirtschaft heißt es: ‚Billig kaufen, teuer verkaufen‘ – nun, die Zeit zum Verkaufen könnte gekommen sein.“

Der erste Politiker meldete sich zu Wort. „Herr Jinshan, wie immer schätzen wir Ihre Informationen und Ihren Rat. Diese Zahlen sind, gelinde gesagt, beunruhigend. Das ist etwas, das unser Parlament diskutieren und worauf es schnellstens reagieren sollte. Aber ich war der Auffassung, dass wir hier sind, um Ihre ... persönliche Situation zu besprechen.“

„Dazu kommen wir noch, mein Freund.“

Der zweite Politiker bemerkte: „Ich sehe, dass General Chen ebenfalls anwesend ist. Ich gehe davon aus, dass Sie uns diese Wirtschaftszahlen noch aus einem anderen Grund zeigen. Vielleicht wird dieser die Anwesenheit unseres verehrten Militärrepräsentanten erklären?“

„Ganz recht.“ Jinshan sah kurz zu Chen hinüber. Die nächste Folie enthielt einen Vergleich der zu erwartenden chinesischen und amerikanischen Militärkapazitäten in den kommenden drei Jahrzehnten, heruntergebrochen in Fünf-Jahres-Intervalle. Jinshan kommentierte: „Prognosen für den Verteidigungsbereich sind immer von Unsicherheit geprägt. Nationale Streitkräfte unterliegen nationalen Haushalten.

Wenn wir diese Gegenüberstellung der Militärkapazitäten der USA und Chinas auswerten, sollten wir das unter Berücksichtigung der Wirtschaftsvorhersagen der vorangegangenen Folien tun."

Der erste Politiker bat: „Erläutern Sie bitte, was Sie damit sagen wollen?"

Mit ernstem Gesicht trank Jinshan einen Schluck Tee. „China hat über die letzten beiden Jahrzehnte seine Militärstärke ausgebaut. Die Lücke zwischen den militärischen Fähigkeiten der USA und den unseren wurde geschlossen. Wir haben Dutzende von U-Booten, Tarnkappenflugzeugen, Militärsatelliten und …", er legte eine dramatische Pause ein, „… vor allem Cyberwaffen gebaut. Heute haben wir teilweise sogar die Nase vorn. Leider kann ich nicht versprechen, dass das in fünf Jahren auch noch so sein wird. Aber ich kann Ihnen so gut wie garantieren, dass wir dank unserer Budgetbeschränkungen hinter unseren Feinden zurückfallen werden, was die Schlagkraft und Modernität unserer konventionellen Waffensysteme angeht."

Auf dem Monitor erschien ein neues Bild, das veranschaulichte, wie internetbasierte Computerangriffe gegen einen ausländischen Feind eingesetzt werden konnten.

Jinshan fuhr fort: „Unsere Cyberwaffentechnologie hat ein ganz neues Niveau erreicht. Die vor kurzem stattgefundenen Cyberangriffe auf die Vereinigten Staaten – was sie dort als Blackout-Angriffe bezeichnen – haben ihre Satellitenkommunikation stark eingeschränkt und ihr organisches GPS-Satellitennetzwerk vollkommen zerstört. Sie versuchen nun, auf das europäische GPS-Netzwerk umzustellen, aber das ist keine einfache Aufgabe."

„Und die Amerikaner wollen unsere Köpfe rollen sehen. Insbesondere einen Kopf", hielt ihm einer der Politiker entgegen.

Jinshan nickte. „Angesichts des gegenwärtigen politischen Klimas verstehe ich Ihre Frustration. Aber darauf kommen wir noch. Bitte erlauben Sie mir, meinen Vortrag zu beenden." Sein Ton war hart.

Der Politiker hielt die Hand hoch. „Ich bitte um Entschuldigung. Bitte fahren Sie fort."

„Wir sind in der Lage, die amerikanische Kommunikations- und Versorgungsinfrastruktur in einem Ausmaß anzugreifen, das die bisherigen Cyberangriffe im Vergleich dazu läppisch aussehen lassen wird. Wir haben in mehreren zentralen Versorgungsunternehmen der USA Software installiert, mittels derer das Gros ihres Stromnetzes, ihrer Ölpipelines und Wasserpumpen lahmgelegt werden kann. Allerdings können viele Schlüsselstellen der Versorgungsnetze nicht allein durch eine Software gestört werden. Deshalb habe ich dort Personal positioniert, dessen Aufgabe es ist, diese Knotenpunkte nötigenfalls zu zerstören. Kurz gesagt, wir sind in der Lage, die Kommunikations- und Stromnetze der Vereinigten Staaten abzuschalten – in einem Land, das von der Technologie vollkommen abhängig ist.

Logistische Versorgungsketten für Lebensmittel, Wasser, Öl und Treibstoff – Ketten, die zu sehr auf Technologie gestützt sind, kämen zum Erliegen. Wir schätzen, dass ihre Lebensmittelgeschäfte innerhalb der ersten achtundvierzig Stunden nach unserem Anschlag leer gekauft wären. Kalte Winter und heiße Sommer würden tödlich enden. Die Zivilbevölkerung der Vereinigten Staaten würde plündern und in den Straßen randalieren. Polizeikräfte und Krankenhäuser würden von diesem Ansturm überwältigt werden. Wir schätzen, es würde Monate dauern, bevor ihre Systeme wieder funktionsfähig wären. Falls sie *überhaupt* in der Lage wären, sie wieder instand zu setzen."

Das nächste Bild zeigte die Vereinigten Staaten bei Nacht;

dicht besiedelte Städte erhellt von einer Unmenge an Lichtquellen.

„Wie bereits erwähnt, waren die meisten amerikanischen GPS- und Kommunikationssatelliten – sowohl militärische als auch kommerzielle – vom Cyberangriff des letzten Monats betroffen. Aber wir haben weitere, bislang ungenutzte Waffen an der Hand. Unsere hoch entwickelten elektromagnetischen Impulswaffen, die EMP-Systeme, stehen dabei an erster Stelle."

Jinshan klickte, und mehrere rote Kreise verteilten sich über die Karte der USA. Die Lichter, die nacheinander auf der Karte erloschen, simulierten den Effekt der EMP-Waffen auf das Stromnetz. „Der Einsatz der EMPs würde unsere Angriffe auf ihre Versorgungseinrichtungen und Kommunikationsinfrastruktur weiter untermauern."

„Diese Fähigkeiten sind sehr beeindruckend", nickte der erste Politiker.

„Meine Herren, wohl zum ersten und vielleicht einzigen Mal in unserem Leben haben wir einen Punkt erreicht, an dem drei Dinge simultan zutreffen. Wir haben unserem Hauptwidersacher gegenüber einen deutlichen militärischen Vorteil, einen handfesten ökonomischen Vorteil sowie die Unterstützung des Volks für unsere fähige politische Führungsriege. Sehen Sie meine Herren, ich analysiere Trends. Und diese Trends deuten auf sich rasch anbahnende Veränderungen für die Gesundheit unserer Nation hin. Wenn nichts dagegen unternommen wird, kommt es zu einem Anstieg der Arbeitslosigkeit. Unser inflationsbereinigtes Pro-Kopf-Einkommen wird sinken. Und wir werden die Unterstützung unseres Volks *verlieren*. Der chinesische Bürger wird einen Wandel fordern. Und das, so lehrt uns die Geschichte, zieht meist eine gewaltsame Revolution nach sich."

Die Politiker rutschten unbehaglich auf ihren Stühlen hin und her. „Steht es wirklich so schlimm?"

Jinshan nickte. „Ich vergleiche die Welt der internationalen Beziehungen gern mit dem Dschungel. Wie es so schön heißt: ‚Töten oder getötet werden'. Unsere Anführer müssen Stärke zeigen und sich für die Aggression entscheiden, wenn diese Option unser Überleben sichert. China braucht einen *Strategiewechsel*."

Jinshan las aufmerksam in ihren Gesichtern. Die Politiker schienen alarmiert, aber bei der Sache zu sein.

„Spielt jemand von Ihnen Xiangqi?" Ausgesprochen „hsiang-ch'i", wurde es manchmal auch chinesisches Schach genannt.

„Natürlich, das haben wir oft in der Schule gespielt", erwiderte einer der Männer. Der andere Politiker und der General schwiegen und warteten Jinshans Erklärung ab.

„Auch ich habe es in meiner Jugend gespielt. Ich mag das Spiel sehr gern. Es schärft das strategische Geschick. Kennen Sie die westliche Übersetzung dafür? Ich verrate sie Ihnen. Dort übersetzt man Xiangqi mit ‚Elefantenschach'. Einerseits, weil das erste Schriftzeichen ‚Elefant' bedeutet. Und zum anderen, weil die ersten Spielfiguren aus Elfenbein geschnitzt wurden. Ein Material, geliefert von Dschungelgeschöpfen, die es verstanden, in der Wildnis zu überleben."

Er machte eine Kunstpause.

„Aber den Amerikanern gegenüber habe ich es immer als chinesisches Schach bezeichnet, wenn ich ihnen das Spiel erklärte." Er schüttelte den Kopf. „Obwohl diese Erklärung dem Spiel wohl nicht gerecht wird. Denn Elefantenschach ist weitaus nuancierter als ein normales Schachspiel. Ich erwähne es, weil es unsere eigene Situation widerspiegelt. Zu Beginn einer Partie unterstützen sich die Soldaten in der Regel nicht gegenseitig, da sie zunächst selbst gefährdet sind.

Aber im Laufe der Partie entpuppt es sich als vorteilhaft, neue Allianzen zu schmieden."

Er sah ihnen direkt in die Augen.

„Wir waren immer eng mit Ihnen befreundet, Jinshan", versicherte ihm einer der Politiker.

„Das weiß ich. Aber jetzt müssen wir unsere Bande noch enger knüpfen. Erlauben Sie mir, Ihnen eine Frage zu stellen. Vorausgesetzt, die eben gezeigten Prognosen bewahrheiten sich: Was denken Sie, wird in zwanzig Jahren passieren, wenn unsere Inflation auf zwanzig Prozent klettert und die negative Wachstumsrate unseres BIPs vier Prozent beträgt? Und weit wichtiger: Wie wird es Ihren Söhnen ergehen?"

Jinshan wartete die Antwort nicht ab. „Glauben Sie denn, unser politisches System kann überleben, wenn mehr als jeder Vierte arbeitslos wird? Und wenn die Löhne um die Hälfte sinken? Das ist es, was uns in weniger als zehn Jahren erwartet. In den Fluren des Parlaments werden Sie solche Zahlen nicht hören. Aber ich versichere Ihnen, dass sie korrekt sind. Als Geschäftsmann gehört es zu meinem Beruf, diese Zahlen zum Wohle meiner Unternehmen zu studieren. Als Diener Chinas ist es meine *Pflicht,* auf der Grundlage dieser Zahlen die entsprechenden Maßnahmen zum Wohle unseres Landes zu empfehlen."

Die beiden Politiker nahmen das Gehörte mit sorgenvollen Mienen auf.

Jinshans Tonfall wurde jetzt sanfter. Sein Blick schien seine Zuhörer zu durchbohren. „Unsere Nation braucht Führung. Wir leben im großartigsten Land der Welt, das von friedliebenden Menschen bevölkert ist. Aber unsere Bürger brauchen mehr Ressourcen, um ihren wachsenden Wohlstand zu erhalten. Die Vereinigten Staaten schicken planlos ihr Militär durch die Welt und töten Zivilisten im Namen des Friedens. Auch amerikanische Bürger sehnen sich nach

Orientierung. Die chinesische Politik und das chinesische Rechtssystem haben unsere Nation in eine dominierende Kraft verwandelt. Heute, meine Herren, sind wir in der Lage, die ganze Welt zu einem geeinten und blühenden Planeten zu formen. Stellen Sie sich eine Welt ohne Grenzen vor, ohne die Gefahr eines Krieges, ohne die Notwendigkeit, gigantische Waffenarsenale anzulegen; und ohne die Sorge darüber, ob die finanzielle Belastung unserer Nation unsere Angriffs- und Verteidigungsfähigkeiten negativ beeinflussen könnte. Haben Sie sich je gefragt, wie eine vereinte Welt aussehen könnte? Sie könnte so aussehen wie China ..." Seine Stimme war jetzt nur noch ein Flüstern.

Es war nicht alles nur Theater. Jinshan war stolz und aufgeregt, wenn er an die großen Dinge dachte, die sie mit einer einheitlichen Gesetzgebung rund um den Globus erreichen könnten. Er wollte sein Vermächtnis zementieren, bevor es zu spät war. Bevor ihn seine Krankheit ins Grab brachte. Es war die einzige Wahl, die China hatte, wenn es weiterhin florieren wollte. Und dadurch würde nicht nur sein Land, sondern auch der Rest der Welt geheilt. Jinshan wusste, dass sie die Zukunft Chinas jetzt durch mutiges Handeln absichern mussten. Andernfalls würden sie mit dem langsam sinkenden Schiff untergehen.

Jinshan gab vor, aus altruistischen Motiven zu handeln. Er tat das nicht, weil er an die Selbstlosigkeit von Politikern im Allgemeinen glaubte. Aber er wusste nur zu gut, dass sie es so *aussehen lassen wollten*, als stünden uneigennützige Motive im Vordergrund. Auch die Anwesenden waren für diese Art der Manipulation offen. Nachdem er ausführlich erläutert hatte, wie Chinas globale „Ausbreitung" die Welt verbessern würde, kam Jinshan zu seinem eigentlichen und überzeugendsten Verkaufsargument: Er appellierte an die Eitelkeit und den Ehrgeiz seiner Gäste.

„Jeder unserer neuen chinesischen Staaten bräuchte eine chinesische *Regierungsform*. Und eine neue globale chinesische Regierung bräuchte neue und mächtigere Führungspersönlichkeiten, die in der Lage wären, alle Eventualitäten vorherzusehen. Zu diesen Anführern würden zweifelsohne diejenigen zählen, die die Weitsicht hatten, mutig voranzugehen, anstatt sich mit dem Status quo zufriedenzugeben. Denn, meine Herren, der dramatische Strategiewechsel, den unsere Nation vollziehen muss, um unseren Wohlstand zu sichern, erfordert selbstverständlich auch eine interne Reorganisation. Von daher bitten wir Sie nicht nur um Ihre Unterstützung. Nein, auch Ihre Führungsqualitäten sind gefragt."

Die Augen der Politiker begannen zu leuchten, als sie sich ihre persönliche Zukunft ausmalten. Ein Klopfen an der Tür holte die vier Männer in die Gegenwart zurück. Der General drückte einen Knopf auf der Fernbedienung und der Bildschirm wurde schwarz. Er ging zur Tür und ließ zwei Bedienstete mit einem Rollwagen herein. Das Mittagessen wurde serviert.

Jinshan sagte: „Lassen Sie uns essen, meine Herren. Nach dem Essen reden wir weiter."

Er war zufrieden.

General Chen sah ihn mit einem wissenden Grinsen an. *Wenn wir diese beiden in der Tasche haben, knickt der Rest auch ein,* hatte Jinshan ihm am Telefon versichert. Jinshan lehnte sich in seinem Stuhl zurück und füllte seine Tasse auf. Sie hatten es geschafft. Bei einer Tasse Tee hatten sie gerade die chinesische Regierung entthront und den Beginn eines neuen Weltkrieges eingeläutet.

Das Gespräch dauerte noch eine weitere Stunde. Dann verabschiedeten sich die chinesischen Politiker und der militärische Sachverständige. Jinshan forderte seine Assistentin auf, seine nächsten Gäste einzulassen.

Die Russen waren mehr als erpicht darauf, den Amerikanern die Daumenschrauben anzulegen. Jinshan stand seit über einem Jahr mit ihnen über inoffizielle Kanäle in Verbindung.

Der russische Botschafter brachte tatsächlich eine vorbereitete Botschaft seines eigenen Präsidenten mit, in der er ihm die militärische Zusammenarbeit im Pazifikraum anbot. Aber das war in Jinshans Plan nicht vorgesehen. Der Großteil des russischen Militärs musste in der Nähe Europas stationiert bleiben. Dadurch zwangen die Russen die Amerikaner, wertvolle Militärmittel in Europa und dem Nahen Osten zu belassen. Jinshan benötigte die Russen zur Abschreckung.

Russlands militärische Macht war nur ein Bruchteil derer, die die Sowjetunion einst besessen hatte. Dennoch verfügte das Land weiterhin über mehr Atomsprengköpfe als jede andere Nation der Erde. Und selbst heute war sein Militär im Vergleich zu den Streitkräften der westlichen Welt noch immer imponierend.

„Guten Tag, Herr Botschafter."

Der russische Botschafter in China strahlte über das ganze Gesicht. Er trat an Jinshans Schreibtisch, schüttelte ihm die Hand und lobte die Stärke des vorgeschlagenen militärischen Plans. Jinshan zog es vor, mit verdeckten Karten zu spielen. Aber er wusste um die Besessenheit des russischen Präsidenten in Bezug auf militärische und geheimdienstliche Details. Und er brauchte ihn. Deshalb hatte er ihnen einen kleinen Vorgeschmack gegeben.

„Moskau ist zutiefst beeindruckt. Unsere Führung möchte Ihnen erneut unsere besten Wünsche aussprechen. Russland und China sind starke strategische Partner. Und wir hoffen, diese erfolgreiche Beziehung auch in Zukunft fortzusetzen."

„Selbstverständlich." Jinshan nippte an seinem Tee. Mittlerweile war er kalt, aber seine Stimme war vom vielen Reden bereits heiser. „Deshalb habe ich Sie hergebeten. Meine Botschaft kann ich weder telefonisch noch schriftlich übermitteln. Ich möchte, dass Sie zurück nach Moskau reisen, um sie Ihrem Präsidenten persönlich zu überbringen."

„Was soll ich ihm sagen?"

„Ich möchte, dass Russland mit sämtlichen Ländern der Europäischen Union und des Nahen Ostens Kontakt aufnimmt. Ich möchte, dass Ihr Präsident seine Neutralität in diesem Krieg bekundet, sobald er ernsthaft beginnt. Aber ich möchte auch, dass er diesen Nationen ein Ultimatum stellt. Falls sie in den Krieg eintreten oder den USA Treue geloben sollten, wird Russland sich auf die Seite von China stellen. Als Gegenleistung dafür erhält Russland Europa."

Der Botschafter hörte begeistert zu. Seine mächtigen Backen wackelten beim Nicken. „Ich verstehe. Sie wünschen, diese Auseinandersetzung auf China und die Vereinigten Staaten zu beschränken. Und Russland soll als neutrales Abschreckungsmittel dienen. Und sich bereithalten, für den Fall, dass sich eine der europäischen Nationen dem Kampfgeschehen anschließt. Habe ich das richtig verstanden?"

„Das haben Sie, Herr Botschafter. Wäre es Ihnen möglich, die gewünschten Unterhaltungen innerhalb der nächsten vierundzwanzig Stunden zu führen?"

„Das russische Volk wünscht sich nichts mehr als Ihren Erfolg, Herr Jinshan."

Jinshan nickte. Er hatte gewusst, dass die Russen kooperieren würden. Europa war ihnen als Preis zugesagt worden. Unabhängig davon, ob eine der EU-Nationen in den Krieg eintrat oder nicht.

8

David biss in seine gebutterte Toastscheibe und scrollte durch die Schlagzeilen auf seinem Telefon.

Die Eingewöhnung zuhause war ihnen nach dem Urlaub in Florida schwergefallen. Obwohl sie nur einige Tage dort verbracht hatten, war es toll gewesen, dem Alltag einmal zu entkommen. Aber jetzt hieß es zurück in die Tretmühle.

Draußen war es noch dunkel und das Licht in der Küche war heruntergedimmt. Er saß seiner Frau in ihrem abgetragenen lilafarbenen Bademantel am runden Küchentisch gegenüber. Taylor – ihre sechs Monate alte Tochter – lag in ihrer Wippe, die auf dem Boden stand. Bunte Plastikformen baumelten über ihrem winzigen Kopf. Sie war nach dem Stillen mit einem zufriedenen Lächeln auf dem Gesicht eingeschlafen.

Lindsay trank einen Schluck aus Davids Tasse und flüsterte: „Ich war wegen Maddie und dem Baby letzte Nacht fünf Mal auf."

Er sah vom Telefon hoch. „Tut mir wirklich leid."

„Ich fühle mich wie ein Zombie."

„Tut mir leid."

„Hör auf, dich zu entschuldigen.“

„Tut mir … Okay.“

„Ihr Männer habt es so einfach.“

David sah auf seine Uhr. „Ich habe einen frühen Besprechungstermin.“

„Geh nur. Verlass deine Frau. Sie wird dich bei deiner Rückkehr brav mit einer heißen Mahlzeit erwarten.“

„Heiße Frau, heiße Mahlzeit. Was will man mehr.“ Er erhob sich und drückte ihr einen Kuss auf die Wange, die sie ihm entgegenhielt.

Er schnappte sich seine Schlüssel und winkte ihr noch einmal zu, bevor er leise die Tür schloss, um keines seiner beiden Kinder zu wecken. Die Fahrt zum Hauptquartier der CIA dauerte um diese Zeit ungefähr zwanzig Minuten. Es war praktisch, dass sie in der Nähe wohnten.

Während er durch die Straßen fuhr, dachte er an die Erlebnisse der letzten Wochen. Obwohl er immer noch nicht genau wusste, wie die reguläre Arbeitswoche eines offiziellen CIA-Analysten aussah, machte ihm sein Job bislang Spaß. Die letzten Wochen waren jedenfalls alles andere als normal verlaufen.

Davor hatte er als Technologieexperte bei In-Q-Tel gearbeitet, der privaten Kapitalbeteiligungsgesellschaft der CIA. Er war durchs Land gereist, um neue Soft- und Hardware zu evaluieren, die möglicherweise für militärische oder geheimdienstliche Anwendungen infrage kamen. Jetzt befasste er sich als Mitglied des SILVERSMITH-Teams mit chinesischer Technologie sowie geopolitischen und abwehrdienstlichen Einschätzungen.

David passierte die Sicherheitskontrollen des CIA-Hauptquartiers und ging zu seinem Büro. Er war sich nicht sicher, ob er heute seinen Bruder sehen würde. Chase gehörte zwar technisch gesehen auch zum SILVERSMITH-Team, war aber eine andere Art CIA-Angestellter. *Er gehörte zu den Besonderen.*

Chase Manning war ein ehemaliger US Navy SEAL, der sich vor zwei Jahren der elitären Sondereinsatzgruppe der CIA angeschlossen hatte. Aufgrund einiger öffentlichkeitswirksamer und erfolgreicher Einsätze in jüngster Zeit war Chase derzeit extrem gefragt. Er war kein Geheimagent, dazu fehlten ihm die Ausbildung und die nötige Erfahrung. Aber er hatte sich zu einer Art Hybridagent entwickelt – jemand, der mit den Operationsoffizieren und der Sondereinsatzgruppe zusammenarbeitete. Chase lernte schnell. Seine Fähigkeit, Probleme rasch und effektiv zu lösen und sich nahtlos in Spezialeinheiten einzufügen, machte ihn zu einem begehrten Werkzeug des SILVERSMITH-Programms.

Leider war sein Schreibtisch heute leer. Er musste im Einsatz sein. David ging davon aus, in den nächsten Tagen entweder eine E-Mail oder einen vertraulichen Bericht zu erhalten, aus dem er mehr über den Aufenthaltsort seines Bruders erfahren würde.

„Morgen, David."

„Morgen, Susan."

Susan Collinsworth stand knapp vor ihrem fünfzigsten Geburtstag. Ihre kurzen braunen Haare wiesen die ersten grauen Strähnen auf. Sie hatte das gestrenge Aussehen einer Grundschulbibliothekarin – inklusive einer rechteckigen Lehrerinnenbrille und einer Kaschmirweste über einer weißen, hochzugeknöpften Bluse.

Soweit David wusste, hatte sie keine Kinder und war nie verheiratet gewesen. Die Agency war ihr Leben. Sie war jeden Tag vor ihm im Büro und arbeitete wie eine Besessene.

Susan hatte sich David während seiner kurzen Zeit hier in Langley angenommen. Aus ihren Gesprächen hatte er ein wenig über ihren Hintergrund herausgehört. Obwohl sie sehr bescheiden war, hatte David erfahren, dass sie sich zu Anfang ihrer Karriere einen Namen gemacht hatte. In den 90er Jahren hatte sie in mehreren europäischen CIA-Stationen Agenten geführt; unter anderem auch ehemalige KGB-Agenten, die sich damit schwertaten, den Sprung ins moderne russische Spionagegeschäft zu bewältigen.

Von diesem Aspekt der Arbeit war David fasziniert. Während sein Bruder diesbezüglich gerade mehr als genug erlebte, war er David völlig fremd. In seinem Bereich der Geheimdienstwelt ging es nur um Forschung und Analyse. Seine kleinen Erfolge ergaben sich aus der Auswertung von technischen Indizien, die das geopolitische Gefüge etwas transparenter machten.

Susan hatte ihn beim Mittagessen hinter geschlossenen Türen mit Geschichten von ausländischen Agenten und toten Briefkästen in den dunklen Gassen fremder Städte unterhalten. Die Überwachung von Diplomaten. Die Suche nach Verrätern in den eigenen Reihen. „In einer europäischen Stadt habe ich dieses Mädchen geführt – ein hübsches kleines Ding, eine Sekretärin – die mit dem ukrainischen Botschafter schlief …"

Selbst Jahrzehnte später passte sie immer noch auf, nicht zu viel preiszugeben. Dennoch wurde David bewusst, dass Susan ganz schön viel erlebt hatte. Er lernte aus ihren Geschichten, dass bahnbrechende Erkenntnisse meist nicht durch das Hacken eines Computers oder mittels eines Teleobjektivs gewonnen wurden. Vielmehr waren sie das Resultat langer Nächte mit einer zuverlässigen Quelle und einem Notizblock; der Lohn für intensive Gespräche mit Quellen, die Insiderwissen und Zugang zu den Plänen ihrer eigenen Geheimdienstorganisation hatten. Diese Informanten ermöglichten es den US-Nachrichtendiensten, Maulwürfe in den eigenen Reihen ausfindig zu machen, ihre Agenten zu schützen und den ungehinderten Fluss wertvoller Informationen in die Hände der politischen Entscheidungsträger zu garantieren.

David folgte Susan in ihr Besprechungszimmer und nahm an dem langen, polierten Konferenztisch Platz. Ungefähr sechs Personen saßen bereits um den Tisch herum. Die meisten tippten an einem Laptop und tranken Kaffee, um den erforderlichen Koffeinspiegel zu erreichen.

Susan verlor wie immer keine Zeit. „Okay, fangen wir an."

Einer nach dem anderen meldete sich zu Wort, wobei jede Person für einen anderen Bereich der wöchentlichen Lagebesprechung verantwortlich war. Dieser Gruppe gehörten ein chinesischer Militärexperte, ein NSA-Analyst, ein Südamerika-Spezialist und ein Nuklearwaffenexperte an.

„Wir sehen immer noch keine Veränderung in Ecuador."

„*Immer noch nicht*? Warum nicht, zum Teufel?"

„Tja, die chinesischen Truppen sind nicht wie versprochen nach China zurückgekehrt. Immerhin bringen die Flugzeuge keinen weiteren Nachschub. Die Zahlen stagnieren also. Trotzdem, ihre Truppenstärke beläuft sich nach wie vor auf um die zweitausend Mann."

David fragte: „Was tun sie?"

„Soweit wir es beurteilen können, trainieren sie weiter. Schieß- und Geländeübungen mit den lokalen Militäreinheiten."

Susan hakte nach. „Helfen Sie mir auf die Sprünge. Das Außenministerium hatte dies zur Voraussetzung für das Abkommen mit China gemacht, oder? Abzug sämtlicher Truppen aus Ecuador. Das bilde ich mir doch nicht ein, oder?"

Der Südamerika-Experte nickte. „Nein. Das stimmt."

„Ist dem Außenministerium bekannt, dass sie dem noch nicht nachgekommen sind?"

„Wir haben diese Information an den Vertreter des

Außenministeriums im SILVERSMITH-Team weitergegeben.“

„Gut. Lassen Sie mich bitte wissen, wie es dort weitergeht. Wie steht es um ihre Schiffe?“

„Wir haben jetzt den Namen des versenkten Schiffs. Es war …“ –er sah auf seinem Bildschirm nach – „… die *Lanzhou*. Die anderen drei Schiffe fuhren entweder aus eigener Kraft weiter oder wurden zur Reparatur nach Panama City geschleppt. Dort halten sie sich momentan auf.“

Die Seeschlacht im östlichen Pazifik war gerade einmal zwei Wochen her. Das resultierende diplomatische Chaos war normal.

Jinshan und Song saßen im Gefängnis. China hatte den Rückzug angetreten und die alliierten Nationen insgeheim um Verzeihung gebeten, während es seinen Bürgern über die staatlichen Medien eine halbwegs glaubwürdige Geschichte aufgetischt hatte. Den chinesischen Bürgern wurde erklärt, dass das Sinken der Schiffe das Ergebnis eines tragischen Unfalls während einer nicht genehmigten *internationalen* Übung war, für die ein inhaftierter Politiker (Cheng Jinshan) und ein Marineadmiral (Song) die ausschließliche Verantwortung trugen.

Die Diplomaten waren noch dabei, die Einzelheiten der chinesischen Reparationen und Strafen auszuarbeiten. Allerdings hatten die Vereinigten Staaten umgehend gewisse Forderungen an die chinesischen Militäreinheiten im Ostpazifik gestellt.

„Unsere Inspektoren sind in Panama?“

„Das sind sie. Letztes Wochenende eingetroffen. Wie vereinbart, überwachen Mitarbeiter des Außen- und Verteidigungsministeriums die chinesischen Kriegsschiffe, solange sie im Hafen liegen. Die chinesischen Seeleute dürfen den Pier nicht verlassen, es sei denn, sie begeben sich zum Flughafen, um nach China auszureisen."

Die Tür öffnete sich und General Schwartz trat ein. Er trug seine Uniform. „Guten Morgen, Team."

Susan erhob sich von ihrem Stuhl am Kopfende des Tischs. „General, ich wusste nicht, dass Sie heute Morgen Zeit für uns haben. Möchten Sie hier Platz nehmen?"

„Abgesagte Besprechung. Und nein. Ich nehme demütig den Stuhl, der dem Bildschirm am nächsten steht, damit meine altersschwachen Augen erkennen können, worüber wir reden."

General Chester Schwartz war ein Drei-Sterne-General der US-Armee sowie ein Ranger, und jetzt auch stellvertretender Direktor der CIA für militärische Angelegenheiten. Direktor Buckingham hatte ihn gebeten, als „Sponsor" des SILVERSMITH-Teams zu agieren. Er sollte über sämtliche Erkenntnisse unterrichtet werden und ihnen dabei behilflich sein, eventuelle bürokratische Hürden zügig aus dem Weg zu räumen.

In den letzten Wochen hatte Chase Manning in seinem Auftrag mehreren neueingerichteten Militärkommandos persönlich ihre Einsatzbefehle überbracht. Zudem hatte General Schwartz zusammen mit dem Pentagon präventiv mehrere Sondereinsatzteams und hoch technisierte Militäreinheiten verlegt, für den Fall, dass sie unmittelbar auf chinesische Aktivitäten reagieren mussten.

Es war gut, dass sie das getan hatten. Chase hatte in Ecuador eng mit einer MARSOC-Einheit zusammengearbeitet, einem Sonderkommando des Marinekorps. Der chinesische Kryptoschlüssel, der ihm dabei „in die Hände gefallen" war, hatte den chinesischen Präsidenten letztendlich davon überzeugt, dass Jinshan tatsächlich ohne sein Wissen und ohne seine Zustimmung VBA-Einheiten bewegt hatte. Des

Weiteren half General Schwartz bei der Aktivierung von Militäreinheiten, wie etwa der jüngst gebildeten Ford-Flugzeugträgerkampfgruppe. Die Ford Carrier Strike Group, kurz CSG, hatte sich bei der Verteidigung der USS *Farragut* gegen die vier chinesischen Kriegsschiffe im östlichen Pazifik als instrumental erwiesen.

Susan lächelte und setzte sich. „Wir sprachen gerade vom Status des chinesischen Militärs in Lateinamerika."

General Schwartz sagte: „Ich las gestern einen Bericht, der die VBA-Zahlen in Manta als unverändert beschrieb. Trifft das weiter zu?"

„Ja, General. Die Chinesen holen zwar die Mannschaften der in Panama City liegenden beschädigten Schiffe nach Hause zurück. Aber die Zahl der Bodentruppen in Ecuador ist gleich geblieben."

Der General runzelte die Stirn. „Warum sollten sie sich an die Vereinbarung bezüglich der VBA-Militärschiffe halten, nicht aber die Truppen aus Manta abziehen?"

David antwortete. „Diese Kriegsschiffe sind jetzt wertlos. Sie haben schweren Schaden erlitten. Außerdem wird in Panama alles von US-Inspektoren überwacht. Das trifft auf Ecuador nicht zu. Die dortigen VBA-Truppen führen weiter Übungen durch. Und sie haben ihre Effektivität in den beiden letzten Wochen nicht eingebüßt."

„Was wollen Sie damit sagen?", fragte der NSA-Analyst. „Dass sie immer noch etwas im Schilde führen? Der Zug ist abgefahren, David. Das Überraschungsmoment ist dahin."

Susan sah unglücklich aus. „Wie steht es um die Einsatzbereitschaft für das restliche chinesischen Militär?"

Der Militärexperte antwortete. „Die Marineaktivitäten entlang der Küste haben nachgelassen. U-Boote und Schiffe wurden in die Häfen zurückbeordert. Wir beobachten derzeit die geringste VBA-Marineaktivität seit fünf Jahren. Armee-

und Luftwaffenkräfte entlang der Küste halten sich ebenfalls zurück. Die Luftwaffe hat ihre Flüge so gut wie eingestellt. Allerdings sind uns vermehrt strategische Bomberaktivitäten landeinwärts, in der Nähe von Chengdu, aufgefallen. Wir halten es für militärische Übungen."

„Vergessen Sie nicht, ihr von den 41ern zu berichten", mischte sich der Nuklearexperte ein.

„Wovon redet er?", wunderte sich Susan.

Der chinesische Militäranalyst erklärte: „Vor Ihrem Eintreffen sahen wir uns die Bewegungen der landgestützten chinesischen Nuklearwaffen an. Die Dongfeng-41 ist ihre neueste Interkontinentalrakete, die seit Kurzem entlang der russischen Grenze stationiert wird."

David erkundigte sich: „Ist das nicht begrüßenswert? Sie halten die Russen in Schach und die Atomsprengköpfe sind weit von uns entfernt, oder?"

Der Nuklearwaffenexperte schüttelte den Kopf. „So dürfen Sie das nicht betrachten."

Der chinesische Militärexperte erläuterte: „Die Chinesen verfügen seit über einem Jahrzehnt über Atomsprengköpfe, die *ganz* Russland erreichen können. Diese Dongfeng-41 sind neu. Und die Tatsache, dass sie unmittelbar an der russischen Grenze postiert sind, macht sie theoretisch anfälliger für einen russischen Angriff. Aber gleichzeitig erschwert der Standort einen *amerikanischen* Angriff ungemein. Ach ja, und was macht die 41er so besonders? Die 41er können den gesamten nordamerikanischen Kontinent erreichen."

„Haben die Chinesen diese Fähigkeit nicht schon länger?", hakte General Schwartz nach. „Die Dongfeng-5, richtig? Ist das nicht der Name der chinesischen Nuklearwaffe, mit der sie überall in den USA zuschlagen könnten?"

Der Analyst erwiderte: „Die Dongfeng-5 gibt es seit den 80er Jahren, und ja, sie konnte die USA erreichen. Aber sie hat ein Flüssigkeitstriebwerk, was bedeutet, dass sie vor ihrem Abschuss einen langen Betankungsprozess durchlaufen muss. Das würden wir sehen und könnten entsprechend darauf reagieren. Die Dongfeng-5 war keine gute Waffe für einen Erstschlag. Um das Jahr 2000 herum entwickelten sie dann die Dongfeng-31, deren Alphaversion die USA treffen konnte. Dafür hatte sie eine niedrige Nutzlast. Die Mehrheit meines Teams glaubt, dass die 41er ihr erster richtiger Erfolg ist. Diese landgestützten Langstreckenraketen sind nun vergleichbar mit denen der USA. Nun können sie das gesamte amerikanische Territorium treffen *und* diesen Angriff kurzfristig ausführen."

General Schwartz wandte sich der Karte auf dem Monitor zu. Sie zeigte eine flache Darstellung der Erde mit langgezogenen Linien, die die verschiedenen Reichweiten der von China aus startenden Raketen symbolisierten. „Damit wollen Sie also sagen, dass die kürzlich stattgefundene Stationierung der Dongfeng-41 an der russischen Grenze einer erhöhten atomaren Bedrohung für die Vereinigten Staaten gleichkommt?"

„Jawohl, Sir, ohne Zweifel. Da sie diese Nuklearwaffen so weit von der Küste entfernt und nahe der russischen Grenze stationiert haben, würde es uns viel Zeit kosten, sie zu erreichen."

„Und ‚viel Zeit' bedeutet in etwa …?"

„Das kommt auf die Angriffsmethode an, Sir. Angenommen, wir setzen ebenfalls ballistische Raketen ein, brauchen wir zwanzig Minuten oder mehr, um das Ziel zu erreichen."

„Und zwanzig Minuten sind eine lange Zeit?"

„Lange genug, um unseren Angriff zu bemerken und entsprechend darauf zu reagieren, Sir. Insbesondere dank ihrer Inselstützpunkte und der Luftverteidigung, die versetzt angeordnet ist. Sie haben auf insgesamt vier Inseln der

Spratly- und Paracel-Inselgruppen Militärbasen eingerichtet, mit Landebahnen, die lang genug sind, um ihr ganzes Arsenal einzufliegen. Treibstoff, Munition und Batterien von Flugabwehrraketen. Im Südchinesische Meer geben sie mit ihren Abwehrkapazitäten den Ton an."

General Schwartz sah zu Susan hinüber. „Fühlt sich an, als ob ich in die gute alte Zeit der sowjetischen Bedrohung zurückversetzt werde. Besten Dank an Sie alle für dieses vertraute Gefühl."

Susan sprach den Analysten an. „Das ist ein Aspekt ihrer dreigeteilten Streitkräfte. Was ist mit den Jagd-U-Booten und ihren luftgestützten Atomwaffen? Haben wir diesbezüglich eine Veränderung ihrer Strategie festgestellt? Und welche Gefahr geht von diesen Militärmitteln aus?"

Der Nuklearwaffenexperte erklärte: „Die chinesischen ballistischen Raketen-U-Boote sind längst nicht so effektiv wie unsere eigenen. Sie verfügen nur über einige vom Typ 94. Die kommen unserer Ohio-Klasse am nächsten. Aber ihre sind sehr laut. Normalerweise wissen wir jederzeit, wo sie sich aufhalten. In Bezug auf ihre Luftkompetenz – sie haben mehr als einhundertzwanzig strategische Bomber. Aber die sind nicht in der Lage, das amerikanische Festland zu erreichen. Gerüchten zufolge arbeiten die Chinesen an einem Konkurrenten für die B-2 Spirit, allerdings haben wir den noch nicht in der Luft gesehen."

Der chinesische Militärexperte fügte hinzu: „In Küstennähe wurden die militärischen Aktivitäten, wie bereits erwähnt, auf ein Minimum reduziert. Aber auf vielen Stützpunkten im Landesinneren sehen wir eine erhöhte Betriebsamkeit der VBA-Luftwaffe. Susan, dort trainieren sie immer noch rund um die Uhr. Entweder haben sie die Anordnung des chinesischen Präsidenten bisher noch nicht erhalten oder ..."

David vervollständigte seinen Satz. „Oder sie bekommen ihre Befehle von anderer Stelle."

David saß allein in der Cafeteria der CIA. Er hatte sein eigenes Mittagessen dabei. Ein Schinken-Käse-Sandwich, einen Plastikbeutel mit Tortillachips, und eine Tupperschüssel mit kleingeschnittenen Karotten.

„Mr. Manning, wie gefällt Ihnen Ihr neuer Job?" General Schwartz stand plötzlich neben ihm. Er war eben ein ausgebildeter Ranger und hatte sich schnell und lautlos genähert.

David wollte sich erheben.

„Bitte bleiben Sie sitzen. Darf ich mich zu Ihnen setzen?"

„Natürlich, Sir. Und die Arbeit gefällt mir sehr gut, Sir. Danke." David fragte sich, ob er zu oft „Sir" sagte. Wahrscheinlich kam da seine Marineausbildung oder die Erziehung seines Vaters durch, der ein Admiral in der Navy war.

Der General nahm David gegenüber Platz. Sie hatten den Tisch für sich allein.

„Susan spricht in den höchsten Tönen von Ihnen. Und Sie sind dem Direktor aufgefallen. Ich bin kein CIA-Mann, aber ich habe in meinen Leben das ein oder andere über Aufstiegsmöglichkeiten gelernt. Den Direktor der eigenen Behörde zu beeindrucken ist sicher von Vorteil."

David lief rot an. „Ich hoffe, sie sind alle mit meiner Arbeit zufrieden. Ehrlich gesagt ähnelt sie der Tätigkeit, der ich bei In-Q-Tel nachgegangen bin."

„Ach ja? Ich dachte, Sie hätten dort neue Technologien erforscht." Der General nahm eine Gabel von seinem gemischten grünen Salat mit Trauben, Walnüssen und Croûtons. Heutzutage lebte jeder gesund.

„Das stimmt, Sir. Ich habe mich mit neuen Technologien

befasst. Waffen und Waffensysteme. Auch Cyberwaffen. Manchmal Flugzeuge oder Raketen. Es war interessant. Ich habe mir viele unterschiedliche Dinge angeschaut. Um unserer Aufgabe wirklich gerecht zu werden, mussten wir herausfinden, wozu unsere Widersacher fähig waren – und woran sie arbeiteten."

Der General nicke. „Ich verstehe."

„In gewisser Weise mache ich hier das Gleiche. Der einzige Unterschied ist der Zeitrahmen."

„Wie das?"

„Bei In-Q-Tel habe ich untersucht, was unsere potenziellen Feinde in den kommenden fünf bis zehn Jahren vorhaben könnten. Hier sehe ich mir an, was sie in den nächsten Tagen oder Wochen planen. Es ist dasselbe Spiel, nur das Zeitfenster, in dem ich mich bewege, ist kleiner."

General Schwartz lächelte. „Strategie versus Taktik. Manche behaupten, das sei das Gleiche, nur auf anderer Ebene." Sie aßen ihr Mittagessen und unterhielten sich über dies und das. David erzählte dem General von seiner Schwester Victoria, die immer noch im Ostpazifik Dienst leistete. „Sie ist sich nicht sicher, wann sie nach Hause kommen werden."

„Ja, das kann ich mir denken. Ich schätze, dass diese Frage momentan nur sehr wenige Leute beantworten können."

David sagte: „Ich werde den Eindruck nicht los, dass wir alle auf irgendetwas warten, Sir."

„Auf den zweiten Schlag? Ja, ich glaube, dass viele von uns so denken. Wir wurden eben von der einzigen Militärmacht auf dem Planeten angegriffen, die unsere Streitkräfte an Größe übertrifft. Was auch immer die Politiker beabsichtigen – die Geschichte hat gezeigt, dass Feindseligkeiten nach Ereignissen, wie wir sie gerade gesehen haben, eher zunehmen als nachlassen."

„Ganz Ihrer Meinung, Sir. Im Rahmen meiner Recherche habe ich einige Hinweise entdeckt, die mir Sorgen bereiten."

„Zum Beispiel?" Der Flaggoffizier sah auf die Uhr. „Möchten Sie mir das zeigen?"

Es war einfach, sich mit dem General zu unterhalten. Er trat nicht aufgeblasen und allwissend auf, wie es bei manchen Führungskräften gang und gäbe war. Sondern geradeheraus und sachlich. Manchmal barsch, meist aber freundlich und bodenständig. Als ob er nie vergessen hatte, wie es sich anfühlte, im Schützengraben zu liegen.

David wollte seine Kompetenzen nicht überschreiten. Susan war seine direkte Vorgesetzte, die wiederum dem General unterstellt war. Aber wenn er und der General gerade schon mal dabei waren ...

Schwartz lächelte. „Was ist?"

„Nichts, General. Aber ich hätte etwas vorbereitet, wenn ich gewusst hätte, dass Sie –"

„Ja, das weiß ich. Aber von diesem Unsinn müssen wir wegkommen. Ich will nicht, dass ihr drei vorbereitende Sitzungen abhaltet, wenn eine Besprechung mit mir oder dem Direktor ansteht. Dazu fehlt uns schlichtweg die Zeit." Er stand auf und wischte sich mit einer Serviette die Hände ab. „Gehen wir."

Sie gingen durch die Flure des CIA-Hauptquartiers zu den Räumlichkeiten des SILVERSMITH-Teams zurück. David nahm an seinem Schreibtisch Platz und der General holte sich einen Stuhl von einem leeren Tisch nebenan.

„Ihr habt mir in der Besprechung eben erklärt, dass befürchtet wird, die Chinesen würden unseren Forderungen nach einem Rückzug nicht vollständig nachkommen. Stimmt das?"

„Jawohl, Sir."

„Was könnten wir also noch untersuchen, um ihre wahren Absichten auszuloten?"

David begann. „Sir, ich habe mir einiges angesehen. Frühindikatoren, wie ich sie nenne."

„Frühindikatoren für was?"

David sah unbehaglich aus. „Ich will nicht vorschnell urteilen, Sir."

„Junger Mann, in den letzten Wochen waren Sie hautnah in eine chinesische Spionageoffensive verwickelt. Noch dazu wurde unsere Nation offen von chinesischen Militär- und Cybereinheiten angegriffen. Sie sind nicht voreilig. Meiner Meinung nach haben wir alle großen Nachholbedarf."

David öffnete eine Datei auf seinem Computer. Er zeigte auf den Bildschirm. „Das ist eines der Themen, mit denen ich mich beschäftigt habe. Susan und ich sagten vorhin, dass unsere Analyse des chinesischen Militärs an manchen Stellen widersprüchlich erscheint. Manche Einheiten ziehen sich zurück. Andere hingegen erhöhen den Grad ihrer Einsatzbereitschaft."

„Ich verstehe."

Er fuhr fort. „Also wollte ich mir einige Frühindikatoren ansehen, die *schwieriger* zu verbergen sein dürften. Hinweise, die uns verraten könnten, ob sie sich auf einen Großangriff vorbereiten."

Der General saß vornübergebeugt auf seinem Stuhl und starrte auf Davids Bildschirm. „Was schaue ich mir an?"

„Blutbeutel, Sir."

„Blutbeutel?"

„Jawohl, Sir. Chinesische Bestellungen für Blutbeutel." David bewegte die Maus und klickte auf eine andere Datei. „Und das ist der Auftrag für eine Kühleinheit. Eine Sonderanfertigung, die Blut und Plasma während der Lagerung auf eine spezifische Temperatur herunterkühlt. Die NSA verschaffte mir firmeninterne Dokumente, aus denen die Anzahl der Bestellungen und die Produktionsstätte hervorgingen. Sie stimmen nicht mit den offiziellen Verkaufszahlen des Unternehmens überein."

„Das bedeutet also, dass sie etwas verbergen wollen?"

„Gut möglich, Sir. Das ist zumindest meine Hypothese. Wir haben eine chinesische Firma, die Medizinprodukte herstellt und Unmengen an Blutbeuteln und Kühleinheiten produziert, ohne sie in den Büchern zu erfassen. Darüber hinaus wird diese Art von Blutbeutel in Zivilkrankenhäusern *nicht* verwendet. Sie kommt nur in *Militärkrankenhäusern* und im Krieg zum Einsatz."

„Wissen wir, wer den Auftrag vergeben hat?"

„Nein, Sir. Diese Bestellungen existieren nur im internen Netzwerk des Herstellers. Der Käufer ist nicht aufgeführt."

„Klingt verdächtig."

„Jawohl, Sir."

„Deute ich die Zahlen richtig? Sieht aus, als seien sie in der letzten Woche dramatisch angestiegen."

„Genau, Sir." David sah den General an. „Sie lesen die Zahlen richtig."

„Wie kamen Sie auf diese Idee? Wieso haben Sie nach Blutbeuteln gesucht?"

„Wir – Mitglieder meines Teams und ich – veranstalteten eine Brainstorming-Session zu Dingen, die noch gebraucht würden, falls die Chinesen ihre Red Cell-Pläne weiterverfolgten. Als das US-Militär z. B. seinen Einmarsch im Irak begann, oder wir in den letzten Jahrzehnten andere großangelegte Truppenverlegungen vornahmen – und diese Art von Medizintechnologie bereits zur Verfügung stand – stiegen die Bestellungen für Blutbeutel regelmäßig stark an. Wir ließen ein paar Mathematiker einen Blick auf unsere Zahlen werfen, also auf die Daten des US-Militärs, was schließlich zu einer

Formel führte. Es gibt mehrere Variablen, bei denen wir nicht sicher sein können, ob unsere Eingaben stimmen. Dennoch konnten wir den Bereich näherungsweise bestimmen ...“

„Den Bereich von was, Manning?“

„Wie viele Truppen sie beabsichtigen in eine Kampfzone zu schicken, Sir.“

Der General setzte sich aufrechter hin. Jetzt sah er richtig interessiert aus. „Und welche Zahl haben Sie errechnet?“

David senkte die Stimme. Er war ein wenig verlegen, weil ihm bewusst war, wie verrückt diese Einschätzung klingen musste. „Sir, wenn wir die Daten amerikanischer Militärbewegungen und die Bestellzahlen des chinesischen Medizinprodukteherstellers in die Formel eingeben, dann kommen wir auf zehn, Sir.“

„Zehn?“

„Jawohl, Sir.“

Der General sah verwirrt aus. „Zehntausend Soldaten klingt nicht unbedingt ...“

„Zehn *Millionen*, Sir. Unsere Zahlen korrespondieren mit Vorbereitungsmaßnahmen, um zehn Millionen chinesische Truppen in ein Kampfgebiet zu verlegen.“

Der General runzelte die Stirn. Er lehnte sich weiter in seinem Stuhl zurück und schwieg einen Augenblick.

„General, damit will ich nicht sagen, dass China im Begriff ist, zehn Millionen Truppen ins Ausland zu schicken. Ich sage nur, dass es Unternehmen gibt, die Unmengen von Medizinprodukten produzieren. Und dass diese Zahlen zu einer solchen Truppenverlegung passen.“

„Vielleicht war es Teil eines früheren Plans, und die Bestellungen wurden bislang noch nicht storniert? Möglich, dass sie die Tatsache, dass Jinshan hinter Gittern sitzt, noch nicht verkraftet haben. Oder vielleicht produziert der Hersteller sie in Massenfertigung? Ich versuche nur, den

Advokaten des Teufels zu spielen, bevor wir anfangen, so etwas zu verbreiten."

„Sir, wir sind ganz Ihrer Meinung. Es kann natürlich sein. Seltsam ist nur, dass die Stückzahlen gerade in der letzten Woche so sprunghaft angestiegen sind. *Nachdem* Jinshan verhaftet wurde. Diese Aufträge könnten unser erster Hinweis auf die gegenwärtigen militärischen Absichten Chinas sein. Unser erster Einblick in die Denkweise der VBA nach den jüngsten Feindseligkeiten."

Der General nickte. „Okay. Genug mit dem Advokaten des Teufels. Jetzt spiele ich den Teufel. Angenommen, all das ist wahr. Was passiert als Nächstens?"

„Sie meinen, welche Anzeichen wir sonst noch erwarten würden?"

„Genau."

David zögerte nicht. „Schiffscontainer."

Der General nickte. „Richtig. Davon hörte ich Sie immer wieder reden. Was genau interessiert Sie an Schiffscontainern?"

„Die Pläne der Red Cell sahen speziell umgerüstete Frachtcontainer vor, um Handelsschiffe kurzfristig in Truppentransporter zu verwandeln. Gleichzeitig wäre damit im Ausland auch eine schnelle und einfache Truppenbewegung auf Schienen möglich."

„Sie haben die Container-Idee also weiterverfolgt?"

David nickte. Sein Gesicht war ernst. Mit einigen Mausklicks öffnete er die nächste Datei. „Ein weiterer Frühindikator. Uns liegen geheimdienstliche Informationen vor, dass mehrere Firmen, die Schiffscontainer herstellen, aktuell Aufträge stornieren."

„Warum sind stornierte Aufträge schlecht?"

„Wir glauben, dass sie die Kapazität ihrer Produktionsanlagen erhöhen müssen. Und zwar zur Herstellung dieser *Spezialanfertigungen.*"

„Und wie umfangreich sind diese Bestellungen von Frachtcontainern?"

„Daran arbeiten wir noch, Sir. Momentan hören wir nur, dass einige dieser Modifikationen wohl durchgeführt werden."

„Verstanden. Was brauchen Sie, um das bestätigen zu können?"

David verzog das Gesicht. „Sir, in diesem Bereich kenne ich mich schlecht aus."

„Okay, wer ist der Experte?" Der General sah sich in dem Großraumbüro um. „Susan! Haben Sie einen Augenblick Zeit?"

Davids Vorgesetzte kam zu ihnen und warf David einen Blick zu, der zu sagen schien *Warum sprechen Sie allein mit meinem Chef*?

„Danke, Susan. Kurze Frage. Ich bat David, mir ein paar von den Dingen zu zeigen, an denen Sie arbeiten ..." Er sah David an. „*Frühindikatoren*. Was brauchen Sie, um zu verifizieren, ob die Chinesen tatsächlich Schiffscontainer für umfangreiche Truppentransporte umrüsten oder nicht?"

Ihr Gesicht entspannte sich, als klar wurde, worum es bei diesem Gespräch ging. „Sir, wir arbeiten daran. Wie Sie wissen, fiel es uns in den letzten sieben Jahren schwer, menschliche Ressourcen in China zu erschließen ..."

Davids interessierter Gesichtsausdruck veranlasste Susan zu einer Erklärung. „Im Jahr 2010 zerschlug die chinesische Regierung mehrere unserer Netzwerke. Es war eine sehr düstere Zeit für die China-Abteilung. Sie verloren einen Agenten nach dem anderen. Über ein Dutzend CIA-Ressourcen wurden getötet. Einer unserer Spione wurde auf einem öffentlichen Platz erschossen, direkt vor dem Regierungsgebäude, in dem er gearbeitet hatte. Seine Kollegen mussten zusehen. Es war eine Warnung an die anderen. Das war 2012. Die New York Times berichtete darüber. Vielleicht haben Sie es gelesen."

„Was war passiert? Wie …"

„Es gab einen Maulwurf. Mindestens einen. Dieser Umstand, kombiniert mit einem ziemlich raffinierten Hackerangriff auf Regierungsdateien, erlaubte ihnen Rückschlüsse auf unsere Agenten vor Ort zu ziehen. Danach taten sie, was jeder gute Nachrichtendienst machen würde. Sie überwachten unsere Leute. Stellten ihnen Fallen. Sie zeichneten auf, mit wem sie sprachen und wohin sie gingen. Nach der Verhaftung einiger unserer Agenten sickerten Informationen durch. Mit jedem neuen Puzzlestück wurde das Bild klarer. Davon haben wir uns immer noch nicht komplett erholt, David."

General Schwartz stimmte ihr zu. „Susan, ich kann mir die Schwierigkeiten vorstellen, mit denen Sie zu kämpfen hatten. Aber uns bleibt vielleicht wenig Zeit. Also, was brauchen wir zur Bestätigung dieser Indikatoren, an denen Ihr Team arbeitet? Insbesondere im Hinblick auf die Container."

Susan erwiderte: „Wir haben Quellen, die uns dabei vielleicht helfen können. Aber wir müssen immer noch eine Lösung für unser anderes Problem finden."

David zog die Augenbrauen hoch. „Welches andere Problem?"

Der General und Susan sahen sich an. General Schwartz nickte. Susan dirigierte sie in einen der schalldichten Konferenzräume nebenan und schloss die Tür hinter ihnen. Sie richtete sich an David. „Wir haben eine menschliche Quelle, die angibt, dass Jinshan wenige Hundert Meilen nördlich von Liaodong Bay eine geheime militärische Ausbildungsstätte unterhält."

David nickte. „Ich las Ihren Bericht darüber. Er war vage. Irgendetwas darüber, dass Jinshan diesem Ort Bedeutung zumisst."

„Ganz recht. Mein Bericht war bewusst vage, um unsere Quelle zu schützen. Außerdem wissen wir nicht, was sich an diesem Ort befindet. Aber unser Informant ist sehr verlässlich. Wenn diese Person davon überzeugt ist, dass es sich um ein ernstzunehmendes Problem handelt, dann müssen wir uns Gedanken machen. In seinem Telegramm stand, dass Jinshan diesen Standort für seine Pläne als unentbehrlich erachtete. Nach allem, was wir gesehen haben, kann ich nur vermuten, dass er einen Krieg gegen die Vereinigten Staaten geplant hatte."

Sie sah hoch zur Decke, um sich an den genauen Wortlaut zu erinnern. „*Ein verstecktes Camp, das Spezialeinheiten beherbergt, die ein einzigartiges Training absolvieren.* Falls Jinshan weiter Einfluss und Macht in China ausübt und sich diese Militäreinheiten auf etwas vorbereiten, ist es von entscheidender Bedeutung, dass wir herausfinden, was sie dort machen."

General Schwartz fuhr fort. „Susan und ich arbeiten an Ideen, wie wir jemanden dorthin bringen könnten. Da die Satellitenkapazitäten nach wie vor eingeschränkt sind und sich die Lage des Camps nicht für Drohnen- oder bemannte Aufklärungsflüge eignet, halten wir ein kleines, verdecktes Team für die beste Lösung. Ideal wäre ein oder mehrere Agenten, die bereits vor Ort sind."

„Aber wie gesagt", betonte Susan erneut, „die Ressourcen der CIA in China sind nicht gerade überragend."

Schwartz erklärte: „Ich habe eine kleine Gruppe von Delta-Leuten, die für den Job gut geeignet wären. Das Problem ist die Eintrittsstelle. Wir wissen, wie wir sie aus dem Land herausholen können. Aber wir können Sie nicht auf dieselbe Weise reinbringen."

David hakte nach. „Das Lager soll sich etwa einhundert Meilen landeinwärts in China befinden, richtig? Und Sie brauchen eine verdeckte Methode, um eine Spezialeinheit einzuschleusen?"

„Korrekt."

David lächelte. „In meiner Zeit bei In-Q-Tel gab es ein interessantes Projekt, das ich mir genauer angeschaut habe. Die Idee stammte von der DARPA, der Pentagon-Behörde für Forschungsprojekte. Ich glaube, sie arbeiten immer noch daran."

9

Chase verließ den Bahnhof in Kyoto, begleitet von einer kühlen Brise und dem Lärm großer Reisebusse. Über ihm erstreckte sich ein strahlend blauer Himmel. Es war Stoßzeit an einem Wochentag. Er war sich nicht sicher, ob Kyoto zu dieser Tageszeit noch überlaufener war als sonst, da es generell eine Touristenattraktion war. Diese wunderschöne Stadt war bekannt für ihre beschaulichen und historischen Tempel. Einige von ihnen befanden sich mitten in der Stadt, andere lagen versteckt in den Bergen und konnten nur zu Fuß auf gewundenen Pfaden durch stille Kiefernwälder erreicht werden.

Draußen stand eine Menschenmenge Schlange, um Tickets für die Tourbusse zu bekommen. Diese kamen im Minutentakt am Bordstein an und fuhren wieder ab, ein endloser Pendelbetrieb zu den Tempeln.

Chase ging zu einem Stadtplan hinüber, auf dem auch Geschäfte und Restaurants eingezeichnet waren. Gott sei Dank stand unter der japanischen Beschreibung jeweils die englische Übersetzung. Er ging die Restaurantliste durch.

Da. Danach suchte er. *Ogawa Coffee.*

Nach einem kurzen Spaziergang erreichte er das winzige Café. Chase atmete das wohlriechende Aroma von frisch gemahlenem Kaffee ein. Der kleine Laden stand voller Holzkisten, die mit Kaffeebohnen gefüllt waren. Durch schmale Schlitze in den Kisten konnte man einen Blick auf den Inhalt werfen. Plastikschaufeln und Tüten. Es erinnerte ihn an den Gourmetkaffee-Shop in Tysons Corner, den seine Mutter so geliebt hatte, als er klein war.

„Mr. Manning?“

Chase drehte sich um. Hinter ihm stand ein Japaner, mittelgroß, tiefschwarzes Haar. Er sah aus wie auf dem Foto, das man ihm vor zwei Tagen in Langley gezeigt hatte. Genau genommen sah die Hälfte der Menschen hier aus wie auf jenem Bild. War es rassistisch, so etwas zu denken?

Chase streckte ihm die Hand entgegen. „Tut mir leid, ich verunglimpfe Ihren Namen nur, wenn ich versuche ihn auszusprechen.“

„Hiramatsu. Hi-ra-ma-tsu. Das ist mein Nachname. Tetsuo ist mein Vorname. Nennen Sie mich Tetsuo.“

Sein Englisch war ausgezeichnet. Akzentfrei. Was Sinn machte, da er in den USA geboren war und dort den größten Teil seines Lebens verbracht hatte. Die CIA hatte diesen Amerikaner der zweiten Generation zurück ins Land seiner Vorfahren geschickt.

Tetsuo Hiramatsu war Angestellter der US-Botschaft in Tokio. Offiziell war er Wirtschaftsberater, aber das war eine Tarnung. Er arbeitete seit vier Jahren für die dortige CIA-Station. Es war sein dritter Auslandseinsatz für die Agency. Hiramatsu, geboren in Seattle, war ein begeisterter Seahawks-Fan. Er verfügte über einen Schwarzen Gürtel dritten Grades in der japanischen Karate-Stilrichtung namens „Shotokan“, und nahm seit Kurzem an einer Form von Autorennen teil, die Driften genannt wurde. Er hatte bereits mehrere Trainingsstunden bezahlt, konnte sich aber nur selten von seiner Arbeit loseisen.

Die Station in Tokio war einer der wichtigsten CIA-Standorte weltweit. Alle möglichen Politiker und Geschäftsleute reisten aus legitimen Beweggründen nach Tokio. Es war ein großartiger Ort, um einen Agenten zu führen. Und Tetsuo führte mehrere wichtige Aktivposten der CIA.

„Nennen Sie mich Chase."

„Freut mich, Sie kennenzulernen, Chase. Ich muss zugeben, ich habe mir ein wenig Sorgen gemacht. In Kyoto gibt es so viele Touristen. Und ich bin schon zu lange hier – ihr Weißen seht für mich mittlerweile alle gleich aus."

Chase lachte. Vielleicht hatte er einen Seelenverwandten gefunden.

„Wie wäre es mit einem Kaffee, bevor wir losgehen?"

„Sehr gerne."

Sie bestellten zwei Kaffee zum Mitnehmen. Chase rührte den Zucker um, während er Tetsuo nach draußen folgte. Eine Toyota-Limousine fuhr vor und hielt direkt vor ihnen an. Tetsuo öffnete die Tür für Chase, der hinten einstieg. Tetsuo saß vorne.

Der Fahrer arbeitete für Tetsuo, erklärte er Chase. Er war einer der technischen Experten der Agency. Zu seinen Aufgaben gehörte es, Dinge wie Abhörgeräte in den Hotels zu installieren, wenn sie für die CIA interessante Personen observierten.

„Wo fahren wir hin?"

„In eine unserer sicheren Wohnungen. Susan will, dass Sie dabei sind." Tetsuo nahm einen Schluck von seinem Kaffee und drehte sich zu Chase um. „Wie ich hörte, haben Sie sich in kurzer Zeit einen Namen gemacht. Bis vor Kurzem waren Sie noch ein Mitglied der Special Operations Group, richtig?"

Diese Sondereinsatzgruppe war eine elitäre Untergruppe

für verdeckte CIA-Einsätze. Sie waren die Scharfschützen. Die Männer, die bei Bedarf ein höheres Maß an Sicherheit gewährleisteten. Ihnen wurden Missionen übertragen, die etwas mehr Beweglichkeit erforderten. Sie galten als das unterstützende Element der Angehörigen der Politischen Aktionsgruppe – den eher traditionellen Geheimagenten der CIA, die auf der ganzen Welt verstreut waren.

„Das ist richtig“, bestätigte Chase.

„Und was machen Sie jetzt? Immer noch SOG?“

„Ich glaube, das steht im Moment nicht wirklich fest. Sie sagen mir einfach, wohin ich gehen soll, und ich gehe dorthin.“

„Interessant.“

Tetsuo schien ein netter Kerl zu sein. Leider hatten viele Agenten ein übergroßes Ego. Das mussten sie auch, in Anbetracht dessen, was ihnen abverlangt wurde. Männer wie Tetsuo waren im 19. Jahrhundert als Goldgräber unterwegs. Sie suchten akribisch nach den größten Vorkommen ihres kostbaren Rohstoffs und trafen viele Vorkehrungen, um nicht von ihren Rivalen beobachtet zu werden. Und wenn sie dann eine Goldmine gefunden hatten, bauten sie diese sorgfältig ab, bis nichts mehr zu holen war. Aber der Konkurrenzkampf war gefährlich und allgegenwärtig.

Anstatt nach Gold schürften Geheimagenten wie Tetsuo nach Informationen, Zugangsmöglichkeiten und Einfluss. Tetsuo hatte eine offizielle Tarnung. Und gemäß dem Kodex aller Nachrichtendienste weltweit waren gewaltsame Aktionen gegen ihn tabu, solange er sich an die Regeln hielt.

Es war das Leben der von ihm geführten Agenten, das wirklich auf dem Spiel stand. Wenn die Chinesen, Nordkoreaner, Gangster oder auch korrupten Geschäftsleute herausfanden, dass Tetsuos Informanten ihm ihre Geheimnisse anvertrauten, würde es nicht gut für sie enden.

Seit vier Jahren war Tetsuo nun auch GIANTs Führungsoffizier. Im Verlauf seiner langen Karriere als Spion für die Amerikaner hatte GIANT mit einer Unzahl an Verbindungsleuten zu tun gehabt. Tetsuo hatte den Ruf, sehr clever und diszipliniert zu sein. Das hatte ihn zum Top-Kandidaten für diese Rolle gemacht. GIANT unternahm regelmäßig Geschäftsreisen außerhalb Chinas. Von seiner Station in Tokio aus war Tetsuo in der Lage, sich kurzfristig und diskret mit dem Informanten zu treffen, wenn er in der Stadt war. Ungefähr alle sechs Monate verbrachten sie lange Abende in ruhigen Hotelzimmern, an denen GIANT Insiderinformationen über die Politikszene Chinas und dessen militärische Fortschritte an ihn weitergab.

Es war Tetsuos Aufgabe, seine Agenten zu schützen – nicht nur zu ihrer eigenen Sicherheit. Wenn sie aufflogen, würden diese Informationsquellen versiegen, was es der CIA erschweren würde, Informationen abzugreifen. Ganz zu schweigen davon, dass es dann für Tetsuos Karriere ebenfalls schlecht aussähe. Nicht, dass es sein Ziel war, zum GS-15 befördert zu werden. Er hatte sich der CIA angeschlossen, um seinem Land zu dienen und nicht, um als Bürokrat zu enden. Sollte allerdings einer seiner Leute hochgehen und seine Karriere darunter leiden, bekäme Tetsuo keinen dieser Aufträge mehr – Aufträge, die wirklich einen Unterschied machten. Und *das* war ihm wichtig.

Aus diesem Grund hatte er Susan Collinsworth verflucht, als sie ihm vor zwei Tagen eine Nachricht mit der Bitte zukommen ließ, seinem wertvollsten Agenten zu erlauben, sich mit Chase Manning zu treffen – irgendeinem Neuling aus Langley.

Es kam nicht oft vor, dass sich der Direktor der CIA in Tetsuos Angelegenheiten einmischte – nie, um genau zu sein. Aber kurz nachdem Tetsuo Susan Collinsworth zum Teufel geschickt hatte, hatte Tetsuos Boss, der Leiter der CIA-Station in Tokio, einen Anruf von Direktor Buckingham persönlich erhalten. Dieser hatte sie angewiesen, Susan bei allem, was sie brauchte, vorbehaltlos zu unterstützen. SILVERSMITH gab den Ton an, wenn es um China ging. Die Nachricht war eindeutig: *Fügt euch*.

Tetsuo hatte sich über Manning informiert. Da war der Groschen plötzlich gefallen. Das war *dieser Typ*. Der Mann aus Dubai. Den Gerüchten zufolge hatte Chase mit dieser Lisa Parker geschlafen – dem Maulwurf, der die Spionageabwehr in ihren Grundfesten erschüttert hatte – bevor sie verschwunden war. Der arme Chase hatte keine Ahnung, dass sie eine chinesische Doppelagentin war. Niemand hatte es gewusst. Interessant an Chase Mannings Akte war auch sein Aufenthaltsort während der letzten Wochen. Vorübergehender Einsatz in Südamerika. Genau zu der Zeit, als die ganze Scheiße in Ecuador passiert war.

Tetsuo hatte die Berichte gelesen. Ein SOCOM-Team hatte das chinesische Militärcamp in Manta, Ecuador, infiltriert. Unterstützt wurde es von der SILVERSMITH-Task Force – ein Codename der CIA für die Operation, mit der die jüngsten chinesischen Aggressionen gestoppt werden sollten. Susan leitete SILVERSMITH.

Wenn Tetsuo ein Glücksspieler wäre – was er übrigens war –, hätte er Geld darauf verwettet, dass Chase Manning diesem SOCOM-Team angehört hatte. Insbesondere, da Manning Teil der CIA-Sondereinsatzgruppe war. Alle diese Typen kamen von den SEALs und den Delta-Einheiten der Armee. Tetsuo beschloss, Chase einen Vertrauensvorschuss einzuräumen.

Letzterer beobachtete Tetsuo, während der Wagen sich durch die engen japanischen Straßen schlängelte. Sie rasten an unzähligen kleinen Reihenhäusern mit überdachten Stellplätzen vorbei. Eine Fahrradspur nahm einen Großteil der Straße ein.

Chase fragte: „Wie lange führen Sie diese Quelle schon?"

Tetsuo erwiderte ausweichend. „Er hat im Laufe der Jahre mit mehreren Leuten zusammengearbeitet. Belassen wir es dabei."

Sie schwiegen für ein paar Minuten, bevor Tetsuo ergänzte: „Wenn wir gleich da reingehen und mit ihm sprechen, bitte ich Sie, etwas zu bedenken. Er vertraut mir, nicht Ihnen. Ich möchte, dass Sie still sind, während ich mit ihm rede. Unterbrechen Sie uns nicht. Durch die Zusammenarbeit mit uns riskiert er sein Leben. Die chinesische Spionageabwehr ist in Japan überaus aktiv. Für gewöhnlich versuchen sie, ihre eigenen Würdenträger während ihrer Aufenthalte hier zu bespitzeln. Mit anderen Worten, chinesische Agenten könnten nach ihm suchen. Falls etwas schiefgehen sollte, verschwinden wir auf mein Kommando. Folgen Sie dann einfach meinem Beispiel und gehen Sie, ohne ein Wort zu sagen. Verstanden?"

„Verstanden."

„Falls das Ministerium für Staatssicherheit erfährt, dass wir ihn benutzen, um ..."

Chase sagte: „Ich verstehe." Er wusste, wie heikel die Beziehung zwischen Agentenführer und Agent war. Er arbeitete zum ersten Mal mit Tetsuo zusammen. Er musste sein Vertrauen erst noch gewinnen. Und dieser GIANT war ein immens wichtiger Spion.

Vor einem der Reihenhäuser bremste der Wagen ab und hielt unter dem Überdach an. Chase war sich sicher, dass sie vor dem Einparken mindestens zweimal komplett im Kreis gefahren waren.

Chase und Tetsuo stiegen aus, der Fahrer blieb im Wagen sitzen. Mit Chase im Schlepptau ging Tetsuo auf dem

Bürgersteig um das Gebäude herum. „Gehen wir nicht ins Haus?“

„Nicht in dieses.“

Für den Fall, dass sie überwacht wurden, dämmerte es Chase; er sah, wie Tetsuo die Straße aufmerksam absuchte. Diese Leute überließen wirklich nichts dem Zufall.

Er folgte Tetsuo weiter entlang eines Pfads, der parallel zu einem dreißig Fuß breiten Kanal verlief. Auf der gegenüberliegenden Seite des Wassers befand sich ein identischer Weg. Über ihnen hingen Kirschbaumzweige, die sich im stillen Wasser spiegelten. Obwohl es bis zur Blüte noch einen Monat hin war, beeindruckte ihn der Anblick. Der Fußweg bestand aus quadratischen Steinplatten und Kies. Hölzerne Fußgängerbrücken wölbten sich etwa alle 50 Yard über den Kanal. Viele Touristen machten Bilder.

„Schöne Gegend.“

„Wir befinden uns auf dem Philosophenpfad. Er ist sehr berühmt. Sie sollten im Frühjahr oder im Herbst wiederkommen. Es ist wirklich wunderschön hier.“

Während Tetsuo redete, fuhr er ununterbrochen mit seiner Arbeit fort. Er beäugte jeden, der an ihnen vorbeiging, jede Person auf einer Bank, jeden Touristen mit einem Telefon – er hielt Ausschau nach jemandem, der sie beobachten könnte.

„Grüner Bereich?“ Chase fragte, ob Tetsuo Anzeichen von Fremdüberwachung entdeckt hatte.

„Ich denke ja. Wir machen noch zwanzig Minuten so weiter. Ich habe noch ein lokales Team, das mir bei der Abwehr hilft.“

Schließlich folgte Chase Tetsuo in ein nahegelegenes Wohnviertel. Häuser und Geschäfte standen, wie überall in Japans Stadtbezirken, dicht gedrängt nebeneinander. Auf den belebten Straßen waren kleine Autos, Fußgänger und viele

Fahrradfahrer unterwegs. Die beiden Männer gingen auf ein unscheinbares zweistöckiges Reihenhaus zu. Die Stromleitungen über ihnen summten leise.

Sie betraten das Haus durch eine Hintertür, die von der Straße her nicht einsehbar war. Dort wartete ein Mann auf sie. Tetsuo übernahm die Vorstellung. Der Mann war ein weiteres Mitglied seines Teams. Einer der wenigen, der Zugang zum Safe House hatte und die Identität seines Informanten kannte. Das Teammitglied lächelte nicht, sondern deutete schweigend auf eine Reihe von Schuhen neben der Tür. Chase runzelte die Stirn und zog seine Schuhe aus. Der Mann, ein Japaner oder Amerikaner japanischer Herkunft – so sah er zumindest aus – verdrehte die Augen und hob sie auf, um sie ordentlich neben den anderen aufzureihen. Noch mehr japanische Kultur. Es war ein Land der Zwangsneurosen.

„Schwieriges Publikum."

Tetsuo lächelte. „Hier gibt es viele Anstandsregeln."

„Sieht so aus."

Tetsuo deutete Chase an, den Flur hinunterzugehen. „Erste Tür links."

Hinter dieser Tür wartete ein zierlicher Asiate in einem Anzug, der sich verbeugte, als sie eintraten. GIANT.

„Dr. Wang." Tetsuo verbeugte sich ebenfalls und sagte etwas in einer tiefen, schnellen Abfolge auf Mandarin. Er zeigte auf Chase, der sich ungelenk verneigte und dann die Hand ausstreckte.

Er schätzte den Mann auf Ende fünfzig, vielleicht auch Anfang sechzig. Hagere Züge, ruhige Augen. Er neigte den Kopf und schüttelte Chase die Hand. Dann sah er Tetsuo erwartungsvoll an.

Tetsuo schlug vor: „Setzen wir uns doch."

Worauf?, dachte Chase. Das Zimmer war leer, bis auf eine Art niedrigen Couchtisch und eine kleine Pflanze in der Ecke.

Aber dann ließen sie sich auf den Boden nieder, auf eine Tatami-Matte, wie er erkannte. Tetsuo und der ältere Chinese knieten sich elegant mit dem Hauch eines Lächelns hin und setzten ihre Unterhaltung in Mandarin fort.

Chase, ein ehemaliger Lacrosse-Spieler mit gut ausgebildeten Muskeln, versuchte es im Schneidersitz, wobei seine Knie unbequem nach oben standen. So ging das nicht. Er kniete sich hin, war dadurch aber beträchtlich größer als die beiden anderen. Schließlich setzte er sich auf sein Hinterteil und stellte die Füße flach auf den Boden auf. Er umklammerte seine Knie, um die Balance zu halten – und fühlte sich wie im Kindergarten.

Tetsuo warf ihm sichtlich verärgert einen Blick zu. „Alles in Ordnung?"

„Alles bestens."

Er seufzte und nahm das Gespräch mit dem Informanten wieder auf. Zweifellos würde er sich für seinen idiotischen amerikanischen Freund entschuldigen. Aber wer zur Hölle saß schon auf dem Boden rum? Und warum konnten sie ihre Beine so mühelos zusammenfalten? Hatten sie keine Leistenmuskeln?

Im Laufe der Unterhaltung wechselte Tetsuo einige Male deutlich den Tonfall, was auf Überraschung und Interesse schließen ließ. Es brachte Chase fast um, nicht fragen zu dürfen, worüber sie sich unterhielten. Himmel noch mal. Sie waren nun schon fünfzehn Minuten hier, ohne dass Tetsuo irgendetwas für ihn übersetzt hätte. Chase schnappte nur gelegentlich Bruchstücke von Englisch klingenden Initialen auf, und einmal – er war sich nicht sicher – glaubte er, den Namen „Jinshan" zu hören.

Endlich drehte sich Tetsuo mit zusammengekniffenen Augenbrauen zu Chase um. „Sprechen Sie Chinesisch?"

„Nein", antwortete Chase. „Natürlich nicht."

Tetsuo beugte sich zu Chase hinüber und sagte leise: „Warum haben Sie dann nichts gesagt? Was haben Sie denn die ganze Zeit gemacht?"

„Sie sagten doch, ich soll still sein", flüsterte Chase zurück.

Gequält sah Tetsuo zu Dr. Wang hinüber, der lächelte. „Verzeihen Sie bitte. Wir fahren in Englisch fort, wenn Ihnen das recht ist."

Chase lief rot an.

„Dr. Wang begleitet in Japan den chinesischen Gesandten, Sekretär Zhang, für den er arbeitet. Präsident Wu hat beschlossen, Cheng Jinshans und Admiral Songs öffentlich den Prozess zu machen, um Jinshans Macht auf ein Mindestmaß zu reduzieren."

Dr. Wang sprach. „Er hofft, dass das öffentliche Verfahren einen Wendepunkt darstellen wird."

Chase bemerkte: „Die beiden sind im Gefängnis."

„Ja, aber leider nutzt Jinshan seinen Einfluss weiter. Die Gefängnisse der chinesischen Elite unterscheiden sich von denen der regulären Gefangenen. Ich fürchte, Jinshan hat viele Freunde, selbst jetzt noch. Sekretär Zhang und Präsident Wu arbeiten daran, die ihm verbliebene Macht einzudämmen."

Tetsuo richtete das Wort an GIANT, bevor er Chase ansah. „Dr. Wang, wir fürchten, dass einige von Jinshans militärischen Plänen immer noch umgesetzt werden. Wie sehen Sie das?"

Dr. Wang erwiderte: „Sekretär Zhang und Präsident Wu waren gezwungen, mehrere Stützpunkte von Inspektionsteams untersuchen zu lassen. Von Männern, denen sie vertrauen. Denn auch uns erreichen Berichte, die besagen, dass Jinshans Männer weiter seinen gesonderten Anweisungen folgen."

„Was haben die Inspektoren entdeckt?"

„Sie fanden keinerlei Beweise für eine fortgesetzte Verschwörung. An jedem Ort, den sie aufsuchten, hatten Jinshan und Song treu ergebene Teams bereits ganze Arbeit geleistet. Akten wurden bereinigt, Fabriken und Militäreinrichtungen in ihren ursprünglichen Zustand zurückversetzt. Bis Jinshan vor Gericht gestellt und verurteilt wird, hat er zu viel Macht, um aus dem Verkehr gezogen zu werden. Uns liegen nur Gerüchte und Berichte aus zweiter Hand vor."

„Und was besagen diese?"

GIANTs Gesicht verdüsterte sich. „Dass der Inselstützpunkt weiterhin betrieben wird. Dass Fabriken in Guangzhou in großem Stil Frachtcontainer für militärische Zwecke produzieren. Dass die Luftwaffe für eine geheime Mission trainiert. Dass einige unserer besten Sondereinsatztruppen auf einer geheimen Militärbasis in Liaoning für eine Mission trainieren, die Jinshan vorgegeben hat."

Chase hatte diese Berichte in Langley gelesen. Genau das war es, was sie zu erfahren hofften.

„Was machen sie in Liaoning?"

„Das wissen wir nicht. Aber meine Quellen sagen mir, dass es Jinshan ungemein wichtig ist. Es gibt zwei Standorte, welche die maßgeblichen Planungszentren seiner Operation zu sein scheinen. Zum einen die Red Cell-Insel, und dann das Ausbildungslager der Sondereinheiten in Liaoning."

Tetsuo hakte nach. „Dr. Wang, wie kommt es, dass Sie nicht wissen, ob diese Dinge der Wahrheit entsprechen oder nicht? Warum haben Ihre Inspektionen keine –"

Chase registrierte Anzeichen von Frustration.

„Entschuldigen Sie, junger Mann, aber die Lage ist momentan nicht einfach. Das chinesische Volk ist aufgebracht, und viele der Politiker sind es auch. Manche sagen, dass Jinshan derjenige war, der China vor westlichen Feindseligkeiten beschützt hat. Viele militärische Anführer und Politiker unterstützen Jinshan ganz offen, selbst jetzt noch. Andere schwören Wu ihre Treue, arbeiten unserer Meinung nach aber insgeheim für Jinshan. In solch einem Umfeld ist es nicht einfach zu wissen, wem man vertrauen kann. Als Kopf der Zentralen Disziplinarkommission verhalf er vielen dieser Politiker zu ihren gegenwärtigen Positionen. Und, um es nicht zu vergessen, Cheng Jinshan kontrollierte in gewissem Umfang die Zensur der staatlichen Medien."

„Kontrollierte oder kontrolliert noch?"

GIANT zuckte mit den Achseln. „Wer weiß das schon so genau? Fest steht, wer die Zensurbehörde kontrolliert, kontrolliert auch die Botschaft. Und bildet Meinungen. Viele Chinesen hegen momentan eine große Abneigung gegen den Westen. In einem kommunistischen Staat ist es nicht einfach, einen unpopulären Weg einzuschlagen. Die Bevölkerung bezieht Nachrichten und Meinungen über die sozialen Medien und bekommt die staatlichen Nachrichten per Telefon geliefert. Die 3PLA, das chinesische Pendant der NSA, verfügt über Programme, die kontrollieren, welche Artikel auf ihrer Plattform eingestellt und geteilt werden dürfen. Raten Sie mal, wessen Firma diese Programme überwacht?"

„Jinshan."

Wang nickte. „Präsident Wu hätte ihm nicht vertrauen dürfen. Das Zentralkomitee ließ zu, dass Jinshan zu mächtig wurde. Und jetzt bezahlen wir alle den Preis." Er hielt inne. „Aber da gibt es noch etwas. Einen weiteren Grund, weshalb wir nicht wirklich wissen, ob Jinshan seine Pläne noch verfolgt."

„Und der wäre?"

„Cheng Jinshan schottet die verschiedenen Bereiche extrem voneinander ab. Er teilt seine Teams auf und dezentralisiert das Kommando. Außer Jinshan, Admiral Song und Lena Chou gab es so gut wie kein Personal – zumindest nicht, soweit wir wissen –, das sich in allen täglichen Angelegenheiten Jinshans auskannte."

„Und sie haben Jinshan und Admiral Song."

„Die nicht kooperieren."

„Was ist mit Lena Chou? Wissen Sie, wo sie steckt?", fragte Chase und beugte sich vor.

Dr. Wang sah verwirrt aus. „Das wissen Sie nicht? Lena Chou ist tot."

Chase fühlte sich leicht benommen. Obwohl er nicht mehr dieselben Gefühle für Lena Chou hegte wie einst, versetzte ihm diese Nachricht dennoch einen Schock.

Tetsuo warf Chase einen Blick zu und hakte nach: „Das hören wir zum ersten Mal. Würden Sie uns mehr erzählen?"

Dr. Wang berichtete, dass ein chinesischer Satellit einen Funkspruch im östlichen Pazifik aufgefangen hatte. Die Geheimdienstorganisation schloss daraus, dass Lena Chou der chinesischen Militärpolizei in Manta entkommen wollte, indem sie die Region mithilfe kolumbianischer Drogenschmuggler verließ.

Wang erklärte: „Es gab eine Art Bandenkrieg unter rivalisierenden Schmugglern. Ein Feuergefecht an Bord. Unseren Informationen nach wurde Lena an Bord getötet. Das bestätigten uns die Kolumbianer, und ..." – er sah beschämt aus – „... wir haben Berichte Ihrer Behörden eingesehen. Ihre Küstenwache untersucht den Fall."

Tetsuo und Chase sahen sich an. Chinesische Cyberteams studierten Berichte der US-Regierung auf der Suche nach Lena Chou.

Tetsuo fragte: „Haben Sie eine Möglichkeit zu überprüfen, ob sie tatsächlich tot ist?"

„Der chinesische Geheimdienst versucht das gerade. Sekretär Zhang und Präsident Wu betrachteten Lena Chou als potenzielle ‚Starzeugin' im Prozess gegen Jinshan. Obwohl sie sicher nicht gegen ihn aussagen würde ... Aber die Informationen, über die sie verfügt, wären wohl sehr nützlich, um Jinshans fortdauernde Pläne zu stoppen."

„Und jetzt?"

„Falls Lena Chou wirklich tot ist, wird das aus offensichtlichen Gründen weit schwieriger werden."

Tetsuo wirkte frustriert. „Sehen Sie einen Weg, uns fundierte Informationen über diese vermeintlichen militärischen Trainingsmaßnahmen zu beschaffen?"

GIANT wirkte verunsichert. „Ich habe viel darüber nachgedacht. Wenn ich selbst gehe, unter der Schirmherrschaft von Sekretär Zhang, könnte ich vielleicht einen der beiden Standorte inspizieren – entweder das Lager in Liaoning oder die Insel."

Tetsuo schüttelte den Kopf. „Das klingt zu gefährlich. Sie sollten nicht derjenige sein, der –"

GIANT hob die Hand. „Die Inspektoren, die wir schicken, kommen stets mit leeren Händen zurück. Niemand will ein Risiko eingehen, weil Jinshan immer noch zu gefährlich ist. Aber bald steht er vor Gericht. Seine Macht wird schwinden. Wenn ich während des Prozesses eine Überraschungsinspektion durchführen würde, könnte ich Ihnen die gewünschten Informationen liefern. Ich könnte Ihnen sagen, wie tief diese Verschwörung reicht. Und ob weiterhin Pläne für militärische Aktionen existieren."

Tetsuo sah Chase an, der nickte. „Okay. Vielen Dank, Dr. Wang. Ich rede mit meinen Vorgesetzten und hole deren Meinung ein. Wir sehen uns morgen Abend wieder."

Nachdem sie ihre Berichte nach Langley geschickt hatten, aßen Chase und Tetsuo in Osaka zu Abend.

„Trinken Sie Alkohol?“ Tetsuo war am Ende des Arbeitstages viel entspannter. Sie saßen auf Sitzkissen an einem niedrigen Tisch, der auf drei Seiten von dünnen Holzwänden umgeben war, die ihnen eine gewisse Privatsphäre boten.

Durch einen offenen Vorhang konnten sie Dutzende ähnlicher Tische sehen. Gut gekleidete japanische Geschäftsmänner und -frauen, die zur frühen Nachtstunde um 22 Uhr in der Stadt unterwegs waren, bereit für Cocktails und kulinarische Genüsse.

Chases Beine waren erneut in einem unmöglichen Winkel unter den Tisch gezwängt, der nicht mal einen Fuß hoch war. Wieso gab es in diesem Land keine Stühle?

„Ich denke, ich brauche Alkohol, um die Schmerzen in meinen Beinen zu vergessen, von all dem Yoga, zu dem ich hier genötigt werde.“

Tetsuo lächelte. „Das ist also ihr erster Besuch in Japan.“

„In Asien, um genau zu sein. Na ja, zumindest in diesem Teil Asiens.“

„Aber Sie waren im Irak, richtig?“

„Ja. Ich habe dort meine ganze aktive Zeit mit den Teams und dann mit der CIA verbracht.“

„Teams? Mit den SEAL-Teams?“

„Ja.“

„Beeindruckend. Wie ist das hier im Vergleich dazu?“

„Das hier? Es ist etwas ganz anderes. Aber die Arbeit ist interessant. Ich versuche, so schnell wie möglich zu lernen.“

Die Bedienung kam und Tetsuo bestellte für sie beide. Chase hatte sich die Karte angesehen, aber es war alles auf Japanisch. Kurze Zeit später brachte sie zwei eisgekühlte Gläser und füllte sie mit sprudelndem goldfarbenen Lagerbier. Asahi stand auf der Flasche. Chase trank einen Schluck und nickte anerkennend.

„Prost. Willkommen in Japan.“

„Danke. Ich hatte schon Angst, Sie würden mich zwingen Sake zu trinken. Den kenne ich bereits. Und er schmeckt mir nicht besonders."

„Nein, wir fangen mit Bier an. So macht man das hier in Japan." Einen Augenblick später kam die Bedienung mit einem quaderförmigen Stein zurück, der aussah wie ein Schlossturm in Miniaturformat. Sie entzündete die Gasflamme im Zentrum des Steins und platzierte einen Metallrost darauf. Dann stellte sie einen Teller mit verschiedenen rohen Meeresfrüchten auf den Tisch. Sie lächelte, verbeugte sich und ließ sie allein.

Tetsuo erklärte: „Legen Sie den Fisch mithilfe Ihrer Essstäbchen auf den Grill. Braten Sie ihn für eine Minute und dann essen Sie ihn. Es gibt mehrere Gänge, also gehen Sie es langsam an. Das Beste kommt später. Das Kobe-Rindfleisch ist unglaublich hier. Man bekommt nur kleine Häppchen, aber die Art, wie es zubereitet wird und die Qualität – damit gewinnen sie immer wieder Auszeichnungen."

Chase fummelte ungeschickt mit seinen Stäbchen herum und schaffte es endlich, einige Stücke des durchsichtigen Fischfleischs auf den Grill zu bugsieren. „Was ist das?"

„Die Flosse eines Rochens."

„Echt jetzt? Von so etwas wie einem Teufelsrochen?"

„Genau. Oder vielleicht ein Stachelrochen. Ich erinnere mich nicht. Aber es ist wirklich gut."

Chase nippte an seinem Bier, während der Fisch garte. „Wie steht es mit Ihnen? Was ist Ihre Geschichte?"

„Ich bin direkt nach der Uni zur CIA gegangen. Fließend Japanisch und Chinesisch zu sprechen war hilfreich. Ich hatte keine Ahnung, was mich erwartet, aber ich liebe meinen Job. Es gibt nichts Besseres als dieses Spiel, das steht für mich fest."

Chase nahm mit seinen Stäbchen ein Stück gebratenen

Rochen, führte es zum Mund und biss hinein. „Verdammt. Das ist echt lecker. Sehr salzig, wie Dörrfleisch."

„Eine gute Beschreibung. Die höre ich zum ersten Mal." Tetsuo trank sein Glas aus bestellte noch eine Runde, als die Bedienung an den Tisch kam.

Nachdem sie wieder gegangen war, senkte er seine Stimme und sagte: „Okay, unsere Berichte nach Langley sind abgeschickt. Nun warten wir ab, was wir als Nächstes tun sollen. Aber ich schätze, sie wollen genau das haben, worum wir ihn baten. Details und Verifizierung."

Chase nickte. „Eine Frage. Sie mussten alles über Cheng Jinshan lernen und Sie kennen die geopolitische Szene Asiens. Was glauben Sie, was dort drüben in Peking im Moment vor sich geht? Was wird mit Jinshans Verfahren passieren?"

Die Bedienung kam mit zwei Gläsern Bier zurück. Erst nachdem sie wieder allein waren, setzten sie ihre Unterhaltung fort.

Tetsuo begann. „So eine Situation habe ich dort noch nie erlebt. Meine Quellen in China erzählen, dass sie hart gegen religiöse Gruppierungen vorgehen und die Informationen, die das Volk erhält, mehr denn je filtern. Dieser antiamerikanische, antireligiöse Trend ist erschreckend. Dank seiner kommunistischen Wurzeln tendierte das Land immer zum Atheismus. Aber in China gibt es viele traditionelle Religionen, die das Volk beeinflussen. Taoismus. Buddhismus. Diese antireligiöse Stimmung ist neu. Es ist eher ein nationalistisches Gefühl. Unsere Analysten denken, dass vieles auf eine Kampagne in einem großen sozialen Netzwerk sowie die Propaganda in den Medien zurückzuführen ist. Aber ohne vor Ort zu sein, ist es schwer einzuschätzen, wie verbreitet dieses Gefühl wirklich ist."

„Aber wir haben dort sicher eine Reihe von Agenten, oder?"

„Die haben wir. Und wir erhalten Berichte. Dies und das. Aber um ehrlich zu sein, China hat unsere Agentendichte in den letzten zehn Jahren ordentlich dezimiert. Einige Jahre lang war es hart. Wir mussten unser Netzwerk von Grund auf neu aufbauen. Und es ist wirklich heikel, Einblick in die Denkweise der Politiker und Geheimdienstler zu gewinnen."

Chase ließ nicht locker. „Was halten Sie persönlich von der Sache?"

„Ich? Verdammt." Er trank einen Schluck Bier. „Dieser Konflikt könnte die nächsten Jahrzehnte prägen. Die USA und China haben koexistiert und voneinander profitiert. Aber jetzt, da China reicher und mächtiger wird …"

„Was ist mit Jinshan?"

„Ich habe keine Ahnung, Mann. Aber falls sie ihm tatsächlich einen öffentlichen Prozess machen, gehe ich davon aus, dass seine Zeit bald vorbei sein wird."

Chase spürte eine Vibration in seiner Tasche und zog sein Telefon hervor. Es war ein Smartphone der CIA, dass ausschließlich dem Versenden und Empfang verschlüsselter Anrufe und Nachrichten diente.

UNVERZÜGLICH VON GESICHERTEM STANDORT AUS KONTAKT MIT SILVERSMITH AUFNEHMEN

Tetsuo sah seinen Gesichtsausdruck. „Was gibt's?"

„Sagen Sie ihnen, sie sollen sich mit dem Kobe-Rindfleisch beeilen. Wir müssen los."

Susan und General Schwartz übermittelten Chase und Tetsuo die Details des Briefings via Videokonferenz. Ein leicht angetrunkener Chase sah, dass sein Bruder David ebenfalls am Tisch saß. Das kaum wahrnehmbare Kopfnicken, mit dem sich die Brüder begrüßten, wurde über Glasfaserkabel Tausende von Meilen um die Welt geschickt. Diese Leitungen waren von der NSA vor über einem Jahrzehnt für diese Zwecke eigens verlegt worden.

David sah gut aus, dachte Chase.

Susan wirkte besorgt. „Mir ist bewusst, dass einiges von dem, was ich Ihnen mitteilen werde, mehr als ungewöhnlich ist. Aber wir gratulieren Ihnen beiden zu Ihren letzten erfolgreichen Einsätzen und sind zuversichtlich, dass Sie eine praktikable Lösung finden werden."

Die Vorstellung des Plans nahm etwas mehr als eine Stunde in Anspruch. Er setzte die Koordination zwischen einer Air Force B-2 Spirit Crew mit Standort in Guam, den Mitgliedern des in Korea stationierten 1st Special Forces Operational Detachment-Delta (bekannter unter dem Namen Delta Force) sowie Chase voraus.

Susan betonte: „Wir haben GIANTs Vorschlag, eines der Camps persönlich zu inspizieren, in Betracht gezogen. Offen gesagt hielten wir das für zu riskant. GIANT sollten wir nur im Notfall einsetzen."

Tetsuo nickte. „Verstanden."

Die nächsten Minuten verbrachten sie mit der Absprache des Zeitplans und der Festlegung weiterer Einzelheiten.

Nach dem Ende der Videokonferenz wandte sich Chase an Tetsuo. „Sieht aus, als würde ich China einen Besuch abstatten."

Kurz nach der Videokonferenz erteilte Susan auch David Manning einen neuen Auftrag.

„Die Chinesen denken, Lena Chou sei tot."

David nickte. „Ich hab den Bericht von heute Morgen gelesen."

„Wer's glaubt, wird selig."

„Was wollen Sie damit sagen?", erkundigte sich David.

„Kommen Sie, ich zeige es Ihnen." Sie betrat einen der geschlossenen Besprechungsräume des CIA-Hauptquartiers. Einer der leitenden Analysten wartete bereits auf sie.

„Letzte Woche erhielten wir einen Bericht von der NSA. Sie hatten eine Funkübertragung aufgefangen, anhand derer Lenas Stimme identifiziert wurde."

David nickte. „Ja. In der Nähe von Ecuador. Ich erinnere mich."

Der Analyst schüttelte den Kopf. „Nicht in der Nähe von Ecuador. Weiter im Norden. Mehrere *Hundert Meilen* weiter nördlich."

David sah Susan verständnislos an.

Sie nickte zur Bestätigung. „Wie sich herausstellte, ging der Funkspruch mit größter Wahrscheinlichkeit von einem inzwischen beschlagnahmten kolumbianischen Drogenschiff aus. Einige Tage nach der Übertragung entdeckte die Navy das Boot und ging an Bord. Ein Schiff der Küstenwache übernahm anschließend die Untersuchung."

„Welche Untersuchung?"

„Basierend auf GIANTs Bericht und der Aussagen unserer NSA-Partner hat dieser Vorfall zumindest ein paar Leute in der chinesischen Regierung davon überzeugt, dass Lena Chou tot ist. Dank ihrer kolumbianischen Verbindungen wissen die Chinesen, dass sie an Bord war. Die NSA hat ihre Stimme mit mehreren Funkgesprächen in dieser Gegend abgeglichen. Wenn die NSA das konnte, können Sie sicher sein, dass die chinesische 3PLA das ebenfalls getan hat. Wir glauben außerdem, dass die 3PLA sich in den Untersuchungsbericht der Küstenwache gehackt und ihn gelesen hat. Er lautet folgendermaßen: Es gab eine Schießerei. Mehrere Tote. Die meisten wurden aus dem Meer gefischt. Kein Leben an Bord, aber eine Menge Blut."

David fragte: „War Lena also wirklich an Bord?"

Der Analyst antwortete. „Wir denken, dass Lena Chou von diesem Boot aus gefunkt hat. Ja."

„Was zum Teufel hatte sie dort zu suchen?"

„Das wissen wir nicht. Aber wie GIANT uns mitteilte, hält ein Teil der chinesischen Regierung sie nun offiziell für tot."

„Und *wer* in der chinesischen Regierung?"

„Gute Frage. Dieser Bericht stammt von einer Quelle im Umfeld des chinesischen Präsidenten. Wir vermuten, dass ihm nahestehende Leute denken sollen, dass Lena bei einem Fluchtversuch auf dem Drogenschiff getötet wurde."

„Aber Sie gehen nicht davon aus?"

„Nein. Ein klassischer Täuschungsversuch. Regel Nummer eins: Solange es keine Leiche gibt, gehe davon aus, dass dein Zielsubjekt noch lebt." Susan erhob sich.

David erkundigte sich: „Wie kann ich helfen?"

Sie lächelte. „Finden Sie heraus, wohin Lena verschwunden ist und was sie jetzt vorhat."

David nickte. Später am Tag kontaktierte er verschiedene Mitglieder des SILVERSMITH-Teams, darunter Vertreter des FBI, des Heimatschutzes und der NSA. Er ging mit ihnen die Fakten durch, holte ihren Rat ein und bat sie, ihre eigenen Behörden zu alarmieren.

Am nächsten Tag hatten sie Glück. David benachrichtigte Susan und General Schwartz, um die gewonnenen Erkenntnisse mit ihnen zu teilen.

„Letzte Woche enterte die US Navy etwa einhundert Meilen vor der Küste Südamerikas in einer gemeinsamen Aktion mit der Küstenwache ein Wasserfahrzeug. Drogenschmuggler benutzen grundsätzlich feststehende Routen, die von Südamerika bis nach Mexiko führen. Wir denken, dieses Boot war ein Mutterschiff. Das Mutterschiff war verlassen, abgesehen von einer Leiche an Bord. Die forensische Analyse belegt, dass darauf mindestens fünf Menschen getötet wurden. Die nachrichtendienstliche Aufklärung geht davon aus, dass Lena Chou von diesem Boot einen Funkspruch abgesetzt hat."

Susan drängte: „Das wissen wir doch alles schon. Also ..."

David hob die Hand. „Und jetzt die Neuigkeiten. Ist Ihnen der Name Charles Beulah ein Begriff?"

Sowohl General Schwartz als auch Susan schüttelten den Kopf. „Nie von ihm gehört."

„Haben Sie von dem religiösen Fanatiker gehört, der in Oklahoma verschwand, nachdem seine Frau tot in ihrem Haus aufgefunden wurde?"

General Schwartz runzelte die Stirn. „Ich glaube, ich habe davon gelesen. Ich erinnere mich an die Schlagzeile ..."

Der NSA-Analyst im Raum meldete sich zu Wort. „Die Bot-Farmen von den sozialen Netzwerken Chinas haben den Namen dieses Typen in den Schmutz –

David unterbrach ihn. „Könnten Sie bitte erklären, was das ist, da möglicherweise nicht alle hier damit vertraut sind?"

„Sicher. Regierungen wie Russland und China sponsern Bot-Farmen ..."

David stoppte ihn erneut. „Fangen Sie mit Bot an."

Der Analyst wirkte latent genervt. „Bot. Von Roboter. Ein Bot ist ein Softwareprogramm, das bestimmte Aufgaben automatisch ausführt. Es generiert zum Beispiel eine automatische Antwort auf eine E-Mail. Aber Bots können weit mehr als das. Ausländische Geheimdienste erstellen in sozialen Medien gefälschte Profile. Sie programmieren diese Bots so, dass sie mithilfe dieser gefälschten Social-Media-Konten Informationen posten oder teilen; das dient dazu, bestimmte Botschaften zu verstärken."

General Schwartz räusperte sich. „Entschuldigen Sie, aber ich bin nur ein alter Soldat. Dinge online zu stellen, die jeder sehen kann, ist nicht mein Stil. Ich habe kein Facebook-Konto und will auch keines. Meine Frage lautet daher: Funktioniert das wirklich?"

David erklärte. „Die Bot-Farmen können Millionen gefälschter Profile steuern. Um Ihre Frage zu beantworten, Sir – ja, es funktioniert. Wir haben Studien durchgeführt, die belegen, dass sie auf diese Weise tatsächlich Meinungen beeinflussen. Diese Konten sehen aus und verhalten sich wie normale Menschen. Und so wie diese sozialen Netzwerke organisiert sind – insbesondere in China, wo die Regierung alles kontrolliert – führt das dazu, dass der durchschnittliche Benutzer glaubt, eine bestimmte Idee oder ein bestimmter Post sei sehr beliebt. Den Anschein zu erwecken, beliebt zu sein, ist sehr wichtig, wenn man die Meinung der Leute beeinflussen will. Ich meine, warum geben Unternehmen sonst jedes Jahr Milliarden von Dollar für Marketing aus, wenn es nicht effektiv wäre?"

Susan sagte: „Das ist Marketing für Anfänger – wenn du Leute dazu bringen willst, auf eine bestimmte Art und Weise zu denken und zu handeln, dann überzeuge sie davon, dass allen anderen gefällt, was du verkaufst. Also, diese Bots in China unterstützen gewisse Ideen?"

Der NSA-Analyst nickte. „Ja. In letzter Zeit reden sie viel über den feindlichen Westen und insbesondere über antireligiöse Themen. Dieser Mann, Charles Beulah, ist eine beliebte Zielscheibe."

„Warum?"

„Weil er komplett irre ist. Zumindest porträtieren ihn die chinesischen Webseiten auf diese Weise. In einigen Kreisen ist er dort sehr bekannt. Er verkündet, für Amerika und das Christentum zu stehen. Manche seiner Ansichten sind total durchgeknallt. Er ist von China besessen. Auf seiner Webseite steht zum Beispiel, dass die USA Drohnen schicken und damit chinesische Politiker töten sollen."

„Okay. Und der Kerl ist jetzt verschwunden?"

David bejahte das. „Ein Verwandter vor Ort fuhr zu Beulahs Farm und fand dessen Frau tot im Haus vor. Beulah wurde seitdem nicht mehr gesehen. Das SILVERSMITH-Team sammelt alle Nachrichten und Geheimdienst-Bulletins, die mit China zu tun haben könnten. Diese Informationen landeten zwar bei uns, aber wir hielten sie im ersten Moment für irrelevant."

„Und jetzt?"

„Ich bat die NSA, das fragliche Gebiet mit ihren ausgeklügelten Überwachungsprogrammen zu untersuchen, um zu sehen, ob sich ein Bezug zu Lena Chou herstellen lässt."

Der NSA-Analyst klickte auf seinen Computer und auf dem Monitor erschien ein Bild. Es zeigte einen weißen Transporter. Die Auflösung war gut, aber der Lieferwagen blieb ein wenig verschwommen. „Tut mir leid, dass das Bild nicht perfekt ist. Es stammt von einer Sicherheitskamera ungefähr eine Meile vom Haus der Beulahs entfernt, vom gleichen Tag, an dem laut Gerichtsmediziner die Ehefrau getötet wurde."

Auf dem Beifahrersitz des Transporters saß eine Frau. Langes schwarzes Haar hing ihr über die Schultern und verdeckte die Hälfte ihres Gesichts. Nach dem zu urteilen, was sichtbar war, schien sie asiatischer Herkunft zu sein.

„Sie denken, das ist Lena Chou?"

„Ja."

„Vor Gericht würde das niemals durchgehen. Es ist zu unscharf."

„Mir war nicht klar, dass das unser Anspruch ist."

„Das ist er nicht. Gute Arbeit."

General Schwartz beugte sich vor und stützte die Hände auf dem Tisch ab. „Verstehe ich das richtig? Was sagen wir hier? Dass Lena Chou die Frau eines religiösen Aktivisten ermordet hat?"

David stimmte zu. „Korrekt. Und sie handelte nicht allein. Die Kugeln auf dem Schiff der Drogenschmuggler stammen von Waffen, die bevorzugt von speziellen chinesischen Einsatzkommandos verwendet werden. Und jemand anderer fährt den Transporter. Sieht ebenfalls asiatisch aus, ein Mann zwischen zwanzig und dreißig Jahren."

„Sie behaupten also, dass Lena zusammen mit einer chinesischen Sondereinheit Leute auf einem Schiff umgebracht hat, das Drogen im östlichen Pazifik schmuggelte? Und dass das gleiche Team Chuck Beulahs Frau ermordet hat – *auf amerikanischem Boden*?"

Der Mitarbeiter des FBI nickte. „Das ist eine mögliche Schlussfolgerung, ja. Aber wir haben keine stichhaltigen Beweise dafür, dass Lena Chou und/oder andere chinesische Staatsangehörige in die Beulah-Erschießung verwickelt waren."

General Schwartz fasste zusammen. „Aber dieser Beulah, dieser religiöse Aktivistentyp, wird weiter vermisst. Ebenso wie Lena Chou."

„Tot, laut den Chinesen", fügte Susan hinzu.

„Aber wo zum Teufel sind sie jetzt?"

Susan schüttelte den Kopf. „Das Vorgehen ist zu schlampig. Wieso auf einem kolumbianischen Drogenboot chinesische Waffen einsetzen? Und wieso war sie so fahrlässig, von der Kamera erfasst zu werden? Diese Frau ist eine ausgebildete Geheimagentin, die sowohl von China als auch den Vereinigten Staaten gesucht wird. Trotzdem lässt sie sich auf dem Beifahrersitz mitten durch Oklahoma kutschieren?"

David wandte ein. „Fairerweise muss man sagen, dass dort niemand nach ihr gesucht hat. Aber auch mir bereitet dieser Teil Sorgen. Meine einzige Idee ist, dass sie sich nicht davor fürchtet, von den USA zur Rechenschaft gezogen zu werden."

„Aber warum nicht? Wir werden diese Beweise an die Chinesen weitergeben. Präsident Wu war sehr kooperativ. Er wird unserer Meinung sein, dass –"

Ein lautes Klopfen an der Tür unterbrach ihre Sitzung.

Eines der Mitglieder des SILVERSMITH-Teams steckte kurz den Kopf herein. „Entschuldigen Sie die Störung, aber Sie müssen sofort die Nachrichten einschalten ..."

10

Lena Chous Fahrzeugkonvoi hielt unmittelbar vor dem hohen Gebäude in der Pekinger Innenstadt an. Ihr langes schwarzes Haar wehte im Wind, als sie auf den Chef der Sicherheitskräfte des chinesischen Präsidenten zuging. Er erkannte sie sofort.

„Guten Morgen, Miss Chou."

„Guten Morgen. Alles vorbereitet?"

„Entsprechend Ihrer Anweisungen, Ma'am. Zwei Straßen in jede Richtung um dieses Gebäude herum wurden geräumt. Alle Sicherheitskameras wurden deaktiviert."

„Ausgezeichnete Arbeit."

Sie drehte sich zu ihren Fahrzeugen um und nickte. Alle Türen gingen gleichzeitig auf und mehrere Männer stiegen aus, die die gleichen Anzüge wie das Sicherheitspersonal des Präsidenten trugen. Einem der Geländewagen wurde von der Rückbank ein Leichensack entnommen, den zwei Männer jeweils unter ihrem rechten Arm transportierten.

Insgesamt waren es über ein Dutzend Männer. Jeder von ihnen trug einen schwarzen Seesack, der Kleidung, Waffen und andere Ausrüstungsgegenstände enthielt.

Sie standen in der Eingangshalle und warteten auf den Fahrstuhl. Niemand sprach. Die Gruppe war eines von Jinshans Mordkommandos. Sie waren der sogenannte Säuberungstrupp – diejenigen, die Informanten und Spione fremder Regierungen aufspürten und töteten. Wenn Jinshan es verlangte, beteiligten sie sich auch an der Ermordung rivalisierender Geschäftsleute und Politiker. Sie waren darauf spezialisiert, es wie einen Unfall aussehen zu lassen.

Aber heute war ein ganz besonderer Tag, selbst für ihre Verhältnisse.

Ein Ton kündigte das Öffnen der Aufzugtür an. Fünf Männer stiegen ein und fuhren mit dem Fahrstuhl in das Stockwerk, das direkt unter der Penthouse-Suite lag.

Lena verdrehte die Augen. Die jahrelange Arbeit im Ausland hatte sie verwöhnt. Die Fahrstühle Chinas waren dafür bekannt, extrem klein zu sein. Da der Aufzug so winzig und das Gebäude so hoch war, dauerte es mehrere Minuten, bevor alle oben angekommen waren.

Nachdem das Team endlich im Stockwerk unterhalb der Etage des chinesischen Präsidenten versammelt war, trafen sie die letzten Vorbereitungen. Sie entnahmen ihren Taschen speziell angefertigte Kleidung und zogen sie über – weiße Tuniken mit leuchtend roten Kreuzen auf der Vorder- und Rückseite. Dazu passende Kapuzen mit kleinen Schlitzen im Augen- und Mundbereich.

„Sind wir soweit?“, fragte Lena.

Alle nickten.

Sie sahen mit dieser Kopfbedeckung lächerlich aus. Wie eine Art Kult. Aber aus ihrer Zeit in den USA wusste sie, dass ihre Kutten denen des Ku-Klux-Klans nachempfunden waren, der fanatischen Hassgruppe, die sich zum Christentum bekannte. Während ihres gesamten Aufenthalts in Amerika hatte Lena nie ein Mitglied des KKK kennengelernt. Und ihre

Erfahrungen mit Christen waren nicht der Rede wert. Aber wie Jinshan immer sagte, die Wahrheit war dehnbar. Entscheidend war, was der chinesische Durchschnittsbürger nach dem heutigen Tag glauben würde.

„Folgen Sie mir."

Die Gruppe kletterte die Feuertreppe hinauf. Masken auf, Waffen raus. Lena war die Einzige, die sich bislang noch nicht maskiert hatte und von den Kameras entlarvt werden konnte. Aber außer Jinshans Anhängern würde niemand diesen Vorfall näher untersuchen; und diese würden schnell herausfinden, dass gegen Lena nicht ermittelt werden sollte.

Das Wachpersonal des Präsidenten im Flur sah Lena kommen. Einer flüsterte etwas in das in seiner Manschette verborgene Mikrofon, dann verließen alle ihre Posten.

Es war bemerkenswert. Selbst sie konnte kaum glauben, dass Jinshan diese Ebene der Regierung erfolgreich infiltriert hatte. Aber jeder hatte seinen Preis, einen Wunsch, vor etwas Angst. Jeder hatte eine Motivation – etwas, dass ein Künstler wie Jinshan zu nutzen wusste, um die Welt nach seiner Vision zu formen.

Die Tür der Penthouse-Wohnung öffnete sich und weitere präsidiale Wachposten eilten den Flur hinunter, in die entgegengesetzte Richtung der Neuankömmlinge.

Lena und die bewaffneten Männer in den Kutten betraten das Penthouse.

„Was geht hier vor?"

Da war er. Präsident Wu. Seine Augen weiteten sich, als er beobachtete, wie sich die mit Kapuzen maskierten Männer in seinem großzügigen Wohnbereich verteilten.

„Wo sind meine Wachen?" Seine Worte waren an Lena gerichtet, wobei in seiner Stimme das erste Anzeichen von Furcht mitschwang.

Lena sagte: „Sie sind weg."

Sie stand in der Mitte der mit weißem Marmor ausgelegten Eingangshalle zwischen mächtigen Säulen, die bis zur Decke reichten. Sie sah aus wie eine malerische Statue, wunderschön und grotesk zugleich. Jedes Mannequin würde sie um ihre ausdrucksstarken Augen und ihre ausgeprägten Gesichtszüge beneiden, wenn da nicht die Narben wären.

Über das Gesicht des Präsidenten huschte ein Ausdruck des Erkennens, just bevor ihn einer von Lenas Männern ergriff.

Aus dem Schlafzimmer erklangen Schreie. Sekunden später tauchten ihre Männer auf und hielten die Frau und die Tochter des Präsidenten fest, die sich mit Händen und Füßen wehrten.

Lena warf einen Blick auf die Tochter. Sie musste um die fünfzehn oder sechzehn Jahre alt sein. Ein seltsames Gefühl überkam Lena. Vielleicht war es dieses alberne Gespräch mit Natesh darüber, dass manche Menschen bestimmte Dinge nicht sehen sollten. Sie fühlte Mitleid mit dem Mädchen. Lena entschied, dass sie die Tochter aus diesem Auftrag heraushalten wollte.

„Fesselt die Tochter und bringt sie runter in meinen Wagen." Niemand hinterfragte Lenas Befehl. Zwei der Männer begleiteten das Mädchen, das jetzt nur noch leise jammerte, aber keinen Widerstand mehr leistete.

Präsident Wu sagte: „Sie sind Lena Chou. Jinshans Spionin."

„Das bin ich." Sie sah ihm direkt in die Augen.

„Jinshan – sind Sie wegen ihm hier? Versuchen Sie, seine Freiheit zu erpressen? Wollen Sie uns als Geiseln halten, bis er frei ist? Miss Chou, mit dieser Taktik machen Sie sich nur unglücklich. Jinshans Schicksal und das Ihre sind nicht miteinander verknüpft. Bitte überlegen Sie es sich noch einmal, bevor ..."

Lenas Lippen verzogen sich zu einem dünnen Lächeln, während sie den Präsidenten musterte. Der Anführer von 1,4 Milliarden Menschen. Und jetzt, wo sein Leben in Gefahr war, griff er auf das zurück, womit er sich auskannte. Kalkulieren und sondieren. Der Meisterpolitiker. Der Versuch, die Schwäche und Motive seines Widersachers auszuloten.

Aber Lena hatte bereits vor langer Zeit erkannt, dass berühmte Politiker und Prominente oft nicht mehr waren als aufgeputzte Marionetten, geschaffen von PR-Agenturen und Marketingfirmen. Ohne ihr Make-up und ihre sorgfältig vorbereiteten Reden waren sie nichts. Seine Worte beeindruckten Lena daher herzlich wenig.

„Setzt sie hin", wies sie ihre Männer an.

Diese zwangen Präsident Wu und seine Frau, sich auf eines der Sofas zu setzen. Die Frau war beinahe hysterisch. Sie schrie ununterbrochen.

Lena seufzte. „Bitte knebeln Sie sie."

Einer der Männer stopfte der Frau einen Lappen in den Mund und fixierte ihn mit Klebeband. Zunächst sah es so aus, als ob die Ehefrau ersticken würde. Aber dann beruhigte sie sich, atmete durch die Nase und kniff ihre Augen fest zu, als ob dadurch alles verschwinden würde.

Mehrere Männer begannen, ihre Ausrüstung auszupacken. Sie bauten Kameras und Mikrofone auf. Zehn Fuß vor der Couch brachten sie ein Stativ in Position und installierten eine der Kameras darauf.

Präsident Wu war rot vor Zorn. „Ich werde Cheng Jinshan nicht freilassen. Und meine Wachen werden gleich hier sein. Sie werden –"

Lena baute sich vor dem Präsidenten auf. „Ihre Sicherheitskräfte sind freiwillig abgezogen."

Das brachte ihn zum Schweigen. Obwohl er seine Wachen hatte gehen sehen, hatte er bislang nicht darüber nachgedacht, was das für ihn bedeutete. Er senkte den Blick, ein Gefühl der Niederlage übermannte ihn.

„Wir wollen nicht, dass sie Cheng Jinshan freilassen, Herr Präsident."

Verwirrt sah er zu ihr auf. „Was wollen Sie dann von mir?"

Lin Yu stand hinter dem Tresen des kleinen Elektronikgeschäfts seines Onkels im Zentrum von Guangzhou. Sein aufgewärmtes Mittagessen bestand aus Nudeln mit gedünstetem Gemüse. In einer Hand hielt er die Essstäbchen, mit denen er einen weiteren Bissen nahm, in der anderen Hand sein Telefon, mit dem er die sozialen Medien durchstöberte.

Der Laden war wie üblich leer. Seine Ellbogen ruhten auf einer Glasvitrine, die mit Handyersatzteilen aller Art bestückt war. Speicherkarten. Bildschirme. Mikrochips. Einige der großen Handyhersteller waren ganz in der Nähe angesiedelt. Lin Yus Geschäft verkaufte Ersatzteile und Zubehör dieser Unternehmen. So wurden die Hersteller die Teile los, die sie nicht brauchten und reduzierten damit ihre Betriebskosten. Und alle waren glücklich.

Mit Ausnahme von Lin Yu, der in diesem Job ohne Aufstiegsmöglichkeiten feststeckte. Ganze Wochen vergingen, ohne dass ein einziger Kunde vorbeikam. Und dann öffneten sich plötzlich die Schleusen, und Käufer aus aller Welt brachen auf der Suche nach Schnäppchen für ihre Unternehmen über sie herein. In diesen Wochen zeigte sich auch Lin Yus Onkel im Geschäft. Mit dem Taschenrechner in der Hand verhandelte er mit den Männern über Preise und Mengen. Die Käufer deuteten einfach auf die Teile in den Schaukästen, an denen sie interessiert waren. Während dieser geschäftigen Wochen waren die nachgefragten Stückzahlen oft astronomisch. Aber während der „Trockenzeit“, wie Lin Yu es nannte, war der Dienst im Geschäft schrecklich langweilig.

Dennoch, er brauchte einen Job. Er konnte tagsüber nicht zuhause sein. Er lebte noch bei seinen Eltern. Und je mehr Zeit er dort verbrachte, desto wahrscheinlicher war es, dass seine Mutter ihn in den Wahnsinn trieb.

Ihr einziges Thema war, dass er eine Frau zum Heiraten finden sollte, damit sie vor ihrem Tod noch ein Enkelkind bekam. Sie war nicht mal fünfzig Jahre alt und sprach schon von ihrem eigenen Ableben. Wahrscheinlicher war, dass sie einfach das Druckmittel einsetzte, das allen Müttern weltweit zur Verfügung stand: das Schuldgefühl.

Es war nicht Lin Yus Fehler, dass er keine Freundin fand. Nicht, dass er kein Interesse gehabt hätte. Aber die Auswahl war karg.

Letztes Jahr hatte ihm einer seiner Freunde einen Artikel zugeschickt, der besagte, dass es in China 33 Millionen mehr Männer als Frauen gab. Sein Freund hatte diesen Artikel als scherzhafte Entschuldigung dafür gedacht, warum sie keine Freundinnen finden konnten. Aber der Schluss, zu dem der Autor gekommen war, hatte Lin Yu fasziniert – und erschreckt. Der Beitrag stammte von einem westlichen Journalisten und wurde, kurz nachdem Lin Yu ihn im chinesischen Internet gelesen hatte, von den Zensoren gelöscht. Er stellte die Behauptung auf, dass die Ein-Kind-Regelung und geschlechtsabhängige Abtreibungen die Geschlechterverteilung in China negativ beeinträchtigt hätten. Auf dem Höhepunkt des Problems, in den frühen 2000er Jahren, wurden 20 % mehr männliche als weibliche Babys geboren.

„Hey, Lin Yu. Hattest du Kunden?“ Sein Freund, der in einem ähnlichen Geschäft im gleichen Gebäude arbeitete, stand in der Tür.

„Nichts. Du?“

„Nein. Diese Woche wird sehr ruhig, denke ich. Ich mache Feierabend. Schluss für heute. Ich muss meiner Mutter helfen." Er schnappte sich eine Zuckerschote aus Lin Yus Mittagessen.

„Hey, hör auf – was soll das?"

„Entspann dich. Nur eine. Ich hab Hunger. Hey, was liest du da? Das Zeug über die Navy-Schiffe?"

Alle sprachen über die jüngsten amerikanischen Angriffe auf ihre Marineschiffe im Pazifik. Es war ein schrecklicher Unfall gewesen. Die Schiffe der VBA nahmen an einer Übung im Pazifischen Ozean teil. Dabei hatte ein amerikanisches Schiff versehentlich auf sie gefeuert. Das war zumindest die Version, die in den Staatsnachrichten verbreitet wurde.

„Du weißt, dass das alles gefälschte Nachrichten sind, oder?"

Lin Yu runzelte die Stirn. Sein Freund erzählte ihm immer wieder, dass die Nachrichten, die er las, erfunden waren. Er war jemand, der die Regeln brach, indem er ein VPN dazu nutzte, um über das von der Regierung zensierte Internet – die große Firewall von China – hinauszusehen.

Sein Freund schaute sich oft ausländische Nachrichtenseiten an. Und genauso oft anrüchige Bilder von weißen Frauen.

„Wovon redest du?", fragte Lin Yu.

Feng zog sein Telefon hervor und tippte etwas ein. „Hier. Siehst du? Die britischen Nachrichten sagen, dass es kein Unfall war. Sie berichten, dass einige der chinesischen Schiffe absichtlich dort waren. Und das eines unserer U-Boote zuerst geschossen hat."

„Was? Das ist doch verrückt. Warum sollte unser U-Boot das tun? Sag mir, dass du diesen Schwachsinn nicht glaubst."

Sein Freund schnappte sich eine Nudel aus Lin Yus Schüssel, hielt sie hoch und schlürfte sie in sich hinein.

„Lass das. Hör auf damit. Das ist mein Mittagessen."

„Ein gutes Mittagessen."

„Was sollte das mit den Navy-Schiffen?" Lin Yu glaubte ihm kein Wort, war aber trotzdem neugierig.

„Irgendetwas geht da vor, Lin Yu. Etwas Großes. Das spüre ich." Sein Freund legte die Hand auf sein Herz. „Du hast die Werbeplakate für den Junxun gesehen, oder? Hast du je davon gehört, dass Junxun im Winter abgehalten wurde? Und die Jugendlichen, die sich freiwillig gemeldet haben – sie sind immer noch nicht zurück." Junxun war das von der chinesischen Regierung geförderte Sommertrainingsprogramm für alle Abiturienten. Jedes Jahr wurden Millionen chinesischer Teenager gezwungen, eine mehrwöchige militärische Grundausbildung in Vorbereitung auf den Militärdienst zu absolvieren, falls sie für diese je herangezogen werden sollten.

„Was meinst du damit?"

„Einer meiner Cousins hat sich vor einigen Wochen freiwillig für das Junxun in Guangdong gemeldet. Meine Tante hat die ganze Zeit nichts von ihm gehört. Sie schrieb an das Büro der Volksbefreiungsarmee, das Eltern angeblich auch anrufen können. Sie bekam nichts außer der vagen Antwort, er würde sich bald melden. Das war letzte Woche. Glaub mir, da geht etwas Mysteriöses vor sich, von dem sie uns nichts erzählen."

„Du bist ein Verschwörungstheoretiker. Du hast keine Ahnung, wovon du redest."

Lin Yus Freund verdrehte die Augen. „Wenn du meinst."

„Wow. Was ist denn das?" Lin Yu hielt sein Telefon hoch, damit sein Freund das Display sehen konnte.

„Mann, ist das der Präsident?"

„Was? Mist."

„Ist das live?" Sein Freund drückte auf die Lautstärketaste

an Lin Yus Telefon, damit sie hören konnten, was gesagt wurde.

Lena trat auf die Terrasse hinaus und wartete, bis drinnen beide Kameras aufgebaut waren. Sie genoss die Aussicht, hoch oben zwischen den Hochhäusern der Stadt. Auf dem Dach des gegenüberliegenden Wolkenkratzers hatten sie eine weitere Kamera montiert. Diese würde fabelhaftes Filmmaterial liefern, für den maximalen psychologischen Effekt. Sie würde die Geschehnisse auf der bepflanzten Dachterrasse der Präsidentensuite einfangen, auf der sie jetzt stand, und die Seile, die über die dicken Holzbalken des hohen Vordachs geschlungen waren.

Ihre Männer hatten diesen Teil stundenlang geprobt. Sie konnten sich keine Fehler leisten – nicht heute. Jinshan hatte mit seinen Cyberexperten zusammengearbeitet, um sicherzugehen, dass die Datenübertragungsrate auf ein massives Publikum ausgelegt war. Sie würden live auf sämtlichen chinesischen sozialen Netzwerken und Fernsehstationen streamen.

Einer ihrer Männer trat an sie heran. „Die Kameras laufen, Ma'am. Wir haben sie in die Videoüberwachungsanlage integriert. Die Nachrichtenkanäle wurden informiert. Es ist Zeit, Miss Chou."

Lena dachte kurz über ihr Pseudonym nach. Jetzt, da sie zurück in China war, könnte sie eigentlich auch wieder ihren Geburtsnamen annehmen. Aber der Name Lena Chou war ihr ans Herz gewachsen. Sie atmete den Duft der Gartenblumen tief ein und erwiderte dann: „Sehr gut. Fangen wir an."

Ihre Männer schleppten Präsident Wu und seine Frau auf

die Dachterrasse hinaus. Die beiden erblickten die baumelnden Schlingen und kämpften verzweifelt gegen ihre Fesseln an. Lena verschwand nach drinnen und war vorläufig außer Sichtweite.

„Warum tun Sie das? Warum tut Jinshan das? Was immer er Ihnen versprochen hat, ich kann Ihnen mehr geben."

Lena hielt sich hinter der Glaswand im Innenraum so lange verborgen, bis sie ihre Kapuze übergezogen hatte. Danach ging sie wieder nach draußen und sprach durch den schmalen Mundschlitz.

„Nein. Das können Sie nicht, Herr Präsident. Das ist der wahre Grund, weshalb wir heute hier sind, nicht wahr? Nur wenige sind in der Lage, uns in die Zukunft zu führen, die Herr Jinshan uns versprochen hat. Dazu fehlt ihnen der Mut. Die Welt wird nicht durch einfache Politiker und Staatsmänner verändert, sondern durch die Wenigen, die in der Lage sind, Großes zu schaffen – die die Macht ergreifen und drastische Maßnahmen auch gegen Widerstand durchsetzen. China hat sich zu langsam bewegt, Herr Präsident. Damit ist jetzt Schluss. Sie sollen wissen, dass Ihr Tod heute einem höheren Sinn und Zweck dient." Sie verbeugte sich kurz. „Ich danke Ihnen für Ihr Opfer."

Sie hob den Benzinkanister hoch und goss die stark riechende, klare Flüssigkeit über seinen Kopf. Er hustete und musste sich beinahe übergeben, als sie ihm am Körper hinunterlief. Seine Frau versuchte trotz ihres Knebels aufzuschreien, bevor auch sie mit der brennbaren Flüssigkeit übergossen wurde. Lena passte auf, dass nichts auf ihre eigene Kleidung spritzte.

Dann legten sie den beiden die Schlingen um den Hals und zwei Männer begannen gleichmäßig an den Seilen zu ziehen, wodurch der Präsident und seine Frau langsam vom Boden abhoben. Mit ihren auf dem Rücken gefesselten

Händen waren sie völlig hilflos. Als sich die Schlingen zuzogen und die Seile strafften, wurden ihre Gesichter blau und faltig, die Adern traten hervor, als stünden sie kurz vor dem Platzen.

Einer der Männer reichte ihr einen Anzünder. Sie klickte auf den Metallknopf, woraufhin eine kleine Flamme aufloderte. Ihre weißen Kapuzen und Tuniken sollten zwar an den Ku-Klux-Klan erinnern, hatten aber noch einen anderen Zweck. Sie bestanden aus schwer entflammbarem Material, um das Risiko einer zufälligen Verbrennung zu vermeiden. Lena trat an den Präsidenten des größten Landes der Welt heran, der nun hilflos an einem Seil baumelte, das das Leben in ihm erstickte.

Feuer würde diesen Prozess beschleunigen.

Lena hielt die züngelnde Flamme unter seine Füße und spürte das vertraute Prickeln, dass ihr nur pure Gewalt bescheren konnte. Sie versuchte, ihren Blutrausch zu unterdrücken, während sie die Flamme höher hielt und das Benzin entzündete. Dann wiederholte sie den Vorgang bei der Frau.

Sie schrien nicht. Das konnten sie nicht. Durch die Sehschlitze der weißen Kapuze reflektierten sich die beiden Flammen in Lenas braunen Augen. Die brennenden Körper zuckten hin und her, bis sie still wurden und ihr Fleisch sich auflöste und schwarz wurde. Ein gewaltsames, grauenvolles Ende.

Der schwarze Rauch stieg gen Himmel. Eines der nun schmelzenden Seile riss und die noch brennende Leiche des Präsidenten fiel zu Boden.

Lena forderte alle auf: „Zeit zu gehen."

Aber zwei ihrer Männer drängten sich durch die Tür der Penthouse-Wohnung und schoben die Tochter, die sie fest an beiden Armen hielten, vor sich her.

„Was soll das? Ich sagte doch, ihr sollt sie in meinen Wagen bringen."

Einer von ihnen reichte ihr ein Telefon.

Jinshans Stimme war am anderen Ende. „*Alle*, Lena. Die Tochter ist am wichtigsten." Sie wollte antworten, aber die Leitung war bereits tot. Jinshan hatte seit Jahren nicht mehr in diesem Ton mit ihr gesprochen. Sie fragte sich, welcher ihrer Männer ihre Planänderung an Jinshan weitergegeben hatte.

Ihre inneren Dämonen bekämpften sich gegenseitig. Der eine gierte nach mehr Blut, der andere verspürte Trauer und Sympathie angesichts der Tränen des armen Mädchens. Für Lena ungewohnte Emotionen, aber sie waren stark. Beim Anblick ihrer verbrennenden Eltern sank die Tochter hysterisch schluchzend auf die Knie, während sie sich gegen die Männer wehrte, die versuchten sie unter Kontrolle zu halten.

Alle, Lena.

Sie dachte daran, was sie selbst erst vor wenigen Tagen zu Natesh gesagt hatte. *Wir alle müssen manchmal Dinge tun, die uns nicht behagen.* Amen. So soll es sein.

Lena ging zu dem Mädchen hinüber. Sechzehn, entschied sie, nicht fünfzehn. Ein rosafarbenes Haargummi. Ein silbernes Medaillon um den Hals.

Das Feuer hatte sich bereits zu weit ausgebreitet, um das Mädchen auch zu erhängen. Lena zog die Tochter in die Mitte der Terrasse, dorthin, wo sie sich sicher war, dass sie von allen Kameras erfasst wurden.

„Halt still", forderte sie das Mädchen auf, das ihr direkt in die Augen sah. Ihre Tränen waren versiegt. Da war nur noch ein benommener Blick, Neugier, vielleicht auch Überraschung, dass unter der Maske eine Frauenstimme erklang. Vielleicht wunderte sich das Mädchen, was für ein Monster an so etwas teilhaben würde. Was für eine schauerliche Kreatur.

Lena zog eine schwarze Handfeuerwaffe aus einem Holster unter ihrer Robe hervor und starrte ins Gesicht des Mädchens zurück. Als sie das kalte Metall der Waffe in der Hand spürte, gingen ihr viele Gedanken durch den Kopf. Die Flammen der toten Eltern hinter ihnen wärmten sie beide.

Du fragst dich, warum ich so geworden bin? Mit meiner vernarbten Haut und voller Blutdurst? Ich war mal so wie du, vor langer Zeit. Schön und unschuldig, erfüllt von den hoffnungsvollen Träumen der Jugend. Aber dann wurde ich gewaltsam aus meinem Heim gerissen und zu diesem Geschöpf geformt, das du vor dir siehst. Eine Spionin. Eine Attentäterin. Eine Kriegerin, die für die Sache kämpft. Aber die Lügen und die Gewalt haben meine Gefühle betäubt. Gut und Böse, was heißt das schon, wenn ich so etwas tun muss?

Lena setzte die Pistole an und jagte dem Mädchen eine Kugel in den Kopf.

11

David blickte auf den Fernseher im CIA-Konferenzraum.

EILMELDUNG: CHINESISCHER PRÄSIDENT UND EHEFRAU GETÖTET.

„Dieses Filmmaterial erreicht uns live aus Peking. Wir müssen unsere Zuschauer warnen, da es sich möglicherweise um verstörende Aufnahmen handelt. Uns liegen Berichte von zwei Toten vor. Wir versuchen weiter, die Tonverbindung zu unserem Nachrichtenstudio vor Ort herzustellen. Es scheint sich hier um eine Art Penthouse zu handeln – sie sehen die Dachterrasse. Es ist ein ... okay, einen Augenblick, bitte. Der Leiter unseres chinesischen Büros ist uns nun zugeschaltet. Tim, können Sie uns hören?"

Eine Stimme mit britischem Akzent erklang.

. . .

„Ja, auch wir sehen dieses Video zum ersten Mal. Uns liegt jetzt die Bestätigung vor, dass der Präsident und seine Ehefrau ermordet wurden. Dieses Bildmaterial werden wir gleich senden. Wir befinden uns in einem sehr exklusiven Wohnviertel Pekings. Uns wurde gesagt, dass die Penthouse-Suite dieses Gebäudes vom chinesischen Präsidenten und seiner Familie bewohnt wird. Im Moment werden die Straßen geräumt und die Polizei ist vor Ort. Das Ganze begann als eine Art Geiselnahme. Wie Sie sehen können, betreten mehrere maskierte Personen mit automatischen Waffen die Dachterrasse. Alle tragen weiße Kutten mit einem roten Kreuz auf Brust und Rücken. Es scheint, als hätten sie ein Seil – oder eher eine Schlinge – über einen der hohen Stützbalken der Dachterrasse gehängt. Oh. Oh Gott.“

„Heilige Scheiße. Was machen die da? Hängen sie sie auf?“

Susan nickte. „Ich glaube ja. Mein Gott! Das ist die Frau des chinesischen Präsidenten. Und das ist der Präsident.“

Entsetzt mussten sie mit ansehen, wie den beiden die Schlingen umgelegt und sie dann aufgehängt und verbrannt wurden.

„Wie konnte das passieren?“

„Unterliegt der chinesische Präsident nicht den gleichen Sicherheitsvorkehrungen wie unser Präsident?“

„Doch, natürlich.“

„Wie konnte das dann geschehen?“

„Ich weiß es nicht.“

David und seine Mitarbeiter verfolgten schockiert die Gewaltszenen im Fernsehen. Die Nachrichtensprecher versuchten, eine Erklärung für das zu finden, was ihnen gerade gezeigt wurde. Keiner konnte darin einen Sinn erkennen.

. . .

„Ich werde gerade von unseren Produzenten informiert, dass wir umschalten ... Okay, das folgende Video stammt von einer Gruppe, die behauptet, für die Geschehnisse verantwortlich zu sein. Sie nennen sich die ‚Koalition Amerikanischer Christen Gegen China'."

Der Bildschirm zeigte jetzt einen weißen Mann, der etwa 60 Jahre alt war. Er saß vor einem eintönigen sandfarbenen Hintergrund und sprach mit hochrotem Kopf. Obwohl das Video stark zusammengeschnitten war, waren es eindeutig seine eigenen Worte.

„Jemand sollte die Kerle stoppen! Ich meine, schließlich bringen die Babys um ... Die würd' ich umbringen. Ich denk', dass diese chinesischen kommunistischen Schweinehunde, die so was machen, den Tod verdienen ... Ich bin Christ ... Ich denke, dass alle Atheisten in der ewigen Hölle schmoren werden. Besonders die in China, weil die da alle christlichen Babys umbringen ... Der chinesische Präsident verdient den Tod, genau wie der Rest. Er ist Teil des Problems. Atheismus verbreiten und Babys umbringen. Und jetzt versuchen sie auch noch, unsere Navy-Schiffe zu versenken und unsere tapferen Soldaten umzubringen. Die Schweinehunde sollen alle zum Teufel gehen."

David sah Susan an. „Das ist Charles Beulah."

General Schwartz fragte: „Der religiöse Fanatiker?"

„Genau."

David schüttelte den Kopf. „Das muss inszeniert sein."

Susan nickte. Sie griff nach ihrem Telefon.

„Wen rufen Sie an?"

„Ich will, dass die NSA das mit Zahlen unterlegt. Ich will

wissen, was die chinesischen Medien und sozialen Netzwerke zu all dem sagen."

David blickte zurück auf den Bildschirm. Angesichts der zwei brennenden, an Seilen baumelnden Körper hielt er sich verstört die Hand vor den Mund.

„Ich bin mir nicht sicher, dass Sie die NSA brauchen, um das einzuschätzen. Die werden dort total ausrasten."

Eine Person in einer weißen Robe trat auf die Terrasse hinaus und zog eine jünger aussehende chinesische Frau hinter sich her.

„Wer ist das? Sie sieht jung aus."

Die Person in der weißen Kutte zog eine Pistole hervor, zielte auf den Kopf der jungen Frau und drückte ab.

„Mein Gott." David zuckte zusammen und wandte sich einen Moment lang ab.

Susan schüttelte den Kopf. „Das könnte die Tochter gewesen sein. Wir brauchen eine vorläufige Einschätzung, wie das Geschehen in China aufgenommen wird."

Direktor Buckingham wartete mit einem seiner Stellvertreter in seinem Büro auf Susan und David.

„Was halten Sie davon?"

Susan erwiderte: „Es ist noch zu früh, um zu sagen, wer dafür verantwortlich ist."

„Bauchgefühl?"

David verschränkte die Arme vor der Brust. „Es klingt nach Jinshan. Alles, was wir bisher von ihm gesehen haben, war sorgfältig geplant. Er hat ein Talent dafür, die öffentliche Meinung zu manipulieren."

Susan unterrichtete den Direktor darüber, was David und

das Team über Lena und den religiösen Fanatiker Charles Beulah herausgefunden hatten.

„Dann ist das also die Arbeit von Lena Chou?“

„Und damit auch Jinshans. Das ist unsere Vermutung. Die Beweislage ist momentan recht dürftig, aber wir graben selbstverständlich weiter.“

Der stellvertretende Direktor der CIA erkundigte sich: „Denken Sie, Jinshan hat die Nerven, seinen eigenen Präsidenten zu beseitigen? Er sitzt im Moment doch ein, oder? Wie zum Teufel sollte er so etwas dirigieren?“

Susan konterte: „Sir, laut unserer Berichte ist er immer noch aktiv, selbst in Erwartung seines Prozesses. Ihn in China einzubuchten ist ungefähr so, als würde man Pablo Escobar in ein kolumbianisches Gefängnis stecken. Er hat weiter Zugang zu vielen seiner Anhänger und kann frei kommunizieren.“

Das dunkelblaue Telefon klingelte. Der Direktor hob den Hörer ab und warf einen ernsten Blick auf die Anwesenden. „Direktor Buckingham. Jawohl, Sir, Mr. President. Ich diskutiere es gerade mit meinem Team.“ Er sah auf seine Uhr. „Sehr gut, Sir. Ich mache einen Termin mit dem Stabschef.“ Er legte auf.

„Wir brauchen schnell etwas. Der Präsident erwartet von uns eine Stellungnahme hinsichtlich der erwarteten chinesischen Reaktion. Ich gehe davon aus, dass Sekretär Zhang jetzt das Sagen hat. Bitte bestätigen Sie das und stimmen Sie sich mit dem Außenministerium ab, um zu erfahren, was die darüber wissen. Susan, Sie haben eine Stunde Zeit, um einen Bericht vorzubereiten. Ich will, dass Sie beide mich ins Weiße Haus begleiten.“

„Ich?“, fragte David verwundert.

„Sie kennen Lena Chou besser als jeder andere. Und jetzt los, an die Arbeit.“

David empfand das Lagezentrum im Weißen Haus als ungemein einschüchternd. Am liebsten wäre er sofort wieder gegangen, aber angesichts der Tragweite der Besprechung hatte er keine Zeit, sich diesbezüglich viele Gedanken zu machen.

Der Präsident hatte gerade Susans geopolitischer Einschätzung gelauscht. Im Mittelpunkt stand die Frage, wie China auf den Tod seines Präsidenten reagieren würde, der allem Anschein nach von einem amerikanischen religiösen Fanatiker getötet worden war.

„Sie denken also, dass Cheng Jinshan dafür verantwortlich sein könnte? Und dass – dass sie beschlossen haben, es religiösen Extremisten in die Schuhe zu schieben?"

„Nicht irgendwelchen religiösen Extremisten, Sir. Christlichen Extremisten, insbesondere amerikanischen. Wir denken, sie trafen diese Wahl mit Bedacht. Dieser Mann, den die Chinesen verantwortlich machen, wird bereits seit Wochen von den chinesischen Nachrichtenagenturen verunglimpft. Kurz vor unserem Treffen sah ich, dass Chinas staatliche Sender nun ein Bild von Beulahs Leiche am Tatort zeigen. Angeblich wurde er von der Polizei erschossen. Basierend auf unseren ersten Untersuchungen handelt es sich wohl um eine Finte. Wir denken, dass die chinesischen Agenten diesen religiösen Fanatiker aus den USA entführt und nach China verfrachtet haben. Möglich, dass das ein weiteres Täuschungsmanöver Jinshans ist."

Der Präsident zog eine Augenbraue hoch. „Wozu? Ich meine, warum ein religiöser Fanatiker?"

Susan erläutert: „Sir, es ist denkbar, dass Jinshan seine Kriegspläne weiterverfolgt. Die Red Cell-Einheit hatte sich unter anderem auch mit psychologischer Kriegsführung beschäftigt. Eines der Ziele lautete, das chinesische Volk hinreichend zu motivieren."

„Motivieren wozu?"

David übernahm. „Um Amerika den Krieg zu erklären, Sir. Die Red Cell suchte nach sozialen und kulturellen Themen, mit deren Hilfe es ihr gelingen sollte, einen Keil zwischen die beiden Länder zu treiben. Religion war eines davon. Wir haben uns die Umfragen angesehen. Im Jahr 2016 gaben mehr als 73 % der Amerikaner an, Christen zu sein. 82 % bezeichneten sich als religiös. Obwohl die Zuverlässigkeit religiöser Statistiken in China schwer einschätzbar ist, sahen die Zahlen dort genau umgekehrt aus. Zwischen 50 % und 90 % der chinesischen Staatsbürger waren nicht religiös. Und nur 2 % waren Christen. Gläubige in China praktizieren ihren Glauben unter dem wachsamen Auge der Regierung."

„Also was steckt dahinter? Die Chinesen zu veranlassen, Christen zu hassen? Amerika als eine Art christlichen Buhmann darzustellen?"

„Das ist die Idee, Mr. President."

Er sah zum Direktor der CIA hinüber. „Was halten Sie davon? Kann so eine Strategie aufgehen?"

„Mr. President, momentan versuchen wir nur zu bestätigen, ob Cheng Jinshan daran beteiligt war oder nicht. Aber die Vorfälle passen zu seinem Profil. Er hat enormen Einfluss auf die Kommunikationskanäle der chinesischen Regierung – deren Medienplattformen. Der Aspekt ‚christlicher Extremismus' könnte ein Stützpfeiler einer sehr effektiven Propagandakampagne sein; einer Kampagne, die darauf abzielt, ein Land zu einem Krieg zu bewegen."

Der amtierende Nationale Sicherheitsberater gab zu bedenken: „Aber Jinshan soll doch vor Gericht gestellt werden, oder? Steht das noch an?"

„Wir glauben ja."

Der Präsident hakte nach. „Unterstellen wir für den Moment, dass Jinshan weiterhin seine Kriegspläne verfolgt – gibt es weitere Signale, dass er die Kriegstrommel rührt?“

Direktor Buckingham antwortete: „Das ist der nächste Punkt, über den wir sprechen müssen. Während die militärischen Aktivitäten entlang der Küste und die der chinesischen Marine rückläufig sind, beobachten wir weiterhin rege Betriebsamkeit auf Stützpunkten der chinesischen Armee und der Luftwaffe, die mehrere Hundert Meilen im Landesinneren liegen. Unsere Analysten sind geteilter Meinung. Es könnte sein, dass die militärischen Bewegungen im Landesinneren für uns keine Bedeutung haben. Und dass sie durch die Reduzierung der Aktivitäten am und auf dem Wasser unserer Forderung nachkommen, sich nach den Feindseligkeiten der letzten Woche zurückzuziehen.“

Der Präsident sagte: „Ich vermute, dass mir die andere Theorie weniger zusagen wird, oder?“

„Das befürchte ich, Mr. President“, stimmte Direktor Buckingham ihm zu. „Sir, die andere Theorie geht von elektromagnetischen Impulswaffen aus.“

Der Präsident schloss für einen Augenblick die Augen, bevor er sie wieder öffnete und sich an seinen Generalstabschef wandte. „Ziehen wird also das Schlimmste in Betracht und überlegen, wie wir uns darauf vorbereiten können.“

Der Justizminister mischte sich ein. „Meine Herren, ich beurteile das alles nach rechtlichen Gesichtspunkten. Und die Beweise, die Sie vorgetragen haben, sind höchst spekulativ. Patronenhülsen an einem Tatort auf See als Beweis dafür, dass es das chinesische Militär war? Ein Foto, das eine Asiatin mit halb verdecktem Gesicht zeigt als Beweis dafür, dass die Chinesen jemanden auf amerikanischem Boden entführt haben? Machen wir mal langsam. Ja, in China hat es einen tragischen Vorfall gegeben. Aber, Mr. President, wenn ich das sagen darf ... das könnte uns neue Möglichkeiten eröffnen. Falls Sekretär Zhang als neuer Präsident eingesetzt wird, wäre das von Vorteil für die Handelsbeziehungen zwischen den USA und China. Was neue Arbeitsplätze mit sich brächte, Mr. President ..."

David konnte das Funkeln in den Augen der beiden Politiker sehen.

Arbeitsplätze. Zustimmungsraten. *Wählerstimmen.*

Der Präsident fragte erneut. „General, was denken Sie? Ohne Umschweife. Bereitet sich China auf einen Krieg vor?" Seine Worte waren an den Generalstabschef gerichtet.

„Bei allem Respekt für Direktor Buckingham und die ausgezeichnete Arbeit seiner Mitarbeiter möchte ich zur Vorsicht mahnen. Zumindest vorläufig. Ja, jemand hat gerade den chinesischen Präsidenten getötet. Ja, uns könnten Beweise für eine andauernde Verschwörung gegen die Vereinigten Staaten vorliegen. Andererseits kann ich mir nur schwer vorstellen, dass China einen gewaltigen Krieg planen kann, ohne sichtbare Spuren zu hinterlassen. Ich bin ganz Ihrer Meinung, dass wir Vorsichtsmaßnahmen treffen sollten. Aber bei all dem, was in dieser Region vor sich geht – einschließlich der besprochenen Optionen zur Besänftigung Nordkoreas – möchte ich unsere Streitkräfte durch unnötige Einsätze nicht über Gebühr belasten. Unser Militär ist bereits jetzt sehr beansprucht. Zudem verfügen wir über eine massive Präsenz in dieser Region, die China als Abschreckung dient."

Der Präsident forschte weiter. „Wie sähe die ungünstigste Variante aus, General?"

„Der schlimmste Fall, Mr. President?" Der General rieb sich das Kinn. „Nun ja, der Bericht, dass sie Versorgungsartikel für bis zu zehn Millionen Soldaten beschaffen, bereitet mir schon Kopfzerbrechen. Blutbeutel waren das, glaube ich. Ich habe mir sogar eines der Memos von General Schwartz hinsichtlich der verstärkten Personalrekrutierung durch das Militär angesehen."

„Sie *sind* also besorgt?"

Der General ließ sich Zeit. „Um ehrlich zu sein, Mr. President, bezweifle ich die Fähigkeit des chinesischen Militärs, eine Machtübernahme über eine solche Entfernung auf die Beine zu stellen. Die Zusammensetzung ihrer Streitkräfte bringt strategische Nachteile mit sich. Falls sie tatsächlich auf dem Kriegspfad wandeln sollten, halte ich es für möglich, dass sie sich endlich Taiwan vorknöpfen wollen. Alles, was darüber hinausgeht, ist meiner Ansicht nach unrealistisch. Ein großangelegter Militärschlag würde von der US-Luftwaffe und der Navy im äußeren westlichen Pazifik rasch beigelegt werden. Unsere Stützpunkte in Korea und Japan sowie unsere Flugzeugträgerverbände in der Region verfügen über zu viel Feuerkraft, als dass sie uns dort provozieren würden."

Direktor Buckingham überraschte David, indem er eine Gegenfrage stellte. „General, und *was wäre*, wenn die Chinesen an unserer Flotte im Westpazifik vorbeikämen und in der Lage wären, die USA und die alliierten Streitkräfte in Japan und Korea auszuschalten?"

Der General erwiderte: „Der Pazifische Ozean ist sehr groß. Wir haben entscheidende militärische Stützpunkte auf Guam und Hawaii – das sind strategisch sehr wichtige Standorte. Dank unseres Luftbetankungsprogramms können wir den Luftraum über dem gesamten Pazifik beherrschen. Unsere luftgestützte Luftraumaufklärung und andere Radareinrichtungen informieren uns frühzeitig, falls etwas schieflaufen sollte. Solange wir Guam und Hawaii haben und den Luftraum dominieren, kann China die amerikanische Überlegenheit im Pazifik niemals infrage stellen."

Der Präsident beendete die Sitzung. „Vielen Dank, meine Herren. General, bitte leiten Sie die Vorsichtsmaßnahmen ein, die Sie für richtig halten. Tun Sie aber bitte nichts, was die Chinesen in dieser instabilen Übergangsperiode provozieren könnte."

Direktor Buckingham meldete sich nach dem Präsidenten noch einmal zu Wort, was einen außergewöhnlichen Bruch des Protokolls bedeutete. „Mr. President, entschuldigen Sie bitte. Noch eine Frage für den General. Ich spiele hier des Teufels Advokat. Was wäre, *wenn* China einen Weg fände, alle vier Standorte zu neutralisieren – Korea, Japan, Guam und Hawaii? Was dann, General?"

Der General schnaubte, legte die Stirn in Falten und schüttelte den Kopf. „Vollkommen unmöglich."

„Was, wenn doch?", drängte der Direktor.

„Nun, dann säßen wir ganz schön in der Scheiße, was?"

12

Lin Yu spazierte über den bevölkerten Marktplatz. Mit Lebensmitteln und Billigwaren beladene Karren waren entlang des Bordsteins aufgereiht. Junge Männer mit schweren Jutesäcken voller Obst und Gemüse auf ihren Schultern beeilten sich, die Freiluftstände immer wieder aufzufüllen. Wie die Ameisen bewegten sich Scharen von Menschen auf der Straße auf und ab. Verkäufer priesen ihre Waren an. Alte Frauen, Schnäppchenjägerinnen, kamen aus ihren winzigen Hochhausapartments, um ihrem täglichen Zeitvertreib nachzugehen. Jung und Alt starrten gleichermaßen gebannt auf ihre Handys, wenn sie nicht gerade aktiv mit etwas anderem beschäftigt waren. Der ganz normale, schnelllebige Alltag in Guangzhou, China.

Doch heute lag noch etwas anderes in der Luft, eine Spannung, die es in den Wochen zuvor nicht gegeben hatte. In der Zeit, bevor der Präsident und seine Familie live im Fernsehen ermordet worden waren.

Die Leute waren irgendwie freundlicher zueinander. Höflicher. Offener in der Unterhaltung mit Fremden. „Das arme Mädchen", hörte man häufig.

Aber da war noch etwas. Es gab ein neu erwachtes Zusammengehörigkeitsgefühl unter den Menschen. Sie waren wütend auf Ausländer und die religiösen Fanatiker, die ihr friedliebendes Staatsoberhaupt angegriffen hatten.

In den sozialen Netzwerken, die Lin Yu benutzte, kochten die Gefühle über. Die Menschen wollten an dem Mann Rache nehmen, der für den terroristischen Anschlag auf ihren Präsidenten und seine Familie verantwortlich war. Aber dafür war es zu spät.

Die Polizei hatte die christlichen Terroristen beim Stürmen des Gebäudes erschossen. Es waren vier Weiße. Amerikaner, hieß es. Ihr Anführer war ein christlicher Feind der chinesischen Regierung. Er hatte online Videos gepostet, die alle gesehen hatten. Der Irre hatte dazu aufgerufen, ihren Präsidenten zu töten. Er war von den Themen Abtreibung und Religion geradezu besessen.

Lin Yu ging zum Markt, um Gemüse zu kaufen – seine Mutter wollte das Abendessen zubereiten. Er belauschte die Gespräche der Menschen in der Schlange vor ihm. Eine ältere Frau sprach mit dem Besitzer des kleinen Gemüsestands.

„Unser armer Präsident. Und diese armen Frauen. Ich hasse die Leute, die das getan haben."

Der Verkäufer nickte zustimmend. „Ja, ich auch. Besonders für das, was sie der Tochter angetan haben. Verrückte, alle miteinander. Religiöse Fanatiker."

„Haben Sie gehört, dass die Regierung schweren Druck auf die örtlichen Kirchen ausübt?"

„Ja, ich habe eine davon zwei Straßen von hier gesehen. Ihre Fenster waren mit Steinen eingeworfen worden. Ich denke nicht, dass jemand sie mit Steinen bewerfen sollte, aber ..."

„Warum denn nicht?", fragte die Frau. „Sie sind dafür

verantwortlich. Wir sollten ihnen nicht erlauben, ihre hasserfüllte Botschaft zu verbreiten."

Der Gemüseverkäufer zuckte mit den Schultern.

Lin Yu bat: „Hallo, könnte ich bitte zahlen?" Er hielt zwei Paprikaschoten hoch.

Der Mann und die Frau sahen ihn vorwurfsvoll an, weil er sie unterbrach.

Lin Yus Ungeduld veranlasste die Frau endlich, dem Inhaber ihr Gemüse zu überreichen. Der rechnete den Einkauf zusammen, während sie weitersprach.

„Wie ich hörte, wurde die Tochter erst aus dem Gebäude gebracht, aber der religiöse Anführer – der Amerikaner aus dem Video – ließ sie zurückholen, weil er wollte, dass jeder ihre Ermordung sieht. Er wusste, dass die Fernsehkameras liefen." Die Frau schüttelte den Kopf. „Abscheulich."

„Und der Einzige, der sich für die Bürger dieses Landes einsetzt, steht vor Gericht. Haben Sie das gehört? Cheng Jinshan muss sich nächste Woche vor dem Politbüro verantworten, und das im Fernsehen."

„Ich habe es gehört. Das haben sie noch nie gemacht. Ein öffentlich ausgestrahltes Korruptionsverfahren. Sie wissen wohl, wie sehr den Menschen das Ergebnis am Herzen liegt."

Die Frau bezahlte und ging. Lin Yu reichte dem Mann seine Paprikaschoten. „Wer ist Cheng Jinshan?"

Der Standinhaber machte sich über ihn lustig. „Ihr jungen Leute müsst aufmerksamer sein. Liest du denn keine Nachrichten? Er ist ein Geschäftsmann, der von unserem verstorbenen Präsidenten ernannt wurde, um die Korruption innerhalb unserer Regierung auszumerzen. Und jetzt wollen Sie ihn wegen einer angeblichen Verschwörung vor Gericht stellen."

„Was soll er denn getan haben?" Lin Yu hatte zwar von

Jinshan gehört, wusste aber nicht genau, was man ihm vorwarf.

„Es hat mit dem Militär zu tun. Er und ein Admiral aus Guangzhou veranstalteten Übungen, um uns gegen die Amerikaner zu verteidigen. Manche sagen, er habe es ohne offizielle Genehmigung getan. Und der amerikanische Trainingsunfall, bei dem unsere Navy-Schiffe versenkt wurden, hängt damit irgendwie zusammen. Eine komplizierte Angelegenheit. Für einen jungen Mann wie dich schwer zu verstehen, denke ich. Aber Jinshan ist ein guter Mann. Er will, dass China stark und in der Lage ist, sich vor anderen Nationen zu schützen, die in uns lediglich billige Arbeitskräfte sehen. Du solltest dir heute Abend die Nachrichten ansehen. So wie jeder andere auch."

Lin Yu bezahlte sein Gemüse, bedankte sich bei dem Mann und machte sich auf den Heimweg.

Am nächsten Morgen saß Lin Yu zuhause auf seiner Couch mit einem Auge auf den Fernseher, während er auf dem Telefon durch die Feeds seiner sozialen Netzwerke blätterte.

„Hey, siehst du das?" Sein Freund zeigte auf den Bildschirm.

„Was?"

„Die Regierung sucht nach neuen Mitarbeitern. Sie bieten ein Technologietraining und bezahlen dir die Uni. Gutes Gehalt und Sozialleistungen, während du deinem Land dienst. Der Job muss etwas mit dem Militär zu tun haben."

„Was, als Soldat?"

„Ich denke nicht. Wieso sollten sie dir eine technische Ausbildung versprechen, wenn sie dich zum Soldaten machen wollen?"

Lin Yu legte den Kopf schief und sah sich den Werbespot an, bevor er nach weiteren Informationen auf seinem Telefon suchte. „Ich habe es online gefunden. Sie sagen, du kannst sofort anfangen. Und, wow. Sie bezahlen doppelt so viel, wie ich bei meinem Onkel verdiene."

Sein Freund fragte: „Interessiert dich das wirklich?"

„Für so viel Geld? Vielleicht. Ich sehe es mir heute auf dem Weg zur Arbeit mal genauer an."

Eine Stunde später betrat Lin Yu das Rekrutierungsbüro der Volksbefreiungsarmee in Guangzhou.

Eine hübsche Frau in grüner Uniform begrüßte ihn an der Tür. „Hallo! Sind Sie an einer Teilnahme an unserem neuen Programm interessiert?"

Lin Yu täuschte Gleichgültigkeit vor. Er zuckte mit den Achseln. „Vielleicht. Ich möchte erst mehr darüber erfahren."

Mit einer Hand auf seiner Schulter schob die Frau ihn sanft in das kleine Büro hinein. An einem Tisch auf der anderen Seite des Raums füllten bereits eine Reihe junger Männer und Frauen ihre Anmeldeformulare aus. Hinter dem Tisch saßen zwei freundlich lächelnde Uniformierte, die den Rekruten dabei halfen.

Die Frau musterte Lin Yu von oben bis unten. „Sie haben die Schule abgeschlossen?"

„Ja, letztes Jahr."

„Sprechen Sie Fremdsprachen?"

„Nur Mandarin und Kantonesisch."

„Kennen Sie sich mit Computern aus? Verstehen Sie etwas vom Programmieren?"

„Nicht wirklich."

„Warum machen Sie nicht einfach unseren Schnelltest? Dann können wir herausfinden, für welche Art von Arbeit Sie qualifiziert wären. Es macht Spaß, versuchen Sie es!"

Lin Yu runzelte die Stirn und überprüfte auf seinem

Telefon die Uhrzeit. „Ich weiß nicht. Ich muss in einer Stunde arbeiten."

Die Frau zog einen Stuhl an einem von mehreren Schreibtischen zurück und brachte ihm einen betriebsbereiten Laptop. „Hier. Es dauert nur wenige Minuten. Wir teilen Ihnen Ihr Resultat sofort mit und schon sind Sie dabei. Wenn Sie gut abschneiden, haben Sie möglicherweise Anspruch auf einen hohen Bonus. Vertrauen Sie mir, Sie wollen es wissen. Hier, um anzufangen, tippen Sie Ihren Namen und dann ihr Geburtsdatum ein. Dort. Na bitte."

Lin Yu zuckte mit den Achseln und begann mit dem Test. Die erste Frage war nicht kompliziert. Einfache Mathematik. Die Frau sah ihm immer noch über die Schulter. Sie erklärte: „Sehen Sie diese Zeituhr in der Ecke? Die sagt Ihnen, wie viel Zeit Sie für die Beantwortung jeder Frage haben. Okay, ich komme später wieder. Rufen Sie mich, falls Sie fertig werden, bevor ich zurück bin."

Sie kehrte zum Eingang zurück, wo sie weitere Jugendliche begrüßte. Lin Yu war verärgert. Er wollte jetzt keinen Test machen. Aber falls es wirklich einen besser bezahlten Job gab, der ihm helfen konnte, die Universitätsgebühren zu zahlen, dann wollte er das wissen. Und in letzter Zeit empfand er ein Gefühl des Patriotismus, das er vorher nicht gekannt hatte – bevor Präsident Wu von den Amerikanern getötet worden war. Zudem war er es leid, den ganzen Tag hinter dem Tresen eines leeren Geschäfts zu stehen und darauf zu hoffen, am Wochenende überzählige Handyteile an angereiste amerikanische Lieferanten zu verkaufen.

Die Anwerberin hatte recht; der Test war schnell gemacht. Nach zehn Minuten war er fertig und schaute sich suchend um. Sie stand bereits hinter ihm und beugte sich vor, um seine Ergebnisse auf dem Monitor zu begutachten. Er konnte ihr Parfüm riechen.

„Oh ja, das ist sehr gut. Ein wirklich gutes Ergebnis." Sie lächelte und klopfte ihm anerkennend auf den Arm. „Sie können sehr stolz auf Ihr Ergebnis sein. Fünfundneunzig Prozent. Sie sind sehr intelligent."

„Und, was bedeutet das jetzt? Fünfundneunzig Prozent?"

Sie zog eine Werbebroschüre hervor und blätterte in den Seiten. „Hm. Hm. Okay, ja. Ich denke, wir würden Sie aller Wahrscheinlichkeit nach in unserem Mobilitätsprogramm unterbringen."

Lin Yu fragte: „Was ist das?"

„Ein Programm für unsere qualifiziertesten Kandidaten. Sind sie körperlich fit?"

„Sicher."

„Okay. Bevor wir Ihnen Garantien geben können, müssen Sie sich einer ärztlichen Untersuchung unterziehen. Aber ..." Sie wandte sich um, um sicherzugehen, dass niemand zuhörte, und flüsterte dann: „Ich bin mir ziemlich sicher, dass Sie mit diesem Ergebnis in unser Spezialprogramm für außergewöhnliche Kandidaten aufgenommen werden."

„Wirklich? Haben Sie etwas, in dem ich nachlesen kann, was meine Aufgaben wären?"

„Selbstverständlich." Sie griff nach einer Broschüre auf ihrem Schreibtisch und reichte sie ihm aufgeschlagen. Die Innenseite zeigte Bilder von gut aussehenden jungen Männern und Frauen in Uniform.

„Sie würden hier in Guangzhou eine mehrwöchige Schnellausbildung erhalten. Je nachdem, wofür Sie sich danach entscheiden, haben Sie die Möglichkeit zu reisen. Viele unserer Rekruten, die so klug wie Sie sind, werden unmittelbar nach ihrer Grundausbildung befördert. Sie werden sicher sofort befördert. Vielleicht werden Sie eines Tages sogar mein Vorgesetzter?" Sie lächelte.

„Wie sieht die Bezahlung aus?"

„Oh, die Bezahlung ist sehr gut. Absolut konkurrenzfähig. Das finden Sie alles in der Broschüre. Und nach zwei Jahren Zugehörigkeit haben Sie Anspruch auf finanzielle Unterstützung für ein Studium an der Universität. Das wird Ihre Karriere fördern, falls Sie sich entschließen, das Militär zu verlassen."

Lin Yu sah erneut auf die Uhr. „Ich glaube, ich muss los."

„Sicher, kein Problem. Unterschreiben Sie bitte nur noch dieses Formular. Kommen Sie morgen wieder zur Musterung. Sobald das erledigt ist, können wir Ihnen die etwaige Anmeldeprämie bestätigen und den genauen Betrag nennen."

Lin Yu gefiel, was er da hörte. Den einzigen Bonus, den ihm sein Onkel in den letzten Jahren gegeben hatte, waren zusätzliche Arbeitsstunden während der Hochsaison.

Er unterschrieb das Formular und sie verabschiedeten sich voneinander.

Lin Yu verließ das Büro und ging die Straße hinunter.

Die Anwerberin wartete, bis er weg war und trat dann an jemanden heran, der seinen Test gerade beendet hatte. Sie beugte sich vor und studierte den Bildschirm. Dann rief sie erfreut: „Oh ... das ist ein ausgezeichnetes Ergebnis! Fünfundneunzig Prozent!"

Lin Yu musste sich beeilen. Er wollte nicht zu spät zur Arbeit kommen. Aber nachdem er den militärischen Eignungstest so hervorragend bestanden hatte, fühlte er sich beschwingt. Es war ihm nicht entgangen, dass die Frau, die ihn rekrutiert hatte, recht attraktiv war. Vielleicht könnte er sie nach seinem Eintritt in die Armee auf ein Date einladen – falls er sich dazu entschließen sollte?

Die breite Straße fiel ab und beschrieb in der Nähe eines

Parks eine Kurve, in der große Trauerweiden angenehmen Schatten spendeten. Es war warm und schwül, selbst zu dieser Jahreszeit.

Es waren zunehmend mehr Freiwillige mit diesen roten Armbinden unterwegs. Diese wiesen sie in chinesischer Schrift als „Sicherheitspatrouille" aus. Es waren ganz normale Leute, die sich als Polizisten aufspielten. Sie hielten Ausländer an, um ihre Ausweise zu überprüfen. Sie verboten den Leuten, sie zu fotografieren. Und sie standen vor den Kirchen ...

Vor ihm war eine ausgelassene Menschenmenge. Zuerst schrieb Lin Yu die Geräuschkulisse dem normalen Stadtlärm zu. Aber als er an den Lebensmittelskarren und belebten Marktständen vorbeikam, hinter denen Menschen Essen und Nippes anpriesen, fiel ihm etwas auf.

Ein Tempel. Nein, eine Kirche. Ein Baukran zog und zerrte am Dach des Gotteshauses. Davor skandierten die Massen. Diese wurden von Dutzenden von Polizisten im Zaum gehalten, hinter denen noch mehr Freiwillige mit roten Armbinden standen. Rund um das Geschehen hatten sich Schaulustige eingefunden.

Es gab einen lauten Knall, und ein paar Holzbalken stürzten zu Boden. Der Kran hatte das Kreuz vom Dach der Kirche gerissen. Es schlug hart auf und zerbrach in mehrere Teile.

Eine Frau drückte ihm ein Flugblatt in die Hand. Sie sagte: „Beendet die Verfolgung der Christen. Sie sagen, wir dürfen Gott frei verehren, aber dem ist nicht so. Beendet die Verfolgung der Christen. Beendet die ..."

Ein Polizeibeamter mit einem schwarzen Schlagstock kam herüber und griff sich das Flugblatt. „Was ist das? Hören Sie auf damit. Sie dürfen die nicht ausgeben. Dafür haben Sie keine Genehmigung. Wer sind Sie?" Er zeigte mit dem Schlagstock auf Lin Yu.

„Niemand. Sie hat mir –“

Die Frau schrie auf und zeigte zum Vorplatz der Kirche, auf dem zwei Leute mit roten Armbinden auf einen Mann in einer weißen Robe einschlugen – ein Priester, wie es aussah. Die Polizei stand daneben, ohne einen Finger zu rühren.

Mehrere Zuschauer zückten ihre Telefone und machten Videoaufnahmen. Einige in der Menge riefen laut zum Einhalten auf. Unklar war allerdings, wem diese Aufforderung galt – der Polizei oder der christlichen Gruppierung.

Mehr Polizeifahrzeuge fuhren vor und die Ansammlung löste sich auf. Es krachte zweimal und dann fielen Tränengaskanister vom Himmel. Hustend und mit brennenden Augen rannte Lin Yu davon.

Kurz danach erreichte er den Laden und fragte sich atemlos, was da gerade passiert war. Im Bad wusch er sich über dem Waschbecken die Augen aus. Dann betrat er das Geschäft und unterhielt sich mit dem Mädchen, das die Schicht vor ihm hatte.

Er erzählte ihr, was er erlebt hatte.

„Ich hab gerade darüber gelesen.“ Sie zeigte auf ihr Telefon.

„Du hast davon gelesen? Jetzt schon?“

Er blickte über ihre Schulter. Sie blätterte im Feed ihrer sozialen Netzwerke. Dort gab es Hunderte von Kommentaren. Livestreams, Bilder und Videos.

„Hier steht, dass der Priester das Gesetz gebrochen hat. Das überrascht mich nicht. Diese christlichen Kirchen sind einfach nur kriminelle Vereinigungen. Jedenfalls die meisten. Gewinnorientierte Machenschaften. Sie reichen das Spendenkörbchen herum, damit arme und einfältige Menschen ihnen Geld geben. In der Schule habe ich gehört, dass viele andere Nationen Missionare herschicken, um unseren Regierungsmitgliedern Schaden zuzufügen. Ihnen gefällt nicht, dass

China so erfolgreich geworden ist. Deshalb versuchen sie, uns mit ihren religiösen Gruppen zu unterwandern."

Lin Yu erwiderte: „Ich weiß nicht ... Ich kannte einen Christen. Der Mann arbeitete in einem der Geschäfte hier. Er war eigentlich ganz nett."

„Nein, nein. Wenn du mich fragst, sind die alle verrückt. Die Islamisten und die Christen. Jeder, der glaubt, dass es einen wundersamen Gott gibt, der Menschen befiehlt, Leute am Bahnhof mit dem Messer zu erstechen, gehört ins Gefängnis. Ich bin dankbar, dass unsere Polizei uns von dieser Kirche befreit hat. Ich will solche Leute nicht in unserer Stadt haben."

Lin Yu wusste, dass sie von dem Angriff auf den Kunming-Bahnhof im Jahr 2014 sprach. Sechs Männer und zwei Frauen mit Verbindungen zur muslimischen Uyghur-Gruppe hatten einen Bahnhof gestürmt und Menschen mit Messern und Hackbeilen angegriffen. 31 Menschen wurden getötet und 143 verwundet.

„Ich muss los. Wiedersehen."

Lin Yu winkte und nahm auf dem Stuhl hinter dem Tresen Platz. Er scrollte durch den Feed seines sozialen Netzwerks und fand Artikel über den Priester, der verhaftet worden war. Der Beitrag erwähnte mit keinem Wort, dass die Kirche geschlossen oder das Kreuz entfernt worden war. Da stand auch nichts von dem Tränengas und den anderen Verhaftungen. Sondern nur, dass der Priester ein Verbrecher war, den man festgenommen hatte.

Dann entdeckte Lin Yu eine E-Mail von seiner Musterungsoffizierin. Es war die Bestätigung seines Termins am nächsten Tag. Er sah sich im Flur vor seinem Laden um. Er war leer. Er konnte von Glück reden, wenn er in den kommenden sechs Stunden irgendetwas verkaufen würde. Er seufzte und beschloss, morgen zu der vom Militär verlangten medizinischen Untersuchung zu erscheinen. Schaden konnte es ja nicht.

Lin Yu hatte sich noch nie so entwürdigt gefühlt wie am Morgen seiner Musterung durch den Militärarzt. Die hübsche Anwerberin war nirgendwo zu sehen. Die Soldaten, die halfen, die Rekruten wie Vieh einzupferchen, lächelten nicht. Sie wirkten streng und unbeugsam.

„Ihr Name, Rekrut?“

„Lin Yu.“

„Das heißt ‚Lin Yu, Sergeant!‘“

„Lin Yu, Sergeant“, murmelte er.

„Das sind Ihre Papiere. Prägen Sie sich diese Nummer ein – es ist Ihre Dienstnummer – und folgen Sie dieser Linie bis zu einer Tür, auf der ‚Impfungen‘ steht. Warten Sie dort. Jemand wird Ihnen sagen, was Sie zu tun haben.“ Der Sergeant sah ihn erwartungsvoll an.

„Ja, Sergeant?“

„Gehen Sie.“

Er eilte den Flur hinunter, wobei er den auf den Boden gemalten Pfeilen folgte. Auf so eine Behandlung konnte er verzichten. Er wollte nicht angeschrien werden. Langeweile in seinem Geschäft war allemal besser, als angeschrien zu werden. Er beschloss dennoch, die Untersuchung über sich ergehen zu lassen. Jetzt um Erlaubnis zu bitten, gehen zu dürfen, würde wohl nicht gut ankommen. Danach würde er nach Hause gehen. Er würde hier nie wieder anrufen oder eine ihrer E-Mails beantworten. Zur Hölle mit dem blöden Eignungstest.

„Hey, Sie da. Ihre Papiere?“

Ein Mann in einem weißen Arztkittel sah ihn durch ein Fenster hindurch an.

„Ja. Hier." Er reichte den dünnen Umschlag durch die Öffnung.

Der Mann sah die Papiere durch und stempelte sie ab.

Dann forderte er ihn auf: „Kommen Sie herein."

Bevor Lin Yu wusste, wie ihm geschah, rieb er sich den rechten Arm. Sie hatten ihm vier Spritzen verpasst. Vier! Seine Frage, wofür die gut waren, hatten sie ignoriert. Sie hatten ihn einfach gestochen und ihm dann gesagt, er solle weitergehen. Er wanderte von Raum zu Raum, wo ihn verschiedene Schwestern und Ärzte begutachteten. Einige testeten sein Gehör, andere untersuchten seine Augen. Wieder andere forderten ihn auf, so hoch wie möglich zu springen, und lasen die erreichte Höhe dann von einer Wandskala ab. Andere stellten ihm dämliche Fragen darüber, ob er glücklich sei oder ob er je daran gedacht habe, jemanden zu verletzen.

In jedem Zimmer gab es mehr Tests. Seine Akte wurde im Laufe des Tages schwerer und schwerer. Endlich betrat er durch eine Doppeltür einen Teil des Gebäudes, in dem er bislang noch nicht gewesen war.

Der Sergeant erwartete ihn. „Lin Yu, stellen Sie sich auf den gelben Punkt dort in der Ecke." Lin Yu sah sich um und zählte etwa zwanzig aufgemalte Punkte auf dem Betonboden. Er stellte sich auf seinen. Mehr Rekruten folgten und in kürzester Zeit waren alle zwanzig gelben Punkte besetzt.

Sie waren Vieh, das auf gesundheitliche Probleme untersucht wurde. Der Sergeant schrie einen von ihnen an, der nicht aufrecht genug stand. Lin Yu verdrehte instinktiv die Augen und ertappte sich noch rechtzeitig dabei. Er bemühte sich um einen neutralen Gesichtsausdruck. Besser, nicht die Aufmerksamkeit dieses dämlichen Unteroffiziers auf sich zu ziehen. Egal, wie viel sie zahlten; mit diesem Affentheater wollte er nichts zu tun haben.

„Zugehört, Rekruten. Ich schicke jetzt die vorderste Reihe durch diese Tür. Zuerst bekommen Sie einen Haarschnitt. Danach werden Ihnen Säcke mit Kleidung ausgehändigt. Und dann besteigen Sie den Bus. Haben das alle verstanden?“

„Haarschnitt?“, fragte einer der Jungen in der ersten Reihe. „Ich lass mir doch nicht –“

Es rumste. Der Junge hatte nicht damit gerechnet, dass der Sergeant ihn mit ungeheurer Wucht in die Magengegend boxen würde. Daraufhin richteten sich alle ein wenig mehr auf. Das einzige Geräusch, das zu hören war, war das Röcheln des armen Kerls, der geschlagen worden war. Er kauerte auf seinen Knien und hielt sich den Unterleib. Lin Yus Augen waren weit aufgerissen.

„Haben das alle verstanden?“, wiederholte der Sergeant.

„Jawohl, Sergeant“, erwiderte die Gruppe einstimmig.

„Lauter, Rekruten.“

„Jawohl, Sergeant!“

Lin Yus Puls raste. Hatte es ein Missverständnis gegeben? Dachten die etwa, er hätte sich freiwillig verpflichtet? Er hatte nur die Einwilligung zur ärztlichen Untersuchung unterschrieben. Sonst nichts.

„Erste Reihe, Abmarsch.“

Die Aufforderung galt auch Lin Yu. Er drehte sich um und betrat den nächsten Raum. Dort standen sechs leere Friseurstühle, hinter denen jeweils ein Mann mit einem Rasierer in der Hand wartete. Lin Yu setzte sich. Sofort wurde ihm ein Kittel umgelegt, ein Klick, und schon ertönte das dumpfe Brummen einer Haarschneidemaschine. Das Gefühl, kahl rasiert zu werden. Kalt und hart. Schnell und gnadenlos. Büschel von schwarzem Haar fielen auf den Fußboden.

„Fertig.“

Das war der schnellste Haarschnitt, den er je bekommen hatte. Er blickte entsetzt auf die kahlgeschorene Person, die ihn im Spiegel anstarrte.

„Bewegung, Rekruten“, rief der Sergeant von der Tür her.

Im nächsten Raum warteten mehrere Soldaten auf sie, einer lauter und grimmiger als der andere. Sie händigten Kleidungsstücke und Versorgungsgegenstände aus. Und bevor Lin Yu klar wurde, was eigentlich passierte, schleppte er drei schwere Taschen und einen Schuhkarton die Stufen eines Busses hinauf.

Der Motor des Fahrzeugs lief. Im Gänsemarsch kletterten die Kandidaten mit geschorenen Köpfen in den Bus und verstauten ihre schweren Leinentaschen auf den Sitzen. Ein Rekrut setzte sich neben ihn. Es war der Junge, der in den Magen geboxt worden war. Er weinte.

„Was geht hier vor?“, flüsterte Lin Yu. „Hast du dich hierfür gemeldet? Mir wurde gesagt, es ginge nur um die Eignungsprüfung. Ich habe nichts unterschrieben, dass –“

„Halt die Klappe. Willst du, dass wir alle Ärger bekommen?“, unterbrach ihn eine Stimme von hinten. „Lies das nächste Mal, was du unterschreibst. Auf die Art haben sie viele Rekruten geangelt. Das Formular, dass du im Rekrutierungsbüro unterschrieben hast, war das Einzige, auf das es ankam. Das verpflichtet dich zu einem Minimum von zwei Jahren. Wenn du die nicht absitzt, kannst du im Gefängnis landen.“

Lin Yu wurde leichenblass.

„Was?“, fragte der Junge neben ihm. Er fing an, in seine Hände zu schluchzen.

Während sich die Bustür quietschend schloss, brüllte ein Unteroffizier: „Aufgepasst, Rekruten. Ich hoffe, niemand von euch wird reisekrank. Wir fahren in die Berge und die Straße ist ziemlich schlecht. Die letzte Gruppe hat alles vollgekotzt. Okay, Busfahrer, los geht's."

Der Bus verließ den Parkplatz, während sich seine sprachlosen Passagiere ihre ungewisse Zukunft ausmalten. Sie standen unter Schock.

13

Cheng Jinshan hörte das Rasseln der Schlüssel vor seiner Gefängnistür. Es klickte. Dann öffnete sich die Tür weit und ein junger Offizier betrat, begleitet von zwei Wachen, die große Zelle. Jinshan kannte den Jungen nicht.

Heute musste sein großer Tag sein. Die Zeit war gekommen. Das waren nicht die Gefängniswärter, die ihm das Leben hier so angenehm gemacht hatten. Das war die Militärpolizei, die ihn bei seinem Prozess vorführen sollte.

„Kommen Sie bitte mit, Herr Jinshan." Die Stimme eines Mannes, der dachte, er habe das Sagen.

„Natürlich."

Einer von Ihnen hatte Handschellen in der Hand, also erhob er sich und drehte sich um, um es ihnen leicht zu machen. Sie legten ihm die kalten Metallfesseln an und führten ihn durch die Gefängnisflure nach draußen. Admiral Song, ebenfalls in Handschellen und begleitet von zwei Wachen, folgte ihnen. Sie wurden in einen Militärjeep verfrachtet und abtransportiert.

Jinshan war über den zeitnahen Beginn der Verhandlung informiert worden. Deshalb trug er die Gefängniskleidung –

ein schlichtes graues Hemd über einer grauen Hose. Er musste dem Bild eines einfachen Gefangenen entsprechen. Die nächsten vierundzwanzig Stunden waren enorm wichtig.

Dieser Schwachkopf Zhang war Jinshans letzte Hürde. Er brauchte einen starken Auftritt heute. Quasi eine Abstimmung vor laufenden Kameras. Eine Ansprache an das Volk, das nach einem starken Staatsoberhaupt verlangte, das sich in einer Krise schützend vor die Bevölkerung stellte. Das chinesische Volk war wie schwelender Zunder: Ein sanfter Windhauch würde es in Flammen aufgehen lassen.

Sekretär Zhang überblickte den dicht besetzten Saal. Ein Raunen erfüllte die Luft. Die erste Reihe war noch leer. Die Show hatte noch nicht begonnen. Aber das Publikum – Hunderte von Politikern und Mitgliedern des Politbüros – saßen erwartungsvoll da, wetzten ihre Messer und lauerten auf Blut. Zhang konnte es spüren. Er besaß eine ausgeprägte politische Intuition. Diese hatte seinen Aufstieg in seine jetzige Position erst ermöglicht.

Zhang, ein Mitglied des Zentralkomitees, war noch vor der Ermordung von Präsident Wu von diesem zum amtierenden Leiter der Zentralen Disziplinarkommission ernannt worden. Ironischerweise war das genau die Position, die Cheng Jinshan noch vor wenigen Wochen innegehabt hatte. Jetzt war es Zhangs Aufgabe, die Untersuchung der Korruptions- und Hochverratsvorwürfe gegen Jinshan zu leiten.

Das hatte Präsident Wu so gewollt, sagte er sich. Sicher, es gab Aufrufe, Jinshans Strafmaß herabzusetzen und die Vorgänge der letzten Monate unter den Teppich zu kehren. Denn die Ereignisse seien mehr als peinlich, hatten einige Mitglieder des Zentralkomitees betont. Obendrein sei Jinshan ein mächtiger Mann, der viele Freunde in der Welt der Militärs und Geheimdienstler hatte. Hielt er es für weise, ihn zu verärgern?

Zhang ignorierte dieses Gerede. Er musste das Richtige tun. Regeln waren Regeln. Sie mussten befolgt werden. Insbesondere von den Männern an der Spitze.

Außerdem befürchtete Sekretär Zhang, dass Jinshan seine ursprünglichen Pläne weiterverfolgte. Die Sache mit dem geheimen Lager in der Provinz Liaoning war noch ungeklärt. Den Gerüchten zufolge hielten sich dort Sondereinheiten auf, die für etwas ausgebildet wurden – für was, wusste er nicht.

Das Camp war ein Bestandteil von Jinshans Plänen gewesen, so viel wusste Zhang. Jinshan hatte es ihm selbst erzählt, als Zhang ihn im Gefängnis besucht hatte, um diesen Schlamassel aufzuklären. Der Inhaftierte hatte die Unverfrorenheit besessen, Zhang überreden zu wollen, bei seinem verdammten Spiel mitzumachen.

Zhang hatte sich geziert und versucht, mehr darüber zu erfahren. Er hatte Interesse geheuchelt, um herauszufinden, wie tief die Verschwörung reichte. Er wollte dank neuer Informationen bislang noch unbekannte Mittäter aufdecken. Zhang war wie Jinshan ein Stratege. Also hatte er versucht, etwas über die zugrundeliegende Strategie der Angriffspläne zu erfahren. Wie China die militärische Macht der Amerikaner überwinden würde, hatte er gefragt.

Daraufhin hatte Jinshan ihm von diesem Camp erzählt. Dort hielten sich Teams auf, die an etwas ganz Besonderem arbeiteten. Zhang hatte sich nach weiteren Details erkundigt und wer sonst noch beteiligt war. Aber Jinshan hatte ihn durchschaut und nichts weiter preisgegeben. Das war es dann gewesen.

Jinshans letzter Anlauf, die Macht zu ergreifen, würde mit diesem Prozess scheitern. Zhang würde den Rest der Verräter entlarven und sämtliche nicht genehmigten Militäraktionen einstellen. Es brachte ihn auf, dass es so weit gekommen war. Dass er, nach Wus Tod nun der mächtigste Politiker des Landes, sein eigenes Militär nicht komplett unter Kontrolle hatte. Zhang würde Jinshan öffentlich vernichten. Diese Botschaft würde bei allen ankommen, die es wagten, sich gegen die Kommunistische Partei Chinas zu stellen.

Mehrere Schlüsselmitglieder der politischen und militärischen Führungsriege Chinas teilten das Podium mit ihm. Die Trauerfeier des Präsidenten hatte vor drei Tagen stattgefunden. Dort hatte Zhang mit vielen dieser Männer gesprochen. Keiner hatte sich von der Idee eines öffentlichen Prozesses begeistert gezeigt. Auch das war Präsident Wus Vorschlag gewesen, zumindest vermutete Zhang das. Es war sicherlich nicht *seine* Idee gewesen. Aber die Räder hatten sich bereits in Gang gesetzt. Das Volk sollte sehen, was Jinshan getan hatte.

Cheng Jinshan und Admiral Song würden bestraft werden. Zügig und öffentlich. China und die ganze Welt sahen zu. Der chinesische Staat musste sich von den Kriegshandlungen distanzieren, für die allein Jinshan verantwortlich gewesen war. Die Angriffe im Persischen Golf. Die U-Boot-Angriffe im östlichen Pazifik. Hunderte von getöteten Männern und Frauen. Lügen. Täuschungsmanöver. Verrat.

Sie mussten an Cheng Jinshan ein Exempel statuieren. Viele seiner Taten würden die Bürger Chinas schockieren. Bislang waren ihnen nur abgeschwächte Versionen seiner Vergehen präsentiert worden. Wenn es nach Zhang ging, würde auch hier nicht alles ans Licht kommen. Gerade genug, um zu verdeutlichen, mit welcher Art von Monster sie es hier zu tun hatten.

Wie bei vielen von der chinesischen Regierung organisierten öffentlichen Veranstaltungen legten sie auch heute großen Wert auf Theatralik. Der gewaltige Raum war dreimal so groß wie der Plenarsaal des amerikanischen Kongresses. Die Mitglieder trugen schwarze Anzüge mit Krawatten. Ein scharlachroter Teppich bedeckte den Boden. Riesige chinesische Fahnen rahmten das über der Bühne hängende Parteiwappen mit dem goldenen Hammer und der Sichel ein.

Die Kameras liefen. Und trotz der Anwesenheit Hunderter von Menschen – die meisten Karrierepolitiker – verfiel der Raum Schlag zwölf Uhr in eine gespenstische Stille. Jeder hier kannte Cheng Jinshan. Er war für das Bestreben des Präsidenten zuständig gewesen, die „Tiger und Fliegen" auszumerzen – die Antikorruptionskampagne, die er dazu genutzt hatte, seine eigenen Anhänger in Position zu bringen. Doch nun hatte sich der Spieß umgedreht. Zhang würde es niemals zugeben, aber er empfand große Befriedigung in diesem Moment. Er würde Jinshan endgültig zerstören. Er war ihm schon seit so vielen Jahren ein Dorn im Auge. Jinshan war stets bemüht gewesen, sich in der Nähe von Präsident Wu zu positionieren, zum Nachteil Zhangs.

Die großen Eichen-Doppeltüren des Sitzungssaals öffneten sich. Mindestens ein Dutzend uniformierter Militärpolizisten führten Cheng Jinshan und Admiral Song den Gang hinunter. Im Publikum schnappten einige nach Luft. Vereinzelt gab es verbitterte Blicke. Hungrige Augen. Die beiden wurden in die erste Reihe geleitet und dann gezwungen, zwischen bewaffneten Militärpolizisten Platz zu nehmen. Es sah erniedrigend aus. Zhang genoss es in vollen Zügen.

„Der Ständige Ausschuss des Politbüros wird nun die Ergebnisse der Untersuchung des Verhaltens von Cheng Jinshan und Admiral Song hören. Beiden werden Verbrechen gegen den Staat vorgeworfen. Sie sind heute hier, um sich der Anklage wegen Hochverrats und Korruption zu stellen."

Zhang hörte zu, als einer der Justizbeamten, der neben ihm auf der Bühne saß, die Anklage vorlas und den Ablauf der Anhörung darlegte. Mehrere Experten wurden aufgerufen, um ihre Ermittlungsergebnisse zu präsentieren. Normalerweise nahm das Stunden in Anspruch, aber da sie live sendeten, sorgte Zhang dafür, dass sie zügig vorankamen. Das Publikum schenkte jedem Wort seine ungeteilte Aufmerksamkeit.

Endlich kam der Teil, auf den alle gewartet hatten. In der Regel zog sich ein Strafverfahren über Wochen hin. Sekretär Zhang war allerdings der Ansicht, dass es im Interesse Chinas sei, diesen Fall so schnell wie möglich abzuschließen. Die anderen Mitglieder des Zentralkomitees waren daher übereingekommen, Sekretär Zhang die volle Autorität zu übertragen, die Zusammenfassung der Beweislage zu hören und anschließend den Angehörigen des Rechtsausschusses seine Empfehlung zu unterbreiten.

Der Rechtsausschuss fungierte als Jury. Aber sein Votum würde nicht mehr sein als ein Lippenbekenntnis. Zhang würde zunächst eine Empfehlung hinsichtlich Schuld oder Unschuld aussprechen, welcher der Ausschuss einstimmig folgen würde. Nachdem die Jury Zhangs Empfehlung angenommen hatte, würde er das Votum bestätigen und ein Urteil verkünden. Jinshan und Admiral Song würden den Rest ihres Lebens hinter Gittern verbringen.

Doch zunächst galt es, den Schein zu wahren.

Zhang sah von seiner erhöhten Position auf dem Podium nach unten.

„Herr Jinshan, möchten Sie sich zu den uns heute vorgelegten Beweisen äußern?“

„Das möchte ich tatsächlich, Sekretär Zhang.“

Zhang runzelte ob der Zurschaustellung von so viel Starrsinn die Stirn. Aber die Kameras liefen. Sollte der Mann doch loswerden, was er zu sagen hat, damit es endlich weiterging.

„Sie haben das Wort, Herr Jinshan.“

„Wir haben heute gehört, dass ich an einer Verschwörung beteiligt war, um unsere militärische Bereitschaft zu erhöhen, einen Krieg anzuzetteln und China gegen seine Feinde zu verteidigen –"

„Die Vereinigten Staaten sind nicht unser Feind, Herr Jinshan", unterbrach Sekretär Zhang verärgert.

„Da bin ich anderer Meinung, Herr Sekretär. Sie fragten, ob ich mich zu den Anklagepunkten äußern möchte. Ich werde es Ihnen sagen. Ich stehe voll und ganz zu diesen Anschuldigungen. Ich übernehme die Verantwortung für meine Taten. Und ich schlage vor, dass die Anwesenden hier endlich aufwachen und sich der Bedrohung bewusst werden, die auf uns zukommt."

Zhang setzte an, in sein Mikrofon zu sprechen, als ihn eines der Podiumsmitglieder stoppte. „Bitte lassen Sie Herrn Jinshan weiterreden, Sekretär Zhang."

Überrascht warf Zhang seinem Beisitzer einen kritischen Blick zu, fügte sich aber.

„China war einst das mächtigste Reich der Welt – und wird es wieder werden. Aber nicht unter unserer gegenwärtigen Führung."

Zhang verdrehte die Augen und sprach ins Mikrofon. „Das reicht jetzt. Stellen Sie das ..."

Etwas stimmte nicht.

Er konnte seine Stimme nicht länger über die Lautsprecher hören.

Zhang klopfte auf sein Mikrofon, aber es passierte nichts. Es funktionierte nicht mehr.

Er drehte den Kopf zur Seite. Dort hatte der Saaldirektor Platz genommen, für den Fall, dass es technische Probleme geben sollte. Der Saaldirektor saß auch dort, vor seinem Tablet, mit dem er alles steuerte – die Beleuchtung, die Bühnenvorhänge und die Mikrofone. Hinter ihm stand eine

Frau. Zhang sah genauer hin, aber er kannte sie nicht. Sie war sehr groß und ohne all diese Narben wäre sie überaus attraktiv gewesen. Die Frau beobachtete ihn genau. Zhang klopfte auf sein Mikrofon und gestikulierte, dass sie es in Ordnung bringen sollten. Der Saaldirektor vermied es jedoch, ihn anzusehen, während die Frau seine Bitte um Hilfe nur mit einem trotzigen Blick bedachte.

Unterdessen sprach Jinshan weiter. „Ich vermute, dass ich aus einem anderen Grund als dem Wohl unseres wundervollen Landes hier stehe. Vor nicht allzu langer Zeit war ich der Vorgänger von Sekretär Zhang als Vorsitzender der Zentralen Disziplinarkommission. Mir oblag die Aufgabe, die Korruption auszurotten – was mir auch gelang. Tatsächlich sind viele von Ihnen heute dank meiner Bemühungen hier."

Nach dieser Bemerkung hielt Jinshan inne und suchte Augenkontakt mit einer Reihe von Politikern und Militärangehörigen des Rechtsausschusses.

Zhang ließ seinen Blick von rechts nach links schweifen und fühlte ein Unbehagen in sich aufsteigen, als er das zustimmende Nicken von *mindestens der Hälfte* des Gremiums sah.

„Aber einige von uns sind so fest in dieser Welt der Hinterzimmergeschäfte und Verschwörungen verwurzelt, dass nicht einmal ich in der Lage war, sie aufzuhalten. Wie wir alle kürzlich in den Nachrichten sehen konnten, fielen unser geliebter Präsident und seine Familie einem religiös motivierten Angriff zum Opfer. Rechtsextreme religiöse Fanatiker. Es ist nicht das erste Mal, dass wir unter religiösen Terroristen leiden. Aber dieser Fall liegt anders, fürchte ich. Dieser weltweite Ausbruch von religiösem Terrorismus folgt einem neuen Muster. Eine globale Neuorientierung, angeführt vom Westen. Diese konservativen religiösen Gruppierungen kommen von überall her. Und es ist nicht nur eine bestimmte

Religion, wie wir anhand der so brutalen Ermordung unseres Präsidenten gesehen haben. Während wir uns früher vorwiegend um muslimischen Terrorismus sorgen mussten, wird China mittlerweile von radikalen christlichen Gruppen unterwandert."

Zustimmendes Gemurmel von den im Saal anwesenden Bürokraten und Politikern.

„Und nun zur chinesischen Politik. Lassen Sie mich diese Frage stellen, Sekretär Zhang. Warum stehe ich heute wirklich vor Gericht? Weil ich mit den tapferen Mitgliedern unseres Militärs zusammengearbeitet habe, um unser Land zu schützen? Oder weil *Sie* von extremen religiösen Ansichten motiviert sind?"

Die Stimmen im Publikum wurden lauter.

„Wie viele von Ihnen hier wissen, dass Sekretär Zhang einst einer *nicht genehmigten* christlichen Kirche angehörte? Es ist wahr. Und im Laufe meiner Untersuchungen fand ich Beweise dafür, dass er sich sogar mit *amerikanischen christlichen Gruppen* getroffen hat."

Zhang warf verzweifelt die Arme in die Luft und rief, dass jemand Jinshan zum Schweigen bringen solle. Aber ohne das Mikrofon war seine Stimme kaum hörbar. Zhang signalisierte den Wachen, Jinshan am Sprechen zu hindern. Die Soldaten sahen fragend zu dem Militärgeneral auf der Bühne hoch. Dieser schüttelte jedoch den Kopf

„Was soll das?", schrie Zhang den General an.

„Bitte, Herr Sekretär", erwiderte der nur.

Jinshans Stimme wurde nun lauter. „Diese religiösen Extremisten – angeführt von Amerika – bedeuten den *Untergang* unseres Landes. Sie haben *uns* angegriffen. Unser *Staatsoberhaupt* angegriffen. Unsere *Kinder* angegriffen. Sie attackieren genau die Werte, die uns am Herzen liegen. Liebe Mitbürger, wir müssen uns erheben und uns wehren."

Die Menge tobte nun. Laute Rufe der Zustimmung. Was passierte da gerade?

„Hiermit fordere ich alle Mitglieder der Kommunistischen Partei Chinas auf, Sekretär Zhang und seine extremistischen religiösen Ansichten öffentlich anzuprangern. Ich fordere das Gremium auf, ihn mit sofortiger Wirkung aus der Kommunistischen Partei auszuschließen und jemanden zu unserem neuen Präsidenten zu ernennen, der nichts mit diesen antichinesischen Gruppierungen zu tun hat."

Das Publikum klopfte mit den Händen auf die Stühle und applaudierte. Die Leute standen auf Jinshans Seite. Das war doch lächerlich. Es sollte doch *sein Prozess* sein.

Jinshan sah zu der Frau an der Seite der Bühne hinüber und nickte. Der General, der neben Zhang saß, sprach als Erstes.

„Obwohl Herr Jinshan mit seinem Auftritt sicher gegen das Protokoll verstoßen hat, teile ich dennoch seine Bedenken hinsichtlich der Richtung, die unser Land eingeschlagen hat." Er sah Zhang direkt an. „Sekretär Zhang, ich bin entsetzt, von Ihren Verbindungen zu radikalen religiösen Gruppen zu hören. Ich kann eine Regierung, die unter dem Einfluss unserer Feinde steht, nicht unterstützen. Daher beantrage ich den sofortigen Ausschluss von Sekretär Zhang aus der Kommunistischen Partei Chinas und seine vorläufige Verhaftung."

Sofort meldeten sich mehrere Stimmen an seiner Seite zu Wort, die seinen Antrag unterstützten.

Das Publikum jubelte.

Zhang wehrte sich: „Das ist doch absurd. Lächerlich. Sie können doch nicht wirklich –"

Der General fuhr fort. „Ferner beantrage ich die sofortige Freilassung von Herrn Cheng Jinshan und Admiral Song sowie die vollständige Wiederherstellung Ihrer Titel und Pflichten.“

Die Zustimmung wurde lauter.

Die große Frau mit den langen Haaren stand plötzlich hinter ihm. Wo kam sie her? Zhang hatte sie nicht kommen sehen. Er bemerkte, wie unglaublich stark sie war, als sie ihn an der Schulter packte und von seinem Stuhl zog. Sie trieb ihn an, die Bühne zu verlassen, wo ihn die Militärpolizei bereits erwartete.

Zhang war wie gelähmt.

Alle starrten ihn an, als sei *er* der Verräter. Was war gerade geschehen? Begriffen sie es denn nicht? War ihnen nicht klar, dass er der Einzige war, der das Richtige tun wollte?

Vor seinem Abtransport sah er noch, wie Cheng Jinshan sich mit der Frau unterhielt. Sie standen auf der Bühne und sprachen mit dem General und anderen Mitgliedern des Gremiums. Zhangs Weg führte am Saaldirektor vorbei. Der deutete gerade mit dem Finger auf einen seiner Arbeiter und sagte: „Kameras und Audio abschalten. Herr Jinshan will das gesamte Bildmaterial sehen, bevor es verbreitet wird.“

„Jawohl, Sir.“

14

Zwei Tage später betrat Jinshan das Konferenzzimmer und sah sich um. Die Anwesenden erwiderten seinen Blick mit großem Interesse und Neugierde. Überwiegend Mitglieder des Politbüros, aber auch einige Militärangehörige. Ranghohe Generäle und Admirale. Einige gehörten dem Zentralkomitee der Partei an. Der Leiter des Ministeriums für Staatssicherheit war anwesend. Alle waren Cheng Jinshan treu ergeben.

Die anderen hatten sie aus dem Weg geräumt.

Kurz nachdem sämtliche Anklagepunkte gegen Jinshan und Song fallengelassen worden waren und Sekretär Zhang abgesetzt war, wählte das Zentralkomitee seinen nächsten Generalsekretär. Die Wahl fiel einstimmig auf Jinshan und die darauffolgende Machtkonsolidierung ging schnell vonstatten.

Jinshan saß am Kopfende des Tischs. Schweigend warteten alle darauf, dass er das Wort ergriff.

„Wie steht es nach den letzten Wochen um unsere militärische Einsatzbereitschaft?"

Die Anwesenden verstanden diese Frage genau: Wie viel Fortschritt hatten sie durch seine ungeplante Verhaftung eingebüßt?

General Chen sprach als Erster, was nur angemessen war. Er war nun der ranghöchste Militäroffizier in ganz China. Jinshan hatte dessen Vorgänger vor wenigen Tage die Pensionierung ans Herz gelegt.

„Herr Jinshan, es hat sich wenig geändert. Wir haben weitertrainiert, um unsere Armee, Marine und Luftwaffe auf die nächsten Etappen vorzubereiten. Chinas offizielle Position war es, sich für die jüngsten Feindseligkeiten zu entschuldigen. Dennoch konnten wir den ehemaligen Präsidenten davon überzeugen, eine hohe Alarmbereitschaft aufrechtzuerhalten, für den Fall, dass die Vereinigten Staaten einen Vergeltungsschlag planten. Eine unabhängige Befehlskette diente dazu, den Schein zu wahren, bis …“

Jinshan lächelte. „Bis ich öffentlich meine Unschuld verkündete?“

„Jawohl, Sir.“ Manche lächelten unbehaglich. Ehrgeiz und die Angst vor Repressalien standen jedem Einzelnen ins Gesicht geschrieben. Aber in Kriegszeiten war eine starke zentrale Führung erforderlich.

Jinshan nickte. „Gut. Es freut mich zu hören, dass unsere Militärkräfte Fortschritte machen. Sie sollten ohne nennenswerte Vorwarnung einsatzbereit sein. Verstanden, General?“ Cheng Jinshans Ernennung zum Generalsekretär machte ihn auch zum Vorsitzenden der Zentralen Militärkommission.

„Selbstverständlich, Sir.“

„Es ist mehr als wahrscheinlich, dass die Amerikaner durch meine Freilassung und neu gefundene Macht verunsichert sind. Wie müssen ihre Bedenken zerstreuen und sie davon abhalten, uns als ihre größte Bedrohung anzusehen.“ Er schaute durch den Raum. Lena und Natesh saßen auf Stühlen an der Wand. „Wie fiel die Reaktion im Inland aus?“

Lena sah Natesh an, der sich am hinteren Ende des Raums

erhob. Da er kein Mandarin sprach, übersetzte sie die Frage schnell ins Englische. Natesh räusperte sich.

„Nun, Mr. Jinshan. Das Video Ihrer ... *Ansprache* ... wird in allen chinesischen sozialen Medien sehr gut aufgenommen. Unsere Bots verstärken diese positive Reaktion. Die chinesischen Bürger erhalten die Botschaft, dass Sie zu Unrecht inhaftiert wurden, da Sie religiösen Aktivisten die Stirn boten und Chinas Militär verteidigt haben. Umfragen zeigen, dass die Bürger Ihnen abnehmen, dass Sie die Nation stärken wollen; und in der Lage sind, sich gegen unterdrückerische westliche Regimes zu behaupten."

„Steht das Volk auf unserer Seite, Natesh?"

„Jawohl, Mr. Jinshan. Die Daten, die mein Team untersucht hat, belegen, dass die überwältigende Mehrheit der chinesischen Bürger Sie und Ihr Programm unvoreingenommen unterstützt. Sie betrachten China als ein Land, das von externen Einmischungen gebeutelt wird und sehen Sie als ihren Retter an, Sir." Bei dieser Aussage huschten Nateshs Augen unsicher umher.

Jinshan blickte ihn einen Moment länger als gewöhnlich an, und wandte sich dann an die Generäle. „Wir müssen schnell handeln. Das amerikanische Militär und die Geheimdienste werden verstehen, was das für sie bedeutet. Sie werden den Grad ihrer Bereitschaft erhöhen. Sie werden eigene Vorkehrungen treffen."

Einverständliches Nicken um den Tisch herum.

„Wir bereiten uns seit Jahren vor. Schon bald werden wir handeln. Höchstens noch ein paar Wochen. Sobald der Befehl ergeht, muss jeder unmittelbar bereitstehen, um unsere Pläne auszuführen."

Als die Generäle und Politiker den Raum verließen, bat Jinshan: „Natesh, Lena – bleibt noch einen Augenblick.“

Sie gesellten sich zu ihm und Admiral Song. Jinshan wartete, bis endgültig alle gegangen waren, bevor er sagte: „Ich danke euch für die großartige Arbeit, die ihr bislang geleistet habt. Ich fürchte, es gibt noch viel zu tun, bevor wir das Ziel erreicht haben.“

Niemand sprach.

„Natesh, Sie wirken besorgt.“

Natesh warf Lena einen Blick zu und sagte dann: „Unsere Schätzungen hinsichtlich des Verlusts von Menschenleben sind gestiegen.“

„Sind sie das?“ Der alte Mann nahm wieder auf seinem Stuhl Platz. Natesh fand, dass er schrecklich aussah. Müde Augen und fahle Haut. Mehr Falten und Flecken im Gesicht als bei ihrem letzten Treffen.

Lena mahnte: „Natesh, damit müssen wir Mr. Jinshan nicht belästigen.“

Jinshan hob die Hand. „Schon in Ordnung, Lena. Ich höre viel zu oft nur gute Nachrichten. Wenn ich von mehr Leuten umgeben wäre, die mir die Wahrheit sagen, hätte ich die letzten Wochen vielleicht nicht im Gefängnis zugebracht.“ Er sah durch die Tür hinaus, in Richtung der chinesischen Militärgeneräle und Politiker, mit denen er zusammenarbeitete.

Natesh fuhr fort. „Es ist nur ... Wir hatten mit vielen unerwarteten Überraschungen zu kämpfen. Unsere Pläne wären weitaus effektiver gewesen, wenn wir sie simultan ausgeführt hätten. Aber das tun wir nicht. Die GPS-Satelliten wurden vor einem Monat ausgeschaltet, aber die Amerikaner machen Fortschritte bei der Behebung des Problems. Ihre militärische Bereitschaft hat in den letzten Wochen drastisch zugenommen. Uns fehlt immer noch eine funktionierende Zulieferkette in Lateinamerika. Und wir haben nicht einmal damit begonnen, unsere kanadischen –“

Jinshan sah zu Lena hoch. „Aber das Volk steht auf unserer Seite, oder?“

„Nach allem, was ich gesehen habe, ja.“

„Solange unsere Bürger motiviert sind, können wir Zeitverzögerungen hinnehmen.“

Natesh sagte: „Die Menschen werden es erfahren.“

„Was erfahren?“, fragte Jinshan mit düsterem Blick.

Natesh zögerte. „Dass es nicht um Religion geht. Ich verstehe die Notwendigkeit, sie zu motivieren. Allerdings fürchte ich, dass wir uns langfristig selbst schaden, wenn wir ihnen die Wahrheit vorenthalten.“

Jinshan und Lena sahen sich gegenseitig an.

„Natesh, die Wahrheit kann gefährlich sein.“

„Vor einer Minute sagten Sie mir, Sie wünschten sich, dass Ihnen mehr Leute die Wahrheit sagten.“

Jinshans Müdigkeit war verflogen. Er erhob die Stimme. Nur ein wenig, aber genug, um Natesh aufzurütteln. „Mr. Chaudry, seit dem Moment, als wir uns in San Francisco trafen, hat sich nichts geändert. Unsere Ziele sind unverändert. Unsere Methoden haben sich nicht geändert. Das Einzige, was sich für Sie geändert hat, ist, dass Sie nun mit eigenen Augen sehen, was Opfer bringen tatsächlich bedeutet. Blutvergießen. Tod. Lügen. Diese Dinge sind nötig. Wenn Sie das nicht verkraften, lassen Sie es uns bitte wissen. Denken Sie wirklich, dass ein Weltkrieg in wenigen Wochen gewonnen werden kann? Dachten Sie, dass ein paar Stromausfälle in den Vereinigten Staaten der chinesischen Armee erlauben würden, dort hineinzuspazieren und unsere Fahne in Washington zu hissen? Neunzig-Tage-Kriege sind Wahlversprechen. Es gibt keinen schnellen und einfachen Krieg – nicht, wenn Sie die Besetzung des Landes und den Umpolungsprozess der Bevölkerung einkalkulieren. Ich habe Sie eingestellt, weil dies eine komplizierte, herausfordernde Aufgabe ist, der Sie als wertvoller Mitarbeiter gewachsen zu sein schienen."

Jinshans Wutausbruch erschreckte Natesh zutiefst. „Es tut mir leid ..."

Jinshan riss sich zusammen und sprach in einem milderen Ton weiter. „Es kann jetzt keine Zweifel mehr geben, Natesh. Sie haben sich unserer Sache verpflichtet. Bald werden meine Generäle den Befehl für einen Militärschlag geben, wie ihn die Welt noch nicht erlebt hat. Nach dem Erlass dieses Befehls wird ein Großteil der Welt in Dunkelheit liegen."

Lena mischte sich ein. „Mr. Jinshan, vielleicht gibt es einen Weg für Natesh, uns bei – wie soll ich sagen – Aspekten unserer Pläne zu unterstützen, die ihn ein wenig aus der Schusslinie nehmen?"

Jinshan sah Lena mit Bewunderung in den Augen an. „Was schlägst du vor, Lena?"

„Wir haben ein Büro in Japan. Dort sitzt unser Logistikanbieter. Der, der sich um unsere Frachtcontainer kümmert. Nateshs Talente liegen in der Organisation betrieblicher Abläufe. Mit seinem Wissen über unsere Endziele wäre er in Japan sicher ein sehr wertvoller Interessenvertreter für uns, denken Sie nicht auch?"

Jinshan überlegte. „Und bei Kriegsbeginn könnte er sich dem Botschaftspersonal in Tokio anschießen. Um seine Sicherheit zu gewährleisten."

Natesh sah zwischen Lena und Jinshan hin und her, unsicher, ob es gerade gut für ihn lief oder eher nicht.

Schließlich sagte Jinshan: „Gehen Sie nach Japan. Machen Sie unsere Arbeit, wo niemand nach Ihnen suchen wird. Wir werden Ihnen einen militärischen Assistenten zur Seite stellen, der dafür sorgt, dass Sie alles haben, was Sie brauchen.

Ich will, dass Sie unsere Logistik weiter verbessern. Die Containerschiffe müssen bald ihre Reise über den Pazifik antreten. Die Konvois müssen ablegen, sobald die EMP-Waffen detonieren."

„Jawohl, Mr. Jinshan." Er klang fast erschüttert.

„Und jetzt geht. Ihr habt beide eine Menge Arbeit vor euch."

Jinshans erster Tagesordnungspunkt lautete, Allianzen zu festigen und besorgten Staatsoberhäuptern zu versichern, dass er sich um sie kümmern würde. Die Russen würde er in Peking treffen. Ihren Repräsentanten konnte man vertrauen. Nordkorea stand auf einem anderen Blatt. Jinshan besuchte den Einsiedlerstaat nur ungern, aber es war ein notwendiges Übel. Dort gab es nur einen Entscheidungsträger, der für Schmeicheleien ungemein empfänglich war.

Der Jet landete am späten Abend in Pjöngjang, wo Jinshan am Flughafen abgeholt wurde. Wie gefordert, erwartete ihn kein koreanisches Begrüßungskomitee, sondern nur ein Konvoi aus sieben Militärjeeps und den persönlichen Limousinen des Obersten Führers, wie er sich nannte. Jinshan wusste, dass in einem der beiden Wagen ein Doppelgänger saß. Der Job dieses Mannes bestand einzig und allein darin, umherzugehen und zu schauen, ob die Luft rein war. Er lächelte. Was für ein Leben.

Die Tür zur zweiten Limousine öffnete sich und Jinshan wurde gebeten, näherzutreten. Obwohl er sich innerlich dagegen sträubte, folgte er der Anweisung. Zwei seiner Leibwächter und ein Dolmetscher begleiteten ihn. Sie wurden durchsucht und dann nahmen Jinshan und sein Dolmetscher im Wagen Platz. Der nordkoreanische Staatsführer saß ihnen gegenüber.

Der Unterhaltungsfluss wurde alle paar Sekunden von den Übersetzungen unterbrochen.

„Sie haben es also geschafft, Herr Jinshan. Oder soll ich Präsident Jinshan sagen? Meinen Glückwunsch."

„Ja, das habe ich. Und besten Dank."

„Und jetzt sind Sie hier, um sicherzustellen, dass ich mich an unsere Abmachung halte?"

Im Laufe seiner Karriere hatte Jinshan viele Geschäftstreffen mit hochrangigen ausländischen Führungskräften über einen Dolmetscher abgewickelt. Es amüsierte ihn stets, diesen Führungspersönlichkeiten dabei zuzusehen, wie sorgfältig sie ihre Fragen und Antworten in ihrer Muttersprache formulierten. Denn meistens fielen diese mit Bedacht gewählten Worte in der Übersetzung unter den Tisch. Besser, es einfach zu halten.

„Richtig. Ich bin gekommen, um mich zu vergewissern, dass Sie sich unserem Arrangement noch verpflichtet fühlen."

„Wann beabsichtigen Sie, den ersten Schuss abzugeben?"

Jinshan sagte: „Schon bald. Aber zuerst wollte ich Sie um Ihre Hilfe bitten. Bei einer ersten kleinen Machtdemonstration. Ähnlich dem, was Sie bereits machen."

Der nordkoreanische Staatsführer wirkte überrascht. Er lehnte sich vor, was sein Doppelkinn verstärkte, und nickte energisch. Er sah mit einem Mal sehr interessiert aus.

Einer der nordkoreanischen Generäle – der in seiner übergroßen Uniform winzig aussah – interpretierte den Gesichtsausdruck seines Obersten Führers falsch. Für diesen einzutreten konnte nie ein Fehler sein, weshalb der Militär zu einem kreischenden, an Jinshan gerichteten Protest ansetzte. Der nordkoreanische Führer reagierte verärgert und rief dem General zu, er solle den Mund halten. Auch wenn die Szene durchaus amüsant war, ließ sich Jinshan nichts anmerken. In diesem Land bewegte man sich immer auf dünnem Eis.

„Darf ich um weitere Einzelheiten bitten?"

„Selbstverständlich. Ich schlage vor, Ihnen ein Expertenteam für ballistische Raketen zu überlassen, das Ihren Männern bei der technischen Einrichtung behilflich ist. Wären Sie damit einverstanden?"

„Das ist akzeptabel." China unterstützte das nordkoreanische Raketenprogramm seit Jahrzehnten mit Material und Fachkenntnissen.

„Ausgezeichnet. In Bezug auf Südkorea sollten Sie in wenigen Wochen nähere Einzelheiten in Bezug auf den Zeitplan erhalten."

„Erhalte ich eine Liste mit Zielobjekten?"

Jinshan schüttelte den Kopf. „Ich bin sicher, dass Sie bereits über Pläne für einen militärischen Vorstoß nach Süden verfügen. Ich bitte Sie nur, Ihre bereits existierenden Pläne auszuführen. Wir erledigen dann den Rest."

Der Mann mit dem runden Gesicht nickte und warf seinen Generälen einen stolzen Blick zu. „Ich werde den Süden vernichten. Ihn in Schutt und Asche legen."

Jinshan durchschaute diese Vorstellung. Aber diesen jungen Mann würde er nie herausfordern. Wenn ein psychisch labiler Mann das tat, worum man ihn gebeten hatte, war es am besten, keine neuen Variablen in die Gleichung einzubringen.

„Und wenn der Krieg gewonnen ist? Sind die Bedingungen unserer Vereinbarung unverändert?"

„Ja. Korea wird Ihnen gehören. Ganz Korea."

15

Tokio

Tetsuo beobachtete die Frau am anderen Ende der Bar. Sie hatte sich aufgedonnert. Sorgfältig gezupfte Augenbrauen, viel Make-up. Ihr voller Busen steckte in einer betont eng sitzenden schwarzen Bluse, die den Ansatz ihres leuchtend violetten BHs preisgab. Hochhackige Lederstiefel. Sie musste sowohl japanischer als auch kaukasischer Abstammung sein. Schätzte er zumindest.

Sie lachte ein wenig zu laut und legt ihre Hand auf die Schulter des weißen Mannes neben sich. Es war eine ganze Gruppe, ihren Haarschnitten und dem lauten Auftreten nach zu urteilen amerikanische Militärangehörige. Jeder von ihnen warf verstohlene Blicke in ihren Ausschnitt, während sie dem Alkohol frönten, froh, der Militärbasis entkommen zu sein. Wenn sie nur wüssten, für wen diese Frau arbeitete.

In diesem Stadtteil waren viele Bars, die von Amerikanern frequentiert wurden. Es konnte wild zugehen, besonders abends und an den Wochenenden. Je nach Schwere des jeweilig letzten Vorfalls erließen die Stützpunktkommandanten hin und wieder Ausgangssperren. Aber Frauen wie sie würde es im Militärumfeld immer geben, trotz der Bemühungen der Verwaltung, den Truppen in der dienstfreien Zeit gutes Benehmen aufzuerlegen. Sie ging dem ältesten Gewerbe der Welt nach. Aber das war nicht ihr einziger Beruf.

Tetsuos Team beobachtete sie schon seit ein paar Wochen. Der Befehl, sie aufzugreifen, war vor zwölf Stunden eingegangen. Die CIA benötigte dringend neue Informationen. Niemand wusste, was zur Hölle in China vor sich ging. Sie brauchten Hinweise.

Man hatte ihm geraten, sich ihr mit extremer Vorsicht zu nähern. Sein Team hatte zwei Transporter um die Ecke stehen. Auf der Straße vor der Bar gab es keine Parkplätze. Eine weibliche CIA-Angehörige saß Tetsuo gegenüber und täuschte eine Unterhaltung mit ihm vor.

Von der Gruppe der Militärangehörigen drang wieder ausgelassenes Gelächter zu ihnen hinüber, während die Frau und einer der Männer Arm in Arm auf die Tür zusteuerten. Sie drehte sich ein letztes Mal zu den anderen Soldaten um und zwinkerte ihnen zu, als wollte sie sagen: *Vielleicht seid ihr ja das nächste Mal meine Kunden, Jungs.*

„Sie bleiben noch hier. Folgen Sie mir, sobald Sie gezahlt haben“, instruierte Tetsuo seine Kollegin. Dann flüsterte er in das Mikrofon an seinem Handgelenk: „Sie ist mit dem großgewachsenen Weißen an ihrer rechten Seite unterwegs. Sie gehen gerade zur Vordertür raus.“ Er zog sich seine Lederjacke über und verließ die Bar, etwa zehn Sekunden nach dem Paar.

Die Prostituierte und ihr Freier gingen einige Minuten die Straße entlang, bevor sie einen Massagesalon betraten, dessen Fenster mit Bildern von attraktiven Frauen geschmückt waren.

Der Mann zog sein Portemonnaie hervor und bezahlte am Eingang. Dann verschwanden die beiden im Haus. Armer dummer Junge. Tetsuo blieb zurück und hielt die Augen offen.

Er konnte sehen, wie einer seiner Transporter an der nächsten Kreuzung seine Position einnahm. Der Fahrer nahm Augenkontakt mit ihm auf und nickte. Die weibliche Agentin, die bei Tetsuo gesessen hatte, gesellte sich zu ihm.

„Wie wollen Sie vorgehen?"

„Ich werde sehen, ob ich die Frau an der Rezeption bestechen kann. Wenn ich Ihnen das OK-Zeichen gebe, fahren Sie die Lieferwagen direkt vor die Tür und benutzen die Stellwände für den Sichtschutz."

Sie nickte.

Tetsuo betrat den Massagesalon und näherte sich der älteren Frau, die am Empfang saß. Sie sah ihn kaum an. Ihre Augen klebten an ihrem Telefon, während sie ihm auftrug, ein Serviceangebot aus einer Liste auszuwählen. Sie sprach Japanisch mit einem starken Akzent – koreanisch, vermutete er.

„Sind Sie die Inhaberin?"

Misstrauisch sah sie ihn an. „Nein. Mein Mann ist der Inhaber."

Er zog seine Brieftasche heraus und blätterte durch ein Bündel Geldscheine. „Kennen Sie die Frau, die gerade reinkam? Ist sie regelmäßig hier?"

„Ja", erwiderte die Koreanerin und nahm sich einige Scheine.

„Ich muss mit ihr reden."

„Sie ist beschäftigt."

Tetsuo stützte sich mit den Händen auf dem Tresen ab. „Ich will keinen Ärger machen. Aber ich denke nicht, dass sie freiwillig mitkommen wird. Ich möchte, dass Sie für fünf

Minuten in das Zimmer dort hinten gehen und die Tür geschlossen halten. Können Sie das bitte für mich machen? Ich verspreche Ihnen, dass ich ihr nichts tun werde und dass Sie keine Probleme bekommen werden. Ich will einfach nur verhindern, dass jemand sieht, wie meine Freundin und ich sie hier herausholen. Okay?“ Er schob ihr ein weiteres Bündel Geldscheine zu.

Sie sah auf die Scheine, zählte sie und lächelte ihn dann mit einem neugierigen Gesichtsausdruck an. „Wer sind Sie?“

„In welchem Zimmer sind sie?“

„Zimmer vier. Erster Stock.“

„Ist die Tür verschlossen?“

„Keine Riegel. Mit denen gab es Probleme. Wer sind Sie?“

„Fünf Minuten.“ Tetsuo hielt fünf Finger hoch.

Die Frau zuckte mit den Achseln. „Klopfen Sie an die Tür, falls jemand reinkommt. Und machen Sie mir keinen Ärger mit der Polizei.“

„Das werde ich nicht. Ist diese Kamera an?“ Er zeigte auf die schwarze Kugel, die an der Decke hing.

Sie nickte.

„Ich will sehen, wie Sie sie ausschalten. Sie können sie wieder anmachen, wenn sie rauskommen.“

Sie gab etwas auf ihrem Telefon ein und zeigte ihm dann den Bildschirm, auf dem sie in der Überwachungskamera-App die AUS-Position gewählt hatte. Dann verschwand die Frau in das Hinterzimmer.

Tetsuo wartete, bis die Tür geschlossen war, bevor er der Agentin draußen ein Zeichen gab. Diese wiederum nickte in Richtung des ersten Transporters, der nun den zweiten Lieferwagen informierte. Beide fuhren am Straßenrand vor, nur ein paar Schritte von der Eingangstür entfernt.

Dann begann Tetsuos Team, einen Sichtschutz zu errichten, der den kurzen Weg vom Saloneingang bis zum Transporter abschirmte.

„Zimmer vier, oben. Unverschlossen."

Seine drei männlichen Teammitglieder gehörten einer CIA-Sondereinsatzgruppe an. Die meisten seiner Leute waren ehemalige Mitarbeiter der Sondereinsatzkräfte, die das Jagen und Töten von Terroristen zu ihrem Beruf gemacht hatten. Dieser Einsatz war anders, und sie waren gewarnt worden. Falls die Informationen zutrafen, war ihre Zielperson eine chinesische Spezialagentin, die ihnen sehr gefährlich werden konnte.

Das Team schlich sich an die Tür mit der Nummer vier an. Zwei hielten schallgedämpfte Pistolen in der Hand. Tetsuo und der andere Mann griffen jeweils nach ihrem Taser.

Dann ging alles blitzschnell.

Die Tür öffnete sich und die drei Soldaten stürmten das kleine Zimmer. Die Frau saß in BH und Slip auf dem Rücken des amerikanischen Soldaten und massierte diesen mit Öl. Als die Tür aufgerissen wurde, drehte sie den Kopf, sprang von dem Mann herunter und versuchte, sich zu verteidigen. Aber sie war zu langsam. Tetsuos Männer packten sie, zerrten sie von dem schreienden Amerikaner weg und versetzten dann beiden einen Stromstoß. Einer der CIA-Männer entnahm seiner Hüfttasche zwei Fertigspritzen. Sowohl der amerikanische Militärangehörige als auch die chinesische Spionin bekamen ein Mittel injiziert, das sie einige Stunden bewusstlos machen würde.

Sie zogen die beiden schlaffen Körper an und transportierten sie zur Ladefläche des ersten Lieferwagens, wo sie auf Tragbahren festgeschnallt und sorgfältig überwacht wurden. Den Amerikaner würden sie mit seinem Militärausweis aber ansonsten leerer Brieftasche kurz vor dem Stützpunkt ablegen. Tetsuo wollte, dass es wie ein Raubüberfall aussah. Der

Soldat würde sich kaum an etwas erinnern, aber seine Kumpel wussten, dass er die Bar mit einer Prostituierten verlassen hatte. Sie würden annehmen, dass sie an dem Überfall beteiligt gewesen war.

Keiner würde sich wundern, wenn sie sich in dieser Gegend nie wieder blicken ließ.

Sie hatten herausgefunden, dass die Prostituierte eine von Jinshans Agentinnen war. Allerdings war sie nicht annähernd so gut ausgebildet wie die hoch qualifizierte Lena Chou. Sie war eine sogenannte Honigfalle, angesetzt auf Männer, die möglicherweise etwas über amerikanische oder japanische Militärbewegungen oder -technologien wussten.

Nachdem sie sie stundenlang verhört und ihr ein sicheres Leben in Amerika versprochen hatten, ohne dass ihr von ihrem chinesischen Agentenführer Vergeltung drohe, redete sie endlich.

Und sie hatte viel zu erzählen.

Allein ihre Kundenliste war beeindruckend. Sie reichte von weniger wertvollen Quellen wie den Matrosen in der Bar, die Zugang zu Flugplänen und dem Einsatzstatus hatten, bis hin zu ranghohen Offizieren, einschließlich einem Oberst der Luftwaffe. Dieser hatte mit den F-22 geprahlt, die auf seinen Stützpunkt verlegt werden sollten. Sie hatte sogar einen japanischen Geschäftsmann dazu verleitet, ihr Zugang zu dem Radarsystem Aegis zu verschaffen, das an die japanischen Selbstverteidigungsstreitkräfte verkauft wurde. Einige dieser geheimen Informationen hatten die Männer bewusst gegen Sex eingetauscht. Andere hatten keine Ahnung von dem Wert der Details, die sie achtlos ausplauderten – zumindest glaubte die Agentin das.

Unter normalen Umständen würde jeder ihrer Freier überprüft, befragt und angeklagt werden. Aber die Zeiten waren nicht normal, weshalb Tetsuo an all dem heute keinerlei Interesse zeigte. Die Frau arbeitete für Jinshans Hintermänner. Tetsuo wollte alles über mögliche Spezialanweisungen erfahren, die Jinshans Leute ihr in den letzten Wochen gegeben hatten. Es ging um Schiffscontainer, deren Beschaffung von einem Büro in Tokio gemanagt wurde.

„Ihnen wurde also gesagt, Sie sollen jemanden treffen, der aus China kommt?"

„Ja, ich sollte ihm Gesellschaft leisten."

„Passiert das öfter?"

„Nein, nie."

„Wieso dann in diesem Fall? Was denken Sie?"

„Sie sagten, er habe seine Zuversicht verloren. Der Mann würde von den Dingen, die er machte, gequält. Er sei mit den Nerven am Ende. Sie dachten, vielleicht könnte ich ihm helfen. Außerdem sollte ich ein Auge auf ihn haben."

Die Frau saß auf dem Sofa und trank eine Flasche Wasser. Sie beobachtete ihre drei Vernehmungsoffiziere mit verhaltenem Misstrauen, schien aber gegenüber den Dingen, in die sie verwickelt war, gleichmütig zu sein. Als ob das alles nicht ungewöhnlich wäre.

Tetsuo hakte nach. „Wie lautet Ihre Aufgabe genau?"

„Sobald der indisch-amerikanische Mann etwas sagt, das mir illoyal vorkommt, soll ich umgehend meinen Betreuer unterrichten. Sie befürchten, dass er Zweifel hegt, wollen ihn aber weiter einsetzen. Offensichtlich ist er ein junges Genie. Wenn er aber nicht mehr in der Lage sein sollte, für sie zu arbeiten, dann wollen sie das Problem schnell aus der Welt schaffen."

Tetsuos Gesicht zeigte keine Reaktion, als sie erwähnte,

dass dieser Amerikaner indischer Abstammung war. „Kennen Sie seinen Namen?"

„Sein Name ist Natesh Chaudry."

Tetsuo notierte den Namen auf seinem Notizblock.

Die Frau erklärte weiter. „Er kennt mich nicht … noch nicht. Das Treffen soll zufällig wirken."

„Sagen Sie uns, wann und wo Sie ihn treffen sollen."

16

Davids jüngere Tochter starrte ihn aus ihrem Babysitz an. In dieser unförmigen Plastikkonstruktion, die an den Küchentisch gerollt werden konnte, saß sie beim Essen in einer leicht erhöhten Position. Vielleicht hatte ihr das die Idee vermittelt, dass sie über sie alle herrschte.

Er hatte etwas Reisbrei mit warmem Wasser angerührt und ihr einen winzigen Löffel davon in den Mund geschoben. Sie fixierte ihn stoisch, während ihr die Pampe rechts und links am Kinn herunterlief. *Heute nicht, Dad. Netter Versuch.*

Die Seitentür zur Garage öffnete sich und seine Frau und seine andere Tochter kamen herein. „Hallo, Dad. Wie läuft es mit dem Füttern?"

„Na ja …"

Lindsay nahm Augenkontakt mit dem sechs Monate alten Baby auf, das beim Anblick seiner Mutter strahlte. Diese Gelegenheit nutzte David, um ihr noch einen Löffel Brei in den Mund zu schieben. Sie verzog das Gesicht, aber er war sich ziemlich sicher, dass sie zumindest etwas heruntergeschluckt hatte. Kleine Siege.

„Wie war das Training?"

„Gut. Danke, dass ich gehen konnte."

Lindsay hatte Maddie in der Kindergrippe ihres Fitnessstudios abgegeben, während sie an einem Kurs teilnahm. David war an diesem Samstagmorgen mit Taylor zuhause geblieben, hatte Frühstück gemacht und sich eine Weile das *SportsCenter* auf ESPN angesehen.

„Ich habe Rühreier gemacht. Sie sollten noch warm sein. Und der Speck ist in der Pfanne."

„Köstlich. Danke. Ich spring nur schnell unter die Dusche. Fragst du Maddie, ob sie etwas möchte? Sie hat kaum was gegessen, bevor wir los sind."

Davids Telefon auf der Küchentheke vibrierte.

Lindsay blieb stehen und sah zu, wie er dranging. „David hier."

„David, ich bin's, Susan. Wir brauchen Sie hier. Tut mir leid, dass ich so kurzfristig anrufe, aber etwas Großes ist im Gange und ihr Typ ist gefragt."

„Sicher, worum geht's?"

„Das sage ich Ihnen, wenn Sie hier sind. Ach ja – packen Sie eine Reisetasche. Sie fliegen noch heute Abend."

Das Telefongespräch endete und David sah seine Frau mit einem Ausdruck an, den sie inzwischen nur allzu gut kannte.

Sie hob abwehrend eine Hand und verdrehte die Augen. „Keine Entschuldigung. Lass mich nur schnell duschen. Fünf Minuten, dann kannst du gehen."

„David, in Ihrem Bericht über die Insel erwähnten Sie, dass Sie sich während Ihres Aufenthalts dort mit ihm angefreundet haben."

„Ja, aber dann hat Natesh mich verraten. Er hat uns alle verraten."

Susan verschränkte die Arme und warf General Schwartz einen Blick zu. „Das psychologische Profil, das wir von ihm erstellt haben, besagt, dass er für eine Rekrutierung empfänglich wäre. Sie haben eine Beziehung zu ihm. Unser Informant sagt, dass er Anzeichen eines Zusammenbruchs zeigt und deshalb nach Japan geschickt wird. Um mit einem Logistikunternehmen zusammenzuarbeiten, das für Jinshan die Container besorgt."

David erwiderte: „In Ordnung, Susan. Ich tue, was immer Sie wollen, aber ich weiß nicht, inwieweit ich hier helfen kann. Ich habe null Ausbildung in diesen Dingen."

„Sie wären überrascht, wie viel ein freundliches Gesicht ausrichten kann, wenn man jemanden bewegen will, die Seiten zu wechseln. Sie werden dort starke Unterstützung vorfinden. Tetsuo ist einer unserer besten Leute. Er wird sie einweisen. Halten Sie sich einfach an ihn."

David konnte es nicht fassen. Sie schickten ihn nach Japan, um Natesh Chaudry zu treffen – den Berater aus Silicon Valley, der sich mit Lena Chou und Cheng Jinshan zusammengetan hatte. Der Architekt vieler von Jinshans Kriegsplänen. David verstand, warum man ihn als CIA-Agenten gewinnen wollte. Er verfügte über Einblick und Informationen, die umso wertvoller waren, jetzt da Jinshan der mächtigste Mann Chinas war. Aber David kannte die Spielregeln des Spionagegeschäfts nicht. Sein Fachwissen stammte aus den James Bond-Filmen, die er in seiner Jugend angeschaut hatte.

„Ihr Flieger geht, sobald Sie am Flughafen ankommen, David. Draußen wartet ein Wagen. Sie können im Flugzeug schlafen. Wenn Sie Tokio erreichen, müssen Sie sofort einsatzbereit sein."

Bei seiner Ankunft in Japan spürte Natesh, wie eine Last von ihm abfiel. Er fühlte sich frei. Es war das erste Mal seit Monaten, dass ihm weder Lena noch ein chinesischer Soldat über die Schulter sahen. Er benutzte die Kreditkarte und Ausweispapiere, mit denen Jinshans Leute ihn versorgt hatten, um in das Hotel einzuchecken. Er war zwar nicht zurück in Amerika, aber es war ein Fortschritt.

Trotzdem hatte er immer noch mit dem Wissen zu kämpfen, dass jede Person, die ihm auf der Straße begegnete, in Gefahr war. Er glaubte, Jinshans Pläne für Japan zu kennen. Der Chinese würde ihnen ein Ultimatum stellen, genau wie diversen anderen Staaten im Pazifikraum. *Haltet euch raus oder werdet ausgelöscht*. Natesh war sich relativ sicher, dass Japan neutral bleiben würde. Zumindest hoffte er das. Er wollte sich die Alternative nicht vorstellen …

Am nächsten Morgen wurde er zur Logistikfirma gefahren. Er traf den Verkaufsleiter, einen von Jinshans Männern. Diese Führungskraft stellte Natesh ein privates Büro in einem modernen Hochhaus zur Verfügung, dazu noch einen Mitarbeiterstab, der zur Geheimhaltung verpflichtet worden war. Die Technologie war auf dem neuesten Stand und Natesh hatte sein Team schnell mit der Lieferkette vertraut gemacht, um das kommende Jahr zu planen. Nahrungsmittel, Treibstoff, Ersatzteile, Personal, Panzer, Flugzeuge, Munition. All das verlangte nach einer Bedarfsermittlung, einer Bedarfsmeldung und einem damit korrespondierenden Produkt.

Jeder Gegenstand wurde mit einer Referenznummer versehen. Ein Gewehrtyp bekam z. B. die Nummer 80282071. Dieses Gewehr bestand aus Dutzenden von Einzelteilen, die ebenfalls ihre eigenen Referenznummern erhielten. Sie benutzten chinesische Nummern, was nicht weiter verdächtig war, da die Firma bereits umfangreichen Handel mit China betrieb. Die Produkte wurden anhand von Baumdiagrammen dargestellt, wobei es für jeden einzelnen Ast, also jedes Einzelteil, eine Bedarfsmeldung gab. Die Lieferkette der chinesischen Kriegsmaschinerie sollte optimiert werden und schnell auf Veränderungen auf dem Schlachtfeld reagieren können.

Nach dem ersten Arbeitstag mit seinem japanischen Team war Natesh zufrieden. Sie hatten es geschafft, die Informationen, an denen er gearbeitet hatte – erst auf der Red Cell-Insel und dann in Manta – auf die Server in Tokio aufzuspielen.

Vielleicht würde Natesh es nach einer Weile sogar schaffen zu vergessen, dass er mit seiner Arbeit die Kriegsversorgung ermöglichen sollte. Es waren nur Zahlen. Und er musste lediglich sicherstellen, dass die Nachfrage nie den Bedarf überschritt. Wenn ein Schiff mit Ersatzteilen und Materialien nicht seinen Bestimmungsort erreichte, würde er an Alternativen arbeiten. Alles musste zeit- und kostenmäßig optimiert werden. Er würde nicht darüber nachdenken, *warum* dieses Schiff nicht angekommen war, oder wie viele Menschen ihr Leben verloren hatten, als es auf den Boden des Pazifik sank.

Er aß Sushi in der Hotelbar und lächelte zum ersten Mal seit langer Zeit. Das Essen war gut. Er hatte seinen Frieden wiedergefunden.

Ein Mann neben ihm fragte: „Amerikaner?“

Natesh erstarrte, nicht sicher, was er sagen sollte.

„Entschuldigen Sie, ich wollte Sie nicht beim Abendessen stören. Es ist nur, ich habe in Seattle gearbeitet. Ich glaube, Sie haben in meiner Firma mal einen Vortrag gehalten. Natesh Chaudry, stimmt's?“

Natesh errötete und schüttelte dem Mann die Hand. „Ja, tut mir leid, ja. Das kann gut sein.“

„Mann, die Welt ist klein, was? Ich bin einige Wochen wegen der Arbeit hier und ... darf ich mich vorstellen? Mein Name ist Tetsuo.“

Natesh signalisierte dem Mann hinter der Bar, dass er zahlen wollte. Er nahm einen dunklen Schatten wahr, als sich auch auf der anderen Seite jemand neben ihn setzte.

Natesh drehte sich um. Er wollte sehen, wer ihm so auf die Pelle rückte, obwohl an der Sushi-Bar so viele Plätze frei waren.

Er sah das Gesicht, aber sein Gehirn brauchte eine halbe Sekunde, bevor es klickte. Dann blieben ihm die Worte im Hals stecken, als ihm aufging, wen er da vor sich hatte.

Das war unmöglich.

„Hallo, Natesh“, begrüßte ihn David Manning. „Mein Freund hier und ich würden dir gern einen Drink spendieren. Wie wäre es, wenn wir nach oben gehen, um ungestört reden zu können?“

Natesh sagte: „Du musst mich verachten.“

Sie waren in einem Zimmer in der dritten Etage seines Hotels. Tetsuo hatte es heute angemietet, kurz bevor er David vom Flughafen abgeholt hatte. Das Technikteam hatte den Raum auf Wanzen untersucht und danach seine eigene Video- und Audioausrüstung installiert. CIA-Spionageabwehrteams verteilten sich im und um das Hotel herum auf der Straße. Dieser Fall nahm einen Großteil der japanischen Ressourcen der Agency in Anspruch. Falls es ihnen gelingen sollte, jemanden aus Jinshans innerem Kreis umzudrehen und alles, was er wusste, aus ihm herauszuholen, würden die Karten neu gemischt.

Tetsuo entgegnete: „Wichtig ist nur, dass Sie jetzt hier sind, und bereit uns zu helfen. Ist diese Aussage korrekt?“

„Das ist sie.“ Natesh blickte niedergeschlagen auf den Boden. „Ich kann nicht zurück. Ich weiß nicht, warum ich dachte, ihr Weg wäre der richtige. Ihr geplanter Endstaat hat mich inspiriert. Aber ich habe inzwischen zu viele Tote gesehen. Ich durchschaue Lena Chou und Cheng Jinshan, ich weiß, wie sie wirklich sind. Und daran will ich keinen Anteil haben."

David bemühte sich sehr, seine Gefühle in Schach zu halten. Dieser Kerl hatte sein Land verraten und David beinahe umgebracht. Er war an einer Verschwörung beteiligt, und sein Beitrag zu Jinshans Operationen hatte Hunderte Menschenleben gekostet, viele davon Amerikaner. David würde nichts lieber tun, als ihn vom Dach des Gebäudes zu stürzen. Aber Susan und Tetsuo hatten ihn von Nateshs Bedeutung als Informanten überzeugt. Falls Sie ihn erfolgreich für die CIA rekrutieren könnten, hatte er noch wichtige Aufgaben vor sich.

„Ich will nicht ins Gefängnis. Ich weiß, dass das, was ich getan habe, falsch war; aber ich weiß auch, was die amerikanische Regierung mit mir machen wird, sobald ich amerikanischen Boden betrete."

Tetsuo beugte sich auf seinem Stuhl nach vorn und klopfte Natesh leicht aufs Knie. Als ob sie Freunde wären, Kumpels. Als ob er ihn aufmuntern wollte. Das wollte er tatsächlich, ging es David auf. Tetsuo bearbeitete ihn. Er versuchte, eine Verbindung herzustellen. Vertrauen zu bilden.

„Darum kümmern wir uns. Ich will nicht lügen, ich habe viel über Lena Chou gelesen. Sie ist sehr beeindruckend. Genau wie Jinshan. Sie hätten eine Menge Leute überzeugen können. Wir geben Ihnen keine Schuld, Natesh, und Sie sollten sich auch keine Vorwürfe machen. Und falls Sie wegen möglicher Konsequenzen besorgt sind – dann reden Sie jetzt mit uns. Washington wird Ihnen Ihre Kooperation hoch anrechnen. Geben Sie uns ein Zeichen Ihres guten Willens. Lassen Sie uns darüber reden, womit Sie uns helfen können.

Was haben Sie die letzten Wochen und Monate gesehen, von dem wir nichts wissen?“

Je länger Tetsuo sprach, desto mehr hellte sich Nateshs Gesicht auf. David konnte sehen, dass der Amerikaner japanischer Herkunft seine Kunst verstand. Während er Natesh neues Selbstvertrauen einflößte, hatte er gleichzeitig das Verhör begonnen.

Natesh begann: „Pläne. Ich weiß, was Jinshan vorhat. Ich weiß, wo sie zuschlagen wollen, ich kenne ihre Strategie. Entschuldigen Sie, wenn ich das sage, aber Jinshan ist Ihnen weit voraus. Und wenn Sie ihn aufhalten wollen, dann brauchen Sie das, was ich habe.“

David warf einen Blick auf Tetsuo, der Natesh ungebrochen fixierte. „Sicher. Wir wissen, was Sie wert sind. Was …“

Mit gesenktem Kopf redete Natesh zögerlich und stockend weiter. „Ich nehme an, dass es ausgeschlossen ist, einfach in mein altes Leben zurückzukehren. Keinem von uns wird das je möglich sein, denke ich. Ich möchte nur von jeglichem Fehlverhalten freigesprochen werden. Ich will Immunität in den Vereinigten Staaten. Wenn all das vorbei ist, meine ich. Ich gebe Ihnen alles, was ich weiß. Und Sie versprechen mir, dass ich danach in Ruhe und Frieden leben kann. Ich werde mich irgendwo aufs Land zurückziehen und allein mein Leben leben. Ich habe einen Fehler gemacht. Einen unverzeihlichen Fehler. Das ist mir nun bewusst. Und ich will versuchen, ihn wiedergutzumachen. Auf die einzige Art, wie ich es kann – indem ich Ihnen die Geheimnisse gebe, die Sie brauchen. Indem ich Ihnen alle Pläne offenlege, an deren Entwicklung ich beteiligt war.“

„Sie arbeiten immer noch für ihn? Auch in Japan? Was tun Sie hier?“

Natesh fragte: „Haben wir einem Deal?“

„Ja, den haben wir. Sie fangen an, für uns zu arbeiten, und

wir haben eine Abmachung. Ich kann Ihnen Immunität verschaffen. Wir bringen Sie im Zeugenschutzprogramm oder etwas Ähnlichem unter. Sie werden im Nirgendwo leben und niemand wird etwas ahnen. Aber vorerst müssen Sie hierbleiben. Sie müssen Ihre Arbeit für Jinshan fortsetzen und uns mit Insiderinformationen versorgen. Also, warum sind Sie in Japan?"

„Logistikplanung. Ich helfe dabei, alle Soldaten, Ersatzteile, Treibstoffe und Nahrungsmittel über den Pazifik zu bringen, damit Cheng Jinshan seinen Krieg gegen die USA führen kann."

Die beiden Männer starrten ihn einen Moment sprachlos an. „Dann plant Jinshan also immer noch, gegen die USA in den Krieg zu ziehen?", erkundigte sich Tetsuo.

Natesh nickte. „Ja, natürlich. Für ihn hat sich nichts geändert."

David räusperte sich. „Wieso arbeitest du von Tokio aus?"

„Jinshan hat es mir befohlen. Ich glaube, er wollte eine Trennlinie ziehen zwischen den Leuten, die der amerikanische Geheimdienst beobachtet, und der Arbeit, die dringend erledigt werden muss." Nateshs Miene veränderte sich. „Es gibt etwas, das Langley wissen muss. Etwas, dem unmittelbar höchste Bedeutung zukommt. Ich habe es zufällig mitbekommen, als ich das letzte Mal mit Jinshan sprach."

„Und das wäre?"

Natesh biss sich auf die Lippe, seine Augen wanderten nervös hin und her. „Nordkorea wird eine Langstreckenrakete testen."

„Tun sie das nicht ständig?"

„Dieses Mal ist es anders."

17

Jinshan saß an seinem Schreibtisch und ging die täglichen Berichte durch.

Sein Assistent klopfte an die Tür.

„Sir, die Amerikaner möchten ein Telefongespräch zwischen Ihnen und dem amerikanischen Präsidenten vereinbaren."

„Wollen Sie das?"

„Ich gehe davon aus, Sie möchten, dass ich ablehne?"

Jinshan sah auf seine Unterlagen hinunter.

„Nein. Sprechen wir mit dem amerikanischen Präsidenten. Vielleicht können wir daraus einen Nutzen ziehen."

„Die Amerikaner sind jederzeit gesprächsbereit, Sir. Was soll ich ihnen sagen?"

„Morgen früh unserer Zeit."

Das wäre dann kurz, bevor der Spaß beginnen würde. Es wäre Abend in Washington.

Am nächsten Tag sah Jinshan auf dem Monitor zunächst nur einen dunkelblauen Hintergrund mit dem Siegel des amerikanischen Präsidenten. Dann wechselte die Ansicht und der Präsident selbst kam ins Bild. Er saß am Kopfende eines langen Konferenztischs. Die Kamera fing zwar nur ihn ein, aber es waren sicher Berater mit im Raum. Ohne sie würde er einen solch wichtigen Anruf nicht tätigen.

Jinshan war ähnlich gerüstet. Sein Blick war weiter auf den Bildschirm gerichtet, dessen winzige Kamera ihn ungeschminkt wiedergab. Er registrierte, wie müde er aussah. Das war er auch. Nur noch ein weniger länger, sagte er sich selbst. Dann würde dieses ganze Projekt auf eigenen Beinen stehen.

„Mr. President", begrüßte Jinshan seinen Gesprächspartner.

„Hallo, Mr. Jinshan. Danke, dass Sie sich bereit erklärt haben, heute Abend mit mir zu sprechen. Ich hielt es für dringend erforderlich, diese Unterhaltung von Angesicht zu Angesicht zu führen."

„Ich verstehe, Mr. President. Was kann ich für Sie tun?"

„Dieses Gespräch wird kein Leichtes werden, Mr. Jinshan. Aber ich halte es für unumgänglich. Ich muss mit Nachdruck gegen Ihren undemokratischen Aufstieg an die Spitze der chinesischen Regierung protestieren. Letzte Woche standen Sie noch vor Gericht. Wir haben Beweise, dass Sie an der Planung militärischer Aktionen gegen die Vereinigten Staaten beteiligt waren. Jetzt muss ich Sie förmlich darum bitten, Ihre Absichten offenzulegen und Ihnen anschießend meine eigenen kundtun."

Dunkle Schatten der Erschöpfung lagen unter Jinshans Augen. Er hustete in ein graues Taschentuch. Es war der schwere, rasselnde Husten eines sehr kranken Mannes.

Jinshan begann: „Ich verstehe, dass Sie nicht erwartet haben, mich eines Tages hier zu sehen, Mr. President. Warum schenken wir uns diese diplomatischen Höflichkeitsfloskeln nicht einfach? Um ehrlich zu sein, mir fehlt dafür die Zeit." Er machte eine Pause und legte die Stirn in Falten. „Wissen Sie, was die größte Bedrohung für das Wohlergehen einer Gesellschaft ist?"

Jinshans Plauderton brachte den Präsidenten offenbar aus dem Konzept. Er runzelte die Stirn, blieb ihm aber eine Antwort schuldig.

„Ich werde es Ihnen sagen. Es ist die Ausbreitung des frei zugänglichen und offenen Internets. Wie sagt man so schön – die Feder ist mächtiger als das Schwert. Ein frei zugängliches und offenes Internet stellt der gesamten Weltbevölkerung eine Feder und gleichzeitig ein Publikum zur Verfügung. Wenn dem nicht ein Riegel vorgeschoben wird, bedeutet es den *Untergang* der modernen Zivilisation."

Mr. Jinshan, ich möchte mit Ihnen besprechen –"

Jinshan fiel ihm mit erhobener Hand ins Wort.

„Die Symptome dieser sich ausbreitenden Krankheit sehen Sie in entwickelten Ländern rund um die ganze Welt. Je mehr Leute das Internet und die sozialen Medien nutzen, desto weniger sind demokratische Regierungen und große Medienunternehmen in der Lage, die Meinung ihres Volks zu formen. Das ist ein gefährliches Geschäft.

Informationen wurden einst von wenigen Machthabern kontrolliert. Worte wurden sorgfältig gewählt, um die Menschen zu überzeugen, das zu glauben, was wir – die Elite – sie glauben machen wollten. Aber wenn die Elite – die großen Denker eines jeden Staats – nicht länger die Meinung der einfältigen Bürger formen kann, wie sie es seit Urzeiten getan hat, dann führt das zur schlimmsten Regierungsform von allen: einer irrationalen, uninformierten Demokratie.

Ihr Land ist ein gutes Beispiel. Ihre Bürger wählen jene Informationsquellen, die ihnen das bestätigen, was sie sowieso schon glauben. Ihre Bürger werden von bezahlten Manipulatoren gelenkt, Ihre Nation gespalten."

Der amerikanische Präsident biss endlich an. „Und Sie

denken, das sei gefährlicher als Ihre Propagandamaschine? Als ein Volk, das sämtliche Informationen nur von einem staatlichen Nachrichtensender erhält? Die Amerikaner können sich wenigstens über alle Seiten informieren ..."

Jinshan höhnte: „Sie denken, ihr Volk sieht *alle* Seiten? Es bekommt genau zwei Seiten präsentiert, nicht mehr. Und warum? Weil jede Stimme in Ihrem Kongress entweder ein Ja oder ein Nein bedeutet. Ihre Lobbyisten und die Marketingmaschinerie übernehmen die Arbeit, erfinden Kampagnen, um die Massen zugunsten ihrer eigenen Zwecke zu motivieren und dabei ihre Kassen füllen.

Wir beide manipulieren Menschen, Mr. President. Das leugne ich nicht. Aber Amerika zerstört sich selbst, und der Rest der demokratischen Welt wird folgen. Und das nur, weil Sie Ihre Bürger mit einem freien und offenen Zugang zum Internet bewaffnet haben. Aber ich werde nicht zulassen, dass dasselbe in meinem Land geschieht."

Der amerikanische Präsident konterte: „Amerikaner sind freie Denker. Sie verstehen zu wenig von uns, wenn Sie meinen, meine Landsleute seien unbedarft wie eine Herde Schafe."

Jinshan fuhr fort. „Wenn Sie das wirklich glauben, sind Sie naiver, als ich dachte. Ihr Land polarisiert sich immer mehr. Das können Sie nicht bestreiten. Das führt im besten Fall zum Stillstand, im schlimmsten Fall zum Bürgerkrieg. Die von Amerikanern betriebenen sozialen Netzwerke programmieren die Algorithmen so, dass die Menschen nur das sehen, was sie sehen wollen. Die Plattformen sind Echokammern, in denen Ideen verbreitet werden, die nur bei gleichdenkenden Leuten ankommen. Während außerhalb dieser Filterblasen eine unbändige Wut anwächst.

Beide Seiten werden irregeleitet, Mr. President. Das ist Ihnen bewusst. Politiker und Geschäftsleute, Vermarkter und

Lobbyisten – sie alle manipulieren die Meinungen der westlichen Bevölkerung ebenso, wie wir in China die Meinung unserer Bürger lenken. Aber in China erfolgt die Gedankenkontrolle – nennen wir sie ruhig beim Namen – durch Führungspersönlichkeiten, die im Allgemeinen den Fortschritt des Landes im Auge haben. Im Westen trifft das nicht zu. Im Westen kann jeder vergiftete Informationen verbreiten, ungeachtet der Konsequenzen."

„In den Vereinigten Staaten schätzen wir die Meinungsfreiheit."

Jinshan lachte verächtlich. „Sie müssen doch sehen, was passiert, Mr. President. Ihren Institutionen wurde früher einmal Vertrauen entgegengebracht. Genau wie einst den feudalen Königen – bis zur Erfindung der Druckerpresse. Aber dann breiteten sich Ideen aus. Unkontrollierte, ungefilterte, krankhafte Ideen. Diese Ideen infizierten die Bevölkerung wie eine Plage. Sie grassierten im ganzen Land und setzten sich in den Köpfen derjenigen fest, die sie glauben wollten. Sie verfestigten sich durch intellektuelle Denkansätze, die von fanatischen Anhängern und Evangelisten aufgegriffen wurden. Und bevor Sie sich umsehen, Mr. President, überrennen diese neuen Ideen Ihr Königreich. Und die Revolutionäre hämmern an Ihre Tür und fordern Ihren Kopf. Jetzt frage ich Sie, woran erinnert Sie dieses Phänomen?"

Der Präsident runzelte die Stirn. „Ich weiß es nicht. An was?"

„An *Religionen*. An eine Institution, in der Menschen nicht mehr an Fakten glauben, sondern an die Einrichtung selbst. Religionsanhänger dürsten nach Sicherheit und Bestätigung. In einer bröckelnden Welt wollen sie wissen, dass sie ihre Zeit nicht verschwenden – dass sie einem höheren Zweck dienen. Und aus den Ideen, die sich wie ein Virus in der Gesellschaft verbreitet hatten, entstanden eben jene Religionen, die sie sich herbeiwünschten. Sie würden alles verehren, was ihnen Unterstützung und Rückhalt bietet. Die Köpfe dieser religiösen Gruppen verkünden Phrasen, die kurz darauf von eifernden Anhängern auswendig nachgeplappert oder vielleicht sogar unter Gewaltanwendung umgesetzt werden. Die religiösen Oberhäupter von heute sind nicht länger Geistliche – sie sind politische Talkshow-Moderatoren und Schriftsteller. Aber das Endergebnis ist das Gleiche: Zerstörung. Die Meinungsfreiheit ist ein Virus, Mr. President."

„Nun, Mr. Jinshan, die Moral hat einen hohen Stellenwert in Amerika."

„Belehren Sie mich nicht über Moral. Ihr Amerikaner würdet Millionen in den Bankrott treiben, um das Leben eines Einzelnen zu retten. Und wozu soll das gut sein? Für mich steht der Sieg über der Moral."

Der Präsident räusperte sich. „Mr. Jinshan, kehren wir zur Diskussion über die gegenwärtige Krise zurück."

„Ich versichere Ihnen, Mr. President, es gibt keine Krise. Die Krise wurde abgewendet. Ich habe sie verhindert."

Einen Augenblick blieb es still.

„Ich kann Ihnen nicht folgen."

„Das habe ich auch nicht erwartet. Aber ich fürchte, wir müssen dieses Gespräch nun beenden." Jinshan sah auf seine Uhr. „Ihnen steht eine ereignisreiche Nacht bevor, Mr. President. Viel Glück."

Auf dem Bildschirm erschien die chinesische Flagge. Im selben Moment betrat im Weißen Haus eine Gruppe Militäroffiziere das Zimmer des Präsidenten.

„Mr. President, wir haben einen Notfall."

18

Der nordkoreanische Raketenabschuss wurde sofort entdeckt und von mehreren Ländern nachverfolgt. US-Aufklärungsflugzeuge und koreanische Geheimdienstquellen hatten vor dem Abschuss gewarnt. Die Rakete wurde von einer mobilen Startrampe gestartet.

Chinesische Geheimagenten und Kernwaffenexperten hatten die Ausbildung der nordkoreanischen Waffencrew unterstützt. Einer der chinesischen Agenten half sogar, die Lenk- und Steuereinheit zu überprüfen ... und hatte dabei einige Anpassungen vorgenommen.

Diesen Plan, von dem Jinshan begeistert gewesen war, hatte sich ein Agent des chinesischen Ministeriums für Staatssicherheit einfallen lassen. Er würde die Spannungen zwischen Nordkorea und dem Westen schüren und die Aufmerksamkeit von China ablenken. Wie üblich wurde die Beteiligung Chinas an einem nordkoreanischen Raketentest geheim gehalten. Die Chinesen wollten nicht, dass jemand davon erfuhr. Und die Nordkoreaner wollten nicht den Eindruck erwecken, sie bräuchten Hilfe.

Die Nordkoreaner wussten nur, dass sie zu einem von den

Chinesen bestimmten Zeitpunkt eine Testrakete abschießen sollten. Sie dachten, die Interkontinentalrakete würde über zweitausend Meilen zurücklegen, bevor sie gefahrlos im Wasser landete. Genau das hatten sie in ihren Navigationscomputer eingegeben. Aber ohne das Wissen der Nordkoreaner hatten Jinshans Leute diese Einstellungen modifiziert. Tatsächlich war sie nicht darauf programmiert, Japan zu überfliegen.

Sie war darauf programmiert, Japan zu treffen.

Die ballistische Rakete transportierte keinen Sprengkopf. Schließlich sollte es nur ein Test sein. Und eine Demonstration Nordkoreas, um sich als atomare Streitmacht zu präsentieren. Aber es spielte keine Rolle, dass kein Atomsprengkopf montiert war. Denn das chinesische Team, das den Nordkoreanern „unter die Arme griff", hatte eine kleine Ladung explosiven Materials an Bord versteckt. Dieses explodierte, als die Interkontinentalrakete mit über zehntausend Meilen pro Stunde unterwegs war.

Einige der Trümmer verglühten in der Atmosphäre. Aber die größeren Teile stürzten auf japanisches Festland.

Falls die Nordkoreaner damit hatten provozieren wollen, wurden ihre kühnsten Erwartungen übertroffen. Niemand wurde verletzt. Die Raketenteile stürzten in einer unbewohnten Bergregion Japans ab. Aber der politische Schaden war angerichtet.

„Natesh hat uns mit stichhaltigen Informationen versorgt. So viel steht fest."

Susan saß zusammen mit General Schwartz im Büro des CIA-Direktors. Sie hatten diesen gerade von dem nordkoreanischen Raketentest unterrichtet.

Der Direktor fasste zusammen. „Diese Rakete explodierte also über Japan. Und wir sagen, das geschah *mit Absicht*? Als Teil eines chinesischen Plans?“

„Das ist richtig, Sir.“

Direktor Buckingham hakte nach. „Und dieser Natesh Chaudry hat uns im Vorfeld darüber informiert?“

General Schwartz erwiderte: „Nach dem, was Susan mir gerade mitteilte, hat Natesh Chaudry unser Team in Japan nur Stunden vor dem Abschuss gewarnt. Nähere Details kannte er nicht, aber er wusste, dass die Nordkoreaner eine Interkontinentalrakete abschießen würden, die dann irgendwo über Japan detonieren sollte. Er war sich nicht sicher, ob Teile der Rakete das Festland treffen würden oder nicht. Aber er behauptet, all das gehöre zu Jinshans Strategie.“

„Zu seiner Strategie? Was zum Teufel bedeutet das?“

Susan erklärte. „Uns wurde gesagt, dass Jinshan unsere Aufmerksamkeit von China auf das aggressivere Nordkorea lenken will.“

Direktor Buckingham nickte. „Damit hatte er Erfolg! Der Präsident erwartet heute Abend Vorschläge vom Pentagon, wie wir kontern sollen. Er will eine sofortige Reaktion. Dieses Mal sind sie zu weit gegangen.“

„Sir, wenn wir den Vorfall eskalieren, spielen wir Jinshan direkt in die Hände.“

„Ich weiß, wie das Spiel gespielt wird, Susan. Die Frage ist, wie sollte unser nächster Schritt aussehen?“

„Wenn Jinshan hofft, dadurch den Druck auf China zu reduzieren, sollten wir vielleicht genau das Gegenteil tun.“

„Ich will nicht, dass bekannt wird, dass wir mit diesem Vorfall gerechnet haben. Das muss zu diesem Zeitpunkt unter uns bleiben. Wir können es uns nicht leisten, Chaudry zu enttarnen. Er ist vielleicht unsere beste neue Informationsquelle.“

„Jawohl, Sir. Ich wollte damit nicht andeuten, dass wir riskieren sollten, unsere Quelle zu kompromittieren. Ich dachte lediglich, dass es in unserem Interesse liegen könnte, wenn ... Nun, ich nehme an, dass der Präsident eine Stellungnahme abgeben wird? Als Erwiderung auf den nordkoreanischen Raketentest? Was wäre, wenn er gleichzeitig Forderungen an China stellte? Und die feindlichen Angriffe dieser beiden Nationen dadurch miteinander verknüpfte?"

Der Direktor runzelte die Stirn. „Guter Gedanke. Aber meiner Erfahrung nach sieht es das Kommunikationsbüro des Weißen Hauses nicht gern, wenn wir vorschlagen, was sie sagen sollen." Er rieb sich das Kinn. „Aber was soll's. Ich werde es trotzdem versuchen. Es ist keine schlechte Idee."

General Schwartz forderte Susan auf: „Bitte sagen Sie dem Direktor, was Natesh *sonst noch* berichtet hat."

Susan fuhr fort: „Jinshan war – wie vermutet – selbst aus dem Gefängnis heraus aktiv. Natesh sprach von einem Machtkampf innerhalb des chinesischen Politbüros, mit Jinshan auf der einen und Sekretär Zhang auf der anderen Seite. Aber jetzt hat Jinshan den Sekretär ins Gefängnis gebracht – oder ihm Schlimmeres angetan. Dafür fehlt uns allerdings die Bestätigung. Es soll jedenfalls als Warnung für all jene gelten, die sich ihm in den Weg stellen wollen."

Direktor Buckingham fragte: „Weiß Natesh, ob Jinshan plant, die Vereinigten Staaten anzugreifen?"

„Er sagt, dass die Vorbereitungen weiterlaufen, ja."

„Können wir ihm vertrauen?"

„Wie Sie schon sagten, Sir, seine Informationen bezüglich der Interkontinentalrakete trafen zu. Tetsuos ist davon überzeugt, dass Natesh uns gegenüber jetzt offen und ehrlich ist. Er will raus."

Der Direktor führte aus: „Die Berater des Präsidenten drängen ihn, die Situation nicht zu eskalieren. Manche halten unsere Warnungen vor einem Krieg für übertrieben – und eine Reihe von Informationen bestätigen diese Einschätzung.“

General Schwartz nickte. „Ihre militärischen Aktivitäten entlang der Küste haben nachgelassen. Und unsere jüngsten Abhörmaßnahmen belegen einen allgemeinen Rückgang der VBA-Aktivitäten. Die Rekrutierung hat allerdings zugenommen. Und einige ihrer Einheiten im Landesinneren – insbesondere ihre strategischen Bomberverbände und mehrere Armeedivisionen – haben ihr Training sogar intensiviert.“

Susan warf ein: „Ohne zusätzliche Aufklärungssatelliten ist es schwer, verlässliche Daten zu bekommen. Die Ressourcen der Luftwaffe sind momentan sehr begrenzt.“

„Wann rechnen wir mit weiteren einsatzbereiten Satelliten?“

„Der Nationale Aufklärungsdienst hat den Prozess beschleunigt. Sie sagen, dass sie in einer Woche zwei weitere oben haben können, die uns in diesem Gebiet helfen werden.“

„Okay. Ich spreche mit dem Präsidenten. Susan, ich glaube, Sie haben recht. Ich denke, er muss China in die Schranken weisen. Gibt es Neuigkeiten von Chase Manning und seinen Männern?“

„Sie sind auf Guam angekommen, wo Chase und das Delta-Team für den Einsatz trainieren. Er sagt, sie sind bereit, sobald sie gebraucht werden. Außerdem haben wir von GIANT gehört.“

„Und?“

„GIANT unterhielt sich vor dessen Verschwinden mit Sekretär Zhang und bekam die Genehmigung, das Lager in Liaoning zu besuchen. Zhang vertraute GIANT offenbar an, dass das, woran Jinshan dort arbeitet, der *Schlüssel* zu seiner Angriffsstrategie für den Westen ist.“

„Woher sollte Zhang das wissen?“

„Das wissen wir nicht, Sir. Zhang steht mehreren Politbüromitgliedern und Militärführern aus Jinshans innerem Zirkel nahe. Vielleicht hat er etwas gesehen oder überhört ..."

„Was könnte an diesem Camp so wichtig sein, General? Irgendwelche Ideen?"

General Schwartz spekulierte. „Vielleicht haben sie dort eine spezielle Waffe? Sie könnte chemischer oder biologischer Natur sein. Ich weiß es nicht. Aber angesichts der Ereignisse in Nordkorea und Jinshans Aufstieg an die Macht halte ich es von entscheidender Bedeutung, dass wir es herausfinden."

19

David verfolgte das Geschehen in seinem Hotelzimmer. Er machte Liegestütze, während im Hintergrund die Nachrichten liefen. Die Kommentatoren unterhielten sich über den verstärkten politischen Druck auf den amerikanischen Präsidenten. Man erwartete, dass er China nach den letzten Enthüllungen über feindliche Handlungen gegen die Vereinigten Staaten härter an die Kandare nahm.

„Dem kann ich nur zustimmen", verriet er dem leeren Zimmer.

Er drehte sich auf den Rücken und begann mit Rumpfbeugen. Der Nachrichtensprecher sagte: „Laut der vom Weißen Haus vorab veröffentlichten Rede sieht es so aus, als ob er auf diese Kritik eingehen wird. Er wird nicht nur den Raketentest in Nordkorea ansprechen, sondern auch sagen, dass ‚Amerika sich weder von Schurken noch von Schurkenstaaten herausfordern lässt'. Dies erinnert an die Bemerkungen von George W. Bush zur ‚Achse des Bösen' nach dem elften September."

Die Experten diskutierten dies noch einige Minuten und bekräftigten pausenlos, dass sie alle der gleichen Meinung waren.

Der Nachrichtensprecher verkündete: „Okay, da ist er nun. Er kommt aus dem East Room und geht über den roten Teppich. Das hat große symbolische Bedeutung. Normalerweise machen Präsidenten das nur, wenn sie etwas von monumentaler Bedeutung zu verkünden haben, wie etwa einen Paradigmenwechsel in der nationalen Sicherheitspolitik. Okay. Hören wir rein, was der Präsident zu sagen hat."

Der amerikanische Präsident trat ans Podium und ergriff es mit beiden Händen. „Meine amerikanischen Mitbürger und Mitbürgerinnen, ich spreche heute Abend zu Ihnen im Zeichen großer Trauer, aber in der Hoffnung auf eine stärkere und sicherere Zukunft. Die jüngsten Ereignisse haben Zorn und Verzweiflung hervorgerufen. Im vergangenen Monat nahm ich an mehreren Beerdigungen teil. Es war jedes Mal ein schwerer Gang. Ich versprach den Familien, dass ihre Söhne oder Töchter nicht umsonst gestorben sind. Und jetzt möchte ich darüber reden, wie wir dieses Versprechen einlösen werden."

Er nahm einen Schluck Wasser. „Wir haben viel zu lange zugelassen, dass einzelne Schurken und Schurkenstaaten ihr eigenes Schicksal bestimmen. Damit ist nun Schluss. Wir als Nation haben gesehen, was passiert, wenn irrationale Akteure – wie etwa Chinas Cheng Jinshan – Zugang zu militärischen Mitteln erhalten. Obwohl abtrünnige Mitglieder der chinesischen Regierung für die jüngsten Tragödien verantwortlich sind, gibt es weltweit noch andere Elemente, die eine Bedrohung für die Interessen und die Sicherheit Amerikas darstellen. Deshalb habe ich heute Abend für diese skrupellosen Machthaber und Schurkenstaaten nur eine Botschaft: Sehen Sie sich vor! Nordkorea, Amerika wird nicht länger wegschauen. Sehen Sie sich vor. Wenn China nicht gewillt ist, die Feindseligkeiten seiner Nachbarn im Keim zu ersticken, dann übernehmen wir das. Und wenn unsere Feinde uns auf die Probe stellen, dann müssen wir zurückschlagen. Wir werden unser Land nicht mutwillig unnötigen Gefahren aussetzen. Wir werden zuschlagen, bevor unsere Feinde handeln können.

Wenn China weitere militärische Auseinandersetzungen vermeiden will, muss es drei Dinge tun. Erstens: Angesichts der jüngsten chinesischen Aggressionen verlangen die Vereinigten Staaten, dass China sich in einem Abkommen dazu verpflichtet, seine Streitkräfte zu reduzieren. Zu diesem Zweck wird das Land einer Kontrolle durch internationale Inspektoren zustimmen. Zweitens: China beginnt seinen sofortigen Rückzug von den Spratly-Inseln und beendet die Landnahme von nicht-chinesischen Gebieten in aller Welt. Drittens – und das hat Priorität – China muss die nukleare Abrüstung Nordkoreas voll unterstützen."

Der Präsident hielt inne, atmete tief durch und sah sich um. „Amerika wird seinen Bürgern und Bürgerinnen Schutz bieten. Das Land wird dank unserer verbesserten Beziehungen zu China künftig sicherer sein. Und wir schrecken nicht davor zurück, diesen Frieden mit der Unterstützung unseres großartigen Militärs durchzusetzen. Gott segne Amerika."

Und mit diesen Worten drehte sich der Präsident um und ging über den roten Teppich zurück in den Ostsaal.

David saß da und umklammerte schwitzend seine Knie. Mit dieser Art von Ansprache hatte so wohl kaum jemand gerechnet.

Der Moderator der Nachrichtensendung fasste zusammen. „Sie haben es gehört, meine Damen und Herren. Der Präsident kehrt nun nach dem Ende seiner Rede über den roten Teppich in den East Room zurück. Sie dauerte nur wenige Minuten. Aber die Botschaft war ... Nun, hören wir, was unser Expertenteam dazu zu sagen hat ..."

Der erste sogenannte Experte war ein weißhaariger Mann, der als Professor der Harvard Kennedy School vorgestellt wurde. „Nun, ich muss zugeben, dass mich die Liste der Forderungen, die der Präsident an China stellt, überrascht. Normalerweise würde dies auf diplomatischem Wege –"

„Was bedeutet, dass es hierbei um Politik ging?", unterbrach der Moderator.

„Nun, ich bin mir nicht sicher, dass die Ansprache rein politisch motiviert war. Aber die Tatsache, dass er dieses Forum wählte, lässt vermuten, dass mit dieser Rede nicht nur China angesprochen werden sollte. Der Präsident will dem amerikanischen Volk mitteilen, dass er sowohl Nordkorea als auch China mit Stärke entgegentritt. Dies ist ein Präsident, der rote Linien zieht und auf deren Einhaltung besteht. Von daher glaube ich, dass der Präsident der ganzen Welt unmissverständlich klar machen will, dass mit den Vereinigten Staaten nicht zu spaßen ist."

Der Gastgeber fragte: „Ist das Problem also, dass bislang unklar war, wo die roten Linien verlaufen?"

„Vielleicht. Er hat aufgezählt, welchen Forderungen China nachkommen muss. Aber ich bin mir dennoch nicht sicher, wo die rote Linie für Nordkorea verläuft."

„Hat das sonst noch jemand so aufgefasst?"

Ein anderes Mitglied der Runde sagte: „Ich bin der gleichen Meinung. Er hat den richtigen Ton getroffen. Das wird einige der Zweifler zum Schweigen bringen und diejenigen zufriedenstellen, die eine entschlossenere Reaktion auf Chinas Feindseligkeiten forderten. Ansonsten ist er sehr vage geblieben. Ich meine, er wiederholte ein paar Mal: ‚Sehen Sie sich vor '. Ich habe mitgeschrieben, er sagte: ‚Und wenn unsere Feinde uns auf die Probe stellen, dann müssen wir zurückschlagen.' Das ist eine knallharte Ansage, die aber auf vielfältige Weise interpretiert werden kann, nicht wahr? Was heißt ‚uns auf die Probe stellen'? Bedeutet das, dass Nordkorea Atomraketen testweise in den Ozean abfeuern darf? Wie sie es bereits mehrfach getan haben? Stellt uns das auf die Probe? Oder sagt er, dass wir Nordkorea für den versehentlichen Raketenabsturz über Japan bestrafen werden? Verstößt dieser gegen die neuen Regeln, die der Präsident soeben aufgestellt hat?"

„Ich denke, das könnte durchaus zu den Dingen zählen, die er anprangern wollte."

Das nächste Podiumsmitglied meinte: „Ich denke, dass der Präsident heute Abend großartige Arbeit geleistet hat. Er war mehr als deutlich. China ist gewarnt. Nordkorea, Iran, Russland. Sie alle sind nun gewarnt. Dieser Präsident scheut sich nicht zurückzuschlagen. Ich denke, das sollten wir von dem am heutigen Abend Gesagten mitnehmen."

Der Moderator fragte: „Wo wurde die Linie also gezogen?"

Der Verfechter des Präsidenten antwortete: „Wir ziehen endlich eine klare Linie. Die kürzlich erfolgten feindseligen Handlungen Chinas werden nicht toleriert. Und unsere Streitkräfte im Pazifik haben auf diese Herausforderung mit der angemessenen Stärke reagiert. Und nun wurden alle gewarnt, die uns Schaden zufügen wollen. Ich denke, der Präsident hat diese Botschaft auf hervorragende Weise vermittelt. Und ich freue mich, dass er eine Reihe eindeutiger Forderungen an China gestellt hat. Sie können die Vorfälle nicht einfach einem abtrünnigen Politiker oder Geschäftsmann anlasten, oder was auch immer dieser Cheng Jinshan dort drüben ist. Jetzt wird das gesamte Land zur Rechenschaft gezogen. Das halte ich für einen klugen Schachzug des Präsidenten. Ich will Ihnen auch verraten, was mir sonst noch gefallen hat. Mir gefiel auch, dass er die Verbindung zwischen China und Nordkorea hervorgehoben hat. Weil, meine Herrschaften, wir wissen doch alle, dass Nordkoreas Kerntechnik aus China stammt. Und es ist höchste Zeit, dass China seinen Nachbarn an die Leine nimmt."

David griff nach der Fernbedienung und schaltete den Fernseher aus. Er machte gerade eine weitere Einheit Sit-ups, als sein Telefon den Eingang eine Nachricht verkündete. David nahm das Handy vom Bett und las die Nummer des Absenders.

Es war eine SMS von Tetsuo.

Treffen mit Natesh. 30 Minuten.

20

Major Mason saß im Auditorium mit sieben weiteren Piloten und Waffensystemoffizieren (WSO) der US Air Force, die ihren täglichen Einsatzbefehl erwarteten. Heute waren es nur zwei Besatzungen. Die Türen waren wie üblich geschlossen. Aber ihr CO – der befehlshabende Offizier des Neunten Bombengeschwaders – war anwesend. Das war alles andere als üblich.

Da war offensichtlich etwas Großes im Gange.

„Guten Abend, meine Herren. Das ist der Plan für Ihren heutigen Einsatz." Der Geheimdienstoffizier sah ernst aus.

Die Unterweisung dauerte eine Stunde. Es gab einige überraschte Blicke. Am Ende erklärte der CO: „Falls jemand Fragen hat, jetzt ist der richtige Zeitpunkt."

Es gab diverse Fragen hinsichtlich der Positionen der Tankflugzeuge, zum Zeitplan und der Rückendeckung durch Kampfflugzeuge. Dann hob Major Chuck „Hightower" Mason, der als kommandierender Pilot die führende B-1B flog, die Hand.

„Sir, ich weiß nicht, ob die Frage angebracht ist, aber rechnen wir mit Konsequenzen?"

„Konsequenzen?“

„Jawohl, Sir.“

Der CO erwiderte: „Ich denke, wir müssen auf alles vorbereitet sein, Hightower. Sicheren Flug.“

Der Raum war ungewöhnlich still, als sie aufstanden und gingen. Den Piloten und Combat System Officers war klar, dass dies kein normaler Einsatz war. Viele von ihnen waren kampferprobt. Sie hatten im Irak und in Afghanistan Bomben abgeworfen. Aber der dortige Luftraum ließ sich nicht mit dem über der koreanischen Halbinsel vergleichen. Stundenlang in zehntausend Fuß Höhe über den Bergen Afghanistans darauf zu warten, dass ein Fliegerleitoffizier Luftnahunterstützung anforderte, war eine Sache. So hoch oben war wenig Abwehrfeuer zu erwarten.

Nordkorea hingegen verfügte über unzählige Flugabwehrsysteme.

An dieser Mission würden nur zwei Crews teilnehmen. Gegenwärtig waren B-1B und B-2-Geschwader auf der Anderson Air Force Base in Guam stationiert. Aber dieser Einsatz würde nur von den B-1 geflogen. Ein begrenzter Militärschlag.

Der Major hielt diese Haltung für lachhaft. Wenn es um Korea ging, konnte es so etwas wie einen begrenzten Militärschlag nicht geben. Sie konnten nicht vorhersagen, was nach dem Abwurf der Bomben geschehen würde. Obwohl das Zielobjekt auch in seinen Augen Sinn machte, fragte er sich, ob der geplante Ansatz klug war. Wenn die Vereinigten Staaten Nordkorea angriffen, dann musste das seiner Meinung nach ganz oder gar nicht geschehen. Aber er war nur ein Major. Seine Meinung interessierte niemanden.

„Dieser Schwachsinn darf doch echt nicht wahr sein.“ Sein Waffensystemoffizier war der Mission Commander seines Flugzeugs.

„Was ist damit?“

„Na los. Tun Sie nicht so, als hätten Sie nicht dieselben Bedenken wie ich. Sie waren doch derjenige, der die zentrale Frage gestellt hat. Was kommt danach? Nachdem wir die Bomben abgeworfen haben.“

„Möglich, dass sie uns nicht alles sagen.“

„Vielleicht. Aber das glaube ich nicht. Die Jungs vom B-2 bereiten sich nicht vor. Der Großteil unseres Geschwaders wird nicht eingeweiht.“

„Ich glaube, die Generäle wollen auf zwei Hochzeiten gleichzeitig tanzen, indem sie nur uns reinschicken. Ein kleines Raketensilo in die Luft jagen und gleichzeitig hoffen, dass Nordkorea nicht allzu sauer sein wird.“

„Das ist ein Glücksspiel, Mann. Die Typen im Pentagon müssen einen guten Stoff rauchen. Eine andere Erklärung gibt’s dafür nicht.“

„Ja, was soll’s. Scheiße, keine Ahnung. Ich mache nur meinen Job.“

In ihren grünen Fliegerkombis und Jacken, darüber die Rettungswesten, betraten sie das Einsatzzentrum des Stützpunkts. In Vorbereitung auf den Flug setzten beide ihren Helm und die Sauerstoffmaske auf. Mithilfe eines kleinen grauen Messgeräts halfen sie sich gegenseitig, Letztere zu testen. Sie legten einen Schalter nach dem anderen um, der Ablauf war ihnen in Fleisch und Blut übergegangen. So machten sie es vor jedem Flug. Schnelle Handbewegungen, Klicks, der Ausschlag einer Nadel, der nächste Schalter. Dazu die lärmenden Hilfstriebwerke der Flugzeuge, die draußen auf der Flugbetriebsfläche gestartet wurden.

Die Vögel waren startbereit. Die B-1, auch „Bone“ genannt (von B-ONE), zählte zu den größten und schnellsten Langstreckenbombern, die je gebaut wurden. Ursprünglich als Hochgeschwindigkeitsergänzung für die nukleare Triade konzipiert, sollte sie während des Kalten Krieges Kernwaffen auf die Sowjetunion abwerfen.

Die B-1B legte mehr als neunhundert Meilen pro Stunde zurück und hatte über fünfundsiebzigtausend Pfund Munition an Bord. Hunderte von Hilfskräften waren nach Guam entsandt worden, um die Flugbereitschaft des riesigen Überschallflugzeugs zu gewährleisten.

Hightower und seine Besatzung legten den Weg von der Geschwader-Baracke bis zu ihrem Flugzeug auf der Rückbank eines Golfwagens zurück. In ungefähr 50 Fuß Entfernung wurden sie abgesetzt. Hightower ging langsam um den Bomber herum und inspizierte ihn. Er war schnittig und aerodynamisch. Ein schönes Flugzeug, das der Major mit Begeisterung flog. Er war froh, dass die Bone nicht länger für nukleare Einsätze verwendet wurde. Er wollte sich nicht auf etwas vorbereiten, von dem er hoffte, es nie tun zu müssen.

Während seiner High-School-Zeit außerhalb von Houston, Texas, hatte Hightower sich für exakt zwei Dinge interessiert: Football und Mädchen. Er war auf beiden Gebieten kein großer Held gewesen, obwohl er gern das Gegenteil behauptete. Aber was er wirklich wollte, war College-Football in der ersten Division zu spielen. Er wollte samstags im Fernsehen sein. Deshalb hatte er an jeden Footballtrainer der NCAA Division I geschrieben. Nur einer hatte ihm geantwortet. Glücklicherweise reichten seine schulischen Leistungen aus, um sich bei der US Air Force-Akademie in Colorado Springs, Colorado, zu bewerben. Sie sagten ihm, dass er nach seinem Abschluss Jets fliegen könne. Ihm ging es einzig und allein um das D I-Footballprogramm.

Er hatte keine Idee, worauf er sich einließ.

Er dachte an die ersten Monate an der Akademie zurück vor all den Jahren. Die Oberstufenschüler, die ihn anschrien; die Höhenluft in den Bergen, wo ihm das Atmen schwerfiel;

das rigorose Footballtraining und der Technikunterricht. Das alles hatte ihn jeden Tag extrem geschlaucht. Im zweiten Jahr in Colorado Springs hatte er dann seinen Rhythmus gefunden. Hightower lernte dazu und erhielt gute Noten. Er entdeckte, dass es ihn mit mehr Stolz erfüllte, zur US Air Force als zum Footballteam zu gehören, obwohl auch das großartig war.

Rückblickend ergab die harte Arbeit einen Sinn. Alles lief darauf hinaus, ihn an diesen Punkt zu bringen. Der Abschluss an der Akademie war erst der Anfang. Es folgten Jahre ungemein anstrengenden Unterrichts in der Flugschule. Beinhartes Überlebenstraining in der Wüste. Kampffliegereinsätze auf der ganzen Welt. Ständiges Büffeln, während er den alltäglichen Schwachsinn des Militärs ertrug.

Das alles für diesen Einsatz.

Es war sein Moment, aufzustehen und dem Ruf zu folgen, sich in die Geschichtsbücher einzutragen. Er betete zu Gott, dass das nachfolgende Kapitel ein gutes sein würde.

Hightower kletterte die zehn Stufen zur Flugzeugkabine hoch. Der Jet war so riesig, dass es einem vorkam, als würde man ein Raumschiff besteigen. Die südpazifische Brise blies mit konstant fünfzehn Knoten über die Flugbetriebsfläche und peitschte gegen die Hosenbeine seines grünen Flugoveralls. Er transportierte seine Helmtasche in einer Hand, während er sich mit der anderen beim Aufstieg am Metallgeländer der Leiter festhielt.

Der heutige Flug würde ein ganz normaler Flug sein, nur eben anders. Die beiden Waffensystemoffiziere begaben sich in ihre erhöhten Sitze im hinteren Teil der Cockpits, umgeben von Dutzenden grün beleuchteter Bildschirme und grauer Knöpfe. Sie bereiteten alles sorgfältig für den Einsatz vor, damit es keine Überraschungen gab. Sie überprüften den Geschützstatus, die Kommunikationsfrequenzen sowie elektronische Messinstrumente und sprachen nebenbei sicher auch das ein oder andere Gebet.

Hightower rutschte in den linken Pilotensitz. Sein Copilot rechts von ihm saß bereits. Sie gingen ihre eigene Vorflug-Checkliste durch. Der Copilot las vor, was zu tun war, und Hightower legte die entsprechenden Schalter um und bestätigte seine Handgriffe verbal. Nicht lange danach erteilte ihnen die Bodenkontrolle die Freigabe und sie schoben die Gashebel langsam nach vorn. Der für den Flug verantwortliche Techniker, der eine orangefarbene Weste und einen Gehörschutz trug, bewegte vor der Nase des Flugzeugs die Arme und gab dann das Signal zum Bremsen. Nachdem sie die Bremsen erfolgreich überprüft hatten, rollten sie bis zur Wartelinie vor. Kurz darauf erteilte der Kontrollturm die Startfreigabe und die vier Mantelstromtriebwerke von General Electric, von denen jedes mehr als siebzehntausend Pfund Schub erzeugen konnte, trieben sie die Startbahn hinunter.

Hightower zog das Steuerhorn zurück und sie begannen ihren rasanten Aufstieg.

„Fahrwerk einfahren. Zeit, Nordkorea zu bombardieren."

Der Einsatz sollte zehn Stunden dauern.

Die Navigation war extrem mühsam. Natürlich hatten sie zur Sicherheit immer Karten und auch andere herkömmliche Navigationssysteme dabei, aber die Wahrheit war, dass sich das gesamte Militär viel zu sehr auf globale Positionierungssysteme verließ.

In den 1990er und 2000er Jahren galt das GPS als die größte Erfindung aller Zeiten. Bis dahin hatten sie Munition mithilfe lasergesteuerter Bomben z. B. auf das Dach eines Fahrzeugs lenken können. Dann läutete die GPS-Integration ein neues Zeitalter der Zielerfassung ein: Jetzt konnten sie Munition ohne den umständlichen Einsatz eines Lasermarkierers ans Ziel bringen. Das GPS ermöglichte ein präzises Timing und eine exakte Navigation. Eine präzise Navigation wiederum bedeutete einen niedrigeren Treibstoffverbrauch– und damit eine größere Reichweite, weniger Luftbetankung sowie eine größere Waffenlast.

Dann kam das zweite Jahrzehnt des 21. Jahrhunderts, in dem viele Menschen ernsthaft begannen, ihr blindes Vertrauen in das GPS zu hinterfragen. Was würde beim *nächsten* Krieg passieren? Was war mit GPS-Spoofing? Für weniger als fünfzig Dollar konnte man einen billigen GPS-Störsender, oder GPS-Jammer, kaufen, der das Signal um ein Fahrzeug herum blockierte. Für ein paar Hundert Dollar bekam man schon einen GPS-Störsender, dessen Wirksamkeit für mehrere Häuserblocks ausreichte.

Den besorgten Militärplanern wurde klar, dass sie Anti-Jamming-Geräte brauchten, um die Effektivität ihrer GPS-Navigation und GPS-gesteuerten Munition sicherzustellen.

Während er jetzt mit fast Schallgeschwindigkeit über den Pazifik jagte, schüttelte Hightower angesichts dieser Taktik den Kopf. Anstatt darüber nachzudenken, ob jemand das GPS-Signal stören konnte, hätten sie sich lieber damit befassen sollen, ob ein Nationalstaat in der Lage wäre, das gesamte GPS-Netzwerk auszuschalten.

Denn genau das hatte China getan. Seine Cyberkrieger hatten – ironischerweise – einen in Amerika kreierten Wurm benutzt, um sich in das GPS und die militärischen Kommunikationssatelliten der USA zu hacken. Und sie letztendlich unbrauchbar zu machen.

„Compton, wie sieht's aus?" Compton war ein First Lieutenant, der jüngere der beiden Waffensystemoffiziere an Bord.

Dies war sein erster Auslandseinsatz. Aber er war ein

kluger Junge. Stellte an der richtigen Stelle die richtigen Fragen, wusste aber auch, wann er den Mund zu halten hatte. Ihm oblagen bei dieser Mission ein Großteil der Navigation und die Koordination mit dem Tankflugzeug.

„Gut, Hightower. Die Tankstelle sollte sich etwa einhundert Meilen nördlich befinden."

„Roger." Er wusste, dass Compton vom Senior Combat Systems Officer Hinweise bekam. Dieser überprüfte sicher alles doppelt und dreifach, was der junge Mann machte. Heute gab es keinen Spielraum für Fehler.

Die KC-135 war genau dort, wo sie sein sollte. Während der heutigen Betankung fand keine normale Kommunikation statt. Es war eine verdeckte Operation. Deshalb übermittelten sie ihre Bereitschaft mit Lichtsignalen. Als das Tankflugzeug die Tanksonde herunterließ, manövrierte Hightower seinen großen, schnittigen Bomber vorsichtig in Position. Eine Luftbetankung war extrem schwierig. Sein Flugzeug wurde sowohl von starken Windböen als auch den Wirbelschleppen des Tankflugzeugs gebeutelt. Er musste unablässig winzige Korrekturen mit Steuerhorn und Gashebel vornehmen, um sich in Position zu bringen und diese zu halten. Ein Mannschaftsmitglied an Bord der KC-135 sah, wie Hightowers Copilot das Lichtsignal gab – das Zeichen zum weiteren Ausfahren der Sonde, die den Kontakt herstellte. Tausende Pfund Kerosin strömten in den Flugzeugtank.

Minuten später waren sie wieder allein. Die zweite B-1B, die ihnen folgte, wurde nun ebenfalls betankt. Danach setzten die beiden Flugzeuge ihren Weg fort. Nach Norden, über das Ostchinesische Meer weiter zum Gelben Meer.

„Sir, wir haben eine gute Verbindung zu RAMROD." RAMROD war das Rufzeichen für den Zerstörer der US-Marine, der während ihrer Mission den Empfang entlang der nordkoreanischen Küste stören würde.

„Roger.“ Hightower wandte sich an seinen Copiloten „Sie haben die Steuerung.“

„Ich habe die Steuerung.“

„Bin gleich zurück. Bevor es losgeht, gehe ich besser noch mal für kleine Jungs.“

Hightower löste seine Sitzgurte und sein Kommunikationskabel und machte sich auf den Weg in den hinteren Teil des Flugzeugs, immer darauf bedacht, sich irgendwo festzuhalten. Er musste unbedingt vermeiden, sich aufgrund einer plötzlichen Luftturbulenz den Kopf anzuschlagen, bevor sie die Bomben abwerfen konnten. Er klopfte seinen beiden WSOs auf die Schulter und scherzte ein wenig mit ihnen, um sie zu entspannen. Alle lächelten. Aber er wusste, dass sie nervös waren.

Nach dem Toilettenbesuch kehrte er ins Cockpit zurück und schnallte sich an. Nachdem sein Mikrofon wieder aktiviert war, erkundigte er sich: „Ich bin zurück. Ist während meiner Abwesenheit etwas vorgefallen?“

„Nein.“

„Roger. Ich habe die Steuerung.“

„Sie haben die Steuerung.“

„Okay, wir sind noch etwa 20 Minuten entfernt. Fangen wir mit den Checklisten an.“ Die Besatzung traf nun die letzten Vorbereitungen, um ihre Waffen auf den Weg zu bringen.

„Sniper-Pod für Zielerfassung, bereit.“

„Roger.“

Der erfahrenere der beiden Combat Systems Officers verkündete: „RAMROD stört ab sofort.“

„Verstanden.“

Sie hatten noch zehn Minuten, bevor die eigentliche Aktion begann. Die B-1B leitete mithilfe ihres Lasermarkierers eine Reihe von bunkerbrechenden Bomben an ihr Ziel. Es handelte sich um eine unterirdische Raketenabschussbasis an der Westküste Nordkoreas. Das zweite Flugzeug warf seine Munition auf eine in der Nähe stationierte mobile Raketenabschusseinrichtung ab. Die Ziele befanden sich so nah am Gelben Meer, dass keines der Flugzeuge Land überfliegen musste. Sie warfen ihre Bombenlast ab und richteten die Lasermarkierung bis zum Einschlag auf ihr Ziel.

Die Raketenstellungen explodierten in einer grauen Rauchwolke. Schockwellen zertrümmerten die Fenster nahegelegener Gebäude und Fahrzeuge.

„Ziel getroffen."

„Roger, wir kehren um. Zurück nach Guam auf ein Bier."

21

In dieser Woche arbeitete Natesh jeden Tag von sieben Uhr morgens bis acht Uhr abends. Danach traf er sich regelmäßig mit David und Tetsuo. Natesh war weiter mit Jinshans logistischer Planung beschäftigt. Nebenbei nutzte er seinen Zugang zum Netzwerk, um wichtige Informationen zu identifizieren und sie an die CIA zu übermitteln, die diese dann weitergab.

Tetsuos Spionageabwehrteam garantierte die Sicherheit ihrer Treffen, hielt immer Ausschau nach Spitzeln, die sie beobachten könnten. Natesh wohnte in der Penthouse-Suite ganz oben in seinem Hotel. Tetsuo mietete sich im Conrad Tokio ein, nur ein paar Straßen entfernt. Jeden Abend nahm Natesh auf Tetsuos Anweisung hin einen anderen Weg zu diesem Hotel. In einer der zahlreichen Lounge-Bars bestellte er sich einen Drink und verharrte einige Minuten, damit Tetsuo und sein Team feststellen konnten, ob ihm einer von Jinshans Agenten gefolgt war. Dann begab er sich auf Tetsuos Etage.

Der CIA-Mann betrat ihr heutiges Konferenzzimmer im 20. Stock. Von der luxuriösen Suite im Conrad Tokio hatte man eine hervorragende Aussicht auf den Hamarikyu Garten und den Fluss Sumida. Die riesige Fensterfront erlaubte einen Blick auf das tiefe Blau des Wassers und die Lichter der Stadt, bevor sich die automatischen Jalousien schlossen. Tetsuo hatte eine Auswahl an Gerichten bestellt, die nun auf einem Tablett vor ihnen standen, das mit einem weißen Tischtuch versehen war. Gebratene Garnelen und Jakobsmuscheln mit Chilisoße. Geschmorte Ente mit Nudeln. Und frittiertes Rindfleisch mit grünen Salat.

David wartete, bis Natesh und Tetsuo mit dem Essen begannen, bevor er sich selbst bediente. Der Geruch und der Anblick des Abendessens gaben ihrer Zusammenkunft den Anschein eines Treffens unter Freunden. Es war alles Teil der Scharade, wurde David klar. Man schaffte ein angenehmes Ambiente für den Agenten. Tetsuo wollte, dass Natesh sich wohl fühlte. Er wollte, dass sein Informant ihm vertraute und hart für ihn arbeitete. Bislang schien das zu funktionieren.

„Vor zehn Tagen hat ein Konvoi von Handelsschiffen China verlassen", erklärte Natesh, während er mit seinen Essstäbchen ein Stück Ente nahm.

„Ein Konvoi?"

„Ja. Sie überqueren gemeinsam den Pazifik. Ich weiß nicht, was sie transportieren. Aber sie sind mit speziell umgebauten Containern bestückt. Ich bin zufällig darüber gestolpert, denke aber, dass es wichtig ist."

Tetsuo saß auf dem Sofa mit einer weißen Serviette im Schoß. Er rührte seinen kleinen Teller kaum an. „Wie sind Sie an diese Information gekommen, und was meinen Sie mit ‚speziell umgebaut'?"

„Mir untersteht der Großteil der Logistikplanung. Ich helfe Jinshans Operation bei der Planung der gesamten Versorgungskette seines Pazifikkrieges. Ich habe ein kleines

Team, das alles, was sie bisher organisiert haben, analysiert und optimiert. Das ist kompliziert. Aber dank der Daten ist mir etwas aufgefallen. Bestimmte Einheiten des chinesischen Militärs beabsichtigen den Einsatz von besonders ausgestatteten Frachtschiffen, um eine große Zahl chinesischer Truppen und militärischer Ausrüstung über den Pazifik zu transportieren. Das ist eine Abkürzung, die wir uns in der Red Cell-Einheit ausgedacht haben. Vor einigen Wochen inspizierte ich zusammen mit Lena eine dieser Containerfabriken." Beschämt sah Natesh kurz zu David hoch. „Anstatt nur auf ihre militärischen Transportschiffe zurückzugreifen, von denen sie nicht genug haben oder aber neue zu bauen, was Jahre dauern könnte, nutzen die Chinesen, was sie bereits haben."

„Handelsschiffe?"

„Ja. Und von denen haben sie *jede Menge*. Fabriken in Guangzhou und Schanghai arbeiten bereits an diesen Frachtcontainern. Sie produzieren täglich Hunderte mit besonderen Öffnungen für Rohrleitungen und Kabel. Innen installieren sie Pritschen und verlegen Licht. Einige der Container dienen als Bäder, andere als kleine Küchen. Es ist wie ein großes Legoschiff. Sie können diese Containermodule je nach Bedarf kombinieren und so Tausende von Menschen transportieren. Damit verwandelt sich ein Handelsschiff in einen riesigen Truppentransporter."

David hakte nach: „Natesh, von diesen Containeranfertigungen und Frachtschiffen haben wir bereits gehört. Willst du uns sagen, dass einige von ihnen bereits auf dem Weg sind? In diesem Konvoi?"

Natesh nickte. „Ja und nein. Einige legten vor zehn Tagen ab. Sechs Schiffe, glaube ich. Ich habe die Seriennummern der Container bis zu den Fabriken zurückverfolgt, wo sie hergestellt wurden. Tausende dieser Spezialanfertigungen sind in den Häfen von Schanghai und Guangzhou gelagert. Und mehrere Hundert sind bereits auf den Schiffen, die ausgelaufen sind."

David fragte: „Von wie vielen Personen reden wir hier?"

„Das ist das Merkwürdige daran. Sie haben nicht genug dieser Container geladen. Anstatt dass eines dieser Handelsschiffe Tausende von Truppen transportiert, sind es nur wenige Hundert. Ich weiß nicht, warum diese Entscheidung getroffen wurde. Es ist sehr unwirtschaftlich. Also vielleicht insgesamt tausend Soldaten, auf sechs Schiffe verteilt. Allerdings unterscheiden sich die Referenznummern von einigen dieser Container von denen der Truppentransportcontainer. Das ist der Teil, über den ich nicht Bescheid weiß. Ich weiß nicht, was sie enthalten."

„Wohin sind die Schiffe unterwegs?"

„Nach Ecuador, glaube ich. Zumindest war das als Ziel in der internen Dokumentation vermerkt, die ich gesehen habe."

David blickte Tetsuo besorgt an.

Tetsuo fragte: „Wann werden sie in Ecuador erwartet?"

„In einigen Wochen, genau weiß ich es nicht. Aber das ist nicht das Wichtigste. Vor fünf Tagen, kurz bevor sie Kurs nach Südosten nehmen sollten, verschwanden sie von der Bildfläche. Das veranlasste mich, sie genauer unter die Lupe zu nehmen. Sämtliche Schiffe haben ihre Transponder ausgeschaltet, was bedeutet, dass nicht einmal ich ihre Position, ihren Kurs oder ihre Geschwindigkeit feststellen kann."

„Was meinen Sie damit, bevor sie Kurs nach Südosten nehmen sollten?"

„Die beabsichtigte Route war in unseren Netzwerkarchiven gespeichert. Es sah so aus, als ob sie den Pazifik auf südlicher Route Richtung Südamerika überqueren würden.

Ich schätze, um nicht von amerikanischen Sensoren entdeckt zu werden."

David gab Tetsuo ein Zeichen, der sich daraufhin an Natesh wandte und bat: „Entschuldigen Sie uns bitte einen Augenblick?"

David und Tetsuo zogen sich in das Schlafzimmer der Suite zurück und unterhielten sich leise. David sagte: „Er ist Computerexperte und eine Art Genie. Er hat gesehen, wie Jinshans Hacker und Geheimagenten arbeiten. Er hat Zugang zu den militärischen Netzwerken der VBA. Tetsuo, falls wir ihm vertrauen können, ist er unser Schlüssel zum Sieg über die Chinesen."

Tetsuo warf einen Blick zurück in das andere Zimmer. Natesh saß auf dem Sofa und sah durch die zarten Jalousien auf das Stadtbild Tokios hinaus. Tetsuo fragte David: „Welche Informationen brauchen Sie?"

„Das SILVERSMITH-Team versucht zum einen, genaue Trackingdaten von chinesischen Militäreinheiten zu sammeln. Besonders interessant sind natürlich die von den umgerüsteten Handelsschiffen. Die Logistiknetzwerke, zu denen Natesh Zugang hat, sollten die Standorte aller Militäreinheiten der VBA enthalten, richtig?"

Tetsuo nickte. „Das macht Sinn, ja. Reden wir mit ihm und danach informieren wir Langley. Meiner Erfahrung nach haben sie die besten Ressourcen, um uns diesbezüglich zu unterstützen. Wenn wir Natesh auftragen, diese Informationen selbstständig zu finden, könnten seine Erkundigungen ungewollte Aufmerksamkeit erregen. Wenn aber NSA- und CIA-Leute involviert sind ..."

David beendete seinen Gedanken. „Dann könnten wir eine Menge Informationen abgreifen, ohne dass die Chinesen wissen, dass wir in ihrem System sind."

„Richtig. Und, wer weiß, vielleicht ist die NSA schon im

Bilde. Unsere Hacker und die Chinesen bekämpfen sich täglich. Jetzt sieht es allerdings so aus, als ob es ernst wird."

Die beiden Männer kehrten zu Natesh zurück.

Tetsuo stellte noch einige Fragen und hatte es danach scheinbar eilig aufzubrechen. „Natesh, das ist alles sehr hilfreich. Vielen Dank." Tetsuo stellte seinen Teller auf den Tisch und schrieb etwas in sein schwarzes Notizbuch. Dann sah er wieder auf. „Sagt Ihnen eine Militäreinrichtung in Liaoning etwas?"

Natesh nickte eifrig. „Oh ja, ja. Dort erhalten einige Einheiten momentan eine Spezialausbildung. Allerdings bin ich nicht darüber informiert, woran sie arbeiten. Lena kannte sich damit aus, aber ich habe nur Bruchstücke von Unterhaltungen über dieses Projekt aufgeschnappt. Ich bekam mit, dass VBA-Sondereinheiten auf dem Weg dorthin waren. Und ich weiß, dass Jinshan am Erfolg dieses Projekts sehr gelegen ist. Ich hörte einmal, wie er betonte, dass es für seine Langzeitstrategie absolut entscheidend sei."

„Aber Sie wissen nicht, was sie dort machen?"

Natesh rutschte auf seinem Platz hin und her und überlegte mit gerunzelter Stirn. Seine Augen bewegten sich unruhig. „Jinshan hat mich aus einem bestimmten Grund eingestellt." Er sah zu Boden, während er sprach. „Wir sind beide der Meinung, dass der Schlüssel zum Erfolg eines Geschäfts derselbe ist wie der zum Erfolg eines Krieges. Es bedarf eines ununterbrochenen Stroms. Im Geschäftsleben muss es einen ununterbrochenen Strom von Profit geben, der größere und bessere Dinge in der Zukunft ermöglicht. Das erlaubt einem Unternehmen, seine Wettbewerber zu überflügeln. Im Krieg gilt dasselbe. Der ununterbrochene und ausgabenkontrollierte Strom notwendiger Mittel – Treibstoff, Waffen, Menschen und Ersatzteile – ermöglicht es einer Nation, Kriege über weite Entfernungen, auf lange Sicht und in großem Maßstab zu führen. Das ist der Schlüssel zur Niederschlagung des Feindes. Jinshan weiß das. Deshalb schätze ich, dass es bei seinen geheimen Projekten darum geht, sich einen strategischen Vorteil gegenüber den Vereinigten Staaten zu verschaffen."

Sie unterhielten sich noch eine Weile, bevor Tetsuo das Gespräch für den Abend beendete. Er erinnerte Natesh daran, wonach er Ausschau halten sollte, ermahnte ihn aber auch, vorsichtig zu sein. Er durfte nicht entdeckt werden. Natesh verließ die Suite, und David und Tetsuo warteten fünf Minuten, bevor sie ebenfalls aufbrachen.

Auf der Straße vor dem Hotel kamen David und Tetsuo an einer Limousine mit getönten Scheiben vorbei. Die Sonnenblende auf der Fahrerseite war nach unten geklappt. Zwischen ihr und der Windschutzscheibe steckte kaum sichtbar ein grünes Stück Papier.

„Die Luft ist rein?"

„Ja. Sehen Sie? Sie lernen schnell." Tetsuo lächelte kurz und hielt weiter die Straße im Blick.

In dem Wagen saßen zwei CIA-Angestellte. Einheimische, die auf dem Gebiet der Gegenüberwachung geschult waren. Keine leichte Aufgabe in einer so geschäftigen und modernen Stadt wie Tokio.

Tetsuo stellte klar: „Falls die Sache zu heiß wird, müssen wir ihn wegbringen. Es ist zu riskant, uns hier mit ihm zu treffen. Städte wie Tokio sind für diese Dinge absolut nicht geeignet. Zu viele Kameras und Zufallsbegegnungen. Ich fürchte, die Chinesen wissen, wo sie suchen müssen und könnten herausfinden, dass er uns mit Informationen versorgt. Bei unserem nächsten Treffen stelle ich ihm einen Exfiltrationsplan vor."

„Okay. Was wollen Sie mit den gerade erhaltenen Informationen machen?"

„Wir müssen sofort zurück zur Botschaft. Ich informiere den Stationsleiter, während ich meinen Bericht schreibe. Langley braucht diese Informationen gestern. Sie werden es wahrscheinlich in das tägliche Briefing des Präsidenten schaffen. Ihr Plan gefällt mir. Die SILVERSMITH-Leute sollen entscheiden, ob und wie Natesh weiter Daten aus Jinshans Netzwerk extrahieren soll." Tetsuo warf einen Blick auf David. „Ist Ihre Schwester immer noch auf dem Navy-Schiff im Pazifik?"

„Ja. Wieso?"

„Ich möchte wetten, dass sie demnächst einen neuen Marschbefehl erhält."

Am nächsten Tag arbeitete David von einem CIA-Trailer auf dem Luftstützpunkt Yokota aus. Tetsuo betrat die Hochsicherheitsanlage. Sein pechschwarzes Haar war nass von einem spätwinterlichen Regenschauer.

„Susan will eine Videokonferenz mit uns."

„Jetzt?"

„Jetzt."

Er führte David zu einem geschlossenen Raum am Ende des Wagens, wo er die Verbindung herstellte. Einen Augenblick später sah David Susan und General Schwartz im SILVERSMITH-Einsatzraum sitzen, umringt von einer Handvoll Analysten.

„David, Tetsuo, schön, dass Sie sich einwählen konnten. Die Informationen, die Sie von Natesh erhielten, waren großartig. Wenn wir es richtig angehen, kann er ein Agent der ersten Ordnung werden. Wir haben das mit unseren Partnern bei der NSA besprochen. Sie schicken Ihnen heute Morgen einige Experten, die ein Gerät mitbringen, das Sie Natesh übergeben sollen. Er braucht dafür eine Einweisung. Es ist unerlässlich, dass wir Erkenntnisse über die chinesischen Militärbewegungen gewinnen. Aufgrund unserer zusammengebrochenen Aufklärungsnetzwerke und der Tatsache, dass die Chinesen für ihr eigenes GPS-Netzwerk eine andere Verschlüsselung nutzen, erhalten wir nur sehr ungenaue Daten. In Washington werden langsam alle nervös."

„Wir kümmern uns darum."

Susan erklärte ihnen im Detail, wie sie Natesh einsetzen sollten, um Informationen über die chinesischen Militärbewegungen zu erhalten. Dann wandte sie sich an David. „David, buchen Sie den nächsten Flug nach Hause. Tetsuo hat die Dinge dort allein im Griff."

„Wird gemacht."

Wenige Stunden später überflog David auf dem Weg nach Hause den Pazifik. Er fragte sich, wo sich sein Vater und seine Schwester aufhielten, die irgendwo dort unten unterwegs waren. Er betete, dass es ihnen gut ging.

Tetsuo traf sich an diesem Abend wieder mit Natesh, den er im Umgang mit einer besonderen Uhr schulte. Sie sah aus wie eine ganz normales Modell von Timex. Nichts Ausgefallenes, nicht einmal eine Smartwatch. Aber das war nur ihr Äußeres. Im Inneren war sie ein wirklich ausgeklügeltes Wunderwerk der Technik.

Tetsuo erklärte: „Sie werden sie bei der Arbeit tragen. Stellen Sie sicher, dass Sie in Ihren Computer und in Ihr Netzwerk eingeloggt sind. Hat Ihr Computer Bluetooth oder WLAN?"

„Im Büro gibt es WLAN. Aber das ist nicht das sichere Netzwerk, in das die Computer eingebunden sind. Wir haben separate Desktop-Einheiten, über die wir auf das chinesische Logistiknetzwerk zugreifen. Ich bin mir ziemlich sicher, dass diese über keine anderen Verbindungen verfügen. Ich kann es aber überprüfen."

„Nein, nicht nötig. Wir nutzen einfach die alternative Methode. Sie müssen sich mindestens zweimal täglich in einen dieser sicheren Netzwerkcomputer einloggen. Nachdem Sie das getan haben, halten Sie das Ziffernblatt der Uhr in Richtung Festplatte. Dann drücken Sie den Knopf für die Hintergrundbeleuchtung wie folgt. Aber unauffällig. Üben wir das."

Natesh wiederholte es einige Male.

„Gut. Genau so. Sobald die Verbindung hergestellt ist, spüren Sie eine leichte Vibration. Wichtig ist, dass die Uhr mindestens eine Minute lang in der gleichen Position bleibt. Ich weiß, das kommt Ihnen lang vor. Sobald der Datentransfer beendet ist, spüren Sie eine zweite Vibration. Und noch einmal, erregen Sie keine Aufmerksamkeit. Tun Sie einfach so, als ob Sie sich an der Schulter kratzen. So etwa." Tetsuo machte es ihm vor. Natesh imitierte ihn. „Gut. Das passt. Eine ganze Minute, okay? Zweimal täglich. Einmal morgens, wenn Sie zur Arbeit kommen und dann abends kurz bevor Sie gehen. Morgen Abend treffen wir uns an einem anderen Ort. Bringen Sie die Uhr mit. Tragen Sie sie einfach immer, das wäre das Beste. Sie ist wasserdicht, falls sie sich das fragen."

Natesh meinte: „Das macht mich etwas nervös."

Wenn du dein Land nicht verraten hättest, wärst du nicht in dieser Lage, dachte Tetsuo und beruhigte ihn. „Sie machen das fantastisch."

„Was erhoffen Sie sich davon? Ich will niemandem wehtun. Deshalb mache ich das. Um Gewalt zu vermeiden."

Tetsuo Antwort war vage. „Um Informationen einzuholen, die helfen werden, den Frieden zu erhalten. Dinge, die dazu beitragen können, eine friedliche Lösung zu finden. Schiffsbewegungen, Ladungsverzeichnisse und Frachtinformationen."

Zielkoordinaten.

Natesh holte tief Luft. „Okay. Wann genau sehen wir uns das nächste Mal?"

22

Victoria genoss ihre Zeit auf dem Laufband im Hangar. Heute war einer der seltenen Tage, an denen das Meer so ruhig war, dass sich das Schiff so gut wie nicht bewegte. Normalerweise simulierte das Rollen des Schiffs auf dem Laufband enorme Hügel.

Der Hangar stand offen, was ihr eine angenehme Brise bescherte. Der blaue Himmel und der Pazifik übten eine beruhigende Wirkung auf sie aus. Victoria hatte noch ein Stück vor sich bis zur Erreichung ihres Drei-Meilen-Ziels. Der Schweiß tropfte ihr vom Gesicht und tränkte ihr T-Shirt.

Seit Plug ihren anderen Vogel ins Meer gesetzt hatte, war aus dem zweiten Hangar eine Art Fitnessstudio geworden. Die überwiegende Mehrheit der Mannschaft begrüßte das. Die meisten dachten wohl, dass ein Trainingsraum einem lausigen Hubschrauber vorzuziehen sei, jetzt, da die bewaffneten Auseinandersetzungen beendet waren.

In den letzten Tagen hatte Victoria allerdings Geheimdienstberichte gelesen, die vermuten ließen, dass die Feindseligkeiten alles andere als vorbei waren.

„Boss!“, rief Caveman ihr von der Tür des Hangars aus zu.

„Was ist?“ Sie atmete schwer und versuchte fitter zu erscheinen, als sie wirklich war.

„Der Captain will Sie sehen. Irgendwas ist los.“

Leicht irritiert, dass ihr Training ein frühes Ende gefunden hatte, drückte sie auf den Pausenknopf der Maschine. Mit ihrem weißen Handtuch wischte sie die Haltegriffe des Laufbands und das Terminal ab. Dann trocknete sie ihr Gesicht und nahm einen Schluck Wasser aus ihrer Plastikflasche. „Was heißt, ‚irgendwas ist los‘?“

„Ich weiß es nicht. Die Surface Warfare Officers (SWOs) rennen ganz aufgescheucht durch die Gegend. Der XO und der Captain sind beim COMMO. Sie baten mich, Sie zu holen. Wir fahren jetzt nach Westen …“

„Die Kursänderung habe ich registriert. Sind Sie sicher, dass es nicht nur eine Übung ist?“

Caveman schüttelte den Kopf. „Ich habe die Nautische Offizierin gefragt. Sie sagte, sie darf es mir nicht sagen. Aber alle vermitteln den Eindruck, als ob es eine große Sache wäre.“

Victoria runzelte die Stirn. „Danke.“

Auf dem Weg zu ihrer Kabine durchquerte sie die Offiziersmesse. Sie griff nach dem Telefon und wählte den Kapitän an. „Sir, Airboss hier. Ich bin gerade mit dem Training fertig und –“

„Bitte kommen Sie sofort hoch, Airboss. Es ist wichtig.“

„Jawohl, Sir.“

Sie legte auf und ging schnellen Schrittes durch den Gang zur Leiter, die hoch zu seiner Kabine führte. Sie klopfte an die Tür und trat ein.

Der Master Chief, der XO und der Kommunikationsoffizier waren bereits anwesend.

Der Captain nickte ihr zu. „Bitte nehmen Sie Platz, Boss.“

Sie setzte sich in einen kleinen Sessel an der Wand und

versuchte, mit dem weißen Handtuch ihr verschwitztes Gesicht und T-Shirt zu trocknen.

„Das hat der COMMO mir gerade überbracht." Der Captain hielt ein Blatt Papier hoch. „Eilmeldung. Wir werden uns mit der Ford CSG treffen und mit Höchstgeschwindigkeit auf Pearl Harbor zuhalten."

Victoria sah die anderen Männer im Raum an. Lauter besorgte Mienen. „Ich nehme an, es ist etwas vorgefallen?"

„Vor knapp einer Stunde haben wir Nordkorea bombardiert. Wir haben bereits Kontakt mit der Ford CSG aufgenommen und wurden ihr unterstellt. Der Kommodore will, dass ich heute Nachmittag dort an einer Konferenz teilnehme. Sie müssen das organisieren. Die Trägergruppe befindet sich momentan ungefähr einhundert Meilen von hier."

„Jawohl, Sir."

Der Captain sah sich im Raum um. „COMMO, das war alles. Vielen Dank. Bitte sagen Sie mir sofort Bescheid, wenn Sie noch etwas erfahren. Und lassen Sie mich wissen, was Sie brauchen."

Der junge Offizier nickte und verließ den Raum.

Nachdem die Tür geschlossen war, fragte der Kapitän: „Okay, lassen Sie hören. Wie schätzen Sie die Lage ein?"

Der XO sagte: „Captain, falls Nordkorea zurückschlägt, wird es kritisch. Und ich frage mich, wie China nach dem gerade erfolgten Führungswechsel reagieren wird."

Victoria nickte. „Das sehe ich genauso."

Der Captain fasste zusammen: „Im schlimmsten Fall müssen wir also in Betracht ziehen, dass uns ein Krieg im Pazifik bevorsteht."

Niemand wollte das kommentieren.

Er fuhr fort: „Von Ihnen muss ich jetzt wissen, was wir tun müssen, um vorbereitet zu sein."

Der XO erklärte: „Wir brauchen mehr Personal. Uns

fehlen immer noch zwölf Leute, verglichen mit der Besatzung, die wir vor dem Raketeneinschlag hatten.“ Aus Respekt vor den Toten senkte er seine Stimme ein wenig. „Und gemäß den Besatzungsvorschriften sollten wir insgesamt etwa fünfzig weitere Personen an Bord haben.“

Victoria fügte hinzu: „Wir könnten einen zweiten Hubschrauber gebrauchen, um unsere Einsatzbereitschaft abzusichern. Mit nur einem Fluggerät sind wir in Bezug auf die Häufigkeit und die Anzahl der Flüge beschränkt. Außerdem müssen wir unser Munitionslager für die U-Boot-Jagd aufstocken. Wir haben im letzten Monat eine Menge Bojen und einige Torpedos eingesetzt. Wir brauchen Vorräte.“

Der Captain nickte. „Master Chief?“

„Captain, wir müssen weiter ausbilden. Ein Teil unserer Besatzung wurde gerade auf neue Positionen gesetzt. Sie müssen ihre Fachkenntnisse in diesen Bereichen ausbauen. Ich schlage vor, mindestens einmal täglich den Ruf zur Gefechtsstation durchzuführen. Aber auch wenn Wachsamkeit das Gebot der Stunde ist, müssen wir gleichzeitig mit unseren Kräften haushalten. Falls uns die Sache wirklich um die Ohren fliegt, muss die Mannschaft auf den sofortigen Kampf vorbereitet sein. Der durchaus losbrechen kann. Aber der Pazifik ist groß. Es könnte Wochen oder noch länger dauern, bis wir in ein Gefecht verwickelt werden. Wir müssen bereit sein, aber ich will nicht, dass wir erschöpft sind, bevor wir auf den Feind treffen.“

Der Captain hörte aufmerksam zu. „In Ordnung. Überlegen wir, was wir anders machen können. Und erstellen Sie eine Liste von allem, was wir benötigen. XO – Sie übernehmen das. Stellen Sie sicher, dass der Versorgungsoffizier ein Anforderungsformular für alle Dinge auf Ihrer Liste ausstellt. Ich will sämtliche Materialien beim nächsten Versorgungstermin auf See sehen. Ich denke, auf dem Weg nach Hawaii werden sie zwei dieser Treffen veranschlagen."

„Jawohl, Sir."

„Und Boss, Sie lassen Ihre Verbindungen zur *Ford* spielen. Ich brauche heute vor der Konferenz mit dem Admiral um 16 Uhr einen Landetermin. Bitte sprechen Sie mit demjenigen, der diesen Kram regelt."

„Jawohl, Sir."

Commander Boyle wurde von einem der MH-60 Hubschrauber des Trägers abgeholt und zur *Ford* geflogen. Er setzte ihn am frühen Nachmittag auf dem Flugdeck ab, während der reguläre Start- und Landezyklus der Starrflügelflugzeuge weiterlief.

Eines der weißen Hemden eskortierte Commander Boyle vom Helikopter über das Flugdeck ins Innere des Flugzeugträgers, wo er sich auskannte. Bis vor Kurzem hatte er noch zur Besatzung dieses Schiffs gehört. Der Tod des ehemaligen COs der *Farragut* hatte eine Lücke hinterlassen, die dringend gefüllt werden musste. Commander Boyle war die Antwort gewesen.

Drinnen angekommen, durchschritt er die Ebene O-3, auf der die meisten Offiziere untergebracht waren. Er kam an mehreren Büros vorbei, denen Männer seines Rangs vorstanden. Als Kapitän der *Farragut*, seines Zerstörers, war Commander Boyle der ranghöchste Offizier auf seinem Schiff. Sobald er den Flugzeugträger betrat, war er nur noch einer von vielen O-5-Offizieren. Außerdem gab es hier auch mehrere O-6-Navy Captains, wovon einer – der Flottenadmiral – sein Chef war. Die ranghöchste Person der gesamten Kampfträgergruppe war Konteradmiral Arthur Louis

Manning IV – der zufällig auch der Vater von Commander Boyles neuem weiblichen Airboss war. Die meisten dieser Offiziere würden an der für heute Nachmittag angesetzten Besprechung teilnehmen.

Boyle folgte dem Labyrinth aus weißen Fluren und blauem Linoleumboden, stieg durch geöffnete Abteilluken und um einige arme junge Matrosen herum, die Farbe abkratzen und putzen mussten. Am Ziel angekommen, klopfte er dreimal an die Tür des Kommodore.

„Herein", forderte ihn eine raue Stimme auf.

Boyle trat ein. Er sah zwei Kapitäne der Navy – den Commodore und seinen Deputy – sowie zwei Lieutenants. Die Lieutenants saßen auf einer verschlissenen blauen Couch. Einer von ihnen tippte auf einem Keyboard und bearbeitete eine PowerPoint-Präsentation, die auf einen an der Wand befestigten Flachbildschirm geworfen wurde.

„Freut mich, Sie hier zu sehen, Commander Boyle. Bitte setzen Sie sich", forderte der Deputy ihn auf.

Der Commodore nickte ihm zum Gruß zu und starrte dann weiter auf den Bildschirm.

„Tippfehler in *airborne*. Das schreibt man ohne *E* am Ende", brummte der Commodore vorwurfsvoll.

„Sir, ich denke, es stimmt so", erwiderte der Lieutenant mit nervöser Stimme.

„Dann sehen Sie nach. Und wechseln Sie die Schriftart. Wer hat das in Calibri gesetzt? Der Admiralsstab hat *klare* Richtlinien für alle Berichte erlassen. Das haben wir doch schon geklärt." Entrüstet schüttelte er den Kopf. „Calibri."

Der erschöpft aussehende Lieutenant, der am Computer arbeitete, murmelte etwas vor sich hin. Boyle konnte ihn nicht verstehen, aber der Deputy lächelte.

„Was war das?", fragte der Commodore.

„Ich nehme die Änderungen vor, Sir." Er veränderte

einiges und arrangierte den Text dann so um, dass er besser auf den Monitor passte.

Commander Boyle grinste in sich hinein. Höhere Offiziere gaben in Ansprachen an jüngere Offiziere oft vor, dass sie sie beneideten. Die Wahrheit war, dass Boyle diesen Stabsoffizier-Unsinn nicht im Geringsten vermisste.

Boyles Karriere war bisher nicht geradlinig verlaufen. Er war mehr als einmal auf dem goldenen Pfad zu einem Admiralsposten gewesen, um ihn dann wieder zu verlassen. Beim Militär galt ein unumstößliches Gesetz: Du sollst keine Lücke in deiner Dienstakte haben. Nun, der Lebenslauf von James Boyles hatte keine Lücke.

Es war ein wahrer Abgrund.

Boyle hatte im Jahr 1990 seinen Abschluss an der University of Notre Dame in Indiana gemacht, und danach acht Jahre lang ehrenhaft als Offizier der Oberflächenkriegsführung (SWO) gedient. Sein erster Einsatz als Nachwuchsoffizier war an Bord der USS *Missouri* gewesen, einem der letzten Schlachtschiffe der US Navy. Im Jahr 1991, in der Nacht, in der sie ihre 16-Zoll-Geschütze auf Kuwait abgeschossen hatten, hatte er Wachdienst auf der Brücke geschoben. Das Dröhnen der Geschosse verfolgte ihn noch heute.

Nach acht Jahren als überragender junger Offizier entschied sich James Boyle – gegen den Rat seiner Vorgesetzten – auszusteigen und ins Zivilleben zurückzukehren. Diese Wahl traf er zugunsten seiner Familie. Seine Kinder kannten ihn kaum und seine Frau, die sich monatelang allein um den Nachwuchs kümmern musste, war müde und gestresst.

Im Privatsektor lief es für ihn ausgezeichnet. Er bewährte sich in seinem Job und wurde mit raschen Beförderungen und großzügigen Bonuszahlungen belohnt. Seine Frau und er beschlossen, sich einen neuen Wagen zu kaufen, einen BMW, was seine Schwiegermutter begeisterte. Sie wurden Mitglieder in einem Country Club. Er fing an sich aktiv zu vernetzen – spielte Golf mit Unternehmensbossen und erhielt Anrufe von erstklassigen Headhuntern.

Aber irgendetwas fehlte.

Hinter den lächelnden Gesichtern, den erhobenen Gläsern und den Glückwünschen verbarg sich eine Leere, die James Boyle nicht vertreiben konnte.

Er vermisste die Brüderlichkeit und das Gefühl der Erfüllung, das der Militärdienst mit sich brachte. Seine Geschäftsfreunde zeigten sich oft von seinen Geschichten beeindruckt; aber er wollte sie ihnen nicht länger erzählen. Im Jahr 2001 war Boyle knapp dreißig Jahre alt. Aber er fühlte sich wie ein alter Mann, der über die guten alten Zeiten an Bord eines Schiffs redete, auf dem er sein Dasein gefristet hatte.

Es folgten lange Gespräche mit seiner Frau, bei denen auch Tränen flossen. Schlussendlich erklärte sie sich damit einverstanden, ihn in seinem Bestreben zu unterstützen, wieder in den aktiven Dienst zurückzukehren. Es ging weder schnell, noch war es einfach. Die Weicheier in der Personalabteilung der Navy ließen ihn über alle möglichen medizinischen und bürokratischen Hürden springen. Aber schließlich wurde James Boyle dann doch wieder in den aktiven Dienst der Navy übernommen.

Das war im August 2001. Kurz bevor die Welt sich über Nacht verändern sollte.

Wenige Wochen später war er auf dem Weg in den Nahen Osten. Sein Schiff wurde als Antwort auf den Angriff vom 11. September entsandt. Und im Oktober des gleichen Jahres stand er auf der Brücke, als sein Zerstörer Tomahawk-Raketen auf Ziele in Afghanistan abfeuerte.

Wie sich herausstellte, schadete ihm die Unterbrechung seiner Navy-Laufbahn nicht weiter. Er wurde zum Kommandanten befördert und bekam sogar eine der begehrten Offiziersunterkünfte zugeteilt. Zum Admiral würde er es nicht schaffen. Dafür hatte sein Lebenslauf zu viele Löcher. Aber vielleicht, dachte er damals, schaffte er es eines Tages doch noch zum Kapitän. Weitaus wichtiger war aber, dass er glücklich war. Seine Zeit in der amerikanischen Konzernwelt hatte ihm eine neue Wertschätzung für das vermittelt, was das Militär zu bieten hatte.

Nach seinem Kommandowechsel vor sechs Monaten war Boyle vorübergehend an die USS *Ford* überstellt worden, um sie bei ihrer Seeerprobung zu begleiten. Auf dem Träger wartete er auf seinen nächsten Einsatzbefehl. Vor wenigen Wochen kam dann der Anruf. Die *Farragut* brauchte einen Kapitän. Und wie jeder gute Offizier war Boyle mehr als bereit, ein neues Kommando zu übernehmen.

Jetzt war er zurück an Bord von Amerikas neuestem Flugzeugträger. Er kommandierte sein eigenes Schiff, hatte eine neue Herausforderung vor Augen und beobachtete zwei Nachwuchsoffiziere, die unter der Aufsicht seines neuen Chefs schwitzten.

Wann immer er jüngeren Offizieren zusah, wenn sie versuchten, es den spitzfindigen übergeordneten Offizieren recht zu machen, musste er innerlich grinsen. Die Welt dieser jungen Männer bestand einzig und allein aus diesem Schiff. Der Commodore war ihr Gott. Und aus diesem Grund wurden zwei der Besten und Hellsten, die die Vereinigten Staaten zu bieten hatten, wegen der Schriftart einer banalen PowerPoint-Präsentation gedemütigt. Diese beiden Jungoffiziere würden es weit bringen. Aber im Moment mussten sie für dieses Privileg büßen.

„Sir, ich habe nachgeschlagen – *airborne* schreibt man mit *E* am Ende."

„Das sagte ich doch", rief der Commodore. Der Lieutenant sah hoch, sagte aber nichts. Stattdessen nahm er die Änderung vor. Der Commodore ermahnte ihn: „Ganz ruhig, Lieutenant. Nur ein großer Mann kann einen Fehler eingestehen."

Der Lieutenant sah wieder auf.

Worauf der Commodore hinzufügte: „Ich bin kein großer Mann." Ein breites Grinsen erschien auf seinem Gesicht.

Nervös erwiderte der Lieutenant das Lächeln und kehrte an sein Keyboard zurück. Boyle unterdrückte ein Lachen. Zumindest hatte der Commodore einen Sinn für Humor.

Die beiden jungen Offiziere gehörten zum Stab des Kommodore. Einer war der Operations Officer des Zerstörergeschwaders (DESRON). Der andere war der Future Operations Officer, zuständig für die Ausarbeitung von Befehlen und künftigen Konzepten. An Bord des Flugzeugträgers gab es mindestens fünfzig Personen, in deren Titel die Worte „Operations Officer" vorkamen, wobei jeder einem anderen Stab oder Geschwader zugeordnet war. Im Prinzip waren sie die Manager, die Dinge wie Schiffsbewegungen und Flugzeugeinsätze planten.

Die Abläufe auf einem Flugzeugträger erinnerten Boyle in vielerlei Hinsicht an die Arbeit in einem großen Unternehmen. Es gab Dutzende von Abteilungen, deren Mitarbeiter in ihren eigenen Bereichen sehr kompetent waren, denen es aber am Verständnis für die Aufgabengebiete der anderen Abteilungen mangelte. In einer Firma gab es die Ressorts IT, Personalwesen, Verkauf, Marketing, Finanzen, Produktion sowie Forschung & Entwicklung, in denen die Angestellten ihren spezifischen Aufgaben nachgingen.

Auf einem Flugzeugträger war es dasselbe. Die unterschiedlichen Gruppen entwickelten jeweils ihre eigene Kultur. Der Atomtechniker tief im Schoß des Flugzeugträgers, der seit zwei Wochen kein Tageslicht mehr gesehen hatte, unterlag strengen Sicherheitsrichtlinien. Es war genau geregelt, wie viele Minuten er sich in seinem gefährlichen Dienstbereich aufhalten durfte. Sollte er jemals das Flugdeck des Trägers betreten, würde er vor Schreck wahrscheinlich erstarren. Die Besatzung auf dem Flugdeck, die den ganzen Tag damit verbrachte, Flugzeuge zu starten und einzufangen, war dieses Umfeld gewöhnt. Sie hatten aller Wahrscheinlichkeit aber nicht die geringste Ahnung von Kernkraft. Die Nachwuchsoffiziere im Stab des Commodore planten den ganzen Tag sorgfältig, was jedes Schiff der Gruppe in den kommenden sechs Wochen tun würde. Sie waren geschockt, als sie einige der F-18-Piloten trafen, die nicht einmal den Namen des Zerstörers in zehn Meilen Entfernung kannten. Jeder hatte eine Aufgabe zu erledigen und entwickelte sich diesbezüglich zu einem Experten. Der Betrieb eines Flugzeugträgers war so komplex, dass nur wenige, wenn überhaupt, über alles Bescheid wussten.

Das war der Grund, weshalb der Commodore, der Commander Air Group (CAG) und der Admiral so gut bezahlt wurden.

Zwischen dem Leben auf einem Flugzeugträger und dem Alltag in der amerikanischen Privatwirtschaft gab es jedoch auch gravierende Unterschiede. Als Boyle noch im Privatsektor war, hatten sich seine Kollegen oft darüber beschwert, dass sie sich niemals von der Arbeit distanzieren konnten. Ständig beantworteten sie E-Mails oder mussten noch arbeiten, nachdem sie die Kinder ins Bett gebracht hatten. Boyle musste darüber meist lachen. Im Einsatz arbeitete man *tatsächlich* rund um die Uhr. Man *lebte* mit seinen Kollegen zusammen. Mahlzeiten nahm man in der Regel mit dem – oder zumindest in Sichtweite des – Vorgesetzten ein. Das Telefon klingelte zu jeder Tag- und Nachtzeit, weil es etwas gab, das die Wachhabenden einem mitteilen mussten. Die Arbeit verlangte jede Stunde, jeden Tag volle Aufmerksamkeit. Und es gab keine Familie, keine Videochats oder Telefonanrufe. Nichts, bis man alle acht Wochen in den Hafen zurückkehrte. Und die „freie Zeit" während der Hafenbesuche verbrachte man ebenfalls mit den Kollegen. Essen, schlafen, trinken, arbeiten, sich amüsieren. Egal was. Das Militärleben bestimmte einfach alles. So ging es in der Navy zu. Und das war noch nichts im Vergleich zu dem, was die Bodentruppen im Irak und in Afghanistan durchmachen mussten.

Das heißt nicht, dass alles schlecht war. Manchmal ließ die vorübergehende Trennung das Herz auch höherschlagen. Manchmal führte diese Trennung auf Zeit allerdings auch zu ... nun ja ... einer *permanenten* Trennung. Beziehungsgeschichten waren das Hauptthema vieler Gespräche zwischen Schiffskameraden. Nicht so bei Boyle. Seine glückliche Ehe blieb privat. Er vermisste seine Frau und seine Kinder sehr und hatte sich darauf gefreut, sie bald wiederzusehen. Ob das jetzt noch möglich war?

Die Seeerprobung der *Ford* sollte eigentlich nur wenige Tage in Anspruch nehmen. In den letzten Wochen hatte sich jedoch viel geändert. Boyle hatte nun einen anderen Vorgesetzten, ein neues Kommando und keine Idee, wann er seine Frau und seine Kinder das nächste Mal sehen würde.

Der Commodore unterbrach seinen Gedankengang. „Commander, es tut mir leid, dass ich Sie warten lasse. In fünfunddreißig Minuten findet die Unterrichtung des Admirals statt. Wir müssen das hier noch zu Ende bringen, dann bin ich bei Ihnen."

„Kein Problem, Sir."

Der Commodore war für sämtliche Schiffe der Trägerkampfgruppe verantwortlich, mit zwei nennenswerten Ausnahmen. Er war nicht zuständig für den Lenkwaffenzerstörer – in diesem Fall die USS *Michael Monsoor*. Und auch nicht für den Flugzeugträger selbst – die USS *Ford*. Beide wurden von Männern gleichen Rangs kommandiert, ihres

Zeichens O-6 oder US Navy Captains. Alle anderen Kriegsschiffe der Einheit *waren* dem Commodore unterstellt: die Zerstörer und die Schiffe für die küstennahe Gefechtsführung. Oder hießen sie Fregatten? Boyle konnte es manchmal nicht auseinanderhalten.

Was er jetzt auf dem Monitor sah, überraschte ihn. Trotzdem hielt er vorerst den Mund. Wie erwartet bewegte sich die Trägerkampfgruppe auf Pearl Harbor zu. Aber es gab zwei Routen. Ein Kontingent von Schiffen mit der Bezeichnung SAG 131 war auf südwestlichem Kurs unterwegs.

Unter dem SAG 131-Symbol waren mehrere aus drei Buchstaben bestehende Schiffskennungen gelistet. Eine davon war FAR. Die *Farragut*. James beobachtete aufmerksam, wie der Commodore, sein Stellvertreter und die beiden Lieutenants das Briefing vorbereiteten. Es hatte den Anschein, als bestünde ihre Surface Action Group aus Zerstörern und Schiffen für küstennahe Gefechtsführung und nur einem Versorgungsschiff. Sie waren auf dem Weg in den Südpazifik.

Er hatte nur keine Ahnung, warum.

„Achtung an Deck!"

Die Anwesenden im Konferenzraum des Admirals auf der USS *Ford* standen geschlossen auf. Boyle erhob sich von einem der vielen an der Wand aufgereihten Stühle. Dutzende Geschwader-COs und Stabsoffiziere formten zusammen mit ihm eine zweite Reihe um den Konferenztisch herum. Die Plätze direkt am Tisch waren für die ranghöchsten Offiziere reserviert. Meist O-6er. Admiral Manning marschierte in den Raum, gefolgt von seinem Stabschef und seinem Adjutanten. Er befahl: „Setzen."

Alle nahmen schweigend Platz.

Ein für digitale Betriebsmittel zuständiger Captain stand vorne im Raum. Seine Anstecknadel verriet Boyle, dass er der neue Kommandant des Admirals für Information Warfare, der IWC, sein musste. Er leitete die Erhebung und den Fluss geheimdienstlicher Informationen innerhalb ihrer Kampfgruppe.

„Admiral Manning, guten Tag. Viele von Ihnen wissen bereits, dass wir kürzlich spezifische Informationen erhalten haben, die auf eine wachsende Bedrohung durch die chinesische Marine hinweisen. Die Spannungen im westlichen Pazifikraum sind in den letzten vierundzwanzig Stunden eskaliert. Bislang hat Nordkorea auf den Bombenangriff auf ihre nuklearen Einrichtungen nur verbal reagiert. Aber sowohl das nordkoreanische als auch chinesische Militär befinden sich in hoher Alarmbereitschaft. Zudem vermuten wir nun, dass ein chinesischer Flottenverband östlich der zweiten Inselkette unterwegs ist."

Ein Raunen ging durch den Raum. Einige hörten zum ersten Mal von der Bestätigung dieser Ereignisse.

Admiral Manning fragte: „Ist das die Gruppe der Handelsschiffe?"

„Jawohl, Sir."

„Fahren Sie bitte fort." Der Raum wurde still.

Der Berichterstatter ging nun mehrere Folien durch. Eine große Karte des pazifischen Einsatzbereichs. Große graue Kreise überlagerten Teile der Karte und demonstrierten die Reichweite bodengestützter Raketen.

„Der Nachrichtendienst der Marine hat Hinweise darauf, dass chinesische Marineschiffe in höchster Alarmbereitschaft möglicherweise in diesem Moment weitere offene Feindseligkeiten gegen US-Marinekräfte im westlichen Pazifik planen. Wir glauben, dass die Handelsschiffe im südlichen Pazifik die Vorhut eines chinesischen Versorgungskonvois darstellen."

„Werden sie eskortiert?“, fragte der CAG.

„Davon gehen wir nicht aus.“

Erneutes Raunen im Raum.

Admiral Manning zeigte auf den Bildschirm am anderen Ende des Konferenztischs. „Verfügen wir über ein neueres Bild der chinesischen U-Boot-Standorte?“

„Sir, sowohl die Schiffs- als auch die U-Boot-Positionen sind zum jetzigen Zeitpunkt mindestens vierundzwanzig Stunden alt.“ Der Kommandant klang unglücklich.

„Na schön – Commodore, wie sieht Ihr Plan für die Jagdflugzeuge aus?“

„Sir, wir haben Luftunterstützung rund um die Uhr angefordert, ab dem Moment unserer Ankunft in Hawaii. Und ich arbeite mit den ‚Swamp Foxes‘ zusammen, dem Helikoptergeschwader HSM-74, um kontinuierliche Hubschrauberunterstützung zu gewährleisten. Zudem wird die Trägerkampfgruppe ein Schutzschild aus Zerstörern haben, die uns vor der Bedrohung durch Unterseeboote schützen wird.“

„Sie sind gerade dabei, mir einige meiner Zerstörer wegzunehmen, stimmt's?“

Der Commodore lächelte leicht verlegen. „Sir, die Surface Action Group würde viele der Zerstörer nach Süden führen, aber …“

„Der Flugzeugträger ist eine hochwertige Einheit, Scott. Stellen Sie sicher, dass wir ihn dementsprechend behandeln.“

„Jawohl, Sir.“

„Wir kommen darauf zurück, wenn wir im Detail über Ihre Pläne reden.“

„Jawohl, Sir.“ Der Commodore sah seine Lieutenants an, die nebeneinander an der Wand saßen. Sie hatten rote Gesichter, da ihnen klar wurde, dass sie wohl alle im Verlauf der letzten sechs Stunden entworfenen Pläne würden überarbeiten mussten.

Admiral Manning wandte sich nach links. „CAG, wir müssen der Überwachung durch den Überhorizontradar eine besondere Priorität einräumen. Aufgrund der reduzierten Satelliten- und Drohnenkapazitäten brauchen wir verbandseigene Fähigkeiten, die uns sagen, wo sich die bösen Jungs aufhalten und was sie vorhaben."

„Jawohl, Sir. Daran arbeiten wir bereits."

„Wie weit sind wir mit der Aufstockung des Luftwaffengeschwaders?"

„Sir, die Lieferflüge bringen rund um die Uhr Personal und Ersatzteile herein. Wir haben die Aufnahme von V-22 Ospreys geplant, sobald wir auf der Höhe von North Island sind. Wir haben ein Geschwader von F-35C an Bord, sowie Growlers und das Frühwarngeschwader ‚Screwtops'. Aber wir brauchen mehr Hubschrauber und Mehrzweckkampfflugzeuge, etwa Super Hornets, Sir. Wir haben momentan die Hälfte der Besatzung, mit der wir normalerweise segeln."

Der Admiral fragte: „Welche Hilfe brauchen Sie?"

„Sir, es könnte helfen, wenn das Hauptquartier der Pazifischen Flotte ermutigt würde …"

„In Ordnung. Nachdem wir hier fertig sind, rufe ich PACFLEET an." Der Admiral sah Captain Stewart an. „Finden Sie im Laufe der nächsten Woche einen Tag Zeit, um noch ein paar Staffeln aufzunehmen?"

Der CAG antwortete: „Admiral, um mehr Hubschrauber aufzunehmen, müssen wir näher an San Diego herankommen."

Der Admiral runzelte die Stirn. „Ich fürchte, dazu fehlt uns die Zeit. Rufen Sie mir in Erinnerung, was wir momentan an Bord haben?"

„Wir haben genau vier Romeos und fünf Sierras, Sir." Der

CAG sah sich entlang der Wand suchend um. Er fragte einen Kommandanten in Fliegerkombi: „Wenn wir keine zusätzlichen Hubschrauber bekommen, was brauchen Sie dann, um rund um die Uhr operieren zu können?“

Boyle ging auf, dass der Mann im Fliegeranzug ein Kommandant einer der Hubschrauberstaffeln sein musste. „Sir, die Aufnahme von zusätzlichem Personal ist bereits organisiert, sobald wir in der Nähe von Hawaii sind. Außerdem sind wir im Gespräch mit HSM-37, damit sie uns einen oder zwei ihrer Vögel überlassen. Sie sind in Kanehoe Bay zuhause.“

Der Admiral nickte. „Gut. Meine Herren, wir haben alle kürzlich erlebt, wie tödlich ein einziges chinesisches U-Boot sein kann, das unentdeckt unterwegs ist. Wir müssen wachsam sein. Unterschätzen Sie die Bedrohung durch die U-Boote bitte nicht. Wenn die Chinesen uns angreifen, sind die Flugzeugträger ihre bevorzugten Ziele.“

Die Offiziere um den Tisch herum nickten zustimmend. „Jawohl, Sir.“

Der Admiral wechselte das Thema. „Commodore, reden wir jetzt über Ihre SAG.“

Der Commodore griff nach der Fernbedienung und wechselte die Folie, um die Übersicht der Schiffe zu zeigen, an der seine Lieutenants gearbeitet hatten. „Sir, basierend auf den Nachrichten, die uns heute Morgen erreichten, beabsichtigen wir eine Surface Action Group in Position zu bringen, die den chinesischen Konvoi orten und dessen Vorrücken verhindern soll. Wir haben vor das Gebiet zu patrouillieren, das sie unseren Informationen nach durchkreuzen werden. Bei einer durchschnittlichen Geschwindigkeit von achtzehn Knoten bin ich zuversichtlich, dass wir sie in der Nähe der Marshall Inseln abfangen können.“

„Wen nehmen Sie mir ab, Commodore?“

Der Commodore bemühte sich, zerknirscht auszusehen. „Wir dachten zunächst an vier Zerstörer, drei Schiffe für küstennahe Gefechtsführung und ein Versorgungsschiff."

Der Admiral starrte auf die Karte. Dann bat er: „Commodore, zählen Sie bitte noch einmal auf, wer alles zu uns gehört. Wir haben eine Reihe neuer Gesichter unter uns."

„Sir, zu den Schiffen in unserem Verband zählt zum einen der Arleigh Burke-Klasse Zerstörer USS *Mason*. Begleitet wird er von unserem neuesten Zumwalt-Klasse Zerstörer, der USS *Michael Monsoor*. Unser Versorgungsschiff ist die USNS *Henry J. Kaiser*, und wir haben zwei Schiffe für die küstennahe Gefechtsführung, die *Detroit* und die *Fort Worth*."

„Und die *Farragut* ..."

„Jawohl, Sir. Die *Farragut* befindet sich bereits auf dem Weg zu uns. Ihr neuer Captain, Commander Boyle, ist heute bei uns."

„Willkommen, Commander Boyle."

„Vielen Dank, Sir."

Der Admiral fragte: „Commodore, wann stoßen wir auf die anderen?"

„Sir, drei weitere Zerstörer, zwei Schiffe für küstennahe Gefechtsführung und ein Versorgungsschiff sind von San Diego aus auf dem Weg zu uns. Meinem Gespräch mit Captain Stewart und seinem Navigator zufolge sollten sie übermorgen bei uns eintreffen."

Der Navigator trug eine Fliegerkombi und saß ebenfalls in der zweiten Reihe. Soweit Boyle wusste, war er ein ehemaliger kommandierender Offizier der P-3-Staffel, ein hervorragender Pokerspieler und überhaupt ein guter Typ. Jetzt bestätigte dieser: „Richtig, Sir. Übermorgen, um zwanzig hundert Stunden Ortszeit."

„Und je näher die Trägerkampfgruppe Pearl Harbor kommt, desto mehr Zuwachs bekommen wir."

„Wie viele Schiffe?"

„Sir, daran arbeiten wir noch."

„Wo liegt das Problem?"

„Die Dritte und die Siebte Flotte verhandeln noch über Kontingente. Niemand will zu kurz kommen."

Admiral Manning runzelte die Stirn. „Darüber reden wir später. Sagen Sie, haben Sie vor, sich den Zerstörern anzuschließen, wenn wir uns aufteilen?"

Im Raum wurde es unbehaglich still. Hier war vielleicht nicht der beste Ort für diese Unterhaltung. Aber Admiral Manning hatte den Ruf, seine O-6er in Besprechungen wie dieser ins Schwitzen zu bringen. Boyle hatte einmal miterlebt, wie ein Commander für Information Warfare in einer ähnlichen Situation vorschlug, das Gespräch privat fortzuführen. Daraufhin hatte Admiral Manning erwidert: „Warum zum Teufel veranstalten wir diese Treffen dann? Nur um unseren Nachwuchsoffizieren zu demonstrieren, dass wir unseren Job machen? Geben Sie mir Ihre verdammte Antwort jetzt, Captain." Seitdem rechneten alle O-6er stets damit, sämtliche Tagesordnungspunkte ausdiskutieren zu müssen.

Der Commodore räusperte sich. „Ich hatte vor, an Bord der *Farragut* zu gehen, Sir …"

„Und die *Michael Monsoor* hier zu lassen?" Der Admiral blickte über den Tisch zum Kapitän der *Michael Monsoor*, der für diese Konferenz ebenfalls eingeflogen war.

„Jawohl, Sir, selbstverständlich. Captain Hoblet auf der *Monsoor* ist der Befehlshaber der Flugabwehr. Ich nahm an, Sie wollten sie als Begleitung behalten …"

Sowohl der Commodore als auch der Admiral wandten sich nun Captain Hoblet zu, der ein paar Plätze weiter am Tisch saß. Normalerweise war der Kapitän eines begleitenden bewaffneten Kreuzers der Kommandant der Flugabwehr. Da ihre Trägerkampfgruppe in aller Schnelle aus Einheiten zusammengewürfelt worden war, deren nächste Einsätze für Monate oder sogar Jahre nicht anstanden, waren keine Kreuzer zu vergeben gewesen. Die USS *Michael Monsoor* war ein drei Milliarden Dollar teurer Triumph moderner Marinetechnologie – oder, wie böse Zungen behaupteten, ein drei Milliarden Dollar teurer Haufen Schrott.

Fast jeder Fortschritt in der Militärtechnologie der letzten Jahre war umstritten. Zum einen litt die Verteidigungsindustrie unter der bürokratischen Beschaffungsmaschinerie des Staats. Zum anderen lag es an den Lobbyisten konkurrierender Rüstungsunternehmen, die nur zu gern negative Nachrichtenkampagnen starteten, um ihre eigenen Vorhaben zu fördern. Wenn eine neue Militärplattform infolgedessen keine Finanzierung erhielt, bedeutete das aber keine Ersparnis für den Steuerzahler; stattdessen wurde bei der Konkurrenz ein bewährtes, einsatzbereites und kampferprobtes Stück Hardware bestellt. Washington machte Boyle krank, wenn er zu lange darüber nachdachte.

Der Zerstörer der Zumwalt-Klasse bildete keine Ausnahme. Während ein Großteil seiner Technik hochmodern war, wurde er von mehreren eklatanten Problemen geplagt – wovon eines seine Luftabwehrfähigkeiten betraf. In diesem Bereich hatte sich die Schiffsklasse noch nicht bewiesen, deren Systeme sich von dem Aegis-System unterschieden, dass andere Navy-Zerstörer und -Kreuzer benutzten.

Admiral Manning fragte: „Kann ich mich auf ein Schiff der Zumwalt-Klasse für meine Luftverteidigung verlassen, Commander?"

Captain Hoblet erwiderte: „Sir, die *Michael Monsoor* ist absolut in der Lage –"

„Wie viele Übungen und wie viel Training haben Sie und Ihre Besatzung absolviert? Und wie gut sind Sie mit den Aegis-Zerstörern vernetzt?"

„Admiral, zugegebenermaßen ist das Schiff nagelneu. Wir haben noch keine –“

„Halten wir uns bei unserer Entscheidungsfindung an die Fakten. Mag sein, dass die *Michael Monsoor* über fantastische Kapazitäten im Bereich der Luftverteidigung verfügt. Aber während eines Raketenangriffs will ich nicht herausfinden, dass es Kompatibilitätsprobleme mit dem Aegis-System der anderen Zerstörer gibt. Verstanden?“

„Jawohl, Sir.“

„Ihren Berichten entnehme ich, dass Sie einige der anderen Waffensysteme an Bord getestet haben und für den Überwasserkrieg bestens gerüstet sind.“

„Diese Aussage trifft zu, Sir.“

„Sehr gut. Commodore, wenn wir hier fertig sind, sehen wir uns an, ob wir die *Michael Monsoor* als Commander der SAG einsetzen wollen. Captain Hoblet, die Aufgabe der Flugabwehr delegieren Sie an einen unserer Begleitzerstörer, die bei der *Ford* bleiben.“

„Jawohl, Sir.“ Hoblets Gesicht war ausdruckslos.

„Commodore, wie sieht der Plan für unsere SAG aus?“

Der Commodore war sichtlich darum bemüht, die Fassung zu bewahren, nachdem er gerade von seinem Vorgesetzten öffentlich vorgeführt worden war.

„Sir, wir werden mindestens vier Hubschraubereinheiten auf den Schiffen der Aktionsgruppe unterbringen. Was die Formation angeht, beabsichtige ich …“ – er klickte weiter zur nächsten Folie – „… parallel auf gleicher Höhe zu fahren; mit jeweils etwa einhundert Meilen Abstand zwischen den sieben Kriegsschiffen. Ein Versorgungsschiff wird sich in der Nähe eines der Schiffe aufhalten. Damit decken wir täglich eine vertikale Linie von siebenhundert nautischen Meilen ab, dazu noch etwa zweihundert Meilen auf jeder Seite, die die Hubschrauber überwachen können.“

„Da bleibt aber noch verdammt viel offener Ozean, den wir zusätzlich sichern müssen.“

„Sir, im nördlichen Australien ist eine Expeditionseinheit der Marine an Bord der USS *America* stationiert. Mit Ihrer Erlaubnis, Sir, möchte ich PACFLEET bitten, uns mit einigen ihrer V-22 und F-35 bei der Überwachung des Südpazifik zu unterstützen. Das würde uns helfen, den Suchbereich einzugrenzen.“

Der Admiral klang nicht überzeugt. „Sie glauben nicht, dass PACCOM vorhat, die Marines einzusetzen?“

„Sir, ich bin mir sicher, dass sie das tun werden. Aber, außer meine Schiffe großflächig zu verteilen und –“

„Was ist mit den Australiern?“

„Sir?“

„Stehen wir in Kontakt mit der Royal Australian Air Force? Lassen Sie uns herausfinden, ob uns einige ihrer Seefernaufklärer dort unten beistehen können. Arbeiten Sie mit dem IWC zusammen.“

Der IWC mischte sich ein. „Sir, sie zählen bereits zu unserem Arsenal – in den letzten vierundzwanzig Stunden war einfach nur der Informationsfluss unterbrochen. Tatsächlich könnte uns in Kürze ein weiteres maritimes Aufklärungsinstrument zur Verfügung stehen. Die Air Force hat einige B-52 auf Guam stationiert, die gerade mit dem Radarsystem ‚Dragon's Eye‘ ausgestattet werden. Sie werden das Gebiet um Guam herum großflächig patrouillieren.“

„Das sind ausgezeichnete Neuigkeiten. Meine Herren, wir müssen in Erwägung ziehen, dass China möglicherweise das versucht, was Japan im Zweiten Weltkrieg nicht gelungen ist. Nordkorea könnte den Süden angreifen. China hat mit Vergeltungsmaßnahmen gegen die Vereinigten Staaten gedroht, falls wir Nordkorea angreifen. Jetzt, da wir Nordkoreas Raketenstützpunkte bombardiert haben, wird sich herausstellen, ob

China geblufft hat. Gut möglich, dass wir uns nächste Woche um diese Zeit im Krieg befinden. Falls dem so sein sollte, wird China über den Pazifik stürmen und versuchen, sich im Rekordtempo möglichst viel Land anzueignen; welches sie dann bewaffnen und befestigen werden, um zu verhindern, dass wir es zurückerobern.

Alle Schlachten des Zweiten Weltkrieges, die Sie studiert haben, all die Namen, die Sie kennen – Midway, Wake Island, Tarawa, Iwo Jima – erinnern Sie sich jetzt daran. Sie stellen einmal mehr strategisch wichtige Landmassen dar, die wir nicht außer Acht lassen dürfen. Auf diesen Inseln finden Start- und Landebahnen Platz, solange sie nach der dortigen Hauptwindrichtung gebaut werden. Es gibt nur eine Handvoll davon. Sollten diese Inseln dem chinesischen Militär in die Hände fallen, wird es für uns weitaus schwieriger, die Kontrolle über das sie umgebende Meer aufrechtzuerhalten.

In Kürze schicken wir einige unserer Schiffe als Teil einer SAG gen Süden. Unserer Trägerkampfgruppe fällt die taktische Kontrolle über diese SAG zu, während sie nach möglichen chinesischen Konvois Ausschau hält, die versuchen, den Pazifik zu überqueren. Unsere Kampfgruppe wird Richtung Pearl Harbor segeln, um dort Personal, Ersatzteile und Flugzeuge aufzunehmen. Uns werden weitere Schiffe folgen – so viele wie möglich, hoffen wir." Bei dieser Aussage sah er direkt den Commodore an.

„Wir arbeiten mit der Pazifikflotte an den Befehlen für die Zeit nach unserer Ankunft in Hawaii. Im Augenblick muss ich alle hier Anwesenden auffordern, mit der Kriegsplanung zu beginnen."

Ein entschlossenes Nicken im ganzen Raum.

„Egal ob die Bedrohung von China, Nordkorea oder von beiden ausgeht – unsere Trägerkampfgruppe könnte bald in Gefahr sein. Bereiten Sie sich vor. Schulen Sie Ihre Leute.

Sorgen Sie dafür, dass sie motiviert sind und auf ihre Gesundheit achten. Ab sofort keine Heimatkommunikation mehr. Die operative Sicherheit steht an oberster Stelle. Das war alles, meine Herren. An die Arbeit.“

Alle sprangen von ihren Stühlen auf und nahmen Haltung an, als sich der General erhob und den Raum verließ.

Commander Boyle machte den Kommodore auf sich aufmerksam, nachdem der Admiral das Konferenzzimmer verlassen hatte. Ein Großteil der Offiziere blieb zurück. Die meisten waren Stabsoffiziere, die mit ihren Vorgesetzten Taktik- und Zeitpläne durchgingen.

Der Commodore lächelte Commander Boyle an. „Tja, Captain, da haben sie Schwein gehabt. Jetzt müssen Sie sich keine Sorgen mehr darüber machen, dass ich mich auf Ihrem Schiff einquartiere.“

Boyle grinste ein wenig. „Haben Sie Zeit für ein Gespräch, Sir? Mein Hubschrauber bringt mich in etwa vierzig Minuten zur *Farragut* zurück.“

„Ja. Kommen Sie kurz mit in meine Kabine.“

Boyle folgte dem Commodore. Die belebten Gänge eines Flugzeugträgers erinnerten Boyle an das Fahren auf einer Autobahn: zu viel Verkehr, viele Engpässe. Die Leute hinter einem erweckten immer den Eindruck, es eilig zu haben, während sich die vor einem stets zu langsam bewegten. Trotzdem, insgesamt verlief der Verkehr reibungslos. Alle zwanzig Fuß oder so durchschritten sie eine der offenen sechs Fuß hohen Luken, die die wasserdichten Schiffsabteilungen voneinander trennten. Boyle wusste, dass diese Schotten bei einem Ruf an die Gefechtsstationen geschlossen und verriegelt würden, um im Falle eines Schadensereignisses die Überlebenschancen der Besatzung zu erhöhen.

Zu beiden Seiten des Hauptgangs zweigten dunkle Korridore mit vielen Türen ab. Einige trugen Namensschilder – die Unterkünfte der Offiziere. Hinter anderen waren Büros. Zwischen den Wohnquartieren befanden sich die Toiletten bzw. die Bäder. Boyle sah einen Mann in einem Badetuch aus einer der Türen kommen, seine nassen Flip-Flops quietschten auf dem Boden. Sicher jemand von der Nachtwache oder ein Pilot nach dem Nachtflug. Der Schiffsbetrieb ruhte nie.

Endlich erreichten sie die Kabine des Kommodore. Im Gegensatz zu den anderen Türen aus einfachem grauen Kunststoff war seine tiefblau mit einer dekorativen Holztafel. *Commander, Destroyer Squadron 22*. Darunter stand: *Sea Combat Commander*. Der Mann hatte viele Titel.

„Möchten Sie einen Kaffee? Oder eine Cola?" Der Commodore öffnete seinen Mini-Kühlschrank und hielt eine Dose hoch.

„Sicher, ich nehme ein Cola, Sir. Danke."

Sie öffneten ihre Getränkedosen und setzten sich – Boyle auf das Sofa und der Commodore ihm gegenüber in einen blauen Sessel. Zwischen ihnen stand ein kleiner Couchtisch. Es war beengt, aber selbst dieses bescheidene Quartier galt an Bord eines Flugzeugträgers als Luxuskabine. Der Commodore war einer der ranghöchsten Mitglieder ihrer nun neuntausend Personen starken Trägerkampfgruppe. Seine Belohnung waren eine Couch und ein mit Cola bestückter Mini-Kühlschrank, zusammengepfercht in einem Raum von der Größe des begehbaren Kleiderschranks von Boyles Frau.

„Unsere Unterhaltung sollte sich eigentlich darum drehen, wie ich die SAG leiten werde." Er lächelte. „Aber da sich das inzwischen erledigt hat …"

Es klopfte an der Tür.

„Herein."

Die Tür öffnete sich und Captain Hoblet stand im Türrahmen. „Scott, falls Sie Zeit haben, wollte ich kurz mit Ihnen reden. Mein Hubschrauber kommt gleich."

„Treten Sie ein, kommen Sie nur." Der Commodore winkte.

„Sir, ich kann auch gehen."

„Jared, das ist James Boyle, der neue Captain der Farragut."

„Aha. Freut mich, Sie kennenzulernen, James. Sieht aus, als ob wir zusammenarbeiten werden." Ein amüsierter Ausdruck huschte über das Gesicht des Mannes. Sie schüttelten einander die Hände.

„Die Entscheidung des Admirals tut mir leid, Scott. Ich kann gerne noch einmal mit ihm –"

„Nein. Er hat recht, wenn ich es vom Gesichtspunkt der Luftverteidigung her betrachte. Was ich nicht gemacht hatte. Es macht mehr Sinn, dass ein anderes Aegis-Schiff hier bei der *Ford* bleibt und Sie die SAG leiten."

Hoblet nickte. „Ich tendiere ebenfalls in diese Richtung. Ich bin überzeugt, dass die Flugabwehrfähigkeiten der *Michael Monsoor* sämtliche Erwartungen übertreffen werden. Aber es ist das Risiko nicht wert. Nicht, wenn wir so viele bewährte Lenkwaffenzerstörer haben."

„Setzen Sie sich doch."

„Nein, ich wollte nur kurz vorbeischauen, um sicherzugehen, dass Sie mit dieser Entscheidung leben können."

„Wir kriegen das schon hin. Außerdem schreiben die Leute von PACFLEET sowieso alles um, was wir ihnen vorlegen."

Hoblet kicherte. „Wie wahr." Er streckte dem Commodore die Hand entgegen und sah ihm in die Augen. „Viel Glück." Dann sah er zu Boyle hinüber und sagte: „Commander. Wir sprechen uns." Damit verließ er den Raum und die Tür fiel hinter ihm ins Schloss.

Der Commodore seufzte tief. „Wie viele Piloten haben sie auf Ihrem Schiff?"

Boyle runzelte die Stirn. „Sir?" Es war eine seltsame Frage.

„Commander, mir fehlt ein Pilot. Mein Air-Ops-Offizier hat kurz vor dem Auslaufen ein Baby bekommen und mein Team hat Schwierigkeiten mit der Pilotensprache. Ich brauche einen Hubschrauberpiloten, der meinem Personal bei der Zusammenarbeit mit den Fliegerstaffeln helfen kann. Möglich, dass wir in Kürze rund um die Uhr vom Flugzeugträger und allen Schiffen unter diesem Kommando aus Überwachungsflüge und U-Boot-Jagden durchführen werden. Deshalb brauche ich einen neuen Air Operations Officer Ich habe es dem CAG gegenüber bereits erwähnt. Den Helikopterstaffeln an Bord des Flugzeugträgers mangelt es an Piloten. Deshalb will er ihnen keinen wegnehmen, falls es eine andere Lösung gibt."

„Auf der *Farragut* haben wir fünf Piloten, Sir. Aber ich vermute, dass der CO des Hubschraubergeschwaders das genehmigen müsste …"

Der Commodore nahm den Telefonhörer in die Hand und wählte eine Nummer. „CAG, Commodore. Ich will einen der Hubschrauberpiloten der *Farragut* klauen und ihn zu meinem neuen Air-Ops-Offizier machen. Ich verlege ihn hierher auf den Träger. Er kann uns einen doppelten Dienst erweisen und gleichzeitig Ihre Heli-Jungs unterstützen, falls es nötig sein sollte. Ist Ihnen das recht?" Der Commodore griff nach Papier und Stift. „Aha. Okay. Ja. Ich werde es veranlassen. Danke, CAG."

Boyle sah auf seine Uhr. Er musste gleich los.

Nachdem er aufgelegt hatte, verkündete der Commodore: „Der CAG hat seine Zustimmung erteilt. Hier, nehmen Sie

Kontakt mit dem Kommandanten des HSM-46 auf und überlegen Sie, wen Sie uns schicken können. Ich würde ihn gern schon morgen hier sehen, bevor Sie außer Reichweite sind. Uns steht eine Menge Arbeit bevor."

„Jawohl, Sir."

Plug blieb der Mund offen stehen. Victoria hatte Mitleid mit ihm. Das hatte er nicht verdient. Trotzdem war es irgendwo schon lustig, dass ein Mann, der vor Kurzem dem Tod ins Gesicht gesehen und der Gefahr getrotzt hatte, sich endlich seiner größten Angst stellen musste – dem Papierkrieg.

„Das muss ein Irrtum sein."

Victoria erklärte: „Der Schiffsführer sagte, dass er mit dem CO der 74 gesprochen hat. Sie werden auf dem Flugzeugträger auch zum Fliegen kommen."

„Boss, ich bin der Wartungsoffizier Ihrer Einheit. Ich habe gute Arbeit geleistet, oder? Ich wollte noch ein Jahr dranhängen. Ich wollte Fluglehrer werden – sehen, ob ich vielleicht einen Platz in San Diego bekommen kann. Und der neue Job ist nicht mal einer, den ich eigentlich schon hätte haben sollen ... ich kann jetzt nicht rotieren. Wie war es überhaupt möglich, meinen neuen Marschbefehl so schnell auszustellen?"

„Der Kommodere des DESRON braucht jemanden für den Flugbetrieb. Er hat von Ihrer guten Arbeit gehört und Sie persönlich ausgewählt."

Plug sah sie skeptisch an. „Ach ja?"

„Nicht wirklich. Für ihn hätte es wohl jeder Hubschrauberpilot getan. Unser Kapitän hat Sie ausgewählt. Er konnte keinen unserer 2Ps schicken, denen mangelt es an Erfahrung." Ihr Gesicht drückte Anteilnahme, aber auch Belustigung aus.

„Ist das meine Strafe? Weil ich ein Klugscheißer bin?"

„Nein."

„Wird das meiner Karriere schaden?"

„Es wird ihr eher zugutekommen."

„Warum?" Er hielt die Hände vors Gesicht.

„Warum es Ihrer Karriere helfen wird?"

„Nein." Plug stieß einen tiefen Seufzer aus, als sie sich an einem Tisch in der Offiziersmesse niederließen. „Warum ich? Na ja, auch egal."

Victoria registrierte, dass Plug wieder einmal im Eiltempo die verschiedenen Stufen der Trauer durchlief. Er wollte weder das Schiff noch seine Männer verlassen. Er wollte nicht für die Surface Warfare Officers arbeiten. Er wollte kein Stabsoffizier werden. Das bedeutete weniger Flugzeit. Mehr Zeit vor dem Computer, Berichte schreiben und Dokumente für übergeordnete Offiziere entwerfen, die diese dann auseinandernehmen würden.

Schlussendlich dann die Akzeptanz.

„Scheiß drauf. Wann geht's los?"

Victoria sprach ihm gut zu. „Ich möchte, dass Sie wissen, dass wir Sie hier wirklich vermissen werden. Sie haben großartige Arbeit geleistet, Plug. Das meine ich absolut ernst. Auch wenn Sie einen meiner Helis geschrottet haben."

„Nur nicht rührselig werden, Boss. Und es war eine Landung. Ich bin eben einfach auf dem Wasser gelandet."

Sie lächelte. „Abflug ist um fünfzehn hundert Stunden. Bringen Sie Ihren Kumpels die Nachricht schonend bei und packen Sie Ihre Sachen."

„Jawohl, Boss."

Victoria wartete, bis er gegangen war, und griff dann nach dem Telefon. Es klingelte einmal, dann hob jemand ab

„Spike, ich bin in der Offiziersmesse. Bitte kommen Sie her." Sie legte auf, ohne seine Antwort abzuwarten. Er hatte sich nichts zuschulden kommen lassen. Aber momentan gab es nur wenige Dinge in ihrem Leben, die sie wirklich aufheiterten. Ihre Nachwuchsoffiziere zu ärgern, indem sie ihnen das Gefühl vermittelte, in Schwierigkeiten zu stecken, war eines davon.

Lieutenant Junior Grade Juan „Spike" Volonte trottete mit weit aufgerissenen Augen in seinem zerknitterten Fliegeranzug durch die Tür der Offiziersmesse. Seinem zerknautschten Gesicht nach zu urteilen hatte sie ihn aus einem seltenen Mittagsschlaf gerissen. „Sie wollten mich sehen, Boss?"

„Setzen Sie sich."

Er kam näher und setzte sich auf den Platz, den Plug gerade verlassen hatte. „Stimmt etwas nicht?"

„Ich fürchte, dass ihre Leistungen als Operations Officer der Abteilung für mich nicht länger akzeptabel sind."

„Boss, Moment mal. Was ist los? Wenn ich zusätzlich noch andere Aufgaben übernehmen soll, kann ich das tun. Ich …" Spike war ebenso ehrgeizig wie sie. Leider fehlte ihm die Fähigkeit, Menschen zu lesen.

„Ich mache Sie zu meinem neuen Wartungsoffizier."

Verwirrt sah er sie an. „Ich? Der Wartungsoffizier? Plug kam mir im Flur gerade entgegen. Er sah irgendwie – was ist denn passiert?"

„Er wird auf den Flugzeugträger verlegt. Zusammen mit Murphy. Wir haben nur noch einen Hubschrauber und sie denken offensichtlich, dass zwei 2Ps und meine Wenigkeit ausreichen."

„Nur drei Piloten?"

„Ja, ich und Sie und Caveman. Caveman übernimmt von Ihnen die Flugplanung und Sie übernehmen Plugs Rolle als Wartungsoffizier. Schaffen Sie das?"

„Jawohl, Ma'am."

„Gut. Besuchen Sie den Senior Chief und informieren Sie ihn. Von nun an verbringen Sie Ihre ganze Freizeit mit ihm. Nach dem Gespräch mit dem Captain zu urteilen, werden wir in den kommenden Wochen eine Menge Überwachungsflüge machen.“

23

Die drei Mitglieder der US Army Delta Force waren alle Amerikaner asiatischer Abstammung. Zwei von ihnen sprachen fließend Mandarin und passables Kantonesisch. Chase war der einzige Weiße. In Anbetracht ihres Ziels hoffte er, dass das nicht einer zu viel war. Sie hatten die letzte Woche gemeinsam auf Guam trainiert und waren als Team zusammengewachsen.

Chase hatte noch nie von diesem ‚Bod Pod' gehört, den der Offizier der US Air Force eben erwähnt hatte. Er stand neben einem Wissenschaftler der DARPA, der Pentagon-Behörde für militärische Forschungsprojekte. Er war um die halbe Welt geflogen, um sich mit ihnen mitten in der Nacht für ein halbstündiges Gespräch auf Guam zu treffen.

„Das ist das erste Mal, dass wir ihn im Rahmen einer Mission einsetzen. Aber mit den Affen *hat* es funktioniert."

Einer der Delta-Männer zog die Augenbrauen hoch. „Affen?"

„Genau. Ich hab das Teil an Affen getestet, genau wie im Raumfahrtprogramm. Obwohl, die hatten weder Sauerstoffmasken noch Kommunikationsgeräte wie ihr Jungs. *Sie* können mit der Flugzeugbesatzung reden. Die Affen konnten das nicht."

Chase warf einen Blick auf den Luftwaffenoffizier und sah dann die Männer der Sondereinsatztruppe an. „Ich vermute, das war nicht der einzige Grund, warum die Affen nicht mit den Piloten sprechen konnten."

Der Wissenschaftler antwortete: „Ganz recht, völlig richtig." Seine Augen huschten nervös hin und her. „Jedenfalls bekommt jeder von Ihnen seinen eigenen Pod. Die Pods sind quasi eine Druckkabine, was bedeutet, dass Sie während des Flugs keine Sauerstoffmasken tragen oder benutzen müssen. Aber Sie werden sich nur eingeschränkt bewegen können. Ziemlich eng da drin. Versuchen Sie, wach zu bleiben. Wir haben einen Schalter eingebaut, den Sie manuell betätigen müssen. Eine Sicherheitsvorrichtung, damit der Pilot Sie nicht auswerfen kann, bevor Sie dazu bereit sind."

„Das ist nett. Also, einfach auf den Knopf drücken und dann ... dann öffnet sich der Waffenschacht und wir fallen raus?"

„So ungefähr. Ähm, und beide, Sie *und* der Pilot müssen auf den Knopf drücken. Und der Pilot –"

Der Air Force-Offizier korrigierte: „Tatsächlich werden Sie mit dem WSO kommunizieren. Er wird den Knopf drücken. Und falls nötig, können Sie mit ihm Kontakt aufnehmen."

„Ja, richtig", stimmte der Wissenschaftler zu. „Der Waffensystemoffizier wird die Navigationsspur überwachen und sicherstellen, dass sich das Flugzeug auf dem richtigen Kurs befindet und es die richtige Geschwindigkeit und Flughöhe einhält, bevor er den Auslöser betätigt. Ihren können Sie erst drücken, wenn die äußeren Bombenschachtklappen offen sind. Das verhindert, dass Sie aus drei Fuß Höhe auf die geschlossene Metallklappe der B-2 fallen. Das würde wehtun."

Einer der Delta Force-Männer erkundigte sich: „Und warum genau ist das alles nötig?“

„Nun ja, es ist der beste Weg, Sie unentdeckt in das geheime Operationsgebiet einer modernen Militärmacht einzuschleusen.“

Der Delta-Mann erwiderte: „Das ist möglicherweise der größte Irrsinn, den ich je gehört habe. Ich bin beeindruckt. Wir sollen in diese kleinen Metallkapseln kriechen – die die Form und Größe einer Bombe haben und deshalb in den Bombenschächten eines B-2 Stealth Bombers transportiert werden – und darin ausharren ... wie viele Stunden, sagten Sie?“

„Sechs Stunden Flugzeit“, gab einer der Männer im schwarzen Pilotenanzug im hinteren Teil des Raums zur Auskunft.

Chase vermutete, dass er der Pilot war, der ihr Tarnflugzeug steuern würde.

„Sechs Stunden in dieser kleinen Metallkiste, nur darauf wartend, dass Sie die Klappe öffnen und uns über China abwerfen. Verstehe ich das richtig?“

Ein anderer der Deltas klopfte ihm auf die Schulter. „Klar, Mann, *aber die Affen hatten keine Kommunikationsgeräte*. Kein Problem. Das wird super. Vielleicht können wir ja Musik hören.“

Der Delta-Mann schüttelte den Kopf und zuckte mit den Schultern. „Sicher. Was auch immer. Ich werde schlafen. Schreien Sie einfach ganz laut, wenn wir da sind, damit ich rechtzeitig aufwache, um meinen Fallschirm zu öffnen.“

Der Luftwaffenoffizier, der bei der Unterweisung behilflich war, sah plötzlich besorgt aus. „Nein, Sie sollten wirklich wachbleiben. Es wird ein HALO-Abwurf aus großer Höhe, was bedeutet, dass Sie circa dreißig Minuten vor dem Abwurf

Ihre Sauerstoffmaske anlegen müssen. Außerdem brauchen Sie sicher …"

Chase hob die Hand. „Ich bin ziemlich sicher, dass er nur Spaß gemacht hat."

Einer der Delta Force-Männer lächelte gequält und nickte mit geschlossenen Augen, als ob ihm diese Unterhaltung echte Schmerzen bereitete. „Wir werden wach sein, Sir."

„*Affen*", wiederholte ein anderer ungläubig.

Die B-2 Spirit startete von der Anderson Air Force Base auf Guam. Sie überflog das Gelbe Meer und erreichte den chinesischen Luftraum über dem Liuhe-Flussdelta.

Der Pilot teilte seinem WSO mit: „Wissen Sie, ich hab kürzlich einen Artikel gelesen, in dem stand, dass die ganze Tarnkappentechnik Blödsinn ist. Die Chinesen haben mittlerweile einen Radar, der uns problemlos aufspüren kann."

Der Waffensystemoffizier, der gleichzeitig auch diese Mission kommandierte, wies das zurück. „Das sind Fake News."

„Nein, wirklich. Wir sollten es offenbar nicht einmal mehr Tarnkappe nennen."

„Trockene Füße", verkündete der WSO, der ihre Flugroute anhand der Navigationsanzeige verfolgte und damit feststellte, dass sie nun Festland überflogen.

„Dann lassen wir uns doch überraschen", meinte der Pilot und grinste. Eine einzelne Schweißperle lief ihm über die Stirn.

„Dreißig Minuten bis zur Abwurfzone. Ich hoffe, die Männer sind nicht inzwischen erstickt oder haben sich in Eiswürfel verwandelt."

Die beiden Besatzungsmitglieder der B-2 wussten, dass

Elektronik- und Cyberangriffe der NSA und US Air Force die chinesischen Suchradare gegenwärtig mit falschen Kontakten überfluteten. Selbst wenn die B-2 Spirit entdeckt werden sollte, wäre sie nur einer von unzähligen Luftkontakten in diesem Gebiet.

Die B-2 schoss mit vierhundert Knoten Richtung Norden. Ihr schwarzer, flacher Körper, der einem Rochen ähnelte, fand Deckung in einer Wolkenschicht in zwanzigtausend Fuß Höhe. Jedem Jäger, der abhob, um die vielfältigen falschen Spuren in dieser Gegend zu untersuchen, würde es schwerfallen, sie visuell zu identifizieren.

Als sie das Abwurfgebiet erreichten, eine ländliche Bergregion fünfzig Meilen nordöstlich einer großen Stadt, deren Name der Navigator nicht einmal ansatzweise aussprechen konnte, befolgte er seine Checkliste und die äußeren Bombenschachtklappen öffneten sich. Er überprüfte dreimal, dass alle Anzeigen die korrekten Zahlen wiedergaben, und drückte dann DARPAs berühmten grünen Knopf.

Chase und die drei Elitesoldaten der US Army, die seit Stunden in einem Abteil der Größe eines Torpedos eingepfercht waren, drückten unmittelbar darauf ihren eigenen grünen Knopf, auf dem „Zustimmung zur Freigabe“ stand.

Anschließend legte Chase seine Arme eng an seinen Körper an und bereitete sich auf den freien Fall vor.

Aber nichts geschah.

Hastig drückte Chase erneut auf den Knopf, bemüht, seine aufkommende Wut zu unterdrücken. Er konnte die Stimmen der anderen Teammitglieder hören, die in die internen Lautsprecher ihrer Pods schrien. Gerade als Chase seinen eigenen Rufknopf betätigen wollte, um nachzufragen, wo das Problem lag, öffnete sich der Boden unter ihm. Die Haltegurte über ihm entriegelten sich und er stürzte in den schwarzen Nachthimmel irgendwo über China.

24

Zwei Wochen später

Admiral Manning stand auf der sogenannten Vulture's Row des Flugzeugträgers – dem Ausguck vor seinem Brückenturm, der das Flugdeck überblickte. Sie fuhren gegen den Wind und ihre Fahrt durchs Wasser verstärkte den gefühlten Gegenwind um weitere fünfzehn Knoten. So weit sein Auge reichte, tanzten weiße Schaumkronen auf dem dunkelblauen Ozean. Ein grauer Wolkenschleier lag vor der Sonne. Mit auf der Reling aufgestützten Händen beugte er sich vor, um das Geschehen auf dem Deck zu beobachten.

Von der Ein-Uhr-Position her näherte sich vorsichtig das Versorgungsschiff USNS *Matthew Perry*. Ihr Flugdeck war geräumt, aber auf dem Backborddeck wuselte jede Menge Personal umher. Ein weiblicher Petty Officer schoss eine Leine vom Flugzeugträger zum *Matthew Perry* hinüber. Einer ihrer Kollegen klopfte ihr anerkennend auf den Rücken, als die Leine ihr vorgegebenes Ziel erreichte.

Die Deckmannschaften beider Schiffe, getrennt nur noch durch einen schmalen Streifen tiefblauen Wassers, stellten geschäftig ihre Arbeitsgeräte wie Handwagen und Gabelstapler für die Übergabe bereit und bestückten Hebebühnen mit leeren Netzen für die Paletten. Die Wurfleinen wurden durch stärkere Leinen ersetzt, mit denen die beiden Schiffe vertäut wurden. Gewaltige schwarze Tankschläuche, die wie Seeschlangen aussahen, wurden mit Seilrutschen vorsichtig vom Versorgungsschiff über das Wasser gezogen und an die Treibstoffeinlassöffnungen des Flugzeugträgers angeschlossen. Tausende Gallonen von Kerosin flossen nun vom Versorgungsschiff in die Tanks des Trägers. Paletten mit Nahrungsmitteln und anderen Gütern wurden ebenfalls via Seilrutschen zum Flugzeugträger hinübertransportiert. Die Nachschubversorgung auf See hatte begonnen.

Auf der anderen Seite der USNS *Matthew Perry* machte sich der Zerstörer USS *Nitze* bereit. Bald würde er die Position des Trägers einnehmen, um seine eigenen Vorräte aufzustocken. Das Personal des Versorgungsschiffs war ungemein qualifiziert. Jahrzehntelange Erfahrung hatte Amerikas Navy in wahre Logistikmeister verwandelt, die im Rahmen eines Transfers Tonnen von Material und Unmengen an Treibstoff umladen konnten.

Die gesamte Abwicklung dauerte etwa zwei Stunden. MH-60 Sierra-Hubschrauber der USS *Ford* flogen zwischen den drei Schiffen hin und her und transportierten Paletten und Munition in Netzen von einem Flugdeck zum anderen. Das Salzwasser spritzte hoch in die Luft, da die See durch die große Nähe der Schiffe zueinander hohe Wellen schlug.

„Admiral, Sie haben einen Anruf vom Kommandeur der SAG, Sir.“ Manning drehte sich um und sah seinen Adjutanten auf der Brücke stehen.

„Kann ich ihn hier oben entgegennehmen?“

„Jawohl, Sir.“

Er folgte dem Nachwuchsoffizier in einen Bereich der

Admiralsbrücke, der über mehrere Kommunikationsgeräte verfügte.

„Captain Hoblet auf verschlüsselter HF, Sir." Er reichte Admiral Manning den schwarzen Handapparat des Funkgeräts, der dem Plastikhörer eines alten Festnetztelefons ähnelte.

„Hier spricht der Befehlshaber der Ford Carrier Strike Group, Ende."

„Befehlshaber der Ford CSG, hier spricht der Befehlshaber der SAG 131. Guten Morgen, Admiral. Wir haben unsere Position in Box Bravo eingenommen. Alle sechs Schiffe fahren auf gleicher Höhe auf einer Linie, die sich über fünfzehnhundert Meilen erstreckt. Unsere Hubschrauber und Drohnen durchkämmen das Gebiet rund um die Uhr. Ab morgen früh sollten uns dann eine australische P-8 sowie eine US-Air Force B-52 bei der Seeaufklärung unterstützen. Ende."

„SAG 131, Ford CSG hier. Das sind ausgezeichnete Nachrichten. Irgendwelche Anzeichen der chinesischen Handelsschiffe? Ende."

„Ford CGS, SAG 131 hier. Negativ. Ende."

Der Admiral runzelte die Stirn.

„SAG 131, Ford CSG hier. Verstanden. Seien Sie vorsichtig. Ende."

„Ford CSG, SAG 131. Verstanden. Ende."

Manning legte den Handapparat wieder zurück auf seine Halterung. Sein persönlicher Adjutant, ein Lieutenant, kam vom anderen Ende der Brücke auf ihn zu.

„Admiral, in zehn Minuten haben Sie ein Gespräch mit CINCPAC, dem Oberbefehlshaber der Pazifischen Flotte, Sir."

„Fortschritte mit der Satellitenkommunikation?"

„Ich fürchte nein, Sir. Wir benutzen immer noch das verschlüsselte HF-Funkgerät."

„Hoffentlich erreichen wir sie dieses Mal. Okay, nach Ihnen, Suggs.“

Admiral Manning folgte dem Lieutenant durch die Luke und über die Leiter neun Stockwerke tiefer. Sie waren vollkommen außer Atem, als sie die O-3-Ebene erreicht, versuchten aber beide, es zu überspielen. Wo immer der Admiral auf dem Schiff auftauchte, rief jemand die Anwesenden zum Strammstehen auf. Diesem Befehl folgten die Offiziere und die Besatzung dann so lange, bis der Admiral sie aufforderte, sich zu rühren.

Als sie in seiner Kabine ankamen, nahm er an dem großen Eichenschreibtisch in seinem Büro Platz. Auf dem Boden lag ein üppiger blauer Teppichboden mit dem Siegel der USS Ford CSG. Traditionelle Marinebilder und Erinnerungsstücke dekorierten die Wände.

Eines der Fotos zeigte Präsident Gerald Ford im Jahr 1944 in seiner Khakiuniform an Bord der USS *Monterey*, einem leichten Träger. Admiral Manning hatte sich in Fords Militärgeschichte eingelesen, bevor ihm das Kommando über den Flugzeugträger übertragen wurde. Präsident Fords Schiff hatte unter anderem an Trägereinsätzen in den Marianeninseln, in Neu-Guinea und an der Schlacht in der Philippinensee teilgenommen.

Es klopfte an der Tür und der COS, der Stabschef des Admirals, trat ein. Auf ihn folgte ein Lieutenant der Kommunikationsabteilung, der sich vergewisserte, dass die HF-Übertragung reibungslos verlief.

Der Admiral sagte: „Wir brauchen bessere Wetterinformationen, COS. Ohne unsere Satelliten sind wir hier draußen blind.“

„Jawohl, Sir. Ganz Ihrer Meinung.“

Manning wandte sich an seinen Adjutanten, der sich am

Couchtisch Notizen machte. „Suggs, sehen Sie das Bild dort drüben?"

Lieutenant Suggs sah hoch. „Das von Präsident Ford, Sir?"

„Ja. Sein leichter Träger wurde 1944 außer Gefecht gesetzt. Wissen Sie, was ihm zustieß?"

„Jawohl, Sir. Er geriet in einen Taifun. Die USS *Monterey* war eines von mehreren Schiffen in Admiral Halseys Dritter Flotte, das 1944 bei dem Taifun beschädigt wurde. Drei Zerstörer gingen verloren und mehr als achthundert Männer starben auf See. Auf der USS *Monterey*, auf Fords Schiff, brach ein Feuer aus. Danach erklärten sie es für nicht mehr seetauglich."

„Verdammt, Suggs. Sie sind ein einfacher Leutnant. Wenn ein Flaggoffizier versucht, Ihnen etwas beizubringen, tun Sie künftig besser so, als ob Sie weniger wüssten als er, okay? Erinnern Sie mich daran, nie wieder einen Oxford-Studenten anzuheuern ..."

Der Nachwuchsoffizier lächelte. Suggs war ein Rhodes-Stipendiat und hatte nach Beendigung der Marineakademie zwei Jahre in Oxford studiert.

„Tut mir leid, Sir. Ich werde versuchen, weniger kompetent zu klingen." Der Kommunikationsoffizier und Suggs grinsten sich an.

Vertieft in seine eigenen Notizen, ignorierte der COS das humorvolle Geplänkel. „Admiral, PACFLEET hat uns die Namen der Schiffe mitgeteilt, die zu uns stoßen werden."

„Haben sie das? Wie viele hat der gute Admiral beschlossen, mir zu überlassen?"

Der COS nahm seine Lesebrille ab. „Sieben."

„*Sieben*?"

„Jawohl, Sir. Vier Zerstörer, zwei Schiffe für küstennahe Gefechtsführung und einen Kreuzer. Dazu kommen noch mehrere SSNs, atomgetriebene Jagd-U-Boote."

Der Admiral lehnte sich in seinem Stuhl zurück. „Und obendrein verlegen sie weitere Einheiten in den westlichen Pazifik?“

„Jawohl, Sir. Diese Schiffe werden sich den beiden Kampfgruppen anschließen, die bereits in Stellung sind.“

Admiral Manning legte Daumen und Zeigefinger an die Lippen und starrte vor sich hin. „Sie müssen wirklich besorgt sein.“

Das Funkgerät krächzte und der Lieutenant der Kommunikationsabteilung drehte umgehend die Lautstärke auf. Sie hörten die Stimme des diensthabenden Offiziers der Pazifischen Flotte, der die Kommunikation initiierte. Das Gespräch dauerte etwas über zehn Minuten. Während sein Vorgesetzter, der Vier-Sterne-General, ihm Befehle erteilte, hörte Admiral Manning meist nur zu.

Nach dem Ende des Gesprächs entließ Admiral Manning die Lieutenants, um mit seinem Stabschef zu sprechen. Dann ließ er den CAG, den CO der *Ford* sowie den Commodore rufen, die wenige Minuten später eintrafen.

„Meine Herren, nehmen Sie Platz. Wir müssen reden.“

Plug trat mit seinem Tablett an die Salatbar. Er hatte sich bereits einen Teller Lasagne, zwei Stück Knoblauchbrot und einen Fruchtpunsch genommen. Der Salat hier war richtig gut. Reife Kirschtomaten und knackige Babykarotten. Es gab beinahe jeden Tag frisches Gemüse auf dem Träger. Diesbezüglich konnte er sich nicht beschweren. Es war auf jeden Fall besser als der welke bräunliche Salat, der auf den kleineren Schiffen meist serviert wurde. Und er musste keine Angst haben, dass sein Essen vom Tisch rutschte, da der Flugzeugträger fast bewegungslos im Wasser lag.

„Plug, hast du schon einen Sitzplatz?"

Er sah zu Kevin Suggs hinüber, der allein an einem der Vierertische saß. Daneben befand sich ein Fernseher, auf dem das „Armed Forces Network", das Radio- und Fernsehprogramm des amerikanischen Militärs, eine Wiederholung des Superbowl zeigte. Wer wäre nicht begeistert, die Cowboys noch einmal verlieren zu sehen? Amerikas Team, was ein Witz.

Plug schob sein Tablett auf den Tisch. „Wie lebt man so als Loop?" „Loop" war der Spitzname des Adjutanten eines Flaggoffiziers. Admirale und Generäle waren befugt, einen Offizier als ihren persönlichen Assistenten auszuwählen. Diese Position war ungemein begehrt, da sie die Möglichkeit bot, sich frühzeitig ein Netzwerk aufzubauen. Außerdem kam man in den Genuss, hochgestellte Führungskräfte des Militärs bei ihrer Arbeit zu beobachten. Der Begriff „Loop", oder Schleife, kam von der Goldborte, die bei manchen Uniformen um die rechte Schulter des Adjutanten eines Flaggoffiziers geschlungen war.

„Es ist okay. Aber es gibt bald viel zu tun."

Ein anderer Lieutenant gesellte sich zu ihnen. Er trug die blaue Arbeitsuniform und das Abzeichen für Information Warfare auf der Brust. „Nicht zu glauben, dieser Mist, was?", fragte er Suggs.

Suggs machte die beiden Männer miteinander bekannt.

Der Lieutenant, der in der Kommunikationsabteilung des Trägers arbeitete, fragte: „Plug, Sie wohnen jetzt also mit Suggs zusammen?"

„Stimmt."

„Wie sind Sie denn bei dem gelandet?"

„Na ja, ich brauche eine Unterkunft und die DESRON-Kabine war voll. Und da wir beide Piloten ohne Geschwader sind, hielten sie es wohl für eine gute Idee, uns zusammenstecken. Obwohl er natürlich ein minderwertiger Pilot ist, der von Schwebeflug und so keine Ahnung hat."

„Als ich den Film das letzte Mal gesehen habe, ging es bei ‚Top Gun' nicht um Hubschrauber, oder?"

„Ein Wort, mein Freund: Airwolf."

Suggs lachte. „Touché."

Plug schob die scherzhaften Beleidigungen beiseite. „Also, was liegt an? Woher kommt ihr gerade?"

Suggs' Gesicht wurde ernst. „Wir waren beim Admiral, während PACFLEET ihm seine Befehle erteilte. Irgendetwas Verrücktes geht da vor, Mann. Es scheint, als hätten die Chinesen eine Kampfgruppe auf den Weg gebracht, die ein gutes Stück weiter östlich unterwegs ist als normal. Es gibt viel Spekulation darüber, wohin sie wollen."

„Wovon reden wir hier? Wie viele Schiffe?"

„Ungefähr sechs, einschließlich eines Flugzeugträgers."

Plug schüttelte den Kopf. „Nein, Moment mal. Ich wurde eben erst vor Dienstantritt informiert. Das stimmt nicht. Sechs chinesische *Handelsschiffe* durchqueren den südlichen Pazifik. Und die werden von der SAG abgefangen. Die *Farragut* ist nur wenige Tage von der Position entfernt, an der sie hoffen, die Schiffe mit dem FLIR-Überwachungssystem der Helikopter ausfindig zu machen."

Suggs schüttelte den Kopf. „Falsch, mein Freund. Mittlerweile sind es zwei unabhängige Gruppen chinesischer Schiffe, die beide Richtung Osten segeln. Die Information in Bezug auf die Handelsschiffe ist korrekt. Aber da gibt es noch eine Gruppe." Er neigte den Kopf zur Seite, um seine nächsten Worte zu unterstreichen. „Und die setzt sich aus *Kriegsschiffen* zusammen."

Plug runzelte die Stirn. „Wie zum Teufel konnten die sechs Kriegsschiffe auf den Weg bringen, ohne dass wir das mitbekommen haben?"

„Es ist uns aufgefallen. Deshalb debattieren wir ja gerade darüber."

„Und was haben sie unserer Meinung nach vor?"

Suggs zuckte mit den Achseln. „Es gibt zwei Denkansätze. Erstens, sie sind auf dem Weg nach Panama, um ihre angeschlagenen Schiffe zu versorgen oder zu unterstützen."

„Und die zweite Theorie?"

„Einige Experten glauben, sie könnten in Richtung Pearl Harbor unterwegs sein."

„Warum?"

„Warum senden wir Trägerkampfgruppen in das Südchinesische Meer? Machtgehabe, mein Freund. Dem neuen chinesischen Präsidenten gefällt es nicht, dass wir nur fünfzig Meilen von seiner Grenze entfernt Nordkorea bombardiert haben."

„Und wie sieht unser Plan aus?"

„Es sieht so aus, als ob wir ein paar Hundert Meilen westlich von Hawaii in Stellung gehen werden. Dort werden wir die chinesischen Kriegsschiffe während ihres Aufenthalts nicht aus den Augen lassen.

Plug schüttelte den Kopf. „Warum bekomme ich das Gefühl, dass die Lage eskaliert?"

„Weil dem so ist, mein Freund. Genau das tut sie."

Plug wurde jede Sekunde des Tages daran erinnert, warum er nie einen Job außerhalb des Cockpits haben wollte. Er war seit weniger als einer Woche auf dem Flugzeugträger und fühlte sich, als würde man ihn einem Umerziehungskurs für die Überwasserkriegsführung unterziehen. Seine Tage begannen um 0530 Stunden. Er wachte auf, schlurfte in seinem zerschlissenen Bademantel durch die dunklen Korridore des Trägers, rasierte sich am Waschbecken der Herrentoilette und stellte sich in die Schlange, um zu duschen. Nach fünf Minuten war er dran, eine typische Navy-Dusche zu nehmen. Ein paar Sekunden Wasser aus dem Duschkopf, wobei Wassertemperatur und -druck an russisches Roulette erinnerten, dann wenige Sekunden Zeit für Seife und Shampoo, gefolgt von einem sekundenlangen Wasserstrahl, um alles abzuwaschen. Nach knapp einer Minute war die Fließbandabfertigung beendet und der nächste Mann war an der Reihe. Mit quietschenden Schlappen ging er den Flur hinunter, kramte in seinem Kulturbeutel nach seiner Schlüsselkarte, die der eines Hotels ähnelte, öffnete damit die Tür und betrat wieder seine Kabine.

Sein übereifriger Zimmergenosse Suggs war schon seit einer Stunde auf. Seine verschwitzten Trainingsklamotten trockneten in der Ecke des Raums auf einem Bügel, der im Gleichklang mit dem rollenden Flugzeugträger sanft hin- und herschaukelte. Suggs klatschte sich gerade etwas Aftershave ins Gesicht. „Morgen."

Plug grunzte als Antwort. „Gehst du frühstücken?"

Suggs sah ihn leicht verlegen an. „Ja, aber ich muss in der Messe der Kampfgruppe essen."

Plug verzog das Gesicht. „Und mein Typ ist dort nicht erwünscht, was?"

„Tut mir leid, Mann. Falls es dir hilft, meine Vorfahren waren Sklaven ... Warum betrachtest du es nicht einfach als Wiedergutmachung? Ich schmuggle dir auch eins von den süßen Stückchen raus."

„Ist das dein Ernst?"

„Das mit den Sklaven?"

„Nein. Gibt es da wirklich süße Teilchen?"

„Nein, aber manchmal gibt es morgens einen echt guten Kuchen. Mit Streuseln drauf. Den habe ich bisher sonst nirgendwo auf dem Schiff gesehen. Ich bringe dir ein Stück mit."

„Super. Danke."

„Bis später, Kumpel."

Die Tür öffnete und schloss sich hinter Suggs. Plug sah erneut auf die Uhr – 0555 Stunden. Er zog seine Fliegerkombi an, wickelte die Schnürsenkel zweimal um den Schaft seiner Belleville-Stiefel und machte einen doppelten Knoten. Dann schnappte er sich seinen Notizblock und seinen leeren Thermosbecher. Nach einem letzten tiefen Atemzug verließ er den Raum.

Er marschierte den Gang hinunter in Richtung Bordküche. Seine Augen mussten sich erst noch daran gewöhnen, nach nur viereinhalb Stunden Schlaf wieder eingesetzt zu werden. Ihm blieb wenig Zeit fürs Frühstück, denn es gab viel zu tun. Ein weiterer Tag, an dem er PowerPoint-Berichte und Weißbücher für seinen neuen Chef anfertigen, Flugpläne schreiben und stundenlang in einem winzigen, mit Computern bestückten Raum Wache schieben würde, den die SWOs daher auch die „Zulu-Zelle" nannten.

Plug war sich ziemlich sicher, dass es an Bord eine Verschwörung gab. Jede Besprechung, an der er teilnehmen musste, fand am jeweils anderen Ende dieses monströsen Schiffs statt. Tag und Nacht die meilenlangen Flure zu durchqueren, kam einem ausgewachsenen Konditionstraining gleich. Natürlich hatte er keine Ahnung, ob es Tag oder Nacht *war*, da er die Außenhaut des Schiffs nie zu sehen bekam.

Er stand in der Schlange am Buffet in der hinteren Offiziersmesse. An Bord des Flugzeugträgers gab es mehrere Messen. Er musste zugeben, dass er die Verpflegung hier vorzog. Die Qualität war besser, sie war abwechslungsreicher und fast immer verfügbar. Bei allen Mahlzeiten gab es ein Buffet mit Selbstbedienung. Nicht diesen antiquierten

„Erlaubnis, die Messe betreten zu dürfen-Schwachsinn“, bei dem der Kapitän stets anwesend war. Plug bat immer noch um Erlaubnis, bevor er sich an einen Tisch setzte und fügte sogar noch ein „Sir“ hinzu, falls dort ein O-5 saß. Aber der Träger beherbergte eine Heerschar an unterschiedlichen Piloten, deren lässige Art großen Einfluss auf die Atmosphäre hatte. Die Mahlzeiten verliefen hier definitiv entspannter.

Es war eine Ironie des Schicksals, dass der Hubschrauberführer Plug während seiner ersten Stationierung an einem Ort, an dem sich fast alles ums Fliegen drehte, dem einzigen Überwasserkriegskommando an Bord unterstellt worden war. Plug war der neue Air Operations Officer des Commodore. Dieser verfügte über einen Stab von etwa zwanzig Mann – fast alles erfahrene Offiziere im Surface Warfare sowie ranghohe Unteroffiziere, die bereits auf anderen Schiffen gedient hatten. Abgesehen von den Begleitzerstörern des Flugzeugträgers befehligte der Commodore auch die Seekriegsmittel. Das bedeutete, dass er für sämtliche Gefechtsmaßnahmen der Trägerkampfgruppe über und unter der Wasseroberfläche zuständig war.

Plug packte sich zwei hart gekochte Eier, einige Würstchen, Frischkäse und frische Melone auf den Teller. Dann steckte er einen Bagel in einen der Toaster, der die angeschwärzten Scheiben wenige Sekunden später wieder ausspuckte.

„Hey, Lieutenant McGuire.“ Einer der DESRON-Leute, mit denen er arbeitete. Ein SWO. Dieser hier war der Future Operations Officer.

„Nennen Sie mich einfach Plug.“ Er stellte sein Tablett auf dem Tisch ab.

„In Ordnung, Plug. Wie gefällt Ihnen Ihr neuer Job?“

Plug warf ihm nur einen kurzen Blick zu, während er sich Frischkäse auf den Bagel strich.

„Doch so gut, hm?“

„Ich habe keine Ahnung, was ich hier mache. Den ganzen Tag lang nichts als Besprechungen, Flugpläne erstellen und Hubschrauberlogistikflüge planen für morgen, die nächste Woche und den nächsten Monat. Gegen Mittag ändert sich dann alles, ich werfe meine Pläne weg und fange wieder von vorne an. Und jedes Mal, wenn ich den Mund aufmache, ist der Commodore stinksauer. Ich glaube, er hält mich für einen Vollidioten.“

„Um ehrlich zu sein, tun wir das alle irgendwie …“

Plug lächelte. „Tut mir leid, Mann. Ich habe ein schreckliches Namensgedächtnis. Wie war noch einmal Ihr Name?“

„John Herndon. Ich bin der DESRON-Offizier für zukünftige Operationen. Keine Sorge. Sie kriegen den Dreh schon noch raus. Hey, ich glaube, wir haben heute Abend gemeinsam Dienst. Sie sind heute Abend der Zulu TAO-UI, richtig?“

„Ich habe keinen Schimmer, was Sie da gerade gesagt haben.“

„Sie sind heute Abend der auszubildende Taktische Einsatzleiter in der Zulu-Zelle.“

„Ach so, um sechs Uhr, richtig?“

„Ist das Pilotensprache für achtzehn hundert Stunden?“

„Genau.“

„Haben Sie die Folien für das Morgenbriefing des Kommodore fertig?“

„Ja. Wahrscheinlich wird er sie in der Luft zerreißen.“

„Nehmen Sie es nicht persönlich. So behandelt er jeden zuerst. Sobald er Sie näher kennt, wird er auftauen. Der Trick ist, ihn vor dem Admiral gut dastehen zu lassen. Wenn Ihnen das gelingt, wird alles gut.“

Eine Stunde später saß der DESRON-Stab um seinen kleinen Konferenztisch herum und brachte den Commodore auf den neuesten Stand. Auf einem Flachbildschirm auf der gegenüberliegenden Seite des Raums wurde der Statusbericht angezeigt, der erst wenige Minuten zuvor auf der Grundlage der Folien aller Beteiligten aktualisiert worden war. Da sich die Informationen bezüglich der Standorte der Schiffe, deren Status und Zeitpläne so häufig änderten, war dies der einzige Weg, die Genauigkeit des Berichts zu gewährleisten.

Als Plug an der Reihe war, stand er auf und betrachtet die Folie, die ihn eine ganze Stunde Arbeit gekostet hatte. Abgesehen von den aufgelisteten Schiffen und Flugzeugen waren das überwachte Gebiet im Umkreis der Trägerkampfgruppe sowie der von Plug erstellte Flugplan zu sehen.

„Commodore, guten Morgen, Sir. Wir sehen hier eine Übersicht der in den nächsten vierundzwanzig Stunden stattfindenden Überwachung vor unserer Ankunft in Hawaii."

„Was ist das?"

Plugs Augen folgte dem Finger, der auf den Bildschirm zeigte. „Was meinen Sie, Sir?"

„Sieht aus, als gäbe es um zwanzig hundert Stunden eine dreißigminütige Unterbrechung. Das ist unzureichend. Korrigieren Sie das."

Plug seufzte und versuchte Haltung zu bewahren. Kam es wirklich auf eine halbe Stunde an? Er konnte es nicht korrigieren, indem er einfach nur die Folie anpasste. Er war dabei, die bittere Wahrheit über seinen neuen Job zu erfahren. Um Modifikationen am Flugplan der Trägerkampfgruppe vorzunehmen, musste Plug betteln, borgen und von Leuten stehlen, die ihm nicht unterstanden. Er würde die verschiedenen Teams aufsuchen müssen, die die Zeitpläne für die Flüge auf dem Träger und den umliegenden Schiffen erstellten. Dann musste er sehen, ob diese ihre Flugpläne ändern konnten. Betroffen waren auf dem Träger die Piloten in der Operationsabteilung des Fliegergeschwaders, die Einsatzplaner der

Hubschrauberstaffeln sowie die Einsatzoffiziere auf jedem einzelnen Begleitschiff.

Der Flugplan der Trägerkampfgruppe war wie ein riesiges Puzzle. Alles musste perfekt ineinandergreifen. Zu den kritischen Faktoren zählten fast immer die Start- und Landezyklen der F-18- und F-35-Jets, da sie praktisch ab dem Moment ihres Abhebens einen fliegenden Treibstoffnotfall darstellten. Sie hatten neunzig Minuten Zeit, um entweder zu landen oder aufzutanken. Danach hatten sie ein Problem. Das zweimotorige Frachtflugzeug C-2 Greyhound startete und landete ein- bis zweimal am Tag, oft gefolgt von der ersten Gruppe der Jets. Das Radarkontrollflugzeug E-2C Hawkeye startete vor und nach den Jets. Und ein SAR-Hubschrauber kreiste immer in der Nähe des Flugzeugträgers, bereit, im unwahrscheinlichen Fall eines Absturzes die Opfer aus dem Wasser zu bergen.

Die Abstände zwischen den auf dem Wasser treibenden Start- und Landebahnen, die den Träger umgaben – manche nannten sie auch Schiffe – veränderten sich ständig; sowohl zueinander als auch zum Flugzeugträger. Das wiederum beeinflusste die Länge eines Flugs von einem Schiff zum anderen sowie den Treibstoffverbrauch und das Gewicht, das transportiert werden konnte. Und die Zeitpläne der Schiffe selbst fluktuierten ebenfalls – wenn etwa ein Zerstörer fünfzig Meilen weiter hinausgeschickt wurde, um eine Mission zu erfüllen, die mit dem normalen Flugbetrieb nicht vereinbar war. Kein Wunder also, dass der Flugplan niemals aufzugehen schien.

Die Starrflügler schoben den Hubschraubern die Verantwortung dafür zu. Die SWOs waren auch der Meinung, dass die Drehflügler ihnen immer alles verdarben. Die verschiedenen Gruppen sprachen nicht die gleiche Sprache und zeigten wenig Respekt für die Herausforderungen der jeweils anderen Seite. Aber von *Plug* wurde erwartet, dass er zwischen diesen beiden Welten vermittelte und alles richtete.

„Jawohl, Sir“, erwiderte er. *Kein Problem.*

Einen halben Tag und ein Dutzend Gespräche später saß Plug an einem der Computerterminals im hinteren Bereich des Zulu genannten Raums. Ihm fielen beinahe die Augen zu. Der Belegschaft standen hier unten für ihre Arbeit sechs Computer zur Verfügung, wenn sie nicht gerade Wachdienst hatten. Da das Personal aber aus weit mehr als sechs Personen bestand, saß ihm für gewöhnlich jemand im Nacken und wartete ungeduldig darauf, dass ein Computer frei wurde.

Plug hatte endlich eine der trägergestützten Hubschrauberstaffeln dazu überredet, einen ihrer Flüge um dreißig Minuten zu verlängern und erst nach und nicht vor der Landung dieses speziellen Kampfjetzyklus aufzutanken. Der Plan für den nächsten Tag war fertig und bereits an die umliegenden Zerstörer gemailt worden, um den Einsatzoffizieren ein Mitspracherecht einzuräumen – das sie immer wahrnahmen.

„Sie sehen müde aus, Mann.“ John Herndon stand neben ihm. „Besorgen wir uns vor Antritt der Wache noch schnell einen Latte macchiato.“

Plug sah ihn zweifelnd an. „Einen Kaffee?“

„Einen *Latte.*“

„Nehmen Sie mich auf den Arm?“

„Haben Sie eine Ahnung, wovon ich rede?“

Plug schüttelte mit halbgeschlossenen Augen den Kopf. Sein Thermosbecher war leer. „Ich brauche sowieso frischen Kaffee, sonst schaffe ich es nie, bis Mitternacht wach zu bleiben.“

„Sie haben wirklich keinen Schimmer, was ich meine. Okay, dann los. Folgen Sie mir."

Plug stand auf und folgte ihm aus der Zulu-Zelle hinaus durch das Gefechtsleitzentrum und über mehrere Leitern hinunter auf das Hauptdeck. Der Gang waren hier besonders breit, da er den größten Fußgängerverkehr an Bord bewältigen musste. Hunderte von Offizieren und Unteroffizieren kamen hier auf dem Weg zu ihren unterschiedlichen Zielen durch. Die rot-weiß-blaue Säule, das Zunftzeichen eines Barbiers, drehte sich neben einer Tür, vor der einige Männer anstanden. Und dann, schließlich ...

„Ich fasse es nicht."

Ein großes grün-weißes Schild: Starbucks.

„Einer der populärsten Anlaufpunkte auf dem Schiff. Kommen Sie nie nach null neun dreißig Stunden. Dann ist die Schlange zu lang."

Sie standen ungefähr zehn Minuten an, bevor sie endlich mit zwei Becher heißen, halbwegs akzeptablen Karamell-Macchiato belohnt wurden.

Plug probierte einen Schluck. „Nicht übel."

„Nein. Und alles, was Sie tun mussten, war eine halbe Meile laufen, sechs Stockwerke überwinden und fünf Mäuse springen lassen."

Plug nahm noch einen Schluck. „Okay, Mann. Sechs Stunden Wachdienst. Packen wir's an."

Sie machten sich auf den Weg zurück zum Nachrichtenzentrum und erhielten eine kurze Unterweisung durch den diensthabenden Geheimdienstoffizier. „Die SAG befindet sich mittlerweile ungefähr dreihundert Meilen östlich von Guam, immer noch auf der Suche nach den chinesischen Handelsschiffen. "

Lieutenant Herndon erkundigte sich. „Und, was gefunden?"

„Negativ, zumindest was diese Typen angeht. Dafür ist aber sonst viel los. Treten Sie näher. Ich lese Ihnen den Bericht vor, den ich für meinen Chef vorbereite." Er scrollte durch das Dokument auf seinem Monitor, das eine Menge Karten mit verschiedenen Schiffen und U-Booten sowie diesbezügliche Statusberichte von Seeaufklärern enthielt. „Wir verfügen jetzt über Informationen, dass sich womöglich ein chinesisches U-Boot im Ostpazifik aufhält. Außerdem hat der Flugzeugträger *Shangdong* begleitet von einigen Zerstörern den Hafen verlassen. Das ist die einzige Aktivität im westlichen Pazifik, die nichts mit Nordkorea zu tun hat."

Plug fragte: „Was spielt sich dort ab?"

„Das typische Nordkorea-Drama. Sie versprechen, alle Amerikaner in Feuer und Asche zu verwandeln, bla bla bla. Sorgen macht uns die Tatsache, dass ihr Militär aktiver ist als normal. Deshalb behalten wir sie im Auge."

Sie verließen das Nachrichtenzentrum und betraten nebenan die Kommandozentrale der Kampfgruppe. Der Battle Watch Captain, der Wachleiter des Stabs, war ein glatzköpfiger U-Boot-Kommandant, der nicht besonders glücklich aussah. Die Tatsache, dass er nun auch noch zwei Nachwuchsoffiziere einweisen musste, machte es nicht besser.

Dementsprechend sagte er: „Also schön, hören Sie gut zu. Ich werde es nur einmal erklären. Sieben weitere Schiffe sind zu uns gestoßen. Insgesamt sind es nun zehn, die die *Ford* begleiten. Ihr Schwachköpfe unten in der Zulu-Zelle müsst euch am Riemen reißen, sie in den Verband einordnen und ihnen Dampf machen. Im Moment sind sie total unorganisiert und einige fallen auf dem Weg nach Hawaii jetzt schon zurück."

„Sir, wer gehört zu uns?", erkundigte sich Lieutenant Herndon.

Der Battle Watch Captain spulte mehrere Schiffsnamen ab

und fügte hinzu: „Die Flugoperationen sind heute ab einundzwanzig hundert Stunden eingestellt, damit wir schnellstmöglich nach Pearl Harbor kommen. Die morgige Seeversorgung wurde erwartungsgemäß eben abgesagt."

Plug machte sich einige Notizen bezüglich der Schiffe, die sich ihnen angeschlossen hatten. Ein paar musste er noch zu seinem Verteiler für die tägliche Flugplan-Rundmail an alle Zerstörer hinzufügen. Es war einfach zu viel, um den Überblick zu behalten. Über kurz oder lang würde er den Verstand verlieren.

Als Nächstes gingen sie Richtung Heck zum Kampfinformationszentrum, wo sie der diensthabende Offizier ebenfalls auf den neuesten Stand brachte. Dessen Informationen ähnelten denen, die sie bereits bei den beiden vorangegangenen Briefings erhalten hatten. Hier wurden sie außerdem über die Beobachtungen der Sensor Operators informiert. Zum Schluss stand noch die Besprechung mit dem DESRON-Wachposten an, dessen Schicht zu Ende war und von dem sie übernahmen. Plug hatte seinen Kaffee getrunken und warf den leeren Becher in den Mülleimer, bevor sie sich im Zulu-Wachbereich auf die schwarzen Drehstühle setzten. Mit den DESRON-Leuten analysierten sie die taktische Anzeige, die auf den zwei großen Bildschirmen an der Vorderwand des Raums zu sehen war. Eine Seite zeigt eine großflächige Ansicht ihrer direkten Umgebung. Die andere konzentrierte sich auf alles, was sich im Umkreis von einhundert Meilen um den Träger herum abspielte. Kleine Symbole in unterschiedlichen Formen und Farben repräsentierten alle Oberflächen-, Luft- und Unterwasserkontakte in der Gegend.

Nach dem Ende der Einsatzbesprechung verließ die abgelöste Wache den Raum und Plug loggte sich in seinen Computer ein. Er öffnete einige taktische Chatrooms und verschickte Nachrichten an seine Kollegen, die auf dem

Träger und auf den anderen Schiffen ihrer Kampfgruppe ebenfalls Dienst hatten. Herndon erklärte ihm, mit welchen Leuten er unbedingt persönlich kommunizieren sollte, und welche er rangniedrigeren Wachposten überlassen konnte.

„Lassen Sie sie mit ihren ranggleichen Kollegen und den jeweiligen Bedienern der Sensoren reden. Sie sollten mit den TAOs der anderen Schiffe sprechen. Sagen Sie ihnen, was Sie von ihnen erwarten und stellen Sie die Fragen, die Ihre eigenen Wachhabenden nicht beantworten können. Aber denken Sie daran: Diese TAOs sind für eine Menge Menschen verantwortlich und müssen Brände auf ihren eigenen Schiffen löschen – im übertragenen Sinne. Wenn Sie also nicht sofort eine Antwort erhalten, haben Sie Geduld. Sie werden sich melden. Und verärgern Sie sie nicht. Denn ohne deren Input können Sie Ihren Job nicht machen." Plug drehte sich zu einem großen schwarzen Funkgerät um, dass neben ihm rauschte und statisch knisterte. Dann begann einer der wachhabenden Unteroffiziere, ein Chief, zu sprechen. Es klang wie eine Fremdsprache. Buchstaben und Zahlen. Er las aus einem großen laminierten Ordner vor. Am Ende seiner sorgfältig formulierten Übertragung befahl er: „Ausführen."

„Was hat er da gerade gemacht?", fragte Plug Herndon.

„Er hat den Schiffen ihre Verbandspositionen zugewiesen. Keine Ahnung, weshalb die Kerle vor uns das nicht gemacht haben. Ich schwöre, wir verbringen die Hälfte der Wache damit, das Durcheinander der vorherigen Mannschaft aufzuräumen." Er wandte sich an den Unteroffizier. „Danke, Chief."

„Kein Problem, Sir."

Herndon stand auf und trat vor das an der Wand montierte Whiteboard. Rund um den in der Mitte eingezeichneten Flugzeugträger hatte jemand mit schwarzem Kreidemarker einen Kreis gezogen.

„Wir weisen jedem Schiff ein bestimmtes Gebiet zu, in

dem es sich aufhalten soll – rund um den Träger verteilt. Quasi als eine Art Schutzschild. Der zugeteilte Bereich jedes Schiffs ist groß genug, um ihm Bewegungsspielraum zu geben, aber restriktiv genug, um sicherzustellen, dass es die von uns gewünschte Position hält." Herndon wischte ein paar Dinge weg und brachte die aus drei Buchstaben bestehenden Schiffskennungen auf den neuesten Stand. Angaben zu Entfernungen und Himmelsrichtungen zeigten die genaue Stellung eines jeden Schiffs an.

Die angefunkten Begleitschiffe meldeten sich eins nach dem anderen zurück. Plug verstand einiges von dem, was sie sagten, aber nicht alles.

„Und der Grund, weshalb wir ihnen ein Gebiet zuweisen?"

Herndon lächelte. „Ihr Piloten habt wirklich keine Ahnung, oder?"

„Seien Sie nachsichtig."

„Das ist so, als würde man Geheimdienstagenten in einem Kreis um den Präsidenten herum postieren. Mit anderen Worten, es ist der optimale Weg, die hochwertige Einheit – den Flugzeugträger – zu schützen. Wir sind von Verteidigungsringen umgeben. Luftabwehr, U-Boot-Abwehr und ein luftgestütztes Frühwarnsystem, sofern diese Einsatzmittel zur Verfügung stehen."

„Hm. Klar, das macht Sinn. Ich wusste, dass die Eskorte uns auf diese Weise schützt, habe aber nie wirklich darüber nachgedacht, dass sie tatsächlich jemand dort platziert hat. Ich nahm einfach an, die Schiffe wüssten, wohin sie sich bewegen mussten."

„Es gibt durchaus Dinge, die die Schiffe automatisch machen. Wenn sie angegriffen werden, schießen sie automatisch zurück. Aber unsere Aufgabe ist es, sicherzustellen, dass wir unsere Ressourcen so effizient wie möglich einsetzen. Je mehr Sie davon verstehen, desto einfacher wird auch Ihr Job.

Sie können Einfluss darauf nehmen, welche Schiffe sich wo im Verband aufhalten; und das kann die Durchführung Ihres Flugplans erleichtern. Zumindest hat es mir Ihr Vorgänger so erklärt."

„Nicht schlecht."

„Ich muss allerdings zugeben, so habe ich das noch nie erlebt." Er zeigte auf das Whiteboard.

„Was meinen Sie damit?"

„In der Regel weisen wir drei oder vier Begleitschiffen ihre Position zu. Heute sind es zehn. Ich habe noch nie so viele Einheiten um einen einzigen Flugzeugträger herum gesehen."

Victoria stand auf dem Flugdeck der *Farragut* stramm, ihr Blick nach achtern auf das weiße Kielwasser des Schiffs gerichtet. Die komplette Besatzung stand ihr in Formation gegenüber.

Mehrere Hundert schweigende Matrosen schwankten leicht hin und her, als Captain Boyle Victoria die Navy Cross-Medaille an ihre Uniform steckte, die zweithöchste Auszeichnung der Marine. Dann schüttelte er ihr die Hand, sah ihr in die Augen und gratulierte ihr. Die Mannschaft lächelte stolz, vereinzelt war Klatschen zu hören, das die disziplinierten Chiefs allerdings sofort unterbanden.

Anschließend erhielt Juan ein „Distinguished Flying Cross" mit einem „V" für Tapferkeit im Gefecht. Der AWR1, das Besatzungsmitglied der taktischen Helikoptereinheit, bekam eine Air Medal für verdienstvolle Leistung während eines Flugeinsatzes verliehen. Und schlussendlich wurde die gesamte Schiffsbesatzung mit einer sogenannte „Presidential Unit Citation" ausgezeichnet.

Die Kombüse hatte ein Festmahl vorbereitet: Hotdogs und

Hamburger, gegrillt auf dem Flugdeck, dazu Softdrinks aus mit Eis gefüllten Mülleimern. Die Köche hatten außerdem einige Tische mit Servietten und Beilagen bereitgestellt. Die Seeleute nahmen sich kleine Tüten mit Kartoffelchips und Keksen und häuften Baked Beans und Kartoffelsalat auf ihre Teller. Die Lautsprecher plärrten Rap-Musik, bis der Master Chief Jimmy Buffett auflegte.

Victoria nippte an ihrer Cola, während sie einige ihrer Männer beobachtete, die sich lachend unterhielten.

Juan trat neben sie. „Alles in Ordnung, Boss?"

„Sicher. Und bei Ihnen?"

„Ich kann das alles immer noch nicht fassen."

„Sie haben ausgezeichnete Arbeit geleistet. Sie sollten sie mit Stolz tragen." Sie zeigte auf die Medaille, die an seiner blauen Ausgehuniform prangte. Der neue Kapitän hatte darauf bestanden, dass sie für die heutige Zeremonie ihre elegantere Uniform trugen. Ein Fliegeranzug wäre dieser Auszeichnung nicht gerecht geworden.

„Sie müssen zugeben, dass es schon ein wenig amüsant ist."

„Was denn?"

„Plug hat auch so eine bekommen. Er hat den Hubschrauber mit Absicht ins Wasser gesetzt und wird für ‚heldenhafte und außergewöhnliche Leistungen während eines Flugs' ausgezeichnet."

Victoria lächelte. „Ich glaube nicht, dass wir die Empfehlung so formuliert haben ..."

„Egal, die Geschichte klingt besser, wenn sie so erzählt wird."

Victoria lachte. „Bereit für Ihren Flug heute Abend?"

„Jawohl, Ma'am."

„Wir müssen diese chinesischen Handelsschiffe orten. Sobald wir sie haben, werden sie sie entern wollen. Allerdings befindet sich eventuell militärisches Personal an Bord, das Widerstand leisten könnte. Wir müssen auf alles vorbereitet sein.“

Juan kaute seinen Hotdog und sah auf die Uhr. „Wie lange wollen wir ihnen noch geben, bevor wir das Flugdeck räumen?“

Sie atmete tief durch. „Eine kleine Weile noch. Wir können alle ein wenig Entspannung gebrauchen, bevor sich die Lage wieder zuspitzt.“

25

Langley, Virginia

David saß im Konferenzzimmer des Direktors im siebten Stock des CIA-Hauptquartiers.

„Wann haben wir die Information erhalten?“, erkundigte sich dieser.

Susan antwortete. „Es sind die Datenpakete, die uns das Team in den letzten vierundzwanzig Stunden geschickt hat.“

„Und Sie denken, dass GIANT unsere einzige Option ist?“

„Wir denken, dass er unsere beste Option ist“, erwiderte Susan.

David und das SILVERSMITH-Team hatten gerade einen Bericht von Chase und den Delta Force-Agenten erhalten, die sich in der Nähe des chinesischen Camps in Liaoning versteckt hielten. Das vierköpfige Team hatte die chinesischen Sondereinheiten beim Training mit Granatwerfern und kleinkalibrigen Waffen beobachtet. Vor zwei Tagen hatten die Chinesen begonnen, die Truppen mit Lufttransporten auszufliegen. Andere CIA-Geheimdienstquellen berichteten, dass diese Soldaten nach Übersee verschickt wurden, möglicherweise in Richtung Amerika. Allerdings konnte keiner sagen, wie sie ins Land kamen oder wohin sie unterwegs waren.

Der Direktor fasste zusammen: „Momentan gibt es also keine verlässlichen Erkenntnisse, die bestätigen, dass sie auf dem Weg in die USA sind. Aber Sie nehmen das an."

„Basierend auf Nachrichtensignalen, ja. Aber wir wollen uns sicher sein."

„Lohnt es sich, GIANT dafür zu opfern?"

Susan schwieg. Aber sie nickte.

„Okay. Nehmen wir Kontakt mit Tetsuo auf, damit er GIANT dementsprechend instruiert."

Es dauerte zehn Minuten, bis sie Tetsuo über eine verschlüsselte Verbindung in Japan erreichten. Er war von Susan vorab informiert worden und erwartete ihren Anruf.

Susan begrüßte Tetsuo über die Freisprechanlage. Dann sagte sie: „Tetsuo, Sie und ich sind die neuen Informationen von Chase und seinem Team bereits durchgegangen. GIANT hat vor Kurzem angeboten, das Camp in Liaoning aufzusuchen. Wir haben beschlossen, sein Angebot nun doch anzunehmen und ihn dabei zu unterstützen, das Lager zu inspizieren."

Die Leitung blieb still. David fühlte sich unbehaglich. Tetsuo war von dieser Planänderung mit Sicherheit nicht begeistert. Susan und Direktor Buckingham tauschten einen Blick aus.

Nun äußerte sich der Boss. „Tetsuo, wie Sie wissen, wird die Lage in China zunehmend instabiler. Anti-amerikanische Gefühle geben den Ton an. Jinshan wird als Retter seines Volkes angesehen, der es vor religiösen Fanatikern aus dem Westen schützt – wie vor diesem Amerikaner, der ihren Präsidenten umgebracht haben soll. Jinshan nutzt seine Popularität und seine Macht, um die gesamte politische Opposition auszuschalten. Sie wissen, dass Sekretär Zhang, für den

GIANT arbeitete, eines seiner ersten Opfer wurde. Damit ist GIANTs Zeit als wertvolle Informationsquelle für uns aller Wahrscheinlichkeit nach vorbei. Aber wir glauben, dass wir ihm Zugang zur Liaoning-Basis verschaffen können. Wenn er dort Zielinformationen abgreifen … wenn er herausfände, wohin diese chinesischen Spezialeinheiten unterwegs sind und das an Chase Mannings Team weitergeben könnte, wäre das für uns von unschätzbarem Wert."

Tetsuo antwortet endlich. „Ich stimme zu, dass GIANTs Bedeutung als Spion aufgrund seiner Verbindung zu Sekretär Zhang geschrumpft ist. Aber wollen wir ihn tatsächlich *jetzt* ins Liaoning-Camp schicken, nach allem, was passiert ist? Wie soll er dort überhaupt hinkommen?"

„Mit unserer Unterstützung. Einer unserer Agenten in China organisiert seinen Flug und wird ihm dabei helfen, als Inspektor Zugang zu erhalten. Aber GIANT wird wahrscheinlich verhältnismäßig schnell auffliegen. Wir denken, er hat höchstens ein bis zwei Tage, bevor sie merken, dass er das Lager unter die Lupe nimmt. Deshalb müssen wir den Besuch mit Chase Mannings Spezialeinheit koordinieren, um sicherzugehen, dass sie ihn gegebenenfalls herausholen können."

David wusste, dass Chases Spezialeinheit offiziell auf einer Beobachtungs- und Aufklärungsmission war. GIANTs Exfiltration wurde als risikoreiche dritte Option gehandelt.

Tetsuo fragte: „Sir, ist das Ganze bereits beschlossene Sache?"

„Ich fürchte ja. Der Präsident muss wissen, was sich dort abspielt. China verhält sich amerikanischen Interessen gegenüber zunehmend feindlich. Wir müssen herausfinden, ob sie sich tatsächlich auf einen Krieg vorbereiten und wie ihre Planung aussieht."

„Verstanden. Und der Zeitrahmen?"

„So schnell wie möglich."

Jinshan war in den letzten Tagen viel gereist. Gerade war eine Besprechung in Guangzhou zu Ende gegangen. Dann waren da die letzten Vorbereitungen mit Admiral Song, der bald in See stechen würde ... Lena begleitete ihn in seinem Wagen zum Flughafen. Jinshan schaute sie bewundernd an, sie war sein wertvollster Besitz. Eine wunderschöne Blume, die er kultiviert und bis zur Perfektion herangezogen hatte.

Sie sah ihn mit diesen dunklen Augen an und wartete geduldig darauf, seine Anweisungen ausführen zu dürfen. Er hoffte, dass er lange genug lebte, um sie in Amerika siegen zu sehen. Lena war die Tochter, die er nie gehabt hatte; er vermutete, dass sie ihm ähnliche Gefühle entgegenbrachte. Das spürte er, wenn sie mit ihm sprach.

„Was weißt du über Zhang?"

Sie kam direkt auf den Punkt. „Er wurde entfernt, wie Sie es wünschten."

Jinshan wusste, was sie meinte. Er war tot. „Und sein Assistent? Dr. Wang? Der, den wir für einen Verräter halten?"

Jinshan hatte kürzlich erfahren, dass Zhangs Top-Berater – ein alter, in Amerika ausgebildeter Ökonom – möglicherweise für die CIA arbeitete. Cyberangriffe auf geheime Archive und finanzielle Unterlagen der CIA hatten seinem Team im Ministerium für Staatssicherheit genug Informationen geliefert, um fast schon sicher zu sein. Aber das MSS hatte entschieden, ihn in seiner Position zu belassen, um zu sehen, mit wem er Kontakt aufnehmen würde.

„Er bereitet uns Kopfzerbrechen. Irgendwie ist es ihm gelungen, einen Flug zu einem unserer Lager zu buchen. Das Lager in Liaoning."

„Wie ist das möglich?"

„Das wissen wir nicht genau."

„Warum fliegt er dorthin?“

„Offiziell führt er eine staatliche Inspektion durch.“ Die Überraschung stand Jinshan ins Gesicht geschrieben. „Ich muss zugeben, dass ich den Flug nicht früh genug entdeckt habe, um ihn zu verhindern. Dafür entschuldige ich mich. Wir sind nicht sicher, wie dieser Flug und der Besuch arrangiert wurden. Aber ich habe Kontakt mit dem zuständigen Sicherheitsoffizier der Basis aufgenommen. Er wird sicherstellen, dass sich Dr. Wang nicht zu einem Problem entwickelt.“

Jinshan nickte. „Gut.“

26

Chase und sein Aufklärungsteam lagen verborgen auf einem Bergkamm mehrere Meilen vom chinesischen Militärcamp in der Provinz Liaoning entfernt.

Trotz ihrer ungewöhnlichen Anreise war der Abwurf als solcher relativ normal verlaufen. Sie waren auf einem brachliegenden Feld nur wenige Hundert Fuß von einem Wald entfernt gelandet.

Die drei Delta-Männer und Chase hatten in aller Eile ihre Fallschirme eingesammelt und zwischen den Bäumen Deckung gesucht. Der Wald erstreckte sich einen kleinen Berg hinauf. Das Gelände in dieser Gegend war generell hügelig. Dort, wo die Flüsse Täler in das bergige Land geschürft hatten, entstanden Städte und Bauernhöfe. Wenn sie in den Bergen blieben, standen ihre Chancen gut, das Gebiet unentdeckt zu durchqueren.

Nach zwei Tagesmärschen hatten sie ihre erste geplante Aufklärungsposition erreicht. Eine Stunde entfernt gab es eine Wasserquelle. Die Vegetation und die Felsformationen boten ihnen ausreichend Schutz vor unerwünschten Beobachtern. Zudem konnten sie von dieser Position aus gut das nächste Tal einsehen, wo sich das chinesische Militärlager befand.

Chase und die Deltas beobachten die Militärübungen schon seit mehr als einer Woche. Täglich die gleiche Routine. Nächtliches Training mit kleinkalibrigen Waffen und Granatwerfern. Eine Übung mit Allrad-Lastwagen, die auf eine bestimmte Weise geparkt wurden.

Und dann, vor zwei Tagen, hatten Transportflugzeuge begonnen, nach und nach jeweils mehrere Einheiten auf einmal auszufliegen.

Die chinesischen Truppen verließen das Camp. Soweit es Chases Team beurteilen konnte, waren bisher etwa zweihundert Männer abtransportiert worden und nur eine Einheit zurückgeblieben. Es sah aus, als ob das letzte Team nun auch zum Abmarsch bereit war. Eine Gruppe von zwölf Männern hatte ihre Ausrüstung nahe der Flugbahn bereitgestellt.

„Wohin Sie wohl unterwegs sind? Was denkt ihr?"

Während er durch sein Fernrohr sah, presste Chase den bräunlichen Inhalt seiner vakuumverpackten Militärration durch eine kleine Öffnung in seinen Mund. Angeblich war es Huhn mit Reis, aber sie schmeckten alle gleich.

„Keine Ahnung. Vielleicht ist es nur ein Ausbildungszentrum und sie kehren alle an ihren ursprünglichen Stützpunkt zurück." Der Tonfall des Mannes sagte Chase, dass er seinen eigenen Worten nicht glaubte.

Chase schlug vor: „Gehen wir es noch einmal durch. Die Drohnen-Übertragung ist in dreißig Minuten angesetzt. Bis dahin muss ich unseren Bericht fertig haben. Es sah aus, als ob sie in Teams trainierten."

Ein weiterer Militärtransporter flog in geringer Höhe über sie hinweg. Das Motorengeräusch hallte in den Bergen wider. Chase und die Deltas lagen versteckt hinter einem großen Busch unter speziellen Abdeckplanen, um sie und ihre

Ausrüstung vor Infrarotkameras zu schützen, die ihre Wärmesignatur entdecken könnten. Der Lärm und die Nähe des Flugzeugs erstickten jegliche Konversation im Keim, bis es über sie hinweggeflogen war.

Das Lager bestand aus einer Ansammlung von Gebäuden, Fahrzeugen und einer befestigten Start- und Landebahn. Einer der Deltas hatte es Camp Kung Pao getauft. Während er in seinen geschmacksneutralen Proteinriegel biss, dachte Chase darüber nach, was er gerade nicht alles für ein gutes Kung Pao-Huhn geben würde. Er seufzte. Er musste sich jetzt wirklich konzentrieren und ihre Beobachtungen dokumentieren. Mit einem Finger tippte er auf seinem dünnen, für den Militärgebrauch konzipierten Tablet, das an seinem linken Unterarm festgegurtet war. Er schrieb kurze Berichte, die täglich zur gleichen Zeit verschlüsselt und per Bitbündelübertragung an eine Air Force-Drohne gesendet wurden.

Zunächst hatte Chase vorgeschlagen, für diese Mission nur die Drohne einzusetzen, aber diese Idee wurde verworfen. Der chinesische Cyberangriff, der ihre Satelliten lahmgelegt hatte, beeinträchtigte nach wie vor auch viele der militärischen Datalink-Netzwerke. Insbesondere jene, die zur Steuerung der Drohnen aus großer Entfernung genutzt wurden. Die US-Luftwaffe war zwar in der Lage, Drohnen vorab zu programmieren und Informationen nach deren Rückkehr vom Einsatz abzurufen, aber sie waren nicht länger die Echtzeit-Reaktionsplattformen, an die sich das Militär in den letzten zwei Jahrzehnten gewöhnt hatte.

Eine zu starke Abhängigkeit von der Technologie, das war die Lektion, die es zu lernen galt. Und das Militär der Vereinigten Staaten lernte das momentan auf die harte Tour.

Chase und seine drei Delta-Männer hingegen waren in der Lage, schnell zu reagieren. Deshalb hatte General Schwartz ihren Einsatz vorgeschlagen. Ihre Aufgabe war es, zu beobachten und Bericht zu erstatten. Sie sollten herausfinden, auf welche Mission sich die chinesischen Spezialeinheiten vorbereiteten – und was es dort so Wichtiges gab, dass Cheng Jinshan glaubte, es könne China bei der Einnahme des Pazifik helfen. Sie sollten täglich kurze Updates senden und einen detaillierteren Bericht vorlegen, sobald sie der Höhle des Löwen entkommen waren.

„Teamübungen, auf jeden Fall. Und sie trainierten nur nachts."

„Wir haben sie nur eine Woche lang observiert. Gut möglich, dass wir sie beim Training am Tag einfach nicht erwischt haben."

„Nein. Sie haben aus einem bestimmten Grund nur nachts trainiert. Was auch immer sie vorhaben, sie werden es nachts tun."

Ein anderer Delta fügte hinzu: „Die Teams waren identisch aufgebaut. Drei Fahrzeuge entlang einer Straße. Zwei Fahrzeuge vorn als Straßensperre, um das innere Team zu schützen. Zehn, zwölf Männer pro Trupp, höchstens. Die in der Mitte waren die Granatwerferexperten. Die auf der Außenseite sorgten mit ihren Entfernungsmessern für Sicherheit, Feedback sowie die Überwachung des Umfelds."

Chase nickte. „So habe ich das auch gesehen. Wie schätzen wir ihre Operationsfähigkeit ein?"

„Verglichen mit US-Eliteeinheiten als mies ... Aber für die Chinesen? Ziemlich gut. Und ich bin auch der Meinung, dass es sich um Spezialeinheiten handelt – habt ihr euch die Uniformen angesehen? Keine Aufnäher oder Namensschilder. Wirklich gute Ausrüstung im Vergleich zu dem, was die VBA ausgibt. Und die Art, wie sie sich beim Schießtraining gemeinsam durch die Häuser bewegten? Schnell und effizient. Sie sind gut. Viel besser als die regulären VBA-Soldaten."

Chase wusste, dass dies das höchste Kompliment war, das

die Deltas einem ausländischen Gegner machen würden. Sie hatten natürlich recht, mit der Elite der US-Spezialeinheiten konnten die chinesischen Soldaten, die sie über die letzten Tage beobachtet hatten, tatsächlich nicht mithalten. Aber das war so, als ob man einen College-Footballspieler mit einem professionellen Footballspieler der NFL verglich. Trotzdem würden beide in einem Spiel gegen ein High-School-Team einen Touchdown erzielen – insbesondere, wenn das High-School-Team nicht wusste, dass das Spiel kurz bevorstand.

„Also, was ist eurer Meinung nach das Ziel?"

„Basierend auf einem Granatwerferangriff aus ungefähr einer Meile Entfernung zum Ziel? Keine Ahnung. Könnte vieles sein. Interessant ist aber, wie sie trainiert haben."

„Was war daran so besonders?"

„Dass sie die drei Fahrzeuge jedes Mal auf die gleiche Weise angeordnet haben. Ich glaube, sie bereiten sich auf eine städtische oder vorstädtische Umgebung vor. Offensichtlich auf ein Ziel an einer Straße. Irgendwo, wo sie kurz nach dem ersten Einsatz der Granatwerfer Widerstand erwarten."

„Also ein militärisches Ziel? Ein Stützpunkt?", hakte Chase nach.

„Gut möglich."

Chase betätigte ein kleines schwarzes Gerät mit einer dicken Plastikantenne, das neben ihm auf dem Boden stand. Es war dasselbe Gerät, über das sie täglich Informationen mit der Drohne austauschten. Da die Drohne nur einmal am Tag senden oder empfangen konnte, ohne den chinesischen Geheimdienst zu alarmieren, musste Chases Team ständig präsent sein.

Chase erklärte: „Ich weiß nur, dass dies heute wahrscheinlich unsere letzte Meldung sein wird. Wenn hier nicht länger trainiert wird, bringen sie uns …"

Das Gerät begann zu summen. Chase sah Textfetzen, die über den kleinen digitalen Bildschirm huschten.

„Die Drohne?“, fragte einer der Deltas.

„Ja. Sie empfängt unseren täglichen Bericht.“

Die Drohne war eine Air Force RQ-180, eines der supergeheimen Tarnkappenprojekte, die Northrop Grumman in der Wüste des amerikanischen Westens entworfen hatte. In siebenunddreißigtausend Fuß Höhe war sie auf ihrer vorprogrammierten Route so gut wie unsichtbar. Sie machte messerscharfe Videos vom Camp und speicherte die verschlüsselten Daten, die Chase am Vortag in sein Tablet eingegeben hatte. In wenigen Stunden würde sie nach ihrer Landung in Südkorea umgehend in einen geschlossenen Hangar gerollt werden. Das Personal mehrerer Agenturen, deren Namen aus drei Buchstaben bestanden, würden die gesammelten Daten herunterladen, analysieren und an die Befehlskette weiterreichen. Eine Stunde später würden sie bei SILVERSMITH auf dem Schreibtisch landen.

Die Männer registrierten, dass das Übertragungsgerät verstummte. Chase gab einen Code in sein Tablet ein, der ihm Zugriff auf die ihnen gesendeten Nachrichten verschaffte. Er wusste, dass er nur knapp zwei Minuten hatte, bevor die Daten von der Festplatte gelöscht werden würden.

DIESER BEFEHL MODIFIZIERT BESTEHENDEN EINSATZPLAN. GIANT AUF DEM WEG ZUM STÜTZPUNKT LIAONING, WO ER VERSUCHEN WIRD, ENTSCHEIDENDE INFORMATIONEN ZU SAMMELN. BEFÜRCHTEN, DASS GIANT KOMPROMITTIERT UND IN GEFAHR IST. IHRE PRIORITÄT: VON GIANT ERMITTELTE DATEN VIA BURST-ÜBERTRAGUNG WEITERZUREICHEN. ZWEITENS, WENN MÖGLICH, EXTRAHIERUNG GIANTS AUS DEM LAGER UND SEINE EVAKUIERUNG ZUR LANDEZONE.

Chase fluchte beim Lesen.

„Was ist denn?“

„Ihr werdet es nicht glauben.“

Nur wenige Stunden später landete GIANT in einem kleinen weißen Passagierjet auf der Basis. Chase und das Team beobachteten, wie er in Begleitung einer Handvoll Militärangehöriger das Areal im Zentrum des Camps betrat. Sie waren jetzt nur noch eine Meile vom Lager entfernt, da sie sich direkt nach dem Empfang ihres neuen Befehls zum nächstgelegenen Bergkamm begeben hatten. Es wurde gefährlich.

„Wie viele sind eurer Meinung nach noch vor Ort?“

„Wechselnde Schichten auf dem Wachturm. Zwei Dutzend in den Kasernen. Ein Team auf Jeep-Patrouille etwa eine Meile nördlich. Schätzungsweise um die fünfzig Personen insgesamt, mehr oder weniger. Alle nur leicht bewaffnet.“

„Sieht aus, als ob sein Flugzeug wieder startbereit ist.“

„Ob er das, was er braucht, wohl schon gefunden hat?“

Hier wurde ihr Plan haarig, das war Chase und den Deltas bewusst. Der neue Einsatzbefehl hatte keine Anweisungen enthalten, wann und wie sie GIANT extrahieren sollten. Sie sollten es einfach tun. Chase und die Männer hatten entschieden, ihm zwei Stunden Zeit zu geben. Falls er bis dahin nicht wieder in Erscheinung trat, würden sie das Camp stürmen und das Beste hoffen. Das Word *verdeckt* würde auf ihre Mission nicht länger zutreffen.

Sollte er aber vor Ablauf der zwei Stunden nach draußen kommen, mussten sie ihn aufgreifen, bevor er wieder in das Flugzeug gesetzt wurde. *Falls* er wieder ins Flugzeug gesetzt wurde …

Inwieweit war GIANT kompromittiert? Und in welcher Gefahr schwebte er? Nein. Das war nicht die richtige Fragestellung.

„Das Ganze ist komplett im Arsch, Mann."

„Yep", antwortete Chase.

„*Moment mal.* Manning, siehst du das? Das ist unser Junge, oder? Wo bringen sie ihn hin?"

Chase zog sein Fernrohr heraus und sah hindurch. Es war GIANT, keine Frage. Sie hatten ihn eben aus dem Hinterausgang des Gebäudes geführt, in dem er sich aufgehalten hatte. Nun saß ihre Quelle eingepfercht zwischen zwei uniformierten VBA-Soldaten auf dem Rücksitz eines Militärjeeps. Der Jeep wurde von einem dritten Soldaten gerade auf eine unbefestigte Straße gesteuert, die an einem kleineren Berghang zwischen ihrer Position und dem Camp entlangführte.

„Sieht nicht so aus, als ob sie ihn auf eine Vergnügungsfahrt mitnehmen, oder?"

Chase richtete sein Fernrohr auf die staubige Straße vor dem Jeep, um einen geeigneten Punkt für ihr Eingreifen auszumachen. „Kommt mit. Wir müssen los. Ungefähr eine halbe Meile von hier macht die Straße eine Kurve. Wir müssen die Stelle erreichen, bevor sie es tun. Vielleicht ist das gerade unsere große Chance."

Die Delta-Männer brauchten nur eine Sekunde, um Chases Aufforderung zu verarbeiten und das Chancen-Risiko-Verhältnis zu ermitteln, bevor sie leise den dicht bewaldeten Berghang hinuntersprinteten. So schnell ihn seine Beine trugen, rannte Chase im Slalom zwischen den Fichten hindurch. Die schweren Stiefel machten auf dem harten Boden und den Baumwurzeln mehr Lärm als ihm lieb war. Die nahegelegene Straßenkurve stellte aller Wahrscheinlichkeit ihre einzige Gelegenheit dar, das zu verhindern, was wohl als Hinrichtung geplant war.

Bei ihrer Ankunft kauerten sich die vier Männer hinter Baumstämmen und Felsbrocken auf den Boden, keine zwanzig Fuß von der Straße entfernt. Jeden Augenblick …

Der Gruppe blieb keine Zeit, sich eine Taktik auszudenken. Zwei der Deltas feuerten mit schallgedämpften Maschinenpistolen auf die Reifen und in den Motorblock des Jeeps. Der qualmende Wagen kam auf der Schotterstraße plötzlich zum Stehen. Verwirrt durch den Lärm und das unerwartete Anhalten ihres Fahrzeugs stiegen die VBA-Soldaten aus. Einer von ihnen hielt seine Waffe in der Hand und spähte durch die Löcher in der Motorhaube, aus denen Rauch aufstieg.

Nach einer weiteren Salve geräuschlosen Feuers waren zwei der drei Männer außer Gefecht. Der dritte VBA-Soldat, der hinter dem Jeep stand, schoss unkontrolliert in ihre Richtung.

Mit einer präzisen Bewegung richtete Chase das Fadenkreuz seiner Waffe auf den Kopf des Mannes und drückte den Abzug. Es gab einen Knall, und der Hinterkopf seines Zielobjekts explodierte und flog nach hinten, bevor sein lebloser Körper den bewaldeten Abhang hinunterrutschte. Chase sprang auf und rannte vorwärts.

Die Deltas zogen GIANT vom Rücksitz.

„Er wurde getroffen“, sagte einer der Männer und öffnete einen Verbandskasten.

Die erfahrenen Hände des Delta-Mannes bewegten sich schnell und versuchten, den Blutverlust zu stoppen und seinen Patienten zu stabilisieren.

„Das Feuergefecht war laut. Glaubt ihr, dass sie Verstärkung schicken werden?“

„Vielleicht. Vielleicht aber auch nicht, wenn sie ihn hergebracht haben, um ihn zu exekutieren.“

GIANT klopfte auf seine Brusttasche. Er verlor immer wieder das Bewusstsein und atmete nur flach. Einer der

Deltas zog ein schwarzes Objekt von der Größe eines Vierteldollars aus der Tasche und reichte es an Chase weiter. GIANT nickte ihm zu und flüsterte in Englisch: „Antworten. Pläne." Er holte keuchend Luft und sah Chase an. „Sie werden einmarschieren."

Chase hielt den Mann an den Schultern fest. „Das wissen wir. Woran haben sie hier gearbeitet?"

Der Mann zeigte auf das schwarze Objekt, das Chase in der Hand hielt, und sagte: „Bringen Sie das der CIA. Aber warnen Sie sie. Der Angriff beginnt sehr bald. Jinshan arbeitet weiterhin mit Täuschungsmanövern. Er will den Pazifik auf einen Schlag einnehmen."

Der Mann bekam einen Hustenanfall und zuckte vor Schmerzen zusammen.

Chase sah sich um. Zwei der Deltas knieten an verschiedenen Punkten und überwachten die umliegende Landschaft durch ihre Zielfernrohre. Der Delta-Mann, der GIANT behandelt hatte, trat an Chase heran und flüsterte: „Er wird verbluten. Wir müssen los. Wir können nichts für ihn tun, Mann."

Chase nickte.

Der alte Mann hatte den Austausch zwar nicht gehört, aber sein Blick sagte, dass er zum gleichen Schluss gekommen war. „Sie müssen gehen." Er packte Chase am Arm. „Hawaii und Guam. Jinshan wird beides angreifen. Sie müssen sie warnen ..." Er drückte Chases Arm noch ein letztes Mal, um die Wichtigkeit seiner Botschaft zu unterstreichen.

Dann schloss GIANT die Augen, röchelte noch ein paar Sekunden lang und wurde schließlich still.

Chase signalisierte den Delta-Männern, zu ihm zu kommen. „Wir müssen die Leichen in den Jeep verfrachten und ihn über die Klippe rollen. Das verschafft uns ein wenig Zeit. Noch fünf Stunden bis zur Exfiltration."

Die vier Elitekräfte arbeiteten zügig. Sie hievten die Leichen in den Jeep, lösten die Handbremse, legten den Leerlauf ein und schoben ihn den Abhang hinunter. Einhundert Fuß weiter unten krachte er in eine große Kiefer, die von der Straße aus nur schwer auszumachen war. Nachdem das erledigt war, kletterten sie den Hang hinauf.

Sie brauchten einen halben Tag, um die verabredete Landezone zu erreichen. Endlich, zwei Stunden nach Sonnenuntergang, tauchte die schattenhafte Gestalt eines Air Force Special Operations CV-22 Osprey über dem leeren Feld auf. Sie befanden sich ein Dutzend Meilen von der nächstgelegenen Besiedelung entfernt.

Piloten mit Nachtsichtgeräten landeten das Kipprotorflugzeug und zwei bewaffnete Air Force PJs, Männer der Fallschirmrettung, betraten chinesischen Boden und zielten auf den Waldrand, während das Viererteam die hintere Rampe hochrannte.

In einer gemeinsamen Aktion hatten Air Force und NSA mit elektronischen Waffen und einem Cyberangriff das Radarsystem und den Strom in dieser Gegend für eine Stunde lahmgelegt. Das war so lange, wie der sogenannte Fischadler über Land flog. Das chinesische System erwachte in dem Moment wieder zum Leben, als der Osprey auf dem Weg zur Osan Air Base in Korea „nasse Füße" bekam und das Meer überflog.

27

Cheng Jinshan erreichte den abgelegenen Bergstützpunkt am frühen Morgen. Diese unterirdische Festung befand sich fünfzig Meilen westlich von Peking. Mit einer Vielzahl von Stabsmitarbeitern und Generälen wurde er in einem Hubschrauberkonvoi eingeflogen. In wenigen Stunden würde zudem noch eine Fahrzeugkarawane eintreffen.

Die geheime Bergfestung und deren Bunker stammten aus den 60er Jahren. Der Vorsitzende Mao Tse-Tung hatte den Bau aus Furcht vor einem sowjetischen Nuklearangriff in Auftrag gegeben. Es waren viele solcher Bunker verstreut über die chinesische Landschaft geschaffen worden. *Dieser* hier war jedoch für die Führungsebene gedacht. Auf Jinshans Befehl waren die höhlenartigen Gänge und Betonhallen mit LED-Beleuchtung, den modernsten Sicherheits- und Belüftungssystemen und Kommunikationsnetzen ausgestattet worden. Auf den umliegenden Berggipfeln befanden sich Batterien von Boden-Luft-Raketen, und ein Bataillon gut ausgebildeter VBA-Truppen war in dieses Gebiet verlegt worden, um für seinen Schutz zu sorgen.

Die Festung war als Jinshans Hauptquartier in Kriegszeiten vorgesehen. Abgelegen, schwer befestigt und hochsicher. Sie war so konstruiert, dass sie einem direkten nuklearen Angriff standhalten konnte. Für den Fall, dass es zu einer solchen Katastrophe kommen sollte, gab es Pläne, ihn an einen von mehreren Alternativstandorten zu transportieren.

Die erste Hälfte des Tages verbrachte Jinshan damit, den neuesten Informationen seiner Generäle bezüglich des Status seiner Streitkräfte zuzuhören. Danach erhielt er einen Überblick über den geplanten zeitlichen Ablauf der Ereignisse. Er stellte nur wenige Fragen, da er geholfen hatte, den Plan nach seinen Vorgaben zu gestalten. Die Dinge entwickelten sich gut. Jeder war dort, wo er sein sollte, bevor sich der Vorhang hob.

„Mr. Jinshan, wir haben einen Anruf von der Insel für Sie."

Er nahm den Hörer ab und hörte Lenas Stimme.

„Ist alles vorbereitet?"

„Jawohl, Mr. Jinshan. Wir warten auf Ihr Kommando."

Etwas in ihrer Stimme ließ ihn aufhorchen. „Was ist? Stimmt etwas nicht?"

„Einer meiner Cyberexperten informierte mich, dass Natesh Chaudry etwas gesehen haben könnte, was er nicht hätte sehen sollen."

„Was hat er gesehen?"

„Er hat auf Dateien zugegriffen, in denen die Pläne der Südseeflotte und der Handelsflotte gespeichert sind …"

Jinshan legte den Kopf in den Nacken und überlegte. „Wie konnte er Zugang zu den Informationen erlangen?"

„Unser Cyberteam überprüft das gerade."

„Ich fürchte, es ist an der Zeit, ihn loszuwerden. Würdest du dich bitte darum kümmern?"

„Selbstverständlich, Mr. Jinshan. Wir haben momentan ein Flugverbot, aber …"

„Warte, bis sie täglichen Aktivitäten abgeschlossen sind. Ich will nicht riskieren, dass du verletzt wirst. Und ich brauche dich, um die Dinge auf der Insel zu überwachen. Pass auf, dass niemand Fehler macht, Lena. Ich wünschte, jeder meiner Mitarbeiter wäre so talentiert und zuverlässig wie du. Viel Glück." Er legte den Hörer auf und kehrte in den Raum zurück, in dem ihn seine ranghöchsten Militärs erwarteten.

Das Schlachtfeld war momentan wie ein stiller Wald, über dem der Geruch von Rauch hing. Ein Feuer war im Anmarsch. Die Amerikaner ahnten zweifellos, dass etwas auf sie zukam. Aber es würde zu spät sein, als dass sie darauf reagieren könnten. Sein Lebenswerk stand kurz vor der Vollendung. Es gab nur noch eine letzte Sache zu tun. Jinshan hob die Hand, sein Blick war kalt. Seine Generäle starrten ihn über den Tisch hinweg an.

„Angriff."

Die V-22 mit Chase und den Delta-Agenten landete kurz nach 0800 Stunden Ortszeit auf dem Luftwaffenstützpunkt Osan. Eine dunkelblaue Limousine erwartete ihn bereits. Neben der Fahrertür stand ein hochgewachsener Asiate mit Sonnenbrille und einer grünen Leinenjacke. Er signalisierte Chase, dass er einsteigen solle. Der verabschiedete sich von den Delta-Männern, was diese mit einem respektvollen Nicken erwiderten.

Der Fahrer war jung – kaum älter als sechs- oder siebenundzwanzig Jahre. Chase nahm an, dass er in der CIA-Station in Seoul arbeitete.

„Tetsuo schon hier?"

„Gerade eingetroffen. Er ist bei den Analysten im Bürowagen."

Mit quietschenden Reifen kamen sie in einem Hangar auf der gegenüberliegenden Seite des Flugplatzes zum Stehen. Chase und der junge Agent gingen zu dem CIA-Anhänger hinüber, der darin untergebracht war und auf Zementblöcken stand. Vor dem Eingang standen zwei bewaffnete Wachmänner, die aufmerksam beobachteten, wie sich der junge CIA-Agent mit seinem Fingerabdruck und einem Augenscanner Zugang zum Trailer verschaffte. Eine der Wachen überprüfte noch Chases Dienstausweis, dann durften sie eintreten.

Drinnen angekommen schüttelte Tetsuo ihm die Hand. „Freut mich, dass Sie heil zurück sind. Wir haben uns Sorgen um Sie gemacht.“ Er verzog das Gesicht. „Mann, Kumpel, Sie riechen stark.“

„Nicht zu ändern. War nicht meine Idee, zwei Wochen im Wald zu hausen.“

„Ist alles gut verlaufen?“

„Gegen Ende wurde es ein wenig abenteuerlich. Hören Sie, ich muss schnellstmöglich Information ganz nach oben weiterleiten.“

Tetsuo reichte ihm ein schnurgebundenes Telefon, das an das gesicherte Kommunikationsnetz des Trailers angeschlossen war. Innerhalb weniger Minuten sprach Chase mit den Mitgliedern des SILVERSMITH-Teams, während Tetsuo mithörte.

Susans Stimme klang gestresst. In Langley war es spät in der Nacht. „Schießen Sie los.“

Chase fasste die Ereignisse der vergangenen Wochen zusammen. Er begann mit dem wichtigsten Detail – China plante tatsächlich, die Vereinigten Staaten anzugreifen. Nach dem, was GIANT ihm verbal mitgeteilt hatte, stand der Angriff womöglich schon heute bevor. Er wusste noch nicht, welche Daten der kleine Datenspeicher enthielt, den sie von ihrem Spion erhalten hatten.

In diesem Moment erklang die Stimme von General Schwartz. „Entschuldigen Sie, wenn ich kurz unterbreche. Ich werde gleich eine Notfallmeldung an unsere Streitkräfte rausgeben. Aber vorher will ich sicher sein, dass ich alle relevanten Informationen habe. Hat er sonst noch etwas gesagt?“

„Er sagte, dass es um den gesamten Pazifikraum geht und betonte, dass Guam und Hawaii zu den ersten Zielen gehören.“

„Hat er herausgefunden, wohin die chinesischen Spezialeinheiten unterwegs sind? Was sind deren Ziele? Sind sie jetzt wirklich auf dem Weg in die USA? Waren sie auf dem Weg nach Guam und Hawaii?“

„Ich weiß es nicht. Das war alles, was er sagte.“

„Wie soll das möglich sein? Auch wenn unser Vertrauen in Bezug auf die Haltung Chinas angeschlagen ist, so schlimm steht es nicht“, kam eine Stimme durch das Telefon. Chase kannte die Stimme nicht.

„Ich weiß es nicht“, wiederholte Chase.

Weitere Personen mischten sich ein und boten Erklärungsansätze an. Chase glaubte, jemanden etwas über „eine vermisste Gruppe von Handelsschiffen und eine vor Kurzem aktivierte Gruppe chinesischer Überwasserschiffe“ sagen zu hören.

Dann sagte Susan: „Meine Herren, bitte. General, ich denke, es wäre angebracht, die Informationen hinsichtlich Hawaii und Guam in Ihre Botschaft aufzunehmen. Und ich denke, wir sollten mit dem Absenden nicht länger warten.“

„Sie ist gerade an die Leute rausgegangen, die die Notfallwarnungen an unsere Streitkräfte weiterleiten“, versicherte der General. „Sobald wir hier fertig sind, werde ich mich persönlich vergewissern, dass es geklappt hat. Unsere Militäreinheiten und Regierungspartner sollten die Mitteilung in den nächsten Minuten erhalten.“

Susan hakte weiter nach. „Chase, was können Sie uns sonst noch sagen?“

Er fuhr fort, weitere Details seiner Mission zu schildern, angefangen mit der Landung und der Beobachtung des Trainings der VBA-Spezialeinheiten, bis hin zu GIANTs Ankunft und dessen Tod. Als er ihnen sagte, dass GIANT umgekommen war, herrschte einen Augenblick Stille. Tetsuo wandte sich ab. GIANT war sein Agent gewesen. Er war sichtlich aufgewühlt.

Susan sprach weiter. „Unsere Techniker haben eben die Daten von dem Gerät, das GIANT Ihnen überließ, heruntergeladen. Es handelt sich wohl um eine Audioaufnahme, keine weiteren Daten. Wir werden sie uns hier mithilfe unserer China-Analysten anhören. Chase, Tetsuo, wir rufen in dreißig Minuten zurück, wenn wir eine erste Einschätzung haben.“

Die Leitung war tot.

Chase sah Tetsuo an. „Es tut mir leid um Ihren Mann.“

Tetsuo nickte. „Danke.“ Er seufzte und fügte dann hinzu: „Hey, Ihr Bruder lässt Sie grüßen. Ich habe in Tokio mit ihm zusammengearbeitet. Netter Mann.“ Tetsuo erzählte Chase, was sich mit Natesh ergeben hatte.

„Er arbeitet jetzt für Sie?“

„Richtig.“

„Verrückt ...“ Chase strich sich über das Kinn. „Das ist schon ein bisschen merkwürdig, oder? Dass sie ihn nach Tokio schicken, während sich all das um uns herum abspielt.“

„Ja, ganz Ihrer Meinung. Wir hatten deshalb einige Diskussionen. Aber bislang haben sich die Informationen, die er uns gab, allesamt bestätigt. Er scheint eine verlässliche Quelle zu sein. Und dieser Tage ist es schwer, so jemanden zu finden.“

Chase fragte: „Kann ich hier irgendwo duschen, während wir warten?“

„Sicher. Hinten im Hangar befinden sich Umkleideräume. Ihre Sachen liegen in einer der Kabinen. Sie ist offen, aber ihr Name steht an der Tür."

„Fantastisch. Danke, Mann. Ich bin gleich wieder da."

Chase ging unter die Dusche und war innerhalb von zehn Minuten zurück. Obwohl er immer noch erschöpft war, fühlte er sich tausendmal besser, nachdem er zwei Wochen Schmutz und Staub von seinem Körper abgeschrubbt hatte. Er passierte ein zweites Mal die Sicherheitskontrolle und betrat den bewachten CIA-Wagen.

„Sie habe gerade eine E-Mail geschickt", begrüßte Tetsuo ihn. „Sie rufen jetzt gleich zurück."

Das Licht am Telefon flackerte auf und die Worte „Verbindung wird aufgebaut" erschienen auf der digitalen Anzeige. Dann hörten sie Susans Stimme. „Chase, Tetsuo, es war tatsächlich eine Audioaufnahme. Die ersten fünf Minuten spricht nur GIANT. Dann folgen Aufzeichnungen verschiedener Gespräche zwischen ihm und einigen Offizieren des Lagers, wie wir vermuten. Wir haben es gerade übersetzen lassen und unsere Analysten sind alle der gleichen Ansicht. Diese Spezialeinheiten wurden für den Einsatz in Amerika ausgebildet. Eine Art strategischer Angriff mit Granatwerfern. Ihre Ziele kennen wir nicht."

Chase antwortete: „Wir haben das Training dieser Teams beobachtet. Aber sie verließen die Basis kurz bevor GIANT eintraf."

Susan fragte: „Das war vor zwei Tagen, richtig?"

„Korrekt. Zu diesem Zeitpunkt begann ihr Abtransport. Und in den letzten vierundzwanzig Stunden wurden alle Truppen abgezogen."

„Dann sollten wir davon ausgehen, dass sie kurz vor dem Eintritt in die Vereinigten Staaten stehen, wenn sie nicht schon hier sind. Wir haben das FBI und den Heimatschutz alarmiert, nach Personengruppen Ausschau zu halten, die einreisen und auf die diese Beschreibung passt."

General Schwartz meldete sich zu Wort. „Meine Herren, was GIANTs Warnung vor einem unmittelbaren Angriff betrifft, und die Idee, dass die Chinesen Guam und Hawaii mit einem Erstschlag einnahmen wollen ... wir haben das hier heiß debattiert und halten es für schlichtweg unmöglich. Es gibt keine offensichtlichen Bewegungen der VBA-Marine in Richtung Hawaii oder Guam. Das einzige Problem, das wir haben, ist eine Gruppe verschwundener Handelsschiffe, von der wir erwarten, sie in Kürze ausfindig zu machen."

„Vergessen Sie den Trägerverband nicht ..."

„Richtig, aber die Flugzeugträgerkampfgruppe befindet sich immer noch auf der Höhe der Philippinen."

„Ganz recht."

Chase hatte den Eindruck, dass alle nur laut dachten. Keiner war sich sicher. Zudem bekam er das ungute Gefühl, dass alle langsam panisch wurden und fürchteten, der Gefahr vollkommen hilflos ausgesetzt zu sein. Was gut möglich war.

General Schwartz fuhr fort. „Wenn aber einer oder beide Standorte – Guam und Hawaii – tatsächlich in die Hände der Chinesen fallen sollten, könnte das für den langfristigen Erfolg Amerikas in einem pazifischen Krieg *verheerend* sein. Beide Inseln sind von enormer strategischer Bedeutung. Sollten sie besetzt werden, wäre es angesichts der unmittelbaren Nähe von Korea und Japan zu China extrem schwierig, Operationen im westlichen Pazifik mithilfe unserer Luftunterstützung durchzuführen."

Susan warf ein: „Tetsuo, Sie hatten Natesh um ein Update hinsichtlich der Position dieser speziellen chinesischen Handelsschiffe gebeten. Gibt es Fortschritte?"

„Ich bin morgen Abend mit ihm verabredet."

„Wir brauchen diese Informationen sofort. Wir sind uns

relativ sicher, dass diese Handelsschiffe irgendetwas transportieren, was mit dem ersten Angriff in Verbindung steht. Der Marinenachrichtendienst hat uns mitgeteilt, dass die chinesischen U-Boot-Aktivitäten in großem Umfang zugenommen haben. Aber es sind diese Handelsschiffe, die uns Kopfzerbrechen bereiten. Es muss einen Weg geben, sie auch ohne unser Satellitentracking zu lokalisieren. Bitte kehren Sie nach Japan zurück. Nehmen Sie Kontakt mit Natesh auf und finden Sie heraus, ob er –"

Die Verbindung wurde unterbrochen und alle Lichter im Trailer gingen aus.

„Was zum Teufel ...?"

„Wer hat das Licht ausgemacht?"

Chase hörte in der Ferne ein mehrmaliges dumpfes Grollen.

Explosionen.

Das chinesische Militär herrscht über viele Inseln im Pazifik – allen voran die Spratly-Inseln. Ehemals reine Sandbänke, sind sie heute ständige Militärstützpunkte im Meer, komplett mit Radar, Luftabwehrraketen und Batterien von Boden-Boden-Raketen. Darüber hinaus gibt es dort Landebahnen und Treibstoff, wodurch die Reichweite landgestützter Kampfjets und anderer Militärflugzeuge vergrößert werden kann.

Mehrere chinesische Militärbasen, wie etwa der U-Boot-Stützpunkt Yulin und die Red Cell-Insel, verfügten über riesige befestigte Grotten, in denen Schiffe und U-Boote vor Angriffen Unterschlupf finden konnten. Der Luftwaffenstützpunkt Yongning wies Dutzende künstlich angelegter Höhlen auf, die Kampfflugzeuge und Bomber beherbergen konnten. Diese Höhlen dienten nicht nur zum Schutz vor feindlichen

Bomben, sondern sollten die Militärmittel der VBA auch vor elektromagnetischen Pulswaffen abschirmen. Vor den elektromagnetischen Pulswaffen der *Chinesen.*

Diese EMPs waren gerade abgefeuert worden

Die grellen, bernsteinfarbenen Lichtblitze waren selbst bei Tageslicht sichtbar. Aber kein VBA-Angehöriger wurde Augenzeuge der EMP-Explosionen. Chinesische Soldaten, Seeleute und Piloten befanden sich, wie befohlen, unter der Erde oder im Innern eines Gebäudes. Sie bereiteten den Einsatz ihrer Kriegsmaschinerie vor.

Schon bald nachdem sich die starken Energieimpulse ausgebreitet und Millionen elektronischer Geräte im westlichen Pazifikraum lahmgelegt und unbrauchbar gemacht hatten, öffneten sich die Tore der chinesischen Schutzbunker. Ihre Kämpfer zogen in die Schlacht.

Chinesische Truppenkommandanten hatten an diesem Morgen eindeutige Befehle erhalten. *Bereiten Sie alle Einheiten auf einen EMP-Angriff um genau zwölf Uhr Mittag Ortszeit vor.* Und dann, dreißig Minuten nach der EMP-Explosion Hunderte von Meilen über der Erde, sollten sie ihre Truppen mobilisieren und alle nicht als freundlich eingestuften Einheiten angreifen.

Die im Voraus durchgeplanten Angriffe wurden in die Wege geleitet. Raketen wurden auf militärische Ziele und Versorgungseinrichtungen Taiwans, Südkoreas und Japans abgeschossen. Diplomaten verschickten vorab genehmigte Botschaften an Nationen rund um die Welt, mit denen das politische Schachspiel zugunsten Chinas beeinflusst werden sollte. Cyberangriffe zwangen Stromnetze und Kommunikationsnetzwerke in die Knie.

An der Küste der Red Cell-Insel öffnete sich das riesige Höhlentor. Innerhalb einer Stunde liefen Kriegsschiffe aus, die ihren Radar einschalteten und auf Jagd gingen.

Auf den Militärbasen der Spratly-Inseln, die nicht über unterirdische Schutzräume verfügten, waren verschiedene Vorkehrungen für den EMP-Schlag getroffen worden. Darunter zusätzliche Schutzmaßnahmen und Abdeckungen für elektronisches Gerät. Schnelltests, ob alle Systeme noch betriebsbereit waren. Dann wurde der Radar wieder aktiviert. Wenig später begannen sie unablässig Raketen auf alle unbekannten Oberflächen- und Luftkontakte abzufeuern. Flugzeuge wurden abgeschossen. Manche waren Verkehrsflugzeuge, andere amerikanische Kampfflugzeuge. Aber wer konnte es sich im Krieg leisten, Schnelligkeit und Effektivität im Namen der Moral zu opfern?

Dutzende taiwanesischer, amerikanischer, koreanischer und japanischer Schiffe hielten sich in Reichweite der VBA-Raketen auf. Die zentrale Planung und Koordination hatte Monate in Anspruch genommen, wobei das meiste auf der Insel stattgefunden hatte. Die Beiträge der Red Cell-Einheit waren zur Verbesserung der chinesischen Angriffspläne aufgegriffen und implementiert worden. Aber in Wahrheit war dies das Meisterstück eines einzigen Mannes: Cheng Jinshan.

Das erklärte Ziel der Eröffnungsrunde lautete, den Nebel des Krieges so zu verdichten, dass er in dessen Schutz die Kontrolle über den Pazifik übernehmen konnte.

28

Lena stand neben Admiral Song im Kontrollzentrum der Insel, das im Inneren eines Berges lag. Der Admiral saß im hinteren Teil des abgedunkelten Kommando- und Kontrollraums auf einem erhöhten Stuhl, der einem Kapitänssessel ähnelte. Der diensthabende Offizier brauchte keine Sitzgelegenheit, er war momentan zu beschäftigt.

Im Stützpunkt selbst wuselten chinesische Soldaten und Geheimdienstoffiziere aufgeregt hin und her. Es lag eine Spannung in der Luft, wie Lena es noch nie zuvor erlebt hatte. Das elektrisierende Gefühl, dass eine epochale Eroberung bevorstand.

„Zehn Minuten bis zur nordamerikanischen EMP-Explosion", kündigte einer der Soldaten an, der seinen Monitor fest im Blick hatte. Das blaue Licht des Bildschirms fiel auf das Gesicht des Mannes, der ruhig in sein schmales Headset sprach. Seine Stimme wurde im ganzen Raum übertragen.

Eine andere Person sagte: „Sir, die Amerikaner haben ihr Notfallwarnsystem aktiviert – eine landesweite Rundfunk- und Fernsehübertragung."

Lena wusste, dass diese Aussage nicht zutreffend war. Die

Amerikaner hatten ihr nationales Frühwarnsystem nicht aktiviert. Das konnten sie nicht. Jedenfalls nicht in diesem Augenblick. Chinesische Cyberkrieger der VBA-Eliteeinheit hatten eine Stunde vor Beginn des Erstschlags die Kontrolle darüber übernommen.

Dieser Operation gingen ein brillanter Spionageakt und Jahre sorgfältiger Planung voraus. Sie erforderte den Zugriff auf die Systeme der Federal Communications Commission (FCC) und der US-Katastrophenschutzbehörde (FEMA) sowie vieler ihrer Auftragnehmer. Und nun würde China für den Aufwand entlohnt werden. Sie kontrollierten das amerikanische Frühwarnsystem – zumindest vorübergehend. Das eröffnete ihnen die Möglichkeit, die Botschaft an das amerikanische Volk zu steuern.

Der diensthabende Offizier nickte. Er drehte sich zu Lena und dem Admiral um, die hinter ihm standen. „Unsere Überlagerung des Warnsystems wurde aktiviert. Die US-Nachrichtensender erhielten gerade eine Mitteilung, dass der Präsident der Vereinigten Staaten in Kürze eine Ansprache an das Volk machen wird."

Lena wusste, dass der echte POTUS nichts dergleichen getan hatte. Wenn sie Glück hatten, lag er noch in seinem Bett und schlief. Vielleicht war er aber auch gerade von dem Angriff unterrichtet worden.

Admiral Song sagte: „Verstanden. Wann wird unser Videoclip laufen?"

Eine Frau sah von ihrer Computerstation hoch. „Jetzt sofort, Sir."

Das war der heikelste Teil. War das gefälschte Videomaterial mit dem amerikanischen Präsidenten glaubwürdig? Oder würden die Menschen vermuten, dass es manipuliert war? Unter den Planern war dies ein strittiger Punkt gewesen. Angesichts des ganzen Chaos, das in den Vereinigten Staaten gerade herrschen musste, bezweifelte Lena, dass viele Leute erkennen würden, dass sie einen Schauspieler sahen.

Die Computeranimation allein hatte sich als unglaublich teuer und kompliziert herausgestellt. Bereits vor Monaten war die Szene in einem speziell für diesen Anlass geschaffenen Raum mit Agenten als Darstellern gefilmt worden. Danach hatten zwei zuverlässige Mitarbeiter eines Medienunternehmens, das Jinshan gehörte, die Aufnahmen und die Tonspur bearbeitet.

In den Strategiesitzungen von Jinshans innerem Planungszirkel hatte man sich diesbezüglich nicht einigen können. Was, wenn die Amerikaner tatsächlich mit dem Abschuss einer Nuklearwaffe auf Nordkorea reagieren würden? Dann bräuchten die Chinesen vielleicht gar kein manipuliertes Video?

Jinshan war anderer Meinung gewesen.

Diesen Teil des Plans durften sie nicht dem Zufall überlassen. Als Meister des politischen Kalküls und der menschlichen Psychologie wusste Jinshan, dass die Antwort der Amerikaner unverhältnismäßig und radikal aussehen musste. Das Machtverhältnis musste zu Jinshans Gunsten kippen. Und aus diesem Grund mussten die Vereinigten Staaten als angriffslustige, mörderische Kriegstreiber dargestellt werden. Die von den Chinesen abgefeuerten EMPs waren im Anflug. Bald würde der *wahre* Blackout beginnen und niemand würde Informationen erhalten, die dieser Botschaft widersprachen ... bis es zu spät war.

„Das Video mit der Ansprache des amerikanischen Präsidenten wird von allen großen amerikanischen Fernsehsendern live übertragen."

Lena erkundigte sich: „Von allen?" Dies war ein Indikator dafür, ob die Cyberkrieger ihr Ziel voll und ganz erreicht hatten.

„Ja, alle haben angebissen."

„Ausgezeichnet." Alles verlief nach Plan.

Chinesische Teams für Cyberoperationen sowie Geheimdienstagenten hatten monatelang den genauen Ablauf der Kommunikation zwischen US-Bundesbehörden und den Fernsehanstalten studiert. Die FCC und das Heimatschutzministerium verfügten diesbezüglich über gesicherte Prozesse und diverse Verifizierungsschritte. Verschlüsselung. Passwörter. Aber dieser Code wurde von den staatlichen Hackern der 3PLA mit Leichtigkeit entschlüsselt. Andere Geheimdienstler hatten aufgedeckt, welches Videosignal sie den Nachrichtensendern übermitteln mussten, damit es so aussah, als würde das Video live aus dem Weißen Haus übertragen.

Es war ein komplexes Täuschungsmanöver, aber es funktionierte. Gleich würden dreihundert Millionen Amerikaner verfolgen, wie ihnen ihr Präsident live im Fernsehen mitteilte, dass Nordkorea einen Nuklearangriff auf die USA gestartet hatte – *und dass die USA auf gleiche Weise reagiert hatten.* Das war der Schlüssel. Sobald die Welt glaubte, dass die USA Atomwaffen gegen Nordkorea eingesetzt hatten, würde ihr politischer Einfluss schwinden. Die tektonischen Platten der Weltdiplomatie würden sich verschieben und die Vereinigten Staaten bei der Neuausrichtung den Kürzeren ziehen.

„Fünf Minuten bis zur Detonation der EMPs."

Die Menschen im Raum sahen nervös zur Decke. Einige der EMP-Explosionen würden sich Hunderte von Meilen über ihrem Kopf ereignen. Sie waren nicht in Gefahr – das hatten ihnen die Nuklearwissenschaftler und Waffenexperten versichert. Trotzdem machte ihnen der Gedanke Angst. Atomexplosionen. Hunderte von Meilen über der Insel. In diesem Bunker, tief im Inneren des Berges waren sie von den Auswirkungen der EMP-Waffen abgeschirmt. Im höhlenartigen unterirdischen Hafen warteten mehrere Zerstörer. Die U-

Boote waren in den Tiefen des blauen Ozeans bereits unterwegs und dort ebenfalls sicher.

Admiral Song erhob sich und ging langsam auf den Ausgang zu. Er musste demnächst los. „Bitte spielen Sie den Ton ab“, sagte er. Auf den Bildschirmen begann die Maskerade.

„Liebe amerikanische Mitbürger und Mitbürgerinnen, unsere Nation wurde angegriffen. Um ein Uhr Ortszeit entdeckte das nordamerikanische Luft- und Weltraumverteidigungskommando, NORAD, Anzeichen mehrerer ballistischer Raketenabschüsse, deren Ursprung in Nordkorea zu liegen schien. Anders als bei den bisher von Nordkorea durchgeführten Tests bewegten sich diese Raketen weiter nach Osten. Als uns klar wurde, dass sie auf die Vereinigten Staaten zusteuerten, haben wir reagiert. Unserem Raketenabwehrsystem gelang es viele, aber nicht alle dieser koreanischen Raketen abzufangen.

Vor wenigen Augenblicken habe ich nach Rücksprache mit dem Nationalen Sicherheitsberater, dem Geheimdienstkoordinator und dem Generalstabschef eine unverzügliche und verhältnismäßige Gegenmaßnahme angeordnet. Die Vereinigten Staaten von Amerika werden nicht tatenlos zusehen, wenn Wahnsinnige ein Komplott schmieden, um unsere freie und friedliebende Nation ins Verderben zu stürzen.

Aufgrund der Schwere des Konflikts zwischen den Vereinigten Staaten und Nordkorea hat das Heimatschutzministerium eine Warnung ausgegeben, in der alle Mitbürger aufgefordert werden, die nächsten vierundzwanzig Stunden zuhause zu bleiben, um die potenziellen Auswirkungen eines Vergeltungsanschlags zu reduzieren. Wir werden im Laufe der nächsten vierundzwanzig Stunden weitere Informationen bereitstellen.

Ich fordere alle Amerikaner auf, ruhig, aber wachsam zu bleiben. Ich versichere Ihnen, dass wir alles in unserer Macht Stehende unternehmen, um die Sicherheit des amerikanischen Volkes zu garantieren. Wir –“

In diesem Augenblick stürzten Geheimdienstagenten ins Blickfeld der Kamera und zogen den Präsidenten von seinem Stuhl, der verwirrt aufschrie. Dann zeigte der Bildschirm nur noch das präsidiale Siegel vor dunkelblauem Hintergrund. Die Show war vorbei.

Lena wusste, wie schwierig es gewesen war, den Teil mit den Sicherheitskräften des Präsidenten zu filmen. Jinshans Produzenten mussten die Szene fünf Mal wiederholen, bis die Gesichter der Männer in den Anzügen tatsächlich nicht zu erkennen waren. Das erleichterte die anschließende Bearbeitung. Die asiatische Abstammung beide Agenten hätte sicher Misstrauen erregt.

Nun würde in den USA das absolute Chaos ausbrechen.

Das Letzte, was die amerikanische Bevölkerung vor dem Stromausfall zu sehen bekam, war eine gezielte Desinformationskampagne. Jetzt mussten sie denken, dass ihr eigener Präsident gerade einen Atomangriff gestartet hatte.

Und bald würde ihre Welt in Dunkelheit versinken.

Über großen US-Städten kamen EMP-Waffen zum Einsatz, deren Abschuss überwiegend von U-Booten entlang der amerikanischen Küste erfolgte. Andere EMPs waren weltraumgestützt und hatten verborgen in chinesischen Satelliten auf den chinesischen Ausführungsbefehl gewartet. Beide Methoden ließen den Amerikanern so gut wie keine Zeit für eine Reaktion.

Ein Dutzend nuklearer Explosionen, gleichmäßig über die Vereinigten Staaten verteilt, würde in Kürze im Weltraum stattfinden.

Lena wandte sich an den VBA-Offizier, der als Verbindungsmann für die Marineoperationen fungierte. „Status der U-Boot-Raketenstarts?“

Der VBAN-Offizier erwiderte: „Finden gerade statt, Miss Chou.“

„Sind alle ihre Schiffe außerhalb des EMP-Wirkungsbereichs positioniert?“

„Außer denen, die in der Zone verbleiben sollen, ja.“

Admiral Song fragte: „Was ist mit den amerikanischen Seekabeln?“

Der VBA-Offizier drehte sich zu seinem Computer um und gab etwas ein. „Ich erhalte gerade ein Update.“

Lena dachte an Cheng Jinshan und wie er sich gerade fühlen musste. Jahrzehnte harter Arbeit trugen endlich Früchte. Sie wusste, dass es ihm nicht gut ging. Bei ihrem letzten Treffen hatte er so müde ausgesehen. Mittlerweile konnte jeder sehen, dass er gesundheitliche Probleme hatte, aber niemand wagte es, ihn darauf anzusprechen.

Lena unterdrückte noch ein anderes Gefühl, das an ihr nagte. Auch das hatte mit Jinshan zu tun. Dieses Mädchen, Präsident Wus Tochter. Sie hatte sich in den Augen des armen Mädchens wiedererkannt. Jinshan hatte ihre Hinrichtung angeordnet. War das wirklich nötig gewesen? Soweit sie sich erinnern konnte, war dies das erste Mal gewesen, dass ihre Gewaltbereitschaft nicht aufgeflammt war. Sie hatte das Mädchen beschützen wollen, stattdessen aber Befehle befolgt.

Nicht, dass sie sich schuldig fühlte. Sondern ... was war es? Wut? Wut auf Jinshan und auf die anderen Männer, die sie herumkommandiert hatten. Wut auf ihren Vater, weil er sie vor all den Jahren hatte gehen lassen. Sie hatte ihn immer noch nicht wiedergesehen oder mit ihm gesprochen. Sie wusste, was ihren Vater damals motiviert hatte. Als Mädchen hatte sie es gesehen, aber noch nicht verstanden. General Chen war ein Narzisst. Jinshan war nicht wie er. Aber beide waren gerne bereit, im Namen des Fortschritts Unschuldige zu opfern.

Lena hatte lange geglaubt, dass sie genauso war. Aber die Tötung des Mädchens hatte tief in ihrer Seele den Keim des Zweifels gesät. Beim Abgeben des Schusses und dem Anblick des Bluts war sie aus ihrer Trance erwacht. Seit diesem Tag hatte sie dieses *Bedürfnis* nicht mehr gespürt, auch wenn es erst einige Tage her war. Trotzdem ... dieser unbändige Drang zu töten überkam sie in regelmäßigen Abständen. Sie hatte ihn, soweit möglich, immer im Rahmen ihrer Arbeit befriedigt. Wenn das nicht machbar war, hatte sie ihr schauspielerisches Talent eingesetzt, um ihren Hang zur Gewalttätigkeit zu vertuschen.

Und jetzt wurde ihr aufgetragen, Natesh zu beseitigen. Wie würde sie sich fühlen, wenn der Moment gekommen war? Wenn sie mit einem scharfen Messer oder einer schallgedämpften Pistole vor ihm stand – würde sie ihn töten, wie Jinshan es ihr aufgetragen hatte? Und nach seinem Blut dürsten, wie sie es für gewöhnlich tat? Oder war ihr Fluch endlich gebrochen?

Sie würde es erst erfahren, wenn es soweit war.

Lena sah auf die taktische Karte des westlichen Pazifik. Der Seekrieg hatte begonnen. Während dieses Raketensturms wäre eine Reise nach Japan praktisch Selbstmord. Aber sie verspürte keine Angst. Wenn ihr Privatjet abgeschossen wurde, dann war es eben so. Sollte das Schicksal doch entscheiden.

Admiral Song machte sich zum Gehen bereit. „Ich muss los. Viel Glück, Miss Chou."

Sie nickte ihm zu. „Danke, Admiral. Eine gute Jagd."

Er verließ den Raum. Lena dachte darüber nach, wie viel Respekt ihr diese altgedienten Admirale und Generäle nun entgegenbrachten. Sie wusste, dass sie das alles Jinshan zu verdanken hatte.

Jinshan und Lena waren sich in den zwei Jahrzehnten seit

ihrer Rekrutierung nähergekommen. Er war ihr Betreuer und Mentor, obwohl sie kaum persönlichen Kontakt zu ihm gehabt hatte. Manchmal verging zwischen ihren Gesprächen ein Jahr oder mehr. Cheng Jinshan war ein milliardenschwerer Unternehmer und eine wichtige Person in der chinesischen Geheimdienstwelt. Ein Erfolg in einer dieser Welten kam seinem Aufstieg in der anderen stets zugute. Jinshans geschäftlicher Einfluss und sein finanzieller Hintergrund ermöglichten es ihm, chinesische Politiker zu beeinflussen. Seine geschäftliche Karriere war ursprünglich nur als Tarnung für seine eigentliche Rolle im chinesischen Geheimdienstapparat gedacht. Dann hatte sie sich quasi verselbstständigt und war nicht mehr zu stoppen gewesen. Lena dachte an ihre Beziehung, die Art, wie er ihr Komplimente machte und wie sie sich dabei fühlte ... So, als wäre sie seine Tochter? Ironischerweise war er es gewesen, der sie von ihrer Familie getrennt und in die Vereinigten Staaten geschickt hatte, um sie irgendwann als Maulwurf in die CIA einzuschleusen. Und jetzt hatte er ihrem leiblichen Vater die Verantwortung für den gesamten chinesischen Militärapparat übertragen. Sie hatte eine Menge zu verarbeiten.

Sie fragte sich, ob Jinshans Zuneigung für sie echt war. Oder gehörte das vielleicht nur zu seiner Rolle? Er war schließlich ein Meister der Manipulation. Lag ihm wirklich etwas an ihr, oder wusste er nur zu schätzen, was für eine effektive Agentin sie war?

Als Jinshan Lena entdeckt hatte, war sie jung und unbedarft gewesen. Sie erinnerte sich daran, dass Natesh ebenfalls unschuldig gewesen war, als Jinshan ihn aufgespürt hatte. Einen Fehler hatte er bei der Rekrutierung Nateshs allerdings gemacht: Er hatte ihm ein bestimmtes Motiv unterstellt. In dieser Beziehung unterschied sich Natesh von vielen der aufgehenden Sterne, mit denen Jinshan sonst zusammenarbeitete. Er war davon ausgegangen, dass der junge Mann an Macht interessiert war. Aber es war nicht Macht, wonach Natesh strebte. Lena verstand das nun, nachdem sie mit ihm gearbeitet hatte.

Natesh war im Grunde genommen ein Gärtner. Er war süchtig danach, Dinge in großem Stil wachsen und gedeihen zu sehen. Er wollte alles verbessern: Unternehmen, Industrien, Technologien. Die letzten Wochen über hatte er Lena einiges anvertraut. Er hatte ihr von seiner Rekrutierung erzählt, und warum er sich so darauf gefreut hatte, für Jinshan zu arbeiten.

Als Jinshan ihm die Möglichkeit geboten hatte, die Welt zum Besseren zu verändern, hatte der Gärtner Natesh darin die Chance seines Lebens gesehen. Das ultimative Anbauprojekt. Die Art und Weise, wie Regierungen strukturiert waren, warf viele Probleme auf. Politikern zuzusehen, deren Wege zu einem Amt mit Lügen gepflastert waren, frustrierte ihn maßlos. Die Welt bröckelte an allen Ecken und Enden und war den schlimmsten Impulsen der Menschheit ausgeliefert: Gier. Angst. Verrat.

Jinshan sprach von der Abschaffung der Regierungssysteme, die die Welt plagten. Ihm schwebte eine einzige elitäre Klasse von Entscheidungsträgern vor, handverlesen, um den langfristigen Erfolg und das Wohlergehen der Menschheit zu garantieren.

Dabei würde Natesh eine wichtige Rolle spielen, hatte Jinshan ihm versprochen. Lena durchschaute das Ganze. Es war das klassische Rekrutierungsmodell. Jinshan schmeichelte Natesh und appellierte an sein Ego und seinen Idealismus. Lena wusste, wie es wirklich lief. Wenn Natesh bei ihnen bleiben wollte, musste er seine Moralprinzipien aufgeben. Der einzige Weg, die Regierungen dieser Welt abzusetzen und die Utopie zu erreichen, die Jinshan sich vorstellte, war der Einsatz von Täuschung und Gewalt.

Die chinesischen Soldaten und Geheimdienstler in diesem Raum waren der Auffassung, dass China Amerika angreifen würde. Aber das war nur der Anfang. Hier ging es nicht um China. Es ging um die ganze Welt. Jinshan war klar geworden, dass Chinas Regierungsherrschaft und wirtschaftlicher Wohlstand nicht von Dauer waren. Nicht, wenn sich Milliarden aus der Armut erhoben und nach etwas Besserem verlangten. Aber um diese Ziele zu erreichen, mussten die Millionen Chinesen, die an dieser militärischen Operation beteiligt waren, an deren Sinn glauben. Diese Gehirnwäsche lief bereits. Vorerst mussten sie nur wissen, welche Knöpfe sie drücken sollten.

Doch schon in den kommenden Tagen würden die chinesischen Medien von Propaganda überschwemmt werden. Die USA würden beschuldigt werden, einen Atomkrieg gegen Nordkorea begonnen zu haben. Chinesische Propagandakampagnen würden die Welt davon überzeugen, dass die instabile amerikanische Führung, die jetzt von religiösen Fanatikern und politischen Extremisten gelenkt wurde, nicht länger ignoriert werden konnte. China musste handeln, um den Frieden zu erhalten und das Heimatland zu schützen.

Nichts davon entsprach der Wahrheit, aber darauf kam es nicht länger an. Die Menschen glaubten, was sie auf ihrem Smartphone lesen konnten. Wenn der Staat den Informationsfluss steuerte, wie es in China der Fall war, konnte er die öffentliche Meinung manipulieren und die Massen bewegen, sich beliebigen Zielen zu verschreiben.

Lena fragte sich öfter, ob auch sie Jinshans Charme erlegen war. War sie nur seine gefühlskalte Attentäterin, ein Zombie, der Befehle ausführte, ohne nachzudenken? Lena war nicht unbedingt der tiefgründige Typ. Aber sie kannte sich selbst gut genug, um zu wissen, dass sich seit der Ermordung von Präsident Wu und seiner Familie etwas verändert hatte. Lena hätte kein Problem damit gehabt, den Präsidenten zu töten. Auch nicht, den Präsidenten und seine Frau zu töten. Aber sie hatte die Tochter des Präsidenten nicht umbringen wollen. Der Teenager hatte Lena zu sehr an sie selbst erinnert.

Bei Natesh war es ähnlich gelagert – wegen seiner Unschuld zum Zeitpunkt der Anwerbung und seiner Begabungen, so sehr es sich auch von Lenas eigenen Talenten unterscheiden mochten. Sie bewunderte seinen Glauben an Cheng Jinshans Zukunftsvision. Natesh wollte eine bessere Welt schaffen und war gezwungen worden, seine Integrität zu opfern, um dies zu erreichen. Lena und er saßen in vielerlei Hinsicht im gleichen Boot.

Sie blickte den diensthabenden Offizier an. „Ich mache mich auf dem Weg zur anderen Seite der Insel. Informieren Sie die Flugeinsatzzentrale, dass sie mein Flugzeug auftanken und einen Piloten bereitstellen sollen. Ich muss nach Japan fliegen, sofort."

Der angesprochene Offizier sah sie an, als ob sie verrückt geworden wäre. „Aber Miss Chou ..."

„Tun Sie es einfach."

29

Chinesischer Flugzeugträger Shangdong

Mehrere Stunden später stand Admiral Song auf der Brückennock von Chinas neuestem Flugzeugträger. Der Wind blies ihm ins Gesicht, während er über das graue Meer hinausschaute und sich fragte, was ihn wohl erwartete.

Kurz nach dem EMP-Angriff hatte er sich an Bord eines Zerstörers begeben, der den Pier der Insel verlassen hatte und auf das Südchinesische Meer hinaus gefahren war. Wenige Minuten danach war einer der beiden sich im Luftraum befindlichen chinesischen Hubschrauber auf dem Zerstörer gelandet. Mit diesem war er fünfzig Meilen weiter nördlich zu seiner kleinen, wendigen Flotte geflogen, wo seine Kommandanten bereits dabei waren, sich auf die erste Angriffswelle vorzubereiten.

Und jetzt stand er hier oben auf diesem prachtvollen Flugzeugträger *Shangdong* – dem Flaggschiff seiner Flotte. Es war Chinas zweiter Flugzeugträger, aber der erste, den sie selbst gebaut hatten. Der andere war ein alter Träger aus der Sowjetzeit, den die Chinesen vierzig Jahre später umgerüstet hatten. Aber das hier ... das war etwas ganz Besonderes.

Die *Shandong* beförderte drei Geschwader chinesischer Kampfflugzeuge und sechszehn Hubschrauber. Sie verfügte über moderne Radargeräte und Waffen und wurde von einem Dutzend der tödlichsten Kriegsschiffe Chinas flankiert. Unter der Wasseroberfläche wurde sie von zwei Jagd-U-Booten beschützt. Dank Drohnen, Aufklärungsflugzeugen und Satellitenbildern konnte Admiral Song alles sehen und hören, was sich auf dem Pazifischen Ozean abspielte.

Vorausgesetzt, dass die Satelliten nach den EMP-Attacken noch funktionierten. Diesbezüglich waren sich die Wissenschaftler nicht sicher gewesen. Und sofern die Amerikaner nicht angefangen hatten, die chinesischen Netzwerke zu zerstören. Das war etwas, worüber sich seine Planer einig gewesen waren. Ein Grund mehr, das Eisen zu schmieden, solange es heiß war.

Er betrat die Admiralsbrücke, wo ihn seine Kommandanten und Wachposten sofort auf den neuesten Stand brachten.

„Haben wir noch GPS?“

„Es gab sporadische Unterbrechungen, Admiral Song, aber momentan funktioniert es noch“, berichtete ein für Cyberoperationen und Kommunikation verantwortlicher Captain.

„Ausgezeichnet.“ Er wandte sich an den Kapitän des Flugzeugträgers. „Wann können wir unsere Flugzeuge losschicken?“

„In etwas mehr als vier Stunden, Sir. Zu diesem Zeitpunkt werden wir die Straße von Luzon passiert haben und uns in Reichweite befinden. Der Start des landgestützten Tankflugzeugs steht unmittelbar bevor. Aber wir gehen davon aus, dass sich amerikanische Kriegsschiffe im Einsatzgebiet aufhalten. Das könnte uns aufhalten."

„Dann sollten wir uns beeilen, Captain. Und stellen Sie sicher, dass unsere Eskorten ein engmaschiges Schutzschild bilden. Wir werden Schutz vor den amerikanischen Jagd-U-Booten brauchen. Sie wurden von den EMPs nicht beeinträchtigt und wir müssen davon ausgehen, dass sie uns bei nächster Gelegenheit angreifen werden."

Der Kapitän nickte. Song wusste, dass ihre eigenen Jagd-U-Boote und das Seeaufklärungsflugzeug die letzten zwölf Stunden damit verbracht hatten, die Südchinesische See zu pingen. Aus Sicherheitsgründen hatte das Patrouillenflugzeug vor dem EMP-Angriff landen müssen. Aber das schiere Ausmaß der Sonaraktivität in der Straße von Luzon und östlich davon sollte die meisten amerikanischen U-Boote verscheucht haben, die ihnen hätten Probleme bereiten können.

Im Augenblick standen die Amerikaner noch wegen des nordkoreanischen Angriffs unter Schock, der koordiniert wenige Stunden nach der chinesischen EMP- und Cyberattacke stattgefunden hatte. Mit etwas Glück wären sich die Amerikaner nicht sicher, ob die Chinesen hinter den Angriffen steckten, die ihre Kommunikations- und Stromnetze ausgeschaltet hatten. Aber sie würden es stark vermuten, denn die Nordkoreaner waren zu solch einer militärischen Raffinesse einfach nicht fähig. Aber diese Unsicherheit würde bestenfalls verhindern, dass die Amerikaner vorschnelle Vergeltungsmaßnahmen gegen die Chinesen starteten. Jinshan hatte in seinen Vorbereitungen stets den „Nebel des Krieges" unterstrichen. Er hatte keinen Zweifel daran, dass die Amerikaner die ersten Tage verwirrt und unentschlossen sein würden.

Dieses Zögern der Amerikaner nahm eine Schlüsselstellung in der Strategie Chinas ein. Das Streben nach moralischer Überlegenheit war die große Schwäche der USA. Ein starker Anführer sollte nicht abwarten, bis er einhundert Prozent sicher sein konnte, dass ein bestimmter Feind für einen Angriff verantwortlich war. Falls es wahrscheinlich erschien, musste er zurückschlagen. Aber die konservative moralische Haltung der Amerikaner verlangte nach Gewissheit. Er hatte mit ihnen an gemeinsamen Marineübungen teilgenommen und sich mit ihnen auf ihren Diplomaten-Partys in China unterhalten. Er wusste, wie sie tickten. Wäre er für ihre Reaktion verantwortlich, würden jetzt Atomraketen Richtung Peking fliegen. Aber Jinshan und seine Planer auf der Insel waren davon überzeugt, dass die Amerikaner Nuklearwaffen nur als allerletzte Alternative einsetzen würden. Bis dahin würde es allerdings schon zu spät sein.

Admiral Song hoffte, seine Flotte unbehelligt durch die Verteidigungslinien einer überrumpelten amerikanischen Pazifikflotte zu segeln. Zwei amerikanische Flugzeugträger und Dutzende von Kriegsschiffen und U-Booten hielten sich im westlichen Pazifik auf.

Song wusste, dass chinesische Luft- und Raketenstreitkräfte beabsichtigten, die Flugzeugträger und die Mehrheit der Begleitschiffe innerhalb der kommenden Stunden anzugreifen. Und während die Militärplaner einen Sieg vorhersagten, war dem Admiral klar, dass dies die optimistische Einschätzung eifriger junger Offiziere war. Der Kampfeinsatz und die Erfahrungen, die sie demnächst machten, würden seine Männer schnell eines Besseren belehren. Zuversicht und Furchtlosigkeit würden einem neuen Realitätssinn und stoischen Blicken weichen. Den bitteren Geschmack von Blut und Niederlage vergaß man nicht so schnell.

Damit China obsiegen würde, mussten sie schnell handeln, bevor die Vereinigten Staaten begriffen, was geschah. Und er hatte die feste Absicht, das Überraschungsmoment zu seinem Vorteil zu nutzen.

30

USS Lake Champlain
Ostchinesisches Meer

„Irgendetwas?“, fragte der Captain.

„Der Radar kommt gerade zurück, Sir.“

Sie hatten jedes Luftverteidigungssystem, das nicht richtig funktionierte, neu gestartet. „Ein Blitz, so grell wie die Sonne“, hatte der Ausguck berichtet. Dieser bedauernswerte Seemann lag nun unten in der Krankenabteilung und war auf einem Auge blind. Der Junge hatte einige der F-18 beobachtet, die über sie hinwegflogen, als es passierte. Der Captain schüttelte den Kopf.

Ein Blitz, so grell wie die Sonne.

Im Inneren der Schiffshaut hatten viele der elektronischen Geräte eine Fehlfunktion angezeigt, andere gingen gar nicht mehr. Der Kapitän hatte in seiner Unterkunft gerade eine E-Mail geschrieben, als es begann. Sein Monitor wurde schwarz. Nicht der berüchtigte Bluescreen-Fehler, den man von Windows her kannte. Der Rechner machte keinen Mucks mehr. Und er ließ sich nicht wieder einschalten.

In der Operationszentrale, die er danach aufgesucht hatte, herrschte ein riesiges Durcheinander. Dann hatte der TAO über die batterielose Telefonanlage vom Gesundheitszustand des vorderen Ausgucks berichtet.

Ein Blitz, so grell wie die Sonne.

Während seiner Zeit im Pentagon hatte der Kapitän Berichte über die Gefahr elektromagnetischer Impulswaffen gelesen. Gott sei Dank war die überwiegende Mehrheit der militärischen Ausrüstung an Bord des Kreuzers der Ticonderoga-Klasse gegen Angriff dieser Art gehärtet. Aber niemand wusste genau, was tatsächlich geschähe, wenn ein solcher elektromagnetischer Impuls über ihnen freigesetzt würde. Niemand wusste, wie stark die Auswirkungen sein oder wie die verschiedenen Systeme reagieren würden. Hingen Teile der „gehärteten militärischen Hardware" von einem anfälligen Glied in der Elektronikkette ab?

Die nächste Frage war, *wer* die EMP-Waffen abgefeuert hatte. Der große Übeltäter der Woche war Nordkorea. Aber seines Wissens verfügten die Nordkoreaner nicht über die erforderlichen Fähigkeiten für so einen Anschlag. China gab dort drüben den Ton an. Die Offiziere und die Besatzung der USS *Lake Champlain* waren kürzlich über eine Gruppe chinesischer Handelsschiffe und die ungewöhnliche Entsendung einer chinesischen SAG informiert worden. Nach dem Schusswechsel zwischen amerikanischen und chinesischen Kriegsschiffen vor einigen Wochen waren alle nervös. Trotzdem gab es keine Gewissheit, wer für den heutigen Anschlag verantwortlich war. Die Nordkoreaner hatten ihren Angriff auf Südkorea und Japan bereits vor Stunden eingeleitet. Es würde also Sinn machen, EMPs in diese Richtung abzufeuern – falls sie welche hatten.

Sie brauchten verlässliche Informationen und sie brauchten Befehle.

Die USS *Carl Vinson* fuhr an ihrer Steuerbordseite. Die *Lake Champlain* war der Begleitkreuzer des Carl Vinson-Trägerverbands. Zwei weitere Zerstörer hielten sich im Umkreis von zwanzig Meilen auf. Die Zerstörer und sein Kreuzer waren für die Abwehr von feindlichen Luftangriffen zuständig, egal ob es sich um Kampfflugzeuge, Bomber oder Raketen handelte. In den vergangenen dreißig Minuten hatte der Kapitän der *Lake Champlain* allerdings keine Ahnung gehabt, wie es um ihre Luftverteidigungsfähigkeiten stand. Ein trauriges Eingeständnis für den Befehlshaber der Flugabwehr.

Er sah den TAO an. „Irgendwelche Befehle von der Kampfgruppe?"

„Nicht ein Wort vom Flugzeugträger, Sir."

Seit der EMP-Explosion hatte niemand mehr auf Funksprüche reagiert. Das war ein schlechtes Zeichen. Der Kapitän hätte an einer Videokonferenz des Trägerverbands teilnehmen sollen. Er hatte damit gerechnet, auf dem Weg zur koreanischen Halbinsel die Durchführungsrichtlinien für Gefechtsübungen, auch Einsatzregeln genannt, zu besprechen. In der letzten Nachricht, die die *Lake Champlain* erhalten hatte, stand, dass Nordkorea den Süden angegriffen hatte und die Streitkräfte daher als feindlich zu betrachten seien. Aber diese weitreichenden Elektronik- und Kommunikationsausfälle beeinträchtigten ihre Lagekenntnis erheblich.

Diagnosen ihrer Luftabwehrsysteme bewiesen, dass der Großteil ihrer Geräte aus technischer Sicht von den EMPs nicht betroffen war. Aber er konnte mit eigenen Augen sehen, dass die Bildschirme nicht ordnungsgemäß funktionierten.

Zufällig war ein Techniker an Bord, der die Woche zuvor an ihrem SPY-Radarsystem gearbeitet hatte und später am Tag eigentlich zum Flugzeugträger übersetzen sollte. Stattdessen entfernte er mit den schiffseigenen Radarexperten Verkleidungen und ersetzte Bauteile. Nach etwa zwanzig Minuten hatten sie alles wieder zum Laufen gebracht.

„Was machen die da drüben eigentlich?" Der Captain zeigte auf den Flugzeugträger.

„Bin mir nicht sicher, Sir. Die Brücke-zu-Brücke-Frequenz steht, aber keiner der anderen Kommunikationskreisläufe funktioniert."

„Keiner?"

„Noch nicht, Sir."

„Dann funken Sie die Brücke an und holen mir jemanden an die Leitung, der Ahnung hat, was zum Teufel hier vor sich geht."

„Jawohl, Sir."

Der Kapitän schüttelte den Kopf. Er hatte ein schlechtes Gewissen, weil er gereizt reagiert hatte. Den Diensthabenden traf schließlich keine Schuld. Aber er brauchte Informationen. Sie könnten unter Beschuss stehen, Himmel noch mal. Wenn er den Admiral nötigen musste, sich auf die Brücke des Trägers zu begeben, um von dort aus mit ihm zu sprechen, dann würde er es tun. Er verließ die Operationszentrale und machte sich auf den Weg zur Brücke.

Kaum hatte er diese erreicht, wurde er über Lautsprecher wieder zurückgerufen.

„Captain, TAO hier, Sie werden in der Operationszentrale gebraucht. So bald wie möglich, Sir."

In der Stimme der Frau lag Dringlichkeit. Nein – Angst. Die Frau war einer seiner besten Offiziere, die normalerweise nichts aus der Ruhe brachte. Heute war das anders.

Der Kapitän eilte zurück in das Kampfinformationszentrum.

„Sir, Aegis ist jetzt wieder online – es ist noch nicht alles wieder einsatzbereit, aber wir haben genug, um mehrere unbekannte Flugkontakte auszumachen, die aus einer Entfernung von achtzig Meilen auf Peilung zwei-sechs-null auf uns zukommen."

„Höhe?"

„Das System hatte Probleme ..."

Ein lautes akustisches Warnsignal ertönte.

„VAMPIRE! VAMPIRE! VAMPIRE!", schrie ein Petty Officer an einer der Luftverteidigungsstationen. „TAO, feindliche Raketen im Anflug. Peilung zwei-vier-null in fünfzig Meilen Entfernung. Ich sehe ... *vierzig* ... nein, *sechzig* Raketen im Anflug auf unsere Position."

Der Captain sah auf den Bildschirm. Er zeigte eine Unmenge kleiner Symbole an, die sich alle mit rasanter Geschwindigkeit bewegten.

„Sie wissen, was zu tun ist, Leute. Los geht's!"

In der Operationszentrale brach ein organisiertes Chaos aus: Informationen wurden zugerufen und einstudierte Kommandos wurden laut. Der Bediener der Lautsprecheranlage verkündigte: „Alle Mann bereitmachen für schweren Seegang." Dann der Alarm, gefolgt von einem: „Gefechtsbereitschaft, Gefechtsbereitschaft, alle Mann auf Gefechtsstation ..."

Matrosen der Division für die Feuerleitung werteten die Informationen auf ihren Monitoren aus, wobei sich ihre Hände schnell über Knöpfe und Tastenfelder bewegten. Feuchte Hände, schweißnasse Stirn. Herzrasen und ein unglaublicher Adrenalinschub. Diese Seeleute spulten das ab, was sie in ihrer jahrelangen Ausbildung gelernt hatten. Sie versuchten nicht an die vielen Raketen zu denken, die knapp über der Wasseroberfläche fast mit Schallgeschwindigkeit direkt auf sie zusteuerten.

Der Kreuzer erzitterte, als Dutzende der schiffseigenen

Boden-Luft-Raketen abgefeuert wurden, um die feindlichen Seezielflugkörper abzufangen. Hohe Flammen schossen aus dem vertikalen Trägersystem, gefolgt von Rauchfahnen, die sich am Horizont verloren.

„TAO, *weitere* fünfzig Raketen mit der gleichen Peilung im Anflug."

Der Captain klammerte sich an den Armlehnen seines Stuhls fest, als das Deck seitwärts rollte. Das Team auf der Brücke fuhr nun Ausweichmanöver. Er biss die Zähne zusammen, während er die kleinen blauen Symbole ihrer Abwehrraketen beobachtete, die auf die unzähligen heranfliegenden Raketenspuren zurasten.

Etwas stimmte nicht.

„Die Zerstörer feuern nicht", rief der Captain. Er wandte sich an TAO. „Konnten Sie sie erreichen?" Es lief ihm kalt den Rücken hinunter. Bei derart intensivem Raketenbeschuss brauchte er unbedingt die Hilfe der anderen Kriegsschiffe der Einheit, um den Flugzeugträger zu verteidigen – und sich selbst.

„Negativ, Sir. Die Kommunikation ist ausgefallen."

„Wir haben nicht genug." Er sah sich die Zahlen an, rechnete und trommelte mit den Fingern auf die Armlehne. Der Feind hatte einfach zu viele Raketen. Er fragte sich, ob die Zerstörer noch mit den Auswirkungen des EMP-Angriffs zu kämpfen hatten. Funktionierte ihr Radar? Wussten sie überhaupt, dass über ihnen Raketen flogen?

Er faltete seine schwitzenden Hände, als Dutzende roter Raketensymbole ihre Kampfgruppe erreichten.

Der Erstschlag erfolgte mit EMP-Waffen.

Der Zweite mit Anti-Schiffs-Raketen.

Hunderte von ihnen. Mehr als die US Navy mit ihren gegenwärtigen Luftverteidigungsmitteln hätte abfangen können, ganz zu schweigen von der latent minderwertigen Technologie der Koreaner und Japaner.

Bei der Mehrzahl der Raketen handelte es sich um knapp über dem Meeresspiegel und mit Unterschallgeschwindigkeit fliegende Versionen der C-802. Sie bewegten sich bis zur Endphase des Flugs fünfzig Fuß über dem Wasser und beschleunigten auf den letzten fünfundzwanzig Meilen auf beinahe *dreifache* Schallgeschwindigkeit – damit waren sie schneller als die meisten Geschosse.

Einige der Geschosse gehörten zu den neuentwickelten „Trägerkillern". Es waren ballistische Hyperschall-Mittelstreckenraketen des Modells DF-21D. Vier von ihnen wurden auf die USS *Carl Vinson* abgefeuert. Anders als die über dem Wasserspiegel fliegenden Raketen wurden die Trägerkiller in den Weltraum geschossen und kamen mit mörderischer Geschwindigkeit zurück zur Erde. Die Wiedereintrittskörper bewegten sich mit Mach sechs und glitten aus beinahe dreißig Meilen Entfernung auf ihr Ziel zu. Zwei verfehlten den Träger und schlugen im Wasser zwischen der USS *Carl Vinson* und ihren Begleitschiffen auf.

Zwei trafen ins Schwarze.

Beide Wiedereintrittskörper wogen mehr als tausend Pfund und transportierten Gefechtsköpfe mit einem Gewicht von mehr als fünfhundert Pfund. Dank des Aufpralls mit sechsfacher Schallgeschwindigkeit war der Schaden katastrophal. Der hintere Teil der USS *Carl Vinson* explodierte, als eine der Raketen auf dem Flugdeck detonierte. Sie ließ ein riesiges Loch zurück, wo normalerweise die Jets landeten. Der zweite DF-21-Einschlag verursachte Folgeexplosionen in den

Treibstofftanks und Munitionsvorräten, die riesige Teile des Flugzeugträgers in ein Flammeninferno verwandelten.

Mehrere Meilen westlich feuerte die USS *Lake Champlain* Boden-Luft-Raketen gegen den massiven Ansturm von Unterschall-Seezielflugkörper ab. Einer der Zerstörer begann ebenfalls endlich mit Verteidigungsmaßnahmen.

Als einige der Anti-Schiffs-Raketen die Verteidigungslinie der Boden-Luft-Raketen passierten, setzten sowohl die Begleitschiffe als auch der Flugzeugträger die Nahbereichsverteidigungssysteme (CWIS) ein. Lenkflugkörper, oder auch Rolling Airframe Missiles, flogen den ankommenden Seezielflugkörpern entgegen, in der Hoffnung, einen kinetischen Treffer zu erzielen. Dadurch wurde das Risiko einer Explosion minimiert. Dann feuerte das Nahbereichswaffensystem Phalanx – eine riesige Gatling-Kanone – Tausende Schuss panzerbrechender Wolframmunition ab. Es klang, als würde im Universum ein gewaltiger Reißverschluss zugemacht.

Trotzdem durchbrachen Dutzende von feindlichen Raketen das Defensivsystem; weiße Kondensstreifen, die über die tiefblaue See schossen und in die nebelgrauen Kriegsschiffe der Navy einschlugen. Explosionen, begleitet von Rauch und Feuer zersetzten die Luft und ein Regen aus heißem Metall, Asche und Leichenteilen stürzte ins aufgepeitschte Meer.

Auf dem gesamten Westpazifik spielten sich ähnliche Szenen wie bei diesen Angriffen auf die USS *Lake Champlain* und die *Carl Vinson* Kampfgruppe ab. Chinesische Satelliten und die nachrichtendienstliche Aufklärung speisten fortwährend Koordinaten in das militärische Netzwerk Chinas ein.

Und das war erst der Anfang.

Die dritte Welle. Der Säuberungstrupp.

Fünfzehn chinesische H-6K strategische Bomber flogen in lockerer Formation mit je zwanzig Meilen Abstand vom Führungsflugzeug. Jeder Bomber, mit einer Flügelspannweite von 108 Fuß, hatte eine vierköpfige Besatzung und flog mit einer Geschwindigkeit von etwas mehr als 470 Meilen pro Stunde. Die Planer hatten die Flugroute so berechnet, dass die Flugzeuge während des elektromagnetischen Pulsangriffs außer Reichweite waren. Obwohl ihre Ausrüstung gegen elektromagnetische Pulswaffen gehärtet war, gab es keinen Grund, das auszutesten. Ihre Startzeit war so gelegt, dass sie bereits eine Stunde nach den EMPs „nasse Füße" bekamen.

„Ziel bestätigt", erklang die Stimme des verantwortlichen Flugkommandanten über die verschlüsselte Funkverbindung. Er hatte gerade aktualisierte Zielinformationen erhalten. „Alle Flugzeuge Feuer frei."

Der Flight Commander gab die interne Anweisung an seine Crew weiter. Ihr zermürbendes Training der letzten Wochen stand kurz vor der Bewährungsprobe. Sie würden das Herz der großen amerikanischen Navy angreifen – die Trägerkampfgruppe im Westpazifik – und sie in den ersten Stunden des Krieges außer Gefecht setzen.

Das Führungsflugzeug warf Marschflugkörper ab. Der schwere Bomber wog selbst so viel, dass sich ihr Abschuss nicht bemerkbar machte. Die Raketenbooster zündeten und er sah, wie ein Geschoss nach dem anderen, gefolgt von einer grauen Rauchfahne in der Ferne verschwand. In seinem peripheren Gesichtsfeld erschienen außerhalb seines Cockpits weitere Raketen. Sie stammten von den anderen Flugzeugen. Schon bald füllte sich der Himmel mit Marschflugkörpern, alle unterwegs Richtung Osten.

Jeder der chinesischen Bomber war mit sechs Anti-Schiffs-Marschflugkörpern bestückt. Der Start der landgestützten

Raketen war so koordiniert, dass er kurz vor dem Angriff der strategischen Bomber stattfinden sollte. Der Mission Commander hatte allerdings keine Möglichkeit herauszufinden, ob dieser Teil des Plans ordnungsgemäß ausgeführt worden war.

Zehn SU-30, die die Chinesen im Jahr 2004 den Russen abgekauft hatten, befanden sich auf einem ähnlichen Einsatz im Norden. Sie waren mit dem tödlichen Marschflugkörper KH-31 bewaffnet.

Aufklärungsflugzeuge und chinesische Satelliten hatten in den letzten Stunden unablässig potentielle Ziele identifiziert. Aller Wahrscheinlichkeit nach waren bei den EMP-Anschlägen auch einige ihrer eigenen Satelliten beschädigt worden, aber ihre Backup-Ressourcen würden dies wettmachen. Die Geheimdienstoffiziere auf der Insel sammelten Koordinaten, die sie an die bewaffneten Flugzeuge weitergaben. Danach wiesen die Planer jedem Bomber eine Liste mit Zielen zu. Ehrlich gesagt wussten sie nicht einmal, auf welche Schiffe sie schossen. Es war nur jeweils ein Breiten- und Längengrad angegeben, auf den die Marschflugkörper solange zuhielten, bis die Raketen ihre eigene aktive Suche begannen.

Das Meer ähnelte einer Geisterstadt. Manche Schiffe hatten den EMP-Angriff ohne größeren Schaden überstanden. Andere hatten weniger Glück.

Meilenweit von den chinesischen Kampfflugzeugen entfernt dümpelte die USS *Lake Champlain* antriebslos im Meer, nachdem sie von mehreren landgestützten Seezielflugkörpern getroffen worden war. Fieberhaft bekämpften die Männer und Frauen das Feuer an Bord und versuchten, den Wassereinbruch zu stoppen. Der erste Angriff hatte ihre Radar- und Waffensysteme beschädigt. Der Zweite erfolgte ohne jede Vorwarnung.

Im Abstand weniger Sekunden schlugen zwei Anti-Schiffs-Marschflugkörper eines H-6K-Bombers in die angeschlagene *Lake Champlain* ein. Die bereits verheerende Überflutung verschlimmerte sich. Dann entzündeten sich Treibstoff und Munition und verursachten sekundäre Explosionen.

Das Schiff sank innerhalb weniger Minuten.

Das chinesische Radarflugzeug überflog das Gefechtsgebiet in großer Höhe, um den angreifenden chinesischen Truppen ein klares Bild der Lage zu übermitteln. Die KJ-3000 war Chinas neueste Version des AWACS-Aufklärungsflugzeugs der amerikanischen Luftwaffe. Wie die meisten Radarflugzeuge sah auch dieser gewaltige Vogel etwas seltsam aus. Oben auf dem Flugkörper war der Radar angebracht, der einer riesigen Untertasse glich.

„Boden-Luft-Raketen vom japanischen Kriegsschiff *Myoko* gestartet, Sir."

Der chinesische Luftwaffenoffizier, der das Radarflugzeug kommandierte, erhielt diese Information über sein internes Kommunikationssystem. Er beobachtete auf seinem Bildschirm, wie Salven japanischer Boden-Luft-Raketen auf die chinesischen Seezielflugkörper zurasten. Die jahrzehntelange Modernisierung des chinesischen Militärs würde sich nun bezahlt machen. Wären die Fortschritte in der chinesischen Technologie so gut wie angekündigt? Gäbe es genug Raketen, um die Luftabwehrsysteme zu bezwingen?

Der Commander betrachtete seine beiden angreifenden Luftverbände. Er befahl: „Zwei der SU-30 sollen Kurs auf das japanische Schiff nehmen. Ich sehe den Abschuss mehrerer Boden-Luft-Raketen weiter im Süden aus dem Umfeld der

USS *Carl Vinson*. Schicken Sie den Rest der SU-30s dorthin. Die beiden Flugzeugträger sind unsere Priorität."

„Jawohl, Sir."

Die aus dem Norden kommenden SU-30 erhielten neue Instruktionen von den Radarlotsen der KJ-3000. Sofort hielten zwei von ihnen auf den japanischen Zerstörer zu und feuerten ihre KH-31-Anti-Schiffs-Raketen ab. Obendrein setzte die KJ-3000 ihre elektronischen Angriffsmittel ein, um das Radarbild des Zerstörers zu manipulieren.

Die KH-31-Raketen flogen mit fast dreifacher Schallgeschwindigkeit nur fünfzig Fuß über dem Wasser. Der japanische Zerstörer wusste, dass sie im Anflug waren, konnte aber nichts dagegen tun. Ihre Luftabwehr war aufgrund der elektronischen Fehlfunktionen als Folge des EMP-Angriffs in Verbindung mit dem elektronischen Angriff der KJ-3000 lahmgelegt.

Die Raketen explodierten beim Aufschlag.

Zweihundert Pfund hochexplosiver Ladung prallten mit einer Geschwindigkeit von fünfzehnhundert Meilen pro Stunde auf den stählernen Rumpf. Das Zentrum des japanischen Zerstörers explodierte. Diejenigen, die nicht der Explosion zum Opfer fielen, starben entweder in den folgenden Bränden oder versanken mit dem Zerstörer auf den Boden des Ozeans.

Der Kommandant des chinesischen Radarflugzeugs verkleinerte den Erfassungsbereich seiner Bildschirmanzeige. Seine Daten wurden in Echtzeit von allen chinesischen Einheiten auf den neuesten Stand gebracht. Überall im westlichen Pazifik hatten chinesische Luft- und Marinestreitkräfte mit ihrem Beschuss begonnen. Er blickte auf Taiwan – ein einziges Durcheinander von roten und blauen Flugspuren. Der überwiegende Teil der Raketen wurde vom chinesischen

Festland gestartet. Sowohl Taiwan als auch Japan wurden von konventionellen chinesischen Raketen bombardiert.

Nordkorea marschierte im Süden ein. Das würde die dort stationierten Amerikaner und das südkoreanische Militär zu Genüge beschäftigen.

31

Osan Air Base, Südkorea

Chase und die anderen CIA-Mitarbeiter saßen im stockdunklen Bürowagen.

„Warum schaltet sich die Notbeleuchtung nicht ein?", fragte jemand.

„Muss ein Transformator gewesen sein. Haben Sie den Knall da draußen gehört?"

„Ja, trotzdem sollte die Notbeleuchtung angehen."

Blind wie ein Maulwurf ertastete sich Chase seinen Weg durch den Trailer. Er hörte ein Fluchen, als einer der anderen CIA-Agenten den Weg zur Tür suchte. Ohne das Brummen der elektronischen Geräte und der Kühlventilatoren war es seltsam still im Raum.

Dann öffnete eine der Wachen die Tür von außen und ein Luftschwall und Licht drangen ein. „Alle in Ordnung hier?" Alle verließen den Trailer, den die Wache hinter ihnen verschloss.

„Was ist denn passiert?"

„Keine Ahnung. Der Strom ist überall ausgefallen."

Chase hatte einen anderen Verdacht. „Hat jemand ein Handy dabei?"

Einer der Wachmänner zog sein Telefon aus seiner Tasche. „Ja, hier. Moment mal, es ist aus. Komisch, ich schalte es nie aus." Wiederholt drückte er auf die Ein- und Austaste. „Mist. Es lässt sich nicht einschalten. Tut mir leid."

Chase sagte. „Ich glaube, das geht nicht nur Ihnen so."

Ein zweites donnerndes Geräusch hallte durch den Hangar. Dieses Mal klang es viel näher. Jeder in der Gruppe duckte sich automatisch, als der Boden unter ihren Füßen bebte. Durch die offenen Türen konnte Chase die von der Explosion herrührenden gelben und schwarzen Wolken sehen, die sich am anderen Ende der Startbahn auftürmten.

Tetsuo rief aus: „Mein Gott."

Chase beobachtete, wie weitere Rauchwolken über der Piste und den anderen Flughallen aufstiegen. Das Knallen der Explosionen folgte einige Sekunden später. Und nun gesellte sich ein neues Geräusch hinzu: Das dumpfe Dröhnen von überfliegenden Kampfjets.

„Sehen wir nach." Tetsuo klopfte ihm auf die Schulter und sie wagten sich vorsichtig aus dem Hangar hinaus. Tausende von Fuß über ihnen zogen dunkle Flugzeugsilhouetten vorüber, der Himmel vor ihnen erhellt von gelben Leuchtspurgeschossen. Chase konnte nicht erkennen, worauf sie zielten.

Er sah sich auf der Flugbetriebsfläche um. Die Feuerwehr der Basis war dabei, in Flammen stehende Gebäude zu löschen. Sanitäter eilten herbei, um den Verwundeten zu helfen. Aber es lagen überall Verletzte, und der Angriff hatte gerade erst begonnen. Um sich herum sah er nur Metallteile, Schutt und menschliche Überreste.

„Was ist *das* denn?"

Chase blickte in Richtung Norden. Nur wenige Fuß über

den Dächern der Gebäude flogen zwei große alte Doppeldecker – sie sahen aus, als stammten sie aus einem Film über den Ersten Weltkrieg.

„Was zum Teufel …?"

Die Flugzeuge stiegen auf und richteten sich parallel zur Startbahn aus. Plötzlich fielen winzige schwarze Figuren seitlich aus den Doppeldeckern heraus. Weiße Fallschirme öffneten sich, füllten sich mit Luft und schwebten zu Boden. Genauer gesagt auf die Wiese neben der Landebahn.

„Ich glaube, das sind nordkoreanische Soldaten."

Chase schüttelte ungläubig den Kopf. Es konnten insgesamt nicht mehr als dreißig sein, wovon die meisten noch immer langsam nach unten schwebten. Chase trug seine Sig Sauer P228 in einem Oberschenkelholster bei sich, aber der Karabiner lag in einem Schließfach im CIA-Trailer. Gerade als er Tetsuo sagen wollte, dass sie ihn besser holen sollten, nahm er am anderen Ende der Landebahn eine Bewegung wahr.

Die Delta-Männer waren in Aktion. Dieselben drei Männer, mit denen Chase die letzte Woche in China verbracht hatte. Sie mussten die koreanischen Fallschirmspringer entdeckt haben und nahmen nun ihre Schusspositionen ein – zwei auf umliegenden Dächern und einer in einem Jeep. Chase beobachtete, wie die nordkoreanischen Soldaten der Reihe nach zu Boden gingen.

Eine Gruppe von fünf Nordkoreanern stürzte auf eines der medizinischen Teams der Basis zu, die einen Verletzten behandelten. Dank der Schussfertigkeit eines Delta-Agenten lagen alle fünf innerhalb weniger Sekunden regungslos auf dem Asphalt.

Einige der Fallschirmjäger wurden schon in die Brust getroffen, bevor sie überhaupt gelandet waren. Chase überlegte, ob das eine ehrenhafte Weise war, jemanden zu töten, schüttelte diesen Gedanken aber schnell wieder ab. Diese nordkoreanischen Soldaten waren gerade eingefallen, und ihre Raketen und Artillerie töteten Zivilisten in der Umgebung. Hier ging es um Zahlen, nicht um Ehre. Sie mussten möglichst viele Eindringlinge aus dem Weg räumen, bevor diese Schaden anrichten konnten.

Der Krieg hatte begonnen. Und Chase befand sich an vorderster Front.

Er sah nach oben und entdeckte eine Gruppe dunkelgrüner Hubschrauber – Chinooks –, die in Formation Richtung Norden flogen. Das mussten südkoreanische oder amerikanische Helikopter sein, die einen im Voraus festgelegten Gegenschlag ausführten.

„Chase!", schrie Tetsuo ihm zu, als sich in der Nähe weitere Detonationen ereigneten.

„Was?" Das Klingeln in seinen Ohren machte ihn so gut wie taub.

„Wir müssen hier raus und Natesh finden", rief ihm Tetsuo ins Ohr. „Wir müssen gucken, dass wir einen Flug erwischen. Aber wir befinden uns momentan genau im Zielgebiet. Nordkoreanische Raketen und Artillerie sind zu nahe, um von hier abzuheben …"

Chase nickte. Testuo hatte recht. Sie mussten davon ausgehen, dass das Vorgehen der Nordkoreaner mit den chinesischen Plänen abgestimmt war. Und wenn das hier ein Angriff Chinas war …

Sie mussten nach Japan, um Informationen für Susan zu beschaffen. Sie mussten Natesh suchen und herausfinden, ob er ihnen die Position der chinesischen Handelsschiffe geben konnte. Etwas an Bord dieser Schiffe war von schicksalhafter Bedeutung für die Chinesen, und sie mussten sie aufhalten, bevor etwas geschah … wenn es nicht schon zu spät war.

Sie fanden den jungen CIA-Mitarbeiter, der Chase

gefahren hatte. Er signalisierte ihnen, ihm zu folgen. Hinter einem Hangar bestiegen sie gemeinsam einen Humvee, fuhren entlang der Begrenzung des Stützpunkts bis zu seinem Eingangstor und verließen ihn.

Der Verkehr war chaotisch. Schreiende Menschen rannten kreuz und quer durch die Straßen. Eine Rakete war in eine Apotheke eingeschlagen. Es standen nur noch die Außenwände. Das benachbarte Apartmentgebäude hatte Feuer gefangen.

Die Fahrt kam ihnen vor wie eine Ewigkeit, obwohl sie kaum mehr als eine Stunde dauerte. Gelegentlich fuhren sie auf dem Bürgersteig, um Unfälle und Staus zu umgehen. Die dicht besiedelten Städte Südkoreas waren eine Mischung aus unberührten Wohnvierteln und Stadtteilen, die in Schutt und Asche lagen.

„Wohin fahren wir?“

Der CIA-Mitarbeiter antwortete. „Zu einem anderen Stützpunkt. Weiter im Süden. Ich denke, dass Sie dort einen Flug bekommen können.“

Über ihnen flogen jetzt noch mehr Hubschrauber. Dutzende, und alle in Richtung Norden. Auf der Seite eines Hubschraubers entdeckte Chase die Aufschrift *United States Army* in schwarzen Buchstaben.

Vor ihnen schossen Raketen in die Luft. Eine schnelle Abfolge leuchtend gelber Blitze, gefolgt von weißen Rauchschwaden, die in den Himmel stiegen.

„Welche sind das?“

„Ich glaube, es sind Boden-Luft-Raketen.“

„Sie versuchen die nordkoreanischen Scuds, also Boden-Boden-Raketen, abzuschießen.“

Chase fragte: „Kommen wir unter diesen Umständen wirklich hier raus?“

„Ich weiß es nicht.“

Sie bogen ab und Chase sah, dass sie vor dem Tor einer anderen Basis angekommen waren.

„Welcher Stützpunkt ist das? Werden sie uns von hier aus ausfliegen?“

„Das ist das Desiderio Army Airfield. Einer der größten Stützpunkte überhaupt. Ich war bislang nur einmal hier, als ich nach Japan musste. Von daher weiß ich, dass sie dorthin fliegen.“

Chase konnte nahe der Startbahn Rauch aufsteigen sehen, was bedeutete, dass zumindest eine Rakete diesen Standort getroffen hatte. Dennoch, so weit südlich waren sie weit besser dran, als Osan es war. Egal wo er hinsah, drehten sich die Rotoren dunkelgrüner Hubschrauber. Blackhawks. Apaches. Chinooks.

In regelmäßigen Abständen joggte eine Gruppe Soldaten auf einen der Helikopter zu. Nachdem mehrere Hubschrauber Truppen aufgenommen hatten, hoben sie in Formation ab und flogen nach Norden.

Einer der Wachsoldaten überprüfte ihre Ausweise, während er sein Gewehr auf den Jeep gerichtet hielt. Hinter einer Sandsackbarrikade zielte eine andere Torwache mit einer schweren Maschinenpistole auf sie. Sein Blick war eiskalt. Dann nickte die Wache und gewährte ihnen Einlass. Einen Augenblick später fuhren sie vor einem weißen Gebäude im Zentrum der Basis vor.

Im Wartebereich des Lufttransferbüros bemühten sie sich um einen Flug nach Japan.

„Das ist der letzte Flug. Wir haben einen Passagier von hoher Priorität, der nach Yokota muss, aber die Koreaner verweigern bislang die Starterlaubnis. Aus ersichtlichen Gründen.“ Der Mann hinter dem Schalter sah aus dem Fenster, während er sprach. „Fast die ganze Elektronik ist hin. Wir denken, es war ein Cyberangriff. Verdammt, ich hoffe, meiner

Frau geht es gut. Ich konnte sie bisher nicht erreichen. Seid ihr Jungs da vielleicht vorbeigekommen –“

Erneutes Donnergrollen verkündete weitere Einschläge auf der Basis. Chase konnte das Satzende nicht hören. Der Mann saß mit weit aufgerissenen Augen da und war leichenblass.

„Hören Sie. Die Piloten machen sich startklar für den Fall, dass sie die Freigabe erhalten. Freie Plätze sind vorhanden. Reden Sie mit denen, wenn Sie mitfliegen wollen. Ich kann hier nichts weiter für Sie tun.“ Er schloss sein Schalterfenster und kehrte zurück zum Telefon.

Chase und Tetsuo verließen das Büro und gingen auf eine graue Beechcraft C-12 Huron der Armee zu. Zwei Propeller auf jeder Seite, mit Sitzplätzen für etwa acht Personen, die sich gegenseitig fast auf dem Schoß saßen. Die Türen standen weit offen und es sah so aus, als bereiteten sie den Start vor. Die Flugbesatzung und das Servicepersonal liefen um die Maschine herum, entfernten Sicherheitsstifte und führten Vorflugkontrollen durch.

Tetsuo und Chase liefen zu ihnen hinüber. „Wohin fliegen Sie?“

Ein lauter Knall und die Gruppe duckte sich. Der Flughafenkontrollturm war von einer Druckwelle erfasst worden. Alle Fenster waren zersprungen und drinnen sah man niemanden mehr stehen. Sanitäter und uniformiertes Personal rannten auf den Turm zu, um Erste Hilfe zu leisten.

Einer der C-12 Piloten erwiderte: „Wir fliegen den Luftwaffenstützpunkt Yokota an.“

„Haben Sie noch Platz für zwei zusätzliche Passagiere?“

„Ja, aber damit sind wir voll.“

Tetsuo sagte: „Wir nehmen sie.“

Der Pilot entgegnete: „Normalerweise würde ich verlangen, dass Sie eine Sicherheitseinweisung erhalten und dass

Ihr Name auf dem Manifest steht, aber heute machen wir mal eine Ausnahme. Gehen Sie an Bord und schnallen Sie sich an. Wir warten nicht länger auf die Freigabe."

Sie taten, was ihnen gesagt wurde. Chase quetschte sich durch den schmalen Korridor zwischen den Sitzen hindurch, als die Kabinentür hinter ihm geschlossen wurde. Die besorgten Augen der anderen Passagiere folgten ihm. Die meisten trugen Uniformen der Armee. Einige waren in Zivilkleidung. Chase war gerade dabei, den Gurt festzuziehen, als sie sich auf der Rollbahn in Bewegung setzten.

Im Sekundenabstand hörte er draußen weitere Explosionen, gefolgt von einem Aufstöhnen der Passagiere. Er schloss die Augen und schickte ein Stoßgebet zum Himmel, dass die Startbahn lange genug unbeschädigt blieb, um sicher abheben zu können. Ein Gebet konnte nie schaden, sagte er sich.

Jemand in einer Fliegerkombi auf dem vordersten Sitz rief den Passagieren zu: „Die Piloten werden in geringer Höhe fliegen, um sich aus dem Gröbsten herauszuhalten. Achten Sie darauf, dass Sie die ganze Zeit angeschnallt bleiben."

Das kleine zweimotorige Propellerflugzeug rollte derart schnell, dass es praktisch schon abhob, bevor sie die eigentliche Startbahn erreichten. Dann kam das vertraute Aufheulen der Triebwerke, und eine gewaltige Kraft drückte Chase in das Polster zurück, als sie auf der Startbahn beschleunigten.

Das Flugzeug hob ab und überflog die koreanische Halbinsel. Egal wohin Chase auch sah, überall gab es Anzeichen für den Beginn eines großen Krieges. Es gab kaum eine Straße ohne ein brennendes Gebäude oder Fahrzeug.

„Sehen Sie sich das an", sagte jemand. „Ein Luftkampf."

Vor Chases Fenster jagte ein zweistrahliger Kampfjet einen anderen, machte eine harte Kehre und spuckte gelbe

Leuchtspurgeschosse in Richtung seiner Beute aus. Unmittelbar danach verlor das vordere Flugzeug eine Tragfläche und sein Rumpf ging in Flammen auf. Der Feuerball, der zur Erde stürzte, zog den dichten, schwarzen Rauch brennenden Kerosins hinter sich her. Kein Fallschirm.

„War das einer von uns oder einer von denen?", wollte jemand wissen.

„Einer von denen. Eine F-15 hat ihn abgeschossen. Ich glaube, es war eine MIG-29."

Die Überreste des abgeschossenen Flugzeugs stürzten auf eine Reihe einstöckiger Wohnhäuser. Das Letzte, was Chase sehen konnte, war eine Frau, die aus dem Nachbarhaus lief und ihr Baby an ihre Brust drückte.

Dreißig Minuten später flogen sie endlich über Wasser. Sein Magen verkrampfte sich aufgrund der Turbulenzen ihres Niedrigflugs mit jedem Hüpfen des Flugzeugs.

Tetsuo, der vor ihm saß, schaute aus dem Fenster. „Was ist denn mit dem Schiff los?"

Chase folgte seinem Blick. Ein Frachtschiff, vielleicht fünf Meilen vor ihnen. Der Winkel, in dem es im Wasser lag, sah komisch aus. Beim Näherkommen registrierte er, dass der Bug viel tiefer lag als normal.

„Sie müssen es erwischt haben."

„Ja, es sinkt. An Deck kann ich keinen Schaden entdecken. Es muss ein großes Loch unter der Wasserlinie geben. Vielleicht eine Kontaktmine?" Hinter dem Frachter wurde ein orangefarbenes Rettungsboot ins Meer geschleudert.

„Da sind sie. Viel Glück, Männer."

Sie klangen unbeteiligt. Als ob sie eine Sportmannschaft analysierten, an der ihnen nichts lag.

Die Passagiere schrien auf, als sich das Flugzeug plötzlich scharf nach links legte. Chases Kopf wurde von den starken G-Kräften in die Kopfstütze gepresst. Dann richteten sich die

Tragflächen wieder waagrecht aus und Chase spürte erneut seinen Magen, als sich die Nase des Flugzeugs unvermittelt absenkte und sie im Sturzflug auf das Wasser zuhielten. Eine weiße Rauchfahne schoss unter ihnen hindurch und rechts an der C-12 vorbei.

„Heilige Scheiße, war das eine Flugabwehrrakete?"

„Richtig", erwiderte eine unbeeindruckte Stimme.

Chase sah zu dem Mann hinüber, der ihm geantwortet hatte. Army-Uniform. Ranger-Abzeichen. Es war der Anblick eines Mannes, der kampferprobt war. In seinen Augen lag Schicksalsergebenheit. Er wusste, dass er hier oben keinen Einfluss auf das hatte, was da kommen mochte.

Eine uniformierte Frau im hinteren Teil des Flugzeugs weinte. Einer der Männer in Zivilkleidung hielt den Kopf zwischen den Knien und fluchte unablässig, als ob er unter dem Tourette-Syndrom litt.

Das Flugzeug stabilisierte sich und die Ausweichmanöver hörten auf. Kurz danach überflogen sie auf ihrer Rechten ein großes graues Kriegsschiff, das Chase als einen amerikanischen Lenkwaffenzerstörer, eine DDG, identifizierte, der eine lange weiße Heckwelle hinter sich herzog.

Chase konnte die Besatzungsmitglieder sehen, die von der Brückennock aus zu ihrem Flugzeug hochsahen. Alle trugen die weißen Masken und Handschuhe der Brandschutzausrüstung. Andere Seeleute bemannten die Maschinengewehre des Schiffs. Sie hatten ihre Gefechtsstationen eingenommen.

32

Jinshan saß am offiziellen Schreibtisch des chinesischen Präsidenten, den sie in seine Festung befördert hatten. Er arbeitete sonst nie von hier aus, aber heute spielte die Symbolik eine große Rolle.

„Sie sind hier, Herr Jinshan."

„Bitten Sie den Botschafter herein."

Der japanische Botschafter trat ein. Er sah nicht besonders glücklich aus. „Herr Jinshan, das japanische Volk erhebt energischen Einspruch gegen die grauenvollen Angriffe der letzten vierundzwanzig Stunden. Wir verlangen, dass –"

Jinshan hob die Hand. „Bitte, Herr Botschafter. Gestatten Sie mir eine Erklärung."

Der Botschafter hielt inne, obwohl er sichtlich aufgewühlt war. Seine Körpersprache war selbst unter diesen schwierigen Umständen sorgfältig darauf ausgelegt, genau das richtige Maß an Missfallen auszudrücken, das sein Land vermitteln wollte.

„Mir ist bewusst, dass Japan wegen der Vorfälle sehr besorgt sein muss. Ich könnte Ihnen Gründe nennen, weshalb wir diesen Kurs eingeschlagen haben. Aber von dieser Unterhaltung werde ich vorerst absehen. Es wäre verschwendete Zeit. Und Zeit ist etwas, von dem ich im Moment sehr wenig habe, fürchte ich.“ Jinshan trank einen Schluck Tee. Er war müde. Er wusste, dass er diesen Part jemand anderem hätte überlassen können. Aber er traute niemandem zu, es richtig zu machen.

Jinshan fuhr fort. „Japan wird nicht behelligt werden.“

„China hat uns *bereits angegriffen*.“ Der Botschafter bemühte sich, nicht zu schreien.

„Herr Botschafter, wenn Sie sich die bisher angegriffenen Ziele genauer ansehen, werden Sie feststellen, dass sie in eine von zwei Kategorien fallen. Zur ersten Kategorie gehören Standorte, die das amerikanische Militär unterstützen. Denn das ist unser wahrer Feind in diesem Kampf. Wir können nicht zulassen, dass amerikanische Streitkräfte in so großer Nähe zu unserer eigenen positioniert sind. Die Amerikaner haben sich uns gegenüber feindlich gezeigt. Es wäre ein strategischer Fehler, ihnen zu erlauben, ihre militärische Präsenz ungehindert aufrechtzuerhalten.“

Der japanische Botschafter erwiderte: „Diese Einschätzung kann ich nicht teilen. Die Amerikaner haben China gegenüber keinerlei Feindseligkeit an den Tag gelegt. Sie waren friedliebend –“

„Bitte, Herr Botschafter. Lassen Sie mich ausreden. Das könnte unser Gespräch abkürzen. Zur zweiten Kategorie der Ziele in Japan zählen tatsächlich japanische Militäranlagen. Wir bedauern, dass dies notwendig war, aber so war es eben. Wir haben und werden weiterhin alle Waffen oder Einrichtungen zerstören, die unseren eigenen militärischen Fortschritt in dieser Region behindern könnten. Ich schlage vor, dass Sie diese Informationen umgehend an Ihre Vorgesetzten in Japan weiterleiten. Sagen Sie ihnen, dass sie im Zuge unseres Vormarsches alle Militärmittel aufgeben sollen. Wenn

Sie es wünschen, ist unser Militär sogar bereit, mit Ihnen zusammenzuarbeiten. Wir könnten Sie wissen lassen, wann es sicher ist, zu den Stützpunkten zurückzukehren."

Der Botschafter kochte vor Wut. „Dieser Vorschlag ist beleidigend und lachhaft. Sie können nicht erwarten, dass wir darauf eingehen. Was gibt Ihnen das Recht dazu?"

Jinshan sah zu seinem diplomatischen Team hinüber, das schweigend auf der Couch neben dem Botschafter saß. Dann richtete er das Wort erneut an den Botschafter. „Unsere *militärische Stärke* gibt uns das Recht. Es bereitet mir keine Freude, dies zu sagen, Herr Botschafter. Bitte verstehen Sie das. Wenn wir wollten, könnten wir Ihre Inselnation zurück in die Steinzeit bombardieren. Wir könnten Ihr Land regelrecht abfackeln. Wir könnten Massenvernichtungswaffen einsetzen, gegen die Hiroshima und Nagasaki wie eine Bagatelle aussehen würden. Die Feuerstürme des Zweiten Weltkrieges wären nichts verglichen mit dem, was China auf Ihrem Boden entfesseln könnte. Aber das wird nicht passieren – solange Sie sich mit unseren Bedingungen einverstanden erklären."

„Welche Bedingungen?" Der Botschafter sah besorgt aus. „Doch wohl keine Kapitulation."

„Nein. Das würde ich nicht verlangen. Das wäre entwürdigend. Neutralität. Ich will, dass Japan neutral bleibt. Dass es sein Gesicht wahrt und in Frieden mit China lebt." Er sah dem Botschafter in die Augen. Er wusste, wie ungemein wichtig der Ehrgedanke in der japanischen Kultur war. „Wir werden heute auch mit den politischen Führern von Südkorea und Taiwan zusammentreffen und ihnen das gleiche Angebot unterbreiten. Wenn Sie uns Neutralität versprechen, werden wir Ihr Volk nicht bombardieren. Wir werden nicht in Ihr Land einmarschieren. Wir ermöglichen Ihnen, in Frieden und Wohlstand zu leben. Aber Sie müssen sich von Ihrer Partnerschaft mit den Vereinigten Staaten lossagen und unsere

Bedingungen akzeptieren. Sie müssen versprechen, untätig zuzusehen, wie wir Krieg gegen Amerika führen. Opfern Sie das Wohlergehen Ihres Volkes nicht für einen Haufen *gaijin*." Jinshan benutzte das japanische Wort für Ausländer.

Man sah dem Botschafter seinen Schock angesichts der unverblümten Worte Jinshans an. Nachdem er seine Fassung wiedergefunden hatte, fragte er verhalten: „Wie kann das, was Sie verlangen, nicht als Kapitulation ausgelegt werden?"

Jinshan grinste leicht. „Die Kapitulation wird unvermeidlich werden, wenn Sie meinen Vorschlag *ablehnen*, Herr Botschafter. Und es werden viele Menschen sterben, bevor ich Ihnen eine Kapitulation anbiete. Dem würde eine militärische Besetzung Ihres Heimatlandes durch China vorhergehen. Mein heutiges Angebot enthält keinen derartigen Vorbehalt. Es ist eine Gelegenheit. Ich schlage vor, Sie ergreifen sie."

Alle echten oder aufgesetzten Anzeichen von Wut oder Schock waren aus dem Gesicht des Botschafters gewichen. Schließlich war er ein Berufsdiplomat und noch dazu Japaner. Sein stoischer Gleichmut und seine Disziplin setzten sich durch.

„Ich werde Ihnen bald eine Antwort zukommen lassen."

Jinshans wirkte fast desinteressiert. „Das ist alles, Herr Botschafter. Ich erwarte Ihre Antwort bis morgen. Unsere militärischen Operationen werden derweil wie beschrieben fortgesetzt."

Der Botschafter erhob sich und verließ den Raum, begleitet von einem von Jinshans Sicherheitsleuten und einem Mitglied des diplomatischen Teams.

Nachdem die Tür ins Schloss gefallen war, wandte sich Jinshan seinen Mitarbeitern auf dem Sofa zu. „Als Nächstes bringen Sie mir die südkoreanische Botschafterin." Sie nickten. Einer von ihnen eilte davon, um die koreanische Botschafterin zu holen, die sich bereits in der Festung aufhielt. Die Botschafter waren sicher beunruhigt, weil sie Stunden von Peking entfernt in einen chinesischen Führerbunker im Inneren der Berge gebracht wurden. Aber dies waren keine normalen Zeiten.

Über ihnen war das Dröhnen von Überschallflugzeugen zu hören. Es waren die Einheiten, die mögliche Anschläge auf Peking verhindern sollten.

„Möchten Sie etwas zu Mittag essen, Sir?“, erkundigte sich ein Assistent von der Seitentür her.

„Nein, danke.“ Er bemerkte, wie der Assistent ihn besorgt musterte. Er sah wahrscheinlich schrecklich aus. Jinshan seufzte. Er musste nur die ersten Monate überstehen. Danach konnte er sich ausruhen; keiner wusste, wie viel Zeit ihm noch blieb ...

Die Tür öffnete sich. „Herr Jinshan, die Botschafterin Südkoreas.“

Die Botschafterin trat ein. Sie war eine ältere Dame, deren Augen Erfahrung und Intelligenz verrieten. Anders als der japanische Botschafter machte sie keinerlei Anstalten, ihrem Zorn oder Schock nach den jüngsten Ereignissen Ausdruck zu verleihen. Sie stand aufrecht da, bis Jinshan ihr einen Stuhl anbot. Dann setzte sie sich still hin und wartete, dass Jinshan das Gespräch eröffnete.

„Frau Botschafterin, ich möchte Ihnen mein aufrichtiges Beileid zum Verlust so vieler Ihrer Landsleute aussprechen. Ich hatte die Hoffnung, dass wir diesen Tag der nordkoreanischen Aggression nie erleben würde.“

Die Frau antwortete prompt. „Ich glaube nicht, dass er ohne Hilfe von außen erfolgte, Herr Jinshan. Oder soll ich Herr Präsident sagen?“

Er zuckte mit den Achseln. „Wie es ihnen beliebt.“

„Was wollen Sie von mir, Herr Jinshan?“

„Ich kann dafür sorgen, dass es aufhört.“

Sie starrte ihn mit bebenden Nasenflügeln an. „Wie?"

„Wir werden Nordkorea anweisen, das Feuer einzustellen und sich hinter die entmilitarisierte Zone zurückzuziehen. Allerdings dürfen keine Vergeltungsanschläge verübt werden."

„Aufgrund der Kommunikationsbeschränkungen, die mir Ihre Wachen auferlegt haben, kann ich mir nicht sicher sein – aber ich glaube, die Vergeltungsschläge finden bereits statt, Herr Jinshan."

„Ich verstehe. Aber sie müssen beendet werden."

„Sie verhandeln also über einen Waffenstillstand. Ist das alles?"

„Nein." Er schüttelte den Kopf.

„Das dachte ich mir." Sie drehte den Kopf nach hinten, um sein diplomatisches Team anzusehen, das an der Wand saß und zuhörte. „Ich wurde informiert, dass viele der Waffen, die gegen den Süden eingesetzt wurden, möglicherweise nicht nordkoreanischen Ursprungs sind. Mir kamen Gerüchte zu Ohren, dass China heute amerikanische Militärstellungen in Asien angegriffen hat. Obwohl es bei diesem Durcheinander schwer ist, die Wahrheit zu erkennen."

„Der Nebel des Krieges kann sehr verwirrend sein."

Sie brummte zustimmend.

Jinshan faltete seine Hände und legte sie vor sich auf den Tisch. „Frau Botschafterin, hier ist mein Angebot. Ein Waffenstillstand mit Nordkorea. Und ein Abkommen mit China. Wie Sie richtig informiert wurden, hat unser Angriff auf die amerikanischen Streitkräfte in dieser Region begonnen. Meine Zeit hier mit Ihnen ist begrenzt. Aber das südkoreanische Volk ist ein Freund Chinas. Wir möchten den Frieden erhalten. Ich weiß, dass Sie Abkommen mit den Amerikanern haben. Aber deren Präsenz in dieser Region ist unhaltbar geworden."

Die Botschafterin hob die Augenbrauen an. „Ist sie das?"

„Und es würde Ihnen zum Vorteil gereichen, wenn Sie sich nun mit uns verbündeten. Wir können die Kampfhandlungen auf der koreanischen Halbinsel beenden. Aber dort halten sich Zehntausende US-Soldaten mit ihren Familien auf. Wir wollen nicht, dass in Korea stationierte Militäreinheiten chinesische Interessen unterminieren. Das schließt die Amerikaner mit ein. Von daher haben wir verschiedene potenzielle Lösungsvorschläge. Entweder erklären sich die Amerikaner dazu bereit, ihre Truppen umgehend abzuziehen, oder sie werden gezwungen, ihre militärischen Operationen von Korea aus abzubrechen. Falls die zweite Option zum Zuge kommen sollte, ist es uns gleichgültig, ob das südkoreanische oder das chinesische Militär diese neue Politik durchsetzt. Ich schätze, Sie würden es bevorzugen, auf südkoreanischem Boden keine chinesischen Streitkräfte zu sehen?“

Die Frau starrte Jinshan in die Augen. „Ich verstehe, was Sie fordern. Und ich werde Ihre Nachricht weitergeben. Aber die Amerikaner haben eine Redensart, Herr Jinshan.“

„Und die wäre?“

Sie erhob sich. „Don’t hold your breath – machen Sie sich keine großen Hoffnungen.“

Jinshan runzelte die Stirn, als sie den Raum verließ. Tatsächlich hatte er nicht unbedingt mit der Kooperationsbereitschaft Südkoreas gerechnet. Aber bald schon käme es darauf sowieso nicht mehr an. Der strategischen Ausrichtung Koreas stand eine dramatische Veränderung bevor.

Zwölf Stunden lang hatte sich das mit ballistischen Raketen bestückte chinesische U-Boot auf den Abschuss vorbereitet. Als es endlich so weit war, stieß es zwei JL-2-Raketen aus seinen vertikalen Abschussrohren aus. Beide Raketen waren über dreißig Fuß lang und ihre Trägerraketen zündeten, kurz nachdem sie die Oberfläche des tiefblauen Meers durchbrochen hatten. Sie flogen über Nordkorea hinweg und folgten beinahe identischen Flugbahnen, bevor sie in sechs eigenständige Wiedereintrittskörper zerbrachen, von denen jeder einen neunzig Kilotonnen schweren Gefechtskopf trug. In Hiroshima waren es sechzehn Kilotonnen gewesen.

Die Zielauswahl für die einzelnen Mehrfachsprengköpfe war anhand von zwei Faktoren erfolgt: der Wahrscheinlichkeit, dass das US-Militär dieses Ziel wählen würde, und dem Wunsch, den potenziellen radioaktiven Niederschlag auf chinesischem Territorium zu minimieren.

Sechs gleißende Lichtblitze kündigten den Atomangriff Chinas auf Nordkorea an. Die Waffen waren darauf programmiert, in Bodennähe zu explodieren. Im direkten Umfeld jedes Treffers verdampften Menschen, Tiere und Gebäude, wobei die Explosionen Krater mit einem Durchmesser von beinahe zweihundert Metern zurückließen. Riesige Pilzwolken aus radioaktiver Asche und radioaktivem Staub erhoben sich über vierzigtausend Fuß in die Höhe. Der Wind blies sie Richtung Osten, wo sie schleichend ihren Giftregen verteilen würden.

Drei der Ziele waren Militäreinrichtungen, die Nordkoreas leistungsfähigste Waffensysteme beherbergten. Mit den anderen drei Sprengköpfen versuchte man, die Staatsführung auszuschalten. Es waren Orte, an denen der *Oberste Führer* vermutet wurde. *Denn das wäre das,* so entschied Jinshan, *was Amerika tun würde.* Befestigte Militärbunker, tief im Erdinnern. Eine der Mutmaßungen bestätigte sich. Wie sich später herausstellte, hatte sich der spezielle Bunker zehn Meter über der tiefsten Stelle des Explosionskraters befunden.

Sechs Regionen Nordkoreas waren nun unbewohnbares radioaktives Ödland. Gigantische brennende Pockennarben an der Erdoberfläche. Die Bevölkerung in der Umgebung, die nicht bereits beim ersten Angriff getötet worden war, würde an der Strahlenkrankheit und zunehmend auch Krebsleiden zugrunde gehen.

Jinshans Täuschungsmanöver trat nun in die nächste Phase ein.

Seine Cyberkrieger und Geheimdienstagenten auf der ganzen Welt starteten Informationskampagnen, die die Botschaft verbreiteten.

Die Vereinigten Staaten waren für diese Katastrophe verantwortlich.

Das einzige Land, das in einem Krieg jemals Kernwaffen eingesetzt hatte, hatte es wieder getan. Amerika sollte als Schurkenstaat wahrgenommen werden. Jinshan würde alle Länder der Welt dazu aufrufen, sich an Chinas Seite und gegen die USA zu stellen – oder sich komplett herauszuhalten.

33

Lieutenant Ping und sein Team hatten sich in den vergangenen Wochen mit der amerikanischen Lebensweise vertraut gemacht. Sie hielten sich im Herzen der USA in einem abgelegenen Unterschlupf des chinesischen Ministeriums für Staatssicherheit verborgen. Ein Dutzend chinesischer Einheiten war mittlerweile über die ganzen Vereinigten Staaten verteilt. Die meisten waren erst vor Kurzem ins Land gekommen, nachdem sie ihr spezielles Granatwerfertraining in den Bergen Chinas abgeschlossen hatten.

Jedes Kommando wurde von einem Mitarbeiter des Ministeriums für Staatssicherheit begleitet, der ihnen im Alltag behilflich war. Ping war bewusst, dass die MSS-Agenten ihre Babysitter waren. Sie hatten dafür zu sorgen, dass keiner seiner Männer etwas tat, wodurch sie Interesse auf sich lenken würden. Keine Telefonate, keine Computer, keine Kommunikation. Keine Spaziergänge im Ort mit einem Maschinengewehr über der Schulter. Telefone waren auf dem Gelände der sicheren Unterkünfte sogar generell untersagt. Sie benutzten unauffällige Fahrzeuge – in der Regel ältere Pick-ups. Genau wie die, mit denen sie trainiert hatten.

Pings Team hatte zwei verschiedene Aufgaben. Die erste betraf die VORSTUFE: sich an den Angriffsort zu begeben und darauf vorzubereiten, den Befehl auszuführen. Für die Fahrt nach New Jersey benötigte das Team zwölf Stunden. Jedes Mal, wenn sie an einem Polizeifahrzeug vorbeikamen, standen Ping die Nackenhaare zu Berge. Schlussendlich erreichten sie aber das Haus am Stadtrand von Trenton, New Jersey, und er war zuversichtlich, dass sie zur Erfüllung ihrer eigentlichen Aufgabe bereit waren.

Der Ministeriummitarbeiter zeigte ihm das Munitionslager in der Garage und Lieutenant Ping war gebührend beeindruckt. Er fragte nicht, wie es möglich war, Militärwaffen dieser Größe und Schlagkraft in die Vereinigten Staaten zu schmuggeln. Das spielte jetzt keine Rolle mehr.

Als der AUSFÜHREN-Befehl in dieser Nacht einging, spürte er den vertrauten Adrenalinkick. Bis zu dem darin angegebenen Zeitpunkt waren es nur noch wenige Stunden. Unter seinen Männern machte sich vorübergehend Aufregung breit. Dann aber setzte sich die Disziplin durch und ihre Bewegungsabläufe waren wieder bedacht und kontrolliert. Sie waren gut ausgebildet und würden professionell vorgehen.

Zwei der Männer – die Experten für die Granatwerfer – luden die Ausrüstung auf einen Pick-up, der rückwärts geparkt in der für drei Wagen ausgelegten Garage stand. Die Granatwerfer waren schwer, ebenso wie die Kisten mit den Mörsergranaten. Die tödliche Fracht beschwerte das Fahrzeug derart, dass Ping befürchtete, es könnte Aufmerksamkeit erregen. Aber dafür waren die übrigen Waffen da. Leichte Maschinengewehre mit modernen Zielfernrohren und zwei schwere Maschinengewehre auf Stativen, die bereits auf den Pick-ups montiert waren.

Es war spät nachts, als sie die verlassene Straße nördlich der McGuire Air Force Base erreichten. Es war windstill, ruhig und friedlich. Keine Anzeichen von Schwierigkeiten. Zügig luden Pings Männer die Granatwerfer ab und errichteten einen Verteidigungsring in Erwartung der Polizei oder der Sicherheitskräfte der Basis. Wer immer auch zuerst eintreffen würde.

„Entfernung?", fragte einer der Männer an den Granatwerfern.

Ein anderer Soldat blickte durch ein Fernglas, auf das ein Laserentfernungsmesser montiert war.

„Siebenhundert Meter bis zum ersten Ziel. Sieben-fünfzig zum zweiten. Achthundert zum dritten."

„Warten Sie, bis wir die ersten drei ausgeschaltet haben, danach informieren sich mich über die anderen."

„Jawohl, Sergeant."

Die Nachtluft war kühl. Der Frühlingsanfang hatte dem Winter noch nicht den Stachel gezogen. Über ihren Köpfen summten Straßenlaternen, deren gelbes Licht auf dem Straßenbelag flackerte. Ping setzte Ohrenstöpsel ein und die Welt verstummte. Er pfiff einem seiner Männer zu, der mit einem schallgedämpften Maschinengewehr bewaffnet war, und deutete auf die Laternen. Der Mann nickte und drückte mehrere Male ab. Nachdem er die Lampen getroffen hatte, die ihnen am nächsten standen, waren sie in der Dunkelheit verborgen.

Der erfahrenste Mann am Granatwerfer sah Ping fragend an, der ihm mit einem Nicken die Freigabe erteilte. Das metallene Kratzgeräusch verriet, dass die Ladung in das Rohr hineinrutschte, dann folgte ein Donnern. Kurz darauf trat auch der zweite Granatwerfer in Aktion.

Das Team war gerade dabei, den ersten Granatwerfer erneut zu laden, als ein Geschoss sein Ziel fand – ein US Air Force KC-135 Luftbetankungsflugzeug. Die eben noch friedliche Nacht verwandelte sich in eine ohrenbetäubende

Symphonie aus Explosionsgeräuschen, die Dunkelheit wich einem grellen Inferno.

Ein Teil der Mörsermunition verpasste ihr Ziel und traf die Betriebsfläche. Reifen platzen und Metallfragmente durchbohrten die in der Nähe geparkten Flugzeuge. Andere Ladungen erwischten einen der großen Tanker voll. Ab und an trafen sie einen gefüllten Treibstofftank und der aufsteigende Feuerpilz machte die Nacht zum Tag.

Pings Männer arbeiteten zügig, überprüften Entfernungen und korrigierten ihre Schusseinstellungen. Ihre Befehle hatten die Betankungsflugzeuge zur obersten Priorität erklärt. KC-135 und KC-10. Falls möglich, sollten sie auch die Transportflugzeuge C-5 und C-17 unbrauchbar machen.

Ping konnte ein Löschfahrzeug erkennen und etwas, das wie ein Fahrzeug der Sicherheitskräfte des Stützpunkts aussah. Beide rasten auf eines der brennenden Flugzeuge zu. Zu diesem Zeitpunkt hatten sie bereits zehn der riesigen Jets zerstört.

„Sir, ein Polizeifahrzeug nähert sich uns von Westen her."

Ping blickte in die Richtung, in die der Mann deutete, und sah einen Personenwagen mit Blaulicht auf sie zukommen.

„Warten Sie, bis er näher ist", befahl Ping.

Der Streifenwagen schleuderte und kam abrupt etwa fünfzig Fuß vor den drei Trucks zum Stehen. Seine Türen öffneten sich nicht. Der Fahrer versuchte zu ergründen, was ihm den Weg versperrte.

Pings Team hatte zwei Pick-ups und einen Kleintransporter. Die beiden Pick-ups waren quer über die Straße geparkt und formten eine Barrikade, die den Verkehr blockierte. Der Minivan stand mittig etwas dahinter. Einen Augenblick lang stand das Polizeifahrzeug still, während die Männer der chinesischen Spezialeinheit in seine Richtung starrten, die

Waffen schussbereit. Ahnte der Polizist bereits, was sich gleich ereignen würde? Erkannte er die Gefahr?

Ein gleißend heller Suchscheinwerfer auf der Fahrerseite des Streifenwagens beleuchtete den nächstgelegenen Pick-up. Er enthüllte ein Maschinengewehr Kaliber 50 auf einer Lafette, das sofort zu schießen begann. Gelbe Leuchtspurgeschosse durchlöcherten das Polizeifahrzeug und töteten den Polizisten in seinem Innern. Der Scheinwerfer erlosch und ein kleines Feuer loderte auf dem Rücksitz. Pings Sondereinsatztruppe studierte nachdenklich das Wrack.

„Zurück an die Granatwerfer", wies Ping die Männer an. Eine Ermahnung, sich auf ihre Mission zu konzentrieren. „Auf der Rollbahn stehen noch sechs voll funktionsfähige Flugzeuge. Machen Sie sie platt und dann nichts wie weg hier."

Der Lieutenant wusste, dass der Erfolg ihrer Mission in dieser Nacht wichtiger war als ihr Überleben. Aber wenn sie überlebten, könnte sein Team in den kommenden Tagen weitere Aufträge wie diesen hier erfüllen. Morgen würde in den Vereinigten Staaten Chaos herrschen. Gruppen wie die seine würden überall im Land ähnliche Befehle ausführen. In diesem allgemeinen Wirrwarr wäre es kaum machbar, sein Team ausfindig zu machen. Und selbst wenn es der US-Regierung doch gelingen sollte, sie aufzuspüren – seine Männer waren überragende Kämpfer. Amerika war nicht gerüstet, um mit Männern wie ihnen umzugehen. So war es ihnen gesagt worden.

Zehn Minuten später war ihre Mission beendet. Ping signalisierte seinem Team zusammenzupacken und sich auf den Heimweg zu machen. Ihr Konvoi trennte sich. Jeder Fahrer hatte sich mit seiner individuellen Route zurück zum Safe House vertraut gemacht. Keiner von ihnen wurde angehalten.

Nicht alle Teams der chinesischen Spezialeinheiten waren so erfolgreich.

Vor dem Luftwaffenstützpunkt Seymour Johnson in North Carolina hatte die VBA-Gruppe gerade begonnen, Mörsergranaten abzufeuern, als der Lärm die Besucher des örtlichen Kriegsveteranenvereins alarmierte. Die Mitglieder hatten sich an diesem Abend versammelt, um den siebzigsten Geburtstag einer ihrer Kameraden zu feiern.

Der frischgebackene Siebzigjährige war ein Mann namens Norman Francis. Seine Freunde nannten ihn „Bud". Bud war 1969 freiwillig zur US-Armee gegangen.

Jetzt saß das Geburtstagskind an der Bar, trank ein Mineralwasser mit Limette (Alkohol hatte er schon vor Jahren aufgegeben) und erzählte einem der neuen Mitglieder – einem jungen Mann in den Dreißigern, der in Afghanistan gedient hatte – die komplette Saga seiner militärischen Laufbahn. Der junge Mann war ein gut erzogener Junge aus dem Süden und ein Patriot. Also hörte er andächtig zu.

Bud sagte: „Also, wo fangen wir an … Grundausbildung in Fort Jackson, Fernmeldeschule in Fort Gordon und Army Ranger-Schule in Fort Benning. Im Februar 1970 kam ich dann in Südvietnam an –"

Jemand an der Bar warf ein: „Hast du nicht gesagt, es war 71 …"

Bud runzelte die Stirn. „Keine Ahnung, wo du das gehört hast. Es war 70. Ich kenne doch wohl meine eigene Geschichte. Also, wo war ich stehengeblieben? Die Army schickte mich nach Quang Tri zum Northern I Corps, wo ich der 298. Fernmeldekompanie der Ersten Brigade, Fünfte Infanterie (Mechanisierte) zugewiesen wurde. Aber ich hatte doch die Ranger-Schule besucht. Ich wollte keiner Fernmeldekompanie angehören, nichts für ungut ... Ich war ein Ranger. Also sprach ich mit meinem Platoon Sergeant, dem Unteroffizier, und beantragte einen Transfer. Zwei Tage später war ich der einzige Passagier in einem Huey auf dem Weg zum Hill 950 – oberhalb des alten Khe Sanh-Kampfstützpunkts. Schon von Khe Sanh gehört? 68 trug die Marineinfanterie dort einige harte Gefechte aus. Aber das war vor meiner Zeit. Da war ich also nun auf Hill 950, zusammen mit den Special Forces der US Army und etwa vierzig Nung-Söldnern. Von diesem Hügel aus konnte man den Ho-Chi-Minh-Pfad sehen. Wir beobachteten tägliche Luftangriffe, bei denen das Tal und die umliegenden Berge bombardiert wurden. Aber dann wurde ich zur P-Kompanie versetzt. Jede Menge Einsätze entlang der entmilitarisierten Zone und in Laos. Ich musste mehrere Male die Artillerie anfordern und ... Hört ihr das? Dieses dröhnende Geräusch? Das da klingt genau wie Artilleriebeschuss. Was zum Teufel ist das?“

Bud führte seine Kameraden auf den Parkplatz hinaus, um nachzusehen, was dieses laute Grollen verursachte. Er war ein begeisterter Jäger und Waffensammler. Sein Jagdgewehr befand sich stets in der Gewehraufhängung am hinteren Fenster seines Pick-ups. Und er war immer noch ein ausgezeichneter Scharfschütze.

Jetzt griff er nach dem Gewehr und suchte durch das Zielfernrohr die Umgebung ab.

Er hatte die Nachrichten der letzten Wochen verfolgt und identifizierte den Feind für seine Freunde.

„Die chinesischen Kommunistenschweine sind gekommen, um uns anzugreifen!“

Einer der Gäste rief die Polizei, während das Geburtstagskind bereits aus dreihundert Yard Entfernung feuerte. Einige seiner Begleiter waren ebenfalls Jäger und Waffenliebhaber und auch ihre mitgeführten Gewehre kamen zum Einsatz.

Drei der alten Männer kamen durch das Gegenfeuer um. Aber zuvor gelang es dem Mann, der gerade siebzig Jahre alt geworden war, zwei der chinesischen Soldaten zu töten. Die anderen fielen den eintreffenden Polizeikräften zum Opfer.

Vor den Toren der McConnell Air Force Base in der Nähe von Wichita, Kansas, hatte ein anderes chinesisches Sonderkommando ausgemachtes Pech: Es wählte eine Position, die weniger als eine Meile von dem Ort entfernt lag, an dem in dieser Nacht zufällig Wichitas SWAT-Team trainierte. Dieses hatte erst kürzlich vom amerikanischen Militär zwei minengeschützte, leicht gepanzerte Patrouillenfahrzeuge (MRAPs) erstanden. Das SWAT-Team bestand zur Hälfte aus Veteranen, die das Feuer der Granatwerfer in der ruhigen Nacht sofort erkannten. Ihre Reaktion war prompt und tödlich. Wichita SWAT-Team 10, VBA-Sondereinsatzkräfte 0.

Dennoch, viele der chinesischen Anschläge auf Air Force-Einrichtungen waren von Erfolg gekrönt, und die Anzahl der einsatzbereiten US-Luftbetankungsflugzeuge wurde drastisch dezimiert. Innerhalb weniger Stunden sank der Bestand der flugfähigen Tanker der amerikanischen Luftwaffe von über vierhundert auf unter einhundertfünfzig. Cheng Jinshan hatte einen Etappensieg errungen. Der Chinese hatte die Fähigkeit des amerikanischen Militärs, einen Luftkrieg über große Entfernungen zu führen, stark eingeschränkt.

34

Am frühen Nachmittag landete das Flugzeug mit Chase und Tetsuo auf der japanischen Yokota Air Base außerhalb Tokios. Falls sie der Annahme gewesen waren, dass Japan ein sicherer Zufluchtsort vor dem Krieg sein würde, wurde diese Illusion bereits kurz nach ihrer Ankunft zerstört.

Während des Landeanflugs sah Chase im Osten hoch aufsteigende schwarze Rauchschwaden. Raketen hatten Treibstofflager neben der Landebahn getroffen, welche selbst auch beschädigt worden war. Das Flugzeug musste auf dem ersten Viertel der Landebahn zum Stehen kommen, was ein kleines Propellerflugzeug wie die C-12 gerade noch schaffte. Aber die Jets hatten Startverbot, bis die Löcher im Asphalt geflickt waren.

Nachdem das Flugzeug die Parkposition erreicht hatte und die Motoren abgestellt waren, machten sich Chase und Tetsuo auf den Weg zum hiesigen CIA-Bürotrailer. Tetsuo besorgte ihnen zwei der Agency gehörende abhörsichere Mobiltelefone sowie den Schlüssel für eines der Regierungsfahrzeuge und fuhr sie in die Stadt.

Sie mussten Kontakt mit Natesh aufnehmen.

„Die Telefone sind tot." Tetsuo starrte auf das Handy, das er aus dem Ausrüstungsschrank der CIA direkt neben dem Trailer mitgenommen hatte. Er lenkte mit einer Hand, tippte mit der anderen auf dem Telefon herum und behielt nebenbei den Verkehr im Blick.

Chase kommentierte: „Entweder ein Cyberangriff oder ein Raketentreffer auf einen Telekommunikationsknotenpunkt."

„Ich hab ihm für so einen Fall spezielle Anweisungen gegeben. Hoffentlich erinnert er sich daran, wohin er gehen soll."

Die Fahrt durch Tokio war ein surreales Erlebnis. Normalerweise bot die Stadt das Bild einer strahlend-hellen Galaxie aus LED-Bildschirmen und Scharen von Geschäftsmännern und -frauen, die durch die Straßen eilten. Jetzt war der Strom ausgefallen und japanische Bürger mit geröteten Augen rannten in offensichtlicher Panik kopflos durch die Straßen. Wie in Korea häuften sich die Verkehrsunfälle, weil die Fahrer wohl von Raketen, Jets und Explosionen über ihren Köpfen abgelenkt waren. Die so gut wie leeren Regale eines Tante-Emma-Ladens an der Ecke wurden geplündert, während der Geschäftsinhaber die verzweifelten Menschen mit einer gefalteten Zeitung zu verscheuchen versuchte, als wären sie lästige Fliegen. Und ein unter Schock stehender Mann in einem Anzug stand mitten auf der Straße und starrte Chase direkt in die Augen, als sie an ihm vorbeifuhren. Es war eine apokalyptische Szenerie.

„Das ist völliger Wahnsinn."

Sie fuhren vor einem Luxushotel vor und hielten unter dessen überdachter Zufahrt. Nach dem Aussteigen forderte Tetsuo Chase auf: „Warten Sie in der Lobby. Ich muss kurz auf die andere Straßenseite."

Verwirrt sah Chase ihn an. „Wie lautet der Plan?"

Tetsuo nickte in Richtung Hotel. „Natesh sollte dort oben

sein, falls er den Extraktionsanweisungen gefolgt ist. Ich muss ins Postamt gegenüber und dort den geheimen Briefkasten überprüfen. Dort sollte er die spezielle Uhr von der NSA und seine Zimmernummer hinterlegen. Sobald ich alles habe, treffe ich Sie wieder hier. Sehen Sie sich nach ihm um und achten Sie auf Verdächtige in der Lobby."

„Verstanden." Chase drehte sich um und betrat das Hotel.

Wenig später durchquerte Tetsuo im Laufschritt die Hotellobby. Chase stand im Schatten eines großen Marmorpfeilers und beobachtete die offene Empfangshalle. Tetsuos Gesichtsausdruck sagte ihm, dass etwas schiefgelaufen war.

„Was ist los?"

Tetsuo hielt ein kleines weißes Stück Papier in der Hand, das er in seiner Jackentasche verschwinden ließ, und flüsterte: „Ich habe eine Nachricht und die Uhr vorgefunden. Auf dem Zettel steht, dass er die Positionen der Handelsschiffe und auch der chinesischen Flugzeugträgerflotte herausgefunden hat, die vor einigen Tagen verschwand. Er hat sie tatsächlich aufgeschrieben und mir in diesem Umschlag zurückgelassen." Er schüttelte den Kopf.

„Ich dachte, er sollte nicht auf eigene Faust recherchieren. Die Uhr, die ihm die NSA gegeben hat, sollte doch Schadsoftware installieren, richtig?"

Tetsuo ging auf den Aufzug zu, wobei er den Raum weiter im Auge behielt. „Richtig. Er sollte nicht eigenständig handeln. Wenn er nicht vorsichtig war, ist er womöglich in eine Falle der 3PLA getappt." Tetsuo blieb stehen. Er schaute von rechts nach links, offensichtlich unsicher, was sie als Nächstes tun sollten. Er musterte Chase.

„Was ist los, Mann?"

„Ich versuche, mich zu entscheiden …“

„Nun sagen Sie schon.“

„Die Nachricht, die Natesh hinterließ, enthielt die genauen Koordinaten der Handels- und der Flugzeugträgerflotte. Diese Informationen und alles, was auf der Uhr ist, muss ich umgehend an die NSA und Langley weiterleiten. Ich habe keine Zeit, den Babysitter für Natesh zu spielen. Aber wenn seine Tarnung noch intakt ist, will ich ihn zurückschicken und weiter benutzen.“ Im Herzen der Eingangshalle befand sich ein gläserner Aufzug, der vierzig Stockwerke nach oben führte und unter einem gewaltigen Glasdach endete. „Können Sie auf ihn aufpassen?“

„Natürlich. Ich bleibe hier bei ihm. Kein Problem.“

Tetsuo nickte. „In Ordnung. Es könnte eine Weile dauern. Hier, das ist die Zimmernummer. Sieht aus, als ob sie hier noch Strom haben. Ich schlage vor, Sie nehmen den Aufzug. Das Zimmer ist weit oben. Ich bin zurück, so schnell ich kann. Und Chase, seien Sie vorsichtig. Falls die chinesischen Agenten mitgekriegt haben, dass er für uns arbeitet, sind sie hinter ihm her.“

„Verstanden.“ Chase klopfte leicht auf seine verborgene Pistole.

35

Victoria rutschte auf ihrem Sitz hin und her, um ihre wieder aufgeflammten Rückenschmerzen zu lindern. Es war kein Wunder, nachdem sie gefühlt Tage angeschnallt in ihrem Vogel zugebracht hatte. Jeder Flug dauerte mehr als drei Stunden. Da sie gegenwärtig die einzige Luftfahrzeugkommandantin an Bord war, musste sie hintereinander drei Flüge ohne Unterbrechung absolvieren. Dank der limitierten Satellitenversorgung war der Durst der Pazifischen Flotte nach Oberflächenüberwachung unstillbar. Obwohl die P-8 aus Australien dabei assistieren sollten, war der abzudeckende Bereich einfach enorm groß.

Sie schaute zu Spike hinüber. Er legte einige Schalter um und manipulierte den Joystick, der die FLIR, die Infrarotbildkamera, steuerte. Auf dem Display vor ihm konnte sie seine Arbeit verfolgen. Die Kamera konzentrierte sich auf einen kaum sichtbaren Punkt am Horizont und vergrößerte das Bild dann mehrmals. Am Ende zeigte der Bildschirm etwas, was wie ein weiteres Tankschiff aussah.

„Farragut Kontrolle, 471, wir haben noch ein Handelsschiff. Ungefähr siebzig Meilen nordwestlich von Ihnen,

Peilung null-acht-neun, Geschwindigkeit sechzehn Knoten. Verstanden?“

„471, Farragut Kontrolle, alles verstanden.“

Juan machte Fortschritte. Sie hatte bemerkt, dass auch sein Selbstbewusstsein gewachsen war. Mittlerweile kam er auch bei den Start- und Landemanövern über dem Heck des Zerstörers besser zurecht.

„Denken Sie wirklich, dass sie unseren Einsatz hier verlängern werden, Boss?“

„Ja, das glaube ich.“ Sie hatte genug davon, um den heißen Brei herumzureden. „Wir sind jetzt nur noch wenige Hundert Meilen von Guam entfernt. Wenn die Navy unsere Mission nicht verlängern wollte, hätte sie uns kaum hierhergeschickt.“

Victoria zog ihren Stift unter der Metallhalterung ihres Kniebretts hervor und notierte den Treibstoffstand und die Uhrzeit. Wie sie es in den letzten zwei Stunden bereits alle fünfzehn Minuten getan hatte, rechnete sie kurz nach und war zufrieden: der Treibstoffverbrauch passte. „Wenn sie den Einsatz tatsächlich verlängern, laufen wir sicher noch einen Hafen an.“

Im hinteren Teil des Flugzeugs sprach der AWR1 in sein Helmmikrofon. „Ach kommen Sie, Boss. Kein Freigang tröstet über einen zusätzlichen Monat auf See weg. Ich wünschte nur, sie würden es uns endlich mitteilen.“

Victoria scherzte: „Das würde ja den ganzen Spaß verderben.“

Auf der UHF-Frequenz kam ein verstümmelter Funkspruch rein. „Mayday ... fünf Meilen südöstlich von ... auf Wache ...“

„Was zum Teufel war das?“, wunderte sich Spike. „Hat er tatsächlich „Mayday“ gesagt?“

„Pst“, brachte ihn Victoria zum Schweigen. Das andere

Schiff übermittelte weiter. „Nehmen Sie den Radiokompass dazu. Versuchen Sie festzustellen, woher der Ruf kommt."

„Jawohl, Ma'am."

Der Disponent ihres Schiffs sprach sie über das Funkgerät an. „471, Farragut Kontrolle, Rückkehr zur Basis, so schnell wie möglich. Wir haben gerade neue Befehle erhalten."

Victoria betätigte ihr Mikrofon. „Farragut, wir haben gerade einen möglichen Mayday-Ruf aufgefangen."

„471, Roger, bereithalten." Einen Augenblick später ertönte die Stimme des Captains. „471, verstanden, Sie haben einen Notruf empfangen. Hier hat sich die Lage drastisch verändert. Bitte kommen Sie schnellstmöglich zurück."

Victoria und Juan tauschten einen Blick aus. Victoria bestätigte: „Roger, Rückkehr zu Mom."

Juan zog die Checkliste hervor. „Landevorbereitung." Seine Hände betätigten mehrere Trennschalter und Regler, während er die Checkliste mit der Besatzung Schritt für Schritt durchging.

Kurz danach waren sie im Landeanflug. Victoria war am Steuer.

„471, Deck, bereit für die Zahlen?", erklang Cavemans Stimme aus dem Funkgerät in der Kabine des LSO, des Landesignaloffiziers.

„Schicken Sie sie durch."

Caveman gab ihnen Kurs, Geschwindigkeit, Stampf- und Rollbewegung des Schiffs und den Wind durch, bevor er erklärte: „Sie haben grünes Deck für Anflug und Landung." Ein am Hangar befestigtes Gerät, das wie eine Verkehrsampel aussah, blinkte grün.

Victoria steuerte den Hubschrauber geübt über das Deck des Zerstörers und hielt ihn eine halbe Sekunde im Schwebeflug, während sie auf die Ansage ihres Besatzungsmitglieds wartete.

„In Position.“

Sie wartete, bis das Rollen des Schiffs nachließ, und drückte dann mit der linken Hand den Collective, also die Höhensteuerung, nach unten. Das achtzehntausend Pfund schwere Fluggerät sank vertikal nach unten und verankerte seine Harpune im Landegrid.

„Verriegelung schließt sich. Gesichert“, verkündete Caveman. „Boss, der Captain will Sie sehen.“ Die Deckbesatzung rannte auf den Hubschrauber zu und zog mit lautem Getöse die Sicherungsketten hinter sich her. Sie zurrten den Hubschrauber auf beiden Seiten fest und verkeilten seine Räder.

Die Hangartür öffnete sich und der Senior Chief, der Leiter von Victorias Wartungsteam, erschien zusammen mit einigen Waffenwarten. Er fuhr sich mit der Hand horizontal am Hals entlang und signalisierte ihr *stellt ihn ab*.

„Irgendetwas geht hier vor. Ich schätze, sie wollen Waffen laden, sobald wir den Motor abgestellt haben.“

Der LSO bestätigte ihren Verdacht sofort. „Boss, Deck hier. Der Captain lässt Ihnen Torpedos bringen. Der Senior bittet Sie, alles abzuschalten, während die Männer arbeiten.“

„Roger, Deck.“ Dann gab sie Anweisungen über das interne Kommunikationssystem. „Spike, Sie haben die Steuerung. Sobald ich unter den Rotorblättern durch bin, kümmern Sie sich um den Shutdown.“

„Roger, ich habe die Steuerung.“

Victoria löste ihre Sicherheitsgurte, öffnete die Tür und kletterte auf das Deck hinunter. Vorsichtig passte sie ihren Gang dem Rollen des Schiffs an. Aufgrund der hohen Geschwindigkeit der *Farragut* spritze Gischt hoch in die Luft und legte sich auf das getönte Visier ihres Helms. Im Hangar beobachtete sie, wie mehrere Personen zwei MK-50 Leichtgewichttorpedos auf einem Handwagen Richtung Tür schoben.

Sie bahnte sich ihren Weg durch das Schiff hin zur Operationszentrale. Dort fand sie den Kapitän, der etwas mit dem TAO diskutierte, während sie eine taktische Anzeige betrachteten.

Der Captain begrüßte sie: „Airboss, wir müssen Sie auf den neuesten Stand bringen. Wir haben gerade eine Eilmeldung erhalten. Bitte.“

VON: EINSATZLEITUNG DER MARINE

AN: PACCOM

BEZUG: EIL-WARNUNG WEGEN UNMITTELBARER BEDROHUNG FÜR ALLE US-STREITKRÄFTE

1.DEMOKRATISCHE VOLKSREPUBLIK KOREA UM 1900 ZULU IN SÜDKOREA EINMARSCHIERT. ALLE DVRK-KRÄFTE GELTEN BIS AUF WEITERES ALS FEINDLICH.

2.FEINDLICHE AUSEINANDERSETZUNG ZWISCHEN CHINA UND DEN USA GELTEN ALS UNMITTELBAR BEVORSTEHEND. ALLE TRUPPENKOMMANDANTEN SOLLTEN SICH AUF MÖGLICHE CHINESISCHE ANGRIFFE AUF MILITÄRISCHE UND STRATEGISCHE ZIELE IM PAZIFISCHEN RAUM EINSCHLIESSLICH HAWAII UND GUAM VORBEREITEN.

„Mein Gott.“ Victoria las es ein zweites Mal. „Guam?“

Der Kapitän nickte. „Wir befinden uns gegenwärtig etwa hundertsiebzig Meilen östlich von Guam, nähern uns aber schnell. Wir glauben, dass der Notruf von dort kam.“ Er sah fast verzweifelt aus.

Victoria blickte zwischen dem TAO und dem Captain hin und her. „Denken Sie, es hat bereits begonnen?“

Der Captain nickte. „Ja. Wir denken, dass die Chinesen ihren Angriff auf Guam bereits gestartet haben.“

Admiral Song beobachtete, wie zwei chinesische J-15-Kampfgeschwader paarweise von der nach oben gebogenen Rampe des Flugzeugträgerdecks starteten. Die J-15, strukturell dem russischen Kampfflugzeug Su-33 nachempfunden, erreichte beinahe eine Geschwindigkeit von Mach 2, hatte eine Reichweite von fünfzehnhundert Kilometern und war mit verschiedenen Waffensystemen aufgerüstet. Sie war die chinesische Version der amerikanischen F-18 Hornet und als Jagd- und Angriffsflugzeug gedacht.

Aufgrund des Flugdeckdesigns, das einen skisprungartigen Start bedingte, konnten die Chinesen aber nur mit weniger Treibstoff und Waffenzuladung abheben. Das bedeutete, dass sie praktisch gleich nach dem Abheben betankt werden mussten, bevor sie ihre Mission nach Guam fortsetzen konnten.

Es war ein Glücksspiel, so viel war Admiral Song bewusst. Die Kampfflugzeuge hatten einen weiten Weg vor sich, und das mit reduzierter Waffenlast. Aufgrund der Treibstoffknappheit konnte jedes Problem entlang des Wegs in einer Katastrophe münden. Sie würden nicht auf einem landgestützten Flughafen zwischenlanden können, da ihre Mission sie so weit nach Osten trug. Die einzige Alternative war, sie mithilfe der landgestützten Tankflugzeuge HY-6D aufzutanken. Eine Gruppe dieser Tanker sollte sich bereits an verschiedenen Treffpunkten entlang der Flugroute zwischen den Philippinen und Guam aufhalten.

Nur zwei der J-15 hatten Luftabwehrwaffen an Bord, während die anderen Luft-Boden-Raketen transportierten. Die chinesischen Kampfjets würden jedes US-Flugzeug über dem Himmel Guams abschießen, vorausgesetzt, sie konnten sie überraschen. Admiral Song machte sich wegen der Schlagkraft der US-Luftkampfpatrouillen Sorgen, insbesondere wegen der neueren Generation der F-22. Aber angesichts der

Tatsache, dass die Insel Guam unter den Auswirkungen der chinesischen EMP-Schläge litt, waren die chinesischen Kämpfer klar im Vorteil.

Die amerikanischen Luftabwehrstellungen in der Region waren in den letzten Stunden von U-Boot-gestützten Marschflugkörpern angegriffen worden. Der angerichtete Schaden würde sich allerdings erst nach dem Start der Geschwader herausstellen. Ohne die Gefahr amerikanischer Boden-Luft-Raketen könnten Songs J-15-Jets die Flugfelder, U-Boote, Schiffe und Militäreinrichtungen Guams ins Visier nehmen und außer Gefecht setzen. Sobald die Stützpunkte Südkoreas, Japans und Guams aus dem amerikanischen Arsenal entfernt waren, hätten die Chinesen den westlichen Pazifik im Griff.

Wirkliches Kopfzerbrechen bereiteten ihm nur die amerikanischen Navy-Schiffe, die während der letzten vierundzwanzig Stunden auf den Satellitenbildern aufgetaucht waren. Mehrere Zerstörer, darunter einer der neuen Zumwalt-Klasse, hielten westwärts auf Guam zu. Ihm standen in diesem Gebiet zwei Jagd-U-Boote zur Verfügung, die allerdings zunächst in der Nähe von Guam gebraucht wurden, um mit ihren Raketen Luftabwehrziele auszuschalten.

Admiral Songs einzige Hoffnung war, dass seine Jagdflugzeuge ihre vorgegebenen Ziele vernichten würden, bevor die amerikanische Marine mit ihren Boden-Luft-Raketen in Reichweite kam. Denn wenn die Schiffe nahe genug an den Luftraum Guams herankämen, in dem sich seine J-15-Flieger im Einsatz befanden, würde das den Erfolg seiner Mission stark gefährden.

36

Insgesamt waren sechs Handelsschiffe unter chinesischer Flagge in Guangzhou in See gestochen. Beladen waren sie mit Frachtcontainern. Stählerne Rechtecke, blau, rot, grün und weiß, ordentlich in mehreren Lagen übereinandergestapelt. Die meisten waren leer.

Einige enthielten eine wertvolle Fracht.

Je näher sie der hawaiianischen Inselkette kam, desto enger war die Handelsflotte zusammengerückt; kein Frachter war mehr als fünf nautische Meilen vom zentral fahrenden Führungsschiff entfernt. An den Decks arbeiteten Dutzende von Männern zügig. Sie hatten diesen einen Augenblick während ihrer Reise über den Pazifik zigmal trainiert.

Ein Außenstehender hätte diese Männer vielleicht für ganz normale Matrosen auf einem ganz normalen Frachtschiff gehalten – aber da läge er komplett falsch. Die Mitglieder dieser speziell ausgebildeten VBA-Raketentruppe öffneten gerade eine Reihe von besonders wichtigen Containern. Jeder Frachtcontainer hatte eine abnehmbare Deckplatte, die nun entfernt und verstaut wurde.

Im Inneren der Container befanden sich speziell modifizierte Raketenwerfer. Normalerweise wurden solche Abschussstationen auf Schwerlasttransportern montiert. In diesem Fall waren die Vorderteile der Fahrzeuge entfernt worden, damit die Waffensysteme genau in die Frachtcontainer hineinpassten. Jedes Handelsschiff transportierte außerdem Dutzende verschiedener Raketentypen.

Einige waren taktische Marschflugkörper vom Typ WS-43, die dreißig Minuten schweben und ihre Zielinformationen aus der Luft empfangen konnten. Deren Abschussrampen hatten von Haus aus Ähnlichkeit mit Schiffscontainern und daher nur minimaler Anpassung bedurft.

Dann waren da noch die ballistischen DF-12-Raketen, das große Besteck. Die meisten von ihnen waren mit elfhundert Pfund schweren Sprengköpfen ausgestattet. Ein paar wenige enthielten Streumunition und waren für die Start- und Landebahnen bestimmt.

Aber die Handelsschiffe transportierten nicht nur Boden-Boden-Raketen. Am Bug und am Heck jedes Frachters installierten die Besatzungen auch Boden-Luft-Raketen.

Jedes Mitglied der Raketentruppe war seit dem Vorabend mit den Abschussvorbereitungen beschäftigt und hatte die ganze Nacht durch unermüdlich gearbeitet. Der Zeitplan musste eingehalten werden.

„Sir, der Radar zur Überwachung des Luftraums ist nun in Betrieb. Wir sehen eine Menge Kontakte, die wir vor der Küste verfolgen. Wir denken, dass viele dem kommerziellen Flugverkehr zuzuordnen sind."

„Sehr gut, danke." Der Kommandant der Raketengruppe auf dem Führungsschiff wartete auf Rückmeldung von den anderen Schiffen seiner Einheit. Eines nach dem anderen würde demnächst seine Angriffsbereitschaft bestätigen. Der Himmel war blau. Das Wetter war warm. Wenn sie Glück hatten, würden sie ihre Nutzlast „löschen“, ohne auch nur eine einzige Kugel abzubekommen.

Er sah auf seine Uhr. „Starten Sie die Drohnen.“

Zwei Katapulte des Schiffs schickten mittelgroße Starrflügler-Drohnen in die Luft. Ihre Propeller surrten, als sie nach Osten flogen. Es gab keine Möglichkeit, sie zurückzuholen, aber das spielte keine Rolle. Seine Männer brauchten kurz vor knapp noch ein Update für die Zielerfassung: Ein paar Minuten zuvor hatten sie ihr GPS-Signal verloren und der Satelliten-Datenlink war unterbrochen worden. Zunächst hatte sein Kommunikationsoffizier es für eine vorübergehende Störung gehalten. Aber nach einer Weile glaubte der Kommandant das nicht mehr. Der Angriff hatte begonnen und die Amerikaner wehrten sich. Die US-Cyberkämpfer schlugen zurück und hatten das chinesische Satellitensystem lahmgelegt.

Aber war es dem chinesischen Geheimdienst gelungen, die Amerikaner davon zu überzeugen, dass sich diese Handelsflotte Tausende von Meilen entfernt in der Nähe der Marianeninseln aufhielt? Das hatten die falschen Navigationspläne besagt, die sie im Logistiknetzwerk abgespeichert hatten.

Sie würden es bald herausfinden. In etwa einer Stunde würden chinesische Aufklärungsdrohnen hoch über Hickam und Kaneohe Bay kreisen. Seine Männer würden ihre endgültigen Zielaktualisierungen vornehmen, und mehr als zweihundert Raketen würden auf Hawaii herunterregnen. Damit wären die militärischen Ressourcen der USA auf diesem Stützpunkt ausgeschaltet.

„Sir, sind wir uns da ganz sicher? Handelsschiffe?“

„Admiral, das ist bestätigt."

Admiral Manning stand in seiner Kabine auf der USS *Ford* und sprach über eine verschlüsselte HF-Verbindung mit dem Kommandanten der Pazifikflotte, der sich auf Hawaii befand. Der Vier-Sterne-Admiral am Telefon – sein Vorgesetzter – hatte ihn gerade darüber informiert, dass sich nur siebzig Meilen von Oahu entfernt sechs chinesische Handelsschiffe aufhielten, die nun als feindlich eingestuft wurden. Es gab neue nachrichtendienstliche Erkenntnisse, dass sich an Bord dieser Frachter Waffen – unter anderem auch Boden-Boden-Raketen – befanden, die US-Militärstützpunkte auf Hawaii angreifen könnten.

Der Admiral traf in Sekundenschnelle eine Entscheidung. „Wir werden sofort Einsätze gegen sie fliegen, Sir."

„Gut. Koordinieren Sie das mit den Einheiten, die von Hickam aus hochgehen. Das 199. hat zwei einsatzbereite F-22 für die Luftverteidigung, aber ich weiß nicht, wie schnell sie Anti-Schiffs-Raketen laden können."

„Jawohl, Sir, wir werden uns absprechen."

Im Laufschritt eilte Admiral Manning in seine taktische Kommandozentrale. Der Raum hatte in etwa die Größe eines kleinen Kinos mit entsprechender Beleuchtung, nur die große Filmleinwand im vorderen Teil des Raums war in diverse taktische Darstellungen und Videobilder unterteilt.

Admiral Manning fragte: „Ist westlich von uns eine Gruppe von Handelsschiffen unterwegs?"

„Jawohl, Sir. Die Zulu-Jungs haben eben Ripper 612 hochgeschickt, um sie in Augenschein zu nehmen."

„Konnten sie etwas erkennen?"

„Nichts, Sir. Nur eine Gruppe Handelsschiffe, die auffällig dicht beieinander liegen."

„Schicken Sie die Super Hornet umgehend wieder zurück.

Holen Sie den CAG her. Und erteilen Sie der Alarmrotte einen Startbefehl. Sofort!“

„Jawohl, Sir.“

Der Kommunikationsoffizier der Trägerkampfgruppe stürzte in den Raum. „Admiral! Sir, das kam gerade rein ...“

Er reichte dem Admiral einen Ausdruck.

Die Nationale Kommandobehörde der USA hatte ihnen soeben auf der Notfallfrequenz eine Nachricht geschickt. Die Vereinigten Staaten hatten die maximale Alarmbereitschaft ausgerufen – DEFCON 1. Es herrschte Krieg.

Plug konnte nicht fassen, dass er diesen Scheiß machen musste. Er hatte tatsächlich den ganzen Tag damit vergeudet, Nachrichten in den verfluchten Instant Messenger einzutippen – auch wenn dieser verschlüsselt war. Und was hatte er genau gemacht? Dem Stab des Admirals alle fünf Sekunden mitgeteilt, was sich seit der letzten Anfrage geändert hatte. Die Antwort lautete meist: nichts.

Die Gefechtswache des Admiralstabs – oder auch des Trägerverbands – saß mehrere Decks über ihm in der großen, mit Computermonitoren bestückten taktischen Kommandozentrale der Flaggoffiziere. Plug hingegen saß tief im Innern des Schiffs in der winzigen, mit Bildschirmen vollgestopften Zulu-Zelle. Er vermutete stark, dass die Kampfgruppengefechtswache in der Regel nicht mal las, was er tippte. Aber wenn sie es taten und er nicht schnell genug antwortete, dann riefen sie ihn über Funk an, wie gerade jetzt.

„Foxtrot Zulu, hier spricht Foxtrot Alpha, Ende.“

Plug verdrehte die Augen. Er hasste diese schwachsinnige SWO-Funketikette. War es wirklich nötig, jedes Mal „hier spricht“ vor einem Namen zu sagen, oder „Ende“ zum

Abschluss jeder Übertragung? Bei einem Telefonat machte man so etwas doch auch nicht. Und Piloten verschwendeten bei ihren Funksprüchen keine Worte. Als ob die Kampfgruppe nicht wusste, dass sie mit Plug, dem Neuen in der Zulu-Zelle sprachen? Lächerlich. Er nahm den Telefonhörer ab und wählte die Nummer des Typen, der gerade versucht hatte, ihn über das Funkgerät zu erreichen.

„Worum geht's, Mann?"

Plug konnte die Verachtung in der Stimme des anderen hören. „Sie sollten das taktische Funkgerät zur Erwiderung benutzen", rügte ihn der Lieutenant Commander vom Dienst.

„Okay, das nächste Mal. Also, worum geht's?"

„Kontrollieren Sie das Ripper-Flugzeug im Moment?"

„Ja."

„Okay, schicken Sie die F-18 Super Hornet erneut über die Handelsschiffe und sagen Sie ihnen, sie sollen das Video schicken. Der Admiral steht direkt neben mir. Er will es sehen."

„Kein Problem."

War das so schwer? Plug verstand einfach nicht, warum diese Leute diese dummen Spielchen mit dem Funkgerät spielen mussten. Sicher, im Zweiten Weltkrieg hatte das vielleicht Sinn gemacht, als die HF-Funkgeräte die einzige Option waren. Aber auf dem gleichen Schiff? Nimm einfach den verdammten Hörer in die Hand.

„Sir, der Chat ist unterbrochen", informierte ihn der Chief, der mit ihm Wache hatte.

„Was?"

„Der Chat ist unterbrochen, Sir."

Plug sah auf seinen Computer. Die Instant Messenger Chatrooms zeigten nur Kauderwelsch.

„Passiert das öfter?"

Der Chief schüttelte den Kopf. „Nein. Ich sehe, was ich tun kann." Der Chief griff zum Telefon.

Plug runzelte die Stirn. Er musste die F-18, deren Rufzeichen „Ripper“ war, über Funk erreichen und ihr mitteilen, dass weitere Aufklärung angesagt war. Diese Dinge zählten zu den wenigen Höhepunkten seines Jobs und machten halbwegs Spaß. Die F-18 waren erstaunlich. Sie schafften es im Nu von einer Seite des ausgedehnten Einsatzgebiets des Flugzeugträgers zur anderen und schickten ihm dann Fotos oder Videos von dem, was er sehen wollte. Mit einem Hubschrauber würde er dafür eine ganze Stunde brauchen.

Er hielt den Knopf für die Funkübertragung gedrückt. „Ripper 612, Zulu.“

„Wir hören, Zulu.“

„Fliegen Sie bitte noch mal über die Handelsschiffe und schicken uns ein neues Video?“

„Wird gemacht.“

Kurz und schmerzlos. Plug konnte noch immer nicht glauben, dass er in diese Überwasserkriegshölle verdammt worden war. Er war der einzige Pilot auf diesem Träger, der nicht fliegen durfte. Und die SWOs unterzogen ihn still und heimlich einer Gehirnwäsche. Er redete schon fast wie sie. Bald würde er sich mit ihnen anfreunden und schwarze Schuhcreme benutzen – obwohl Piloten braune Schuhe trugen.

„Heilige Scheiße. Was zum Teufel ist das?“ Plug sah sich die Videobilder an, die die F-18 zur *Ford* übermittelte.

Einer von Plugs Wachposten, der ihm untergeben war, fragte überrascht: „Sir, ist das eine Rakete? Sind das – hey, da ist noch eine.“

Die Stimme des F-18-Piloten kam über das Funkgerät herein. „Zulu, sehen Sie das?“

Die Sprechanlage neben Admiral Manning dröhnte. „Foxtrot Bravo, hier spricht Foxtrot Zulu, Ripper 612 berichtet, dass es so aussieht, als befänden sich Raketen an Bord der Handelsschiffe. Die Transponder der Handelsschiffe sind nicht mit dem automatischen Identifikationssystem verbunden. Schlage Einstufung als feindlich vor. Ende."

Plug hatte diesen Funkspruch gerade beendet, als die Besatzung der F-18 ihn über Funk um weitere Anweisungen bat. Dann klingelte das interne Telefon des Flugzeugträgers neben seinem Computer. Die Anruferkennung lautete „CSG BWC". Der Battle Watch Captain, der diensthabende Offizier im Stab des Admirals, mit dem er vorhin gesprochen hatte.

Der Chief, der mit Plug Dienst hatte, bot an: „Sir, ich kann die Besatzung der F-18 übernehmen. Reden Sie mit dem Stab der Kampfgruppe."

„In Ordnung. Danke."

Mit einer Hand griff er nach dem Telefon und mit der anderen reichte er dem Chief das Funkgerät.

Der Wachleiter des Stabs schrie ihm etwas ins Ohr, sprach aber so schnell, dass Plug ihn kaum verstehen konnte.

Währenddessen hörte Plug den Chief am Funkgerät sagen: „Ripper-Flug, wir sehen Ihre FLIR-Aufnahmen und erwarten Anweisungen von der Befehlskette. Halten Sie sich bereit."

Der Battle Watch Captain fragte: „Welche Art von Raketen …?"

Über das taktische Funkgerät hörte Plug: „Foxtrot Alpha, hier spricht Foxtrot Whiskey, wir haben eine Raketenwarnung Kurs zwei-sieben-null …" Der Zerstörer, der für die Luftverteidigung der Kampfgruppe verantwortlich war, hatte gerade einen Raketenangriff angekündigt.

Plug rief: „Er *ist* über den Handelsschiffen. Was zum Teufel glauben Sie denn, wie wir sonst diesen Videofeed bekommen würden?"

Dann wurde der Monitor, der die FLIR-Bilder gezeigt hatte, schwarz. Die F-18 übermittelte nicht mehr.

Aus dem Schiffslautsprecher über ihnen kam ein Gong-ähnlicher Ton. „Gefechtsbereitschaft, Gefechtsbereitschaft. Alle Mann auf Gefechtsstation ..."

Die beiden F-18 vom Jagdgeschwader VFA-11 warteten auf dem Katapult des Flugdecks der USS Ford. Ihre Besatzungen rechneten nicht wirklich mit einem Start. Die F-18 hatten stets Rufbereitschaft für den Fall, dass sie im Luft- und Oberflächenkampf gebraucht wurden. Sie waren mit je zwei Luft-Luft-Lenkwaffen bestückt.

Lieutenant Kevin Suggs hatte das Geschwader offiziell vor zwei Monaten verlassen, um die Stelle als Adjutant des Admirals anzutreten. Da er in Bezug auf seine Fliegerqualifikationen größtenteils noch auf dem neuesten Stand war, hatte er Admiral Manning davon überzeugt, dass er ihm besser dienen könne, wenn er gelegentlich Zeit im Cockpit verbrachte.

Überraschenderweise hatte Admiral Manning ihm beigepflichtet.

Sie hatten ein paar Wochen lang Überzeugungsarbeit leisten müssen. Aber da es den Red Rippers auf dieser Fahrt an Piloten mangelte, hatte der Kapitän des Jagdgeschwaders schlussendlich nachgegeben. Wahrscheinlich empfand er nur Mitleid für Suggs, weil der ein Loop war. Kein Kampfpilot, der etwas auf sich hielt, würde freiwillig jemals einen Posten außerhalb des Cockpits annehmen.

Suggs jedenfalls war begeistert, dass er weiterhin würde

fliegen können. Und was machten die Witzbolde von der Einsatzleitung des Flugzeugträgerkampfgeschwaders? Sie trugen ihn in den *Bereitschaftsplan* ein, damit er hier sitzen und in der Sonne braten konnte.

Wenigstens hatte er seine Lektüre dabei. *The Red Sparrow*, von Jason Matthews. Ein wirklich tolles Buch.

Das erste Anzeichen dafür, dass etwas Ungewöhnliches vorging, kam, als einer der Waffenwarte laut rufend von einem Ende des Flugdecks zum anderen rannte und dabei aufgeregt mit den Armen ruderte. Er versuchte, die Aufmerksamkeit eines anderen Waffenwarts in der Nähe des Aufzugs zu erregen.

Dann ertönte durch die Lautsprecher des Flugdecks die Stimme vom Airboss des Flugzeugträgers. Dieser O-5 war ein erfahrener Pilot, der den gesamten Start- und Einholungsbetrieb auf dem Flugzeugträger leitete. „Einsatz, *Ford*! Start der bewaffneten Bereitschaftsflugzeuge. Setzen Sie sich in Bewegung.“

Gelbe und grüne Hemden sprinteten über das Deck. Das Gefechtsstation-Signal ertönte und der Luftzug durch das offene Cockpit nahm zu, als der Flugzeugträger die Geschwindigkeit erhöhte und begann, sich gegen den Wind zu drehen.

Alles passierte atemberaubend schnell.

Ihre Befehle kamen über Funk. Zielinformationen wurden in seine Cockpit-Computer eingespeist.

Sein Mitstreiter auf dem Sitz hinter ihm war eine Frau, die erst kürzlich im Zuge ihrer Qualifikation zur Abteilungsleiterin beim Geschwader eingetroffen war. Gemeinsam gingen sie in aller Eile die Vorflug-Checkliste durch. Er folgte den Anweisungen eines gelben Hemds, das vom stürmischen Wind über dem Flugdeck gebeutelt wurde. Das Kabinendach über ihnen schloss sich. Suggs rollte auf Katapult Nummer zwei in Position. Sein Flügelmann steuerte auf das Katapult neben ihm. Dann gab der leitende Deck Officer das Signal zum Absenken der Launch Bar, eine Art Haken am Bugfahrwerk zum Einrasten in das Catapult Shuttle. Die Kampfjets rollten langsam noch ein wenig weiter, bis die Launch Bar auf gleicher Höhe mit dem Katapultschlitten war und einhakte. Ein Waffenwart in einem roten Hemd rannte unter die Maschine, bewaffnete sie und gab ein Handzeichen, als er fertig war. Danach signalisierte ein gelbes Hemd mit einer ausgestreckten Hand und einer geöffneten Handfläche, dass es Zeit für die Trimmung war. Quer-, Höhen- und Seitenruder der F-18 wurden automatisch für den Start ausgerichtet, die Katapultvorrichtung gespannt.

Daraufhin gab der „Shooter", ein weiteres gelbes Hemd auf dem Flugdeck das Signal, die Triebwerke hochzufahren, indem er in einem frenetischen Rhythmus mit der Hand fuchtelte. Suggs brachte den Gashebel in die Position „Military Power", was maximalen Schub mit Einsatz des Nachbrenners bedeutete. Zwei Stichflammen schossen aus den Schubdüsen der F-18 und das Gebrüll der Triebwerke dröhnte in den Ohren aller viertausend Männer und Frauen an Bord. Suggs und der Shooter salutierten einander, bevor Suggs wieder beide Hände an den Haltegriff über seinen Kopf legte. Da der Abschuss mittels Fremdzündung ein solch gewaltsamer Vorgang war, durfte er währenddessen die Instrumente nicht bedienen.

Der Shooter deutete auf mehrere Stellen auf dem Flugdeck und führte seine letzten Kontrollen durch. Dann machte er einen tiefen Ausfallschritt, berührte kurz das Flugdeck, bevor er sich endlich vorbeugte und mit zwei Fingern nach vorne zeigte: das Signal für den Abschuss.

Suggs, dessen Motoren immer noch bei Maximalschub dröhnten, bereitete sich mit klopfendem Herzen und Händen über dem Kopf weiter auf die Zündung –

Das Flugzeug schoss vorwärts.

Sein Körper wurde in den Sitz gedrückt, als das elektromagnetische Katapult der USS *Ford* seine F-18 innerhalb von zwei Sekunden auf einhundertfünfzig Knoten beschleunigte. Die Super Hornet hob ab. Unmittelbar danach legte Suggs seine Hände auf die Kontrollen zurück und übernahm die Steuerung.

Nachdem er den vertrauten Schock eines Katapultstarts abgeschüttelt hatte, überprüfte er seine Instrumente, brachte das Flugzeug auf Kurs und kletterte auf fünftausend Fuß. Er schob den Gashebel nach vorn und beschleunigte auf fünfhundert Knoten, während sein weiblicher Waffensystemoffizier auf dem hinteren Sitz den Angriff vorbereitete.

37

Captain Hoblet stand auf der Balustrade, die das schwach beleuchtete Einsatzzentrum der USS *Michael Monsoor* überblickte. Das Schiff hatte die Kennung DDG-1001 und war der zuletzt in den Dienst gestellte Zerstörer der Zumwalt-Klasse. Seine Besatzung hoffte, in Kürze beweisen zu können, dass er die knapp vier Milliarden Steuergelder wert war, die sein Bau gekostet hatte.

„TAO, feindliche Luftobjekte sind in Reichweite", hörte er über den Lautsprecher.

Unter ihm arbeiteten hoch qualifizierte und handverlesene Seeleute fieberhaft an über einem Dutzend Arbeitsplätzen, die jeweils mit drei Bildschirmen ausgestattet waren. Von dort aus konnten sie das gesamte Schiff mithilfe von Trackballs und besonderen Tastaturfeldern über das sogenannte Common Display System steuern. Hoblet beobachtete, wie sein Team Sensor- und Radarinformationen auslas, um sie gemeinsam mit den Daten zu verarbeiten, die andere Schiffe per Datenlink einspeisten.

Auf den Bildschirm vor ihm wurden aktualisierte Positionsangaben chinesischer Luftkontakte projiziert, die als J-15-

Jagdflugzeuge identifiziert worden waren. Hoblets Einschätzung nach wären diese demnächst nah genug an Guam, um Luft-Boden-Raketen abzufeuern. Falls sie dort Bomben abwerfen wollten, würde es noch etwas dauern. Es war jedenfalls Zeit einzugreifen.

Der TAO sah von zwanzig Fuß weiter unten zum Captain hinauf und kommunizierte via Headset: „Captain, TAO hier, wir erhalten unbestätigte Berichte von Explosionen auf Guam. Erste Anzeichen deuten auf Raketenbeschuss hin."

Captain Hoblet sah sich die taktische Anzeige noch einmal genauer an. Von den dort abgebildeten chinesischen J-15 konnten diese Raketen nicht stammen. Sie waren noch zu weit entfernt. „Wissen wir, woher dieser Angriff kam?"

„Wir denken, dass ein Jagd-U-Boot dafür verantwortlich sein könnte, Sir."

Captain Hoblet wusste, dass die Anderson Air Force Base ein strategischer Luftwaffenstützpunkt war. Als solcher wäre er gegen Raketen und elektronische Angriffe gut geschützt. Aber wären sie auch in der Lage, einem koordinierten Angriff von U-Boot-gestützten Raketen und Jagdgeschwadern standzuhalten?

„Schießt Guam zurück?"

„Schwer zu sagen anhand der Information, die wir erhalten, Sir."

„Verstanden. Sind die Zerstörer unserer Strike Action Group einsatzbereit?"

„Jawohl, Sir. Der Letzte – die *Farragut* – hat dies gerade bestätigt."

„Sehr gut. Feuer frei."

Sekunden später schossen Boden-Luft-Raketen aus dem vertikalen Abschusssystem der USS *Michael Monsoor*, der USS *Farragut* und den anderen Zerstörern der SAG. Die Raketen, die mit nahezu dreifacher Schallgeschwindigkeit flogen, hielten auf die chinesischen Jagdgeschwader zu.

Das erste US-Sperrfeuer zerstörte acht der Flugzeuge. Die chinesischen Kampfflugzeuge flogen panische Ausweichmanöver und setzten Leuchtkugeln und Düppel (Radartäuschkörper) ab, in der Hoffnung, dass die Flugabwehrraketen ihr Ziel verfehlen würden. Letztere gehörten allerdings der neuesten Waffengeneration an, die sich dank verbesserter Software von Abwehrmaßnahmen nicht ablenken ließ.

Die nachfolgenden chinesischen Kampfjets, die das Ganze beobachtet hatten, erkannten die Sinnlosigkeit ihres Unterfangens und begannen abzudrehen. Just in dem Moment schlug das zweite Sperrfeuer amerikanischer Boden-Luft-Raketen ein. Sämtliche J-15 wurden abgeschossen.

38

Plug beobachtete die taktische Anzeige auf seinem Monitor. Die F-18, die die Handelsschiffe überwacht hatte, meldete sich seit fünfzehn Minuten nicht mehr. Er vermutete, dass sie einen Treffer abbekommen hatte.

Nach dem Ruf an die Gefechtsstationen war der Commodore in die Zulu-Zelle gekommen und hatte sich neben ihn gesetzt.

„Status, AIROPS?", fragte der Commodore, der Plug mit seinem Titel ansprach.

„Sir, die F-18, die eine Überwachungsmission für uns flog, lokalisierte die sechs chinesischen Handelsschiffe ungefähr hundert Meilen westlich von uns. FLIR-Bilder des Ripper-Flugzeugs zeigten mehrere auf den Decks der Handelsschiffe aufgebaute Raketenbatterien. Wir informierten die Kampfgruppe, die den Ruf an die Gefechtsstationen erließ und die beiden mit Lenkwaffen ausgerüsteten Bereitschaftsflugzeuge losschickte."

Der Kommodore starrte auf das taktische Display. „Die Schiffe sollen alle ungewöhnlichen Sonarkontakte melden," wies er an. „Wenn die Chinesen Hawaii angreifen, dann haben sie hier auch Unterseeboote. Wo ist der SUBS?“

Der Chief sagte: „Sir, ich nehme Kontakt mit den Zerstörern auf.“

„Sir, der SUBS ist in der Sierra-Kabine.“ SUBS war der Titel des U-Boot-Offiziers im Stab des Commodore. Er beriet diesen in allen Fragen der Unterwasser- und Anti-U-Boot-Kriegsführung. „Er koordiniert eine lokale Suchaktion mit dem COMSUBPAC und dem Romeo-Geschwader an Bord.“

Der Kommodore nickte und erhob sich. „Ich werde mich dort hinbegeben. Sagen Sie mir sofort Bescheid, falls sich etwas ändert. Und benachrichtigen Sie mich, sobald unsere F-18 die Handelsschiffe erreichen.“

„Jawohl, Sir.“

Chinesisches U-Boot der Han-Klasse

„Kommandostand, Sonar, Kontakt mit designiertem US-Flugzeugträger, Peilung null-neun-fünf in dreizehntausend Meter Entfernung, kommt näher.“

Kapitän Ning sah seinen Männern bei der Arbeit zu. Sie waren gewissenhaft, professionell und führten jede Aufgabe fast geräuschlos aus, wie sie es geübt hatten. Nur dass sie dieses Mal echte Torpedos abfeuern würden. Und einen echten amerikanischen Super-Flugzeugträger jagten.

Der Kapitän nahm erste Anzeichen des enormen Drucks wahr, der auf seinen Männern lastete. Die erhöhte Stimmlage des Offiziers am Kommandostand, der dem Sonartechniker antwortete. Die Schweißperlen auf der Stirn des Navigators, der den Augenkontakt mit dem neben ihm stehenden XO vermied. Trotzdem arbeiteten die Offiziere und die Besatzung bislang fehlerfrei.

Je näher sie dem Flugzeugträger kamen, desto schwieriger würde die Situation werden. Technisch gesehen waren sie bereits in Torpedoreichweite. Bei gedrosselter Geschwindigkeit konnte seine Waffe bis zu dreißigtausend Meter zurücklegen. Aber bei diesem Tempo wären ihre Ziele nicht nur vorgewarnt, sondern hätten dank ihrer eigenen Geschwindigkeit auch die Möglichkeit zu entkommen.

Ein guter U-Boot-Kommandant plante seinen Angriff so, dass er seinen Feind überraschte und ihm nur eine geringe oder gar keine Chance bot, der herannahenden Waffe auszuweichen. Captain Ning hatte sein U-Boot im Südchinesischen Meer wiederholt in die unmittelbare Nähe amerikanischer Flugzeugträger gebracht. Er war damals unentdeckt geblieben und es gab keinen Grund, warum es heute anders laufen sollte. Wenn die Amerikaner sie entdeckten, würde es bereits zu spät sein.

Das Problem waren die Begleitschiffe.

Obwohl Captain Ning sein Risiko gerne durch einen vorgelagerten Angriff auf die Eskorte verringert hätte, wäre dadurch sein Überraschungsmoment dahin gewesen.

„Wie viele Schiffe begleiten den Träger aktuell?" Die Eskorte hatte in der letzten Woche Verstärkung aus Pearl Harbor erhalten und sich vervielfacht.

„Acht Schiffe bilden ein Schutzschild um den Träger herum, Captain."

„Status?"

„Alle fahren in westlicher Richtung mit einer Durchschnittsgeschwindigkeit von zehn Knoten. Der Flugzeugträger befindet sich im Zentrum der Formation."

Der Captain nickte. Sein XO trat an ihn heran. Er spürte, dass sein Kapitän etwas mit ihm besprechen wollte. Sie unterhielten sich leise.

„Wir können nicht auf alle feuern."

Der Erste Offizier stimmte ihm zu.

„Wir müssen der Versenkung des Flugzeugträgers Vorrang vor allem anderen einräumen. Einschließlich unserer Flucht." Ihre ernsten Blicke trafen sich.

Der XO nickte. „Jawohl, Captain."

„Nähern wir uns tief und leise. Wir werden –"

„Kommandostand, Sonar, Störsignale! Torpedo Peilung eins-sieben-null!"

Der Captain der USS *Hawaii*, einem in Pearl Harbor stationierten U-Boot der Virginia-Klasse, stand im Kommandostand in dem Bewusstsein, dass sich nur wenige tausend Yard von ihnen entfernt ein chinesisches Unterseeboot der Han-Klasse aufhielt.

„Feuerleitlösung bereit", verkündete der XO.

„Waffen bereit", sagte der Waffenoffizier.

„Boot bereit."

Der Captain gab den Feuerbefehl und der massive Torpedo wurde aus dem U-Boot ausgestoßen.

„Eigene Einheit im Wasser, normaler Verlauf."

Die Offiziere und die Mannschaft um ihn herum warteten, während sich der Mark 48-Torpedo durch den Ozean seinen Weg zum chinesischen U-Boot bahnte.

Captain Ning traute seinen Ohren nicht. Schrille Pings hallten durch den Rumpf des U-Boots. Er drehte sich um und befahl: „Volle Kraft voraus. Links auf Kurs zwei-sieben-null."

„Volle Kraft voraus", wurde sein Kommando wiederholt.

„Links zwei-sieben-null."

„Torpedo hat Ziel erfasst, Captain!“

Einer seiner Offiziere rief: „Wer hat ihn abgeschossen? Finden Sie ein Ziel für uns!“

Captain Ning hangelte sich an den Haltegriffen zur gegenüberliegenden Seite des Boots hinüber, das dank eines Ausweichmanövers hart nach rechts rollte. Er sah einem der Seemänner über die Schulter und auf dessen Anzeige. „Gegenmaßnahmen einleiten.“

Aber da das Pingen des Torpedos immer häufiger wurde, war ihm klar, dass es dafür zu spät war.

Das Letzte, was er empfand, war ein Gefühl der ohnmächtigen Hilflosigkeit. Er realisierte, wie unterlegen sein U-Boot gewesen war – seine Crew hatte nicht einmal herausgefunden, wer den Torpedo abgefeuert hatte.

Der Pumpenstrahlantrieb des Torpedos beschleunigte diesen auf über fünfzig Knoten. Sein Sucher pingte pausenlos, wodurch ein Bild des Ziels und des ihn umgebenden Ozeans entstand. Zusätzliche Sensoren an Bord des Mark 48 erfassten die elektrischen und magnetischen Felder des chinesischen U-Boots. Die Verknüpfung der gesammelten Informationen machte die Waffe noch tödlicher.

Der sechshundertfünfzig Pfund schwere, hochexplosive Sprengkopf detonierte nur drei Fuß vom U-Boot der Han-Klasse entfernt, riss ein Loch in seinen Bug und durchbrach den Druckkörper. Der Vorschub des Boots und der Wassereinbruch zwangen es in die Tiefe des Ozeans hinab. Ein Großteil der Offiziere und der Besatzung wurde bereits bei der Explosion getötet. Andere ertranken in den Fluten. Und die Letzten kamen ums Leben, als das U-Boot unter seine Zerstörungstiefe sank und vom Wasserdruck zerquetscht wurde.

Plug hörte die Ansage des SUBS über das Kommunikationsnetz der Kampfgruppe.

„Foxtrot Bravo, hier spricht Foxtrot Sierra. Alle bekannten chinesischen Unterwasserkontakte im Umkreis wurden zerstört. Ende."

Plug und der Chief sahen sich erfreut und ungläubig an.

„Habe ich das gerade richtig verstanden?"

Der Chief nickte, auf seinem Gesicht wechselten sich Überraschung und Begeisterung ab.

„Hier spricht Foxtrot Bravo. Verstanden, Ende", antwortete der Battle Watch Captain über Funk.

Das Telefon klingelte und Plug nahm den Hörer ab. Es war der SUBS, der auf Anweisung des Commodore die Fünf-Sekunden-Version der Ereignisse überbrachte. „Zwei U-Boote der Los Angeles-Klasse und eines der Virginia-Klasse halten sich in der Region auf. Ihre Positionen unterliegen einer höheren Geheimhaltungsstufe, deshalb wurden Sie während des nachrichtendienstlichen Briefings nicht davon in Kenntnis gesetzt."

Plug verdrehte bei dieser Bemerkung die Augen. „Und die haben mal eben alle feindlichen U-Boote versenkt?"

„Ja. Sie hatten vier chinesische U-Boote geortet und folgten seit einigen Tagen heimlich deren Spuren. Als der Abschuss der F-18 gemeldet wurde, befahl der Kommandant der Pazifikflotte seinen Streitkräften, alle chinesischen Militäreinheiten als feindlich zu betrachten. Kurze Zeit später hatten unsere schnellen Jagd-U-Boote das Problem bereits gelöst. Genug jetzt, es ist noch immer viel los hier. Wir glauben, dass wir alle chinesischen U-Boote in der Gegend erwischt haben, aber sicher können wir nicht sein. "

„SUBS, gute Arbeit."

„Okay." Er legte auf.

John Herndon, der Future Operations Officer des

DESRON, betrat den Raum und studierte die taktische Anzeige.

„Was ist mit den U-Booten passiert?“

„SUBS sagte, dass unsere schnellen Jäger vier Chinesen versenkt haben.“

„Einfach so?“

„So hat er es beschrieben.“

Herndon nickte in Richtung der Monitore an der vorderen Wand des Raums. „Sieht aus, als ob uns eines ziemlich auf die Pelle gerückt war.“

Plug folgte seinem Blick und sah ein rotes Symbol mit der Kennzeichnung „Versenktes U-Boot“.

Herndon stellte fest: „Das ist weniger als fünf Meilen von uns entfernt. Wir müssen ihr Ziel gewesen sein.“

Einen Moment lang schwiegen sie. Herndons Aussage machte Plug bewusst, dass das, was sich da draußen abspielte, bitterer Ernst war. *Verdammt noch mal, er hatte recht.*

„Der Commodore will, dass ich mich nach den zwei F-18 erkundige, die hinter den Handelsschiffen her sind.“

Plug gab Auskunft. „Sie haben sich noch nicht gemeldet, sollten inzwischen aber in Kampfreichweite sein.“

„Haben die F-18 die Schiffspositionen per Datenlink aktualisiert?“

„Ja, warum?“

„Worauf warten Sie dann? Warum stehen die Handelsschiffe noch nicht unter Beschuss?“

„Wie meinen Sie das? Ich dachte, die F-18 ...“

„Womit sind die F-18s bewaffnet?“

„Das weiß ich nicht ...“

„Was, wenn sie das Ziel verfehlen oder ihnen die Munition ausgeht? Na los doch, Plug, wir setzen nicht nur *eine* Waffe, sondern ein *ganzes Arsenal* ein. Wenn wir die neuesten Koordinaten der Handelsschiffe haben, nutzen wir alles, was uns zur Verfügung steht. Setzen Sie die Schiffe ein, Mann."

Plug fühlte sich komplett überfordert. „Wie?"

Der junge Lieutenant erklärte: „Ich schlage vor, Sie erbitten für einige der Zerstörer die Freigabe, Anti-Schiffs-Raketen auf die Handelsschiffe abfeuern zu dürfen."

„*Ich* soll das tun?"

„Ich schätze, die Kapitäne der Begleitschiffe verfluchen uns wegen dieser Zeitverschwendung gerade."

In diesem Augenblick kam der Commodore durch die Tür gerannt, warf Plug einen wütenden Blick zu und schnappte sich den Handapparat des Funkgeräts. Er sprach schnell und verwendete Begriffe, mit denen Plug nicht vertraut war.

Sekunden später waren auf der taktischen Anzeigetafel diverse Flugspuren zu sehen, die sich mit Hochgeschwindigkeit bewegten. Seezielflugkörper hoben von den vier Schiffen ab, denen der Commodore gerade den Feuerbefehl gegeben hatte.

Suggs kippte sein Flugzeug nach links und tauchte ab auf tausend Fuß. Er schaute auf das Display direkt vor seinem Steuerhebel. Obwohl die Schiffe nicht auf der FLIR erschienen, verrieten ihm die Daten, dass eine Ziellösung bereitstand. Aber er war sich nicht absolut sicher. Er hatte noch nie zuvor eine dieser Waffen abgefeuert.

„Alles okay", hatte ihn der diensthabende Offizier beruhigt. „Sie hat die Ausbildung absolviert." Er deutete auf die Frau auf dem Sitz hinter ihm, die für das Waffensystem des Flugzeugs verantwortlich war. „Außerdem werden Sie nicht wirklich fliegen. Sie sind nur die Bereitschaft." Dieser Einsatz war eine totale Katastrophe.

Suggs hoffte, dass sie genug Abstand hielten und tief genug flogen, um Boden-Luft-Raketen aus dem Weg zu gehen. Der diensthabende Offizier hatte ihm auf der Frequenz des Fluggeschwaders mitgeteilt, dass der Ripper-Flug vor ihm abgeschossen worden war. „Suchen Sie im Anschluss an Ihren Einsatz nach einem Fallschirm oder Überlebenden im Wasser", hatte er hinzugefügt.

Die Vorstellung, dass einige seiner ehemaligen Geschwaderkameraden durch chinesische Raketen den Tod gefunden haben könnten, machte ihn wütend. Aber er schob diesen Gedanken schnell wieder beiseite. Er musste sich abschotten. Gefühle hatten im Cockpit nichts verloren. Dafür hatte er jetzt keine Zeit.

„Fast fertig", meldete sich sein Naval Flight Officer auf dem hinteren Sitz. Suggs hatte sie erst heute Morgen kennengelernt. Sie bekleidete einen höheren Rang als er, aber sie war auch recht hübsch. Warum ging ihm das jetzt durch den Kopf? Warum konnte er *diesen* Gedanken nicht wegschieben? Er überprüfte seinen Kurs und nahm eine minimale Korrektur vor. Es wäre keine unerlaubte Verbrüderung. Schließlich gehörten sie nicht dem gleichen Geschwader an. Vielleicht ...

„*Bruiser unterwegs*", rief sie, und unmittelbar danach: „Bruiser zwei unterwegs.

Dunkle, futuristische Schatten lösten sich aus beiden Tragflächenverankerungen, zündeten und schossen unter dem Kampfflugzeug hervor und auf ihr Ziel zu.

Der chinesische Raketenkommandant auf dem führenden Handelsschiff war inzwischen recht nervös. Sie kamen nicht schnell genug voran. Seine Männer brauchten noch fünf

Minuten, um die ballistischen Raketen zum Abschuss bereit zu machen. In weiteren zwanzig Minuten wären sie in Reichweite der Marschflugkörper. Eines der Luftverteidigungsteams auf dem Nachbarschiff hatte ein amerikanisches Kampflugzeug abgeschossen. Es war beruhigend zu sehen, dass sich ihre Ausbildung bezahlt machte. Andererseits wussten die Amerikaner nun, dass sie hier waren. Es wäre nur eine Frage der Zeit, bis ...

„Sir, unser Flugabwehrteam meldet *mehrere* herannahende Luftkontakte. Zwei scheinen amerikanische Kampfjets zu sein – klassifiziert als FA-18. Sie befinden sich nur knapp außerhalb der Reichweite unserer Boden-Luft-Raketen. Aber –“

Der Mann brach ab und deutete mit weit aufgerissenen Augen in Richtung Horizont.

Der Kommandant drehte sich um, um herauszufinden, was dort zu sehen war. Sie konnten die kleinen dunklen Schatten, die in geringer Höhe über das Wasser glitten, vor dem Einschlag in das nördlichste Handelsschiff nicht richtig erkennen. Die Geschosse waren schlichtweg zu schnell. Deutlich zu erkennen war allerdings die Explosion des enormen Frachtschiffs, die einen Geysir aus Wasser und Metall freisetzte.

Die Raketen, die die F-18 abgefeuert hatten, waren brandneue, von der DARPA entwickelte Langstrecken-Seezielflugkörper. Bedingt durch die Modernisierung der chinesischen Marine hatte das Pentagon den Bedarf nach einer neuen luftgestützten Schiffsabwehrrakete erkannt. Die DARPA hatte jahrelang daran gearbeitet, und das SILVERSMITH-Team hatte dafür gesorgt, dass die USS *Ford* einige dieser Hightech-Waffen erhielt.

Die langen schwarzen Raketen wurden aus einer Entfernung von über siebzig Meilen abgeschossen und steuerten knapp unter Schallgeschwindigkeit dicht über der Meeresoberfläche auf ihr Ziel zu. Ihr Tarnkappendesign machte sie für den Radar so gut wie unsichtbar.

Die beiden F-18 waren mit jeweils zwei dieser Waffensysteme ausgerüstet. Diese vier Raketen rasten nun über den Ozean und peilten vier verschiedene Schiffe an. Jede von ihnen traf ihr Ziel im Zentrum des Rumpfs direkt über der Wasserlinie, und die tausend Pfund schweren Sprengköpfe detonierten beim Aufschlag. Die riesigen Frachtschiffe nahmen sofort Wasser auf und sanken innerhalb weniger Minuten. Ihre Rümpfe waren nicht dafür ausgelegt, militärischer Munition standzuhalten.

Suggs stellte die Frequenz seines Controllers ein und erkundigte sich, ob sie die zwei verbleibenden Handelsschiffe noch bombardieren sollten.

„Negativ, Ripper-Flug, bleiben Sie auf Abstand. Zusätzlicher Angriff erfolgt durch Überwasserschiffe. Bitte um Überflug in fünf Minuten für das BDA."

Battle Damage Assessment. Eine Schadensbeurteilung.

Er sollte ihnen versichern, dass alle Handelsschiffe zerstört worden waren.

„Wird erledigt", erwiderte er.

Fünf Minuten später hatte sein Jagdflugzeug die gewünschte Höhe erreicht und überflog das Zielgebiet, während sein Waffensystemoffizier die FLIR-Kamera einstellte, um Oberflächenbilder zu empfangen.

Sie verkündete: „Negative Bedrohung durch Boden-Luft-Raketen, würde ich sagen."

„Negative Bedrohung durch irgendwas", bekräftigte Suggs.

Die Handelsschiffe, die noch nicht untergegangen waren, standen in Flammen und hatten gefährliche Schlagseite. Nur drei waren noch über Wasser sichtbar. Die schiffgestützten US-Raketen hatten ihre Mission vollendet. Keine dieser chinesischen Waffen würde je zum Einsatz kommen.

39

Chase blickte zu Natesh hinüber, der an seinem Laptop arbeitete.

„Tetsuo will, dass ich ihn unten treffe."

Natesh hob den Kopf, er sah besorgt aus. Er hatte allen Grund, Angst zu haben. Die Chinesen hatten einen Angriff auf Tokio gestartet. Bislang schien es nicht so, als wäre die Zivilbevölkerung das beabsichtigte Ziel. Aber fehlgeleitete Raketen und die Wracks abgeschossener Flugzeuge hatten Tokio mehr oder minder in ein Flammenmeer verwandelt. Aber das war es nicht, wovor er sich fürchtete ...

„Wird er mich wirklich zu ihnen zurückschicken?"

„Tetsuo?", fragte Chase.

„Ja. Wird er mich wirklich zu Jinshan zurückschicken, nach allem, was ich Ihnen gesagt habe?"

Darauf hatte Chase keine Antwort. Die Betreuung der Informanten war nicht seine Stärke. Er hatte keinerlei Erfahrung darin, wie man die Bedenken eines Doppelagenten zerstreute. Er persönlich hätte Natesh am liebsten angeschrien. Und ihm gesagt, dass er keine Wahl hatte und alles tun musste, was sie ihm befehlen würden. Und dass er es nicht besser verdient hatte. Er wollte diesem indisch-amerikanischen Stück Scheiße klarmachen, dass dank seiner Beteiligung an Jinshans Plänen gerade rund um die Welt Menschen starben.

„Ich weiß nicht, was er vorhat. Mein Job ist es, dafür zu sorgen, dass Sie hierbleiben und in Sicherheit sind."

Natesh zeigte auf seinen Laptop. „Ich habe mich in ihr Netzwerk gehackt. Nicht nur in das Logistiknetzwerk, sondern in das System der 3PLA. Wissen Sie, wer die sind? Das ist quasi die NSA Chinas. Wenn Sie die Daten auf diesem Computer an die CIA weitergeben, verschafft das Ihren Leuten einen ungeheuren Vorteil. Aber die Chinesen werden rauskriegen, dass ich sie gestohlen habe. Ich kann nicht zurück. Sie werden wissen, dass ich sie verraten habe."

„Das hätten Sie nicht tun sollen. Das war nicht Ihre Aufgabe."

„Ich dachte, die Einschränkung würde nicht mehr gelten, wenn die Angriffe erst einmal begonnen hätten. Tetsuo gab mir –"

Chases Telefon vibrierte in seiner Hand. Er las eine Nachricht und runzelte die Stirn.

„Tetsuo ist hier. Er hat Probleme in der Lobby. Er braucht einen Zimmerschlüssel, um den Aufzug zu benutzen, und der Empfang weigert sich, ihm einen auszustellen. Wo ist Ihrer?"

Natesh hielt seine Chipkarte hoch. Chase griff danach und sagte: „Ich bin gleich zurück."

Natesh nickte.

Chase verließ das Zimmer und nahm den gläsernen Lift nach unten, der den Gästen einen Ausblick über die Stadt und die Hotelhalle bot. Der rasante Abstieg machte sich in der Magengegend und seinen Ohren bemerkbar. Er musste gähnen, um den Druck auf Letzteren loszuwerden. Schließlich erreichte der Aufzug das Erdgeschoss und die Tür öffnete sich mit einem Klingeln. Chase durchquerte gerade die Lobby, als Tetsuo durch die Drehtür hereinkam und ihn mit einem fragenden Blick ansah.

Tetsuo fuhr ihn an: „Was zum Teufel machen Sie hier unten? Ich sagte doch, Sie sollen auf ihn aufpassen."

„Wovon reden Sie?"

„Warum sind Sie –

Chase schüttelte den Kopf und zog sein Telefon heraus, um es Tetsuo zu zeigen. „Sie haben mir doch gerade diese SMS geschickt. Ich sollte Sie hier treffen."

Dann veränderte sich sein Gesichtsausdruck. Ihm dämmerte, was gerade passiert war. Die beiden Männer rannten auf den Fahrstuhl zu.

Lena Chou war seit Jahren nicht mehr in Japan gewesen.

Sie war mit dem Hass auf das japanische Volk großgeworden. Die Gräueltaten, die Japan während des Zweiten Weltkriegs an den Chinesen verübt hatten, schürten bis heute die antijapanische Stimmung in China. Besonders deutlich wurde das in der von der chinesischen Regierung geförderten Propaganda. Der Staat liebte es, seine Bürger daran zu erinnern, dass Japan während des Krieges an der Tötung von fünfzehn bis zwanzig Millionen Menschen beteiligt gewesen war – ihre Großeltern und Urgroßeltern. Japan war eine Nation von Verbrechern.

Und wenn Lena aus ihrer Jugendzeit in China und der Ausbildung bei Jinshan etwas mitgenommen hatte, dann, dass Propaganda *funktionierte*.

Vor ihrer späteren Entsendung in die Vereinigten Staaten hatte sie im Rahmen ihres Spionagetrainings auch Zeit in Tokio verbracht. Es hätte sie nicht überrascht, wenn sie von zornigen japanischen Bürgern angespuckt worden wäre. Aber das Gegenteil war eingetreten. Sie war durch die sauberen Straßen spaziert und vielen freundlichen Menschen begegnet, die ihr zu ihren Sprachkenntnissen gratulierten. Sie hatte sich in das Land verliebt. Die Küche war ausgezeichnet und die Landschaft wunderschön.

Heute bot sich ihr ein anderes Bild.

Lena war auf den Straßen Tokios von heulenden Sirenen umgeben gewesen. In der ganzen Stadt loderten Feuer, deren Rauchfahnen bis zum Himmel reichten. Überall auf den Bürgersteigen sah man Blut und Geröll.

Ein Teil von ihr war traurig über das, was der Krieg einem ihrer Lieblingsländer angetan hatte. Aber sie schüttelte dieses Gefühl schnell wieder ab und zog ihren Mantel enger um sich. Dessen graue Kapuze bedeckte ihr Haar und verbarg den Großteil ihres Gesichts.

Lena hatte während ihres Spaziergangs eine mentale Übung durchgeführt. Sie hatte sämtliche Emotionen, Fragen und Sorgen tief in ihrem Innern verschlossen. Es gab keinen Raum für Zweifel oder Zögern. Sie *musste* jetzt handeln. Sie musste funktionieren, ohne Wenn und Aber. Ihre amerikanischen Gegner würden keine Gnade zeigen, falls sie sie hier entdecken sollten.

Einmal mehr verwandelte sich Lena in eine Maschine. Falls nötig auch in ein Werkzeug des Todes ...

Sie betrat das Hilton-Hotel. Ihre Augen registrierten jedes einzelne Detail des großzügigen Eingangsbereichs. Dutzende leerer Sessel und Couchtische waren über das Atrium verteilt. An einigen Stellen lag noch zerbrochenes Glas herum. Am Empfang stand ein verloren wirkender Hotelangestellter. Er sah aus, als ob er geweint hätte.

Lena erkundigte sich: „Funktionieren die Fahrstühle noch?“

Er nickte. „Ja, aber wir empfehlen, die Treppen zu nehmen."

Sie ignorierte ihn und ging zu den Aufzügen hinüber. Dort holte sie ihr spezielles Handy hervor, das ihr das Ministerium für Staatssicherheit ausgehändigt hatte. Sie schickte eine SMS ab. Die zivilen Telefonnetze waren ausgefallen, aber man hatte ihr versichert, dass diese Nachricht durchgehen würde. Sie wusste nicht einmal, an wen sie schrieb. Irgendein CIA-Führungsoffizier vor Ort. Die Japan-Abteilung des MSS hatte die technischen Details geregelt. Lena war nur der ausführende Arm. Falls die Nachricht zugestellt wurde und er das Zimmer verließ, käme er mit dem Leben davon. Falls nicht, würde Lena ihm in Kürze einen Besuch abstatten. Aber sie erhielt tatsächlich eine Antwort.

AUF DEM WEG NACH UNTEN.

Sie verfolgte die Stockwerkanzeige des Fahrstuhls, bis die „50" aufleuchtete. Dann 49 … 48 …

Schnell drückte sie auf den Knopf, woraufhin sich die Tür des zweiten Aufzugs öffnete. Sekunden später glitt die Glaskabine nach oben. Die Couchtische verschwanden aus ihrem Blickfeld und wurden durch das Panorama Tokios ersetzt. Von hier oben sah das Ausmaß der Zerstörung noch verheerender aus. Obwohl der rauchige, rötliche Dunst vor dem Hintergrund der untergehenden Sonne wunderschön aussah.

Chinesische Raketen hatten dieser Stadt großen Schaden zugefügt. Aber für den Moment ruhten die Waffen. Jinshan hatte behauptet, dass er nur amerikanische Einrichtungen und Militärmittel im Visier habe. Aufgrund der Menge der benötigten Raketen müssten allerdings auch ältere Modelle eingesetzt werden, deren Zielerfassungssysteme nicht so treffsicher seien. Opfer unter der Zivilbevölkerung seien daher unvermeidlich … Dennoch, die VBA hatte den Befehl erhalten, das Feuer auf japanische Bodenziele für vierundzwanzig

Stunden einzustellen. Weil eine Sondermission durchgeführt wurde, wurde ihnen gesagt.

Lena wandte sich ab, als die Glaskabine des herunterfahrenden Lifts an ihr vorbeirauschte. Sie bezweifelte, dass jemand sie erkennen könnte, da die Aufzüge mit einer solchen Geschwindigkeit unterwegs waren. Trotzdem wollte sie nichts dem Zufall überlassen. Aber da war auch dieses Ziehen in der Brustgegend, dass sie anstachelte, einen kurzen Blick zu erhaschen. Nur um zu sehen, ob er es war …

Der Flur in der fünfzigsten Etage war leer. Vor der Zimmertür zog sie eine schallgedämpfte Pistole aus ihrem Rucksack. Nach drei Schüssen auf das Türschloss gab dieses nach und sie betrat den Raum.

Natesh stand mit weit aufgerissenen Augen vor ihr.

„Lena." Sein erschrockener Blick wanderte von ihrem Gesicht zu ihrer Waffe.

Sie war froh, ihn beim Eindringen nicht zufällig erschossen zu haben. Das wäre peinlich gewesen. Jetzt gab es mehrere Alternativen, hier fortzufahren. Und es war ihre Entscheidung, ob er leben oder sterben würde. Sie machte die Tür hinter sich zu und legte den Riegel vor.

„Hallo, mein Freund. Setz dich doch." Mit der Waffe deutete sie auf einen der Stühle am Fenster. Er tat wie ihm geheißen, während sich Lena die Kapuze vom Kopf zog. Sie musste sich beeilen. Die Uhr tickte.

„Nun, wie bist du vorangekommen?"

Er bemühte sich, tapfer zu sein, aber seine Unterlippe zitterte und er starrte unablässig auf die Pistole.

„Alles lief nach Plan."

„Du hast den Amerikanern die falschen Koordinaten für die Schiffe gegeben? Wie es dir aufgetragen wurde?"

„Ja." Er fixierte weiterhin die Pistole.

„Keine Sorge, Natesh, ich bin nicht hier, um dich umzubringen."

Verwundert sah er sie an. „Wozu dann die Waffe?"

„Um deine Kooperation zu gewährleisten. Wenn ich sie benutzen muss, werde ich es tun. Aber ich bin zuversichtlich, dass wir uns auch so einigen können."

Sein Atem ging schnell und schwer.

„Was willst du?"

„Was hast du ihnen gegeben?"

Seine Augen richteten sich auf den Laptop auf dem Schreibtisch. Sie folgte seinem Blick.

„Du wolltest, dass ich ihnen falsche Informationen hinsichtlich der Schiffsbewegungen gebe. Das habe ich getan."

„Zeig es mir. Und keine Tricks. Andernfalls ... na ja, du weißt sehr gut, was sonst passieren wird. Und Natesh?"

„Was?"

„Es muss nicht schnell vorbei sein. Ich bin eine ausgezeichnete Schützin. Ich könnte auf eines deiner Beine zielen und dich dann wehrlos nach draußen schleifen, wo meine Freunde warten. Die verfrachten dich dann in einen dunklen Raum und bearbeiten dich wochenlang. Sie halten dich am Leben, nur damit du Schmerzen spürst." Bei dieser Aussage lächelte sie.

Natesh stand auf. Er schien benommen zu sein. „Okay, okay. Möglich, dass ich ihnen einige Daten gegeben habe, die über unsere Verabredung hinausgingen. Tut mir leid." Er hielt die Hände hoch. „Sag mir bitte, wie ich diesen Fehler wieder gutmachen kann."

Sie legte den Kopf zur Seite. „Na bitte. Das war doch nicht so schwer, oder? Mit ein bisschen Ehrlichkeit kann man viel erreichen. Zeig mir einfach, was du ihnen bisher gegeben hast."

„Es wurde gelöscht."

„In Ordnung, dann schreib es aus dem Gedächtnis auf. Meine Leute werden das brauchen."

Natesh saß jetzt an seinem Laptop und tippte. „Okay."

Natesh war auf Nummer sicher gegangen. Lena hatte ihn angewiesen, nach Japan zu gehen. Sie hatte arrangiert, dass die Amerikaner alles über ihn herausfanden, in der Hoffnung, dass sie ihn rekrutieren würden. Es war eine Möglichkeit, die Amerikaner mit falschen Informationen zu füttern. Zunächst war alles nach Plan verlaufen. Aber dann war Natesh dreist geworden.

Das amerikanische Angebot musste vielsprechend geklungen haben. Deshalb hatte er ihnen Zugang und Informationen verschafft, die über das abgesprochene Maß hinausgingen – ohne es den Chinesen mitzuteilen. Natesh hatte ein speziell von der CIA konzipiertes Gerät, das wie eine Armbanduhr aussah, in einem geheimen Briefkasten gegenüber vom Hotel deponiert. Außerdem hatte er eine Datei auf seinen persönlichen Laptop kopiert. Jetzt, da der Angriff begonnen hatte, wollte er den Amerikanern im Austausch gegen seine Freiheit möglichst viele Informationen überlassen. Zumindest war das sein Plan gewesen.

All das erzählte er Lena, während er ihr zeigte, wie sie auf seinen Computer zugreifen konnte und welches Programm sie benutzen musste. Sie zwang ihn, alles aufschreiben. Es dauerte fünf Minuten.

„Hattest du vor den Amerikanern zu sagen, dass ich dich hierher geschickt habe? Dass du sie immer noch hintergehst, selbst jetzt noch?"

Natesh sah verängstigt aus, als er in ihre Augen schaute. Er ließ ihre Frage unbeantwortet und zuckte mit den Schultern. „Und was jetzt?"

Sie lächelte. „Jetzt kommst du mit mir und wir leben glücklich bis ans Ende unserer Tage."

„Warum sollte ich dir das alles erklären? Wozu alles aufschreiben?"

„Für den Fall, dass ich dich töten muss." Ihre Miene war emotionslos.

Ihm stiegen Tränen in die Augen.

Sie seufzte. „Hör zu Natesh, wir haben unser Ziel erreicht. Sie hören dir zu. Sie glauben dir. Sie werden Entscheidungen auf der Grundlage von Informationen treffen, die du ihnen gibst. Natesh, du bist das, was wir einen verifizierten Aktivposten nennen. Hast du eine Ahnung, wie schwer es ist, so jemanden in Position zu bringen? Für die Amerikaner bist du eine Goldmine. Und ab jetzt dirigieren wir den Nachrichtenfluss und füttern sie mit Informationen, die uns zum Vorteil gereichen."

„Aber – ich habe ja schon Informationen an sie weitergeleitet. Ich habe sie über die nordkoreanischen Angriffe aufgeklärt. Ich habe sie über die Handelsschiffe und die chinesische Flugzeugträgergruppe informiert. Sie haben bereits –"

„Natesh, alles hängt vom richtigen Zeitpunkt ab. Du hast ihnen von den Angriffen Nordkoreas erzählt, *unmittelbar* bevor sie geschahen. Die Amerikaner konnten nichts tun, um sie *aufzuhalten*. Es ging nur darum, ihnen zu beweisen, dass deine Angaben *zutreffend* sind."

„Aber die Angriffe auf Guam und Hawaii ..."

„Na ja – um die Wahrheit zu sagen, wir haben nicht erwartet, dass du die tatsächlichen Positionen dieser Einheiten aufdecken würdest. Wir dachten, du würdest die vorgesehenen Navigationsrouten Richtung Süden übermitteln, wie es dir aufgetragen wurde, um die amerikanischen Truppen zu den Marianen oder vielleicht sogar nach Südamerika zu locken. Wie sich herausstellte, hast du mehr drauf, als unsere Hacker vermuteten; vielleicht hattest du auch nur Glück. Aber die Tatsache, dass die Amerikaner basierend auf deinen Angaben einen Sieg bei Hawaii erringen konnten, trägt dazu bei, ihr Vertrauen in dich als Quelle zu festigen.

Wir werden sehr vorsichtig sein müssen, um dieses Vertrauen nicht zu gefährden. Und du wirst sie weiterhin mit nützlichen Informationen versorgen. Nur nicht ... *zu* nützlich. Und wenn die Zeit reif ist und wir wollen, dass sie alles auf eine Karte setzen, dann wirst du sie mit etwas Falschem füttern. Mit etwas, das sich auf spektakuläre Weise zu unseren Gunsten auswirken wird. Diese Art Maulwurf kann man nicht kaufen, Natesh. Man muss ihn heranziehen."

„Also war das die ganze Zeit so geplant? Ihr habt einkalkuliert, dass ich euch verrate?"

„Nein. Erst ab dem Moment, als du Anzeichen von – wie soll ich sagen – Sensibilität an den Tag gelegt hast. Als du anfingst, Zweifel zu äußern. Als du Anzeichen von Schwäche zeigtest. Da sind Jinshan und ich zu dem Schluss gekommen, dass dies ein guter Weg für uns sein könnte. Wir waren auf alles gefasst. Ich hatte mir schon gedacht, dass das Angebot der Amerikaner zu verlockend sein könnte. Deshalb hatten wir ein Auge auf alles, was du getan hast. Für den Fall, dass du beschließen könntest, kreativ zu werden."

Er runzelte die Stirn. „Ich stand also die ganze Zeit unter Beobachtung."

Sie schaute auf die Uhr und deutete zur Tür. „Wir überwachen unsere Leute. Das ist die einzige Möglichkeit, erfolgreich zu operieren. Ständige Überprüfung der Loyalität. Und jetzt komm. Wir müssen los."

„Ist das Natesh?“, fragte Tetsuo.

„Ja.“

Chase verfolgte den Glasaufzug, der ihnen entgegenkam. Als er die Fahrgäste ausmachen konnte, wollte er seinen Augen nicht glauben.

„Wer ist das neben ihm?“

Die Gestalt trug eine Kapuze und stand mit dem Rücken zur Glaswand der Kabine. Dann drehte sie sich um und Chase sah in die Augen der Person, die er hier zuletzt erwartet hätte.

„Das ist Lena Chou.“

Sie blickte ihm direkt ins Gesicht.

Lena erstarrte. Ihre Sinne waren bereits geschärft, da sie wusste, dass jemand von der CIA hier sein könnte. Aber als sie Chase Manning in die Augen sah, beschleunigte sich ihr Puls noch einmal.

Sie schob die Kapuze vom Kopf und ließ ihr langes schwarzes Haar über die Schultern fallen. Während sie ihre Pistole umklammerte, wurde sie von widersprüchlichen Emotionen übermannt. Der Aufzug näherte sich schnell dem Erdgeschoss.

Hastig schlug sie mit der Handfläche auf den Knopf für die zweite Etage. Der Aufzug kam langsam zum Stillstand und die Tür öffnete sich mit einem Klingelton.

Die Fahrstuhlanzeige verriet Chase und Tetsuo, dass der Lift im zweiten Stock angehalten hatte. Sie kauerten auf gegenüberliegenden Seiten des Aufzugsbereichs und zielen mit ihren Waffen auf die geschlossenen Türen.

Chase gab Tetsuo ein Zeichen und deutete auf die Treppe. „Wir müssen nach oben."

Der andere Agent nickte und erhob sich, hielt dann aber inne: Der Aufzug klingelte erneut und die aufleuchtende Fahrstuhlanzeige kündigte an, dass er sich wieder in Bewegung setzte. Das Licht für die erste Etage wurde gelb und erlosch wieder. Dann leuchtete die Ebene der Empfangshalle auf.

Wieder ein Klingeln. Die Tür ging auf.

Chase und Tetsuo bewegten sich mit gezogenen Waffen auf die sich öffnende Fahrstuhltür zu.

Natesh lag regungslos im Aufzug und hatte einen scharlachroten Blutfleck auf der Brust.

Tetsuo lief zu ihm hinüber und fühlte seinen Puls. „Er ist tot. Sehen wir im zweiten Stock nach, wo der Aufzug angehalten hat." Er drückte den Notfallhalteknopf des Lifts. Dann sprinteten Tetsuo und Chase die Treppe zur zweiten Etage hinauf.

Sie suchten dreißig Minuten lang alles ab, bevor sie Unterstützung von der CIA anforderten, um das Zimmer und die Gegend um das Hotel herum zu durchkämmen. Aber Lena und Nateshs Laptop waren unauffindbar.

Lin Yu sah einem weiteren Verkehrsflugzeug bei der Landung zu. Es war merkwürdig zu beobachten, wie sie nacheinander hereinkamen und ihre Passagiere direkt auf der Landebahn herausließen – nicht an einem Terminal. Dann wurden die Maschinen betankt und hoben sofort wieder ab. Alles ging so schnell.

Lin Yu war zwar noch nie auf einem größeren Verkehrsflughafen gewesen, kannte sie aber aus Filmen. Und er war sich ziemlich sicher, dass Insassen von Flugzeugen normalerweise nicht in eine auf einem Feld errichtete Zeltstadt getrieben wurden, nur wenige Meilen von der Rollbahn entfernt.

Andererseits, wie oft kam es vor, dass zivile Luftfahrzeuge chinesische Soldaten über das Meer transportierten?

Er war jetzt ein anderer Mensch. Ihm war bewusst, dass man ihn in den letzten vierzehn Tagen im Rahmen seiner komprimierten Ausbildung mit Propaganda überschüttet hatte. Er wusste es, aber das machte keinen Unterschied.

Lin Yu hatte gehört und gesehen, was die Amerikaner angerichtet hatten. Genug, um seinen Ausbildern zu glauben. Seine Gehirnwäsche hatte dazu geführt, dass er die Amerikaner hasste – und jede Religion verabscheute. Die Amerikaner wollten Chinesen umbringen. Sie hassten alles, wofür sein Volk stand. Davon war er nun überzeugt. Und ein Teil von ihm staunte darüber, wie schnell diese Umpolung vonstatten gegangen war.

Müde und bereit fürs Bett saß er in seinem Zelt und reinigte seine Waffe. Der Junge auf dem Feldbett neben ihm fragte: „Was glaubst du, wird morgen passieren? Werden wir die Invasion starten?"

Lin Yu lachte nur.

„Was ist so lustig?"

Er schüttelte den Kopf. „Die Invasion hat bereits begonnen. Wir sind hier."

„Wo?"

„In Amerika."

„Ich dachte, wir sind in Sibirien. Um uns vorzubereiten? Und um bald nach Amerika zu fliegen?"

„Das war nur eine Finte, um die Amerikaner abzulenken. Für den Fall, dass sie es herausfinden sollten."

„Aber wie haben es die Flugzeuge in die Vereinigten

Staaten geschafft, ohne entdeckt oder abgeschossen zu werden?“

„Sie haben elektromagnetische Pulswaffen eingesetzt. Und Spezialeinheiten haben Radaranlagen oder Luftabwehrraketen zerstört. Wir sind ohnehin nicht lange über amerikanisches Territorium geflogen. Bis kurz vor der Landung waren wir hauptsächlich über Kanada unterwegs.“

„Woher weißt du das alles?“

„Ich arbeite im Operationsbereich. Wir sind in Amerika. Die ganze Nacht lang werden weitere Transporter landen. Morgen dringen wir wahrscheinlich in den Süden vor und beginnen mit der Spaltung des Landes. Und jeden Tag treffen mehr von uns hier ein.“

40

Admiral Manning saß am Kopfende des Konferenztischs der Ford Trägerkampfgruppe, umringt von seinen Stabsoffizieren. Sie waren die Architekten des Krieges – die Männer und Frauen, die unermüdlich Tag und Nacht arbeiteten, um die einzelnen Glieder der Kette zusammenzufügen. Diejenigen, die bereit waren, ihr Leben für die Verteidigung der Vereinigten Staaten zu opfern; die auf Urlaub mit ihren Familien verzichteten, die Geburten ihrer Kinder verpassten und während langer Einsätze ihre Zeit in den Dienst ihres Landes stellten.

Ihre Kampfbereitschaft war gerade auf die Probe gestellt worden und sie hatten obsiegt.

Die See- und Luftstreitkräfte der Ford Strike Group hatten bei einem gemeinsamen Angriff sechs chinesische Handelsschiffe versenkt, die mit Raketen gefüllte Container transportiert hatten. Zudem wurden vier chinesische Unterseeboote von amerikanischen Jagd-U-Booten in den umliegenden Gewässern der hawaiianischen Inseln auf den Meeresgrund befördert. Der chinesische Überraschungsangriff auf Hawaii war komplett abgewehrt worden.

Die SAG 131 – die von Admiral Manning nach Guam geschickte Surface Action Group – hatte eine Katastrophe verhindern können und sich einem überraschenden chinesischen Luftangriff erfolgreich widersetzt. Die Start- und Landebahnen sowie die Luftverteidigungsanlagen auf Guam waren zwar beschädigt worden, konnten aber schnell repariert werden. Das Gros der amerikanischen Luftstreitkräfte auf dem Stützpunkt blieb unversehrt. Sie würden für die militärische Reaktion der USA im westlichen Pazifikraum von entscheidender Bedeutung sein.

Und eine militärische Antwort war unerlässlich. Denn Hawaii und Guam zählten zu den wenigen Erfolgsgeschichten, die die USA an diesem Tag verzeichnen konnten.

„Fahren Sie mit Ihrem Bericht fort", sagte Admiral Manning.

Sein Geheimdienstoffizier nickte. „Sir, in den letzten zwölf Stunden ist die reguläre Beschaffung und Verbreitung nachrichtendienstlicher Informationen zum Erliegen gekommen. Wir wissen, dass die Infrastruktur auf dem amerikanischen Festland einer Art Cyberangriff ausgesetzt war. Des Weiteren vermuten wir, dass einige durch den Atlantik und den Pazifik verlaufende Unterseekabel für das Internet und die Telekommunikation gekappt wurden. Chinesische Anti-Satelliten-Waffen legen momentan nicht nur unsere erst kürzlich gestarteten Ersatzsatelliten lahm, sondern auch die geheimen, von denen wir dachten, sie seien ihnen unbekannt. Kurz gesagt, Sir, der Nachrichtenfluss entspricht nicht dem, was wir gewohnt sind. Trotzdem wissen wir ein paar Dinge …"

Er fuhr fort, Admiral Manning die Einzelheiten darzulegen, von denen dieser bereits im Gespräch mit dem Kommandanten der Pazifikflotte vor wenigen Minuten bruchstückhaft erfahren hatte. Aber Manning ließ ihn zu Ende reden. Dieses

Briefing war nicht für ihn allein bestimmt. Die anderen mussten ebenfalls informiert werden.

In Nordkorea hatte es Atomexplosionen gegeben. Obwohl das Militär dies noch nicht über offizielle Kanäle bestätigt hatte, hieß es in den Nachrichtensendungen, der amerikanische Präsident habe diesen Angriff befohlen: Als Vergeltung für den nordkoreanischen Einmarsch in Südkorea. Das erschien Admiral Manning mehr als unwahrscheinlich. Kein zurechnungsfähiger US-Präsident würde je einen solchen Befehl erteilen – aber so lauteten eben die Information, die sie erhielten. Dieser Tage waren verlässliche Nachrichtenquellen rar gesät. Ein Großteil der USA war durch EMP-Anschläge beeinträchtigt worden. Nur einen Tag nach Kriegsbeginn war der Nebel noch sehr dicht.

China hatte US-Militäreinrichtungen in Japan, Diego Garcia, Guam, auf den Philippinen, in Australien und Südkorea angegriffen. Taiwan war ebenfalls hart getroffen worden.

Militärschläge, die weiter vom chinesischen Festland entfernt stattfanden, wurden meist mit U-Boot-gestützten Marschflugkörpern ausgeführt. Die Zerstörung japanischer, taiwanesischer und südkoreanischer Ziele war überwiegend landgestützten Raketen und chinesischen Bombern zuzuschreiben.

„Sir, die Auswirkungen der chinesischen Angriffe auf unsere Alliierten im westlichen Pazifik sind uns noch nicht bekannt. Aber uns liegt ein unbestätigter Bericht vor, dass beide US-Flugzeugträger in der Region gesunken sind."

Einige der Anwesenden schnappten entsetzt nach Luft. Jemand fluchte. Die Mehrzahl der Offiziere saß mit zusammengebissenen Zähnen schweigend da.

Admiral Manning lauschte dem Geheimdienstbericht

weitere fünfzehn Minuten. Nach dessen Ende erhob er sich und alle im Raum standen stramm.

„Und wieder einmal befindet sind unsere Nation im Krieg. Ich fürchte, ohne unsere Siege in Guam und Hawaii ständen wir jetzt sehr schlecht da. Wir sollten dankbar für das sein, was wir haben, und um die trauern, die wir verloren haben." Mit angespannten Gesichtsmuskeln atmete er einige Male tief durch die Nase ein.

Dann verkündete er: „Meine Damen und Herren, bleiben Sie wachsam. Dieser Kampf hat gerade erst begonnen."

ÜBERWÄLTIGENDE STREITMACHT
Die Architekten des Krieges, Band 5

Der Überraschungsangriff des chinesischen Militärs auf die Vereinigten Staaten stürzt die ganze Welt ins Chaos

Weit über den Globus verstreut trägt jedes Mitglied der Familie Manning seinen Teil zur Verteidigung Amerikas bei. Während die chinesische Flotte unaufhaltsam vorrückt, kommandiert Admiral Manning die USS FORD Trägerkampfgruppe in der Nähe von Midway, einem Atoll im Nordpazifik.

CIA-Agent Chase Manning wird zurück in die USA geschickt, um ein mörderisches chinesisches Sonderkommando unschädlich zu machen. Lieutenant Commander Victoria Manning jagt U-Boote vor der Küste Guams. Und Geheimdienstanalyst David Manning versucht, die chinesischen Pläne zu entschlüsseln.

Doch Chinas Präsident Cheng Jinshan und seine tödlichste Waffe, die Agentin Lena Chou, haben ihre Offensive längst in Gang gesetzt. Eine gigantische chinesische Flotte, ausgerüstet mit bahnbrechender Technologie, nähert sich den amerikanischen Streitkräften. Beim Aufeinandertreffen der beiden Supermächte werden Geschick, Mut und List darüber entscheiden, wer den Sieg davontragen wird.

AndrewWattsAuthor.com

EBENFALLS VON ANDREW WATTS

Die Architekten des Krieges Reihe

1. Die Architekten des Kriegs
2. Strategie der Täuschung
3. Bauernopfer im Pazifik
4. Elefantenschach
5. Überwältigende Streitmacht
6. Globaler Angriff

Max Fend Reihe

1. Glidepath
2. The Oshkosh Connection

Firewall

Die Bücher sind für Kindle, als Printausgabe oder Hörbuch erhältlich. Um mehr über die Bücher und Andrew Watts zu erfahren, besuchen Sie bitte: AndrewWattsAuthor.com

ÜBER DEN AUTOR

Andrew Watts machte 2003 seinen Abschluss an der US Naval Academy und diente bis 2013 als Marineoffizier und Hubschrauberpilot. Während dieser Zeit flog er Einsätze zur Bekämpfung des Drogenhandels im Ostpazifik sowie der Piraterie vor der Küste des Horns von Afrika. Er war Fluglehrer in Pensacola, FL, und war an Bord eines im Nahen Osten stationierten Atomflugzeugträgers mitverantwortlich für die Führung des Schiffs- und Flugbetriebs.

Andrew lebt heute mit seiner Familie in Ohio.

Übersetzt von

INGRID KÖNEMANN-YARNELL

Registrieren Sie sich auf
AndrewWattsAuthor.com/Connect-Deutsch/
um Benachrichtigungen über neue Bücher zu erhalten.

Printed in Germany
by Amazon Distribution
GmbH, Leipzig